BASTEI
LÜBBE

Von Tilman Röhrig sind bei Bastei Lübbe Taschenbücher erschienen:

14431 Wie ein Lamm unter Löwen
14823 Der Funke der Freiheit
15122 Übergebt sie den Flammen
15200 Wir sind das Salz von Florenz
15326 Die Ballade vom Fetzer
15415 Solang es Unrecht gibt

Über den Autor

Tilman Röhrig, 1945 in Hennweiler/Hunsrück geboren, war nach einer Schauspiel-Ausbildung zunächst an verschiedenen deutschen Bühnen tätig. Seit 1973 arbeitet er als freischaffender Schriftsteller. Für sein literarisches Werk wurde er mit zahlreichen Preisen ausgezeichnet wie dem Deutschen Jugendliteraturpreis und dem Großen Kulturpreis NRW.
Mehr zu Autor und Werk im Internet unter www.tilman-roehrig.de.

Tilman Röhrig

Erik der Rote

oder die Suche nach dem Glück

Historischer Roman

BASTEI LÜBBE

BASTEI LÜBBE TASCHENBUCH
Band 15 511

1. Auflage: Juni 2006

Vollständige Taschenbuchausgabe

Bastei Lübbe Taschenbücher in der Verlagsgruppe Lübbe

Lizenzausgabe: Verlagsgruppe Lübbe GmbH & Co. KG, Bergisch Gladbach
Umschlaggestaltung: Bianca Sebastian
Titelbild: The Bridgeman/Art Library
Landkarten: Lothar Meier, München
Satz: hanseatenSatz-bremen, Bremen
Druck und Verarbeitung: GGP Media GmbH, Pößneck
Printed in Germany
ISBN-13: 978-404-15511-8 (ab 01.01.2007)
ISBN-10: 3-404-15511-4

INHALT

SPITZKLIPP

Wie oft er den steinigen Pfad von der Wiese hinauf zum Gehöft und wieder zurück gegangen war, hatte er nicht gezählt, auch nicht, wie oft er den anderen Knechten und Erik begegnet war. Am Morgen hatten sie noch gescherzt, dann kämpfte jeder wortkarg gegen Schweiß und Müdigkeit. Wir sind zweibeinige Heukopfwesen, dachte er, und ich ersticke bald an dem Geruch.

Das Segeltuch, aufgebläht mit Heu, trug er auf Nacken und Schultern, die letzte Bürde für heute. In der Scheune entledigte sich Tyrkir seiner Last, faltete den Stoff, und während er über den Hof schlurfte, kratzte er nach Flöhen. Überall mussten neue Beißer sitzen, unter dem Kittel, am Hals und auf den Armen.

Bis auf die beiden senkrechten Stämme, den Querbalken und die aus Treibholz gezimmerte Tür war nichts vom Haupthaus zu erkennen: ein länglicher Erd- und Grashügel, aus dem Rauch aufstieg, nicht mehr.

Der schmächtige Siebzehnjährige trat ein. Dunkelheit empfing ihn, modrig rochen die Grassoden zwischen den Flurstützen, und nach drei Schritten öffnete er die Innentür.

»Trink was!« Gleich neben dem Eingang der Wohnhalle stand Erik am Fass. Das rote Haar verschwitzt, grinste er Tyrkir an, schöpfte Sauermilch und reichte dem Sklaven die Kelle.

»Unsere erste Ernte. Den Göttern sei Dank! Sollst sehen, wenn wir unsern Stier und die Kühe über den Winter bringen, dann haben wir's geschafft.«

Durstig leerte Tyrkir den Schöpfer, tauchte ihn nochmals ein und trank wieder. Trotz des Standesunterschiedes verband ihn eine enge Freundschaft mit dem drei Jahre älteren einzigen Sohn des Bauern Thorvald. »Schmeckt heute besser als jedes Bier bei uns zu Haus.«

»Wir sind jetzt hier zu Haus!« Erik ballte die Faust. »Vergiss endlich Norwegen. Hier ist Island! Und bei Thor, diese menschenleere, steinige Gegend wird uns nicht in die Knie zwingen. Niemals!«

»Schon gut. Ich glaub's ja auch. Nur reicht das Heu bis jetzt vielleicht einen Monat.« Ehe Erik etwas einwenden konnte, setzte Tyrkir hinzu: »Ja, ich weiß, wir haben noch drei Weiden mit gutem Gras gefunden. Ich weiß.«

Der Rothaarige warf die langen, zottigen Strähnen zurück und wandte sich um. Durch die Halle rief er: »Besser wird's, Vater! Unser kluger Deutscher meint es auch. Es wird gut gehen, du wirst schon sehen.«

Keine Antwort kam von der Hochbank mitten vor dem Langfeuer, das wie ein Glutband den Hauptteil der Halle durchzog. Der Schein huschte rechts und links über die Reihen der unbehauenen Stützstreben und verlor sich im Halbdunkel der beiden Seitenräume.

»Morgen sollten wir unser Schiff weiter auf den Strand ziehen, Vater. Wer weiß, wie viele Tage das gute Wetter noch anhält.«

Keine Antwort. Erik verengte die Augen. Kein Handzeichen? Kein Kopfnicken?

Tyrkir zuckte die Achsel. »Der Herr schläft.«

»Ach was, bei meiner Stimme wacht jeder auf, selbst wenn er keine Ohren hat.« Jäh erstarb Erik der Scherz auf den Lippen.

Die jungen Männer sahen sich an und zugleich hasteten sie zum Ehrenstuhl. Dort saß Thorvald, starr aufgerichtet, den grauhaarigen Kopf an der Rücklehne, seine Augen stierten blickleer ins Feuer.

»Vater!?«

Tyrkir legte dem Freund den Arm um die zitternden Schultern. So standen sie lange, als warteten sie noch, hofften, dass die Wahrheit nicht wahr wäre.

Lärm, Gelächter näherte sich von draußen, die übrigen fünf Knechte kamen mit den beiden Mägden in die Halle.

Schnell ging Tyrkir ihnen entgegen und hob warnend die Hände. »Still. Schweigt! Der Herr ist tot.« Erst ungläubig, doch als sie den harten Zug im schmalen, sommersprossigen Gesicht wahrnahmen, begriffen sie. Die Frauen pressten ihre Lippen aufeinander, die Leibeigenen nickten, einer von ihnen stöhnte auf.

»Geht wieder hinaus, bis ihr gebraucht werdet!«, sagte Tyrkir leise und kehrte um.

Der Sohn wartete bereits im Halbdunkel hinter seinem Vater. Langsam näherte sich Tyrkir, dabei blieb er eng an der rechten Reihe der Stützstreben; von eines Toten Blick getroffen zu werden brachte Unglück. Nur das nicht, dachte er, zu groß war die Gefahr, dass sich der letzte Gedanke des Bauern in ihm einbrannte und auf ewig Qual bereitete. Er schlüpfte in den Seitenraum, tastete auf Tischen und Bänken nach einem Wolllappen und riss ihn zu kleinen Fetzen.

Schweigend verständigten sich die beiden. Sie waren bereit. Erik trat von hinten auf den Hochsitz zu, umgriff die Rücklehne und schloss dem Vater die Lider. Aus den Augenhöhlen würde kein Gedanke mehr hinausdringen.

Jetzt wagten sie sich vor den Toten. Nur schnell. Sie stopften ihm einen Wollfetzen in den Mund, verschlossen mit Pfropfen seine Nasen- und Ohrlöcher. Durch keine Öffnung durfte der nie sterbende Geist aus der schützenden Hülle des Körpers entweichen, um dann befreit ein Eigenleben zu führen und womöglich furchtbare Untaten zu begehen. Erst als auch das Afterloch Thorvalds versiegelt war, traten sie zurück.

»Warum muss er so hinüberziehen? Als ein Strohtoter«, murmelte Erik und schlug die Fäuste gegeneinander. »Vater war ein tapferer Wikinger. Gerade er hätte seinen Platz in Walhall verdient …«

»Nicht jetzt, später«, unterbrach ihn Tyrkir und mahnte zur Eile. Die Mägde wurden hereingerufen, unter seiner strengen Aufsicht schnitten sie dem Leichnam Fuß- und Fingernägel aus dem Hautbett. Er selbst warf jedes Stück in die Glut, nichts durfte davon übrig bleiben, und bald mischte sich Gestank nach schmelzendem Horn in den Rauch des Holzfeuers.

Erik befahl die Knechte zu sich. Beim Schein der Tranlampen ließ er hinter dem Hochsitz die Tische, Bänke und Kästen zur Seite räumen, schritt in gerader Linie bis zur Außenwand und bezeichnete dort ein großes Viereck. »Fangt an!«

Zunächst entfernten die Männer Gras und Erde aus den Fugen, lösten behutsam Stein um Stein, dann stießen zwei von ihnen ihre Spaten durch das klaffende Mauerloch in die Schutzschicht, während die anderen das Haus verließen und ihnen von draußen auf Zuruf entgegenarbeiteten. Immer wieder stürzte Erde nach, keine Höhle mehr, nur mit Mühe gelang es, den Stichgang zur Wandöffnung so schmal wie möglich zu halten.

»Das wird genügen.« Der Zwanzigjährige hob den Vater aus dem Hochsitz. Tyrkir fasste die Füße und ging voran, so trugen sie den Toten durch die Öffnung ins Freie. Einen guten Steinwurf entfernt legten sie ihn auf einer Klippe nieder. »Es ist weit genug.«

Tyrkir verschränkte die Arme. Hinter ihnen begannen die Knechte im Innern sofort wieder das Mauerwerk zu schichten, die Bresche zu schließen, und ohne Pause würden sie die mannsdicke Schutzschicht auffüllen. »Wir wachen bei ihm, bis der Herr den Weg zurück ins Haus nicht mehr finden kann.«

Die Freunde starrten hinunter zum Schiff am Strand, hinaus aufs unruhige Meer und weiter bis zum Horizont. Auch wenn der Tag sich bald neigte, jetzt im Juli versank die Sonne zwar wieder, ihr fahles Licht aber würde die Nacht erhellen und entlang des Nordens zum Osten wandern, um dann erneut hinter dem Rand der Welt aufzusteigen.

»Ich trauere für ihn. Hätte er nur früh genug von seinem Ende gewusst, er hätte mich gebeten. Ich weiß es.« Tränen sickerten Erik in den roten Bart. »Ein kurzer Messerstich von mir hätte ihm zum Glück verholfen … So aber muss er ins Totenreich der Hel ziehen.«

Tyrkir verstand den Kummer. Was bedeutete das düstere Jenseitsreich unter der Erde, verglichen mit den Freuden und Gelagen der Götterwelt? Dort oben in Asgard ritten Morgen für Morgen die ehrenvoll aufgenommenen Wikinger zum Kampfplatz, traten mit Äxten und Schwertern gegeneinander an. Eisenfunken sprühten, das Blut floss in Strömen und nach dem Streiten schlössen sich wieder alle Wunden. Gemeinsam kehrten sie in die von goldenen Schilden überdachte Walhall zurück und speisten mit den Göttern. Täglich feiern sie dort oben rauschende Gelage, dachte Tyrkir, nie wird der Schöpfeimer mit süßem Met leer, nie gehen Speck und Fleisch des gesottenen Ebers aus.

Weil aber Thorvald nicht wie ein tapferer Krieger gefallen war oder selbst den Zeitpunkt des Todes bestimmt, sondern hier alle Lebenskraft verbraucht hatte, musste er durch Kälte und Dunkelheit ins Reich der Göttin Hel wandern. Sein Weg führte an wildreißenden Flüssen entlang, bis er den goldenen Steg, der sich über eine der zerklüfteten Schluchten spannte, endlich erreichte. Über ihn gelangte er zur Halle der Strohtoten.

Dort thronte Hel inmitten der Schattenwesen und bot einen Anblick des Grauens: Leib und Gesicht der unerbittlichen Göttin waren halb schwarz und halb blau, allein ihre Augen glühten. Sie würde Thorvald seinen Platz in der schweigenden Schar anweisen. Und dann gab es nichts mehr für ihn, nicht die kleinste Abwechslung, nur Langeweile bis ans Ende aller Zeiten.

»Der Herr war stets gut zu mir.« Tyrkir las einen Kiesel auf und drehte ihn in der Hand. »Damals, als er die Mutter und mich kaufte, da hatte ich große Angst vor ihm. So klein war ich und so mager.«

»Dafür bist du klug und geschickt, das hat den Vater beeindruckt.«

Die Knechte riefen. Allein die frisch angepresste Schicht aus Grassoden zeigte noch, wo die Öffnung gewesen war. Sie hatten schnelle Arbeit geleistet und kamen herüber.

»Da vorn, direkt am Rand der Klippe soll er liegen«, bestimmte Erik. »Mit Blick nach Osten übers Meer. Hebt das Grab aus, so tief es eben geht!«

Für einen Sarg hatten sie keine Bretter übrig, zu wertvoll war das Holz. Hier oben im sturmumtobten Norden Westislands wuchsen außer kleinen verkrüppelten Birken kaum Bäume, und das wenige angeschwemmte Treibholz benötigten sie dringend für den Hausbau oder zur Herstellung ihrer Werkzeuge.

Erik gürtete den Vater mit dem Schwert, gab Fleisch und Brot als Wegzehrung bei und wickelte den Leichnam in eine Segelplane. So ausgerüstet senkte er ihn in die knietiefe Grube. Ein letzter stiller Blick, dann schichtete er gemeinsam mit dem Freund aus Felsbrocken einen Grabhügel. Sie gaben ihm die Form eines Schiffes, dessen Bug hinaus aufs Meer gerichtet war.

»Es ist nicht genug«, sagte Tyrkir. »Jeder Fremde soll den Herrn erkennen.« Er hockte sich nieder und ritzte Runen in einen Stab, dabei summte er leise. Nachdem er das Holz oben auf dem Grab befestigt hatte, bat Erik: »Lies mir vor!«

»Zum Andenken an Thorvald den Mutigen.«

»Das ist wahr und gut.« Der Sohn nickte. »Nichts dürfen wir

vergessen. Er soll in unserer Erinnerung weiterleben«, und er wandte sich an die Knechte und Mägde: »Kommt alle ins Haus, lasst uns den Herrn ehren!«

Die Hochbank zwischen den durch Ornamente, magische Zeichen und Figuren reich verzierten Stützpfosten blieb leer. Nach dem Mahl ließ Erik das einzige Fass mit Met anschlagen.

Seit sie von Norwegen abgesegelt waren, hatte der Vater die süße, berauschende Köstlichkeit wie seinen Augapfel gehütet, zum ersten Julfest im neuen Land, zur Wintersonnenwende, sollte sie getrunken werden. Nun füllte der Met die Becher bei seiner Totenfeier.

Erik stand dicht vor dem Langfeuer, er blickte über die Glut zu den beiden Mägden, dann auf seiner Seite zu den Männern. »Lasst mich die Ahnen herbeirufen!« Das Wichtigste, der einzige Hort war die Sippe. Ein freier Mann gehorchte keinem Fürsten, er war zuerst seiner Familie verantwortlich, hiernach den Nachbarn und dem Volk. Mit dem Namen wurde die Kette von den Urvorfahren bis zu den Kindeskindern geschmiedet. »Großvater Asvald! Hier steht der Sohn deines Sohnes. Hörst du mich? Bring deinen Vater Ulf und du, Ulf, bring deinen Vater Ochsenthorir zu uns!«

Er wartete. Nur das Knistern des Feuers unterbrach die Stille. Mit einem Mal stieg der Rauch nicht mehr zum Windauge über dem Hochsitz auf, sondern quoll in einer Wolke durch die Halle; nur einen Moment, schon bildete sich wieder eine Säule, die durch das runde Deckenloch abzog.

Tyrkir schloss die Augen. Flüchtig dachte er an seine Vorfahren im fernen Deutschland. Selbst wenn ich eure Namen wüsste, mich würdet ihr nicht erhören, nie würdet ihr euch zu mir, einem Sklaven, setzen.

»Heute gesellt sich Thorvald in euren Kreis. Er war aufrecht und stolz wie ihr.« Erik berichtete von den Heerfahrten und Kämpfen des Vaters, auch wie er sich später den großen Hof in

Norwegen gebaut hatte und Bauer und Kaufmann wurde. »Er war beliebt und geachtet auf jedem Handelsplatz …«

Tyrkir fühlte einen Stich, er hörte nicht mehr auf die Rede. Seine Gedanken kehrten nach Haithabu am Ufer der Schlei zurück. Dorthin, zur großen Handelsniederlassung, hatten die Wikinger ihn und die Mutter nach dem Überfall auf ihr Dorf tief unten am Rhein verschleppt.

Damals hieß ich noch Thomas, überlegte er, und war gerade fünf Winter alt. Und die Mutter? Er erinnerte sich nicht an ihr Alter, wusste nur, wie schön und klug sie war. Und ihren Geruch, wenn er sich an sie schmiegte, ihn würde er nie vergessen. Sie diente im Haus des Sklavenhändlers, hütete ängstlich ihr Kind und erzog es nicht weiter nach der christlichen Lehre. »Du musst jetzt wie diese Menschen leben, musst denken wie sie, sonst kannst du nicht bestehen, falls man dich mir wegnimmt.«

Anfangs war es für ihn schwer, sich an den neuen Namen zu gewöhnen. Nicht länger Thomas, sie nannte ihn Tyrkir. »Kein anderer Gott im Himmel der Wikinger gleicht dem weisen und mutigen Tyr«, begann sie jede Geschichte über Walhall und lehrte ihn, diesen Namen mit Stolz zu tragen.

Während der folgenden Jahre sog er wissbegierig seine neue Umwelt in sich auf, sprach deutsch nur, wenn er mit der Mutter allein war, sonst aber nordisch wie alle Kinder in Haithabu, wusste bald um jeden Brauch, fühlte und glaubte wie sie. Die Zeit in Deutschland war in ihm nicht ausgelöscht, war aber zu einem fernen Geheimnis geworden, an das er nur selten rührte.

Tyrkir zählte elf Winter, als der reiche Thorvald mit seinem Schiff von Norden kam, die Sklavin sah und für sie und das Kind einen hohen Preis zahlte. Wie laut er lachen konnte, wie er die Mutter an sich presste! Ja, er flößte dem schmächtigen Jungen Angst ein.

Während der Rückfahrt nach Norwegen erkrankte die Mutter, und kaum war der Hof in Jaedern erreicht, lag sie blass und elend auf der Trage. Nach wenigen Tagen schon starb sie und Tyrkir hörte den Bauern fluchen: »Ein schlechtes Geschäft. Nicht ein einziges Mal hat sie mir Mannesfreuden bereitet, keinen Handgriff hat sie im Haus getan. Und dafür hab ich gutes Hacksilber hergegeben.«

Er sah den weinenden Jungen. »Dich will ich nicht, so mager, wie du bist. Esser hab ich genug. Dich überlasse ich den Wölfen.«

Der Kleine wischte sich die Augen. »Nicht wegjagen, bitte«, flüsterte er. »Ich habe viel gelernt, Herr«, und zeigte, wie geschickt er mit dem Messer schnitzen konnte, zeigte, wie rasch er Feuer schlug, rannte quer über den Hof und kam zurück. »So schnell bin ich.«

Der Herr brummte nur in seinen Bart: »Was kannst du noch?«

Über Kräuter und Heilwurzeln wusste der kleine, braunhaarige Deutsche mit den Sommersprossen Bescheid. »Meine Mutter hat es mir beigebracht. Außerdem war ich bei uns im Dorf mit auf dem Weinberg …«

»Wein?« Thorvald leckte nachdenklich die Lippen. »Du Knirps weißt, wie Wein gekeltert wird?«

»Ja, alles weiß ich von meiner Mutter«, log er. »Glaub mir, Herr. Ich bin nützlich.« In seiner Not breitete er die Arme aus: »Auch kenne ich die Götter, alle: Odin, Freyr, Thor und ganz bestimmt den weisen Gott Tyr. Er hat den wilden Fenrisswolf angekettet bis zum Ende aller Zeiten. Na ja, die rechte Hand hat er dabei verloren. Aber ich hab noch zwei. Tyr ist der beste Krieger und der klügste Gelehrte. Deshalb hat mich Mutter nach seinem Namen genannt, weil ich werden soll wie Gott Tyr …«

»Nun halt's Maul, Knirps! Keiner von uns wird wie ein Gott.« Thorvald grinste breit. »Dein Alles, Alles, Alles verstopft mir noch die Ohren. Na gut, darfst bleiben. Ich gebe dich meinem Sohn Erik. Und wehe, du hältst ihn von der Arbeit ab.«

Im Verlauf von drei Jahren war eine Freundschaft zwischen

den beiden gewachsen. Erik, der starke, leicht aufbrausende Erbsohn, und der wendige, klar und scharf denkende, schmalbrüstige Sklave hatten Vertrauen zueinander gefunden. Und heute? Sie teilten Freude und Leid, konnten selbst heftige Meinungsverschiedenheiten miteinander austragen, ohne dass sie sich entzweiten. So wird es bleiben, dachte Tyrkir und kehrte aus seinen Gedanken zurück.

»... Es kam zum Kampf!« Der Freund erinnerte gerade an den Streit des Vaters mit den Nachbarn in Jaedern. Eine Beleidigung, die Thorvald nicht ungerächt hinnehmen konnte, hatte den Anlass gegeben. »Bei Thor, unser Kampf war ehrenhaft. Kein Hinterhalt, offen stellten wir uns den Feinden. Aber die Zeugen auf dem Gerichtstag sagten gegen uns aus. Sie waren bestochen.«

Die Thingversammlung hatte Thorvald des heimtückischen Mordes für schuldig befunden und das Urteil lautete: Ehrverlust und Verbannung. Nur wenig Zeit blieb dem Bauern, ehe er von jedermann gejagt und getötet werden durfte.

Überhastet verkaufte Thorvald den Hof, rüstete sein Schiff aus und stach mit dem Sohn, einigen Knechten und Mägden, wenigem Vieh und den notwendigsten Habseligkeiten in See.

Sein Ziel war Island, das gelobte Land der Auswanderer. Sieben Tage westwärts im Auf und Ab der stürmischen Wellen, der Drache am Bug trotzte dem Meer.

Aber sie kamen Jahre zu spät, um auf Island noch guten, fruchtbaren Boden zu erhalten. »Kein Platz für euch!« Erik ballte die Faust. »Ihr, meine Freunde, habt es selbst immer wieder gehört. Kein Platz! Wir wurden weiter und weiter nach Norden abgedrängt. Erst hier auf Spitzklipp am Hornstrand konnten wir endlich den Hof errichten.«

Schwer hatten sie gearbeitet, auch der Vater, bis ihn vor Wochen Müdigkeit überfiel, und weil die Glieder nicht mehr gehorchten, war er im Haus geblieben.

»Nehmt Abschied, Freunde! Trinkt mit mir auf Thorvald!«

Ein jeder in der Halle setzte den Becher an und leerte ihn bis auf den Grund.

Fragend sah Erik auf den Deutschen, sie verständigten sich mit einem Nicken, und gefasst schritt er zum Ehrensitz. Kein Gemurmel, kein Laut mehr in der Halle, angespannt begleiteten ihn alle Blicke.

Er strich mit der Hand langsam über die Schnitzerei der Zierpfosten. Fast wie ein Heiligtum wurden diese Stützen vom Ältesten einer Sippe gehütet und jeder, dem neu die Pflichten und Rechte zufielen, der fügte irgendwann ein Ornament oder ein magisches Zeichen hinzu. Erik dehnte die Brust und nahm den erhöhten Platz ein.

Tyrkir winkte die Knechte und Mägde näher, ließ nachschenken und rief: »Hoch lebe unser Herr, Erik, den man den Roten nennt, er soll leben und uns beschützen. Mögen die Götter ihm nie ihre Gunst entziehen!«

Das Gesinde fiel mit ein. Ja, ein Hoch dem neuen Herrn. Immer wieder wurden die Becher gefüllt und Schluck für Schluck verwandelte der süße Met die Trauer der letzten Stunden in die Freude, nun Erik dienen zu dürfen.

Den Hünen hielt es nicht lange auf der Ehrenbank. »Was die Götter sich erlauben, können wir auch. Lasst uns feiern!« In der linken Hand schwenkte er den Becher und mit dem freien Arm umfasste er die Hüfte einer der beiden Mägde, presste sie an sich, drehte sich langsam mit ihr im Kreis und küsste sie. Atemlos gab er sie frei und griff nach dem prallen Busen der zweiten Sklavin. »Zeig sie uns, Katla. Zeig uns deine Titten!«

Ohne Zögern gehorchte sie und löste die Kittelschlaufen. Beim Anblick der weißen, leicht schwingenden Brüste ließen einige der Knechte den Becher sinken.

Tyrkir bemerkte den gierigen Hunger in ihren Blicken sofort. Gefahr drohte. Wie leicht konnten sie, angeheizt durch den Met, vergessen, dass nur der Herr sich der Frauen bedienen durfte. Mit drei Schritten war er bei der Magd und zog sie beiseite. »Lass gut sein, Katla!«, mahnte er leise. Sein zorniger Blick ernüchterte Erik für einen Moment.

»Ja, Tyrkir hat Recht«, lenkte er ein. »Zwei Weiber sind zu wenig für alle! Lasst uns saufen, vom Met haben wir genug!« Sein Lachen steckte an, und bald erfüllte ausgelassener Lärm die Wohnhalle, bis nach und nach die Köpfe schwer wurden.

Spät in der Nacht zog Erik den Freund hinter sich her. »Komm mit!« Schweren Schritts verließen sie die Halle und stapften im fahlen Zwielicht hinüber zum Grabhügel auf der Klippe. Lange Zeit stand der Hüne da, schließlich fragte er mit schwerer Zunge: »Was jetzt? Ich bin der Herr, aber du bist so gescheit. Was jetzt?«

Tyrkir trat dicht an ihn heran. »Heiraten!«

»Was?«

»Ich sagte, du musst heiraten. Nicht nur, weil der Hof eine Herrin braucht. Du bist der Letzte deiner Sippe. Ich mein, Kinder brauchst du, damit es weitergeht.«

Erik schüttelte den Kopf, sein Blick verlor etwas von der Trunkenheit. »Einfach so? Heiraten? Dazu gehören zwei, hast du das vergessen? Wen soll ich denn …«

Ausgiebig kratzte Tyrkir die Flohstiche. Trotz des Mets gelang es ihm, seine Gedanken zu ordnen. Lange genug hatte er diesen Plan durchdacht, jedoch bisher nicht gewagt, ihn dem Freund zu unterbreiten. Jetzt aber war die Gelegenheit günstig. »Unten am Hvammsfjord, als wir da nach Land fragten«, begann er vorsichtig, »da hast du die Tochter des alten Thorbjörn angesehen.« Er tat so, als wisse er den Namen der jungen Frau nicht mehr. »Wie hieß sie noch?«

»Thjodhild«, murmelte Erik nachdenklich. »Thjodhild aus dem Habichtstal.«

Die Erinnerung schien ihr Bild in ihm zu malen. »Keine

schlechte Frau. Und frei war sie noch im Frühjahr. Blond ist sie und gerade gewachsen. Ja, keine schlechte Frau.«

Mit einem Mal stieß er dem Freund leicht gegen die Brust. »Wir brechen auf, gleich morgen. Warum sollte Bauer Thorbjörn was gegen mich haben? Sieh mich doch an! Ich bin ein Schwiegersohn. Einen besseren kann er sich gar nicht wünschen.«

»Nur waschen müsstest du dich«, bemerkte Tyrkir, »sonst erkennt niemand deine Schönheit.«

»Wag es nicht!« Halb im Zorn hob Erik die Faust. »Du sprichst mit deinem Herrn.«

Als er den unerschrockenen Blick sah, umarmte er leidenschaftlich seinen Sklaven. »Uns trennt nichts, auch nicht eine Frau. Niemals. Das schwöre ich!«

THJODHILD

Eine Abwechslung, endlich, seit zwei Wochen hatte Thjodhild diesen Tag herbeigesehnt. Im Sommer wurde in der Mitte der ersten Woche eines neuen Monats unten am Fjord ein Markt abgehalten. Kein Vergleich mit dem großen Markt beim Allthing im Herbst, aber ihr genügte er. An diesem Markttag maß sie die Zeit: War er vorbei, so lebte sie eine Weile von der Erinnerung und bis zum nächsten Besuch dann in der Vorfreude.

Das grobe Kittelkleid hatte Thjodhild mit dem Untergewand und ihrem von Schulterfibeln gehaltenen Trägerrock getauscht, darüber ihr großes grünes Schaltuch geschlungen und es vor der Brust mit einer silbernen Spange zusammengesteckt. Die Kette aus Bronzemedaillons schmiegte sich kühl um den Hals der Achtzehnjährigen. Sorgfältig hatte sie ihr langes blondes Haar gekämmt, es fiel unter dem Kopftuch offen bis weit über den Rücken.

Frei sein von allen Pflichten! Kein mühevolles Schlagen der Salzbutter heute, keine Arbeit im Haus oder Stall! Dafür andere Menschen sehen und den eintönigen Alltag für ein paar Stunden vergessen.

Die kränkelnde Mutter war auf dem Hof geblieben, weil ihr Bein wieder schmerzte, nur der Stiefvater und sie hatten in der

Frühe die Pferde gesattelt und waren durchs obere Habichtstal den Bach entlang, am See und Wald vorbei hinunter zum Strand geritten. Unterwegs hatten sich einige Nachbarn angeschlossen, Neuigkeiten wurden ausgetauscht und schnell war die Zeit vergangen.

Selbst das Wetter hat ein Einsehen, dachte sie. Bis auf wenige, schnell ziehende Wolkenschatten strahlte die Augustsonne vom glasblauen Himmel auf Buden und Verkaufsstände nieder. Gelächter, Rufen und Feilschen erfüllten den kleinen Handelsplatz. Das klare Licht und die wohltuende Wärme beschwingten die Leute.

Inzwischen wartete Thjodhild schon eine Weile auf den Vater. Er stand mit befreundeten Großbauern beim Rosshändler und begutachtete die kleinen kraftvollen Tiere, griff in die üppigen Mähnen wie in Frauenhaar, prüfte das Gebiss, strich den Bauch und die Sehnen der Vorderhufe. »Und ich sage, diese Stute ist kräftiger!«

»Wenn du dich nicht irrst, Thorbjörn.«

»Sag das nicht! Von Pferden verstehe ich mehr als du.«

Eine hitzige Auseinandersetzung kündigte sich an. Dieses Hin und Her kannte Thjodhild nur zu gut, und bis die Männer sich einigten, würde noch viel Zeit vergehen. Sie schlenderte weiter durchs Gedränge. Ohne es sich anmerken zu lassen, nur aus den Augenwinkeln, genoss sie die hungrigen Blicke der jungen Bauern.

Die unverheirateten Söhne der reichen Grundbesitzer waren nicht bloß der Geschäfte wegen gekommen, sondern zeigten sich in Festkleidung und hofften, endlich eine Braut zu finden. Einige hatten schon um Thjodhild angehalten, bisher aber war ihr keiner recht gewesen. Und da Thorbjörn selbst Nachwuchs versagt geblieben war, er dafür aber die einzige Tochter seiner Frau wie sein eigen Blut liebte und sie nicht ohne ihre Einwilligung verheiraten wollte, war Thjodhild immer noch ledig.

»Ich warte, bis mir einer gefällt«, sagte sie oft zur Mutter, wenn sie gemeinsam im Saunahaus den Dampf und die Wärme genossen.

»Warte nicht zu lange, Mädchen!«, hatte die alte Frau erst vor wenigen Tagen gewarnt. Ihren ersten Mann Jorund hatte sie früh verloren und war froh gewesen, in Thorbjörn wieder einen tüchtigen, gutherzigen Bauern für den Habichtshof gefunden zu haben. »Blumen sind schön, wenn sie gerade aufblühen. Schnell aber beginnen sie zu welken.« Sie strich über ihre ausladenden Brüste und wog sie in den Händen, dieses Busens wegen wurde sie Thorbjörg Schiffsbrust genannt. »Früher waren sie fest und straff. Und heute?«

»Sorg dich nicht! Ich weiß, was ich will.«

»Nein, hör auf mich! Der jüngere Bruder des Herrn vom Valtjofshof. Dieser Ejolf, das wäre ein ...«

»Bitte schweig!«, war die Tochter aufgefahren, um sofort einzulenken: »Verzeih, Mutter!« Liebevoll hatte sie ihr den Rücken gerieben. »Bitte, versteh doch, ganz gleich, wie reich seine Familie ist, mich friert schon bei dem Namen.«

Thjodhild schüttelte den Kopf. Nie werde ich Ejolf Dreck heiraten. Obwohl er jetzt als Mann stets aufgeputzt daherkam, war ihm der Beiname Dreck geblieben, weil er sich als Kind stets mit dem eigenen Kot besudelt hatte. Sicher würde er ihr heute auf dem Markt über den Weg laufen. Sie sah schon sein Grinsen, hörte sein prahlerisches Gerede. Und wie jedes Mal würde sie sich abwenden, bis er es endlich begriffen hätte.

Duft nach gebratenem Seehundfleisch stieg ihr in die Nase. Nein, nicht gleich, später wollte sie mit dem Vater gemeinsam etwas essen, zunächst aber in aller Ruhe die Auslagen betrachten.

Ja, ein schöner Tag! Neben Fischern und Handwerkern boten hier einige Nachbarn an, was sie entbehren konnten, tauschten da einen Spaten gegen eine Kette für den Kochtiegel, gaben dort zwei Messer für eine Schere.

Nach Hausrat stand Thjodhild heute nicht der Sinn, sie zog es zu den Buden, an denen verzierte Schulterspangen, Schmuck und andere Kostbarkeiten angeboten wurden, bestaunte die Auslage kleiner geschnitzter Figuren aus Walrosszahn und ging weiter. Beim Kunstschmied blieb sie länger stehen. Dieses Glitzern und Blinken. Wenn ich nicht so vernünftig wäre, würde ich ihm alle Armreifen und Broschen abkaufen, seufzte sie und drehte sich um.

Sie blickte in ein Gesicht, übersät mit Sommersprossen, die dunklen Augen lächelten ihr einen Moment zu, dann gab der schmächtige Bursche den Weg frei.

Wer war das? Er muss fremd hier sein. Nein, irgendwann bin ich ihm schon mal begegnet. Dem Kittel und seinen kurz geschorenen Haaren nach muss er ein Sklave sein. Thjodhild reckte das Kinn. Was dieser Kerl sich herausnimmt! Wenig später, am Karren des Topfhändlers, stand er unvermittelt wieder neben ihr.

»Du versperrst mir die Sicht!«, fuhr sie ihn an.

»Nicht zornig werden, schöne Frau!«

Die warme Stimme ließ sie stutzen. »Was willst du von mir? Wie ist dein Name?«

»Tyrkir, der von Gott Tyr Erwählte.« Er lächelte entwaffnend. »Nein, nein, ich bin kein Götterbote. Ich will nichts und doch will ich etwas. Besser gesagt, mein Herr möchte dir etwas zeigen.«

Ein Leibeigener, der auf sonderbare Art nach Kunden Ausschau hielt, mehr nicht. Halb belustigt nickte Thjodhild. »Also gut, wo ist sein Stand. Führe mich hin!«

Die kräftige Stimme war das Erste, was sie vernahm. »Den Bären hab ich selbst in Norwegen erlegt. Und glaubt mir, es war ein Kampf auf Leben und Tod!« Dann sah Thjodhild die leuchtend rote Mähne über den Köpfen dreier Frauen, die den Jäger umlagerten und feilschten. Jedes ihrer Gebote schlug er mit den gleichen Worten aus: »Zu wenig! Bei Thor, dieses Fell verkaufe ich nicht so billig.«

Schließlich gaben die Kundinnen enttäuscht auf und gingen zum nächsten Stand.

Langsam näherte sich Tyrkir mit der schlank gewachsenen Frau. Kaum entdeckte Erik die beiden, wischte er sich übers Gesicht und fuhr mit den Händen durch seine Haare. »Ein schöner Tag heute.« Mehr fiel ihm nicht ein.

Sie nickte flüchtig, und als sie sich über die weiche braunschwarze Bärendecke beugte, gab er dem Freund heimlich Handzeichen, erwartete Hilfe von ihm. Jedoch Tyrkir lächelte nur.

»Wie viel willst du für dein Fell haben?«

»Mein Fell? Für alles, was du bist, geb ich's dir.« Röte schoss Erik ins Gesicht, dunkler noch als sein Bart und die wilde Mähne.

Sie sah ihn überrascht an. Seine bernsteingelben Augen hielten ihrem Blick stand. »Das ist mein Preis, schöne Thjodhild. Und ich handle nicht, damit du's weißt.«

»Du kennst meinen Namen?« Ehe er antworten konnte, erinnerte sie sich an ihn, an die Augen. »Warst du nicht im Frühjahr bei uns auf dem Gut?« Natürlich, mit seinem Vater hatte er überall an der Küste des Hvammsfjords, im Lachstal und auch im Habichtstal nach Land gefragt. »Du bist Erik der Rote, der aus Norwegen herübergekommen ist.«

»Genau der bin ich. Wir haben oben am Hornstrand gesiedelt. Einen großen Hof besitzen wir jetzt da im Norden. Gutes Gras. Sogar Ackerland genug. Ja, wir haben's gut getroffen.«

Kurz blickte sie zu Tyrkir, dann wieder auf den breitschultrigen Burschen und ärgerte sich, weil ihr Herz heftiger schlug. Du bist nie Bärenjäger gewesen. Aber mich hast du von deinem Knecht anlocken lassen. Glaub nur nicht, dass ich dir in die Falle gehe!

Indes, das Spiel reizte sie. Mal sehen, wie geschickt er es anstellt. »Ein ziemlich weiter Weg von da oben bis zum Hvammsfjord.« Sie hob spöttisch die Brauen. »Kein kluger Bauer unternimmt während der Erntezeit solch eine Reise, nur um unseren kleinen Markt zu besuchen.«

»Ich schon«, schnappte er, »auch wenn du mich beleidigst.«

Tyrkir hielt den Atem an. Bleibe höflich, mein Freund!, flehte er stumm, verdirb jetzt nicht alles, ehe es begonnen hat!

Mühsam kämpfte Erik gegen den aufsteigenden Zorn. »Vielleicht bin ich nicht so gescheit wie du. Mag sein. Aber ich weiß genau, was ich will.«

»So? Und was?«

»Mein Fell«, knurrte er. »Das will ich dir verkaufen.«

Thjodhild trieb ihn weiter und fuhr mit den Fingern durch die Bärendecke auf dem Holzbock: »Du meinst dieses Fell hier?«

»Ja, verflucht. Und bei Thors Hammer, mein Fell auch. Deshalb bin ich hier.« Die Wut war stärker und platzte aus ihm heraus. »Aber bei deiner spitzen Zunge weiß ich nicht mehr, ob du die Richtige bist.«

»Schade. So schnell gibst du auf?« Thjodhild wandte sich ab. Nach wenigen Schritten rief sie über die Schulter: »Vielleicht komme ich später mit dem Vater vorbei. Wenn die Bärendecke noch zu haben ist, wer weiß, vielleicht kauft er sie mir.«

Erik starrte ihr nach und hieb die Faust in seine linke Hand. »Weibsstück!«, murmelte er. »Verflucht. Besser, du kommst nicht zurück.« Kaum sah er die vergnügte Miene des Deutschen, drohte er: »Hör auf zu grinsen, Sklave! Es war dein sauberer Plan. Ach, ich sollte dir ...«

»Warum regst du dich auf?« Ruhig trat Tyrkir auf ihn zu. »Sie hat angebissen, glaub mir.«

»Dieses stolze Weib? Niemals!«

Gerade wollte der Freund dem Enttäuschten erklären, als unvermittelt ein Jungbauer vor ihnen auftauchte. »Fremde seid ihr?« Ein kantiges Gesicht mit zornigen Augen. Die engen Hosen und das Hemd waren aus feinstem Leinen, der an der linken Schulter gehaltene braune Umhang verdeckte den Schwertknauf, rechts trug der Mann neben Messer und Münzbeutel eine Streitaxt im Gürtel. »Was treibt euch in unsere Gegend?«

»Wer will das wissen?« Breit richtete sich Erik auf. Ihm war anzusehen, dass er in diesem Moment nichts gegen eine Rauferei einzuwenden hätte.

»Kerl, vor dir steht Ejolf vom Valtjofshof. Jeder kennt mich hier!«

Sie maßen einander mit Blicken, schließlich senkte der herausgeputzte Bursche als Erster die Augen. »Na gut, nicht heute.« Unter halb geschlossenen Lidern lauerte er den Roten an. »Ich hab beobachtet, wie du mit meiner Thjodhild gesprochen hast. Und lange. Worüber?«

»Nichts, was dich angeht.«

Rasch wies Tyrkir auf die Felldecke. »Der schönen Frau gefiel sie. Mein Herr hat ihr den Preis genannt, das war alles.«

Die Antwort befriedigte Ejolf nicht, aber er ließ es dabei. »Du hast Glück, wenn sie das Fell will, dann kauf ich es. Wird ein feines Geschenk. Sag deinen Preis!«

Über den Kopf des Jungbauern hinweg entdeckte Erik die blonde Frau in Begleitung ihres Vaters, zielstrebig kamen sie näher, und er verschränkte die Arme vor der Brust. »Zu spät. Kein Geschäft mit dir. Entweder verkaufe ich das Fell der Tochter vom Habichtshof selbst oder ich behalte es.« Er verengte die Brauen, betont laut fragte er: »Wieso sagst du: deine Thjodhild? Bist du mit ihr im Wort?«

»Zum Winteranfang feiern wir Hochzeit.« Ejolf bemerkte nicht, wer fast schon hinter ihm stand. »Und dann gehört sie mir. Mit dem Bauern bin ich längst einig.«

»Lügner!«

Beim Klang der Stimme zuckte er zusammen und fuhr herum.

»Nichts ist wahr davon!«, zischte ihn die junge Frau an. »Wage es nicht, solche Lügen zu verbreiten. Hörst du? Nie mehr!«

»Thorbjörn, wie redet deine Tochter mit mir?«, presste er heraus. »Dachte, wir wären gute, friedvolle Nachbarn? Da, das Fell wollte ich ihr schenken. Nur so, aus Freude. Aber zum Dank beleidigt sie mich sogar vor Fremden.«

Der graubärtige Großbauer versuchte zu beschwichtigen, doch Thjodhild unterbrach ihn: »Lass nur, Vater! Ich spreche für mich allein.« Sie stemmte die Fäuste in die Hüften. »Mit nichts kannst du mir Freude bereiten, Ejolf Dreck. Als Nachbar ertrage ich dich, aber niemals als Bräutigam.«

»Warte ab!« Er grinste verschlagen. »Kein anderer am Hvammsfjord wagt es, mir in die Quere zu kommen. Du wirst nicht jünger, und irgendwann ist der Tag da, an dem du froh sein wirst, wenn ich dich nehme. Anbetteln wirst du mich.«

Jäh hob sie die Hand, rechtzeitig wich er aus, und weil der Schlag ins Leere gegangen war, fauchte sie außer sich: »Weg! Verschwinde! Geh zu deinen sauberen Freunden, diesen Nichtstuern, und lass mich in Ruhe!«

Ejolf grinste immer noch. »Bis bald.« Scharf sah er den Fremden und dessen Knecht an. »Ihr vergesst, was ihr gehört habt! Verstanden? Nicht ein Wort darüber, sonst lernt ihr mich kennen.«

Erik verzog keine Miene und kaum war der Herausgeputzte außer Hörweite, murmelte er Tyrkir zu: »Diese Frau. Leicht wird's nicht mit ihr, glaub ich.«

Immer noch erregt trat Thjodhild vor den Roten hin. »Und jetzt zu dir. Stehst du zu dem, was du vorhin gemeint hast?«

»Was hab ich denn …?« Erik runzelte die Stirn, kurz stieß ihm Tyrkir den Ellbogen in die Seite und er begriff. »Ja, bei Thor, jedes Wort ist wahr.«

»Also gut.« Sie wandte sich an den Stiefvater. »Ich nehme das Fell.« Nein, das Silber sollte er im Beutel lassen, über den Preis wären sie sich einig. »Bitte, lade ihn und den Sklaven ein, als Gäste zu uns auf den Hof. Da habt ihr Männer Zeit, euch zu besprechen.« Thjodhild drehte sich um und ging davon.

Thorbjörn wiegte beinah entschuldigend den Kopf. »Meine Tochter ist etwas heftig.«

»Schon recht«, antwortete Erik und schnaufte.

Früher als gewöhnlich verließ der Großbauer mit seiner Tochter den Handelsplatz am Strand. Seine Gäste ritten ein Stück hinter ihnen. Die Nachmittagssonne ließ die Weiden rechts und links des Baches leuchten und brach sich im Weiß der Birkenstämme. Eine Zeit lang beobachtete Thorbjörn die junge Frau, sie saß aufrecht im Sattel und sah zu den schwarzen Bergrücken im Osten. Schließlich unterbrach er das Schweigen. »So schnell? Bist du sicher, Mädchen, dass du keinen Fehler begehst?«

Sie kehrte aus ihren Gedanken zurück. »Er ist anders als die Männer, die ich bisher kennen gelernt habe.«

»Und es ist nicht, weil du den jungen Ejolf bestrafen möchtest? Ach, Kind, keiner weiß etwas über diesen Erik.«

Offen blickte sie den besorgten Vater an. »Aber ich fühle etwas Neues, hier drinnen. Nein, nein, vertrau mir, nicht mein Herz allein soll bestimmen. Wir haben ja Zeit genug, ehe wir uns entscheiden.«

Drei Pferdelängen hinter ihnen zerknautschte Erik unentwegt das Halfter in der Faust. Tyrkir wartete geduldig.

»Dein Plan war es nicht allein«, brummte der Hüne vor sich hin. »So gescheit bist du nicht. Muss eine Fügung sein. Was meinst du, welcher Gott hat die Hand im Spiel?«

»Tyr war es nicht, da gebe ich dir Recht, in diese Dinge mischt er sich nicht ein. Aber vielleicht hat er Gott Freyr einen Wink gegeben, der versteht was von Fruchtbarkeit, weil wir's doch eilig haben.«

»Kann schon sein.« Erik strich dem Pferd über die Mähne

und tätschelte den Hals. Nach einer Weile lächelte er vor sich hin.

Thorbjörn vom Habichtshof verstand zwar die Ungeduld des Rothaarigen, nicht allzu lange durften seine Knechte während der Erntezeit oben im Norden allein bleiben, jedoch eine Heirat war eine Heirat und die Bedingungen mussten vorher in Ruhe verhandelt werden. Es hatte den gutmütigen Großbauern schon viel Überwindung gekostet, auf Bitten Thjodhilds seiner Frau zu erklären, dass die geliebte Tochter sich nicht für einen der benachbarten Jungbauern entschieden hatte, sondern allen Ernstes mit dem Fremden weggehen wollte. Seit dem Frühstück saßen die Männer allein in der großräumigen, mit Wandteppichen geschmückten Wohnhalle.

Die Ahnenreihe Eriks wies keinen Makel auf, auch als er freimütig von der Verurteilung in Norwegen und der Flucht berichtete, zuckte Thorbjörn nur bedauernd die Achsel. Gekaufte Zeugen! Wie schnell konnte jedem von ihnen das gleiche Unglück widerfahren. »Wir sind alle den Launen des Schicksals unterworfen.« Nein, die Gerichtssache war ausgestanden und zählte nicht mehr.

»Was bietest du unserer Tochter?«

»Nun ja, viel kommt da zusammen.« Diese Frage hatte Erik befürchtet und bedauerte jetzt, dass der Freund nicht bei dem Gespräch anwesend war. Wie gern hätte er sich auf dessen Zeichen und Blicke verlassen. »Also gut. Zehn Kühe stehen im Stall. Mein Stier hat heißes Blut, das versichere ich dir. Dann Pferde für jeden Knecht. Ja, und gut vierzig Schafe. Das Land ...« Erik dehnte sich und berichtete von genügend fruchtbaren Wiesen, sogar Lauch, Zwiebeln und Erbsen hätte er reichlich auf dem Acker. Je länger er sprach, umso prächtiger malte er seinen Besitz aus und war im Stillen überzeugt, ihn durch viel Arbeit irgendwann auch zu dieser Größe entfalten zu können.

»Wusste ich gar nicht«, der Großbauer kratzte sich nachdenklich im Kinnbart, »wusste nicht, dass es sich oben am Hornstrand so gut wirtschaften lässt. Nur schade, wir können unsere Höfe nicht zusammenlegen. Das würde meiner Thorbjörg gefallen. Nicht allein wegen der Ländereien, davon haben wir selbst genug, sondern weil sie das Mädchen dann häufiger sehen könnte.«

»Wir kommen euch besuchen«, versicherte Erik hastig.

»Und du besitzt ein Schiff?«

Erleichtert, nun endlich von etwas zu berichten, das der Wahrheit entsprach, schwärmte er von seinem hochseetüchtigen Knorr, nannte ihn stolz: Reittier des Meeres. Vierzig Knechte fänden darauf bequem Platz. Er sprach vom roten Segel, vom Drachenkopf am Bug und dem geräumigen Frachtraum. »Wenn ich achtern an der Pinne stehe, sind Wind, Sonne und Polarstern meine Freunde …«

»Das genügt«, unterbrach ihn Thorbjörn. »Du gefällst mir, ja ich glaube, du bist ein Mann voller Tatkraft. Nachdem ich nun dein Vermögen kenne, will ich dir ebenso viel als Gegenwert bieten.« Thjodhild sollten zehn Knechte und drei Mägde nach Hornstrand folgen.

»An Frauen fehlt es bei mir«, warf Erik bittend ein.

Großzügig erhöhte der Gutsherr das Gesinde um weitere vier Sklavinnen. Außerdem stellte er Bauholz zur Verfügung, genug für ein Frauenhaus, dazu Wolle, zwei Webstühle und anderen Hausrat. Lange zählte er auf und Erik staunte stumm, welch eine reiche Frau ihm gegeben werden sollte.

»Bist du einverstanden, entspricht die Mitgift deinem Besitz, wenn wir den Wert des Schiffes nicht berechnen?«

»Ich hätte sie auch für weniger genommen.«

Da schmunzelte Thorbjörn. »Wie verliebt und unerfahren du bist. Würde an deiner statt ein geschickter Brautwerber mit mir verhandeln, niemals würde ihm solch ein Geständnis über die Lippen kommen.« Die Verabredung einer Heirat sei ein nüchterner Handel, mahnte er. Denn bei einer Scheidung oder Trennung stehe der Frau nach dem Gesetz die Hälfte des gemeinsamen Vermögens zu. »Befolge meinen Rat, Junge: Wenn wir morgen unser Abkommen vor Zeugen wiederholen und sie den Mundschatz in Silber für Thjodhild festlegen, so schweige über deine Gefühle. Sie kosten dich nur mehr Silber.«

Erik schluckte; sollte dies eine Maßregelung oder gar eine Kränkung sein? Erst nach einigem Grübeln war er sicher: Der Großbauer wollte ihn nicht beleidigen, sondern meinte es wirklich gut mit ihm. »Merk ich mir fürs nächste Mal.«

»Untersteh dich! Ich gebe dir meine Tochter, damit du mit ihr einzig und allein das Glück deiner Sippe vermehrst.«

Auch das begriff der breitschultrige Rote und war froh, endlich die Wohnhalle verlassen zu können.

In den zwei Wochen nach dem Verlobungsbier sah er Thjodhild kaum. Ohnehin hatte Erik auch vorher wenig mit ihr sprechen können und allein waren sie nie gewesen. Stets wachte Frau Thorbjörg Schiffsbrust über ihre Tochter.

Wenn ihn des Nachts die steigende Unruhe in seinen Lenden nicht schlafen ließ, beschwerte er sich bei dem Freund: »Wie soll ich denn wissen, wer meine Frau wird?«

»Du musst dich gedulden, bis sie neben dir liegt.« Tyrkir gähnte ausgiebig. »Die Überraschung gibt's erst zum Fest.«

Die alte Bäuerin hatte sich mit dem künftigen Schwiegersohn abgefunden, war aber voll neuer Sorge, denn selbst die gebührende Wartezeit von mindestens zwei Monaten bis zur Hochzeit sollte nicht eingehalten werden. Sie hätte sich die große Feier während der drei heiligen Nächte gewünscht, die den Winter einleiten. »Das wäre der günstigste Augenblick für das Glück meines Kindes.«

Stattdessen hatte sie jetzt im August schon alle Hände voll zu tun, um die Vorbereitungen zu treffen. Neue Kochgruben wurden ausgehoben, Ziegen und Schafe geschlachtet und das frisch angesetzte Festbier gärte in den Fässern.

Die Braut half unermüdlich, und während der Mußestunden wurde sie mit Ratschlägen überhäuft. »Viel Zeit bleibt nicht, Kind.« Die Mutter hob den Busen. »Aber ich will dir an Wissen mitgeben, was ich nur kann, damit du eine gute Hausherrin wirst.«

Geduldig hörte Thjodhild zu. Sie lachte wenig in diesen Wochen, aber ihr Schritt war beschwingter als gewöhnlich.

Der festgesetzte Termin rückte näher, die Gäste waren geladen und am Vortag trafen die unverheirateten Töchter der wohlhabenden Nachbarn ein. Da es an heißen Quellen, ausgespuckt vom unterirdischen Feuer, im Habichtstal fehlte, nahmen sie mit Gekicher, Tuscheln und Schwatzen das Saunahaus in Beschlag. Für gewöhnlich diente es Herrschaft und Gesinde jeden Samstag zur gemeinsamen Erholung oder beizeiten als warmer Hort einer Schwangeren, um ihr Kind zu gebären.

Heute aber durfte kein Mann diesen Bereich hinter dem Hauptgebäude betreten. Die erste Aufgabe war es, das Bad für die Braut vorzubereiten. Bald schon rückten die Jungfern im Vorraum zusammen, naschten honiggesüßte Beeren, und mit Neuigkeiten über die Burschen auf Freiersfüßen im Allgemeinen begannen sie, doch nach und nach wurden anzüglich lustvolle Einzelheiten ausgetauscht, dass sich ihre Wangen röteten, während in der Badestube hinter ihnen die Wassertiegel siedeten.

»Sie kommt!«

Thjodhild ließ die freudige Begrüßung wortkarg über sich ergehen. Ihre Miene blieb angespannt. Sie trug nur ein schlichtes Untergewand. Kaum hatte sie es abgestreift, als sich die Freundinnen auch entkleideten. Ohne Scheu zeigte jede ihren Körper, nahm Bewunderung oder spöttischen Trost vergnügt hin und nackt führten sie die Braut in die Stube. Wohlige Hitze umfing die jungen Frauen. Das Los entschied, und zwei durften sich zu Thjodhild in den großen Bottich setzen, während die anderen sie bedienten.

Erst zischte Wasser auf den heißen Steinen, schnell füllte sich der Raum mit Dampf, und danach wurde hautwarmes Wasser in den Zuber gegeben. Heute fühlte Thjodhild zum ersten Mal schmerzhaft, dass sie Abschied nehmen musste, Abschied vom Kindsein und von ihren Träumen.

Wie oft habe ich selbst eine Braut gewaschen, dachte sie, war manchmal sogar neidisch, und heute bin ich selbst an der Reihe. Abschied von den Eltern, von ihrem behüteten Zuhause! Was erwartet mich da oben im Norden, so weit entfernt vom Habichtstal? Wie einsam wird es dort sein?

»Warum freust du dich nicht?« Das Mädchen neben Thjodhild schöpfte Wasser mit der Handmulde und ließ es ihr über Hals und Brüste laufen. »Morgen bekommst du einen Mann. Also, ich an deiner Stelle könnte es kaum abwarten …«

»Du hast Recht.« Thjodhild wischte die Sorgen weg. Sie klatschte in die Hände: »Erik ist ein starker Kerl, damit ihr es alle wisst!«, und spritzte die Umstehenden nass. »Und er wird mein Mann!« Endlich, wie erlöst, jubelten die jungen Frauen, schütteten der Braut Wasser über den Kopf, kitzelten sie, bis sie um Gnade flehte und sich mit hochgereckten Armen im Zuber aufstellte; gründlich schlugen und rieben die Dienerinnen mit frischen Birkenzweigen ihren Rücken, den Po und die Beine und reinigten sie von Kopf bis Fuß.

Vor dem Saunahaus wartete das kalte Wasser. Thjodhild tauchte aus dem Fass auf, schnappte nach Luft und schrie, gleich darauf folgte das erschreckte Kreischen der Freundinnen.

Später saßen sie in Tücher gehüllt zusammen. »Wisst ihr noch …?« Geschichten von früher lebten auf, während der Brautkranz aus Blumen und Blättern gewunden wurde. Gegen Abend brachte Frau Thorbjörg mit zwei Mägden die Fleischsuppe und einen Krug Met. Ihr Gang war schwer, die Anstrengung der letzten Tage hatte das Beinleiden wieder verschlimmert.

»Komm, setz dich!«, lud ihre Tochter sie ein. »Ruh dich ein wenig bei uns aus.«

»Danke, mein Kind.« Als Thorbjörg die leicht enttäuschten Gesichter ringsum bemerkte, musste sie schmunzeln. »Nein, keine Angst, ihr aufgeregten Schafe. Die Alte geht gleich wieder. Ich werde euch die Jungfernnacht nicht verderben.«

Sie blickte Thjodhild lange an, dann strich sie ihr übers Knie und war zufrieden. Ehe sie ging, ermahnte sie die jungen Frauen: »Dass ihr mir morgen mein Kind herausputzt. Wenn ich meine Tochter schon hergeben muss, so soll sie die schönste Braut des Habichtstals sein.«

Erik war mit dem Freund auf die nahen Hügel geritten, sie hatten die Pferde am Rand eines Wäldchens zurückgelassen und sahen der untergehenden Sonne zu.

»Diese Gegend muss ein Garten der Götter sein.« Der Zwanzigjährige riss ein Büschel Gras und Erde aus und sog den Geruch in sich auf. »Hätte ich hier siedeln dürfen, wäre mein Glück vollständig.«

»So kenne ich dich gar nicht«, spottete Tyrkir. »Hat dir Gottvater Odin, der einäugige Beschützer der Dichter, mit einem Mal schöne Worte ins Ohr geblasen?«

Nachdenklich zerrieb Erik das Büschel zwischen den Fingern. »Heut ist mir eben so.«

Beide starrten auf den sinkenden Glutball am westlichen Horizont. »Wovor fürchtest du dich?«, begann der Deutsche leise, und da er nicht an Eriks Lügen über den Hof auf Spitzklipp rühren wollte, setzte er hinzu: »Wer weiß schon, was unsere Zukunft bringt? Aber ich bin sicher, dass wir zu guter Letzt das

Glück gewinnen.« Er wollte den Freund aufmuntern. »Du bekommst ein schönes, stolzes Weib. Und nur gut, dass wir bald nach Norden aufbrechen. Denn hier im Habichtstal gibt es ab morgen einen Feind, der dir nachstellen wird.«

»Ejolf, der Bruder des Herrn vom Valtjofshof?« Erik schüttelte den Kopf. Keinen Grund zur Fehde habe er ihm gegeben. Thjodhild sei diesem Aufschneider nie versprochen worden.

»Trotzdem wird er alles versuchen, um dir zu schaden. Und wir wissen beide, wie sehr dich Unrecht in Zorn versetzt.«

»Warum bist du nur so gescheit?«, grinste der Rote und das Jungenhafte kehrte zurück. »Ich frage mich, wieso du noch keine Frau gefunden hast?«

»Das liegt an dir«, gab Tyrkir zurück, »du bist der Herr, also gib mir eine!« Gleich hob er abwehrend die Hände. »Nein, besser nicht. Bei deinem Geschmack legst du mir sicher eine Kuh ins Bett. Nein, gnädiger Herr, lass mich selbst eine Braut finden, um die ich dich dann bitten darf.«

»Blöder Kerl!« Erik lachte und stieß ihn leicht gegen die Brust. »Keine Kuh! Aber wir nehmen fünf neue Mägde mit. Vielleicht gefällt dir ja eine von denen.«

»Heirate du! Ich hab noch Zeit.«

Sie liefen um die Wette zu ihren Pferden. Tyrkir schwang sich als Erster in den Sattel und Erik galoppierte ihm nach, am Birkenwäldchen vorbei und den Wiesenhügel hinunter.

Die Blutopfer waren dargebracht. Vor allem war die Muttergöttin Frigg um Wohlergehen, Kindersegen und ein friedvolles Zusammenleben angefleht worden, außerdem hatte Thorbjörg Schiffsbrust darauf bestanden, dass auch der kleinen Göttin War gedacht wurde, die jedes Versprechen erhört und auch erfüllt. Geruch nach verbranntem Wacholder zog durch die geräumige Wohnhalle; weil das Herdfeuer in Thjodhilds neuem Zuhause heute nicht geweiht werden konnte, würde sie etwas von der heiligen Asche in einem Lederbeutel mitnehmen und die Handlung später auf Spitzklipp nachvollziehen.

Alle Gäste hatten ihre Plätze eingenommen; die engsten Verwandten saßen dicht gedrängt neben den Ehrenstühlen, dann schlossen sich Freunde und Nachbarn an.

Peinlich musste der Gastgeber auf die Sitzordnung achten, denn Nähe und Ferne zeigten, welche Achtung er den Geladenen entgegenbrachte. Kein Fehler war Thorbjörn unterlaufen, das bewiesen die zufriedenen Mienen. Und nachdem er die Brautleute zusammengeführt hatte, brandeten Jubel und Hochrufe im Saal auf. Nur mit Mühe gelang es ihm jetzt, die Begeisterung wieder zu dämpfen: »Freunde! Freunde, so hört mich an!« Es dauerte, bis er fortfahren konnte: »Lasst uns den Eid leisten!«

Die Gesellschaft schwieg. »Ein jeder in dieser Halle schwört bei seiner Ehre, dass er dem anderen kein Wort übel nimmt, solange wir trinken und das Fest andauert. Ganz gleich, wie hart unsere Köpfe werden, keine Fehde darf durch den Rausch entstehen!«

Frauen und Männer hoben feierlich die rechte Hand.

»Damit eröffne ich das Hochzeitsfest. Trinkt und esst, tanzt und lacht, seid für drei Tage und zwei Nächte meine Gäste!«

Dampfende Schüsseln wurden von den Mägden hereingebracht, aus Krügen schenkten Knechte die Becher voll.

»Wo ist dein Sklave?« Thjodhild saß neben Erik auf der zweiten, etwas niedrigeren Ehrenbank den Eltern gegenüber. Zum Zeichen ihres neuen Standes hatte sie das blonde Haar zum Knoten im Nacken hochgesteckt, und am Gürtel ihres hellblauen Kleides hing der große Ring. An Schlüsseln fehlte es noch, aber die würden ihr im neuen Zuhause übergeben werden. »Ich möchte mit ihm und dir zuerst trinken. Weil ich den Verdacht nicht loswerde, dass er es war, der uns zusammengeführt hat.«

»So ist es nun auch nicht«, widersprach Erik lahm. »Aber wenn du's sagst. Na ja, kann schon was dran sein.« Er stieß einen Pfiff aus. Am Ausgang der Halle hob Tyrkir sofort den Kopf, verstand das Handzeichen und zwängte sich durch die Reihen zum Brautpaar. Fragend blickte er den Roten an.

»Nein, nicht ich, deine Herrin hat dir etwas zu sagen.«

Thjodhild reichte dem Sklaven ihren Krug voll Met. »Wie ich weiß, bist du der Freund meines Mannes. Und ich wünsche sehr, dass du mir nicht nur dienst, sondern auch in Freude und Leid zu mir stehst, so treu wie ihm.«

Offen sah Tyrkir sie an. »Es ist schwer, Liebe zu teilen, Herrin. Aber gleich nach Erik gebe ich dir einen Ehrenplatz in meinem Herzen.« Er nahm einen Schluck und reichte ihr den Krug zurück, sie stieß mit Erik an und beide leerten die Gefäße bis auf den Grund.

Jäh entstand Lärm draußen. Ein Mann schrie, fluchte, seine Worte waren nicht zu verstehen. Nach und nach wurde die Gesellschaft aufmerksam und das unbeschwerte Gelächter wich einer wachsamen Spannung.

»... Komm raus! Du hast mir die Braut gestohlen! Hörst du mich, du Feigling? Stell dich zum Kampf!«

Thjodhild verkrampfte die Hände in ihrem Hochzeitsschal. »Es ist Ejolf Dreck«, flüsterte sie, »höre nicht hin, bitte!«

Weiter schrie und höhnte draußen der Eifersüchtige. Die Gäste wurden unruhig, einige Männer tasteten nach den Dolchen.

Besorgt blickte Tyrkir auf den Freund, sah, wie der Zorn in ihm wuchs. Hilf, großer Tyr, flehte er stumm, und schenke ihm Mäßigung! Lass diesen Tag nicht im Blut ersticken!

»Was wagt der Kerl?«, knurrte Erik. »Kommt einfach daher ...« Er stierte auf den Deutschen. »Wo ist mein Schwert? Bring es her, auch die Axt. Ich will diesem Kerl zeigen, dass Erik Thorvaldsson kein feiger Hase ist.«

»Gleich, Herr«, sagte Tyrkir und blieb unbeweglich stehen. »Irrst du dich nicht? Ich höre den Kerl zwar, aber deinen Namen hat er nicht genannt. Vielleicht meint er einen anderen der Gäste.«

Der Hüne ballte die Faust. »Du sollst gehorchen oder ich ...«

»Ja, es ist besser, wenn du mich schlägst.« Langsam verschränkte der Schmächtige die Arme hinter dem Rücken. »Nur zu, kühle dich an deinem Sklaven ab! Damit ersparst du dir alle Folgen.«

Erik schnaufte und warf sich zurück, dass die Lehne des Hochsitzes ächzte.

Immer noch gellten Ejolfs Schmähungen in die Halle.

Der Brautvater hatte den Schwiegersohn scharf beobachtet, wie es schien, siegte dessen Vernunft, und er erhob sich. »Niemand darf den Festtag meiner Tochter stören.« Er rief zur Bankreihe der benachbarten Großbauern hinüber. »Valtjof vom Valtjofshof. Dein Bruder war nicht geladen. Ohne Erlaubnis hat er mein Gut betreten. Um des Friedens willen sorge dafür, dass der Hitzkopf uns nicht länger belästigt!«

Hochrot verließ der rundliche Bauer seinen Platz, unter den Blicken aller schritt er entlang des Feuers zum Ausgang. Ein einziger scharfer Befehl und das Geschrei riss ab, wenig später kehrte Valtjof zurück. Vor den Ehrenbänken hob er die Hand. »Verzeih, Nachbar! Der Bursche ist noch jung und haltlos.« Er wandte sich an Erik. »Mögen die Götter dich und deine Frau mit vielen Kindern segnen!«

Atemlose Stille. Nach einer Weile presste Erik zwischen den Zähnen hervor: »Vergessen. Jedes Wort deines Bruders. Er konnte Thor in mir nicht beleidigen.«

Die Männer im Saal sahen sich verblüfft an. Jeder von ihnen hatte sich schon als Kind aus dem Kreis der Götter einen zum Schutzgott erkoren, der seitdem in ihm wohnte. Diesem schenkte er sein größtes Vertrauen und nannte ihn »meinen lieben Freund«. Eine Beleidigung oder jegliche Art von Kränkung verletzte vor allem den eigenen Gott und nur Rache vermochte dessen Zorn wieder zu besänftigen.

Ein Raunen ging durch die Tischreihen: Der Bräutigam fühlte sich nicht von einem gleichwertigen Mann angegriffen. Ejolf Dreck war für ihn nur ein dummer Rüpel, der die Ehre nicht verletzen konnte. Welch eine edle Geste!

Tief verneigte sich Valtjof. »Durch deinen Großmut stehe ich in deiner Schuld. Nimm einen Stier als Sühne von mir!«

Kaum hatte Erik die Gegenleistung angenommen, als ihm von allen Seiten begeisterte Glückwünsche dargebracht wurden. Das Fest lebte wieder auf, unbeschwerter noch und ausgelassener. Viel zu früh griffen die Spielleute zur Trommel, zauberten Wellenwogen mit der Harfe und bliesen auf der Lure, bis der Hunger sie zurück an die Fleischplatten trieb.

Mit schweißnassem Gesicht saß Erik neben seiner Braut. Tyrkir wusste, welch einen Kampf der Freund mit sich hatte ausfechten müssen. »Dieser Sieg war hart erkämpft«, sagte er leise.

»Halt's Maul!«, brummte der Rote. »Hab ich dich nicht nach Bier geschickt?«

»Verzeih, wie dumm von mir. Gleich das ganze Fass, Herr?«

Sie blickten sich an und beiden zuckte es in den Mundwinkeln.

»Egal, nur Bier. Ich hab Durst.«

Tyrkir nahm den Becher entgegen und drängte sich durch die Tischreihen.

Leicht berührte Thjodhild den Arm ihres Mannes. »Ich bin stolz.«

Da dehnte der Rote die Brust. Hochzeit sei gut, meinte er unbeholfen, aber erst in der Nacht würde es ein richtiges Fest geben. »Wenn du weißt, was ich meine.«

Und ihr Blick zeigte ihm, wie genau sie ihn verstanden hatte.

Den ersten Rausch hatte Erik bis zum Abend beinah überwunden. Ehe er und Thjodhild ins Nebenhaus geführt wurden, bestand Tyrkir darauf, ihm einen Kübel mit kaltem Wasser über den Kopf zu gießen. »Sonst verschläfst du die Überraschung.«

»Was du denkst. So betrunken kann ich gar nicht werden.«

Von den Jungfern waren die Decken aufgeschüttelt und die Bettpfosten mit Blumensträußen geschmückt worden. Glut knisterte im Feuertiegel. Jetzt standen sie tuschelnd und kichernd vor dem Hochzeitszimmer beieinander. Kaum näherten sich die Brauteltern mit dem Paar, verstummten sie und nur die glänzenden Augen verrieten, worum ihre Gedanken kreisten.

Thorbjörg drückte die Tochter an den mächtigen Busen. Wie beim Abschied vor einer Fahrt ins Ungewisse legte der Großbauer dem Bräutigam seine Hand auf die Schulter. Weit öffneten die jungen Frauen das Zimmer und schlossen die Tür gleich wieder leise hinter den beiden.

Sie waren allein. Keiner sagte etwas, und weil Erik nur vor sich hin starrte, fürchtete Thjodhild einen Atemzug lang, dass er ebenso unerfahren sei wie sie selbst. Entschlossen legte sie ihre Kleider ab. »Gefalle ich dir nicht?«

Der Rote hob ehrfürchtig den Blick. »Ein Geschenk.« Die Stimme gehorchte ihm kaum. »Weiber kenn ich genug. Aber du bist ein Geschenk.«

So viel Schmeichelei hatte sie nicht erwartet, schlüpfte unters Federbett und blieb dicht an der linken Bettkante liegen. Erik riss das Hemd über den Kopf, hastig entledigte er sich der Hose und bestieg das Lager von der anderen Seite.

»Sollst es immer gut bei mir haben«, sagte er, bewegte sich aber nicht.

»Ich vertraue dir.«

Langsam rutschten sie aufeinander zu. Kaum hatten sie sich erreicht, als Thjodhild mit dem Oberschenkel an etwas hartes Kaltes stieß. Erschreckt schleuderte sie das Federbett beiseite.

»Was ist?«, fragte Erik.

Sie hielt einen bronzenen Thorshammer in der Hand und lachte. So oft hatte sie ihn selbst schon Brautleuten ins Bett gelegt. »Und ausgerechnet heute habe ich nicht an ihn gedacht.« Sie sah an Erik hinunter. Ihr Blick verweilte bei seiner Mitte. »Ich glaube auch«, flüsterte sie, »dass solch ein …, dass er die Männlichkeit fördert. Verstehst du?«

Die Fahrt verlief gut. Es regnete zwar, aber der Wind war günstig und nur selten mussten die Knechte nach den Rudern greifen. Tyrkir stand vorn am Drachenkopf, ein wachsamer Lotse, dessen Rufe oder Handzeichen sofort achtern auf dem Steuerdeck vom Freund umgesetzt wurden.

Mehr und mehr entschwand während des zweiten Tages die sanfte grüne Küste und zerklüftete, schroffe Felshöhen wechselten sich mit engen, tief eingeschnittenen Buchten ab.

Bald nach dem Hochzeitsfest waren sie aufgebrochen, ausgerüstet und überladen wie ein Siedlertreck. Thorbjörn hatte es sich nicht nehmen lassen, die Brautleute und ihr Gesinde aus dem Habichtstal über den Pass bis zum Bocksfjord im Osten zu geleiten. Vornweg zog der Stier des Valtjofs den Karren mit Bauholz, und jedes Packpferd ging schwer unter der Last an Geschenken, neuem Hausrat und Kleidungsstücken.

»Du hast nicht übertrieben.« Kaum sah der Großbauer das Schiff des Schwiegersohns, als er einen anerkennenden Pfiff ausstieß. »Dein Knorr ist wirklich ein Reittier des Meeres.«

»Ich kenne kein besseres!« Erik streichelte den schlanken Bug wie eine Liebste und Thjodhild knuffte ihn halb ernst, halb im Spaß: »Erst komme ich, du Wikinger!«

Nachdem die gesamte Mitgift und das Holz vertäut waren, befahl Erik seinen Knechten, dem Stier und den Pferden im Laderaum die Beine zu fesseln. So auf der Seite liegend würden sie die Fahrt hinauf in den Norden gut überstehen.

Der Abschied war kurz gewesen, die Tochter hatte dem Vater am Strand gewinkt, bis das Schiff aus der Ankerbucht geglitten war.

Seit einer Stunde blies der Wind heftiger, die Wogen trugen Gischtkronen und Erik fuhr noch dichter am Ufer entlang. Wegen der gefährlichen Riffe gab Tyrkir vom Bugdeck aus Warnzeichen. Die Geschwindigkeit musste verringert werden und Erik ließ von den Leinenwachen das Segel halb reffen. »Bald sind wir da!«, rief er Thjodhild zu.

Sie stand neben ihm, schirmte die Augen gegen den Regen und sah steinige Strände und dahinter abweisende, schwarze Steilküsten vorbeiziehen, selbst die kleinen Fjorde vom Vormittag gab es nicht mehr. Wenn wir um die nächste Gebirgszunge herum sind, öffnet sich die Gegend wieder, besänftigte sie ihre zunehmende Unruhe. Doch auch nach dem nächsten und übernächsten Felsrücken entdeckte sie kein Land, das einen Bauern einlud, dort zu siedeln.

»Da, siehst du?«

»Wo?«, fragte sie.

»Da oben!« Erik wies hinauf zum Grat einer Klippe.

»Ich kann nichts erkennen.« Sie zuckte die Achsel. »Was soll da sein?«

Mit einem Mal war der Hüne zu beschäftigt und gab keine Antwort.

Sie ging durchs Schiff nach vorn zu Tyrkir. »Sag du es mir. Was befindet sich dort oben? Und wieso landen wir gerade hier?«

Umständlich wischte er sich über das nasse Gesicht. »Also, dies hier ist Hornstrand. Dort oben, das ist Spitzklipp.«

Weil sie schwieg, fügte er lahm hinzu: »Na ja, wenn es nicht regnet, sieht alles besser aus.«

Erik überließ es den Knechten und Mägden, die Pferde eins

nach dem anderen von den Fesseln zu befreien und die Fracht an Land zu schaffen. Mit Tyrkir begleitete er seine Frau den steilen Pfad hinauf. Zweimal rutschte sie im Geröll aus, raffte sich jedoch, ohne zu klagen, wieder auf. Ihr Blick blieb fest nach oben gerichtet. Endlich war die Höhe erreicht.

Thjodhild stand da und starrte auf den rauchenden Gras- und Erdhügel und den etwas kleineren daneben, aus dem kein Qualm aufstieg. Schließlich fragte sie: »Ist das dein Gutshof?«

Erik suchte Hilfe bei Tyrkir, doch der schüttelte den Kopf. Als wäre die Frage ein schier unlösbares Rätsel, so nagte der Hüne an seiner Unterlippe, schob sie vor und zurück, endlich hatte er sich zu einer umfassenden Erklärung durchgerungen: »Also, von hier kannst du nicht alles sehen. Zwischen Stall und Wohnhaus gibt es noch eine Scheune.« Damit meinte er den aus Steinen geschichteten und nur dürftig gedeckten Schuppen.

»Du hast Recht, ich sehe gar nichts.« Nur gut, dass es regnet, dachte sie unglücklich und wischte die Augen. »Lüge? Dann war alles gelogen?«

»So ist es ja nun auch nicht«, murmelte er. »Nicht alles.«

Heftig riss sie ihn am Arm. »Sieh mich an, Erik Thorvaldsson! Du hast nicht nur mich getäuscht, auch den Vater, meine Mutter und alle Verwandten hast du getäuscht. Warum bei allen Göttern? Sag es mir!«

»Weil … Also, weil du sonst mein Fell nicht genommen hättest.«

Sie presste beide Fäuste gegen ihre Schläfen. »Wie dumm du bist. So dumm.«

Ehe sich Erik empören konnte, schlug Tyrkir vor, zunächst einmal ins Haus zu gehen. Am Feuer ließe sich die Sache in Frieden besprechen, nein besser erst morgen, wenn die Herrin ausgeruht von der Reise sei.

HABICHTSTAL

Erik wagte erst wieder an sein Glück zu glauben, als er Thjodhild nach quälend eisigem Schweigen am Abend des dritten Tages mit den Mägden in der Vorratskammer lachen hörte. »Ich hab's gewusst«, seufzte er und zwinkerte dem Freund zu. »Sie gewöhnt sich dran.« Mehr um sich selbst zu überzeugen, klatschte er beide Hände auf seine Schenkel. »Tja, so ist das nun mal: Ein Weib gehört zu ihrem Mann, ganz gleich wo sie leben.«

Tyrkir schnitzte an der Schnurkerbe eines neuen Peitschenstocks. »Laut solltest du dich besser nicht damit brüsten. Ich denke, die Herrin lacht nur, weil sie es ohnehin nicht ändern kann.«

Die Wunde riss wieder auf. »Du hast Schuld«, knurrte Erik. »Warum hast du mich nicht gewarnt?«

»Konnte ja nicht ahnen, Herr, wie großzügig du unsern Hof einschätzen würdest.« Nein, keinen Spott, ermahnte sich Tyrkir. Schlimm genug, in welche Einöde wir die arme Frau gelockt haben. »Wer Schuld trägt, darüber lass uns nicht mehr streiten. Wie gut sie es bei uns haben kann, darum sollten wir uns jetzt kümmern!«

»Ja, Schluss damit. Es muss weitergehen, nur das zählt.«

Nach vorn schauen, dies entsprach den Freunden mehr, als über begangene Fehler zu rechten. Gleich nach der Ankunft auf

Spitzklipp war Tyrkir zum Verwalter des Hofes bestimmt worden. Zwar hatte er diese Aufgabe längst ausgefüllt, doch Erik wollte ihn durch die ausdrückliche Bestätigung vor dem neuen Gesinde hervorheben.

Thjodhild darf es an nichts fehlen! Für beide galt der Satz wie ein Befehl. Und sie gaben sich Mühe: Bis Ende September waren die Heuernte eingebracht, das Salzbutterfass gefüllt und neben getrockneten Kräutern und Wurzeln, Töpfen mit honiggesüßten Beeren lag genügend Fisch- und Robbenfleisch eingepökelt in der Vorratskammer. Während der letzten beiden Oktoberwochen baute Erik mit den Knechten ein kleines, gut zu wärmendes Haus gleich neben dem Hauptgebäude. »Für dich!«, rief der Rote stolz. »Ich hab's deinen Eltern versprochen. Und du siehst, ich halte mein Wort.«

Keinen übermäßigen Dank erntete er. Nach den ersten Tagen ihrer Verzweiflung war Thjodhild gleichbleibend freundlich geworden, rückte auch nachts nicht von ihm weg, sprach aber nur das Nötigste.

Schnell hatte sie herausgefunden, welcher Magd ihr Mann vor der Heirat besonders zugetan gewesen war. Unter vier Augen ließ sie Katla entscheiden. »Entweder du hältst in Zukunft deine Knie für ihn geschlossen und wirst meine Freundin, oder du schläfst ab jetzt beim Vieh und ich beweise dir, wie hart ich als Herrin sein kann.«

Die junge Frau legte beschwörend beide Hände auf die linke Brust. »Nie mehr. Und wenn der Herr doch noch mal will, schicke ich ihn zu dir. Lass mich deine Freundin sein!«

»Du bist ein kluges Kind«, nickte Thjodhild, und kurz vor den drei heiligen Nächten zog sie mit allen Mägden ins neu errichtete Haus. Dies bedeutete keine Trennung, das Bett teilte sie weiterhin mit Erik, nur gab es jetzt auf dem Hof für die Frauen einen Hort, der ungestört von Männerblicken ihnen allein gehörte. Der Winter konnte kommen.

Erste Eisstürme heulten vom Meer über Spitzklipp hin. Bald fiel Schnee und der Wind türmte ihn über die Erd- und Grasdächer. Täglich gruben sich die Knechte aufs Neue den Weg zum Stall hinüber, um das Vieh zu füttern.

In der tiefsten Nacht des Jahres feierten die von Dunkelheit und Kälte Eingeschlossenen das Julfest. Bier hatte nicht gebraut werden können, weil es an Gerste fehlte, ein Eber konnte nicht geschlachtet werden, da Erik aus Platzgründen keine Schweine hielt. Thjodhild aber hatte es verstanden, die Suppe scharf zu würzen und hiernach den Duft des Robbenfleisches so lange durch die Wohnhalle ziehen zu lassen, bis der Hunger allen das Wasser im Mund zusammenzog und ihnen dieser Braten als der köstlichste Julschmaus vorgekommen war.

Tage danach stand Thjodhild am Webstuhl, bei jedem Vor und Zurück klirrten und klingelten unten an den Kettfäden die Gewichte aus gelöcherten Tonscherben und gleichmäßig führte sie das Webschwert. Häufiger als sonst beobachtete sie Erik aus den Augenwinkeln.

Auch wenn du mich belogen hast, dachte sie, fleißig und tüchtig bist du wirklich. Keiner von den jungen Kerlen bei uns daheim kann so zupacken. Er saß breitbeinig auf dem Schemel neben ihr, rupfte Wolle vom Rocken und ließ die Spindel in der Hand wirbeln. Wie es sich für das Sippenoberhaupt geziemte, verstand es Erik, die Streitaxt zu schwingen, ein Schiff zu führen, und selbstverständlich wusste er auch, einen guten Wollfaden zu spinnen. Ein Mann wird erst zum Mann, wenn er jede Arbeit beherrscht! Nach diesem Wahlspruch hatte der alte Thorvald selbst gelebt und seinen Sohn mit aller Strenge in diesem Sinne erzogen.

Thjodhild unterbrach ihre Tätigkeit. Sie trat dicht hinter Erik und legte ihm die Hand auf die Schulter. »Ich bin nicht mehr allein.«

Er wandte sich überrascht um. »Hast du mir verziehen?«

»Nein, niemals.« Kein Groll schwang in ihrer Stimme mit, sie hatte es nur klargestellt und fuhr fort: »Lass uns nicht darüber sprechen, nicht jetzt. Ich wollte dir sagen, dass wir nicht mehr allein sind.«

Er begriff nicht, dafür aber Katla in ihrer Nähe, längst gab sie die Neuigkeit tuschelnd weiter, als er endlich die Spindel fallen ließ. »Bei Thor, das ist gut. Und nach diesem Kind muss das nächste kommen! Ja, hier auf Spitzklipp wird unsere Familie wurzeln.« Er stand auf und drückte sie vorsichtig an sich.

Das war ihm nicht genug, in großen Schritten ging er am Langfeuer auf und ab, verschränkte die Arme, öffnete sie wieder, um sie gleich erneut zu verschränken, dabei bewegte er tonlos die Lippen. Schließlich zog er Tyrkir ins Halbdunkel des gegenüberliegenden Seitenraums. »Was sagst du dazu? Ein Kind. Obwohl sie noch wütend auf mich ist, bekommt sie ein Kind.« Er kratzte sich im Bart. »Das nenn ich eine gute Frau.«

»Sie ist die Beste. Ich wusste es gleich.« Wie zwei Jungen grinsten sie sich an, Erik sollte Vater werden, so ganz geheuer war ihnen der Gedanke noch nicht.

»Muss ich ihr nicht etwas schenken?«, überlegte der Rote. Wenn er doch jetzt auf einen Markt könnte, dort würde er ihr eine Kette oder einen Armreif kaufen. So aber fiel ihm nichts ein, und bis die Nächte wieder kürzer wurden, waren sie hier eingeschlossen.

Tyrkir nickte. Es müsse ja nichts Wertvolles sein, meinte er, nur ein Zeichen der Freude. Allerdings sei es schwer, in dieser Enge eine Überraschung vorzubereiten.

»Du schaffst das«, entschied Erik.

Während der nächsten Abende saß der Deutsche bei den Knechten im vorderen Teil der Halle. Hier wurden die Gerätschaften für Haus und Hof instand gesetzt oder erneuert. Tyrkir höhlte mit Stichel und Messer einen Speckstein aus, es war der letzte weiche Stein, den er von Norwegen mitgebracht hatte, und schnell entstand unter seinen geschickten Händen eine Schale, deren Rand er mit sechs Kerben versah.

Bis dahin hatte er sich lebhaft an den nicht enden wollenden Geschichten über Zwerge, Nornen und Getier beteiligt, die im Wurzelwerk der Weltesche hausten. Nun aber durfte ihn niemand mehr ansprechen. Zunächst zeichnete er mit Kohle den Entwurf auf die Außenseite der Schale, betrachtete das Bild und verbesserte es, dann schnitt er behutsam eine Frau, die ein Kind stillte, in den hellen Stein.

Dabei drängten sich ihm seit langem wieder Erinnerungen an sein Heimatdorf am Rhein auf. Dieses Bild? Es war ihm nicht fremd. Eine Mutter hielt ihren Sohn auf den Knien. Wie war noch ihr Name? Er fiel ihm nicht ein.

Als Tyrkir endlich mit seinem Kunstwerk zufrieden war, rief er nach Erik. »Hier! Ganz fertig ist das Geschenk noch nicht. Ich denke, du solltest dich wenigstens etwas daran beteiligen.«

»Nicht so laut«, brummte Erik und knotete sechs dicke Wollfäden an den Enden zusammen, legte das Bündel in die Mitte der Schale und zog die losen Enden ein Stück über die sechs Randkerben hinaus. Er gab Tran ins Specksteingefäß und wartete, bis sich die Wolle voll gesogen hatte, ehe er die Dochte entzündete.

Feierlich langsam schritt er zu Thjodhild hinüber. Sie stand vor dem Webstuhl und bemerkte ihn erst spät. Kaum sah sie die strahlende Lampe in seiner Hand, weiteten sich ihre Augen.

»Fürs Kind«, sagte er. »Ich mein für dich, weil ihr es dann beide nicht so dunkel habt.«

Sie nahm die Schale, ihre Fingerkuppe strich über Mutter und Kind und sie konnte die Tränen nicht zurückhalten. Nach einer Weile flüsterte sie. »Es muss gut werden mit uns. Hörst du!«

»Ich will ja, aber …«

Thjodhild nickte.

Seitdem sprach sie häufiger mit ihrem Mann, setzte sich auch aus freien Stücken zu ihm und Tyrkir, ja, sie beteiligte sich sogar an Versen, die der Deutsche zur Unterhaltung aller schmiedete. So vergingen die Abende heiterer als bisher. Sobald aber von Plänen die Rede war, verlor ihr Gesicht wieder jeden weichen Zug.

Anfang Februar, die Tage waren schon deutlicher von der Nacht zu unterscheiden, kehrte einer der Knechte aus dem Stall zurück und bat Tyrkir mit einer verschwiegenen Geste, ihm zu folgen.

Nur während der kurzen Melk- und Fütterungszeit flackerte ein Tranlicht im Stall, sonst umgab Dunkelheit das Vieh, Dunkelheit für Monate. Jeder Pferch war durch eine halbhohe, dünne Steinmauer vom nächsten getrennt, die Tiere konnten sich stellen oder legen, dies war die einzige Bewegung, die ihnen die Enge erlaubte.

Der Knecht ging voran und zeigte auf eine abgemagerte Kuh. Sie war in die Vorderbeine gebrochen und zeigte keine Anstrengung mehr, sich aufzurichten.

»Frisst sie noch?«

»Was denn? Unser Heu geht zu Ende und den Rest sollten wir für die noch kräftigen Tiere nehmen.«

Tyrkir begriff die Bedrohung. »Wie viele Kühe können wir durchbringen?«

Wortlos hob der Knecht zwei Finger.

»Ich werde mit dem Herrn reden. Warte hier!«

Nach Für und Wider blieb nur eine Möglichkeit. »Wir müssen notschlachten«, entschied Erik schweren Herzens. Wenige Stunden gab er sich der Hoffnung hin, die Niederlage vor seiner Frau verbergen zu können, doch das Unglück stand nicht nur ihm, sondern Tyrkir und allen Knechten ins Gesicht geschrieben.

Thjodhild verteilte den Eintopf, wartete, bis auch der Letzte seinen Löffel abgeleckt und in den Gürtel zurückgesteckt hatte. »Was gibt es?« Fragend sah sie auf ihren Mann, da er nicht antwortete, wandte sie sich an den Verwalter: »Sag du es!«

»Nein, lass nur!« Erik legte beide Hände offen auf die Tischplatte. Als er geendet hatte, hielt sie ihn mit dem Blick fest. »Ich stehe zu dir wie jeder hier in deinem Haus.«

Ihr Vertrauen gab ihm Mut. Wenn das Glück im Moment auch abwesend sei, es musste zurückkommen. »Das Schicksal hat vorgesorgt, ich weiß es.« Sobald der Schnee geschmolzen war, wollte er neue Kühe kaufen, mehr Wiesen in der Gegend ausfindig machen und noch härter arbeiten würden sie, denn schließlich hätten sie in diesem Jahr mehr Arme zur Verfügung als im vergangenen. Ja, und den nächsten Winter würde jedes Stück Vieh überleben. »Wir kaufen auch Schafe. Und einen Eber mästen wir uns fürs Julfest.« Seine Begeisterung ging auf Mägde und Knechte über, selbst Tyrkir ballte hoffnungsvoll die Hände.

Thjodhild lehnte sich still zurück und strich über ihren gerundeten Bauch. Mein Kind, dachte sie, du da drinnen. Hab keine Furcht, deine Mutter wird für dich sorgen!

Mitte April blühten erste gelbe Blumen versteckt am Steilhang, der zum Ufer hinunterführte. Bis auf Flächen, die nicht von der Sonne erreicht wurden, begann der Schnee zu schmelzen und da und dort roch es nach warmer Erde.

Während die Frauen im Haus badeten, reinigten sich die Männer draußen, kürzten ihre Bärte und suchten sich gegenseitig nach Läusenestern ab. Obgleich der Herr es jedem Sklaven großzügig freigestellt hatte, das Haar lang zu tragen, schoren die meisten ihre Wintermähne ab, nur so war der Kampf gegen die Plagegeister zu gewinnen. »Eine Sauna bauen wir auch!«, rief Erik. »Sollt sehen, jeden Samstag werden wir im Dampf schwitzen.«

Thjodhild trat ins Freie. Sie ging aufrecht, nein, sogar etwas zurückgebeugt, als wäre das Ungeborene in dieser Haltung leichter zu tragen. »Bitte, begleite mich!« Ohne auf Erik zu warten, schritt sie hinüber zum Grab auf der Klippe.

»Die Luft bekommt dir gut.« Er betrachtete sie lächelnd, der Wind presste das Kleid an den Körper und ließ deutlich die Form ihres Leibes erkennen.

»Darüber muss ich mit dir sprechen.« Sie stockte, in Gedanken hatte sie Wort für Wort abgewägt, wollte erst schonend erklären, ehe sie ihm ihren Entschluss mitteilte. Jetzt entschied sich das Gefühl gegen jedes Hinauszögern. »Mein Kind und ich ersticken hier. Ich werde nicht auf Spitzklipp bleiben, Erik.«

Er wankte, atmete scharf wie nach einem Fausthieb, den er einfach hinnehmen wollte, und sah prüfend auf das Steinschiff. »Die Stürme sind hart hier oben für den Vater. Besser ich verstärke den Bug. Was meinst du?«

»Hast du mich verstanden?«

Umständlich wählte der Rote, schließlich wuchtete er einen Felsbrocken hoch.

»Erik! Ich bleibe nicht hier.«

Er ließ den Stein zurückfallen und seine Schultern sanken. »Ich hab … Nein, ich weiß nichts. Nur …« Er schüttelte den Kopf und wandte sich ab, und nachdem er eine Weile aufs Meer hinausgeschaut hatte, sagte er: »Ich war gut zu dir, wie ich konnte.«

»Das weiß ich. Dennoch ist es besser so.«

»Besser?« Der breite Rücken zitterte. »Besser ist es, wenn die Frau beim Mann bleibt. Und der Mann bei Frau und Kind.«

Sie trat hinter ihn, schob ihre Hand vorsichtig in die seine. »Das meine ich auch.«

»Was?«

Thjodhild berührte ihn mit ihrem Bauch. Das Schwerste stand ihr nun bevor. Große Frigg, du Göttin aller Mütter, flehte sie stumm, um unseres Glückes willen, lass mich jetzt die richtigen Worte finden! »Wir müssen zusammenbleiben, Erik. Nichts wünsche ich lieber, für das Kind und auch für mich. Zusammen ja, aber nicht hier.«

»Versteh ich nicht.« Immer noch starrte er übers Wasser, mit einem Mal ging ein Ruck durch seinen Körper, langsam drehte er sich um. »Du willst gar keine Scheidung?«

»Niemals.« Sie wollte, dass er einen Gedankenschritt weiterging und versuchte zu scherzen. »Es sei denn, du belügst mich wieder, dann überlege ich es mir vielleicht.«

»Du meinst, ich soll weg von hier …?«

»Ja, Erik!« Ja, er sollte Spitzklipp aufgeben. Genug verstünde sie von Ernte, Viehhaltung und gutem oder schlechtem Boden. Diese Gegend sei unfruchtbar und der Feind eines jeden fleißigen Mannes. »Soll unser Kind hier zwischen den Felsen aufwachsen?«

»Der Vater hat die Stelle gewählt.«

»Weil ihm nichts anderes übrig blieb.«

»Das ist wahr.« Nach einigem Zögern murmelte er: »Aber selbst wenn ich wollte, Platz finde ich keinen für uns.«

Thjodhild sah ihn offen an. »Es gibt Land genug. Unten im Habichtstal. Und gutes Land.«

Er senkte den Blick. Unmöglich, was würden der Schwiegervater, die Mutter und alle Verwandten sagen? Erik, ein Lügner! Er hat sich den Heiratsvertrag erschlichen! Unmöglich, ehe er sein Gesicht verlor, sollte sie ihn besser mit dem Kind verlassen. »Schande ist schlimmer als der Tod.«

»Befürchte nichts. Ich werde selbst mit den Eltern sprechen und muss nicht einmal lügen, sondern nur einen Teil der Wahrheit auslassen. Du wirst im Habichtstal ehrenvoll und mit offenen Armen aufgenommen, das verspreche ich dir.«

»Na ja, besser wär's schon für das Kind«, brummte er und bat um Zeit, er wollte nachdenken.

Vor Erleichterung fühlte Thjodhild einen Schwindel und

musste tief Atem holen, ehe sie weitersprechen konnte. »Ja, Erik. Denke an das Kind und an mich und überlege es dir!« Sie ließ ihn zurück, doch nach wenigen Schritten fiel ihr noch etwas ein: »Darf ich Tyrkir schon von unserm Plan erzählen?«

»Mir recht. Der Kerl soll ruhig auch mal nachdenken.«

Während sie über den schmalen Pfad auf den Hof zustrebte, tastete sie mit beiden Händen ihren Bauch ab. »Weil du Worte noch nicht verstehen kannst, mein Kind, so spür nur, wie froh deine Mutter ist!«

Gegen Mittag kam der schmächtige Verwalter zum Grabhügel hinaus. Erik hatte inzwischen nicht nur den Bug des Steinschiffs verstärkt, sondern auch die Seitenmauern erhöht. »Damit der Vater sich immer sicher fühlt.«

»Die Herrin hat einen Plan«, begann Tyrkir, »besser hätte ich ihn auch nicht schmieden können.« Mit keinem Wort wollte sie sich bei den Eltern über ihren Mann beklagen. Die Ernte sei schlecht gewesen, deshalb sei das Vieh verhungert. Die Winterstürme seien schlimm gewesen, deshalb sei das Haus nicht länger bewohnbar. Und viele Gründe mehr, die sie anführen wollte, zählte Tyrkir auf. Zum Abschluss sagte er: »Da wir unser Glück hier nicht angetroffen haben, gehen wir ihm eben ein Stück entgegen. Jeder versteht das.«

»Denk ich auch. Ist vielleicht besser so.«

Wann? Bald, meinte die Schwangere, weil das Kind nicht warten würde, und es müsse doch ein Zuhause haben, wenn es käme.

Also sofort, bestimmte der Rote.

Für die Nachbarn des Habichtshofes sollte es zunächst wie ein Besuch aussehen, darauf hatte Thjodhild bestanden. »Vertrau mir und unser Ansehen wird keinen Schaden erleiden!«

Erik war einverstanden, da selbst Tyrkir meinte, die Herrin verstünde geschickter mit der Neugierde der Leute umzugehen als ein Mann. Knechte und Mägde hatten den Auftrag erhalten, den Hof auf Spitzklipp abzubrechen, die Habseligkeiten in Kisten zu verpacken und das wertvolle Bauholz hinunter zum Strand zu schaffen. Bei der zweiten Fahrt erst sollte die eigentliche Übersiedlung stattfinden.

Nur mit sechs Ruderknechten waren die Freunde und Thjodhild eines Morgens dann bei kräftigem Nordwind losgesegelt und durften nach schneller Fahrt schon vor Sonnenuntergang des gleichen Tages tief unten am Bocksfjord vor Anker gehen. Ohne großes Gepäck kamen die Pferde auf dem Pfad gut voran. Das Paar führte lediglich einige Kleiderbündel und den Familienschatz in einer eisenbeschlagenen, fest verschlossenen Kiste mit sich. Die drei Schlüssel dazu verwahrte Thjodhild sicher am großen Ring ihres Gürtels.

Bald nach dem Pass öffnete sich das Land nach Westen, erste Gehöfte tauchten auf. Herzlich grüßten Erik und seine Frau jeden, dem sie begegneten, fragten und erzählten. Bewundernde Blicke folgten ihnen. Ja, es war ein Besuch im Zeichen der erwachten Hoffnung, nach langem Winter leuchtete frisches Grün zwischen dem blass bräunlichen Welkgras, mit schwellenden Knospen standen Haselsträucher, Birken und Eschen, und Thjodhild war in ihrer Schwangerschaft schöner denn je. Kein Anlass für Argwohn. Der Tochter vom Habichtshof geht es gut mit dem Fremden, diese Nachricht verbreitete sich in den Tälern ringsum.

Bald nach der ersten Wiedersehensfreude war die Mutter misstrauisch geworden. »Sag es mir, Kind!«

Thjodhild lehnte ihre Stirn an die Wange der alten Frau. »Nein, sorg dich nicht! Einen besseren Mann konnte ich nicht finden.«

Am nächsten Morgen hörte Thorbjörn wortlos seiner Tochter zu. Hin und wieder sah er prüfend auf den Schwiegersohn, der neben ihr vor dem Hochsitz stand und bei der Aufzählung des Unglücks wie unter Schlägen zusammenzuckte. Längst hatte Thjodhild geendet und immer noch kratzte der Großbauer sein Kinn im dichten Bart. Schließlich sagte er: »Unsere Familie gehört zusammen.«

Nicht ein Vorwurf, keine bohrenden Fragen, lediglich: Unsere Familie gehört zusammen. Damit war die Entscheidung gefällt.

Thorbjörn selbst ließ das Gerücht verbreiten: Auf Wunsch der alten Eltern sollte Erik mit seiner Frau ins Habichtstal zurückkehren, weil nebeneinander zu wirtschaften das Beste für die Zukunft der Sippe sei. Und die reichen Gutsherren der Nachbarschaft nickten verständnisvoll.

Wie aus einer dumpfen, stickigen Höhle tauchte Erik wieder auf, ohne Ehrverlust, mit freiem Blick durfte er jetzt dem neuen Glück entgegensehen.

»Heute zeige ich dir dein Land.« Thorbjörn saß im Sattel eines rosaweißen Hengstes und ritt mit Erik und Tyrkir vom Habichtshof nach Norden in ein höher gelegenes Seitental. Knechte folgten, einer von ihnen hütete den Gluttiegel, die anderen zogen Pferde bepackt mit Reisig und Holzspänen hinter sich her.

Nach knapp einer halben Reitstunde zügelte der Großbauer den Hengst und ließ einen Pflock einschlagen.

»Schwiegersohn. Alles Land, das du von diesem Punkt aus bis drüben zum Wasserhorn siehst, bin ich bereit abzugeben. Außerdem erhältst du den Hang, der von diesem Tal hinunter bis zum Fluss reicht, dort sollst du deinen Hof errichten. So wohnen wir weit und doch nah genug beieinander.«

Erik schirmte die Augen gegen das Sonnenlicht. Wiesenhänge stiegen im Norden und Osten zu den Bergen hinauf, ein Bach schlängelte sich durch die Hochebene und im Nordwesten endete der Blick an einer bewaldeten Anhöhe, überragt von einer kahlen Felsspitze, dem Wasserhorn. »Du bist gut zu mir.«

»Ich habe nichts zu verschenken.« Der drohende Unterton

war nicht zu überhören. »Unser neuer Vertrag schließt nun auch dein Reittier des Meeres mit ein, vergiss das nicht!« Bei einer Trennung oder Scheidung hätte Erik den halben Wert des Schiffes seiner Frau in Hacksilber auszubezahlen, das war gestern vor Zeugen festgelegt worden.

»Ist schon in Ordnung«, brummte der Rote.

Steif richtete sich Thorbjörn auf, unvermittelt verhärtete sich sein Gesicht.

Tyrkir beobachtete ihn angespannt. Was folgte jetzt? Mit einem fruchtbaren Ackerstück und einigen Wiesen hatten die Freunde gerechnet, niemals hingegen hätten sie es sich träumen lassen, dass der Gutsherr die Hälfte seines Bodens hergeben würde. Warum aber mit einem Mal dies lange Schweigen? Der Alte war klug, und ganz gewiss hatte er inzwischen die Lügen Eriks beim Heiratsabkommen durchschaut. Wollte er Sühne? In Wahrheit nicht helfen, sondern eine Lehre erteilen? Solange sein Wort nicht mit dem Schwur besiegelt war, konnte er von dem neuen Vertrag noch Abstand nehmen. Großer Tyr, bat der Deutsche stumm, achte auf das Glück meines Herrn, es darf keine bittere Enttäuschung geben, jetzt nicht mehr!

Als wäre das Flehen ohne Hindernis hinauf nach Walhall gedrungen und erhört worden, breitete der Graubärtige beide Arme aus: »Erik, den man den Roten nennt, der meine Tochter zum Weib hat und der Vater ihres Kindes ist, so empfange mein Land, heilige es als das deine und nimm es in Besitz!«

Noch ehe sich Erik bewegte, sprang Tyrkir mit einem Aufseufzen vom Pferd. Schon hatte er ein Bund Reisig im Arm und schichtete den Stoß. Jetzt war auch Erik neben ihm, stieß einen Span in die Glut und entfachte das Feuer. Über den hoch züngelnden Flammen streckte er die geballte Faust zum Himmel. »Höre mich, Thor! Dir weihe ich mein Land.«

Und die Männer saßen wieder auf. Sie ritten lange bis zum nächsten Hügel, hinter sich erkannten sie gerade noch das erste

Feuer und entfachten das zweite. So ging es weiter, genau achteten sie auf die Abstände, bei jedem neuen Brand war stets die letzte Rauchwolke in ihrem Blickfeld, und gegen Abend hatten sie das Hochtal umrundet und waren auf der mit Birken und Eschen bewachsenen Anhöhe unterhalb des Wasserhorns angelangt.

Vor dem dichten Wald stieß Erik noch einmal das Feuer in den geschichteten Holzstoß. »Thor, mein göttlicher Beschützer. Sieh her! Dies ist nun unser Land. Wohne hier mit meiner Sippe und mir!«

Thorbjörn saß ab, fest legte er dem Schwiegersohn die Hand auf die Schulter. »Lass uns Nachbarn und Freunde sein! Mehr noch, wir sind eine einzige Familie. Jedes Leid werden wir gemeinsam erdulden. Du aber bist es, der die Pflicht hat, unser Geschlecht zu erhalten.«

Offen sah Erik ihn an. »Du kannst mir vertrauen.«

Der Alte nickte befriedigt. Mit einem Wink befahl er dem Hünen und Tyrkir zu folgen. Kaum hatten sie den Wald betreten, als sich ein schwarzes, flügelschlagendes Heer aus den Birkenkronen erhob, Raben krächzten und schrien über ihnen. »Sie sind die Wächter unserer Grenze«, bemerkte Thorbjörn leise. »Vor langer Zeit hat hier der Berg gebebt. Deshalb verfluchen die Raben jeden Eindringling, als fürchteten sie, dass schon zu festes Auftreten den Fels wieder erschüttert.«

Tyrkir sah den riesigen Vögeln zu, noch eine Weile kreisten sie um das schroffe Wasserhorn, ehe sie sich wieder im Geäst niederließen. Nicht nur Wächter, dachte er ehrfürchtig, mehr noch, es sind Brüder von Hugin und Munin. Gewiss haben sie soeben den beiden Urraben, den allgegenwärtigen Kundschaftern, von uns berichtet. Und die fliegen hinauf zum goldenen Hochsitz in Walhall, lassen sich auf der Schulter Odins nieder und flüstern dem Gott aller Himmel ins Ohr, wer ab heute der junge Großbauer im Habichtstal ist.

Ein Rauschen riss ihn aus den Gedanken. Vor ihm verlangsamten Thorbjörn und Erik den Schritt. Kurz darauf erreichten sie das Ufer eines tiefblauen, stillen Quellsees. Obwohl das Bild sich so friedvoll darbot, war dennoch Tosen und Gurgeln in der Luft. Beklommen blickten die Freunde sich an.

»Kommt weiter!«, forderte Thorbjörn. »Ich zeige euch jetzt, wie dicht Schönheit und Schrecken beieinander wohnen.«

Langsam gingen sie weiter am Ufer entlang, wichen umgestürzten Eschen aus und erreichten unvermittelt einen Erdabriss. Neben ihnen stürzte der See ins Bodenlose, das Wasser traf tief unter ihnen auf zerklüftetes Gestein, spritzte hoch und warf sich in einer sprühenden weißen Woge ins Tal hinunter. Von ihrem Platz aus war der Aufprall des Wasserfalls nicht zu erkennen, nur Grollen und Brodeln drang zu ihnen herauf. Erst weiter in der Ebene hatte sich die Urgewalt wieder in einen schäumenden Bach verwandelt.

Erik deutete auf Gebäude und Stallungen unterhalb des Steilhangs. »Wer wirtschaftet dort?«

»Valtjof. Unser Nachbar. Er hat für seinen Hof einen guten Platz gewählt.« Der Berg schütze ihn im Winter vor den Eisstürmen aus dem Norden und im Sommer sammelten sich dort unten die warmen Winde aus Süd und West. »Frucht und Gras gedeihen reichlich auf seinem Boden.«

»Valtjof?«, fragte Erik und das Blut stieg ihm ins Gesicht. »Sein Bruder Ejolf, dieser Kerl, hat mich auf der Hochzeitsfeier …«

»Schweig!«, unterbrach ihn Thorbjörn. »Du hast es vergessen. Ich verlange, dass du zu deinem Wort stehst.«

»Sei unbesorgt!«, murmelte der Rote.

Ejolf Dreck, mit diesem Namen kehrte in Tyrkir die Sorge zurück. Eifersucht ist eine Wunde, die nie heilt, dachte er. Seit Monaten hatten sie nicht mehr an diesen Mann gedacht. Auch gut, seufzte Tyrkir, von jetzt an werden wir in seiner Nähe leben und uns mit ihm abfinden müssen.

LEIF

Wieder zu Hause! Thorbjörg Schiffsbrust umsorgte ihre Tochter bei Tag und oft auch des Nachts, sodass die Schwangere manchmal nicht wusste, wer von ihnen sich mehr auf das Kind freute. Ganz gleich, Thjodhild genoss die Wochen auf dem Habichtshof, während ihr Mann und Tyrkir hinauf zum Hornstrand gesegelt waren.

Erik plante, nach Verladung der gesamten Habe, die weitere Route um das Nordkap zu nehmen. »Glaub mir, manchmal kommt man schneller ans Ziel, wenn man einen Umweg macht«, hatte er versichert. Nach dem großen Nordbogen wollte er von Westen aus in den Breidafjord einfahren, dann sich durch den Inselgürtel tasten und zum inneren Hvammsfjord gelangen. Von dort wären die Lasten bequemer und auf kürzestem Weg zur neu gewählten Hofstelle zu schaffen. »Sollst sehen, im Spätsommer brennt das Feuer in unserer eigenen Wohnhalle.«

Nicht einen Augenblick hatte Thjodhild gezweifelt. Nach den harten Monaten in der Einsamkeit, den Enttäuschungen wusste sie, Erik würde sein Wort halten.

»Warte mit dem Kind, bis ich zurück bin!«

Dies Versprechen war sie ihm beim Abschied schuldig geblieben. »Ich kenne mich nicht aus.«

Den Zeitpunkt bestimmt Göttin Freya, daran glaubte sie fest

und, wie es ihr in den letzten Tagen vorkam, auch die Mutter. Längst war unter Aufsicht Thorbjörgs die Sauna zum Geburtshaus hergerichtet worden und beim ersten ziehenden Schmerz hatte Thjodhild dorthin übersiedeln müssen. Jeden Morgen kam Frau Schiffsbrust ans Bett der Schwangeren, ihre Hände strichen Öl über den gewölbten Bauch, fest und doch so zart, als streichle sie das Ungeborene und sorge gleichzeitig dafür, dass es in eine bequeme Lage kam. Stets summte sie eine Melodie, die Thjodhild noch aus ihrer eigenen Kindheit kannte.

Eines Morgens schob die erfahrene Frau behutsam ihren Finger in den feuchten Schoß. »Die Wehen werden heute regelmäßiger einsetzen.« Da sie das ratlose Gesicht ihrer Tochter sah, setzte sie lächelnd hinzu: »Du kannst mithelfen: Dein Kind will ans Licht. An nichts anderes sollst du jetzt denken.«

Sie ließ Thjodhild aufstehen, und während beide vor dem Saunahaus im Sonnenschein auf und ab gingen, erzählte die Alte von der Nacht, in der sie selbst geboren hatte.

Ihre Stimme lockte die Wehen, Thjodhild fühlte eine schmerzhafte Welle, die sich bald zurückzog und nach einiger Zeit wiederkehrte. »Atme ruhig, mein Mädchen, nur wir Frauen haben die Kraft, neues Leben zu schenken.«

Als die Wehen in kürzeren Abständen kamen, führte sie die Schwangere zu einem Mörser voller Getreidekörner und reichte ihr den Stößel. »Zerstampfe sie!« Doch nicht mit heftigen Stößen, das Mehl sollte grob bleiben. »Daraus werde ich dir nach der Geburt ein süßes Kindbrot backen.« Sie ließ die Tochter allein.

Beim Auf und Ab der Arme fühlte Thjodhild von Mal zu Mal, wie das Drängen in ihrem Schoß schmerzhafter wurde. Eine Wehe nahm ihr jäh den Atem und gegen ihren Willen schrie sie auf. Doch ehe Angst sie befiel, kehrte die Mutter mit zwei alten Mägden zurück und gemeinsam führten sie die Stöhnende in die warme Stube.

Wie durch einen Schleier sah Thjodhild den mit Moos ausgelegten und mit einem Tuch bedeckten Platz. »Knie dich hin, mein Kleines!« Dann waren es Arme, die ihren Körper bei jeder neuen Woge anhoben; das ernste Gesicht der Mutter, ihre beruhigende Stimme, nichts anderes nahm Thjodhild wahr, bis dieser einzige große Schmerz alle Zeit anhielt.

Ein kleiner Schrei, hell und fordernd, weckte sie aus der Erschöpfung. Es ist wahr, dachte Thjodhild verwundert und öffnete die Lider. Sie lag auf weichen Fellen, sah über sich die Balkendecke, nichts sonst. Ihr Unterleib und die Schenkel wurden mit einem feuchten, kühlen Tuch abgerieben. Warum schweigt die Mutter? Warum höre ich nichts mehr von meinem Kind? Thjodhild versuchte sich aufzurichten, es gelang ihr nur ein wenig, dann sank sie wieder kraftlos zurück. Tränen stiegen. »Mutter. Wo ist es?«

»Gleich, mein Mädchen, gleich.«

Jetzt vernahm sie wieder den hellen Schrei, gefolgt von unwilligem Jammern. Erlöst atmete Thjodhild aus. Ja, es ist wirklich wahr. Als dann die Mutter sich über sie beugte und ihr ein rosig warmes Wesen zwischen die Brüste legte und sagte: »Du hast einen Sohn. So schön ist er«, da spürte sie, wie alle Not und Schmerzen der vergangenen Stunden von ihr abfielen. Mit den Fingern tastete sie nach den nassen Härchen, fand Schultern und Arme. »Ich will ihn anschauen. Bitte!« Sofort wurden ihr Kissen in den Rücken gesteckt. Ein verknautschtes Menschlein mit Augenpunkten im runzligen Gesicht. »Aber er sieht so alt aus«, flüsterte sie erschrocken.

Da schmunzelten und lachten die Frauen. Thorbjörg ließ sich neben dem Lager auf einem Holzklotz nieder. »So ist das nun mal, mein Mädchen. Damit beginnt der Lebenskreis. In wenigen Tagen strafft sich die Haut, dann wächst der Kleine zum Mann, hat Kraft und glaubt, dass es immer so bleibt, doch später im Alter wird er wieder so schwach und faltig sein wie jetzt.«

Behutsam strich Thjodhild über die winzigen geballten Hände und verglich sie im Stillen mit den Fäusten seines Vaters. »Ein Leben voller Glück wünsche ich dir, mein Kind!«, flüsterte sie.

Erst Anfang Juni lief das Schiff in die Bucht unten am Hvammsfjord ein. Zwei Wochen war Erik durch einen Sturm aufgehalten worden. Tyrkir war verletzt. Beim Sprung in den Frachtraum war er über ein Tau gestolpert und hatte sich den rechten Fuß verstaucht.

»Aus dir wird nie ein Seefahrer«, verspottete ihn der Rote.

»Was wärst du ohne deinen Lotsen? Nur im Kreis würden wir herumfahren«, schlug Tyrkir zurück. Aber der Schmerz war geblieben. Oft hatte ihn der erste Bootsmann vorn am Drachenkopf ablösen müssen, weil sein dick angeschwollener Fuß das lange Stehen auf den schwankenden Planken zur Qual werden ließ. Jetzt war Tyrkir heilfroh, endlich an Land zu können.

Noch von Bord aus entdeckte er die jungen Männer am Ufer, sie lachten und grölten, einige ritten auf dem flachen Kiesstrand um die Wette, andere standen sich halb entblößt gegenüber und maßen ihre Kräfte beim Ringkampf. Kaum näherte sich der Segler, unterbrachen sie ihr wildes Spiel. Eine Abwechslung! Hilfreich wateten gleich drei von ihnen ins Wasser, um den Knorr weiter auf den Strand zu ziehen. Ein schriller Pfiff in ihrem Rücken ließ sie stocken. »Diesen Kahn rühren wir nicht an! Wagt es nicht!«

Tyrkir verengte die Lider. Der Befehl kam von einem der Reiter: Ejolf Dreck! Hoch gereckt saß er im Sattel, das blonde Haar mit einem Stirnband gehalten, sein kantiges Gesicht war blass vor Wut. »Kommt sofort zurück! Wir helfen keinem Fremden.«

Jetzt hatte auch Erik den Mann erkannt. Stumm sah er zu, wie die drei Burschen wieder umkehrten und wenig später mit ihrem Anführer und den Kumpanen die Landungsstelle verließen. »Auf die Begrüßung hätte ich auch verzichten können«, knurrte er.

»Vergiss ihn einfach!« Tyrkir schnippte mit dem Finger. »Ejolf und seine Bande waren gar nicht hier.«

»Wie redest du mit mir? Bin doch nicht blind.«

»Entschuldige, Herr.« Tyrkir schüttelte unmerklich den Kopf. Blind? Besser wäre es schon, dachte er, zumindest wenn es um diesen Ejolf und diese reichen unbeweibten Nichtstuer geht.

Auf halbem Weg ins Hochtal winkten Knechte von einer Wiese mit ihren Harken dem Lastenzug und liefen näher. Einer fragte: »Du bist doch Erik, der Mann der Thjodhild vom Habichtshof?«

»Was ist mit meiner Frau?«

»Gut geht es ihr. Freu dich, du bist Vater geworden. Ein Sohn!«

Einen Augenblick erstarrte Erik, dann schwang er sich, wie sonst nur im Kampf, mit ungeahnter Schnelligkeit vom Pferd und stürmte auf den Knecht zu. »Sag das noch mal!«

»Vater, wie ich gesagt hab.« Vorsichtshalber wich der Mann einige Schritte zurück. »Überall erzählen es die Leute.«

Erik schlug die Faust in seine Linke und drehte sich zu Tyrkir um. »So was. Hast du gehört, ich bin Vater. Das nenn ich wirklich eine gute Frau.« Er zog ein Stück Hacksilber aus der Gürteltasche und reichte es dem Überbringer der Nachricht. »Hier, nimm! Das Glück muss bezahlt werden, sonst bleibt es nicht lang.«

Von diesem Moment an kamen sie viel zu schleppend voran. Erik konnte nicht vorausreiten, um den Sohn zu sehen, denn Tyrkir fiel mit seiner Verwundung als Arbeitskraft aus. So blieb dem jungen Vater nichts anderes übrig, als den Treck am Habichtshof vorbei und bis zum Ziel zu führen.

Endlich war der Hang nicht weit vom Wasserhorn erreicht, endlich waren die Kisten abgeladen. Das Bauholz sollte noch auf dem Karren bleiben, allein die beiden geschnitzten Hochsitzbalken trug Erik selbst zu der Stelle, an der das neue Wohnhaus errichtet werden sollte. »Kommt näher! Beeilt euch!«

Kaum hatten sich Knechte und Mägde um ihn versammelt, rief er den Segen Thors auf diesen Platz hernieder, aber seine Ungeduld kürzte den weihevollen Moment ab.

Er zeigte zum nahen Wiesenbach. »Da schlagt ihr unsere Zelte auf!«, befahl er den Frauen. »Und du, Katla, sorgst fürs Essen. Vorräte sind noch genug da.«

Seine Knechte teilte er in zwei Gruppen. Von der einen mussten Steine für die Mauern herbeigeschafft werden, die andere sollte Grassoden und Torfziegel in den Sumpfwiesen unten am Fluss ausstechen. »Morgen bin ich zurück. Und wehe euch, wenn wir dann nicht mit dem Bau beginnen können!« Er stieß Tyrkir in die Seite. »Na, hab ich was vergessen?«

»Fehlt nur noch die Peitsche«, bemerkte sein Verwalter, »dann wärst du von einem Sklaventreiber nicht mehr zu unterscheiden.«

»Reiz mich nicht, ich bin jetzt Vater!«, drohte der Hüne. »Mit deinem Fuß kannst du mir nicht weglaufen.« Ohne Vorwarnung packte er Tyrkir, trug den Zappelnden zum Pferd und setzte ihn mit Schwung in den Sattel. »Wir sehen uns meinen Sohn an!« Er stieg auf den eigenen Gaul, stieß einen Jauchzer aus und gab dem Tier die Fersen.

Kurz vor Erreichen des Habichtshofes zügelte er das Pferd. Überrascht sah ihn Tyrkir von der Seite an. »Hast du doch etwas vergessen?«

»Der Name! Wie soll mein Sohn heißen?« Unvorbereitet durfte sich Erik dem Kind nicht nähern. Sobald er das Neugeborene aufnahm, musste er es, um die bösen Mächte fern zu halten, mit seinem Namen rufen.

Sie ließen die Pferde im Schritt gehen. Thorvald wie der Großvater? Nach dem Urgroßvater Ulf? Oder Ochsenthorir? Nein, meinte Tyrkir, besser wäre es, einen neuen Namen zu wählen. »Er muss ihn auszeichnen. Weil es dein Erstgeborener ist.«

»Ja, Glück soll er ihm bringen.« Erik fuhr sich mit beiden Händen durchs zottige Haar. Sein Blick schweifte über die Gebäude vor ihm und weiter über den ausgedehnten Besitz des Habichtshofes. »Das alles wird eines Tages meinem Sohn gehören.« Und dann wusste er den Namen. »Leif. Ganz einfach, weil er mein Erbe ist.«

»Leif.« Tyrkir probte mehrmals den Namen. Selbst am Klang, so fand er schließlich, war nichts auszusetzen.

»Ja, Leif, so wird mein Sohn heißen.« Der Vater tippte sich gegen die Brust. »Und ich habe den Namen gefunden, nicht du. Vergiss das nicht, du Schlaukopf!« Feixend schlug er sich auf den Schenkel. »Ja, jetzt weiß ich auch einen Namen für dich. Tyrkir der Schlaukopf, das passt doch für dich.«

»Sehr einfallsreich, Herr. Wenn ich bedenke, mit welcher Sparsamkeit du sonst dein Hirn bewegst.«

Hundegebell begrüßte sie zuerst, dann waren es die Knechte, bald schon kam Thorbjörn aus dem Haus und empfing die Heimkehrer. Zunächst erkundigte er sich nach der Fahrt, dabei war ihm anzusehen, wie sehr er sich mühte, nicht gleich von der Neuigkeit zu erzählen.

Auch Erik wahrte die Form und sagte: »Bis auf den Sturm gab es keine Schwierigkeiten. Gesinde und Mannschaft sind wohlauf. Unsere Ladung ist nicht verloren gegangen …«

»Näheres kannst du mir später berichten«, unterbrach ihn der Alte. »Willkommen, Schwiegersohn. Nun aber will ich dir vom Glück …«

»Es ist doch ein Sohn. Oder?«

»Du weißt es schon?«, fragte Thorbjörn beinah enttäuscht.

»Im ganzen Tal erzählt man von nichts anderem.« Erik hielt es nicht länger. »Wie geht es meiner Frau? Wo ist das Kind? Ich muss sie sehen. Jetzt gleich.«

»Dann folgt mir.« Der Graubärtige führte die Freunde zur Sauna hinter dem Wohngebäude, ließ dem jungen Vater den Vortritt und blieb mit Tyrkir am Eingang stehen.

Thjodhild saß der Mutter gegenüber, sie hielt einen Wollstrang straff zwischen den Unterarmen, schaukelte ihn gleichmäßig hin und her, während Thorbjörg Schiffsbrust den Faden zum Knäuel wickelte.

»Frau«, sagte der Rote leise. Sie blickte zu ihm auf, in der ersten Freude erhob sie sich halb, war aber durch den Wollstrang behindert und sank zurück. »Du musst dich schon zu mir beugen, Erik!«

Er zögerte, sah auf die Schwiegermutter, sah zu den Männern am Eingang und verdeckte ihnen den Blick mit seinem Rücken. So neigte er sich über Thjodhild, küsste ihr Haar, die Stirn und presste seine Lippen auf ihren weichen Mund.

Wie sehr du mir gefehlt hast, dachte sie, auch wenn dein Geruch nach Reise und altem Schweiß mir den Atem nimmt, ich liebe ihn. Sie bog den Kopf zurück und sah in die bernsteinfarbenen Augen. »Warten konnte ich nicht. Seit zwanzig Nächten sind wir schon zu dritt.«

Erik folgte ihrem Blick zur Wiege. »Zeig ihn mir!«

»Wartet!«, unterbrach die Schwiegermutter energisch. »Es muss seine Ordnung haben. Eher erlaube ich nicht, dass du ihm den Sohn gibst.« Mit dem Knäuel in der Hand schob sie Erik beiseite und befreite die Tochter von dem Wollstrang. »Sag deinem Mann, er soll sich wenigstens Gesicht und Arme waschen!«

»Sie hat Recht.« In Thjodhilds Mundwinkeln zuckte es. »Die Nase deines Sohnes ist noch empfindsam.« Gleich hielt sie Eriks Hand fest und raunte: »Verrate mir vorher rasch den Namen!«

Da richtete sich der Vater auf. »Wenn ich warten muss.« Er grinste jungenhaft. »Dann musst du es eben auch.« Mit langen Schritten verließ er die Stube und Tyrkir humpelte hinter ihm her.

Draußen am Wasserbottich tauchten beide die Köpfe unter, rieben Hals und Arme, bis sie fanden, dass der Reinlichkeit genug geopfert war.

Bei ihrer Rückkehr stand die Wiege inmitten des Vorraums. Auf dem Boden rund um das Kind flackerten Öllichter. Tyrkir stellte sich außerhalb des Lichtrings zur Mutter und den Großeltern.

Deutlich war Erik anzumerken, wie ihm jäh der Ernst des Augenblicks bewusst wurde. Er allein hatte die Pflicht und das Recht, dieses Kind in die Gemeinschaft der Familie aufzunehmen oder es zu verstoßen. Bei Missbildung, oft auch aus wirtschaftlicher Not konnte ein Vater das Neugeborene ablehnen und es den Tieren der Wildnis überlassen.

An diese Möglichkeit aber dachte jetzt niemand, als Erik in den Kreis trat und sich über die Wiege beugte. Seine Lippen bebten beim Anblick des nackten Sohnes. Mit der Fingerkuppe berührte er die Händchen, die kleinen Füße und strich über den Hodensack und das winzige Glied. »Du sollst zu mir gehören!«

In seiner Ruhe gestört antwortete der Kleine mit ärgerlichem Gezeter.

Außerhalb des Kreises beobachtete Tyrkir verstohlen die Mutter. Wie gern ich in ihrer Nähe bin, stellte er überrascht fest, vorher war es mir nicht aufgefallen, aber jetzt nach der Trennung ... Sofort unterdrückte er den Gedanken. Zu spät, als hätte sie Wärme neben sich verspürt, wandte Thjodhild den Kopf, begegnete verwundert den dunklen Augen und blickte wieder zum Vater ihres Kindes.

Mit beiden Händen hob Erik den Jungen über seinen Kopf und streckte ihn dem Himmel entgegen. »Luft, Feuer, Sonne und Wasser, ihr großen Gewalten, hier biete ich euch meinen Sohn Leif. Nehmt ihn an, seid, so lange er lebt, seine mächtigen Beschützer und Freunde!«

Aus Protest gegen die unbequeme Lage schrie Leif und strampelte, nicht genug, der kleine Hahn bog sich auf und ein heller Strahl nässte dem Vater Gesicht und Bart. Kaum schmeckte Erik den Saft, rief er voll Stolz: »Willkommen! Ja, du bist mein Sohn!«

Thorbjörg drückte die Hand ihres Mannes. »Ein gutes Omen«, raunte sie und rieb seufzend eine der schweren Brüste an seinen Arm.

Der Vater hielt das rosige, schreiende Menschlein vor sich auf den großen Handtellern. Ruhig trat die Mutter jetzt zu den beiden in den Lichterkranz. Erik überreichte ihr das Kind, sie wiegte es auf den Armen und summte, bis Leif sich beruhigte, dann stellte sie ihm mit leisem Singsang zum ersten Mal seine Ahnenreihe vor. Eine wichtige Aufgabe, die sie später wiederholen würde, bis das Kind selbst die Namenskette der Vorfahren aufsagen konnte, denn allein dadurch vermochte es sich als vollwertiges Mitglied der Sippe auszuweisen. »Leif, du bist der Sohn meines Eriks und Erik ist der Sohn des Thorvald und der hatte den Asvald zum Vater und Asvald war der Sohn des Ulf und der hatte den Ochsenthorir zum Vater.« Bei dem vertrauten Klang hatte der Kleine die Augen geschlossen und war eingeschlafen.

Thjodhild wandte sich an ihren Mann. »Wir sollten jetzt gleich den Ziehvater bestimmen.«

»Wen denn? Ich weiß keinen.«

Doch ein Lehrer musste gefunden werden. Bei vornehmen Familien war es sogar üblich, zumindest die herangewachsenen Erstgeborenen für einige Jahre zu tauschen. Erik zuckte die Achseln. Wie sollte er zwischen den benachbarten Großbauern wählen, wenn er sie gar nicht kannte? »Die Entscheidung überlasse ich dir.«

Da lächelte sie. »Ich weiß nur einen, dem ich später meinen Sohn anvertrauen möchte.« Fest sah Thjodhild zu dem Deutschen hinüber. »Komm in unsern Kreis!«

Gegen seinen Willen zögerte er. War es aus Scham wegen des verbotenen Gedankens vorhin? War es, weil die Ehre ihn, den Sklaven, erschreckte? Er wusste es nicht.

»Was ist?«, polterte Erik. »Mein bester Freund will mein Kind nicht hüten?« Die feierliche Zeremonie dauerte ihm offenbar schon zu lange, und außerdem war Leif von seiner lauten Stimme wieder aufgewacht und wimmerte. »Soll ich dich hertragen oder willst du meine Frau beleidigen?«

»Nein, Herr.« Nach einem Räuspern bekräftigte Tyrkir: »Nein, niemals will ich das.« Beweg dich, Dummkopf, befahl er sich, und halte die Feier nicht auf! Er humpelte zu der jungen Familie.

»Wurde auch Zeit«, knurrte der Rote.

Durch den schroffen Ton gereizt, blaffte Tyrkir zurück: »Warum drängst du mich, Herr? Schließlich habe ich das Recht, über solch eine Pflicht nachzudenken.«

»Schlaukopf …«

»Hört auf!«, warnte Thjodhild. »Wenn euch danach ist, könnt ihr später streiten.« Sie legte dem sommersprossigen Verwalter ihr Kind in den Arm. »Schwöre vor uns, den Eltern und den Großeltern, dass du Leif als Freund und Lehrer zur Seite stehen wirst!«

Tyrkir betrachtete den Jungen: Wie warm er sich anfühlt, wie zart seine Haut ist. Es gelang ihm, Thjodhilds Blick offen und ohne Scheu zu erwidern. »Der große Tyr ist mein Zeuge, ich werde Leif mit all meiner Kraft und meinem ganzen Wissen ein treuer Lehrer sein.«

Erik klatschte kurz in die Hände. »Na endlich. Das war geschafft.« Ohne Zögern ging er zu seinem Schwiegervater. »Mir klebt die Zunge vom vielen Reden.« Grund zum Feiern gäbe es doch genug!

Thorbjörn ließ sich nicht lange bitten. Ja, ein guter Schluck auf das Kind, ein zweiter auf die glückliche Heimkehr, ein dritter, damit morgen der Hausbau unter guten Vorzeichen beginnen konnte, und für den vierten und die nächsten Schlucke würden ihnen sicher neue Gründe einfallen.

Über die Schulter forderte Erik ungeduldig den Freund auf: »Nun komm! Oder soll ich dich tragen?«

Thorbjörg Schiffsbrust hielt Tyrkir zurück. »Geht ihr voraus!« Erst wollte sie sich seinen Fuß ansehen und erlaubte keinen Protest. »Als Ziehvater gehörst du jetzt zu meiner Familie.« Mit Kräutern und Salben versorgte sie den geschwollenen Knöchel, schlimm sei es nicht, meinte sie, noch ein wenig Schonung und bald könne Tyrkir wieder ohne Schmerzen auftreten. Sie überhäufte ihn mit immer neuen Ratschlägen, bis es selbst Thjodhild zu viel wurde und sie den Patienten aus ihrer Fürsorge befreite.

Nach vier Wochen standen die Außenmauern des Haupthauses, war das Dach mit Grassoden abgedichtet und im Innern der Ehrenplatz des Familienoberhauptes zwischen den beiden reich verzierten Stützbalken gezimmert.

Bei strahlendem Sommerwetter hatte sich Thjodhild mit zwei Mägden vom Habichtshof aufgemacht, um die Baustelle zu besuchen. Erik schloss sie lachend in die Arme. Von allen Seiten lief die Dienerschaft herbei und bereitete der Herrin einen herzlichen Empfang. Weil es ihr die Mutter aufgetragen hatte, erkundigte sie sich zunächst nach Tyrkirs Fuß.

Er sah sie an und versuchte, seine Beklommenheit nicht zu zeigen. »Sag Frau Schiffsbrust meinen Dank! Sie hat mich gerettet. Ohne ihre Heilmittel hätte ich sicher den Fuß verloren.«

»Spotte nicht!«, wies ihn Thjodhild heiter zurecht. »Auch wenn Mutter manchmal zu besorgt ist, sie meint es wirklich gut.«

»Und ich meine es ernst.« Mit übertriebener Geste legte Tyrkir die Hand auf die Brust. »Ich bin gerettet, Herrin.«

Thjodhild lachte. »Verrückter Kerl. Ach, es tut mir gut, dich wieder zu sehen.«

Nichts ahnt sie, dachte Tyrkir erleichtert. Wie hatte er das verbotene Gefühl für sie in schlaflosen Stunden bekämpft; zwar nicht besiegt, das wusste er und wollte es auch gar nicht, doch zumindest so beruhigt, dass es vor allem seine Freundschaft zu Erik nicht mehr gefährdete. Das erste Zusammentreffen war eine Probe für ihn und er hatte sie bestanden. Welch ein Glück.

Später führte Erik allein seine Frau in die neue Wohnhalle. Durch das Windauge fiel ein Lichtkegel nur auf den breiten Hochsitz. Mit der Fackel leuchtete er in jeden Winkel. »Fertig sind wir noch nicht.« Der Graben fürs Langfeuer musste noch mit Steinen ausgelegt werden, auch fehlten in den Seitenschiffen der erhöhte Boden und die Essbänke, auch gab es noch keine Regale an den Wänden. »Dafür brauche ich neues Holz. Aber das holen wir uns in den nächsten Tagen oben am Wasserhorn.«

Er zog sie weiter und öffnete im hinteren Bereich die Tür zur Schlafkammer. Höher hielt er die Fackel und schwenkte sie hin und her. »Na, was sagst du?«

Das breite Bett war nicht zu übersehen. Ein Duft schwang im Raum, eine Mischung, die Thjodhild liebte. Sie fand den großen Heusack neben dem gezimmerten Gestell, und die geschälten und am Kopf- und Fußende kunstvoll verzierten Balken strömten den Geruch nach frischem Holz aus. Sie lehnte sich an ihn. »Hier will ich gerne mit dir zu Hause sein.«

Behutsam schlang er den freien Arm um sie und berührte ihre Brüste. Seit Thjodhild stillte, waren sie größer und praller als zuvor. »Wann … Ich mein, es ist schon lange her, dass wir …«

»Ja, Erik. Auch ich sehne mich sehr danach.« Ihre Hand glitt von seinem Gürtel abwärts, sie strich leicht über die Hüften und weiter zur Mitte. Schon bei der ersten Berührung fühlte sie seine Erregung. Gleich ließ sie ihn los. »Verzeih, aber ich kenne mich nicht aus. Jetzt nach der Geburt weiß ich nicht, wie lange wir noch warten müssen.«

Erik hielt sie fest umarmt. »Vorsichtig … Sag nur wann! Glaub mir, ich kann ganz vorsichtig sein.«

Wie hingezogen wanderten ihre Finger wieder zur Mitte zurück. Wenn mein Körper es will, dachte sie, dann wird es ihm auch nicht schaden. Sie blickte in seine Augen. »Jetzt.«

»Was meinst du?«, fragte er überrascht.

Thjodhild nestelte an seinem Gürtel. »Jetzt sofort.« Schon hatte sie ihm die Hose geöffnet und halb hinuntergestreift.

Doch die Fackel störte ihn. »Warte!« Behindert durch den Stoffwulst um seine nackten Oberschenkel hastete er in Hüpfschritten zur Wand, eine Eisenhalterung fehlte, kurz entschlossen stieß er den Fackelschaft zwischen die Mauersteine.

Thjodhild hatte derweil den Heusack aufs Bett geworfen und sich hineingelegt. Trotz ihres Verlangens musste sie schmunzeln, weil er in der gleichen unbeholfenen Weise zurückkam.

Er bemerkte es selbst: »Deine Schuld. Wenn du mir keine Zeit lässt. Anders kann ich nicht zu dir kommen.«

Thjodhild raffte ihren Rock hoch bis zum Nabel. Als er sich zwischen ihre Beine kniete, war jeder Scherz vergessen. »Sei behutsam, Erik!«, flüsterte sie.

Zuerst war es doch Schmerz, den sie fühlte, schnell aber saugte ihn die Lust auf. Als sich Erik wieder von ihr lösen wollte, tastete sie nach seinem Arm. »Nein, geh nicht weg. Bleib noch einen Moment neben mir liegen. Ich will deine Haut spüren. Dein Geruch hat mir so gefehlt.«

Lange sahen beide dem flackernden Schein an den Balken über ihnen zu. Schließlich unterbrach Erik das Schweigen. »Auch wenn ich nicht so schöne Worte hab. Das Glück ist gut zu mir. Du und Leif und unser neues Land, das ist wirklich viel. Verstehst du, was ich meine?«

Sie rollte sich auf die Seite und schmiegte sich an ihn. »Hier beginnen wir neu. Ja, Erik, hier haben wir unser Glück gefunden. Und werden es festhalten.«

DER ERDRUTSCH

Von einer Stunde zur anderen schlug das Wetter um. Regen peitschte den Männern ins Gesicht, und bis auf die Haut durchnässt arbeiteten sie weiter. Länger dauerte es jetzt, die abgeästeten Stämme von den beiden Pferden aus dem Wald ziehen zu lassen. Seit vorgestern rodete Tyrkir mit fünf Knechten unterhalb des Wasserhorns. Axtschlag und das Niederbrechen der Bäume hatten die vergangenen Tage mit Lärm erfüllt, sodass die Raben, in ihrer Ruhe gestört, sich mit empörtem Gekrächz auf die zerklüftete Felsspitze zurückgezogen hatten. Immer wieder war Tyrkirs Blick zu diesen Kundschaftern der beiden Urraben Hugin und Munin hinaufgeschweift.

Auch jetzt, während er mit seinen Leuten und den Zugtieren erneut in die frei gehauene Schneise stapfte, sah er sich nach ihnen um. Sie belauern jeden unserer Schritte, dachte er, so als hätten wir ihren heiligen Bezirk geschändet. Ach, was scheren dich die Raben, beruhigte er sich, wir benötigen Holz und der Wald ist unser Eigentum. Morgen arbeiten wir noch hier, danach kehren wieder Frieden und Stille um den Bergsee ein und die schwarzen Wächter können auch tagsüber ungestört ihre Posten in den Kronen der Birken oder Eschen einnehmen.

Je näher die Männer dem Bergvorsprung kamen, umso härter mussten sie gegen Wind und Regen ankämpfen. Selbst das Tosen des Wasserfalls wurde vom Wettergeheul übertönt. Auf einer Breite von zehn Pferdelängen hatten sie den Wald gerodet und zwischen den gefällten Stämmen und Stümpfen waren nur vereinzelte Büsche übrig geblieben, schutzlos bürstete und zerrte der Sturm an ihrem Blattwerk. Wolkenriesen trieben dicht über den Köpfen der Männer und wie ein Sturzbach schlug der Regen auf die freigelegte Fläche und spülte Erde aus dem porösen Gestein.

»Noch zwei! Schirrt die Gäule vor!«, schrie Tyrkir den Knechten zu. »Achtet auf die Stricke! Dann ist Schluss für heute!« Die restlichen Stämme sollten sie morgen hinausschaffen.

Abgekämpft erreichte der Trupp am späten Abend den Hof. Schutz und Geborgenheit unter einem festen Dach, welch ein Geschenk an solch einem Tag! Bald trockneten Hosen und Kittel auf der Leine nahe dem Langfeuer; und Fleischbrühe, von Katla zubereitet, wärmte die Männer von innen.

In eine Felldecke gehüllt saß Tyrkir bei Erik. »Solange das Unwetter anhält, hat es wenig Zweck«, meinte er.

»Ganz gleich. Unsere Leute müssen wieder rauf zum Wald.« Der Rote ließ den Fischbeinstocher sinken, mit dem er seine Zähne säuberte. »Wir brauchen das Holz. Wenn Thjodhild und der Junge in zwei Wochen kommen, soll wenigstens im Haus alles fertig sein.«

Wie gut Tyrkir den Freund verstand, zu frisch waren die Erinnerung an den Hof auf Spitzklipp und diese Verzweiflung in Thjodhilds Miene, als sie zum ersten Mal die erbärmlichen Gebäude dort oben sah. Erik wollte ihr jetzt ein Zuhause bieten, in das sie voller Freude und Stolz einziehen konnte. »Also abgemacht«, sagte der Verwalter und gähnte ausgiebig. »Gleich in der Frühe schicke ich die Männer los.« Falls der Boden in der Schneise zu aufgeweicht wäre, dann würden sie in jedem Fall die bereits vor dem Wald liegenden Stämme aufladen und herbringen. »Jetzt werde ich mich erst einmal langstrecken.« Feixend sah er zur Schlafkammer hinüber.

»Ja, mach's dir nur bequem, Schlaukopf!« Erik verzog das Gesicht. Zum Lohn für die Schnitzarbeit an Kopf und Fußende des Ehebetts hatte sich der Deutsche das Recht ausbedungen, bis Thjodhild einzog, allein darin zu nächtigen, und sein Herr musste derweil mit einem Schlafplatz beim Gesinde vorlieb nehmen. »Zwei Wochen noch. Bei Thor, dann ist endlich Schluss!«

In der Nacht nahm der Sturm zu. Unterhalb des Wasserhorns hatte der Regen inzwischen von der gerodeten Fläche alles Moos und sämtliche Erde bis hin zum Bergvorsprung weggespült. Die Wurzeln der Baumstümpfe lagen frei und haltlos auf dem nackten Gestein. Ungehindert drang das Wasser tiefer in die Felsrisse. Kleine Brocken lösten sich von der porösen Kante und rollten ins Tal. Eine gewaltige Böe erfasste am Rand der Schneise die vorderste Esche, sie stürzte und riss im Fall den Baum neben ihr mit sich, durch die Wucht knickte auch die nächststehende Birke und wie von einer unsichtbaren Kette gezogen brach der Wetterschutz des Waldes nach und nach zusammen.

Der Morgen graute. Zwar hatte sich der Wind gelegt, doch immer noch prasselte der Regen und drang tiefer ins zerklüftete Gestein. Dumpfes Brechen erschütterte den Bergvorsprung. Sofort hoben sich die Raben flügelschwer aus ihren Schlafnischen und kreisten klagend über dem schroffen Felshorn.

Ein Spalt entstand, er klaffte von der halben Länge der Schneise quer hinüber bis zum See. Gestein und Schlamm rutschte und sank langsam ins Bodenlose, nahm Bäume, nahm den ganzen vorderen Teil der Bergnase mit sich, riss tiefer gelegene Felsen los, die Lawine wuchs und wälzte sich mit urgewaltigem Krachen zu Tal. Wie von einer Riesenfaust wurde Valtjofs Hof zermalmt.

Stille trat ein, auch der Regen hörte auf. Bald zeigten sich erste blaue Flecken am Himmel.

Ejolf Dreck hatte auf einem Nachbargut zusammen mit den Kumpanen beim Würfelspiel lange gezecht und dort genächtigt. Vom fernen Donnern war er aus dem Schlaf gerissen worden. Mit schwerem Kopf taumelte er nach draußen. »Was ist?«

Stumm zeigte ein Knecht hinauf zum Wasserhorn und fuhr mit dem Finger die Bahn des Erdrutsches nach, schließlich hielt er bei dem riesigen Berg aus Schlamm und Geröll weit hinten im Tal an. »Ein Unglück, Herr.«

»Mein Bruder!«, schrie Ejolf und stürzte zurück ins Haus. Gleich darauf kehrte er mit Hravn Holmgang, einem seiner engsten Freunde, zurück. Auf dem Weg zum Stall schnallten sie ihre Schwerter um, sie zogen die Pferde heraus und sprangen in den Sattel.

Nichts fand Ejolf mehr am Ende des Tales, der Bruder mit seiner Familie, aller Reichtum lag unter der Lawine begraben. Was ihm blieb, waren die Schafherde und das Jungvieh auf den Sommerweiden, ansonsten nur die Gnade der Verwandtschaft. Nichts mehr! Wie ein Schlag traf ihn die Erkenntnis: Sein sorgloses Leben hatte ein Ende gefunden. »Wer hat das getan?«, stammelte er.

Der Freund legte ihm den Arm um die Schulter. »Die Götter haben es so bestimmt.«

»Niemals! Warum sollten die Götter mich bestrafen?« Wild befreite sich Ejolf. »Für welche Schuld? Sag es mir!«

Hravn nahm einen Felsbrocken auf, den ein anderer Mann nur mit Mühe hätte heben können, er aber besaß die Kraft und Schnelligkeit von zwei Männern und war ein gefürchteter Kämpfer. Seinen Ruhm hatte er sich vor allem beim Holmgang erworben. In diesem nach vorgeschriebenen Regeln ausgefochtenen

Zweikampf war bisher jeder Gegner von ihm getötet worden. »Siehst du diesen Stein? Davon sind tausend-, ach was abertausendmal schwerere herabgestürzt. Solch eine Macht besitzt kein Mensch. Es war Schicksal, glaub es mir!«

Ohne Antwort stieg Ejolf ein Stück den Geröllberg hinauf. Lange starrte er nach oben. Der Wasserfall war breiter geworden und die Abbruchstelle sah aus, als wäre Utgard-Loki, der Herr über das Reich der Riesen, selbst gekommen und hätte mit einem großen Hieb den Felsvorsprung herabgeschlagen.

»Da oben verläuft die Grenze. Das Gebiet gehört zum Habichtshof. Also hat Land vom Habichtshof meinen Bruder getötet.« Ejolf stemmte die Fäuste in seine Seiten. »Und wer siedelt auf dem Hang zur Hochebene?« Mit einem Satz war er wieder bei Hravn Holmgang. »Dieser rote Bastard!« In seinen Augen glühte Hass. »Wer weiß, mein Freund, ob er nicht durch einen Zauber das Unglück herbeigerufen hat.«

Jede Beschwichtigung verwarf er. »Es war Absicht, ich fühle es. Komm mit, wenn du kein Feigling sein willst! Wir reiten hinauf und überzeugen uns selbst.«

Tyrkir hatte die fünf Knechte vorausgeschickt. Er selbst wollte mit Pferd und Karren nachkommen und das Fuhrwerk so nah wie möglich an den Wiesenhang unterhalb des Waldrandes bringen, um die Strecke für das Hinunterschaffen der Stämme abzukürzen. »Wartet nicht!«, hatte er angeordnet. »In der Rodung liegt noch genügend Holz. Bis ich bei euch bin, schafft, so viel ihr könnt, hinaus!«

Die Sklaven erreichten in der kühlen, rein gewaschenen Morgenluft schnell den Wald. Kaum aber betraten sie die Schneise, schnaubten und scheuten ihre beiden Zugpferde. Weder Zuruf noch Schläge nutzten etwas, die kräftigen Tiere verweigerten sich jedem Befehl und blieben stehen.

»Ein Troll?«, vermutete Ketil, der erfahrenste und älteste

Knecht. »Oder ein Untoter? Vielleicht hat er hier irgendwo Schutz vor dem Unwetter gesucht.«

Angst befiel die Männer. Wenn wirklich ein ewig verdammter Geist in der Nähe war, mussten sie ihn vertreiben, eher konnten sie nicht mit der Arbeit beginnen. Zu groß war die Gefahr, von ihm gebannt zu werden.

Sie nahmen die Äxte von den Schultern, verteilten sich und brüllten, schlugen rechts und links der Rodung gegen Baumstämme, raschelten in den Büschen und lärmten, so laut sie es vermochten. Schritt für Schritt arbeiteten sie sich weiter vor, ihre Aufmerksamkeit galt den Bodenmulden und kräftigen Astgabeln am Rand der Schneise, nach vorn sahen sie nicht.

Unvermittelt erreichte der Trupp den gähnenden Abgrund. Das Rufen erstarb ihnen auf den Lippen. Sie starrten in die Tiefe, folgten der Spur der Verwüstung und sahen im Tal den Berg aus Schlamm und Geröll. »Da war doch ein Hof«, flüsterte Ketil, als wollte er das Unglück nicht noch verschlimmern.

»Der Hof des Valtjof«, stöhnte der Mann neben ihm. »O ihr Götter, lasst unsern Nachbarn nicht unter den Trümmern liegen!«

Tyrkir sprang von der Kutschbank und führte das Pferd am Halfter weiter. Zwischen den ansteigenden Hügeln suchte er nach einem günstigen Weg, den sie auch auf der Rückfahrt mit dem Holz ohne Schwierigkeit benutzen konnten. Wie saftig hier das Gras steht, dachte er. Er blickte hinauf zum Wald. Allein von dort oben werden wir mehr Heu einbringen als von allen Wiesen auf Spitzklipp zusammen. In Zukunft haben wir Futter genug fürs Vieh. Nein, den Winter müssen wir nie mehr fürchten.

Auf dem Höhenrücken links von ihm tauchten zwei Reiter auf. Tyrkir beschattete die Augen. Gegen den wolkigen Himmel konnte er nicht ausmachen, wer dort ritt, nur Gestalten in wehenden Mänteln, die ihre Pferde auf den Birkenwald zu trieben. Fischräuber! Eine andere Erklärung gab es nicht für ihn: dreiste Dummköpfe. Niemand sonst wagte es, Forellen aus einem See zu fischen, der ihm nicht gehörte.

Die Reiter hatten den Holzplatz vor der Schneise erreicht, sprangen ab und verschwanden aus seinem Blickfeld. »Seid froh, dass ich es bin, der euch gleich vertreiben wird!«, drohte Tyrkir. »Bei Erik würdet ihr nicht so davonkommen.« Heftiger zerrte er am Halfter, vergeblich, der Gaul ließ sich nicht aus dem Trott bringen und bestimmte das Tempo.

Immer noch standen die Leibeigenen an der Abbruchstelle. Vom Ausmaß des Unglücks gelähmt versuchte jeder zu begreifen, was geschehen war. Sie hatten die beiden Männer nicht kommen hören.

»Bande! Feige Mörder!«

Erschreckt fuhren die Knechte herum. Zwei Pferdelängen von ihnen entfernt bauten sich Ejolf Dreck und Hravn Holmgang auf. »Wusste ich es nicht.« Gefährlich sanft sprach der Bruder des Valtjofs mit seinem Freund. »Nicht die Götter, diese Schufte haben den Erdrutsch verursacht.«

Der Riese zuckte die Achsel. »Es kann sein oder auch nicht.«

»Sieh sie dir doch an! Schuld steht ihnen auf der Stirn. Und warum sonst sind sie so früh schon hier?«

Heftig schüttelte der alte Ketil den Kopf. »Bitte, Herr, urteile nicht voreilig!« Er ließ die Axt fallen und ging mit offenen Handflächen auf Ejolf zu. »Wir haben hier gerodet, weiter nichts. Kein Mensch kann einen Berg lostreten.«

»Doch, doch, du Wurm. Erst habt ihr alle Bäume gefällt und dann mit Eisenstangen die Felsrisse vergrößert. Nun liegt mein Bruder mit seiner Familie unter Geröll und Schlamm.«

»Niemals.« Die Behauptung verschlug Ketil den Atem. »Nein, Herr, so glaub mir doch, Valtjof war ein guter Nachbar und ein

Freund unseres Herrn. Weshalb sollten wir den Frieden mit ihm brechen?«

»Mein Bruder war mit Thorbjörn befreundet. Nicht aber mit deinem Herrn, diesem hinterhältigen roten Eindringling.«

Ketil hob die Hand zum Schwur. »Alle Götter sind meine Zeugen …«

Ein Griff zum Schwert, die Klinge blitzte und Ejolf trennte ihm den Unterarm ab. »Ein Lügner darf es nicht wagen, bei den Göttern Hilfe zu suchen.«

Blut spritzte aus dem Stumpf. Ungeachtet seiner Schmerzen sprach Ketil weiter: »Nicht Erik und auch sonst niemand trägt Schuld an diesem Unglück.« Er sammelte Kraft und taumelte auf den schlanken Jungbauern zu. »Du und dein Freund, ihr seid Lügner …«

Mit einem leichten Schritt zur Seite ließ Ejolf den Alten vorbei, dann hackte er ihm das Schwertblatt tief in die Schulter. Ohne einen Laut stürzte Ketil zu Boden.

»Hast du gehört, Hravn?« Ejolf grinste böse. »Dieser Sklave hat es gewagt, uns zu beleidigen.«

Einen Moment zögerte der Kumpan, dann veränderte sich seine Miene. »Das ist wahr«, knurrte er. »Niemand darf Hravn Holmgang beleidigen.«

»Sag ich doch. Und die anderen da vorn, das sind feige Mörder!«

»Das ist wahr.«

In Todesangst blickten sich die Knechte um, hinter ihnen gähnte der Abgrund, ihr einziger Ausweg war die Flucht an den beiden Männern vorbei.

Sie schwangen ihre Äxte, schrien und stürmten los. Nicht einmal zur eigenen Waffe griff der Riese. Dem Ersten entriss er das Beil und spaltete ihm damit den Schädel, den Zweiten packte er wie eine Puppe, zerbrach ihm das Rückgrat und warf den leblosen Körper beiseite.

Das Schwert gesenkt hatte Ejolf die beiden anderen dicht herankommen lassen. »Zeigt es mir!«, reizte er und tänzelte hin und her. »Na los, schlagt zu!« Gleichzeitig rissen sie die Waffen weit nach hinten. Jedoch für den geübten Kämpfer waren sie zu langsam. Mit einem Rundschlag trennte er dem einen den Kopf vom Rumpf, wich dem Axthieb des letzten der vier Knechte aus und trieb ihm die Klinge in den Bauch.

Endlich war Tyrkir zufrieden. Der Karren stand auf einer ebenen Fläche, die Räder hatte er mit Steinen gesichert und den Maulriemen des Pferdes um einen Felsbrocken geschlungen. Näher hatte er das Fuhrwerk nicht an den letzten Wiesenhang unterhalb des Holzplatzes führen können. Gegen Abend haben wir mühelos das erste Fuder zum Hof geschafft, dachte er. Erik kann ruhig sein, unserer Thjodhild und dem Sohn wird es beim Einzug an nichts fehlen.

Harter Hufschlag ließ ihn aufblicken. Über die Mähnen gebeugt verließen die beiden Reiter wieder den Waldrand und hetzten entlang des Höhenrückens davon.

»Auf meinen Ketil ist Verlass.« Anerkennend pfiff Tyrkir zwischen den Zähnen. »So alt er auch ist, an Mut hat er nichts verloren. Das Land verteidigt er noch, als wäre es seines. Zum Dank werde ich mit ihm heute Abend einen gut gefüllten Krug leeren«, beschloss Tyrkir, während er den Hang hinaufstieg.

Still war es am Eingang der Rodung, zu still. Unbeweglich standen die schweren Zugpferde gleich vorn in der Schneise und nirgendwo sah er seine Männer bei der Arbeit. Durch den Trichter der Hände rief er nach ihnen. Keine Antwort kam. Erneut rief er, diesmal lauter, fordernder.

Jäh verdunkelte sich der Himmel! Die Gäule wieherten und flohen in Richtung Holzplatz zurück. Wie aus dem Nichts waren die Raben da. Im wirren Taumel flatterte das schwarze Heer über seinem Kopf auf und ab. Krallen zerrten ihn am Kragen, an den Mantelärmeln, Schnäbel schnappten nach den Ohren. Für einen Augenblick war nur wildes Gekreisch und Flügelschlag um ihn, dann stoben die Wächter davon und ließen sich weiter vorn in die Baumwipfel rechts und links der Schneise fallen. Das Krächzen verstummte nicht.

Von düsterer Ahnung getrieben rannte Tyrkir los und fand die Erschlagenen. Nur einen Moment stockte das Herz. Vielleicht, dieses Wort übertönte das Grauen in ihm. Vielleicht lebte noch einer? Vielleicht konnte er helfen, retten? Doch seine Hoffnung erlosch beim Anblick des abgeschlagenen Kopfes, der blutenden Wunden und der Gesichter, in denen Schmerz und Todesangst erstarrt waren.

Er ging von einem zum nächsten und drückte ihnen die Augen zu. Ein letzter Dienst, nichts anderes blieb ihm. Etwas abseits der Blutstätte entdeckte er den alten Knecht. Sein gekrümmter Körper bebte, mit den Beinen versuchte er sich weiterzuschieben.

»Ketil.« Sofort fiel Tyrkir auf die Knie und drehte ihn behutsam auf den Rücken. »Freund, guter Freund.«

Beim Klang der Stimme öffnete er die Lider. »Wo. Wo bist du?«

Dicht beugte sich Tyrkir über das gequälte Gesicht. »Hier, Freund. Sei ruhig, alles wird gut, ich bringe dich ins Tal.«

»Nein, lass!« Stoßweise kamen die Worte. »Ich, ich gehe gleich von hier fort. Bleib solange!« Der Atem ging schwer, erst nach einer Weile gelang es ihm wieder zu sprechen: »Es war Ejolf … auch Hravn. Rache … weil der Berg abgebrochen ist.«

Tyrkir verstand den Sinn nicht und glaubte, dass die Umklammerung des Todes den Geist des Alten schon verwirrt hatte. »Hab keine Angst! Es waren also Ejolf und der Holmgänger? Bist du sicher?«

»Erdrutsch.« Ketil hob schwach den Armstumpf. »Da vorn … Der Berg hat den Valtjofshof verschüttet. Alle sind tot.«

Erschreckt blickte Tyrkir über die Schulter, so auf den Knien vermochte er nichts auszumachen. »Ich bin gleich wieder da.«

»Nein, bitte bleib!« Voller Unruhe rollten die Augäpfel. »Ich habe es vergessen.«

»Was, mein Freund?«

Mit großer Anstrengung schob Ketil den blutigen Stumpf auf seine Brust. »Welcher Gott ...? Wer hat auch die Hand verloren?«

»Es war Tyr.« Tränen stiegen dem Deutschen in die Augen. »Der große, mutige Tyr.«

»Ja, erzähl mir!« Flehend sah Ketil zu ihm auf. »Was ... was hat er getan?«

Und Tyrkir berichtete leise vom vergeblichen Kampf der Götter gegen den Fenrisswolf. Tyr allein war es gelungen, das Ungeheuer anzuketten, weil er ihm seine Rechte tief in den Rachen gestoßen hatte. »Er hat seine Hand geopfert und damit auf ewig die bösen Mächte gebannt.«

»Danke.« Schwach nickte Ketil. »Jetzt weiß ich es wieder.« Er schloss die Augen und seufzte aus. Der Knecht war tot.

Lange kauerte Tyrkir neben ihm, nur erfüllt von Trauer und Verlust; mit einem Mal aber schreckte ihn die Wirklichkeit aus den Gedanken. Nicht nur diese feigen Morde, mehr war geschehen, viel mehr. Auch Valtjof, der Nachbar und Freund, war tot!

Tyrkir raffte sich auf und ging zur Abbruchstelle. Rechts von ihm, weit entfernt, blinkte der Spiegel des großen Sees, ein friedvolles Bild, umarmt von der Sonne, doch gleich hier, tief unter ihm lag das schlammige Geröllgrab. Tyrkir fühlte Kälte aufsteigen. »Auch unser Glück liegt dort zermalmt«, murmelte er. Das Rad war in Gang gesetzt und niemand wusste, wen es überrollte, wann es zum Stillstand kommen würde. Der Berg hatte den Großbauern und dessen Hof verschüttet. Sein Bruder gab Erik die Schuld an diesem Unglück. Aus Vergeltung hatte er mit dem Holmgänger die Knechte getötet.

Nur deshalb? Tyrkir hob einen Birkenast auf. Nach und nach riss er die Zweige vom Stamm. Eifersucht ist eine Wunde, die nie heilt. »Dieser heimtückische Ejolf!« Mit Absicht hatte er nicht gewartet und jede Möglichkeit einer friedvollen Klärung vereitelt. »Kampf und Blut, das will er, nichts sonst.« Und Erik musste handeln, wenn er sein Ansehen nicht verlieren wollte. Tyrkir häufelte die abgepflückten grünen Zweige mit dem Fuß zusammen. Wie schnell werden die Blätter welken, dachte er und ging an den Leichen vorbei, später wollte er sie bergen und begraben lassen.

Die beiden Pferde grasten nahe dem Holzplatz, ein Pfiff und sie folgten ihm hinunter zum Fuhrwerk. Tyrkir stieg nicht auf die Kutschbank. Zeit, eine kleine Weile noch sollte der Frieden dauern, deshalb führte er Karren und Tiere zu Fuß ins Tal.

»Verdammt, wo bleibt das Holz?« Nur flüchtig hatte Erik den Freund angesehen, mehr beschäftigte ihn die leere Ladefläche. »Was soll das, Schlaukopf?«

Als Tyrkir keine Antwort gab, kam er wütend näher: »Beim Thor, ich sollte dir …« Er stockte und verengte die Lider. »He, was ist los?«

»Ich bin allein.« Bis auf die Sommersprossen war jede Farbe aus dem Gesicht des Verwalters gewichen. »Ohne unsere Knechte bin ich zurückgekommen.«

»Und wann …?« Verunsichert unterbrach sich Erik. »Ach so, du meinst, die anderen sind noch oben am Wasserhorn und warten auf Verstärkung, weil sie allein die Stämme nicht verladen können. Warum sagst du das nicht gleich. Na los, ich fahr selbst mit. Wie viele Männer brauchst du noch?«

Tyrkir schüttelte den Kopf. »Heute keinen mehr.« So schwer war ihm das Herz, wie gerne hätte er nach einem Ausweg gesucht, um das gerade erwachte Glück zu bewahren, doch dies stand nicht mehr in seiner Macht. Jetzt musste er Bote sein, und sobald er gesprochen hätte, würde er ohne Zögern an Eriks Seite den vom Schicksal bestimmten Weg gehen. »Unsere Knechte sind tot.«

Der Rote strich seinen Bart, fuhr sich durch die zottige Mähne, schließlich murmelte er: »Und das Holz hätten wir so dringend gebraucht. Für Schlafbänke und Regale.«

»Erik! Hörst du nicht?« Tyrkir trat dicht zu ihm. »Sie liegen da oben in ihrem Blut. Ermordet.«

»Sag das nicht!« Die breiten Schultern hoben sich. »Wer sollte unsere Männer erschlagen?«

»Nicht hier.« Tyrkir schritt schon voraus. Langsam folgte ihm der Freund zum sprudelnden Wiesenbach hinüber. Nahe am Ufer standen sie beieinander. Während der Deutsche berichtete, veränderte sich die Miene Eriks, als er geendet hatte, war sie zu einer Maske erstarrt. »Also Ejolf und Hravn Holmgang.« Kaum bewegte der Rote die Lippen. »Hatten sie ein Recht dazu? Sag es mir!«

»Nein.«

»Soll ich in zwei Wochen auf dem Thing gegen die Mörder klagen?«

Es war nur eine Frage. Der Freund hatte sich schon entschieden, das spürte Tyrkir und bestätigte ihm leise, was beide wussten: Noch galt Erik als ein Fremder im Habichtstal und deshalb bestand kaum Aussicht für ihn, bei der Gerichtsversammlung zu gewinnen. »Sicher reitet Ejolf jetzt schon von Hof zu Hof und wird nichts unversucht lassen, dir den Erdrutsch anzulasten. Bis zum Thing hat er die Nachbarn gegen dich aufgewiegelt. Und du weißt, je mehr Fürsprecher er gewinnen kann, umso einfacher gelingt es ihm, auch den Richter auf seine Seite zu ziehen.«

Unvermittelt ging Erik zum Bach, fiel nieder und schlug sich immer wieder das kalte Wasser ins Gesicht, dann tauchte er den Kopf ein und warf die nasse Mähne zurück. Die Abkühlung half ihm nicht. »Verflucht. Ejolf sei verflucht!« Ein Schrei brach aus seiner Brust, verwundet, wild, mit den Fäusten stieß er gegen den Himmel und brüllte. Erst nach tiefem Atmen gelang es ihm, wieder zu sprechen. »Unrecht«, flüsterte er. »Niemals kann ich das ertragen.« So auf den Knien wies er zum glutroten Ball im Westen. »Siehst du die Sonne? Ja, sie geht nicht mehr unter, die Nacht gehört dem Tag. Keine Dunkelheit mehr. Und ich wollte Thjodhild und dem Sohn das lange Licht schenken und sie hier in meinen Armen halten.«

Tyrkir wartete still, endlich erhob sich der Freund und gefährliches Glühen stand im Bernstein seiner Augen. »Rache, dieses Recht gehört mir.« Vorbei war das Klagen, beinah sachlich stellte er fest: »Ich muss meine Ehre zurückgewinnen, anders wird Thor in mir keine Ruhe finden.«

»Du willst also Krieg?« Tyrkir ging auf den Ton ein. »Dann teile ich noch heute Waffen an unsere Knechte aus?«

»Lass nur!« Der Frieden im Habichtstal dürfe nur so kurz wie nötig gestört werden. Mit den beiden Mördern wollte der Rote allein kämpfen.

»Wir sind zwei.« Offen blickte ihn Tyrkir an. »Auch wenn mir deine Kraft fehlt, den Rücken kann ich dir decken.«

Mit einem bitteren Lächeln legte Erik dem Schmächtigen die Hand um den Nacken und zog ihn an seine breite Brust. »Danke, Schlaukopf. Ja, ich brauche dich.«

Nebeneinander stiegen sie ein Stück bachaufwärts. Zunächst war noch Vorsorge für den Hof zu treffen. Morgen sollte ein Trupp die Toten bergen, auch musste unbedingt das Holz heruntergeschafft werden. Denn gleich nach der Rückkehr wollte Erik mit dem Ausbau des Wohnhauses fortfahren. So würde sich der Einzug Thjodhilds vielleicht nur um zwei Wochen verzögern.

Nicht einen Gedanken verschwendete er daran, dass der Rachezug womöglich auch den eigenen Tod bedeuten könnte. Bewundernd betrachtete ihn Tyrkir von der Seite. Das ist besser so, dachte er, es genügt schon, wenn ich mich fürchte.

»Kein Schlaf«, entschied Erik. »Sobald wir die Waffen vorbereitet haben, reiten wir.«

Ehe die Verfolgung aufgenommen werden konnte, mussten sie zunächst zum Habichtshof, ohne den Segen der Familie und vor allem ohne Thjodhilds Einverständnis durfte und wollte er nicht in den Kampf ziehen.

Während Tyrkir mit einem Knecht die Waffentruhen vors Wohnhaus schleppte, unterrichtete der Rote in knappen Worten das übrige Gesinde, teilte die Arbeiten ein und bestimmte den Platz, an dem die Toten begraben werden sollten. Hiernach wählte er auf der Koppel vier starke, schnelle Pferde aus, jeden Huf, jede Fessel unterzog er einer sorgfältigen Prüfung.

Tyrkir war mit dem Zustand der Waffen zufrieden. Dank in Fett getränkter Lappenwickel wiesen die Klingen der langstieligen Streitäxte wie auch Dolche und Lanzenspitzen keinen Rost auf. Die gewöhnliche Bewaffnung, die sie täglich bei sich führten oder im Haus griffbereit hatten, genügte für den bevorstehenden Kampf nicht.

Zum ersten Mal seit ihrer Ankunft auf Island nahm Tyrkir heute die besonders gut gefertigten Bogenhölzer, Sehnen und Pfeile, die matt schimmernden Kettenhemden und Hieb- und Stichwaffen zur Hand. Jedes geprüfte Teil legte er getrennt für Erik oder sich ins Gras. Nichts durfte jetzt dem Zufall überlassen werden, die kleinste Beschädigung, Bruchstelle oder gerissene Öse konnte den Tod bedeuten. Vom Knecht ließ er die beiden buckelrunden Helme mit einem Gemisch aus Seehundfett und Sand abreiben, hiernach sollte er Asche und eigenen Speichel mengen und die Oberfläche polieren. Glänzen musste das Metall, blitzen, um den Gegner zu erschrecken. Er selbst widmete sich den Rundschilden.

Als Erik die aufgezäumten Pferde auf den Vorplatz führte,

hatte sich Tyrkir gerade für fünf Schilde entschieden, deren Holz fest gefügt, deren lederne Außenhaut und das spitz geschliffene Horn auf der Metallwölbung in der Mitte unversehrt waren.

»Lang ist es her«, brummte der Rote beim Anblick des Arsenals. »Zuletzt haben der Vater und ich uns damit in Norwegen gerüstet.«

»Mir wäre leichter, wenn die Waffen in der Truhe bleiben könnten«, seufzte Tyrkir. »Damals haben wir gewonnen und doch verloren.«

»Kein Wort davon! Wir bestrafen die Mörder unserer Knechte. Danach ist Schluss. Einen Krieg zwischen den Familien wird es nicht geben.«

»So soll es sein«, lenkte der Deutsche ein und hoffte im Stillen, dass die Vorsehung ihnen gnädig sein möge.

Schweigend streiften beide das Untergewand aus dickem, fest gewebtem Tuch über, schnürten die Lederschuhe, darüber wickelten sie Beinschützer bis hoch zum Kniebund der pludrigen Hosen, hiernach legten sie das Kettenhemd an. Jeder rückte sich den Knauf des Schwertes im Gürtel griffbereit und steckte zwei Dolche daneben. »Nur noch den Umhang, das genügt fürs Erste«, sagte Erik, während er den Riemen des Jagdhorns über den Kopf streifte. »Sonst glaubt Thorbjörn womöglich, wir wollten den Habichtshof angreifen.«

Streitäxte und Speere, Schilde, auch Bogen, Pfeile und Köcher wurden von Knechten mit den Reisebündeln auf die Ersatzpferde gebunden. Ehe Tyrkir die gewienerten Helme am Sattelknauf befestigte, zeigte er dem Freund stumm die Schlagscharten aus früheren Kämpfen.

»Na und? Daran siehst du, was sie aushalten. Selbst dein Schlaukopf ist da drunter ganz geblieben. Was willst du mehr?«

Sie verließen den neuen Hof am Hang, die Segensbitten um Erfolg und glückliche Rückkehr begleiteten sie und verhallten schließlich.

Schweigend ritten sie Seite an Seite. Nebel häuptete die schneebedeckten Bergriesen in der Ferne, auf den nahen Hügeln zogen graue Dunstschleier mit ihnen. Keine Nacht und doch kein Tag. Jäh fühlten sich Singschwäne von den Reitern im Schlaf gestört, mit schrillem Gekeif stiegen sie aus der Wiese und flatterten zur Seite.

Bald waren die Hausweiden des Habichtshofes erreicht. Wie stets schlugen erst die Hunde an, doch diesmal lauter, zorniger und schneller kamen Knechte aus dem Hauptgebäude, erst beim näheren Hinschauen erkannten sie in den Bewaffneten Erik und seinen Verwalter, liefen zurück und weckten die Herrschaft.

Barfuß, im grob gewebten Nachthemd trat Thorbjörn vor die Tür. Mit einem Blick erfasste er Rüstung und Waffen. Die entschlossenen Gesichter seiner späten Gäste erübrigten jede Frage. »Kommt in die Halle!«

Nachdem auch Frau Schiffsbrust und Thjodhild, in Umhänge gehüllt, aus den Schlafstuben gekommen waren und verschlafen und verwirrt die jungen Männer begrüßt hatten, nahm der Großbauer auf dem Hochsitz Platz. »Ich höre.«

Erik hob und senkte die Brust. Zweimal setzte er an, doch ihm fehlte die Ruhe, den Sachverhalt nüchtern darzulegen. »Red du!«, forderte er Tyrkir auf. »Du weißt besser, wie's gekommen ist.«

Nur an einer Stelle unterbrach Thorbjörn den Bericht des Deutschen: »Die Raben. Was taten sie? Schwiegen sie, als Ketil starb?«

Tyrkir versuchte sich zu erinnern, rief die Bilder einzeln zurück: Er ging wieder von einem Leichnam zum nächsten, vernahm noch das Kreischen, während er dem körperlosen Kopf die Lider schloss, dann kniete er neben dem alten Knecht. »Stille. Ja, du hast Recht, als Ketil mich nach Gott Tyr fragte und ich ihm von der Hand erzählte, da war kein Laut mehr aus den Bäumen zu hören.«

»Gut so.« Der Großbauer drehte einen Finger in seinen Bart. »Weiter, was geschah, nachdem er tot war?«

»Nichts Wichtiges.«

»Die Entscheidung überlasse mir, Junge!«

Erst Trauer, hiernach Angst, die Tyrkir aufstehen ließ. Der Blick hinunter ins Tal auf die Geröllmassen. »Ich habe grüne Zweige vom Ast gerissen und gedacht, wie schnell sie welken werden.« Auch die beiden ruhig grasenden Gäule erwähnte er und schloss damit, wie er das Fuhrwerk zu Fuß ins Tal geführt hatte. »Ich sagte ja, nichts Wichtiges ist nachher geschehen.«

Der Satz verklang in der Halle, eine Weile war allein das Knistern der schwelenden Glut zu vernehmen.

Frau Thorbjörg löste sich von Thjodhild. Das Bein behinderte ihren Gang bis zum Hochsitz. Dort aber richtete sie sich mit einem Blick auf, der keine Krankheit kannte, und nach einem unmerklichen Nicken ihres Mannes legte sie beide Hände wie einen Schutzschild über ihr Herz. »Die Birkenblätter dürfen nicht welken, ehe die Morde gerächt sind. Hörst du, Schwiegersohn! Auch die Toten dürfen so lange nicht angerührt werden, bis du unsere Familienehre gereinigt hast.«

»Was? Aber ich habe meinen Leuten schon befohlen, sie runter zum Hof zu schaffen.«

»Wehe dir!« Nie zuvor hatte die alte Bäuerin ihn so scharf angefahren. »Willst du den Bann brechen, der deine gerechte Sache unterstützt? Wie können die Götter dir beistehen, wenn sie den Grund deiner Rache nicht mehr sehen?«

»Wusst ich ja nicht«, brummte Erik und stieß dem Freund in die Seite. »Hättest mich warnen sollen.«

Weil sich Tyrkir mitschuldig fühlte, trat er ohne Zögern für ihn ein. »Beruhige dich, Herrin. Unser Fehler lässt sich beheben.« Er schlug vor, gleich jetzt einen Boten auf den Weg zu schicken. So bliebe Zeit, den Befehl zu ändern und nichts würde am Schauplatz des Mordes angetastet. Leise setzte er hinzu: »Danke, dass du uns ermahnt hast.«

Das Eingeständnis hellte die Züge der alten Frau auf. Ein Kampf war Männersache. Wäre Thorbjörg Schiffsbrust begabt mit Zauberkräften, und dieses Unvermögen beklagte sie oft, so hätte sie die beiden jungen Männer sicherlich nicht ohne Kräutertrank und Beschwörungsformel ziehen lassen.

Umso ernster aber erfüllte sie nicht nur die Pflicht einer Hausfrau, den Mann stets an die Rache zu gemahnen, sondern trug auch Sorge, dass er jeden göttlichen Beistand und Zuspruch der Familie für den schweren Gang erhielt. Sie wandte sich nach ihrer Tochter um. »Warum schweigst du?«

Thjodhild nestelte am Saum des Umhangs. »Gleich, Mutter. Alles ist so neu …« Flehend flüsterte sie: »Lass mir noch Zeit!«

Thorbjörn sah ihre Not, betont laut rief er nach einem Knecht, gab ihm genaue Anweisungen und schickte ihn zum Hof am Hang. An Erik gerichtet sagte er: »Was auch geschehen mag, du sollst wissen, dass ich mit all meinem Vermögen und meiner Treue dir beistehen werde. Doch ehe du aufbrichst, wollen wir Gott Thor durch eine Gabe erfreuen.«

Gemeinsam gingen sie nach draußen und betraten den abgezäunten Opfergarten. Erik nahm das Huhn aus der Hand des Großbauern, öffnete dem Tier mit einem Schnitt die Brust und band es mit den Krallen zuoberst an den Pfahl. Während Blut auf seinen silbernen Thorshammer tropfte, blickte er zum Himmel. »Halte mich nicht für unbescheiden, großer Freund. Aber leih mir etwas von deiner Kraft! Nur so viel, dass ich unser Glück zurückgewinnen kann.« Bedächtig steckte er das Amulett zurück in den Münzbeutel an seinem Gürtel.

Thjodhild spürte die fordernden Blicke der alten Frau. Ja, sei beruhigt, Mutter, ich werde meine Pflicht erfüllen. Sie begleitete die beiden zu ihren Pferden. Mein Herz muss schweigen, dachte sie, nichts darf ich von der Angst um den Vater meines Sohnes sagen, auch nichts von der Sorge um Tyrkir, weil er mehr Mut als Kraft besitzt. Ja, ich bin die Frau eines Wikingers. Sie reichte Erik beide Hände. »Blut für Blut. Sühne den Frevel, der uns angetan wurde.« Vergeblich kämpfte sie gegen die Tränen. »Und … und kehre zurück!«

Im ersten Moment wollte der Rote sie an sich ziehen, doch unter den Augen der Schwiegereltern bezwang er seine Regung. »Schon gut. Du musst nicht lange auf mich warten.«

Thjodhild ging zu dem Deutschen. Nur mit dem Blick berührte sie ihn. »Gib Acht, damit Leif seinen guten Lehrer nicht verliert. Er und auch ich, wir brauchen dich.«

Ehe Tyrkir antworten konnte, wandte sie sich ab und kehrte ins Haus zurück.

DER HOLMGANG

Als die Sonne wieder höher stieg, rasteten die Freunde in einer windgeschützten Mulde. Schwert und Schild in Reichweite neben sich streckten sie die müden Glieder. Erik kaute an einem Grashalm und sah den ziehenden Wolken zu. Tyrkir hatte seinen Mantel zusammengerollt und unter den Nacken geschoben. Ein Morgen, so still und friedvoll, dachte er. Wie lange noch?

Vor ihnen öffnete sich das niedere Habichtstal; wie ein Silberband gleißte der Flusslauf im Licht, wurde breiter und im großen See in der Ferne zu einem Spiegeloval. Dort am unteren Ufer, noch hinter dem Wald, befand sich der Spielhof. Dort lebten Hravn Holmgang und seine Sippe. »Reiten wir direkt zum See? Oder wo beginnen wir mit der Suche?«

Erik spuckte den Halm aus. »Von Haus zu Haus. Weil ich den Rücken frei haben will.« Er wies auf die kleineren und größeren Ansiedlungen. »Überall fragen wir nach den Mördern. Jeder soll wissen, dass wir sie jagen, auch warum wir hinter ihnen her sind.«

»Aber so verlieren wir Zeit. Irgendeiner wird sie warnen.«

»Das will ich ja, Schlaukopf.« Erik setzte sich auf. »Niemand darf nachher sagen, dass ich die beiden aus dem Hinterhalt getötet habe.«

O großer Tyr, gib ihm Verstand, flehte Tyrkir. Er fordert Männer heraus, die Tag für Tag sich im Umgang mit Waffen üben und nun will er nicht einmal eine kleine List anwenden. Nein, dieser stolze Narr verzichtet sogar auf den Vorteil eines Überraschungsangriffs.

»Wie lange ist es her?«, begann der Deutsche vorsichtig. »Ich meine, wann hast du zum letzten Mal gekämpft? Eine Axt geschwungen oder einen Speer geschleudert?«

»Was fragst du, wenn du's weißt?«

»Drei Jahre sind eine lange Zeit.«

»Ich hab's nicht verlernt«, flüsterte Erik und fuhr sich durch die rote Mähne. »Dafür hat der Vater schon gesorgt.«

Woche für Woche hatte Thorvald seinen Sohn im Zweikampf geübt. Blaue Flecken, aufgeplatzte Wunden waren kein Grund gewesen, um den Unterricht abzubrechen. Erst als der Sohn den Vater hin und wieder besiegte, hatte der Alte sich zufrieden gegeben. »Selbst du wirst dich ganz schnell wieder daran erinnern müssen, was er uns beigebracht hat.« Erik stand auf. »Komm jetzt! Dieser Tag ist unser Tag.«

Sie teilten noch ein flaches Brot, zerkauten es krachend und tranken Sauermilch aus dem Lederschlauch, dann legten sie wieder die Schwertgehänge um und setzten ihre Helme auf. Durch den Nasensteg veränderten sich die Gesichter, Augenpaare durch kaltes Metall getrennt, sie nahmen Streitaxt und Speer mit aufs Reitpferd und trabten zum nächstgelegenen Hof.

»Wir suchen Ejolf Dreck und Hravn Holmgang.«

»Sie sind nicht hier.« Misstrauisch starrte der Bauer auf die gerüsteten Reiter. »Gibt es einen Grund, warum ihr so viel Eisen mit euch führt?«

In knappen Worten klärte Erik den Mann auf und gleich ritten sie weiter.

»Der Kerl lügt«, brummte er. »Ich weiß es. Hast du seine Augen gesehen?«, und bestimmte: »Mit den anderen redest du, Schlaukopf, das kannst du besser als ich.«

Bis zum Mittag war das obere Seeufer erreicht. Sie hatten in vier Häusern diesseits und jenseits des Bachlaufes gefragt, nein, die Gesuchten waren nicht da, nein, niemand wusste, wo sie sich aufhielten.

»Da! Siehst du den Kerl?« Tyrkir zeigte auf einen Reiter, der in wildem Galopp das Gehöft verließ, bei dem sie sich zuletzt erkundigt hatten. Er schlug einen weiten Bogen und hielt dann direkt auf den Spielhof zu.

»Recht so.« Der Rote nickte befriedigt. »Damit wissen wir genau, wo sich unser Wild aufhält, und müssen nicht erst fragen. Dieser Hund wird die Kerle aus ihrem Bau locken.« Schnell griff er nach dem Speer, vergewisserte sich, dass der Schaft problemlos aus dem Lederköcher seitlich des Sattels glitt, auch ließ er die langstielige Axt in seine Faust springen und steckte sie zurück.

»Verstehst du, wenn wir erst auf den Innenhof gemusst hätten. Das wäre schlecht für uns. Da hätten sich die Kerle schnell im Stall oder in der Scheune verteilen können.«

Tyrkir staunte insgeheim. Alle sonst gezeigte Schwerfälligkeit des Denkens war mit einem Mal von dem Freund abgefallen. Jetzt war er nur noch Jäger, der wachsam jeden Fehler zu vermeiden versuchte.

In sicherer Entfernung umritten sie die dicht gedrängten Gebäude, bis sie das Sonnenlicht im Rücken hatten, und stiegen auf einer Anhöhe aus dem Sattel.

»Was jetzt?« Tyrkir sah zu den grasbewachsenen Dächern hinunter. Weiße Rauchsäulen wurden vom Wind aufgelöst, nur der Geruch nach Holzbrand trieb herüber.

»Warten. Und wenn's zu lange dauert ...« Erik schlug leicht an sein Hifthorn. »Dann blas ich die Kerle raus.«

Sie mussten nicht warten. Die Tür des Haupthauses schwang

auf. Voll gerüstet trat Ejolf Dreck mit Hravn nach draußen, ihnen folgten noch fünf Bewaffnete. Ejolf hatte also mit einem Angriff gerechnet und längst seine Horde zusammengerufen.

»Wir wären doch besser mit einigen Knechten hergekommen.« Die Zunge klebte Tyrkir am Gaumen. »Noch ist Zeit. Noch könnten wir uns zurückziehen und Verstärkung holen.«

»Ich bin kein Hase.« Scharf beobachtete der Rote, wie die Männer ihre Pferde am Halfter aus dem Hof führten und sich der Anhöhe näherten. Allein Ejolf und der Riese trugen Kettenhemden, die Übrigen hatten sich mit dicken gesteppten Lederjacken geschützt. In Rufweite formierte der Trupp eine auseinander gezogene Angriffskette.

»Ich stell nur meine Forderung«, raunte Erik. »Den Rest übernimmst du. Dann kommt es auf dich an, hast du verstanden?«

»Nein.«

»Reiz mich jetzt nicht, Schlaukopf! Ich sag dir leise, was du sagen sollst. Pass nur auf und mach's richtig!« Mehr Zeit für Erklärungen blieb nicht.

Ejolf Dreck trat einige Schritte vor und grüßte mit einer übertriebenen Armbewegung zu dem Roten hinauf. »Sieh an, Besuch. Ich kann nicht sagen, dass er mich freut. Aber gut, was führt dich hergelaufenen Eindringling dazu, ehrenhafte Männer von der Arbeit abzuhalten?«

Trotz des Spotts beherrschte sich Erik. »Sühne für fünf Knechte, die du mir ermordet hast. Ich verlange das volle Bußgeld für jeden Einzelnen.«

Lachen, mit Handzeichen forderte Ejolf den Holmgänger und die anderen auf, schließlich stimmten alle in sein Gelächter mit ein. Dann hob er den Schild und sofort kehrte Stille ein.

»Noch nie habe ich für einen Totschlag Manngeld bezahlt, nicht ein Gramm Silber. Auch mein Freund Hravn hat bis jetzt nur etwas eingesackt, aber noch nie etwas herausgegeben. Du redest von Mord? Nein, ich habe den Tod meines Bruders und dessen Familie gerächt. Damit ist die Schuld ausgeglichen.« Leicht federte er in den Knien. »Wenn dir aber dein hässlicher roter Kamm schwillt, dann wollen wir ihn dir mit Freuden stutzen.« Ein kurzes Zeichen, ohne ihre Pferde, mit dem Speer in der Faust setzten sich die Angreifer gleichzeitig in Bewegung. Enger zogen sie den Halbkreis vor der Anhöhe.

Tyrkir sah sich verstohlen um. Noch war der Fluchtweg offen. Jetzt in den Sattel und auf und davon, wünschte er sich. Dieser Stolz, dieses verdammte Ehrgefühl, was nutzte es, wenn es nur den Tod brachte. Erik aber rührte sich nicht vom Fleck. »Lass sie noch etwas näher kommen«, flüsterte er, »dann erzähl ihnen was von Feigheit! Eine Übermacht gegen zwei und so. Ich will allein mit jedem kämpfen.«

Tyrkir begriff. Kein guter Plan, jedoch bot er wenigstens eine kleine Chance zu überleben. Mit hoch erhobenen Händen stellte er sich vor den Freund. »Ihr Feiglinge! Mein Herr hat nur Verachtung für euch.«

Überrascht stockte Ejolf und befahl den Kumpanen anzuhalten. »Verachtung? Sag deinem roten Hahn, dass ihn Männer erschlagen werden, die angesehen sind im ganzen Habichtstal.«

»Mein Herr wird sich verteidigen und vielleicht sterben. Na gut. Doch die Ehre bleibt ihm. Dein Ruf aber wird stinken. Feige Köter, so wird man dich und deine Leute in Zukunft nennen. Glaubst du, irgendeine Frau will dann noch jemals auf einem Fest mit dir tanzen? Nein, abwenden wird sie sich und das Gesicht verziehen.«

Tyrkir sah, wie seine Worte den eitlen Kerl beeindruckten, gleich setzte er nach: »Aber was alle immer schon über dich dachten, dafür lieferst du heute den Beweis. Ich höre schon ihren Spott: Ja, Ejolf ist nur stark mit dem Maul und vor allem, wenn er eine Übermacht im Rücken hat.«

Bleich vor Zorn schrie der Dreckige: »Was fordert dein Herr!?«

»Einen fairen Kampf.« Tyrkir ließ die Arme sinken. »Mehr nicht.«

In seinem Rücken hörte er die leise Stimme des Freundes. »Sehr gut, Schlaukopf. Erst gegen den Bastard, dann gegen den Holmgänger.« Und Tyrkir fuhr laut fort: »Deine Leute haben nichts damit zu schaffen. Auch wir hätten mit einem Trupp hier erscheinen können. Aber mein Herr will keinen Krieg. Dieser Streit betrifft allein dich und Hravn. Also, wenn du Mut hast, so stelle dich, und falls du besiegt wirst, dann soll dein Freund sein Glück versuchen.«

»Du! Du redest wie ein schlauer Richter.« Ejolf drohte ihm mit dem Finger. »Die Zunge, ich sollte dir deine verdammte Zunge rausschneiden! Das sollte ich!«

Hinter sich vernahm Tyrkir das Flüstern Eriks. »So dumm ist der Kerl gar nicht. Du wärst ein geschickter Gode. Ja, gut gemacht, mein Freund. Wenn er sein Gesicht nicht verlieren will, kann er jetzt nicht anders.«

Unterhalb der Anhöhe beriet sich Ejolf mit dem riesigen Kumpan. Ein heftiger Wortwechsel entbrannte. Immer wieder schlug Hravn an seine Brust und der schlanke Anführer hatte Mühe, ihn zu besänftigen. Endlich waren sie sich einig.

»Abgemacht!«, rief Ejolf Dreck zur Höhe hinauf. »Mein Freund bedauert nur, dass er um den Spaß gebracht wird. Weil ich zuerst kämpfe und danach für ihn nur die Leiche des Roten übrig bleibt. Zur Entschädigung darf er sich deshalb Waffen, Pferde und dich als Sklaven nehmen. Dein Herr hat seine Forderung durchgesetzt, dafür wähle ich, wie gekämpft wird!«

Der Streit sollte zu Pferd ausgetragen werden und dann, falls nötig, auch zu Fuß. Ejolf bestimmte ein Wiesenstück nahe dem Seeufer. Erst der Tod brachte die Entscheidung, bis dahin durfte außer den beiden Kämpfern niemand den Rasen betreten. Er wählte für sich die Westseite und hatte damit den Vorteil, dass Erik gegen die Sonne reiten musste.

»Auch gut«, brummte der Rote.

»Mein Herr ist einverstanden.«

»Sag ihm, er soll sich sputen.« Ejolf zeigte wieder sein Großmaul. »Bis zum Essen will ich das kleine Geschäft erledigt haben.«

Tyrkir wandte sich um. »Muss ich ihm darauf antworten?«

»Lass nur!«

Bleich war die Haut im sommersprossigen Gesicht. Das Herz schlug schmerzhaft. »Beim großen Tyr, besiege den Angeber! Ehe ich Sklave dieses Fleischbrockens werde, töte ich mich selbst.«

»Keine Angst, Kleiner. Du bist und bleibst mein Sklave.« Dem Roten gelang ein schwaches Grinsen. »Nein, viel mehr, du bist mein einziger Freund und wir werden noch lange zusammenbleiben. Hilf mir jetzt!«

Zwei Ersatzschilde hängte Tyrkir ans Sattelhorn, wünschte ihm Glück und alle Kräfte Thors, mehr konnte er nicht helfen. Erik schwang sich auf seinen schwarz-weiß gescheckten Hengst und trabte zum Seeufer voraus.

Einen Blitz wünschte sich der Deutsche, während er aufsaß und die Packpferde an der Leine hinter sich herzog, einen Blitz geschleudert aus Walhall, der die Feinde verglühte. Doch nichts geschah, vereinzelte Wolkenballen trieben über ihm am blauen Himmel und die Sonne blendete.

Jenseits des Kampfrasens hatte sich die Bande um ihren Anführer geschart. Ejolfs Brauner tänzelte, er selbst ließ den Speer wie einen leichten Wanderstock um den Helm kreisen, begleitet von Rufen und ausgelassenem Gelächter. Er schien sich auf ein Wettspiel vorzubereiten, nicht auf einen blutigen Kampf, und für die Kumpane stand der Sieger bereits fest.

Als Tyrkir seinen einsamen Platz diesseits des Feldes erreicht hatte, nickte ihm Erik stumm zu und ritt in die Wiese hinaus, den Schild halb vor der Brust, die langstielige Streitaxt geschultert, seine Lanze steckte noch im Lederköcher. Die kräftige Gestalt wirkte im Sattel ungelenk und fast zu groß, zu schwer für das niedrige Tier.

Scharfe, abgehackte Pfiffe, damit spornte Ejolf Dreck seinen Braunen an, hieb ihm die Hacken in die Flanken. Reiter und Pferd verschmolzen zu einer Einheit. Direkt hielt er auf den Verhassten zu, im wilden Galopp legte er seine Lanze ein, die blinkende Spitze zielte auf den Oberkörper des Gegners.

Ruhig wartete Erik, erst im letzten Moment riss er den Schecken zur Seite. Der Stoß verfehlte ihn um Handbreite, und ehe der Feind seinen Gaul zügeln und wenden konnte, ritt er direkt nach Süden aufs Wasser zu, kehrte um und wartete.

Mit Geheul sprengte der Dreckige wieder heran, bemerkte gerade noch rechtzeitig die Gefahr, am Gegner vorbei in den See zu stürzen, und riss den Braunen zurück. Die Vorderhufe furchten die Grasnarbe auf. »Komm!«, schrie er, fuchtelte mit dem Speer. »Komm, du roter Köter, zeig, was du kannst!«

Erik ließ ihn nicht aus den Augen, dabei lenkte er seinen Hengst langsam auf der Uferböschung nach Westen. Der Angeber überschüttete ihn mit Spott und Flüchen und erkannte erst, dass sein Opfer die Sonne im Rücken hatte, als es zu spät war. In wildem Zorn schleuderte er den Speer.

Erik fing das Geschoss mit dem Schild ab und schlug es beiseite. Doch von der Wucht des Aufpralls und der heftigen Bewegung wankte er im Sattel.

Im Nu war Ejolf heran, schwang die Axt und hieb nach dem Roten, traf wieder nur den hochgerissenen Schild, Holz splitterte, schon war er vorbei, schlug einen Bogen und bereitete sich auf den nächsten Angriff vor.

Am Wiesenrand fiel Tyrkir auf die Knie. »So schaffst du es nicht«, stammelte er, »du bist zu langsam für den Kerl.«

»Na los. Kämpfe endlich, wie ein Mann!«, reizte Ejolf. »Sonst zerhacke ich dich Stück für Stück.« Erneut ließ er die Zügel schießen, kreiste siegessicher die Waffe über dem Kopf. Mit dem halb zerfetzten Schild wehrte Erik ab, zugleich führte er blitzschnell einen waagerechten Schlag gegen die Seite des Gegners. Das Kettenhemd zerriss. Blut färbte die Axtklinge. Kurz krümmte sich Ejolf und starrte den Roten verblüfft an. »Das war Glück, mehr nicht.«

Erik gab keine Antwort. Stattdessen schnalzte er und ließ seinen Schecken in verhaltenem Tölt direkt auf den Feind zulaufen.

»Na endlich. Und ich dachte schon, du wärst zu feige.« Ejolf hob leicht den Schild, in seiner Rechten wog er die Waffe. »Noch näher. Welchen Arm willst du zuerst verlieren, oder soll ich dir gleich deinen hässlichen Kopf abschlagen?«

Kein Wort sprach Erik, seine Lippen gespannt, beobachtete er die Augen des Gegners. Noch zwei Pferdelängen trennten die Kämpfer und gleichmäßig, ohne seinen Reiter zu schaukeln, töltete der Schecke weiter.

Da bäumte sich Erik auf, schleuderte den Schild zur Seite, seine freie Hand griff nach dem Speer, gleichzeitig stieß er sich aus den Steigbügeln und schnellte rückwärts über die Kruppe vom Hengst. Das Pferd schreckte, sprang mit einem Satz nach vorn auf Ejolf zu, der musste ausweichen, war abgelenkt.

Dieser Moment genügte Erik. Er jagte auf den Feind zu, die Axt wirbelte um seine Rechte, hart schleuderte er sie aus nächster Nähe. Eine Drehung in der Luft und mit einem trockenen Geräusch schlug die Schneide ins Gesicht des Feindes.

Unter dem Helmrand steckte die Waffe wie eine aufgepfropfte, langrückige zweite Nase dort, wo das rechte Auge gewesen war. Erstarrt saß Ejolf Dreck im Sattel. Ein Aufschrei gellte von seinen Leuten herüber. Das Werk war noch nicht vollendet. Mit aller Kraft stieß Erik den Speer in die Brust des Toten, der kippte nach hinten und schlug rücklings auf den Rasen.

Kein Laut mehr, atemlose Stille lag über der Kampfstätte. Gelassen nahm der Sieger seine Waffen wieder an sich, pfiff dem Schecken und schritt aufrecht neben ihm her zum Wiesenrand.

»Mein Schild taugte nichts«, knurrte er.

Tyrkir sah in das verschwitzte Gesicht. »Wir haben noch vier.«

»Du blutest ja, Schlaukopf.«

»Hör auf, ich ertrage jetzt keinen Scherz!«

»Nein, wirklich. Was ist mit deiner Lippe?«

Der Schmächtige betastete den Mund und sah auf seine blutbeschmierten Fingerkuppen. »Angst.« Mit einem Mal zitterten ihm die Knie. »Ich hatte Angst um dich.«

»Begreif ich nicht. Warum?«

»Weil du ...« Tyrkir brach ab, der aufsteigende Zorn half ihm über die Schwäche. »Verdammt, du prahlst wie dieser Angeber. Wenn Thor dir nicht beigestanden hätte, dann wärst du ... Ach, egal. Du hast gesiegt, begreifst du das?«

»Hattest du was anderes ...«

Lautes Rufen unterbrach sie. Bei dem Toten knieten die Kumpane. Hravn Holmgang stand breitbeinig neben ihnen und schrie nach Erik. »Dieser Kampf war nicht gerecht!«

»Was?«, fuhr der Rote auf. Er packte den Freund an der Schulter und schob ihn vor sich her. »Du redest wieder!« Als sie nah genug waren, um nicht brüllen zu müssen, fragte Tyrkir: »Mein Herr soll die Regeln verletzt haben? Nur ein völlig Blinder kann so etwas behaupten.«

Hravn krauste die Stirn, überlegte lange, ehe er antwortete: »Ausgemacht war ein Kampf zu Pferd. Aber dein Herr ist abgesprungen. Deshalb.«

In schnellen Sätzen erklärte Tyrkir, warum der Riese sich irrte, fragte und gab selbst die Antwort, bewusst ließ er ihn nicht zu Wort kommen und schloss: »Wie hätte mein Herr den nächsten Angriff abwehren können? Mit einem zerbrochenen Schild? Na bitte, du hast es begriffen. Er musste zu Fuß weiterkämpfen.

Im Übrigen war das vorher selbst von Ejolf festgelegt worden. Oder erinnerst du dich nicht mehr daran?«

»Mit dir kann ich nicht reden«, schimpfte Hravn. »Aber ich weiß, dass du alles zum Vorteil deines Herrn verdrehst.« Er stemmte die Fäuste in die Hüften: »Ganz gleich. Ich will keinen Zweikampf. Jetzt fordere ich ihn zum Holmgang. Da werden wir ja sehen, ob dein Herr sich auch auf der Lederhaut schlagen kann.« Er grinste breit. »Morgen bei Sonnenaufgang. Hier an dieser Stelle, da warte ich auf ihn. Meine Männer werden den Platz vorbereiten.« Grußlos wandte er sich ab und folgte den Leuten, die Ejolfs Leiche bereits in Richtung Spielhof davontrugen.

Wohin jetzt? Die Freunde sahen sich an. Wieder hinauf ins Hochtal? Sicherheit fanden sie nur auf eigenem Land. Aber dann blieben für eine Rast höchstens zwei Stunden, rechnete Tyrkir, und schon müssten sie wieder zurück.

»Ich brauch meinen Schlaf.« Erik hatte sich entschieden. Kein langer Ritt, auch kein Versteck. Er zeigte zum Hügel oberhalb des Gehöftes. »Da lagern wir. Da sieht uns jeder und dann sehen sie auch, dass wir uns vor niemandem fürchten.«

Ganz wohl war Tyrkir bei dem Gedanken nicht. »Ich werde Wache halten«, versicherte er. »Wenn wir uns freiwillig auf den Teller legen, wer weiß, ob die Kerle in der Nacht nicht Hunger bekommen?«

»Ach, Kleiner. Bei dem Dreckigen hatt ich auch Sorgen. Aber der Hravn? Das ist ein Totschläger, aber kein heimtückischer Köter.«

Sie hatten auf der Anhöhe einen Platz gefunden und sich niedergelassen. Ganz in der Nähe grasten ihre Pferde. Die Fesseln an den Vorderhufen gaben Freiheit genug, hinderten sie aber daran wegzulaufen. Längst lag der Sonnenball neben den schneebedeckten Bergrücken weit im Horizont des Hvammsfjordes, das Licht dehnte sich zu einem roten Streifen, der langsam nach

Norden wanderte. Brot und Dörrfleisch, dazu Sauermilch, mehr Proviant hatten sie nicht mitgenommen.

»Ziemlich wenig für einen Mann, wenn er kämpfen soll«, brummte Erik und sah neidvoll auf die Grasdächer des Spielhofs hinunter. »Bis hierher rieche ich gebratene Fleischbrocken. Ja, bestimmt schlägt sich der Riese den Wanst voll und schüttet Bier nach.« Er legte sich zurück und zog den Mantel unters Kinn. »Ungerecht ist das schon. Was meinst du, Schlaukopf?«

»Ich wünschte, er würde sich besaufen, bis er umfällt. Dann wäre mir morgen leichter.«

Morgen? Tyrkir fröstelte. Noch nie hatte der Freund auf einem Holmgang gestritten. Damals in Norwegen waren sie oft als Zuschauer dabei gewesen, mehr aber nicht. Er sah die Kämpfer auf dem zweimal fünf Ellen großen Lederviereck. Der Schiedsrichter gab das Zeichen für den Beginn. Schlag nach Schlag, abwechselnd hieben sie aufeinander ein. Schilde brachen, neue wurden gereicht. Wie viele Schilde standen jedem zu, ehe der Kampf nur mit bloßer Waffe weitergeführt werden musste? »Kennst du die Regeln?«

Statt einer Antwort hörte Tyrkir gleichmäßiges Schnarchen. Ja, schlaf nur!, dachte er. Wenn du schon hungrig bist, sollst du wenigstens im Schlaf Kräfte sammeln. Er blickte zurück, das Tal aufwärts in Richtung Wasserhorn. Schwarz ragte das Gebirge gegen den hellen Himmel. Ob Thjodhild heute Nacht Ruhe findet? Ganz sicher nicht. Sie wird in ihrer Kammer sitzen, vielleicht auch draußen stehen und auf uns warten. Ja, sie hält Wache, genau wie ich. An dieser Vorstellung wollte er sich wärmen.

Viele waren gekommen, selbst von den Nachbarhöfen, und nicht allein Männer, auch einige Frauen mit ihren Kindern und Halbwüchsige, mit Mützen und in groben Umhängen. Wolken hatten das Tal verdüstert. Niemand lachte laut, niemand rief, die Spannung dämpfte jeden Lärm. Da vor wenigen Augenblicken der Opferstier von zwei Knechten herangeführt worden war, konnte der Beginn des Schauspiels nicht mehr lange auf sich warten lassen.

In respektvoller Entfernung standen die Leute und beobachteten den alten, buckligen Mann, der mit dem Amt des Kampfrichters betraut worden war. Beinah umständlich wirkten seine Bewegungen, mit denen er den Holmplatz vorbereitete. Gerade trieb er den letzten Pflock an der vierten Ecke des ausgebreiteten Lederteppichs in den Grasboden. Mit jedem Schlag bückte er sich tiefer, als nur noch ein kleiner Stumpf aus der Öse ragte, blickte er zwischen seinen gespreizten Beinen hindurch zum Himmel, fasste eins seiner Ohrläppchen und murmelte einen Spruch vor sich hin.

Tyrkir verstand ihn nicht, wollte es auch nicht. Dieser Kauz war einer aus der Sippe des Gegners und wer wusste schon, ob er nicht einen Zauber für Hravns Sieg erflehte? Würde er später wirklich gerecht und unparteiisch sein? Aus Vorsicht hatten die beiden Freunde, ehe sie vom Hügel hinuntergeritten und auf dem ihnen zugewiesenen Platz neben der Holmstatt angelangt waren, mit Thor wie auch dem weisen Tyr innige Zwiesprache gehalten.

Außer dass keine Streitaxt benutzt werden durfte, kannte Erik die Regeln tatsächlich nicht. Genau beobachtete Tyrkir deshalb den Riesen und seinen Waffenhelfer auf der anderen Seite des Teppichs. Weil drüben der Kinnriemen des Helms festgezurrt wurde, überprüfte Tyrkir sofort das Lederband unter Eriks Kinn. Ebenso den Sitz des Kettenhemdes, dann Schwertgurt und Dolche, auch die Beinschienen und Knoten der Stiefelbänder.

»Da, wozu soll das gut sein?«

Beide starrten verblüfft hinüber. Hravn ließ sich das Schwert an den rechten Unterarm binden, an einer Schlaufe baumelte es lose hinunter. Zur Probe fasste er den Speer mit beiden Fäusten, vollführte einen Stoß, warf ihn beiseite und hatte mit einem kurzen Schlenker den Schwertgriff in der Rechten.

»Bei Loki, dem Verschlagenen«, knurrte Erik, »damit's schneller geht, deshalb.«

»Willst du auch? Soll ich?«

»Nein, verdammt. Das Kunststück hab ich nicht geübt. Nachher stolpere ich noch über meine eigene Klinge.«

Tyrkir unterdrückte den Seufzer. Also besaß der Gegner, abgesehen von seiner Größe und der Erfahrung beim Holmgang, noch einen Vorteil, dem Erik nichts entgegensetzen konnte.

Inzwischen hatte der Schiedsrichter den Kampfplatz eingehaselt. In eckigen Hüpfern folgte er dem fußbreiten, durch vier Stecken markierten Gang entlang der Teppichränder. Noch ein letzter prüfender Blick und mit seiner Arbeit zufrieden baute er sich neben dem Opferstier auf. »So hört!«

Er musste die Aufforderung wiederholen und endlich kehrte Ruhe ein. Als alle Blicke auf ihn gerichtet waren, begann er mit schrill keifender Stimme: »Wer hat nach dem göttlichen Urteil verlangt?«

»Ich, Hravn Arisson.« Begleitet von seinem Helfer trat der Riese vor.

»Aha. Wen hast du gefordert?«

Die Faust zeigte hinüber zu Erik.

»Aha!« Der Alte befeuchtete die Lippen. Sichtlich genoss er die Ehre seines Amtes und setzte das vorgeschriebene Ritual fort: »Wenn der Gegner die Entscheidung sucht, möge er seinen Namen nennen und zu mir kommen.«

»Erik Thorvaldsson!« Ruhigen Schritts näherte sich der Rote, ihm folgte Tyrkir mit den Schilden auf dem Rücken. Weil er nicht wusste, wie viele es sein durften, brachte er gleich alle mit, die sie noch besaßen.

Der Bucklige legte seinen Kopf in den Nacken und sah streng

von einem Kämpfer zum anderen. »Über den Grund eures Streites habe ich nicht zu befinden. Meine Aufgabe ist es, diesen Holmgang zu überwachen. Wer gegen die Vorschrift verstößt, soll verflucht sein. Habt ihr mich verstanden? Aha, gut denn. So hört und befolgt!«

In schrillem Singsang verkündete er die Regeln. Die Streiter durften den Lederteppich nicht verlassen, wer einen Fuß außerhalb des Haselgangs setzte, wurde mit dem Ruf: »Er weicht!«, verwarnt. Geriet einer gar mit beiden Füßen über die Grenze hinaus, so traf ihn das Urteil: Er ist geflohen. Damit hatte er den Kampf und seine Ehre verloren und der Sieger durfte ihn töten, wann und wo er wollte.

»Abwechselnd werden die Hiebe und Stiche ausgeführt. Drei Schilde hat jeder Kämpfer zur Verfügung. Wenn eins zerbricht …« Der Schiedsmann unterbrach sich und fuhr auf Tyrkir los. »Was sehe ich da? Drei, nicht vier! Drei, kannst du nicht zählen?«

Sofort warf der Deutsche einen der Schilde beiseite.

»Aha! Betrug gibt es bei mir nicht. Ich werde dich und deinen Herrn im Auge behalten.« Er befeuchtete wieder die Zunge. »Wenn ein Schild zerbricht, so reicht der Waffenhelfer den nächsten. Sind alle unbrauchbar, so wird ohne sie weitergekämpft.« Der Bucklige stockte, etwas hatte er vergessen, wusste aber nicht, was es war.

Hravn Holmgang beugte den Kopf zu ihm hinunter. »Der Preis, du Idiot.«

»Aha. Wie ich hörte, geht es heute nicht um Haus und Besitz. Kann einer das Schwert nicht mehr heben, so muss er drei Mark Silber an den Sieger zahlen, um sein Leben auszulösen. Ist er tot, erhält der Sieger die gleiche Summe. Deshalb …« Er schnippte und streckte den gerüsteten Männern fordernd die Hände hin. »Gebt mir den Schatz zur Verwahrung!«

Der Riese hatte das Silber griffbereit, Tyrkir verwahrte den

Geldbeutel des Freundes, nestelte einige Stücke heraus und überreichte sie. »Das wird reichen.«

Weil keine Zeit war, die Gürtelwaage zu benutzen, hatte er mehr gegeben. Urteil der Götter?, fragte er sich. Nein, weshalb wir hergekommen sind, hat mit einem Mal keine Bedeutung mehr. Da steht ein Mörder und Erik will Sühne für dieses Verbrechen. Doch der Holmgang höhlt den Sinn aus. Mit einem Mal suchen beide Gerechtigkeit, kämpfen sogar um die gleiche Summe.

Der Schiedsmann hatte das Silber in eine Schüssel geworfen und stellte sich wieder neben den Stier, berührte eines der geschwungenen Hörner und blickte zu den graudüsteren Wolken. »Nach dem Holmgang wird der Sieger dieses Tier zu Ehren der Götter opfern.«

Endlich, alle Vorbereitungen waren getroffen und die Zuschauer drängten näher. In ihren Mienen war kein Zweifel zu finden, wer gewinnen würde, allein die Spannung, wie lange der Fremde ihrem Helden standhalten könnte. Und nach dem Sieg gab es Braten und Bier im Überfluss!

Jeder Streiter fasste einen Schild und nahm dem Feind gegenüber Aufstellung im Haselgang. Beide wogen den Speer in der rechten Faust. Da Hravn der Herausforderer war, durfte Erik den ersten Angriff führen.

Langsam streckte der Bucklige seinen Arm. »Sieg dem Stärkeren!« Und gab das Zeichen.

Wie bei einem Tanz setzten die Männer zugleich den Fuß auf das Ledergeviert, zogen den zweiten nach. Erik blieb dicht am Rand, trat zwei Schritt nach rechts, Hravn folgte ihm, vier schnelle Schritte nach links, wieder die gleiche Bewegung auf der anderen Seite.

Zwei Raubtiere in einem viel zu engen Käfig, dachte Tyrkir. Für Wendigkeit gibt es da keinen Platz.

Aus dem Stand sprang Erik vor und schleuderte seinen Speer.

Hravn trat beiseite, die Waffe fuhr an ihm vorbei, über die Köpfe der Zuschauer hinweg und war verloren. Der Riese riss seinen Speer nach hinten, sofort schützte Erik Kopf und Brust, doch der Gegner ließ den Schaft fallen, das hängende Schwert sprang in seine Faust. Mit einem gewaltigen Hieb schlug er eine tiefe Kerbe in den Schild, dabei schlitzte die geschliffene Spitze das Kettenhemd des Roten. Hravn lachte und nahm seinen Speer wieder auf.

Während Tyrkir dem Freund den zweiten Schild reichte, flüsterte er: »Bist du verletzt?«

Erik schüttelte nur unmerklich den Kopf und aus der Drehung hetzte er vor, überraschte den Gegner, weil er nicht auf ihn einhieb, sondern dessen Speerschaft durchschlug. Die abgetrennte Hälfte mit der langen Spitze kreiselte und blieb am linken Teppichrand liegen. Gefährliches Grollen stieg aus der Brust des Riesen. Weit holte er aus und Eriks Schild zersplitterte. Mit gleicher Wucht und gleichem Erfolg hieb der Rote auf Hravn ein.

»Wir sind im Nachteil«, warnte Tyrkir und übergab den dritten Schild.

Kein Atemholen. Schon war auch der letzte Schutz zerbrochen. Vom Schild hielt Erik nur noch die gespitzte Metallhaube über der linken Faust. Zwar gelang es ihm, mit dem nächsten Schlag Hravns hochgerissenen zweiten Schild zu durchschlagen, die Klinge traf sogar auf das Achselstück des Kettenhemdes, verursachte aber keine Wunde.

»Der Schildgang ist beendet. Alle Waffen dürfen eingesetzt werden!«, verkündete der Bucklige und zeigte auf Hravn. »Du hast den nächsten Schlag.«

Der Riese ließ sich Zeit, gewappnet mit seinem dritten Schild baute er sich breitbeinig vor Erik auf. »Jetzt hilft dir keine List mehr.« Das Schwert durchschnitt die Luft. Gerade noch rechtzeitig wehrte Erik mit seiner Klinge den Schlag ab. Tänzelnd erwartete Hravn den Gegenhieb, er durchbrach seine Deckung nicht. Schlag folgte auf Schlag, Funken stoben, da traf der Riese den linken Oberarm des Gegners. Das aufgeplatzte, eiserne Ringgeflecht färbte sich rot. Kraftlos sank Eriks Linke. Seinen nächsten Hieb fing der Holmgänger mit dem Schwertblatt ab. Helles Sirren, ein scharfes Geräusch, die Klinge Eriks war zerbrochen, nur noch den Stumpf seiner Waffe hielt er in der Faust.

Ein Raunen ging durch die Zuschauer. Draußen vor dem Haselgang stöhnte Tyrkir auf.

Der Riese warf den Schild beiseite und packte das Schwert mit beiden Händen. Obwohl Erik auswich, traf ihn der Hieb an der Helmseite. Benommen tappte er nach links, fiel nicht, um Fußbreite gelang es ihm, auf dem Lederteppich zu bleiben. Er war am Zug, suchte den Gegner, dabei hob er den Schwertstumpf.

Hravn wertete die Geste als Schlag. »Jetzt schlachte ich dich. Du sollst den Tod meines Freundes langsam büßen!« Und er ließ die Breitseite der Klinge wieder auf den Helm des Roten krachen. Gefällt stürzte Erik nahe der schon bei Kampfbeginn abgeschlagenen Speerspitze zu Boden.

Über ihm höhnte der Riese. »Dein Hieb. Worauf wartest du?« Triumphierend sah er zu den Gaffern hinüber. »Geduld, Freunde! Gleich kann das Fest beginnen.«

Lachen, selbst der Kampfrichter meckerte vergnügt und erste Hochrufe auf den unbesiegbaren Hravn wurden laut.

Erik wölbte den Rücken, zog sich langsam auf die Knie, dabei stützte er die Rechte auf das kurze Stück des Speerschafts. Jäh bäumte er sich hoch und trieb dem Riesen die geschliffene Spitze unter dem Kettenhemd tief in den Leib.

Hravn brüllte, torkelte vor und zurück. Er hob sein Schwert, so schwankte er eine Weile, und dann führte er seinen Schlag. Der Schwung riss ihn nach vorn, er stolperte über Erik, verlor die Waffe und stürzte außerhalb des Haselgangs mit dem Gesicht nach unten ins Gras.

Voller Entsetzen hastete der Bucklige näher und beugte sich über den Stöhnenden. Der wälzte sich auf den Rücken, versuchte mit den Händen das Eisen zwischen seinen Beinen herauszuziehen, vergeblich, und der riesige Leib begann zu zittern, haltlos zappelten die Glieder.

Tyrkir fasste das Glück kaum. »Er ist geflohen!«, stammelte er. Doch der Schiedsrichter schwieg. »Hörst du nicht, Alter? Nach den Regeln hat Hravn verloren. Bei allen Göttern, so sag es: Hravn ist geflohen! Der Kampf ist beendet. Mein Herr hat ihn besiegt.«

Nur widerwillig erinnerte sich der Bucklige an sein Amt. Tränen nässten das faltige Gesicht, so wandte er sich an Erik. »Es muss wohl so sein. Aber es war nicht dein Speer, nicht deine Waffe hat ihn verwundet. Aber es muss wohl so sein.«

Mit zeternder Stimme verkündete er den Zuschauern: »Hravn Arisson ist geflohen. Die Götter haben das Urteil gefällt. Dieser da ist der Sieger.«

Kein Jubel, schweigend verfolgten alle Blicke den Roten. Vom Kampf gezeichnet verließ Erik den Lederteppich und klaubte aus der Schüssel die Silberstücke.

»Töte mich!«, keuchte Hravn. »Lass mich nicht so liegen. Töte mich!«

»Du bist schon tot.« Erik wandte sich ab. Der Bucklige stellte sich ihm in den Weg. »Das Opfer für die Götter? Versündige dich nicht!«

»Blut ist heute genug geflossen.«

Jetzt gerieten die Zuschauer in Unruhe, fühlten sich um den Festschmaus betrogen. Erstickte Flüche, Drohungen wurden laut. Erik besann sich, nahm die Waffe des Holmgängers auf und stach den Stier nieder. Hiernach schleuderte er das Schwert weit von sich. Ohne den Buckligen oder die Gaffer noch eines Blickes zu würdigen, nickte er Tyrkir zu und bestieg sein Pferd. Steif aufgerichtet ritt der Rote davon.

Am Ufer des Sees, ehe der Wald begann, hatte ihn der Freund eingeholt, zog die Packtiere hinter sich her und wagte nicht, Erik anzusprechen.

Auf halber Höhe setzte Regen ein, der Wind peitschte ihn vom Hvammsfjord her den Reitern ins Genick.

»Der Regen war's«, brummte Erik schließlich. »Er hat den Erdrutsch verursacht, nicht wir.«

»Soll ich nach deinem Arm sehen?«

»Lass nur!« Erik versuchte zu scherzen. »Das kann Frau Schiffsbrust besser als du.«

Wie viele Male Thjodhild schon auf die Basaltbrocken oberhalb des Wegs gestiegen war, wusste sie nicht mehr. Die erste leise Ermahnung der Mutter hatte sie überhört. »Bleib im Haus, Kind! Keine Frau darf ihre Sorge so offen zeigen. Der Mann kommt zurück oder nicht. So ist das nun mal.«

Als die Tochter wieder das Tuch um die Schulter schlang, hielt sie Thorbjörg an der Tür auf und sagte streng: »Wenn Knechte ihn nun verletzt herbringen und entdecken dich! Was werden sie im Tal erzählen? Die stolze Thjodhild stand wie ein Schaf auf den Steinen, das nach ihrem verlorenen Lamm Ausschau hält. Das wird deinem Mann nicht gefallen. Auch nicht, wenn er gesund wiederkommt.«

»Schweig, Mutter!« Thjodhild unterdrückte den Ärger. »Bitte verzeih, aber ich kann mein Herz nicht einschnüren. Ich muss als Erste sehen, was Erik und Tyrkir widerfahren ist. Und allein sein dabei.«

Die alte Frau hob und senkte den Busen. Nach einer Weile wurde ihr Blick weich. »Glaubst du, ich wüsste nicht, wie schwer diese Stunden für dich sind? Ich will ja nur, dass aus dir eine von allen geachtete Hausherrin wird, mein Kleines. Aber geh nur!«

Seitdem war Thjodhild wieder und wieder hinaufgestiegen,

hatte sich aber einen versteckten Platz unterhalb des höchsten Brockens gesucht. Von hier konnte sie bis zur Bergnase weiter unten im Tal blicken und jeden Reiter entdecken, lange bevor er den Habichtshof erreicht hatte. Doch nichts, das Grau der Nacht wich dem helleren Grau des Tages. Thjodhild hatte nicht geschlafen und niemand war bisher um den schwarzen Felshöcker gebogen und den Weg heraufgekommen. Dieses Mal behinderten Regenschwaden ihre Sicht. Enttäuscht wollte sie wieder zurück ins Haus. Da! Bewegten sich nicht Flecken im Steinschwarz? Sie wischte ihre nassen Augen, die Umrisse lösten sich. Reiter, es waren zwei, Reiter, die Packpferde mitführten! Thjodhild wartete, bis sie Gewissheit hatte. Eine große, daneben eine schmale Gestalt, und aufrecht saßen die Männer im Sattel. Aufrecht, das genügte. Schnell verließ sie den Ausguck.

Im Haus blieb sie nahe der Tür stehen und presste die Stirn an den Balken. Ihr Atem flog, das Herz pochte gegen die Schläfen. Werde ruhig!, flehte sie, aber wie nur, jetzt, da alle Angst sich in Freude wandelt? Ach, verflucht, die Mutter hat Recht, ich bin noch längst nicht die Frau eines Wikingers, nur eine unbeherrschte Gans, mehr nicht.

Thorbjörg beobachtete vom Webstuhl aus ihre Tochter. Sie wartete, bis der schlanke Rücken sich straffte, dann ging sie mit einem Schultertuch in der Hand zu ihr. »Nun wird alles gut, mein Kleines!«

»Woher weißt du …?«

Ein Lächeln statt einer Antwort. »Gib mir deinen Schal und nimm diesen trockenen!« Beiläufig erwähnte sie: »Nach solch einem Ritt freut sich jeder Vater, wenn er nicht nur von der Frau, sondern auch von seinem Sohn empfangen wird.«

Endlich waren Stimmen von draußen zu hören. Der Großbauer begrüßte die Reiter, Erik sprach wenig, Tyrkir erklärte knapp, kein Lachen, es waren Stimmen ohne Siegesfreude. Die

Tür wurde aufgestoßen und Erik trat herein, gefolgt von Thorbjörn mit dem Deutschen. Die abgespannte Miene des Kämpfers erhellte sich beim Anblick seiner Frau und des kleinen Leif. »Wie gut, dich …« Er sah die Schwiegermutter und pflichtschuldig grüßte er sie zuerst: »Beide Mörder sind bestraft. Unsere Ehre ist rein gewaschen.«

»Stolz erfüllt mich.« Thorbjörg Schiffsbrust reichte ihm einen Becher Sauermilch. Seine Hand zitterte, und ehe er das Getränk an die Lippen führen konnte, schwappte die Hälfte in den Bart und übers Kettenhemd.

Thjodhild trat zu ihm. »Du bist verletzt?!« Das zerfetzte Ringgeflecht an seinem linken Arm war blutgetränkt, bis zu den Fingerspitzen klebte schwärzliches Blut. »O ihr Götter.«

»Muskeln und Knochen sind noch gut.« Zum Beweis bewegte er die Hand, dabei zog er scharf den Atem ein.

»Komm mit in die Küche!« Kurz entschlossen winkte ihm die alte Bäuerin. Erst wollte sie mit einem Ehrenpreissud die Wunde auswaschen, hiernach ein Pulver aus gestoßenem Labkraut auftragen, darüber Blätter vom Wegerich, dann einen Verband. Bei ihr sei jeder Verletzte in bester Obhut, versicherte sie und erlaubte keinen Widerspruch.

Thjodhild begrüßte den schmächtigen Verwalter mit einem Lächeln. »Leg dein Eisenzeug ab!«

Er gehorchte, und während sie ihm zusah, wie er Helm und Schwert beiseite legte, sehnte er sich mit einem Mal nach einer Berührung von ihr. Nur eine kleine Zärtlichkeit nach diesen elenden Stunden. Sie schien den Wunsch zu ahnen, lächelte wieder und streichelte an seiner statt den kleinen Leif. »Wir sind froh. Wir beide.«

Der Augenblick war vorüber. Ruhig reichte sie ihm den Jungen und ging der Mutter zur Hand, streifte Erik das Kettenhemd über den Kopf, seinen rechten Arm konnte er selbst herausziehen, schmerzhaft war es für ihn, als die Eisenringe von der verharschten Wunde gelöst wurden. Erneut quoll Blut aus dem tiefen Schnitt.

Thjodhild brachte frisches warmes Wasser und schnitt lange Streifen für den Verband. Sie wagte nicht zu fragen, weil Erik schwieg. Später saß er wortlos und erschöpft neben ihr am Langfeuer. Tyrkir berichtete ausführlich von beiden Kämpfen.

Das Ende des Holmgangs ließ sich der Großbauer zweimal erzählen. »Du hast die Regeln eingehalten, Schwiegersohn.« Nachdenklich drehte er den Finger in seinen grauen Bart. »Nur schlecht, dass der Schiedsmann einer vom Spielhof war.«

Kaum hatte sich Erik auf dem Heusack ausgestreckt, übermannte ihn Müdigkeit, mit offenem Mund lag er da; er keuchte und schnarchte. Der Hausherr war mit seiner Frau in die Kammer gegangen, auch das Gesinde hatte sich zur Ruhe begeben.

Tyrkir hockte allein am Langfeuer. Der Glutschein flackerte in seinem Gesicht.

»Ist es wirklich vorbei?« Unbemerkt hatte Thjodhild sich neben ihn gesetzt.

Er sah sie an. »Vorbei? Ja, die Morde sind gerächt. Aber … Die ganze Zeit muss ich an Erik denken. Er hat gut gekämpft, du kannst stolz sein.«

»Was willst du mir sagen?«

Sagen? Niemals werde ich sagen dürfen, was ich für dich empfinde. Tyrkir schüttelte den Kopf und beantwortete ihre Frage: »Jeder andere hätte nach einem solchen Sieg triumphiert. Begreifst du? Aber er trägt schwer an ihm.«

»Nur gut, dass er dich zum Freund hat.«

»Uns. Dich braucht er und den Sohn, ebenso wie mich. Nur gemeinsam finden wir das Glück.«

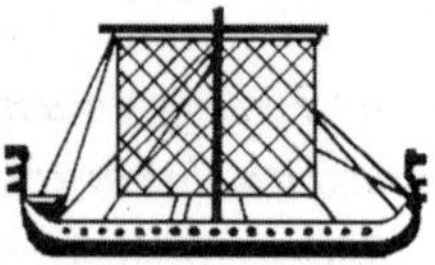

AUF DEM RUNENSTEIN DER ERINNERUNG ZU LESEN:

Die Inschriften sind verwittert. Nur mühsam entziffert das Auge einige Worte und Zeilen:

... das Jahr 934: *Krieg, Blut und Verwüstung ... Dänemark ... besiegt vom deutschen König Heinrich I. ... Erzbischof Unni verkündet das Christentum in den eroberten Gebieten des Nordens. Doch den wilden Dänenkönig Gorm kann er nicht bekehren, wohl aber gelingt es ihm, Prinz Harald Blauzahn für die neue Lehre zu begeistern. Hass und Misstrauen sind zwischen Vater und Sohn gesät ...*

... das Jahr 965: *Die Runen werden deutlicher: Seit dreißig Jahren herrscht nun König Harald Blauzahn. Wieder geht eine Schlacht gegen einen deutschen Herrscher verloren. Beim Waffenstillstand verkündet Bischof Poppo vor Harald das Christentum. Der fromme Mann trägt ein glühendes Eisen und zeigt dem König, dass seine Hand nicht verbrennt. Dieses Wunder nimmt Harald den letzten Zweifel an der Macht des Christengottes. Er lässt sich taufen und mit ihm das ganze Dänenheer. Blauzahn zwingt seinen Verbündeten, den norwegischen Jarl Hakon und dessen Gefolge, auch diesen Glauben anzunehmen. Doch kaum ist der heimtückische Jarl zurück in seiner Heimat, da verspottet er die verhasste Lehre ... Wieder berichtet der Runenstein* *von Krieg, Blut und Elend … denn Harald Blauzahn verheert die Küstengebiete Norwegens …*

… das Jahr 981: *Bischof Frederik kommt mit einem Schiff nach Island. Weil er die Sprache nicht beherrscht, begleitet ihn Thorvald Kodransson. Nur wenige Gutsherren lassen sich vom Klang der mitgebrachten Glocke, vom Weihrauch und Gesang beeindrucken. Hass schlägt den Missionaren entgegen, sie werden beschimpft, mit Knüppeln bedroht und oft genug müssen sie überhastet weiterziehen …*

Die ersten Glaubensboten haben Island betreten! Doch diese Nachricht erreicht das Habichtstal nicht. Der scharfe Wind vom Fjord hat die Regenwolken aus dem Tal über die Bergrücken nach Osten getrieben. Seit zwei Tagen und Nächten scheint die Sonne und das Wasser im Fluss leuchtet so blau wie der Himmel …

OCHSENINSEL

Erik erholte sich, dank der Pflege, rasch von seiner Verletzung. Über den Kampf verlor er kein Wort. Wenn Frau Schiffsbrust nicht in der Nähe war, stand er heimlich auf und plante mit Tyrkir, wie der Ausbau seines Hauses fortgesetzt werden sollte. Sobald ihn die gestrenge Herrin ertappte, schickte sie den Patienten mit Beschimpfungen zurück ins Bett. »Dickschädel! Ich bestimme, wann du gesund bist. Also gehorche!« Um den Erfolg ihrer Heilkunst zu sichern, ordnete sie schließlich an, dass Leif nach dem Stillen neben dem Vater schlafen gelegt wurde. Thjodhild spottete vergnügt: »Wie gut ihr zusammenpasst. Und gib Acht, du darfst ihn nicht aufwecken!«

»Kinder hüten. So was«, beschwerte sich der Rote und sah auf den kleinen goldlockigen Kopf dicht an seiner rechten Seite. »Das ist keine Aufgabe für einen Mann.« Doch er fügte sich den Frauen. Neue Zuversicht bestimmte das Leben im Haus.

Der Großbauer hingegen war besorgt. Seit dem Holmgang hatte kein Nachbar mehr am Habichtshof Halt gemacht, um sich bei einem Plausch und einem Becher Sauermilch zu erfrischen, im Gegenteil, jeder, der sich näherte, beschleunigte den Schritt oder spornte sein Pferd an, so als wollte er möglichst schnell an dem Gehöft vorbei.

Am dritten Morgen lockte Hufschlag den Graubärtigen nach

draußen. Halb verborgen hinter den hochgetürmten Basaltbrocken beobachtete er, wie ein Bauer im schnellen Tölt die Hauswiesen passierte. Er trug seinen Sonntagsstaat.

Ehe er weiter unterhalb hinter dem Felsvorsprung verschwand, erneutes Getrappel. Vier der Nachbarn aus dem oberen Tal folgten ihm, die kleinen, starken Pferde schlugen im Wirbel ihre Hufe, trugen den Kopf hoch und hinter den gebauschten Mähnen saßen die Reiter fast unbeweglich im Sattel. Auch sie waren mit Festumhang und Pelzkappe bekleidet.

Thorbjörn starrte der Staubwolke nach. »Aber heute ist Donnerstag«, murmelte er und kehrte ins Haus zurück.

Den Vormittag über zog er sich auf seinen Hochsitz zurück, hier durfte ihn niemand ohne Aufforderung ansprechen, beim Mittagsimbiss beugte er sich schweigend über den Holznapf und weichte Brotbrocken in der Grütze auf.

Tyrkir dichtete zur Freude Thjodhilds und des Gesindes einen Vers auf den Kinder hütenden Erik. Allein Frau Schiffsbrust bemerkte die Veränderung ihres Mannes, doch um die Heiterkeit des gemeinsamen Mahls nicht zu stören, fragte sie nicht.

Pferdegetrappel, Wiehern und Schnauben. In der Wohnhalle unterbrach Tyrkir das Verseschmieden. Die Reiter zogen nicht vorbei, sie kamen näher. Jetzt schlugen die Hunde an, das Gebell wurde lauter. Alle Blicke flogen zu den Waffenständern rechts und links des Ausgangs. Einige Knechte wollten aufspringen.

»Bleibt!«, befahl der Hausherr. »Nur wer ein schlechtes Gewissen hat, begrüßt mit der Axt in der Faust seine Besucher.«

»Das ist es also.« Thorbjörg hob und senkte den Busen. »Du glaubst …?«

Ihr Mann sah sie an. »Ich habe es befürchtet. Jetzt hoffe ich, dass wir vor dem Schlimmsten bewahrt bleiben.«

Eine kraftvolle Stimme rief: »Thorbjörn, Herr des Habichtshofes, hier wartet Ulf Einarsson, der Gode aller Täler diesseits des Hvammsfjordes, mit ehrenhaften Männern. Wir kommen in

Frieden und bitten dich, uns vor deinem Haus willkommen zu heißen.«

Der Großbauer wischte sich mit dem Hemdsärmel durchs Gesicht und glättete den Bart. Ehe er den engen Durchgang nach draußen erreicht hatte, zögerte er. Vier Knechte sollten sich doch bewaffnen. »Allein zur Sicherheit. Wartet hier, falls nötig, rufe ich.«

Gleich in der geöffneten Tür blieb er stehen, und seine gedrungene, leicht gebeugte Gestalt versperrte Tyrkir und den anderen die Sicht.

Mit scharfem Pfiff brachte Thorbjörn die Hunde zum Schweigen. »Ein schöner Tag«, begann er. »Und welch eine Ehre für meine Familie, dass der Richter selbst sich aufgemacht hat, uns zu besuchen. Sei willkommen, Ulf, und auch ihr, meine Freunde und Nachbarn.«

»Ja, das Gras steht gut«, antwortete der Gode. »In diesem Sommer müssen wir kein Opfer mehr für die Heuernte darbringen.«

Sie tauschten Höflichkeiten aus, unterhielten sich über Schafe, Pferde, den Fischfang, und wie zufällig lenkte Ulf Einarsson das Gespräch auf die Verteilung des am Strand angeschwemmten Treibholzes. Die Menge sei ausreichend, sodass jeder Hof, auch die Waldbesitzer im oberen Habichtstal, berücksichtigt werden konnten. »Bis auf deinen Schwiegersohn. Wie mir gesagt wurde, hat er genug gerodet.«

»Ganz gleich. Du darfst ihn nicht ausschließen«, verlangte der Großbauer. »Er hat Land von mir erhalten und somit gleiches Recht wie jeder von uns.«

»Deine Freunde, Thorbjörn, kamen zu mir und führten Klage gegen ihn.« Der Ton des Richters wurde kühl. »Wo hält er sich versteckt?«

»Versteckt? Kein Mitglied meiner Familie hat es nötig, sich zu verstecken. Oder willst du mich kränken, Gode?!«

»Bleibe ruhig! Die Angelegenheit betrifft nicht deine Sippe, allein diesen Erik. Und ich muss annehmen, dass er in deinem Haus ist.«

»Weil er … weil er sich von den Wunden erholt.« Mühsam beherrscht setzte Thorbjörn hinzu. »Es war ein ehrenhafter Kampf.«

»Auf den Thorspitzthing in zwei Wochen wollte niemand warten, deshalb haben wir einen Rat abgehalten. Lass Erik herauskommen, oder wenn er zu schwach ist, dann führe uns an sein Lager.«

»Niemand soll es wagen, über die Schwelle meines Hauses zu treten!«

In der Halle umfassten die Knechte fester die Schäfte der Äxte und Speere. Frau Schiffsbrust winkte Thjodhild, sie sollte sich mit den Mägden hinter der Küche in den Vorratsräumen verbergen. Auf ihren leisen Befehl hin ging Tyrkir in die Schlafkammer, um den Freund von der Lage zu unterrichten. Als er wenig später mit dem unbekleideten Erik zurückkehrte, war der Wortwechsel draußen schärfer geworden.

»Ihr alle befindet euch auf meinem Grund und Boden. Zwingt mich nicht, das geheiligte Gastrecht zu brechen.«

»Nimm Vernunft an, Thorbjörn!«, blaffte der Richter. »Du setzt den Frieden mit deinen Nachbarn aufs Spiel. Zum letzten Mal: Gib den Beklagten freiwillig heraus!«

»Nicht ich, du und deine Geschworenen, ihr stiftet Unfrieden.«

Drinnen am Langfeuer knurrte Erik: »Vielleicht verlangen sie das Preisgeld für Hravn zurück? Egal, was sonst können die mir schon wollen. Ich hab mir nichts vorzuwerfen. Aber wenn wir noch länger warten, wird es für Thorbjörn gefährlich. Gehen wir raus!«

Tyrkir hielt ihm das Kittelhemd hin. »Komm, ich helfe dir.« Erik winkte ab. »Keine Zeit«, und schlüpfte durch den Flur aus Torf und Grassoden. »Ruhig, Schwiegervater. Schon gut. Lass mich mit den Leuten reden!«

Widerstrebend gab der alte Mann den Ausgang frei und Erik trat nach draußen. Die kraftvolle, bis auf den Verband am Oberarm nackte Erscheinung verschlug dem Goden die Sprache, auch die zwölf festlich gekleideten Bauern trauten ihren Augen nicht.

Tyrkir schob sich neben den Freund. Schweigen. Auf der rechten Seite gestärkt vom Schwiegervater und auf der linken vom schmächtigen Verwalter, reckte Erik sein Kinn der Abordnung entgegen: »Was starrt ihr mich so an? Glaubt ihr etwa, ich liege mit Mantel und Kappe im Bett?«

»Du … Du weißt wohl nicht …« Ulf Einarsson hatte sich wieder gefasst. »Ich bin der höchste Richter dieser Gegend. Etwas mehr Achtung könntest du mir erweisen.«

Verwundert kratzte der Rote in seinem Brusthaar. »Du wolltest mich sofort sehen. Hier bin ich. Was hab ich falsch gemacht?«

Der Gode stieß den Atem zischend durch die Zähne. »Sei es denn. Verlieren wir keine Zeit mit Reden über Sitte und Anstand. Klage wurde gegen dich geführt. Klage, weil du Ejolf Dreck, den Bruder unseres Freundes Valtjof, heimtückisch erschlagen hast.«

»Da soll doch Thor …«

»Schweig! Auch Hravn, den Sohn des Ari, hast du beim Holmgang getötet.«

Erik nickte. »Das ist wahr. Genug Leute waren dabei.«

»Der Sieg gelang dir nur, weil du gegen die Regeln verstoßen hast.«

Tyrkir sah das Beben, sah die Faust, und ehe der Freund einen Schritt vorsetzen konnte, hielt er ihn zurück.

Erik atmete heftig. »Wer sagt das?«

»Nicht nur die Verwandten, auch Orm der Bucklige, der als Kampfrichter bestellt war, und alle, die dabei waren, bezeugen es.«

Jetzt hob Thorbjörn die Hand. »Ulf, bei unserer Freundschaft, meinem Schwiegersohn geschieht Unrecht. Die Zeugen stammen alle aus dem gleichen Lager. Lass dir auch von ihm und seinem Sklaven den Verlauf des Kampfes berichten. Dann erst urteile!«

»Zwei Stimmen gegen mehr als zwanzig? Selbst auf dem Thing wäre die Sache eindeutig. Nein, Thorbjörn, sosehr ich dich als Freund achte, wir, die von mir einberufenen Geschworenen und ich, haben beratschlagt und sind zu einer einstimmigen Entscheidung gekommen. Schließlich gilt es den Frieden in meinem Bezirk zu sichern.«

Der Großbauer ließ die Schultern sinken.

»Einen Gefallen aber erbitte ich von dir«, setzte Ulf Einarsson nach. »Sag deinem Schwiegersohn, dass er sich endlich bekleiden soll. Irgendeinen Fetzen. Verdammt, ich will kein Urteil sprechen und dabei einen Schwanz und einen Arsch anstarren müssen!«

Ohne die Aufforderung abzuwarten, riss der Rote dem Freund das Hemd aus der Hand. Nur über den Kopf konnte er es streifen, der verletzte Arm behinderte ihn, Tyrkir bemühte sich zu helfen, vergeblich, beide waren zu ungeschickt. »Bei Thor!«, schimpfte Erik gereizt durch den Stoffwulst vor seinem Gesicht. »Diese Idioten. Was soll der Aufwand, nur um mir ein paar Silberstücke wegzunehmen? Diese eingebildeten Kerle.«

»Nicht so laut«, warnte Tyrkir. »Sonst ...«

»Ach was.« Der Rote befreite sich wieder von dem Hemd. »Ihr habt's alle gesehen. So geht das nicht. Seid ihr jetzt zufrieden?«

Mit versteinerter Miene wartete der Gode, und schließlich schlang Tyrkir dem Nackten notdürftig das Hemd um die Lenden.

Erik funkelte die Männer an. »Das reicht. Sagt, was zu sagen ist, und dann lasst mich endlich zufrieden.«

Eine Handbewegung des Richters, sofort bildeten seine Geschworenen einen Halbkreis hinter ihm und nahmen die Kopfbedeckungen ab. »Erik Thorvaldsson, du bist des feigen Mordes an zwei Männern angeklagt und für schuldig erklärt worden.«

Wie nach einem Schlag schüttelte der Hüne den Kopf. Neben ihm hielt Tyrkir den Atem an. Nein, flehte er stumm, so weit dürfen sie nicht gehen.

»Mit Rücksicht auf deinen ehrenwerten Schwiegervater hat der Rat Milde walten lassen und nicht, wie es das Gesetz erlaubt, dich geächtet und für vogelfrei erklärt. Höre deine Strafe: Binnen zwei Wochen hast du das Habichtstal und meinen Gerichtsbezirk zu verlassen. Jeder, der dich nach dieser Frist auf unserm Gebiet antrifft, darf dich straflos töten. Diese Verbannung gilt für drei Jahre.«

Bleich und starr stand Erik da. Tyrkir blickte zum blauen Himmel. Hört ihr nicht? Das Urteil ist gefällt, die Gemeinschaft hat uns ausgeschlossen. Hört ihr, Unrecht ist geschehen. Doch kein Gott griff ein.

Der Gode schritt mit den festlich gekleideten Bauern zu den Pferden. Im Sattel richtete er noch einmal das Wort an den Verurteilten: »Besser, du wärst nie hierher gekommen. In meinen Tälern ist kein Platz für solche Unruhestifter und Totschläger.« An Thorbjörn gewandt fuhr er fort: »Ich bedauere dich, dass du deine Tochter diesem Fremden zur Frau gegeben hast. Dennoch bleibst du auch in Zukunft unser Freund und guter Nachbar.«

Er gab das Zeichen zum Verlassen des Hofes. Auf dem Weg trennten sich die Reiter. Eine Staubwolke zog hinauf ins obere Tal, die andere stand noch eine Weile tiefer unten am Felsvorsprung, ehe sie über dem Fluss verwehte.

»Sollen wir rasten?« Tyrkir zügelte sein Pferd und ließ es neben der Kutschbank des Planwagens hertraben. »Du musst uns nur Zeichen geben.«

»Bin ich alt und krank?« Breitbeinig, ihren Rock bis übers Knie geschürzt, die Stiefel gegen die Fußlatte gestemmt, saß

Thjodhild auf dem Bock und blickte kurz zur Seite. »Eine Pause genügt mir, genau wie euch.«

»Ich dachte nur, weil eine Frau ...« Tyrkir wischte über sein verschwitztes, sommersprossiges Gesicht. »Na ja, wir Männer haben es bequemer ... Wenn du verstehst, was ich meine. Wir müssen uns dabei nicht hinhocken.«

»Verschwinde!«, drohte sie und konnte das Lachen kaum unterdrücken. »Kümmere dich um die Tiere, ich komme schon zurecht.«

»Verzeih. Ich wollte nicht ...« Eilig wendete Tyrkir das Pferd.

»Sei nicht eingeschnappt!«, rief sie ihm nach. »Du meinst es gut, ich weiß es.« Kaum war er aus ihrem Blickfeld nach hinten entschwunden, wurde ihr Gesicht wieder ernst. »Ich hab's gern, wenn du um mich besorgt bist.«

Seit heute Morgen waren sie auf der Uferstraße des Hvammsfjordes unterwegs. Die Wagenräder ächzten bei jedem Loch, jedem Buckel der steinigen Fahrspuren. Hin und wieder drehte sich Thjodhild um und spähte durch die halb geöffnete Plane ins Innere. Trotz Holpern und Schaukeln schlief ihr Kind.

Zwischen den Kästen rechts und links war seine Wiege mit Stricken festgezurrt und gebettet auf dem Bärenfell, darunter Heusäcke und Decken, und ganz zuunterst befand sich die Silbertruhe mit den drei Schlössern. »Mein Leif, nichts weißt du vom Kummer, den deine Eltern jetzt durchstehen müssen.« Sie sah zum Fjord hinaus.

Erik begleitete den Treck auf dem Wasser. Er hatte das Segel nur halb aufgezogen. Tief lag sein Reittier des Meeres und glitt mit Bauholz, den schweren Fässern, Werkzeug und den Waffen beladen nahe dem Ufer dahin. Vorn am Drachenkopf stand Katla und achtete auf Untiefen, und die übrigen Mägde waren als Leinenwachen eingeteilt, während Tyrkir auf der Küstenstraße mit den Knechten die Pferde trieb und den Planwagen bewachte.

Im Heck des Schiffes leuchtete der Haarschopf. Zu übersehen bist du wahrhaftig nicht, dachte Thjodhild. So stolz, so mutig und doch so dumm, wenn es um mich geht.

Nach dem Richterspruch war Erik abends in die Schlafkammer gekommen. Vor dem Bett stehend hatte er ihr die Scheidung angeboten. »Sag es nur! Keine Frau muss bei einem Verbannten bleiben.«

»Und was ist dein Wunsch?« Sie setzte sich in den Kissen auf.

»Egal. Hier kannst du ein friedliches Leben führen.«

»Erik, ich habe dich etwas gefragt.«

Unentwegt stieß er mit der Fußspitze leicht gegen den Bettkasten und murmelte schließlich: »Wenigstens du sollst nicht ohne Glück sein.«

»Wir sind nicht mehr auf Spitzklipp. Dich trifft keine Schuld. Auf meinen Wunsch hin hast du die Ehre der Familie verteidigt, für uns hast du gekämpft. Soll ich dich wegen falscher Zeugenaussagen verlassen? Wir gehören zusammen, Leif, du und ich und Tyrkir. Und wir vier werden neu anfangen, gemeinsam.«

Sie zog ihn näher und legte seine Hand auf ihre Brüste. »Jetzt aber ... Ich denke, wenn wir vorsichtig sind, müssen wir das nicht neu lernen. Oder glaubst du, es schadet deiner Armwunde?«

Aus Niedergeschlagenheit wurde Erleichterung. Als er sich zu ihr legte, war sein Blick voller Begierde gewesen. »Besser, wir fragen nicht erst die Schwiegermutter.«

Die Erinnerung an diese Nacht ließ Thjodhild lächeln. Selten war Erik so zärtlich mit ihr gewesen. Sie schlug die Zügel den beiden Pferden leicht auf die Kruppe. Oder hatte nur der verletzte Arm ihn behindert? »Ganz gleich, schön war's.«

Links von ihr grünten Hügel, dahinter ragte das dunkle Gebirge. Ein Bergriese nach dem anderen, manche noch schneebedeckt, sie drückten sich Schulter an Schulter in Richtung Westen auf die große Halbinsel hinaus. Den Schneefelsgletscher konnte Thjodhild von hier aus nicht entdecken. Noch nicht, dachte sie. Erst wenn wir vom Fjordufer abbiegen und quer durch die Hochtäler hinüber zur anderen Seite der Halbinsel fahren und wenn keine Wolken ihn verhüllen, dann müsste ich ihn sehen können.

Der Gletscher beherrschte mit seinen beiden weißen Höckern die äußerste Landzunge. Geheimnisvolle Kräfte gingen von ihm aus: Wer es wagte, hinaufzusteigen und seine Ruhe zu stören, den belohnte er mit Glück oder strafte ihn mit Unglück; wie ein launischer Gott.

Dreimal schon hatte Thjodhild als junges Mädchen den Unheimlichen aus sicherer Entfernung betrachtet. Damals war sie mit ihren Eltern durch den Breidafjord und um das Kap der Schneefels-Halbinsel gesegelt, weil die Verwandten des Stiefvaters dort unten am Ufer der Südinsel lebten. Und jetzt war sie wieder zu ihnen unterwegs. Wenn wir da sind, vielleicht sollte ich allein auf den Schneefels steigen, vielleicht wird unser Leben dann endlich gut.

»Besucht meinen Vetter Einar Sigmundsson am Warmquellhang«, hatte der Vater vorgeschlagen. »Bei ihm könnt ihr überwintern. Zwei Töchter hat er, die müssen in eurem Alter sein. Und es kann gut sein, dass er euch Land verkauft, genug, damit ihr in der Gegend siedeln könnt. Dann seid ihr keine Fremden beim Neuanfang.«

Die Mutter hatte sie an sich gedrückt und ihr den Rücken gestreichelt. »Weit ist es, Kindchen. Aber ich verspreche, dass wir nächstes Jahr nach euch sehen. Und wenn ihr Not habt, schickt einen Knecht. Dein Vater und ich, wir helfen euch.«

An Hacksilber fehlt es uns nicht, überlegte Thjodhild. Da Schafe und Kühe im Habichtstal zurückbleiben mussten, hatte Thorbjörn dem Schwiegersohn mehr als einen guten Preis fürs Vieh bezahlt, außerdem besaß Erik noch das große Vermögen seines Vaters. »Warum also sich sorgen? Sie blickte wieder ins

Wageninnere. »Schlaf ruhig, mein Kleiner! Ehe du begreifen kannst, haben deine Eltern ein neues Zuhause für dich gebaut.«

Je tiefer der Sonnenball sich dem Horizont zuneigte, umso mehr Möwen zogen mit dem Schiff: eine Fahne aus leuchtend weißem Gefieder über tiefblauem Wasser.

Hornruf! Von Bord aus gab Erik Signal, dass er eine Bucht anlaufen und ankern wollte.

Tyrkir überholte den Planwagen. »Ich suche uns einen Lagerplatz«, rief er Thjodhild zu und trieb sein Pferd in schnellem Tölt auf der Fahrstraße weiter.

Am Abend knisterte die Glut, Geruch von schwelendem Torf und Holz lag noch über der Wiesenmulde. Nachdem sie gemeinsam Fleischbrühe und Brotfladen gegessen hatten, waren Katla und die anderen Mägde zurück zum Schiff gerudert. Die Knechte schliefen in Decken gerollt bei den Tieren. Mit freiem Blick aufs Wasser standen der Wagen und zwei Zelte um das Feuer. Erik stocherte in der Glut. »Das also ist aus meinem Hof geworden.«

»Denk nicht mehr an ihn!« Unverwandt betrachtete Tyrkir die Mutter, während sie ihr Kind stillte. Dieses Bild. So schön habe ich es damals nicht in die Lampe schnitzen können. Thjodhild löste die zweite Brustfibel an den Trägern ihres Kleides, wechselte Leif in die rechte Armbeuge und ließ ihn weitertrinken.

»Was redest du da, Schlaukopf?«, fragte Erik.

»Ich … ich meine.« Tyrkir riss sich von dem Anblick los. »Ins Habichtstal dürfen wir nicht zurück, das weißt du. Also suchen wir uns Land unten auf der Südinsel und da bauen wir einen neuen Hof.«

»Wenn's so leicht wär.«

Ärgerlich mischte sich Thjodhild ein. »Leicht sicher nicht. Aber ich habe einen starken Mann und einen klugen Verwalter. Darauf vertraue ich und mir ist nicht bang. Solange wir zusammenhalten, kann es nur besser werden.«

Erik sah die fordernden Blicke der beiden und hörte auf, die Glut zu bearbeiten. »Schon gut, ich hab verstanden.« Tief stieß er den Stock ins Gras. »Ja, ihr habt Recht, tut mir Leid. Jammern trübt nur das Auge. Schluss damit. Nachher verpasse ich unser Glück, selbst wenn es vor mir steht.«

Viel früher als am Tag zuvor schallte der Hornruf übers Wasser. Tyrkir ritt auf eine Uferklippe hinaus. Durch den Trichter seiner Hände fragte er und Erik rief zurück: »Zieht noch eine Wegstunde weiter. Dann rastet. Gegen Abend komme ich dann zu euch!«

Er drehte ab und hielt auf die Inselgruppen zu, die wie ein Gürtel den Ausgang des Hvammsfjordes sperrten, ehe er in den Breidafjord überging.

Seine Augen glänzten. Nein, er wollte nicht sitzen. Seit er vom Ausflug zurück war, ging Erik im Nachtlager auf und ab, selbst den getrockneten Fisch hatte er nicht gemeinsam mit seinen Leuten zu sich genommen, sondern ihn auf der rastlosen Wanderung von den Zelten zu den Pferden und zurück am Planwagen vorbei zerkaut. Die Senke, eingefasst durch drei steile, grasbewachsene Bergbuckel, war für seine Unruhe viel zu eng.

Thjodhild nahm Katla beiseite. »Was hat er nur?«

»Genau weiß ich's auch nicht, aber der Herr hat verboten, darüber zu sprechen.« Die Magd drückte den Zeigefinger auf ihre vollen Lippen. »Weil's eine Überraschung sein soll.«

»Eine schöne Freundin bist du«, zischte Thjodhild und musste sich gedulden, bis alle Sklavinnen wieder auf dem Schiff waren und auch die Knechte endlich ihre Schlafplätze aufgesucht hatten.

»Lauf nicht herum wie ein erregter Stier, der keine Kuh findet. Komm ans Feuer und sag endlich, was los ist!«

Erik stellte sich breitbeinig vor seine Frau und den Freund.

Beinah feierlich verkündete er: »Ich habe sie entdeckt. Ich weiß jetzt, wo wir unsern neuen Hof bauen.« Ehe sich die beiden von ihrem Staunen erholt hatten, forderte er sie auf, ihm zu folgen. Mit großen Schritten verließ er das Lager und wies unten am Strand über sein Schiff hinweg zu den unzähligen, braun-schwarzen oder grünen Flecken im Wasser. »Da, seht ihr?«

»Sehr schön«, bemerkte Tyrkir trocken und dachte, der Wind ist dir heute nicht bekommen, du großer Wikinger.

»Ich sehe nur Inseln.« Thjodhild zögerte, dann aber stemmte sie mit einem Mal die Hände in die Hüften. »Nein, gar nichts sehe ich! Und wenn du glaubst …«

»Warte. Warte!« Erik stellte sich dicht neben sie und führte ihren Blick über seinen Zeigefinger. »Dort hinten liegt eine große Insel, erkennst du sie? Und gleich dahinter noch eine zweite. Ich war da. Beide sind unbewohnt und nirgendwo ist Land abgesteckt, also gehören sie niemandem. Wasser gibt es, frisches Quellwasser. Da ist Platz genug, um Schafe zu züchten, Platz für Pferde und Milchvieh und unsern Hof.«

Jetzt streckte auch Thjodhild den Zeigefinger aus. »Aber das sind Inseln.«

»Ja, saftiges Gras und viel Platz.« Tief sog Erik den Atem ein. »Mehr brauch ich nicht.«

»Ich will aber mehr!«

»Verflucht …« Der Zorn pulste am Hals des Roten. »Ach, was rede ich. Erklär du es ihr, Schlaukopf!«

Tyrkir kam erst gar nicht zu Wort. Aufgebracht strich Thjodhild eine Strähne aus dem Gesicht. »Bei Freya und ihren Katzen! Wage es nicht! Wir fahren zu meinen Verwandten. Und dort kaufen wir Land.«

»Von der Gnade anderer leben! Davon hab ich genug. Mein eigenes Reich, das will ich. Land, auf dem ich der Herr bin. Wo keiner das Recht hat, mich zu verjagen.«

»Sei kein Narr!« Kaum gelang es ihr, sich zu mäßigen. »Solch ein Land gibt es nicht, Erik. Überall musst du mit Nachbarn auskommen. Und um gleich ein Gode zu sein, dafür bist du viel zu spät nach Island gekommen.« Sie sah, wie seine Miene starr wurde, und wandte sich an den Verwalter. »Ich habe keine Lust, wieder in einer Einöde zu leben. Wenn er das vergessen hat, dann erinnere ihn daran! Schließlich bist du sein Freund.«

So ist es richtig, schimpfte Tyrkir tonlos, sobald die saubere Herrschaft nicht weiterweiß, ruft sie nach ihrem Sklaven und der darf dann die Schläge einstecken. Womöglich auch noch von beiden Seiten. Aber nicht mit mir. »Das nächste Mal könntet ihr gefälligst ... Ach, egal. Also, ich meine, es wäre besser, wenn wir uns nicht gleich festlegen. Zunächst sollten wir uns morgen die Inseln gemeinsam ansehen. Vielleicht gefallen sie uns ja? Oder vielleicht hat der erste Anblick getäuscht und man kann dort gar nicht siedeln? Beides könnte ja möglich sein.« Fordernd sah er von einem zum anderen und war erleichtert, als sich die Mienen entspannten.

Ja, einverstanden, warten bis morgen und dann entscheiden.

Gut so, dachte Tyrkir, der Krieg war aufgeschoben.

Fast hatten sie die Zelte und den Wagen wieder erreicht. Da stockte Erik, langsam zog er die Streitaxt aus der Gürtelschlaufe. »Nicht weiter«, raunte er.

Jetzt hatte auch Tyrkir die drei Gestalten oben auf dem Grat des linken Bergbuckels entdeckt und tastete nach seinem Dolch.

Reglos standen die Männer da, gegen den hellen Himmel war nicht auszumachen, ob sie Waffen trugen. Ein schneller Blick zu den Pferden. Auch die sechs Knechte hatten die Fremden längst bemerkt und waren kampfbereit.

Thjodhild verkrampfte eine Hand in ihr Schultertuch. »Leif schläft im Wagen. Ich muss zu ihm.«

»Bleib!« Langsam schritt Erik quer durch die Senke, im Vorbeigehen raunte er den Sklaven zu: »Sobald ich pfeife, stürmen zwei mit mir direkt den Hang hoch, die anderen greifen von beiden Seiten an.« Er blieb am Fuß des Hügels stehen. »Wer besucht uns so spät in der Nacht?«

»Friedliche Bauern.« Der mittlere, etwas kleinere Mann hob beide Hände, sie waren leer. »Wir haben das Feuer gerochen und wollten nur mal nachschauen. Wer seid ihr?«

»Wer will das wissen?«

»Thorgest, der Herr vom Breidahof. Eine halbe Wegstunde von hier.« Er legte den beiden rechts und links von ihm seine Arme auf die Schultern. »Das sind meine Söhne. Tüchtige Burschen, ja, sehr tüchtig und sehr stark.«

Erik gab Auskunft, er nannte nur seinen Namen und sagte, dass er auf der Fahrt zur Südinsel sei. Zwei Nächte wollte er hier mit seinen Leuten in der Senke lagern.

»Gut gewählt, ja, Spitzklipp bietet Schutz gegen den Wind.«

»Was sagst du? Wie heißt dieser Platz?«

»Spitzklipp, wegen der Steilhügel hier. Dürfen wir kommen?«

Schon hob Erik einladend die Hand, da rief Thjodhild in seinem Rücken: »Nicht jetzt! Bitte! Wir sind müde!«

Der Rote ließ den Arm wieder sinken. »Also morgen. Wir besuchen dich. Frisches Wasser und Brot könnten wir wohl brauchen.«

»Kommt nur, wann ihr Zeit habt! Auf dem Breidahof sind Gäste willkommen. Wir haben lange keine Neuigkeiten mehr gehört.« Der Bauer und seine Söhne schwenkten zum Abschied ihre Kappen und waren vom Grat verschwunden.

Unsicher grinsend empfing Erik seine Frau. »Stör dich nicht an dem Namen. Freundliche Leute gibt es hier.« Dennoch schickte er je einen Knecht auf die drei Grasberge. »Ich glaube zwar nicht, dass wir Wachposten brauchen. Aber besser ist es schon.«

»Spitzklipp?« Thjodhild fröstelte. »Wie Geister standen die Kerle da oben. Gut, dass sie wieder fort sind.« Mehr sagte sie nicht, stieg in den Wagen und trug Leif auf dem Arm ins Zelt.

Immer noch grinste Erik, leicht stieß er den Schmächtigen gegen die Schulter. »Das werden unsere neuen Nachbarn. Es gefällt dir doch hier? Oder?«

»Kann ich jetzt noch nicht sagen.« Tyrkir schüttelte den Kopf. »Und wenn du meinen Rat willst, bezeichne diese Bauern vor deiner Frau nicht vorschnell als neue Nachbarn. Nicht, ehe sie einverstanden ist.«

»Ja, schon recht, Schlaukopf. Aber sie wird die Inseln ... Ich weiß, dort ist gutes Land.« Erik wollte nicht schlafen. »Ruh du dich aus, mein Freund!« Er selbst wollte nachdenken und weiter planen.

Früh fuhren sie los. Weil die Strecke nicht weit war, nahm Erik nur zwei Ruderknechte mit, das übrige Gesinde blieb bei Leif, den Pferden und der Ausrüstung im Lager zurück.

Geleitet von Tyrkir lenkte der Rote geschickt sein Schiff zwischen winzigen Inseln und Riffen durch die Untiefen. Das Wasser kräuselte. Eine leichte Brise erfrischte Thjodhild und ließ ihr offenes Haar wehen. »Da hinten!« Vom Steuerdeck wies sie über die tief liegende Bordwand nach Osten. »Die Sonne steht jetzt über dem Habichtstal.«

»Daran hab ich noch gar nicht gedacht.« Erik berührte ihre Schulter. »Nicht weit von den Eltern wärst du hier. Ganz oft können sie uns besuchen.«

Von Westen her liefen sie in eine kleine Bucht der äußeren Insel ein. Erik sprang von Bord und trug seine Frau an den mit schwarzen, rund gewaschenen Kieseln übersäten Strand. Neben dem sprudelnden Bachlauf stiegen sie hinauf zu einer Wiesenterrasse.

»Hier findet ihr ausreichend Platz für Wohnhaus und Wirtschaftsgebäude«, erläuterte er den beiden wie ein eifriger Landverkäufer. »Ja, schaut euch nur um! Besser kann die Lage gar nicht sein.« Die Bucht wäre der einzige Hafen für größere

Schiffe und von hier aus gut zu verteidigen. Auch vergaß er nicht, auf die Felsstufe am jenseitigen Ende des Bauplatzes zu verweisen, sie böte Schutz vor Nord- und Ostwind.

Staunend hatte Tyrkir ihm zugehört. Gar nicht so dumm, dachte er, wenn du dir was in den Kopf gesetzt hast, fällt dir mit einem Mal das Überreden nicht schwer.

»Kommt weiter!« Erik lief mehr als er ging. Eiderenten flatterten erschreckt hoch und umkreisten in weitem Bogen ihre Nester. Auf der Höhe dehnte sich der Blick über Hügel und Mulden. Ohne besondere Aufforderung sogen Thjodhild und Tyrkir den Geruch nach Meer und frischem Gras in sich auf. Erik grub mit der bloßen Hand im Boden. »Hier, fühlt nur! Die Erde ist gut für Zwiebeln und Lauch, und Getreide können wir auch anbauen.« Er richtete sich wieder auf. »Außerdem sammeln wir Eier. Vögel gibt's mehr als genug. Und gestern hab ich draußen auf den Klippen zum offenen Wasser hin eine Menge Seehunde gesichtet. Da haben wir Fleisch und Speck gleich vor der Nase.« Erwartungsvoll fragte er Thjodhild: »Na was sagst du?«, und knurrte den Freund an: »He, sag doch was!«

Aus den Augenwinkeln beobachtete Tyrkir die blonde Frau. In ihrer Miene war keine Ablehnung zu lesen. Dem großen Tyr sei Dank, dachte er. Nein, unser Wikinger hat nicht übertrieben. Hier ist wirklich ein guter Platz.

Erik dauerte das Schweigen zu lange. »Seid ihr stumm geworden?«

Offen blickte ihn Thjodhild an. »Und wo sollen unsere Schafe weiden?«

»Was?« Endlich begriff er. »Du meinst …? Du findest …?«

»Ja. Hier könnte ich neu anfangen.«

»So was?« Der Hüne wischte mit dem Handrücken über seine Augen. »Ach so, die Schafe? Gleich da vorn.« Die Schwesterinsel lag zum Greifen nah, sie war größer und felsiger, dennoch gab es Grasflächen genug, um Wollvieh zu züchten. »Auch da bauen wir Ställe und Scheunen. Im Sommer benutzen wir Ruderboote und im Winter können wir bestimmt zu Fuß übers Eis. Wir werden …« Er zählte auf und geriet dabei immer mehr ins Schwärmen. Sein inneres Auge sah bereits den Hof, Hühner gackerten und die Euter seiner Kühe gaben genug, um Butter, Käse und köstliche Sauermilch herzustellen.

»Nicht so schnell, Liebster!« Thjodhild umarmte ihn. »Wir besitzen keine einzige Kuh.«

»Noch nicht.« Fest drückte er sie an sich. »Ja, ich weiß, ich bin zu ungeduldig. Beginnen können wir erst im nächsten Sommer, sobald der Schnee geschmolzen ist. Ja, und ein Haus für die Frauen baue ich dir auch, gleich neben der Sauna, ja, das verspreche ich dir. Ja, einverstanden, und den Winter verbringen wir bei deinen Verwandten.«

So viel »Ja« und »Einverstanden« waren Erik noch nie während so kurzer Zeit über die Lippen gekommen.

Da es kein Holz für Feuer gab, ließ er von seinen Knechten am Strand Steine sammeln, und während Thjodhild zu Fuß ihr neues Reich durchforschte, errichtete er mit Tyrkir auf beiden Inseln eine Landmarke. Die weihevolle Besitznahme wollte er gleich am nächsten Morgen vornehmen.

»Glück, Schlaukopf!«, rief er bei der Rückfahrt und zeigte zu den beiden Inseln. »Da liegt es. Unser Glück!«

»Du bist mein Herr«, grinste Tyrkir, auch ihn hatte die Begeisterung angesteckt. »Wie könnte ich es wagen, dir zu widersprechen.« Ich will es auch nicht, dachte er, weil ich fühle, dass dieses Land auf uns gewartet hat.

Thorgest vom Breidahof lachte viel, dabei schob er das Kinn vor und entblößte nur die Zähne des Unterkiefers. Noch draußen auf dem Brunnenplatz hatte Erik ihm die Bitte vorgetragen, er hatte nur genickt und die Fremden erst einmal in seine Wohnhalle eingeladen. »Wir müssen uns kennen lernen.«

Seitdem unterhielt er die Gäste. Seine kehligen Lachstöße waren für Thjodhild gerade noch erträglich. Um aber seine unflätigen Geschichten nicht hören zu müssen, überlegte sie angestrengt, welches Tier ihm ähnelte: Hund und Robbe kamen nicht infrage, auch nicht Pferd, Schafsbock oder Ochse, vielleicht ein Raubfisch, aber welcher? Selbst dieser Vergleich hinkte, dazu passten die Geräusche des Bauern nicht. Schließlich gab sie die Suche auf.

Inzwischen hatte Thorgest seine wilden Jahren des Junggesellendaseins abgeschlossen und war bei der Familiengründung angelangt. »... Ja, die Frau ist bald nach der Geburt meines Jüngsten gestorben. Das hier ist Odd.« Er zeigte auf den muskelbepackten Sohn, der links von ihm zu Fuß des Hochsitzes hockte. Das Kinn auf den Knien beobachtete der Bursche unter halb geschlossenen Lidern die Besucher auf der Ehrenbank gegenüber.

»Na ja, hinfällig war sie schon geworden, nachdem sie mir meinen Ältesten geboren hatte. Den prächtigen Kerl da, meinen Toke. Ich frag mich immer, wie so ein dünnes Weib so starke Söhne rausdrücken konnte.« Er stieß dem jungen blonden Riesen den Fuß in die Seite. Toke lümmelte sich rechts vom Vater halb liegend auf dem gestampften Torfboden.

»Ihr beide habt erst eure Mutter von innen aufgefressen und nachher ausgesogen. Ja, ja, so war's. Die Brüste hingen ihr wie leere Schläuche runter.« Sein nächstes Ja, ja ging in Glucksen unter. »Na ja, gestorben ist sie halt.« Er lachte und keiner der Gäste fiel mit ein. Ihn störte es nicht. »Eine neue Frau hab ich mir nicht genommen, dafür aber ...« Seine Zunge leckte über die untere Zahnreihe. »Na ja, ich sorg immer dafür, dass Mägde auf dem Hof sind mit weichen Schenkeln. Am Anfang war's einfach, aber jetzt wollen die Jungen auch ins Heu. Und das gibt manchmal Streit, weil der Alte die frische Ware erst selbst prüfen will. Wenn ihr versteht, was ich meine.«

Toke und Odd feixten, während der Vater auf dem Hochsitz vor- und zurückrutschte und sich über seinen Scherz vor Lachen ausschüttete.

Wie ekelhaft, dachte Thjodhild. Nicht, weil die Kerle ihre Lust an den Sklavinnen stillen, das ist zwar keine gute, aber eben Sitte auf einem Hof, nein, ekelhaft, wie der Alte darüber redet und dies auch noch in meiner Gegenwart. Mit einem Seitenblick sah sie das leichte Grinsen von Erik und Tyrkir. Ihr zwei seid auch nicht besser; na wartet, bis wir wieder allein sind!

Jäh riss das Lachen des Bauern ab, seine Miene wurde kühl und nüchtern. »Kommen wir zum Geschäft.« Er nickte dem Roten zu. »Du fragst nach einem Lagerschuppen?«

»Nur, wenn du einen entbehren kannst.«

»Platz hab ich viel. Damit verdiene ich mein Geld.« Thorgest besaß fünf Scheunen. Nur eine, die außerhalb der Einzäunung inmitten der Hausweide errichtet war, benötigte er für das eigene Winterfutter. Sein Hof lag günstig an der Straße von Osten nach Thorsness auf der nächsten Halbinsel. Dort wurde zweimal im Jahr das Thing abgehalten und so vermietete er den freien Lagerraum an jeden, der während der Gerichtstage Waren, Pferde oder Karren unterstellen wollte. Ein bequemes und dazu noch einträgliches Geschäft. »Bei den Händlern hab ich einen sauberen Ruf, jeder kennt mich und weiß, dass alles bei uns gut bewacht wird. Wozu benötigst du die Scheune? Ich dachte, ihr seid unterwegs zur Südseite.«

»Richtig, aber seit gestern auch nicht mehr so ganz richtig.« Erik beugte sich vor. »Gestern, nein, heute Morgen habe ich auf zwei großen Inseln draußen im Fjord meine Feuer angezündet und das Land für mich in Besitz genommen. Wir sind Nachbarn, Thorgest.«

Der Bauer, auch die Söhne setzten sich ruckartig auf. Toke fasste sich als Erster. »Die ganz große kann nur die Welkgrasinsel sein.«

»Warte, bis wir sie bewirtschaften, dann siehst du nur noch dunkles Grün.« Erik grinste.

Der Bauer lehnte sich zurück. »Und auf der Ochseninsel willst du siedeln? Klar, weil's von da aus einfacher mit dem Schiff raus zum Breidafjord geht.« Er fuhr nachdenklich mit den Fingern über die Lehne. »Bis jetzt ist noch keiner auf diese Idee gekommen.«

Träge dehnte Odd seine Arme. »Und alles muss rübergeschafft werden. Also, mir wär das zu viel Arbeit.«

Erik blitzte ihn an: »Keiner hat dich gebeten zu helfen!«

Ehe Streit entbrannte, griff der Vater ein: »Wenn ich dich richtig verstehe, willst du deinen Hausrat in der Scheune lagern.«

Auch das Bauholz, den Planwagen und die Pferde, erklärte der Rote, auch die beiden wertvollen Hochsitzbalken der Familie, eben alles, was er nicht über den Winter zur Südseite der Halbinsel mitnehmen musste. So könnte er mit all seinen Leuten die Reise auf dem Schiff bequemer fortsetzen.

Thorgest sah ihn lange an. »Gehört habe ich von dir noch nichts, nein, obwohl ich Vettern im Habichtstal habe. Scheinst wohl neu auf Island zu sein?«

Nicht weiter, bangte Thjodhild und sah schnell zur Seite auf Tyrkir. Der saß sofort wachsam da, jederzeit bereit, den Freund zu unterstützen. Bisher hatte Erik nichts über sich und die zurückliegenden Ereignisse berichtet, außer dass er um die Tochter des Habichtshofes gefreit hatte.

»Von Norwegen bin ich rübergekommen.« Erik dehnte den Satz. »Weil erzählt wurde, hier wär das Leben besser.«

»Hab ich auch noch nicht gehört, ja, aber kann schon sein. Egal, geht mich auch nichts an.« Thorgest schnippte mit Daumen und Zeigefinger. »In jedem Fall bist du mir als Nachbar willkommen. Und weil du so weit draußen auf dem Wasser wohnen willst, kommen wir uns nicht in die Quere.«

Thjodhild atmete aus. So undurchsichtig und schmierig sie

den Bauern bisher empfunden hatte, mit diesen Worten hatte er bei ihr zum ersten Mal wenigstens einen Hauch an Zuneigung gewonnen.

»Mein Lagerschuppen ist nicht billig. Und du musst im Voraus bezahlen, das verstehst du doch?«

Erik feilschte nicht um die Summe, mit dem genannten Preis war er sofort einverstanden.

»Abgemacht!« Thorgest sprang vom Hochsitz und die Männer besiegelten durch Handschlag das Geschäft. »Auf gute Nachbarschaft im nächsten Jahr! Deine Habe ist bei mir gut aufgehoben und deine Gäule werde ich mästen.« Als er den besorgten Blick sah, setzte er hinzu. »War nur ein Scherz. Von Pferden verstehen wir was, du wirst sie ohne Fettbäuche und kräftig vorfinden.« Er schob das Kinn vor, zeigte die Zähne und lachte wieder. Die Gäste sollten zum Essen bleiben, ab morgen könnten sie seine Scheune nutzen. Kein weiteres Wort der Neugier, er sprach dem Bier zu, erzählte Zoten, schlug den Mägden auf den Hintern und schwärmte von der Wildheit seiner Sprösslinge.

Nach dem Abschied war Thjodhild froh, endlich dem Gelächter entkommen zu sein. »Dieser Kerl! Und seine Söhne sind keinen Nagelbreit besser.« Verächtlich funkelte sie die Freunde an. »Aber ihr hattet auch noch eueren Spaß.«

Tyrkir zuckte die Achseln. »So geht es eben zu, wenn keine Hausherrin auf Sitte und Anstand achtet.«

»Männerwirtschaft«, meinte Erik lahm.

»Schämt euch!« Thjodhild stieß beide gleichzeitig mit den Fäusten in die Seiten. »Geht hinter mir! Auf eure grinsenden Gesichter kann ich gerne verzichten.«

FISCHZUG DER GÖTTER

Beide waren nackt, sie lagen auf der Decke vor dem Wohnhaus am Warmquellhang. Das Mädchen spielte mit einer Rassel, es versuchte den glatt geschliffenen hohlen Holzstab zum Mund zu führen, dies gelang nicht. Unwillig rüttelte es das Spielzeug und krähte, wenn die Steinchen im Innern aneinander schlugen, dabei strampelte es mit den Beinen. Der Junge lag ruhig neben ihr, lutschte an seiner rechten Faust, die Finger der anderen Hand zupften am Hähnchen zwischen den Beinen. Bis der Südwind vom Meer herauf die Anhöhe erreicht hatte, verwandelte ihn die Mittagssonne in eine laue Brise und so streichelte er nur die rosige Haut der Kleinen. Gudrid war Anfang März dieses Jahres zur Welt gekommen, Leif im Mai, ein weißblondes und ein goldgelocktes Köpfchen.

Ihre Mütter saßen neben der Decke im Gras.

»Wir haben schöne Kinder«, sagte Thjodhild lächelnd.

»Gesund sind sie, das ist die Hauptsache. Dennoch bin ich stolz …« Hallweig hielt inne, rang nach Luft, ihre Lippen wurden blau, mit der Hand strich sie über die Herzseite. »Eng ist mir wieder da drinnen, so eng.«

Besorgt sah Thjodhild sie an. »Wenn Mutter hier war, sie wüsste schon ein Kraut.«

»Ich glaub es nicht. Oft … oft haben wir die Nachbarin vom

Adlerhof zu Besuch. Grima ist eine weise Völva. Ihre Zauberkraft hat schon viele gerettet.« Jeder Satz kostete Mühe. »Sie gibt mir Tee. Aber der hilft wenig. Seit ich meine Kleine hab, kommt die Not einfach und dann … dann muss ich warten, bis sie vorbei ist.« Die kleine, rundliche Frau legte sich zurück. Nach geraumer Weile erst ging ihr Atem wieder ruhiger und frisches Rot kehrte in die Lippen zurück. »Danke, du bist so geduldig.«

»Sag das nicht!«

»Doch, glaub mir!« Hallweig drehte sich auf die Seite und stützte den Kopf mit der Hand. »Ich bin froh, dass du mit deiner Familie bei uns bist. Zusammen werden wir einen schönen Winter haben. Und unsere Männer kommen miteinander zurecht. Das ist auch wichtig, was meinst du?«

»Fast wie ein Wunder kommt es mir vor.« Thjodhild schmunzelte und seufzte zugleich. »Mit Erik ist es sonst nicht so einfach. Aber deinen Thorbjörn muss man einfach gern haben.«

»Ja, ich hab Glück mit ihm.«

Gleich nach dem Begrüßungsfest vor einem Monat hatte der wohlhabende Onkel Thjodhilds entschieden, dass nur Erik mit ihr, dem Kind und Tyrkir zum Schwiegersohn auf den Warmquellhang ziehen sollte. Obwohl das Haus über der Höhlenebene sehr geräumig war, konnte Thorbjörn Vifilsson nicht mehr Quartier bieten, denn seit er auf dem letzten Allthing die Godenwürde für das Gebiet der Südinsel übertragen bekommen hatte, gingen viele Besucher bei ihm ein und aus. Kurzerhand wurden Eriks Knechte und Mägde bei Onkel Einar selbst und dessen zweitem Schwiegersohn untergebracht. Da die Familienhöfe nicht weit voneinander lagen, war dies eine Lösung, die keine große Belastung bedeutete und mit der sich alle zufrieden gaben.

»Wie ist dein Erik?«

Die Frage überraschte Thjodhild. Obgleich zwischen Hallweig und ihr in den wenigen Wochen eine innige Zuneigung gewachsen war, zögerte sie. Noch nie hatte sie mit einer Frau über ihren Mann gesprochen. Mit wem sollte ich auch, dachte sie, die Jugendfreundinnen sind mir längst fremd geworden, bliebe allein die Mutter, und von ihr hätte ich nur noch mehr gut gemeinte Ratschläge bekommen. Sie schaute über die Höhlenebene zum Wasser hinunter. Weißer Gischt kräuselte auf den Wellen.

»Du musst nicht antworten.«

»Doch, schon gut. Ich versuche es. Mein Erik …« Thjodhild umschloss mit den Armen ihre Knie. »Wie soll ich diesen Mann bloß beschreiben? Weißt du, er besitzt alle guten Eigenschaften, die man sich als Frau wünscht. Aber irgendwie haben sie miteinander noch keinen Frieden geschlossen, vielleicht weil er von allem zu viel besitzt. Da ist zunächst sein Stolz, der hat ihn schon beinah das Leben gekostet. Fleiß und Ausdauer. Wie er arbeiten kann, beweist er ja gerade jeden Morgen beim Fischfang mit deinem Thorbjörn. Dazu kommt seine Kraft. Auch als Kämpfer kenne ich keinen besseren. Und er ist liebevoll zu mir. Und er weiß einen Hof zu führen. Ach, ich könnte noch vieles aufzählen. Natürlich hat er einen Wikingerschädel, der mich oft rasend macht, dass ich an seinem Verstand zweifle, aber dann benimmt er sich wieder wie ein Junge, dem ich gerne verzeihe. Verstehst du, Erik ist noch eckig, nicht rund. Er sucht noch. Aber jetzt haben wir unsere Inseln. Wenn das Haus steht und wir uns eingerichtet haben, dann wird er vielleicht …«

Hallweig nickte. »Ruhe, das ist es. Ein Mann muss einen Platz haben und zur Ruhe kommen. Selbst wenn er dann den Sommer über mit dem Schiff hinausfährt, um Handel zu treiben, findet er Ruhe bei seiner Familie, wenn er zurückkommt.«

»Mag schon sein.« Thjodhild wiegte sich vor und zurück. »Lieber wär's mir, wenn mein Erik zu Hause bleibt und den Hof bewirtschaftet. Weißt du, er gerät leicht in Zorn und in der Fremde bin ich nicht dabei. Unglück haben wir schon genug gehabt.«

»Und euer Verwalter, dieser Deutsche, bist du mit ihm zufrieden?«

Zufrieden? Thjodhild schloss die Augen. So oft denke ich an Tyrkir, viel zu oft. Ich weiß, das schickt sich nicht für eine ehrbare Hausfrau. Aber es hilft meinem Herzen über schwere Stunden hinweg. Und da ich mich nie verraten werde, kann dieses Geheimnis auch keinen Schaden anrichten. So leichthin, wie es ihr möglich war, sagte sie: »Er gehört einfach zu uns und gut, dass Erik ihn zum Freund hat.«

Jammern schreckte die Frauen auf. Gudrid hatte ihre Holzrassel verloren. Sie strampelte und begann zu schreien, gleich stimmte Leif in das Gezeter mit ein. Keine Kinder mehr, nur noch aufgerissene Mäuler, die den Frieden verjagten.

Zwei Wochen waren die Knechte und Bauern der Südinsel in den Bergen und Schluchten unterwegs gewesen. Zu Pferd hatten sie die frei laufenden Schafe gesucht und von den Sommerweiden in die Täler getrieben. Nach und nach füllte sich auch der große, umzäunte und viel gefächerte Sammelplatz im Warmquelltal und gegen Mitte September übertönte das Blöken sogar die Schreie der Dreizehenmöwen über den Klippen.

Am unterschiedlich eingeschnittenen Ohr erkannte jeder Besitzer die eigenen Tiere und zog, zerrte und scheuchte sie aus dem inneren Kreis durch ein Gatter in sein Gefach.

Es folgten Tage des Schlachtens, viel Bier wurde getrunken, und abends lagen die Männer nackt im heißen Quellteich, schwatzten und dehnten sich und tranken weiter.

Erik genoss mit Tyrkir die sorglose Zeit. An der Seite von Richter Thorbjörn waren sie für die Nachbarn keine Fremden.

»So viel Fleischvorrat werden wir bald auch haben«, versicherte Erik dem Freund, als sie krebsrot und weichhäutig vom Bad zum Haus schlenderten. »Und leichter haben wir es auf meiner Insel, wenn wir die Schafe einholen.«

Tyrkir sah ihn von der Seite an. »Leichter schon. Aber einsamer wird es.«

»Nachbarn brauche ich nicht ...« Erik hielt inne. »Wenn's solche wie hier wären, vielleicht doch. Aber die wir bisher hatten, auf die kann ich verzichten. Lass nur, Schlaukopf, wir bauen unser Reich allein und falls wir Leute sehen wollen, dann fahren wir mit dem Schiff zu ihnen. So können wir sie uns aussuchen, das ist mir lieber.«

Wie verletzt musst du sein? Tyrkir schüttelte unmerklich den Kopf. Mein starker Freund, ich wünsche so sehr, dass die Götter freundlich gestimmt sind und sich dieses Mal unsere Hoffnung erfüllt.

Das Fest der drei heiligen Nächte sollte Ende Oktober gefeiert werden: der Abschied vom Sommer, das letzte Licht des Herbstes und der Beginn des Winters. Überdies aber wollte der neue Richter sein erstes großes Gelage am Warmquellhang geben.

Thorbjörn Vifilsson ging im Innenhof auf und ab, die hohe Stirn gerunzelt, zum Nachdenken strich er immer wieder den kräftigen Nasenrücken. Gast für Gast ließ er von Tyrkir mit einer glühenden Nadel in die gegerbte Kuhhaut brennen. Längst füllten Verwandte und Freunde die erste Spalte, auch die Namen der einflussreichen Gutsherren seines Bezirkes hatten keine Schwierigkeit bereitet, jetzt aber marterte der Gode sein Hirn, um sich an die Kleinbauern der entlegenen Gebiete zu erinnern. »Schreib hin: Geirrod vom Vogelfluss und Sindri der Flachsteinsammler.« Er zuckte mit den Achseln. »Es werden immer mehr. Ich fürchte, wer keine Bank oder keinen Hocker findet, muss sich auf den Boden setzen.«

»Sorg dich nicht! Mag sein, dass es vielleicht zu Beginn des Festes verärgerte Gesichter gibt.« Tyrkir stieß die Nadel ins Glutbecken. »Sobald jeder genug Bier hat, kümmert ihn die Enge nicht mehr. Selbst wenn deine Halle wie ein zu voll gestopfter Weidenkorb auseinander platzt.«

»Lass den Spott!« Gleich wieder freundlich, erklärte der Richter: »Ich darf keinen Mann vergessen, sonst fühlt sich der gekränkt. Und wer weiß, bei welcher Entscheidung ich gerade seine Stimme benötige. Auf jeden muss ich zählen können. Verstehst du, mein Amt zwingt mich, ein offenes, großzügiges Haus zu führen. So ist das nun mal: Gastfreundschaft für jedermann. Aber unter uns, kaum eine Nase gefällt mir wirklich.«

Tyrkir wollte sich beherrschen, indes der Zwang war stärker.

»Wie ist das mit meinem Herrn? Er gehört nicht zu deinem Bezirk! Folglich ist die Stimme für dich ohne Wert?«

»Hüte deine Zunge!« Mit zwei Schritten war der hoch gewachsene schlanke Mann neben ihm. »Wage nicht, so mit mir zu reden!«

Unbeeindruckt hob Tyrkir den Holzschaft und sah den Richter über die glutrote Nadelspitze wachsam an. »Ich muss es wissen. Erik hat Vertrauen zu dir. Eine Enttäuschung wäre schlimm für ihn.«

»Was bist du nur für ein Mensch?« Der Zorn war verflogen. »Wieso bemüht sich ein Sklave so sehr um das Wohl seines Herrn? Das frage ich mich schon lange.«

Tyrkir beugte sich über die Kuhhaut. »Geht es ihm gut, geht's mir auch gut.«

»Antworte!«

Die Nadel berührte nicht das Leder. »Ich bin Eriks Verwalter. Vor allem aber bin ich sein Freund. Deshalb.«

In den Mundwinkeln, eingerahmt vom sorgsam gestutzten Bart, zuckte es. »Neid erfüllt mich. Ich wüsste keinen meiner Knechte, der so von mir spricht. Nein, sei beruhigt. Erik bedeutet mir viel mehr. Ohne Bedenken würde ich ihm bei rauer See das Ruder meines Seevogels überlassen und mich schlafen legen.« Der Gode fuhr mit dem Finger den Nasenrücken hinunter. »Askel! Auch Askel der Magere muss eingeladen werden.« Nach einem tiefen Seufzer setzte er hinzu: »Auf ihn muss ich ein wachsames Auge haben, sonst verdirbt er den meisten die Festlaune.«

»Trinkt er zu viel?«

»Im Gegenteil. Zu wenig.« Thorbjörn betrachtete die erste Rune von Askels Namen. »Sein sparsamer Biergenuss ist leicht zu ertragen. Nein, es sind seine Geschichten, die mir Sorge bereiten.«

»Ich dachte, gerade sie heben die Stimmung jedes Gelages. Auch ich beherrsche diese Kunst …«

»Mag schon sein. Doch Askel erzählt stets nur von einem Mann und dessen Wundertaten. Zum ersten Mal hat er wohl am Königshof in Dänemark von ihm gehört. Und seit der Rückkehr ist er wie verwandelt.« Nach einer Pause setzte Thorbjörn hinzu: »Askel ist Christ, wenn du verstehst, was das bedeutet.«

Mit einem Mal beugte sich Tyrkir noch tiefer über die Kuhhaut und schrieb nachdenklich Rune nach Rune. Erinnerung drängte sich ihm auf. Damals, er war ein kleiner Junge. Das Dorf am Rhein tauchte schemenhaft aus dem Nebel auf. Deutlich sah er allein die geduckte Steinkirche. Und in dem Raum brannten Kerzen. Darüber hing das Bild mit der Frau und dem Kind. Jetzt fiel ihr Name ihm wieder ein. Maria. Auch der Name des Sohnes.

»Was schreibst du da? Jesus?«

Tyrkir fuhr zusammen. »Hast du mir den Namen nicht gerade diktiert?«

»Nicht, dass ich wüsste. Jesus heißt der Mann, dieser Wundertätige.« Der Richter lachte dünn. »Du erstaunst mich schon wieder. Nein, Askel wird von allen der Magere gerufen. Diesen Jesus dürfte ich nicht einladen, selbst wenn er in meinem Bezirk wohnen und mir seine Stimme geben würde.«

Mit zwei breiten Querbalken überbrannte Tyrkir die letzten Zeichen. »Es war ein Versehen.«

Hart legte ihm Thorbjörn die Hand auf die Schulter. »Wirklich?«

»Ich muss den Namen irgendwann früher schon mal gehört haben. Glaub mir, er hat keine Bedeutung für mich.«

»So soll es bleiben. Weißt du, mehr wäre sicher nicht gut. Nicht alle denken hier so großzügig wie ich. Mit ihrem Glauben nehmen es die Isländer sehr streng. Askel ist ein Einzelgänger, den dulden sie gerade noch, weil er von hier stammt. Aber wenn da ein Fremder auch noch mit einem fremden Gott auftaucht? Gefährlich kann es für ihn werden.«

»Bisher bin ich mit meinem Freund, dem großen Tyr, gut ausgekommen.« Der Deutsche erhitzte die Nadel wieder. »Wozu ihn verärgern?« Er schrieb neben die Querbalken in schönen Runen: der Magere.

Keiner hatte sich entschuldigen lassen, alle Geladenen waren zum Warmquellhang gekommen.

Es regnete und eisiger Wind fuhr vom Schneefelsgletscher herunter. Um Trank und Speise wenigstens den Göttern in würdiger Form darzubringen, vollzog Thorbjörn kurz entschlossen die Opferhandlung draußen auf der Hauswiese. Während er Odin mitsamt der Götterschar zu Tisch bat und ihren Segen für das dreitägige Gelage erflehte, beugte die in Mäntel und Umhänge vermummte Gesellschaft das Knie, alle Männer hatten das Haupt entblößt, die Frauen verbargen ihr Gesicht in den Händen. Nur einer stand den Rücken gekehrt außerhalb des Zauns und streckte die gefalteten, dürren Hände zum Himmel.

Erik stieß Tyrkir an. »Was treibt der Kerl da?«

Ein kurzer Blick genügte. »Lass nur! Besser, du kümmerst dich nicht um ihn.«

Das also muss Askel der Magere sein, dachte Tyrkir. Ich habe einfach vergessen, von ihm zu erzählen. Nein, belüge dich nicht selbst! War es Feigheit? Weil mir seit jenem Morgen einiges wieder eingefallen ist, was mir die Mutter über diesen Jesus erzählt hat? Nein, aus Rücksicht habe ich geschwiegen, rechtfertigte er sich, weil ich meinen Wikinger nicht beunruhigen wollte, deshalb. Ja, so wird es gewesen sein.

Das Opfer war dargebracht, schnell hatte Thorbjörn Vifilsson gesprochen. Die Gesellschaft erhob sich und wollte endlich ins Trockene. Doch der Gastgeber hielt sie zurück. »Lasst uns erst noch den Friedensschwur leisten.« Betont laut forderte er die Gestalt jenseits des Zauns auf: »Askel! Das gilt auch für dich. Oder darfst du selbst diesen Eid nicht mehr leisten?« Einige lachten spöttisch, andere sahen sich nur kopfschüttelnd an. Den Mageren kümmerte es nicht, mit einem dünnen Lächeln auf den Lippen betrat er die Hauswiese. »Ein Versprechen zu geben ist mir ebenso heilig wie euch.«

Kein Wort durfte während des Gelages übel genommen werden, auch wenn der Rausch die Köpfe erhitzte, kein bleibender Hass sollte entstehen und vor allem durfte keine Fehde angestiftet werden. »So soll es sein!«, bekräftigten die Geladenen.

Thorbjörn war zufrieden. »Und nun lasst uns bei Braten und Bier den Winter begrüßen! Das Fest kann beginnen. Da wir jedoch viele sind und der Raum eng wird, befolgt meine Bitte, ihr geschätzten Gäste, und stürzt nicht ins Haus, geduldet euch noch ein wenig. Der Sklave meines Freundes Erik wird euch einlassen, so findet jeder zu seinem Platz, der ihm gebührt.«

Trotz Kälte und Nässe wagte niemand aufzubegehren; nicht nur der Nachbar, der neue Gode hatte eingeladen und dessen Wunsch kam einem Befehl gleich. Tyrkir entrollte die Kuhhaut und rief die Namen nach der Rangfolge auf. Wer dem Hochsitz am nächsten platziert war, durfte als Erster durch den engen Torfflur in die Wärme. Gleich nach Betreten überreichte er Mantel und Schwert dem Waffenknecht, einem zweiten Sklaven das Geschenk und erhielt dafür einen gut gefüllten Krug.

Das Langfeuer prasselte; auf den Tischen flackerten Tranleuchten; es roch nach Suppen und Braten. Bald waren alle Bänke besetzt, kein Hocker blieb leer und die einfachen Höfler und Fischer drängten sich auf den Stufen zu den Seitenschiffen.

»Musik! Musik!«, forderte Thorbjörn lautstark, während er

sich händeschüttelnd entlang der Ehrentische seinem Platz zwischen den kunstvoll verzierten Stützbalken näherte. Spielleute setzten die Flöten an, griffen in die Harfensaiten und stampften mit den Fußschellen. Hell tanzten ihre Melodien über dem erwartungsfrohen Gelächter und Schwatzen.

Für die Frauen war der hintere Bereich der Wohnhalle nahe den Küchenräumen reserviert. Hier hatten die Gutsherrinnen zunächst ihre Röcke ausgebreitet, mussten bald aber enger zusammenrücken, und auch die feinsten Webstoffe kamen nicht mehr zur Geltung. So blieben den Schönen allein ihr blinkender Gold- und Silberschmuck, die Kämme, Halsketten, Broschen und Armreife, mit dem sie der Nachbarin einen neidvollen Blick entlocken konnten.

Tyrkir hatte für sich am Morgen schon einen Holzklotz nahe dem Eingang versteckt. Erleichtert saß er neben dem Waffenknecht und genoss hier von der Stirnseite des Langfeuers aus den freien Blick in die Halle. Nicht weit von ihm hockte Askel, der seine spitzen Knie umfasst hielt und zum Windauge hinaufstarrte.

Erik hatte den Platz gleich neben Thjodhilds Onkel zugewiesen bekommen. Wie sehr ihn diese Auszeichnung mit Stolz erfüllte, war nicht zu übersehen. Sein Gesicht leuchtete, er widmete Einar Sigmundsson den ersten Trinkspruch und beide gossen das frisch gebraute Festbier genüsslich in sich hinein.

Vielleicht hätten wir doch besser hier auf der Südinsel Land kaufen sollen, ging es Tyrkir durch den Kopf, nie zuvor habe ich meinen Wikinger so unbeschwert erlebt wie in den vergangenen zwei Monaten.

Auf der Ehrenbank links des Langfeuers sah er Thjodhild, die mit Hallweig tuschelte und lachte. Auch sie genießt jeden Tag an der Seite ihrer neuen Freundin. Und was wird im Frühjahr werden? Thjodhilds Anblick verdrängte die Sorge. Meine ..., selbst in Gedanken ließ er das Wort Geliebte nicht zu und verbesserte: meine Herrin. Dieses hellblaue Kleid trug sie zum letzten Mal bei ihrer Hochzeit. Mag schon sein, dass der Stoff nicht so fein gewebt ist wie das grüne Kleid unserer Gastgeberin, auch funkeln keine blutroten Steine an ihrer Haarspange. Ganz gleich, müsste ich entscheiden, dann wäre Thjodhild …

»He, träumst du?« Zum zweiten Mal hatte ihn sein Nachbar angestoßen. »Oder willst du mit mir nicht saufen, weil du schreiben kannst und ich nicht.«

»Was denkst du von mir?« Fahrig nahm Tyrkir den dargebotenen Krug. »Aber langsam! Mein Bauch ist noch leer.«

»Darum geht's doch«, feixte der Waffenknecht. »Erst saufen, bis der Wanst mit Bier voll steht, und dann Braten nachstopfen. Dann macht es erst Spaß!«

»Werde ich mir merken.« Dennoch trank Tyrkir nicht aus. Sofort ging der Unterricht weiter. »Nein, nein. Runter damit. Beim Loki, ihr aus dem Norden versteht wohl nichts vom Feiern?«

Tyrkir versuchte zu erklären, er müsse sich für seinen Herrn nüchtern halten und überhaupt sei er kein großer Trinker.

Die Ausflüchte ließ der Knecht nicht gelten, im Gegenteil, sie bewirkten, dass er es als seine Pflicht ansah, dem schmächtigen Verwalter die Kunst des schnellen Rausches beizubringen. »Drei Tage und zwei Nächte sind wir so gut wie unsere Herrschaft. Das müssen wir ausnutzen, mein Freund. Hier, nimm!«

Und Tyrkir trank. Kein Streit, kein böses Wort während des Gelages, dachte er bekümmert, auch ich habe den Eid geleistet. Heute werde ich diesem Kerl nicht entkommen. Und er trank.

Das starke, bittere Bier rumorte in seinem Magen. Keiner Lobrede, nicht einmal den Versen zu Ehren des Gastgebers durfte er zuhören, und als endlich die Holzbretter mit Braten herumgereicht wurden, drehte sich die rauchstickige Halle bereits. Er schmeckte das Fett, kämpfte gegen Übelkeit, und dazu dröhnte ihm die Stimme seines Lehrmeisters ins Ohr: »Sauf, dann geht's leichter!«

War es der siebte? Nein, zwölf, zwölf waren es bestimmt. Der Krug glitt Tyrkir aus der Hand; Wellen schwappen ins Schiff, stellte er fest, wir sinken, und wollte aufstehen, und langsam kippte er seitlich vom Klotz und schlief.

»Schade«, brummte der Waffenknecht. »Ein ehrlicher Kerl, obwohl er schreiben kann, aber richtig saufen, dazu taugt er nicht.«

Bootsplanken knarrten, ächzten ganz dicht am Ohr, dann wieder weiter entfernt. Faul schmeckte das Wasser. Im Auf und Ab versuchte Tyrkir sich umzudrehen. Vergeblich. Ein Sack voller Fleisch lag auf seiner Brust. Nein, Fisch muss es sein. Wir sind mit Thorbjörn hinausgefahren. Aber wieso haben wir den Fang in einen Sack gesteckt?

Die Frage weckte ihn. Mit geschlossenen Lidern versuchte er Ordnung zu schaffen. Nur schnarchenden Männern gelingt dieses unentwegte Grunzen und Schnauben, dieses langgestoßene Zischen. Also kein Schiff, ich befinde mich in der Wohnhalle. Das Bier hat mich umgeworfen, zu früh wie einen Knaben, viel zu früh. Irgendwann muss auch das Fest über mir eingeschlafen sein!

Er betastete das Gewicht auf seiner Brust, fühlte Bart und Kinn. Tyrkir öffnete die Augen und blickte ins aufgerissene Maul des Waffenknechts. Mit jedem Ausatmen entströmte ihm ranzig säuerlicher Geruch. Erst den Wanst voll schütten bis zum Rand, dann Braten nachstopfen! Bei der Erinnerung würgte es Tyrkir.

Leicht hob er den Kopf des Schnarchenden an, rutschte darunter vor und legte ihn auf den gestampften Torfboden. Mithilfe des Hockers stützte er sich hoch.

Wie nach einer verlorenen Schlacht sah es in der Halle aus. Da und dort flackerten noch Tranlampen. Im bläulichen Rauch erkannte er reglose Gestalten. Kleinbauern und Fischer schliefen ausgestreckt oder zusammengerollt, dort wo der Rausch sie übermannt hatte, einige umklammerten noch den Krug. Die meisten der Gutsherren lagen über die Tischbretter gesunken, das Gesicht inmitten der Essensreste.

Tyrkir tappte entlang der Feuerstelle zu den Ehrenplätzen und fand Erik neben Thjodhilds Onkel, sie lehnten mit den Köpfen aneinander und schnarchten im gleichen Takt.

Wo waren die Frauen? Der hintere Bereich der Halle war leer, Schüsseln und Becher weggeräumt. Wie klug sie sind, er presste seine schmerzenden Schläfen, hätte ich doch nicht ..., wäre ich doch auch rechtzeitig ins Bett ... Er kehrte um und wollte zum Ausgang.

»Ein schöner Morgen!«

»Wer sagt das?« Beinah wäre er über die hagere Gestalt vor ihm gestolpert. Askel stützte sich halb auf, sein Blick war wach und ernst. »Unser Heiland hat nichts gegen das Trinken, aber solche Säufer sind ihm ein Gräuel.«

»Wen meinst du?«

»Jesus Christus.«

»Schon gut.« Mit fahrigen Handbewegungen ging Tyrkir weiter. Nicht auch der noch, dachte er, als er durch den Flur nach draußen stolperte.

Kalt war es, der Wind biss und trieb ihm Schneeflocken ins Gesicht. Tief atmete er ein, keuchte im selben Moment vor Schmerz, wie ein Eisdolch stach die Luft in seine Brust, traf tief in den Magen und er hustete, würgte und spuckte die Nacht aus. Großer Tyr, schlafen muss ich, nur schlafen. Mit Mühe erreichte er die Scheune. Heuduft empfing ihn und er ließ sich ins Weiche fallen.

Schnee fiel den ganzen Tag, bald bedeckte er das Grasdach des Wohnhauses, lag knöcheltief im Innenhof und es schneite weiter. Die Gäste kümmerte es nicht. Nach und nach war das Gelage wieder erwacht. Geschickt wusste Thorbjörn die Stimmung zu lenken. Er ließ Messerschlucker, Tollpatsche und Sänger im Wechsel auftreten. Für jeden Geschmack hatte er eine Unterhaltung bereit und dankbar priesen die reichen Grundbesitzer und einfachen Bauern wie auch die Damen ihren neuen Goden.

Erst gegen Abend kehrte Tyrkir zurück. Lärm schlug ihm entgegen. Die Tische im vorderen Bereich waren beiseite geschoben. Zwei Männer von ungleicher Statur maßen mit bloßem Oberkörper ihre Kräfte beim Ringkampf. Johlen und Rufe feuerten sie an.

Niemand hat mich vermisst, stellte Tyrkir grinsend fest. Selbst mein Trinkmeister nicht. Der Waffenknecht hatte einem anderen Opfer den Arm um die Schulter gelegt, mit ernster Miene setzten sie gleichzeitig die Krüge an und nach gurgelndem Schlucken überprüfte jeder, wie leer das Gefäß des Saufkumpans war.

Gern verzichtete Tyrkir auf seinen Holzklotz und setzte sich zu den Kleinbauern auf die Stufe. Jäh riss der Lärm ab. Gebannt folgte die Festgesellschaft dem Kampf. Gerade hatte der Muskelbepackte den Kopf des Kleineren in die Armzange genommen. Nur noch ein Ruck und er würde ihn zu Boden schleudern. Da hieb ihm der Gegner den Ellbogen in den Unterleib, traf gleichzeitig mit dem Knie die Kniekehle und befreite sich. Während der Große noch stöhnte, torkelte, nutzte der Kleine den Augenblick, aufbrüllend umklammerte er einen Fuß des Gegners und riss ihn nach hinten. Kein Halt mehr, mit der ganzen Körperfülle schlug der Muskelbepackte zu Boden. Unter Klatschen und begeisterten Zurufen wurde der Sieger zum Hochsitz geführt und erhielt von Thorbjörn ein mit Silberranken verziertes Trinkhorn.

»Meine Gäste!« Der Gode breitete die Arme aus, bis Ruhe einkehrte. »Genug der Wettspiele.« Er tippte verheißungsvoll an die Nase. »Riecht ihr, was draußen in der Küche zubereitet wird? Fisch, ja, feinstes weißes Fischfleisch, so viel ihr essen könnt. Denn in keinem Jahr zuvor ist mir ein ähnlich großer Fang gelungen. Allein hätte ich es nicht geschafft. Dort sitzt der Mann, der unermüdlich mit mir hinausgefahren ist. Erik der Rote, mein Freund!« Er klatschte ihm zu, bis alle seinem Beispiel folgten.

Etwas zwang Tyrkir, zu den Frauen hinüberzusehen. Kaum begegnete er Thjodhilds Blick, lächelte sie stolz. Wir denken das Gleiche, dachte er und nickte ihr zu. Ja, so soll es sein, unser Wikinger braucht Freunde, die sich offen zu ihm bekennen. Und wie er sich darüber freut. Das Blut stand dem Roten im Gesicht, als er sich von seinem Platz erhob und verlegen in die Runde grinste.

Thorbjörn unterstrich mit einer Pause sein freimütiges Bekenntnis, ehe er fortfuhr: »Und nach dem Braten gestern will ich heute den ganzen Fang mit euch teilen.«

Ein Hoch auf unsern Richter! Ein Hoch auf seine Großzügigkeit! Bescheiden lächelnd nahm er die Begeisterung hin. »Genug, Freunde, genug! Weiß ich doch, dass jeder von euch seine Gäste ebenso bewirtet. Bis die Schüsseln hereingebracht werden, dauert es noch eine Weile. Keine Kunststücke oder Wettkämpfe mehr, nein, lasst uns ruhiger die Vorfreude genießen. Lasst uns den Spielleuten und Sängern zuhören.«

Das zustimmende Gemurmel zeigte, wie gerne die Gesellschaft, müde vom Bier, bereit war, auszuatmen und sich unterhalten zu lassen.

»Fisch!« Der Ruf drang spitz durch die Halle. »Ja, Fische!«

Alle Köpfe wandten sich in dieselbe Richtung. Askel der Magere war aufgesprungen. »Was versteht ihr beide schon vom Fischfang?«

Ehe Thorbjörn ihn hindern konnte, zog er einen Klotz ans Langfeuer und stieg hinauf. »Hört meine Geschichte!«

Zu spät, der Richter ließ sich in den Hochsitz fallen. Während eines Gelages hatte jeder Mann das Recht, eine Geschichte zum Besten zu geben, und ihn nach der Ankündigung noch daran zu hindern, wäre ein Verstoß gegen die Gastfreundschaft. »Wir sind gespannt, Askel.«

»Brüder und Freunde!«, wandte sich der Magere an die Männer, er nickte den Frauen zu. »Ihr Schwestern. So hört!« Mit gestrecktem Finger wies er auf Thorbjörn. »Unser Gode rühmt sich, weil ihm ein großer Fischzug gelungen ist.« Er lächelte mitleidig. »Wie viele Morgen musste er hinausfahren? Eine Woche, nein, sicher mehr als einen Monat, und wie oft zappelten nur ein paar Fische in seinem Netz.«

»Das ist keine Geschichte!«, rief Erik empört. »Wenn du unsern Gastgeber vor den Frauen nur verspotten willst, halt besser dein Maul!«

Mit Handzeichen drängte Thorbjörn den Roten zu schweigen.

Askel hob die mageren Schultern. »Ich erzähle euch die Geschichte vom wundersamsten Fischzug, den es je gegeben hat. Unser Heiland Jesus …«

Raunen ging durch die Halle. Bärte wurden gekratzt, einige stützten den Kopf in die Hände, andere seufzten ergeben. Die Frauen tauschten mitleidige Blicke.

»Also, unser Herr Jesus kam am späten Vormittag an einen schönen See. Ziemlich heiß war es. Da standen die Fischer dort am Ufer und säuberten ihre Netze. Nichts hatten sie gefangen. Na ja. Unser Heiland lässt sich von einem Fischer etwas hinausrudern und predigt vom Boot aus den Männern am Strand etwas von dem großen Gott, seinem Vater.«

»Wie heißt der Gott?« Erik rieb die Knöchel aneinander. »Odin hat keinen Jesus als Sohn. Sag, wie der Gott heißt!«

Verwundert sah der Magere zur Ehrenbank. »Nur Gott, weil er der größte und einzige ist.«

»Was?!«

Schnell fasstc Thjodhilds Onkel nach dem Arm des Roten und flüsterte auf ihn ein.

»Was?« Nicht mehr so laut, dann hatte Erik begriffen. Mit geschlossenen Augen lehnte er sich zurück. »Ein Christ«, brummte er. »So was hätt ich hier nicht erwartet.«

»Nach der Predigt sagte Jesus zu den Fischern: Weil ihr mir

so ruhig zugehört habt, will ich euch belohnen. Fahrt jetzt sofort mit eurem Boot wieder auf den See und werft die Netze aus! Nur zu, ich verspreche euch einen großen Fang.« Askel verschränkte die Arme. »Ihr könnt euch die Gesichter der Männer vorstellen. Die ganze Nacht hatten sie nichts im Netz und jetzt sollten sie es ausgerechnet bei hellem Sonnenschein noch mal versuchen. Keine Widerrede, sagte unser Herr Jesus, glaubt mir einfach. Tja, was soll ich euch sagen? Zwei fuhren wirklich raus. Und kaum zogen sie die Netze durchs tiefe Wasser, da wurden sie schwer.«

Misstrauisch sahen einige den Mageren an.

»Sie griffen in die Maschen. Aber es waren so viele Fische, dass sie das Netz nicht alleine einholen konnten. Ein zweites Schiff kam zur Unterstützung. Ich sage euch, beide Boote waren so voll mit Fischen, dass sie kurz vor dem Ufer beinah gesunken wären.« Triumphierend blickte Askel in die Runde. »Das könnt ihr mir glauben, diese Geschichte ist wahr. Allein unser Heiland, der Sohn des einzigen Gottes, besitzt solche Wunderkräfte.«

Statt Applaus erntete der Magere nur betretenes Schweigen.

Seit dem Wort Christ hatte Tyrkir den Freund nicht mehr aus den Augen gelassen. Die Lippen bebten und als Erik aufsah, stand heller Zorn in seinem Blick. Mit der Faust hieb er auf die Tischplatte. Ehe er losbrüllen konnte, sprang Tyrkir auf. »Netze! Wisst ihr, wer das erste Netz geknüpft hat?«

Kurz entschlossen zog er Askel vom Holzklotz und stieg selbst hinauf. »Ich will euch diese Geschichte erzählen.«

»Wir sind gespannt!«, rief der Gode und mit flehendem Blick auf Erik bekräftigte er: »Wir freuen uns alle darauf, nicht wahr, mein Freund!«

Der Rote öffnete die Faust und stieß den Atem aus. »Schon recht, der Schlaukopf versteht was vom Erzählen.«

Langsam hob Tyrkir den Finger und wies zum Windauge hoch über dem Langfeuer. »Folgt mir dort hinaus und steigt mit mir höher bis nach Walhall. Im goldenen Saal sitzen die Götter zusammen. Nie waren sie so zornig wie heute; Thor hätte beinah sogar seinen Hammer zwischen den Fäusten verbogen, wenn Freyr ihn nicht daran gehindert hätte.«

Verblüffte Rufe unterbrachen ihn. Erik beugte sich vor: »Ist das wahr?«

»Wenn ich's sage. Der Zorn ist so groß, dass selbst in Odins einzigem Auge die Wuttränen stehen.«

»Warum, Schlaukopf?«

Tyrkirs Stimme verdunkelte sich. »Die Götter haben erfahren, dass Loki, dieser schwarzhaarige, heimtückische Lügner, Schuld am ewigen Tod des schönen Frühlingsgottes Baldur trägt.«

In der Stille setzte er neu an: »Aber jetzt ist das Maß voll. Die heilige Gemeinschaft schwört Rache. Loki soll für diese und alle anderen Untaten büßen. Entschlossen besteigt Odin seinen goldenen Hochsitz und wischt sich das Wasser aus dem Auge. Ihr wisst, von diesem Platz aus sieht er alles, was oben in Asgard und hier bei uns in Midgard geschieht. Wo hält sich Loki verborgen?« Mit der Hand bedeckte Tyrkir das rechte Auge, und während er sich auf dem Holzklotz drehte, spähte er einäugig durch die Halle.

»Da!« Sein Finger schnellte ins Knäuel der Kleinbauern neben dem Langfeuer. »Da ist er!« Sofort rückten die Erschreckten zur Seite, selbst Askel brachte sich in Sicherheit und eine Lücke klaffte auf der Stufe zum Seitenschiff.

»›Ich sehe eine Bergspitze‹, berichtet Odin den Göttern, ›dort hat sich der Unhold ein Haus mit vier Türen gebaut‹. Nach einer Weile hebt er die Augenbraue. ›Sehr schlau, oh, dieser Kerl ist sehr schlau.‹«

Die Zuhörer hingen an Tyrkirs Lippen. Als er zu lange wie Odin schweigend dem Verhassten zuschaute, forderte der Gastgeber: »Hab Erbarmen, vergiss uns nicht!«

»Bei Tag verwandelt sich Loki in einen Lachs und schwimmt

im großen Wasserfall nahe dem Meer«, berichtete Tyrkir. »Erst bei Dunkelheit kehrt er ins Haus zurück, sitzt am Feuer und überlegt, mit welcher List ihn wohl die Götter fangen könnten. Und weil das Nachdenken anstrengt, nimmt er einen Flachsfaden und knotet ihn zu Maschen.«

Tyrkir knüpfte ein unsichtbares Netz, dabei spann er die Geschichte weiter: Die Götter brachen von Walhall auf, fast hatten sie das Haus mit den vier Türen erreicht, als Loki die Gefahr bemerkte. In wilder Hast warf er das Geknüpfte übers Feuer, sprang hinaus, im Sturz verwandelte er sich wieder in einen Lachs und tauchte tief ins strudelnde Wasser. »Nichts. Die weisen Asen finden die Stube leer. Da bückt sich ein Gott, seinen Namen kennen nur wenige, er ist klein, schmächtig«, im Eifer des Erzählens deutete Tyrkir an sich herunter, »nun, stellt euch meine Statur vor, also, dieser Gott Kwasir bückt sich und zieht die verkohlten Maschen aus dem Feuer. Und weil er sehr klug ist, erkennt er schnell, wozu sie nütze sind.«

Einer der Zuhörer rief: »Na, mit einem Netz kann man Fische fangen!«

»Richtig«, lobte Tyrkir, »genau das erklärt Kwasir auch den großen Asen. Gemeinsam setzen sich die Götter hin und knüpfen ein neues Netz. Nein, nicht alle, Odin hat sich entschuldigt, weil sein Auge tränt, und Thor hat seine Hände gezeigt und behauptet, die Finger wären zu dick für solche Arbeit.«

Nachsichtiges Gelächter bei den Männern. Hallweig stieß Thjodhild an. »Das kennen wir doch. Faul sind die beiden, nichts sonst.«

Der Erzähler wiegte den Kopf. »Seid nicht so streng! Gut, von Odin will ich schweigen, aber Thor? Nein, der will sich nicht drücken. Oder?«

Wieder ging vergnügtes Lachen durch die Reihen. Hallweig spielte mit: »Thor packt nur zu, wenn er will.«

»Dafür aber richtig. Hört und seht selbst!«

Tyrkir führte seine Zuhörer an den Fluss. Das Netz wurde in den Wasserfall geworfen. Thor zog mit den anderen Göttern an den Leinen; indes Loki versteckte sich am Grund zwischen runden Kieseln und die Maschen glitten über ihn hinweg. Beim zweiten Versuch beschwerten Steine das Flechtwerk. Wieder rettete sich der Unhold, diesmal mit einem Sprung über die Randleine, und schwamm zurück in den Strudel des Wasserfalls.

»Obwohl er ein Lachs ist, hören die Götter sein höhnisches Lachen. Da gerät Thor in Wut. ›Werft das Netz aus! Diesmal entkommt er mir nicht!‹ Der rothaarige Gott selbst watet mitten im Flussbett hinter dem Netz her. Da schwimmt nun Loki. Soll er ins Meer? Soll er wieder zurück über die Randleine springen? Beide Möglichkeiten sind lebensgefährlich.« Tyrkir verwandelte für die Zuhörer seinen linken Arm in einen Lachs und ließ ihn unruhig hin und her wedeln.

»Da! Loki schnellt herum! Er wagt den Sprung! Doch Thor schnappt ihn sich aus der Luft. Wild zappelt der Lachs, sein glitschiger Leib entschlüpft beinah der mächtigen Faust; im letzten Moment packt Thor den Schwanz und drückt zu. Es gibt kein Entrinnen mehr.« Tyrkir hielt mit seiner Rechten das linke Handgelenk umklammert und zeigte es dem Publikum. »Weil Thor so fest zupacken musste, deshalb sind seit diesem Tag die Lachse am Schwanzstück so schmal.«

Einige der Frauen übten den Handgriff, sahen sich an und kicherten.

»Weiter. Was geschah mit Loki?«

Wie gebannt starrte Tykir auf die Lücke zwischen den Kleinbauern. »Keine Gnade. Die Götter bringen den wieder zurückverwandelten Unhold in eine Höhle und fesseln ihn mit Eisenbanden auf drei hoch gestellte Steine. Über ihm schmieden sie eine Giftschlange an die Decke. Bis ans Ende der Zeit soll das Gift aus ihrem Maul in sein Gesicht tropfen. So lautet das Urteil.«

Tyrkir hob langsam den Blick wieder zum Windauge. »Aber ihr kennt ja unsere Götter. Trotz allen Zorns erlauben sie Lokis Frau, die Strafe zu lindern. So steht sie also neben ihrem Gatten und fängt das Gift in einer Schüssel auf.« Leiser wurde die Stimme. »Wenn das Gefäß gefüllt ist, muss sie es ausleeren. Und nur in dieser Zeit fallen die giftigen Tropfen auf Lokis Gesicht. Dann aber windet er sich und zuckt so wild, dass die Erde erzittert.«

Jeder in der Halle hing seinen Gedanken nach. Tyrkir wartete, ehe er heftig die Hände zusammenschlug und mit den Füßen stampfte. »Erdbeben! Jetzt wisst ihr, warum es Erdbeben gibt!«

Der Bann war gebrochen. Mit Jubel bedankten sich die Zuhörer, rüttelten an den Tischen, dass Lampen und Bierkannen wie bei einem Erdstoß schwankten.

Erik sprang auf, winkte den Freund zu sich und umarmte ihn. »Ach, Schlaukopf!« Stolz führte er ihn den reichen Gutsherren vor. »Seht her, das ist mein Verwalter!«

Thorbjörn sah es schmunzelnd. »Werte Nachbarn und Verwandte! Ich denke, Lob allein ist zu wenig. Unser Geschichtenerzähler soll bis zum Ende des Festes näher zu uns rücken, auch wenn er nur ein Sklave ist.« Ohne das Einverständnis abzuwarten, wies er Tyrkir den Platz neben Erik und dem Schwiegervater auf der Ehrenbank zu.

Dampfender Fisch wurde von den Mägden aus der Küche hereingetragen und schnell verloren sich die Gespräche in genussvollem Schmatzen.

Bis auf Kopf und Schwanz hatte Erik seinen ersten Fisch verschlungen. Er stieß den Freund an und zeigte mit der Gräte zu Askel hinüber. »Weißt du«, brummte er. »So einen wie den ... Ach was, ich scher mich nicht drum.«

DER SCHNEEFELSGLETSCHER

Ich will zu ihm!« Thjodhild war mit Hallweig auf einem Spaziergang oberhalb des Warmquellhangs und zeigte zum Schneefelsgletscher.

»Du darfst ihn nicht bedrängen.« Die Freundin beschattete ihre Augen. Nebelmäntel hingen um den lang gestreckten Gipfelrücken. »Erst wenn er sich ganz ausgezogen hat, empfängt er Besucher.« Sie zwinkerte. »Darin ist er wie ein eitler Mann.«

»So einer ist mir noch nicht begegnet.« Thjodhild schmunzelte. »Nein, im Ernst, ich bin schon froh, dass wir den Gletscher endlich wieder sehen können.«

Vor Wochen war der Berg zum ersten Mal aus der langen Winternacht aufgetaucht, nur schemenhaft in den Wolken, nur für wenige Augenblicke. Dann, am Tag, an dem Erik mit Tyrkir, den Knechten und Mägden abgesegelt war, erstrahlten schon die beiden Höcker im Sonnenlicht, als hätte der Schneefels zum Lebewohl seine Kronen aufgesetzt.

Thjodhilds Gedanken eilten übers Gebirge zur Nordseite. Sicher hat Erik inzwischen unsere Insel erreicht. Wie der neue Hof aussehen würde, wusste sie. Während der langen Dunkelheit hatte Tyrkir nach Eriks Vorstellungen das Wohngebäude, die Ställe und Scheunen, ja sogar ein Frauenhaus gleich neben der Sauna aus Holzresten gefertigt, selbst die Dächer waren mit Grassoden bedeckt und im Hof gab es Hühner und Schafe. Eine kleine, friedvolle Welt auf einem Tisch. »Nur Spielzeug für Leif, sobald er gewachsen ist«, hatten die beiden versucht, ihr Kunstwerk abzutun, und konnten Stolz und Ungeduld kaum verbergen.

Leise sagte Thjodhild: »Jetzt ist die Zeit gekommen, Hallweig. Wenn es stimmt, dass vom Schneefels geheimnisvolle Kraft ausgeht, dann muss ich bald zu ihm hinauf. Wir benötigen das Glück!«

»Wer weiß schon, ob es stimmt, was die Leute erzählen? Besser, du verlässt dich auf deine Männer!«

»Die kommen an erster Stelle.« Thjodhild blickte wieder zum Gletscher. »Weißt du, so ein wenig Unterstützung von ihm würde mir schon genügen. Und ich fühle, nein, bin ganz sicher, dass er mir gutgesinnt ist.«

Hallweig fasste unter ihre linke Brust, als sie den Blick der Freundin bemerkte, lächelte sie: »Sorg dich nicht! Im Moment geht es mir gut. Ich dachte nur, vielleicht sollte ich dich begleiten. Wenn mir Kräuter und Zaubersprüche nicht helfen, vielleicht kann der Schneefels meine Not lindern?«

Ja, gemeinsam! Sofort war Thjodhild einverstanden. Sie könnten langsam gehen, und niemand hatte vorgeschrieben, wie hoch der Gletscher zu ersteigen sei, um in den Bann seiner Kraft zu gelangen. »Wann brechen wir auf?«

»Jetzt im April bessert sich das Wetter von Tag zu Tag.« Hallweig zwinkerte wieder. »Ich hab dir doch gesagt, wie eitel er ist. Geben wir ihm noch Zeit bis übermorgen, sich auf unsern Besuch vorzubereiten.«

»Vielleicht sollte Erik mich auch mal so erwarten …« Die Vorstellung gefiel Thjodhild immer mehr. »Verstehst du? Er liegt so da, frisch gewaschen …«

»Sei still!« Hallweig blickte sich um. Obwohl weit und breit kein Lauscher zu entdecken war, senkte sie ihre Stimme: »Nicht, dass uns jemand hört.«

»Na und? Was glaubst du, wie die Männer über uns reden?«

Gleich nach ihrer Ankunft auf der Ochseninsel hatten Erik und Tyrkir mit der Arbeit begonnen. Vier Tage gönnten sie sich selbst und dem Gesinde keine Pause. Nahe dem Bach wurden tiefe Gräben gezogen und mit Steinen aufgefüllt. »Kein Sturm soll unserem Wohnhaus etwas anhaben können«, hatte der Bauherr gestern beinah feierlich verkündet, als er die Grundrisse abschritt. »Erikshof! Hier werden wir alt, mein Freund. Und hier wird auch Leif mit seinen Söhnen alt werden.«

Heute beim ersten Tageslicht hatte Erik seine Mägde und Sklaven losgeschickt, sie sollten vom Strand alles Treibholz zur Baustelle auf der Wiesenterrasse schaffen, und war jetzt mit Tyrkir und vier Bootsknechten unterwegs durch die Riffe und Inseln. »Bin gespannt, wie unsere Pferde aussehen«, rief er dem Freund von der Pinne aus zu.

»Fette Bäuche werden sie haben!«

»Dann beiß ich dem Thorgest die Ohren ab.«

Ein frischer, heller Aprilmorgen spannte sich über das Gebirge der Halbinsel. Hier auf der Nordseite drückte der Wind zu scharf vom Fjord und das Reittier des Meeres näherte sich mit wenig Tuch nur langsam dem Ufer.

»Zuerst Bauholz und Hausrat, damit's weitergeht! Die Gäule holen wir später.«

»Bis dahin solltest du besser dem Bauern vom Breidahof die Ohren lassen.«

»Ja, ja, Schlaukopf!«, fuhr ihn Erik an. »Wenn ich dich höre, frag ich mich, wer von uns beiden der Sklave ist.«

»Ich weiß es.« Tyrkir verneigte sich schuldbewusst. »Mein Herr und Beschützer.«

Nur einen Moment gelang es beiden, ernst zu bleiben. Hoffnung erfüllte sie und kein Wort wurde auf die Waagschale gelegt. Der Winter war vorbei. Was so lange geplant, im Kleinen schon gebaut war, sollte endlich Wirklichkeit werden.

Das Schiff lief in die Bucht ein. Erik ankerte an derselben Stelle wie im vergangenen Sommer. »Spitzklipp«, brummte er vor sich hin, während sie ihren alten Lagerplatz zwischen den drei Steilhügeln überquerten. »Nicht zu glauben, wenn ich an unser Spitzklipp im Norden denke.«

»Die Götter haben für uns die Gegend getauscht. Ein gutes Omen!«

»Was?« Erik atmete tief. »Ja, du hast Recht, die Vorsehung meint es gut mit uns.«

Jenseits der Uferstraße folgten sie dem Weg durch die leicht ansteigenden Wiesen, noch zeigte sich kein Grün unter dem bräunlichen, von der Schneeschmelze abgeleckten Welkgras.

Ein Holzgatter versperrte den Zutritt zum weit umzäunten Gelände. Tyrkir rief, wartete, rief lauter, doch kein Knecht, keine Magd kam, um die Besucher zu begrüßen. Nichts rührte sich, weder bei den vier Lagerhallen noch auf dem Vorplatz, lediglich die Rauchsäule über dem Haupthaus zeigte, dass Breidahof bewohnt war. »Begreifst du das?«

Erik wandte sich um. Die Sicht war frei bis hinunter zur Uferstraße. »Hier kommt keiner rauf, den man nicht schon lange vorher entdeckt hat.«

Unbehagen. Tyrkir spürte es bis in den Nacken steigen und sah Erik an.

Auch die Miene des Freundes hatte sich verändert. »Vielleicht der Fleckentod? Über Winter kommt er gern und holt alle weg.«

In diesem Moment schwang die Tür des Wohnhauses auf. Wütendes Gebell zerriss die Stille! Drei große struppige Hunde stürzten ins Freie, bellten und hetzten über den Vorplatz. Schon waren sie am schulterhohen Gatter, sprangen gegen die Bretter,

Zähnefletschen, Knurren und wieder Bellen. Ein scharfer Pfiff rief sie zurück.

»Was wollt ihr?« Auf halbem Weg war Thorgest stehen geblieben und verschränkte die Arme.

»Was wir wollen?« Erik schlug sich mit der flachen Hand gegen die Stirn. »Sag bloß, du kennst mich nicht mehr?«

Wie einen Fremden lauerte der Bauer ihn an, kam Schritt für Schritt näher, erst kurz vor dem Gatter entblößte er die untere Zahnreihe und stieß ein kehliges Lachen aus. »Der Rote. Jetzt weiß ich's wieder. Sieh an, der Rote!«

»Ich bin dein neuer Nachbar. Hast du das vergessen?«

Thorgest ging nicht darauf ein, aus dem Lachen geriet er in Husten, keuchte ausgiebig, sammelte den Schleim auf der Zunge, ehe er ihn gegen das Gatter spuckte.

Verblüfft drohte ihm Erik mit der Faust. »He, was soll das?«

»War nicht so gemeint.« Das Grinsen erstarrte. »Hab inzwischen viel von dir gehört. Mein Vetter aus dem Habichtstal war hier.«

Tyrkir hielt den Atem an. Welches Spiel spielte dieser Kerl? Aus den Augenwinkeln sah er, wie Erik die Faust öffnete und sich durchs Haar fuhr. »Ist mir gleich. Ich hab mich ans Urteil gehalten, damit soll's gut sein. Wenn du uns das Gastrecht auf deinem Hof verweigerst, ist es auch gut. Kein Streit deswegen. Gib mir meinen Hausrat und die Pferde. Dafür habe ich bezahlt.«

Thorgest kauerte sich zu den Hunden und kraulte ihnen das Nackenfell. »Sind wir damit einverstanden? Der Fremde meint, er hat bezahlt, wir meinen aber, das war zu wenig.«

»Wag es nicht!« Nur ein kurzes Abfedern und Erik saß auf dem Gatter. »Her mit meinen Sachen!«

Die Hunde sprangen vor, schnappten nach dem Eindringling, gerade noch rechtzeitig konnte er sich zurückziehen.

Thorgest weidete sich eine Weile an ihrer rohen Kraft, schließlich brachte sie ein einziger Pfiff zum Schweigen. »Merk es dir gut, auf meine Lieblinge ist Verlass!«, warnte er den Roten. »Kommen wir zum Geschäft. Weil ich dich aber inzwischen kenne, will ich dir vorher etwas zeigen.« Damit hob er den Arm.

Rechts und links des Haupthauses tauchten seine beiden Söhne auf und aus dem Schatten der Scheunen traten Knechte. Tyrkir zählte acht Männer, die mit Pfeil und Bogen bewaffnet langsam näher kamen. Oberhalb des Weges zum Gatter suchte sich jeder ein sicheres Schussfeld und spannte die Sehne.

»So, nun bringen wir in Frieden den Handel zu Ende.« Mit der Zunge nässte Thorgest die Unterlippe. »Du bekommst deine Gäule. Den Rest behalte ich.«

Wie nach einem Hieb wich Erik einige Schritte zurück, wollte brüllen, es gelang nicht, schließlich kam er doch zu Atem: »Betrüger! Ich werde dir den Arsch aufreißen, du Hundsfott!« Schon hatte er die Streitaxt in der Faust.

Ein Pfeil schlug in den oberen Holm des Gatters. »Das war eine Warnung!« Thorgest lachte. »Mein Odd ist ein guter Schütze. Sieh dich also vor!«

Schnell trat Tyrkir zum Freund und raunte: »Steck die Waffe weg, bitte! Der Kerl will dich nur reizen. Gegen die Übermacht sind wir wehrlos.«

Lippen und bärtiges Kinn bebten. Mühsam presste Erik heraus: »Red du mit ihm!«

Ruhe, Ruhe und Zeit zum Nachdenken, nur das wollte Tyrkir erreichen. »Gib uns die Pferde zurück! Über Bauholz und Werkzeug sprechen wir dann.«

»Sehr vernünftig. Warum nicht gleich so?« Thorgest gab wieder ein Handzeichen. Aus dem lang gestreckten Stall trieben Knechte mit Rufen und Pfiffen die Herde ins Freie. Kein übermütiges Wiehern und Hufeschlagen, kein Hengst nutzte die Gelegenheit, um in die Weiden auszubrechen. Lustlos trabten die zehn Pferde über den Vorplatz, den Weg hinunter.

In seinem Rücken hörte Tyrkir das scharfe Zischen, mit dem Erik den Atem ausstieß. »Beim Thor, das ist nur noch Schlachtvieh.« Die Mähnen verklebt, fleischige Fesseln und dick gemästete Bäuche, zum gemächlichen Reiten waren die Gäule vielleicht brauchbar, kein Hengst aber taugte mehr, um auf seinem Rücken einen Kampf zu bestehen. »Frag ihn, warum?«

Ehe Tyrkir zu Wort kam, befahl Thorgest: »Geht weiter zurück! Noch weiter!«

Erst als er vor einem schnellen Angriff sicher war, öffnete er, bewacht von seinen Hunden, das Gatter, ließ die Herde hinaus und schob den Sperrholm wieder vor. »Na, gefällt euch mein Geschenk? Hat mich viel Futter gekostet, bis die Gäule so weit waren. Und jetzt verschwindet! Ich bin fertig mit euch!«

»Du darfst unser Eigentum nicht einfach behalten!«, schrie Tyrkir und rang um Fassung. »Das ist gegen Recht und Gesetz!«

»Dein Herr ist ein Totschläger! Kein Gesetz gilt mehr für ihn.« Thorgest spuckte gegen das Gatter. »Er soll zufrieden sein, dass ich ihm seine Pferde gegeben habe.«

Großer Tyr, flehte der Deutsche, lass mich die richtigen Worte finden. »Mein Herr musste für drei Jahre das Habichtstal verlassen. So lautete das Urteil. Hier gilt der Spruch des Goden nicht. Hier hat Erik die gleichen Rechte wie du.«

»Niemals!«, brüllte Thorgest außer sich. »Mein Vetter! Mein Vetter ist der Bruder von Hravn Holmgang! Dieser rote Bastard hat einen Verwandten von mir ermordet! Gesetz! Recht! Wenn ich könnte, würde ich ihm den Kopf in Stücke hauen.«

Tyrkir spürte eine Hand auf der Schulter. »Lass gut sein, Schlaukopf!« Verblüfft wandte er den Kopf. »Aufgeben? Du willst …?«

»Komm, wir gehen!« Die Stimme klang sonderbar ruhig. »Für den Kerl bin ich ein Mörder.«

Niemals, nicht, ehe alles versucht war. Tyrkir trat dichter ans Gatter. »Willst du mehr Silber? Sag, wie viel?«

Thorgest schwieg.

»Wir brauchen das Bauholz und unser Werkzeug.«

Schweigen.

»Gib uns wenigstens die beiden Hochsitzbalken. Für dich sind sie wertlos, trotzdem zahlen wir dir einen guten Preis. Ohne sie fehlt das Glück im neuen Haus.«

Thorgest rieb die Knöchel seiner Fäuste aneinander. »Nichts, nichts rück ich raus. Den Totschläger will ich nicht zum Nachbarn. Weg muss er aus unserer Gegend.« Hass und Triumph hoben seine Stimme: »Und die Hochsitzpfosten? Oh, ich kann sie gut gebrauchen. Zerhacken werd ich sie, ins Feuer werfen und mir dann eine Suppe kochen.«

»Das wagst du nicht!« Tyrkir versuchte zu drohen: »Unsere Balken sind das Heiligtum der Familie. Wenn du sie auch nur beschädigst, werden dich die Götter dafür strafen.«

Hart fasste ihn Erik am Arm. »Komm jetzt! Es hat keinen Zweck.« Trotz heftiger Gegenwehr zog er Tyrkir vom Gatter weg und befahl seinen drei Knechten, ihnen mit den Pferden zu folgen.

»Verschwindet! Wehe, ihr lasst euch hier noch mal blicken! Absaufen soll euer Schiff! Mörder! Verfluchte Mörder!« Immer neue Verwünschungen gellten hinter ihnen her.

Stumm kämpfte Tyrkir gegen die Tränen. Als sie außer Rufweite waren, riss er sich los. »Vielleicht hätte ich es geschafft. Aber du? Du gibst einfach auf. Was willst du Thjodhild sagen? Sag es mir!«

»Halt's Maul, Sklave!« Erik holte zum Schlag aus.

»Nur zu! Worauf wartest du?«

Sofort war der Augenblick vorüber, die mächtigen Schultern sanken. »Du weißt es genau. Feige bin ich nicht.«

Tyrkir konnte ihn nicht um Verzeihung bitten, er sah an Erik vorbei zu den Inseln im Fjord hinüber. »Und jetzt? Womit sollen wir unser Haus bauen?«

Da wirbelte ihn der Rote herum und zog ihn näher. Fast berührten sich ihre Gesichter. »Niemand stiehlt Erik Thorwaldsson die Hochsitzbalken.« Im Bernstein der Augen stand wieder das gefährliche Glühen. »Bei meiner Ehre, ich hole mir, was mir gehört!«

Langsam löste sich der Knoten. Wie konnte ich nur an meinem Wikinger zweifeln? »Ich bin ein verdammter Narr. Du planst einen Angriff. Deshalb. Und wir müssen erst unsere Leute holen.« Keine Furcht befiel Tyrkir wie im vergangenen Jahr, als Erik den Mördern seiner Knechte Rache schwor. Im Gegenteil, heute wollte er selbst Genugtuung. Die erlittene Schmach, die Ungerechtigkeit mussten gesühnt werden. »Doch einfach wird es nicht. Breidahof ist gut zu verteidigen.«

»Ich will mein Eigentum, keinen Krieg. Wie wir das schaffen, lass meine Sorge sein! Davon versteh ich mehr als du.« Erik spannte die Lippen und wandte sich um. Lange stand er da und betrachtete das freie Hügelgelände bis hinauf zu den Gebäuden vom Breidahof. Dem Heuschober, nur einen Pfeilschuss westlich des Zauns, galt seine größte Aufmerksamkeit. Schließlich murmelte er: »Nicht morgen, aber in zwei Tagen hab ich meine Hochsitzbalken wieder.«

Bei Dunkelheit waren Hallweig und Thjodhild aufgestanden. Weder der leise Spott des Hausherrn noch die besorgten Warnungen der Mägde hatten sie von ihrem Plan abhalten können. Heute wollten sie den Gletscher besuchen.

Noch saßen sie mit entblößtem Oberkörper nebeneinander am Herdfeuer und stillten ihre Kinder. Während des Tages sollte ihnen als Ersatz süßer Milchbrei gefüttert werden.

Thorbjörn kam nur mit einem Hemd bekleidet aus der Schlafkammer, gähnte ausgiebig, dann betrachtete er die Kleinen, wie sie gierig an den Brüsten saugten. »Und ich? Ihr geht aus dem Haus und ich soll verhungern?«

Hallweig deutete auf ihren freien Busenplatz neben Gudrid. »Bitte! Ich hab genug. Bediene dich!« Als er das Gesicht verzog, lachte sie. »Ach, du möchtest eine andere Nahrung. Für Suppe, Brot und Käse ist gesorgt, dazu benötigst du mich nicht.« Mit einem betont tiefen Seufzer sagte sie zu Thjodhild: »Männer. Da fahren sie mit dem Schiff hinaus, bleiben oft Monate weg und wir sagen kein Wort. Aber wenn wir nur für ein paar Stunden allein aus dem Haus wollen, da raufen sie sich die Haare und fürchten eine Hungersnot.«

Thjodhild tätschelte ihrem satt getrunkenen Leif den Rücken. »Daran siehst du, wer in Wahrheit das Oberhaupt der Familie ist.«

Eine schnelle Antwort fiel Thorbjörn nicht ein. »Ihr habt euch gegen mich verschworen.« Mit einem Mal geschäftig, schritt er durch die Halle. Kurz bevor er den Ausgang erreicht hatte, rief er über die Schulter: »Ich bin nicht nur der Herr am Warmquellhang. Vergesst das nicht. Ich bin auch der Gode dieser Gegend.«

Ohne ihn weiter zu beachten, betteten die Frauen ihre Kinder wieder in die geflochtenen Wiegen und begannen sich für die Wanderung anzukleiden. Zuerst das wollene, lange Unterhemd. Hallweig nahm zwei Hosen und reichte eine der Freundin.

»Meinst du wirklich?« Thjodhild zögerte.

»Was die Männer warm hält, ist auch gut für uns.« Kurz entschlossen stieg Hallweig hinein, ein Gürtel gab Halt über der Hüfte und Bänder befestigten die weiten Röhren unter dem Knie. »Wenn wir das Kleid drüberziehen, fällt es kaum auf.«

Tjodhielt nestelte noch am Gürtel, als der Hausherr zurückkehrte. »Das Wetter … Halt, das sind Hosen! Ihr könnt nicht …«

»Doch, wir können.« Gelassen griff Hallweig nach den Lederstiefeln. »Ich habe die Hosen für dich genäht. Heute ist eine gute Gelegenheit, sie selbst auszuprobieren.«

»Zwei Frauen sind einfach zu viel für mich.« Der Richter gab sich lachend geschlagen. »Draußen ist es kalt«, berichtete er.

»Aber der klare Sternenhimmel verspricht einen schönen Tag.« Unaufgefordert brachte er zwei Paar Schneeschuhe. »Zur Sicherheit. Wer weiß, wie es da oben aussieht.«

Hallweig und Thjodhild lehnten ab. Sie wollten nur so weit hinaufsteigen, wie es ihre Stiefel zuließen.

Im Schutz der Dunkelheit wateten Erik und Tyrkir mit den acht Knechten an Land. Kein Lärm, kein unnötiges Wort. Die Gesichter waren rußgeschwärzt, neben Äxten und Dolchen führten die Männer anstatt der Speere auch Bogen und Pfeilköcher mit sich. Überdies trugen drei von ihnen prall gefüllte Säcke auf den Schultern.

Katla und die beiden anderen Mägde waren in der Bucht auf dem Knorr zurückgeblieben. Ihr Auftrag lautete: Warten! Ganz gleich, wie lange es dauerte, und gleichgültig, was geschah. Warten auf die Rückkehr! Und das Schiff musste jederzeit ablegen können.

Unterhalb der Uferstraße stieß Erik dem Freund leicht gegen das Kettenhemd. »Denk dran, die Sonne muss erst das Welkgras trocknen. Wenn sich die Halme im Wind bewegen, ist es richtig. Und gib auf den Gluttopf Acht.«

»Keine Sorge!« Tyrkir versuchte, seine Anspannung zu überspielen. »Sieh zu, dass du die Hochsitzbalken aus der Lagerhalle holst, das wird schwierig genug!«

Für einen Augenblick blitzten die Zahnreihen in Eriks schwarzem Gesicht. »Schon recht, Schlaukopf. Bin froh, wenn wir uns später hier wieder treffen.« Lautlos entfernte er sich mit fünf seiner Sklaven in östlicher Richtung.

Tyrkir sah der Gruppe nach, bis die Dunkelheit sie verschluckte. Möge Thor dir beistehen!, bat er stumm, und du, großer Tyr, hab ein Auge auf mich und meine Männer! Bei ihm waren die drei mit Säcken beladenen Knechte zurückgeblieben. »Folgt mir!«

Obwohl vom Licht der Sterne keine Gefahr drohte, liefen sie im Schutz der Böschung eine halbe Wegstunde nach Westen. Erst als die Landschaft nicht mehr so flach anstieg, überquerten sie die Uferstraße. »Achtet auf eure Füße …« Tyrkir stolperte selbst, im letzten Moment fing er sich, doch der Feuertopf an der Kette schlug hin und her und verlor den Deckel. Wie ein Signal leuchtete die Glut. Hastig setzte er den Tiegel ab, tastete herum und verbrannte sich die Hand, als er den Eisentopf wieder verschloss.

Kein Pfad führte durch die hügeligen Wiesen. Nicht genug, der Boden war übersät mit kleinen Buckeln, bei Tag unter dem langen welken Gras schon kaum zu erkennen, umso mehr aber erschwerten sie jetzt jeden Tritt. Nur langsam kam die Gruppe voran.

Immer wieder blickte Tyrkir besorgt zum Himmel. Die Sterne verblassten. Weit im Osten zeigten sich erste graue Streifen. »Schneller!«, sagte er leise und wusste gleich, wie sinnlos der Befehl war. Hinter ihm keuchten die Knechte unter der Last und wurden überdies von den buckeligen Fußfallen behindert.

Als weit links von ihnen die Gebäude des Breidahofes in schwarzen Umrissen zu erkennen waren, ließ Tyrkir anhalten. »Ruht euch aus!« Er stellte den Gluttiegel ab und huschte den nächsten Hügel hinauf.

Nur einen knappen Pfeilschuss von ihm entfernt, auf halber Strecke zum Hof, sah er den Heuschober in der Weide. Etwas zu spät, aber die richtige Höhe war erreicht. Mein Verdienst ist es nicht, dachte er, die Götter sind mit uns. Sofort zog er sich wieder zurück. Ehe es noch heller wurde, musste das Ziel vorbereitet werden.

»Ihr beiden kommt mit mir!« Dem dritten Knecht schärfte er ein: »Du bewachst die Glut und falls wir überrascht werden, hältst du mit dem Bogen unsere Verfolger auf!« Einen Sack ließen sie zurück und schlichen gebückt um den Hügel in die offene Weide hinaus.

»Verdammt«, stöhnte einer der Knechte. »Das schaffen wir nie.«

»Sei still.« Auch Tyrkir fühlte sich wie nackt auf einem Fleischbrett, die Strecke war weit, wurde mit jedem Schritt weiter. Wenn jemand drüben vom Hof schon wach war und zufällig in diese Richtung blickte? Ganz gleich, sie mussten zum Schuppen, sonst war der Plan gescheitert. Zwei Schafe sprangen auf, flohen blökend vor den Störenfrieden. Lauter schlug das Herz, der Atem flog.

Endlich. Unentdeckt gelangten sie in den Sichtschatten des Heuschobers und konnten sich freier bewegen. Sie öffneten die Säcke, griffen in die Holzspäne und zogen Eisenstangen und Spaten heraus.

Stumm arbeiteten sie an der Rückwand. Die Torfmauer war nicht dick, die inneren Holzstreben verursachten kaum Lärm, als sie brachen. Schließlich war das Loch groß genug. Zu dritt zogen sie Heu nach draußen, verteilten es, sorgten dafür, dass auch genügend im Durchbruch lag, dann mengten sie die Holzspäne dazu. »Weg hier!«, flüsterte Tyrkir. »Vergesst das Werkzeug nicht.« Geduckt liefen die beiden Knechte los. Noch ein letzter prüfender Blick und er folgte ihnen. Hinter seinem Rücken färbte Morgenrot den östlichen Horizont.

Thjodhild ging langsam und war doch zu schnell für die Freundin. Auf einer Anhöhe neben dem Bachlauf wartete sie. Hallweig stieg schwer atmend zu ihr hinauf. »Ein altes Weib bin ich geworden.«

»Nur wenn du solch dummes Zeug redest. Wir haben Zeit. Ganz gleich, wie unberechenbar der Schneefels auch sein mag, davonlaufen kann er uns nicht.«

Thjodhild zeigte zu den glühenden Bergspitzen im Osten. »Wir sollten hier rasten und auf die Sonne warten. In der Wärme geht es sich leichter.«

Dankbar setzte sich Hallweig auf einen Stein. »Wie fühlst du dich in den Hosen?«

»Hätte nicht gedacht, wie angenehm sie sind. Es zieht nicht von unten kalt herauf.«

»Wenn wir zurück sind, werde ich für uns eigene Hosen nähen«, beschloss Hallweig. Zwei, die besser passten und unauffälliger unter dem Kleid zu tragen waren.

Thjodhild blickte dem sprudelnden Bachlauf nach ins Tal. Schneefelder, dort wo sich schwarze Felsen türmten und die Aprilsonne sie noch nicht erreicht hatte, fahlbraune Weiden waren in der Überzahl und unten in der Ebene lagen die Gutshöfe wie hingestreut bis zum Meer, weiß stiegen die Rauchsäulen aus den Dächern in den durchsichtigen Morgen. »So friedlich ist es.«

»Ja, gut haben wir es heute. Keiner fragt: Wo ist Salz? Soll ich Holz nachlegen, Herrin? Muss ich melken? Einen Tag lang ohne Mägde und Arbeit.« Hallweig umfasste ihre Knie. »Und kein Kindergeschrei. Auch das genieße ich.«

Sie hat Recht, überlegte Thjodhild und war verwundert, dass beim Gedanken an Leif sich doch ein leises Schuldgefühl meldete. »Sie sind noch so klein und brauchen uns.«

»Wir sorgen genug für …« Die Freundin brach ab, lebhaft sah sie auf. »Es wäre doch schön, wenn sich unsere Familien verbinden würden?«

»Du meinst, Leif und Gudrid?«

»Ja. Sie sollten später heiraten.«

Allein die Vorstellung begeisterte Thjodhild. Sie hockte sich eng neben Hallweig auf den Stein und beide schmiedeten an der Zukunft ihrer Kinder. Rechtzeitig müsste genügend Land für das Paar ausgesucht werden. Nein, nicht drüben auf der Insel im Breidafjord, hier auf der Südseite sollten sie leben. Vielleicht könnte vorher schon der Hof errichtet werden.

Mit einem Mal hielt Hallweig inne. »Das einzige Problem

wird sein, wie bringen wir es Erik und Thorbjörn bei? Kommt der Vorschlag von uns, dann lehnen sie ab.«

»Keine Angst! Wir sind insgeheim die Oberhäupter der Familie, vergiss das nicht! Ohne dass unsere Männer es merken, werden wir sie nach und nach darauf vorbereiten. Und wenn es so weit ist, dann werden sie sich alleine hinsetzen, die Stirn runzeln, die Haare raufen und uns nachher den gewichtigen Entschluss mitteilen.«

Hallweig lehnte seufzend den Kopf an die Schulter der Freundin. »Seit du hier bist, fühle ich mich frei und stark wie noch nie.«

So blieben sie, dachten an die Heirat ihrer Kinder, bis sich der Sonnenball über die Bergkanten hob und das Tal mit Licht überflutete.

Gegen Mittag entschied Tyrkir loszuschlagen. Das Welkgras war getrocknet, der Wind kam von Westen, hatte sogar noch etwas aufgefrischt und begünstigte das Vorhaben. Im Schutz des Hügels ließ der Verwalter die Bogen spannen und überprüfte sorgfältig jede einzelne Sehne. »Auf den ersten Schuss kommt es an. Der zweite kann uns schon verraten. Viel Zeit habt ihr nicht. Trotzdem, zielt ruhig und schießt erst, wenn ich den Befehl gebe!«

Die Pfeile waren an der Spitze mit fettgetränkten Stofflappen umwickelt. Tyrkir streute Holzspäne in den Gluttopf, als kleine Flammen aufstiegen, entzündeten die Männer ihre Geschosse. Letzte Blicke wurden getauscht, sie waren bereit und stiegen den Hügel hinauf.

Nebeneinander traten die vier aus der Deckung, zogen die gefiederten Schäfte bis an die Lippen. Ein Atemzug blieb nur, um die Entfernung abzuschätzen. »Jetzt!«

Die lodernden Pfeile zischten von der Sehne, vier Fackeln stiegen auf; noch ehe sie ihre Flugbögen beendet hatten, warfen sich die Schützen flach hin. Tyrkir starrte nach vorn. Zu kurz.

Zwei Pfeile entdeckte er gut eine Pferdelänge vor der Scheune, Rauch stieg auf, der dritte hatte das außen verteilte Heu beinah erreicht, er brannte noch. Wo war der letzte Pfeil? Hatte er durch das Wandloch ins Innere des Schobers getroffen? Oder war er verloschen und lag irgendwo?

Um abzuwarten, stand zu viel auf dem Spiel. Weiter drüben bei den Hofgebäuden schien bis jetzt niemand Verdacht geschöpft zu haben.

»Wir müssen noch mal schießen!« Hastig zog sich die Gruppe zurück; neue Pfeile; so lange dauerte es, bis die Stoffwickel brannten; und wieder stiegen die Männer den Hügel hinauf. »Wartet!« Tyrkir kroch allein auf die Kuppe.

Feuer! Sein Herz jubelte. Das Welkgras hatte sich entzündet, der Wind trieb den Brand auf die Scheune zu. Feuer! Aus dem Loch in der Rückwand schlugen Flammen. »Wir haben es doch geschafft«, verständigte er seine Leute und ließ sie aus halber Höhe die brennenden Pfeile blind über den Hügel in Richtung Ziel schießen.

Von seinem Platz aus beobachtete Tyrkir mit angehaltenem Atem, wie die Lohe in der Scheune waberte, wütete, dumpfes Brausen setzte ein, dann platzte das Dach, Grassoden und Steine wirbelten hoch und eine Feuersäule stach in den Himmel.

Rufe schallten vom Breidahof herüber. Leute liefen hin und her. Aus den Ställen stürzten Mägde und Knechte mit Holzeimern und Bottichen. Hunde bellten. Jetzt waren auch Thorgest und seine Söhne vor dem Wohnhaus auszumachen. Das Geschrei nahm zu, lauter noch waren die Befehle. Der Futtervorrat brannte!

Nur zu gut konnte sich Tyrkir den Schreck und das Entsetzen vorstellen. Sie mussten versuchen, etwas vom Heu zu retten, mussten die Flammen löschen. Das Weidengatter wurde aufgestoßen und in wilder Hast stürmten alle Hofleute zum Bach in der Wiese, schöpften Wasser und rannten weiter auf die Brandstelle zu, vornweg der Bauer mit Odd und Toke, die drei Hunde blieben dicht hinter ihnen.

Tyrkir achtete nicht länger auf das, was vor ihm in der Weide geschah. Er heftete den Blick auf die vorletzte der Lagerhallen, nichts rührte sich dort. Er suchte das Hofgelände ab. Von Osten her müsste Erik jetzt eindringen, doch nichts, nichts war vom Freund und seinen Knechten zu sehen. Großer Tyr, so hilf doch! Immer wieder schlug Tyrkir mit der Faust ins Gras. Dieser verdammte Wikinger! Jäh hielt er inne.

Das Tor der vorletzten Scheune schwang auf. Sein Flehen war bis hinauf nach Walhall gedrungen. Erik verließ den Lagerraum. Warum habe ich dich nicht vorher gesehen? Ganz gleich. Dicht hinter ihm folgten seine Männer. Je zwei von ihnen trugen einen Balken auf der Schulter. Der fünfte Knecht drückte das Tor wieder an und übernahm die Rückendeckung.

Ohne weitere Vorsicht bewegte sich die Gruppe im Laufschritt auf den Brunnenplatz zu.

Tyrkir sah in die Weide, dort kämpften die Leute vom Breidahof mit den Flammen, er sah wieder nach drüben, dort hatte Erik inzwischen das Hauptgatter geöffnet. Der Weg hinunter durch die Wiesen war lang, bis zur Uferstraße gab es keinen Schutz. Nur ein einziger Blick in diese Richtung und die Fliehenden wären entdeckt. Schneller! Tyrkir musste sich zwingen, nicht lauthals den Freund anzuspornen. Schneller? Wie sinnlos! Von der wertvollen Last behindert, konnte die Gruppe das Tempo nicht beschleunigen.

»Vater!« Toke hatte sich umgewandt und streckte die Hand zum Weg hinüber. »Vater!«

Sofort war der Bauer neben ihm, auch Odd ließ den Wassereimer fallen. Sie brüllten und fluchten. Von seinem Platz aus verstand Tyrkir »Überfall!« und immer wieder das eine Wort: »Diebe!«

Dann gab der Alte Befehle. Seine Söhne stürzten, begleitet

von vier Knechten, davon, sprangen über den Bach und rannten auf den Hof zu.

Es konnte nicht mehr lange dauern, bis die Verfolgung begann. Tyrkir verließ den Hügel. »Bewegt euch!« Gluttopf, Sack und Werkzeug sollten zurückbleiben. Er musste versuchen, Erik so schnell wie möglich zu erreichen.

Rechtzeitig schaffte er es sicher nicht, aber falls unten bei Spitzklipp oder am Strand ein Kampf entbrannte, vielleicht gelang es ihm mit seinen drei Männern, dem Freund zu helfen.

Der Schnee blendete. Heiß war es. Die Lider fast geschlossen stapfte Thjodhild in kleinen Schritten voran und Hallweig folgte ihren Spuren. Seit einer Stunde hatten die Frauen nicht gesprochen. Jede kämpfte mit der ungewohnten Anstrengung und Schweiß sickerte vom Hals in den Umhangkragen, das Unterzeug klebte auf der Haut. Warum quälen wir uns so?, fragte sich Thjodhild. Wenn es wahr ist, was man vom Schneefels erzählt, dann hat er uns längst bemerkt. Das muss ihm genügen. Entschlossen blieb sie stehen und wandte sich um: »Sollen wir noch weiter hinauf?«

Hallweig trat in ihren Schatten. »Ich dachte schon, du hättest mich vergessen. Ja, kehren wir um und lassen dem Gletscher seine Ruhe!« Kaum hatte sie ausgesprochen, verlor ihr rundliches Gesicht alle Farbe. »Da! O Freya, steh uns bei!« Sie starrte über die Schulter der Freundin den Schneehang hinauf. »Da! Sieh doch!«

Thjodhild riss den Kopf herum. Eine Wolke sank von der Höhe des Gletschers auf sie zu. Der Himmel darüber blieb blau, rechts und links von ihr strahlte weiter der Tag im Sonnenlicht. Nein, keine Wolke, es war ein riesiger, rund geballter grauer Nebel; aus seinem Innern fingerten schwarze Fäden, die außerhalb zu wabernden Schlingarmen wurden. »Der Schneefels …«, stammelte sie. »Sein Geist. Die Leute haben nicht gelogen.«

Lautlos näherte sich das Gebilde. Thjodhild dachte an Flucht, weglaufen, verstecken. Sofort wucherte der Nebel und füllte die Breite des Schneehangs aus. Zu spät, obwohl er sie noch nicht erreicht hatte, waren sie ihm ausgeliefert. Hallweig zitterte, griff sich stöhnend ans Herz, ihre Lippen färbten sich blau.

»Bleib ruhig!« Thjodhild stützte sie. »Ganz ruhig. Komm, wir setzen uns!« In ihrem Arm erschlaffte die Freundin. Mit Mühe hielt Thjodhild sie fest, ließ sich langsam rückwärts in den Schnee niedersinken und bettete den Kopf auf ihrem Schoß. »Gleich geht es dir besser.«

»Was … was ist?«, hauchte Hallweig mit geschlossenen Augen. Sie tastete nach der Hand an ihrer Wange und hielt sie fest. »Der Gletscher straft uns.«

»Nein, hab keine Angst! Ich bin bei dir.« Thjodhild sah hoch. Sie konnte nicht schreien. Direkt über ihnen wogte der Nebel, zog sich zusammen, dehnte sich aus wie ein graues schlagendes Herz, seine schwarzen Schlingarme pendelten um die beiden Frauen und setzten im Schnee auf, jetzt sank der Leib auf sie herab. Schützend beugte sich Thjodhild über Hallweig. Der Dunst hüllte sie ein. Keine Schwere empfand Thjodhild, nur Stille, schmerzhafte Stille.

Ehe Tyrkir unterhalb der Uferstraße die drei hochragenden Buckelberge erreicht hatte, hörte er bereits das Schlagen von Eisen gegen Eisen, das Brüllen der Kämpfer. Schneller rannte er; seine Begleiter konnten nicht mehr Schritt halten; aus der Senke inmitten von Spitzklipp stieg der Lärm; Tyrkir hetzte auf einen Sattel zwischen den Hügeln. Sein erster Blick galt Erik. Der Freund wehrte sich mit Schild und Axt gegen zwei Feinde. Wie Schweißhunde sprangen sie vor dem Hünen hin und her, stachen mit ihren Speeren nach ihm und versuchten, seine Deckung zu durchbrechen. Einer von ihnen war Odd.

Mit dem zweiten Blick erfasste Tyrkir unter sich das Ausmaß

des Grauens. Quer über den Platz verstreut lagen die Geschlagenen, da und dort wälzte sich noch ein Mann in seinem Blut. Unsere Knechte sind alle kampfunfähig oder tot, stellte er entsetzt fest, auch vier der Gegner sind besiegt. Doch die beiden letzten bedrängten Erik hart; und immer wieder wich er aus, ihre wilden Angriffe drängten ihn rückwärts Schritt für Schritt weiter in die Mitte der Senke.

Tyrkir sah sich nach seinen drei Männern um, fast hatten sie ihn erreicht. »Beeilt euch!« Er blickte wieder hinunter. »Halt durch, Erik. Wir kommen!«

Da raffte sich einer der Verletzten auf. Toke, der zweite Sohn des Bauern, kam wieder auf die Füße. In seiner Faust blinkte ein kurzes Schwert. Wie blind torkelte er herum, dann fand er die Kämpfenden. Mit ausgestreckter Klinge bewegte er sich auf den Rücken des Roten zu.

Jetzt blieb keine Zeit mehr, auf Verstärkung zu warten. Tyrkir hetzte los, im Lauf griff er nach der Axt an seinem Gürtel, ruckte, zerrte, die Waffe glitt nicht aus der Lederschlaufe. Bis auf zwei Pferdelängen hatte sich Toke von hinten dem Roten genähert.

Ich muss ihm den Weg abschneiden, allein dieser Gedanke trieb Tyrkir weiter. Er ließ die Axt und zückte seinen Dolch. Seitlich stürmte er heran, baute sich keuchend in Eriks Rücken auf, als Toke zum Schlag ausholte. Tyrkir gelang noch ein Warnruf für den Freund, dann sah er die Schneide auf sich zufahren, sah nichts mehr, spürte das heiße Brennen in seiner linken Gesichtshälfte und brach zu Boden. Von der Wucht des eigenen Schlages aus dem Gleichgewicht gerissen, stürzte Toke über ihn und starb mit einem tiefen Seufzer.

Sosehr sich Tyrkir bemühte, er vermochte den leblosen Körper nicht von sich abzuwälzen. Blut, seine Mundhöhle füllte sich. Er würgte, drohte zu ersticken, mit unendlicher Kraft drehte er den Kopf nach rechts, bis das Blut aus dem Lippenwinkel ablief und er wieder atmen konnte.

Der Lärm um ihn nahm zu. Meine Leute sind gekommen, dachte er. Heftiger wurde das Schlagen, das Stampfen. Dann hörte er ein markerschütterndes Aufbrüllen, gleich setzte ein zweites ein, Todesschreie, sie rissen ab und jäh herrschte Stille.

Was ist? Wieder versuchte Tyrkir, sich von dem Leichnam zu befreien. Er war zu schwach, bewegte nur hilflos seine Beine.

»Du lebst!«

Die Stimme Eriks. Niemals zuvor hatte Tyrkir ihren Klang so erlösend empfunden. Nein, du lebst, dachte er. Thor sei Dank, mein Wikinger lebt! Also war Walhall nicht auf die Erde herabgestürzt. Farben, rote, gelbe, blaue und grüne streiften ihn, er fühlte sich von ihnen auf den Regenbogen gehoben, so leicht wurde ihm.

»He, Schlaukopf?«

Fast bedauernd öffnete Tyrkir die Lider und blickte ins rußverschmierte Gesicht des Freundes. Er wollte fragen, allein seine Lippen gehorchten nicht, nur Laute drangen aus seiner Kehle.

»Lass das Reden, Kleiner!« Erik grinste, doch in den Augen stand tiefe Sorge. »So, wie du aussiehst, schaffst du kein Wort mehr.«

Was ist mit mir? Fahrig tastete Tyrkir nach seiner linken Wange. Sofort hielt der Freund die Hand fest. »Nicht! Wir müssen dich bald versorgen. Aber du hast Glück. Das Blut wird weniger und die Knochen scheinen noch ganz zu sein. Das ist die Hauptsache. Vom Ohr fehlt was, auch nicht schlimm. Na ja, und irgendwie heilt das Fleisch da auf der Seite bestimmt wieder zusammen.«

Mein Gesicht! Mit dem Begreifen setzte jäh der Schmerz ein. Tyrkir stöhnte.

»Ich weiß, Kleiner.« Unbeholfen strich ihm Erik über die Stirn. »Ich weiß.«

»Herr! Da, da drüben!« Einer der Knechte zeigte zum südlichen Sattel zwischen den Bergkuppen. Vier Reiter, angeführt vom Bauern des Breidahofes, trabten in die Senke herunter.

Erik flüsterte hastig: »Bleib so liegen. Stell dich tot! Ich hol dich nachher.« Der Hüne schnellte auf, hatte seine Axt in der Faust, schon nach wenigen Schritten bückte er sich wieder, riss den toten Odd an der Haarmähne vom Boden hoch und schleifte ihn neben sich her bis in die Mitte des Platzes.

»Thorgest! Deine Söhne sind gefallen!« Er wartete. Die Nachricht ließ den Trupp stocken. »Sie haben mich und meine Männer überfallen. Dafür haben sie ihren Lohn erhalten.«

»Du roter Bastard!« In den Fluch mischte sich der Schmerz des Vaters. »Du bist in meinen Hof eingedrungen. Du Dieb. Brandstifter! Du elender Mörder!«

»Ich war im Recht! Denn du hast mich bestohlen. Nicht ich, du allein trägst die Schuld für diesen Bluttag.«

Thorgest hob drohend den Speer. »Niemand hört auf das Wort eines Geächteten. Ich werde dir das Herz aus der Brust reißen und es meinen Hunden zu fressen geben.«

Mit einem Ruck zerrte Erik den Kopf des Toten höher und setzte die Axtschneide an das Gesicht. »Rühr dich nicht von der Stelle, Bauer! Sonst wirst du Odd und auch deinen Toke in Stücken vom Boden auflesen müssen. Hör meinen Vorschlag! Auch ich habe Männer verloren. Jeder von uns soll seine Toten in Ehren bestatten. Warte, bis ich mit dem Schiff ablege, dann holst du deine Söhne und die anderen!«

Thorgest lachte, hustete und spuckte auf den Boden. »Feiger Bastard, du willst dich ungestraft davonmachen?«

»Sei getrost, Erik der Rote wird nicht ruhen, ehe er dir deine Beleidigungen ins Maul zurückgestoßen hat, dass du an ihnen erstickst.«

Der Herr vom Breidahof schwieg. Nach einer langen Pause rief er: »Also Krieg! Für heute lassen wir die Waffen ruhen. Jeder nimmt seine Gefallenen und rüstet sie für die lange Reise ins Totenreich. Dann aber treffen wir uns wieder.«

Also Krieg. Kaum hatten sich Erik und Thorgest darauf geeinigt, verlor sich der Zorn. Wie ihre eigenen Unterhändler legten sie kühl die Bedingungen fest. Jede Partei erhielt einen Monat Zeit, genügend Männer hinter sich zu scharen. Noch vor dem Thorsnessthing im Juni sollte der Kampf hier bei Spitzklipp ausgetragen werden.

»Gib mir einen Beweis!«, verlangte Thorgest zum Abschluss. »Zeig mir, dass du heute den Frieden einhalten willst!«

Langsam steckte Erik seine Streitaxt in die Gürtelschlaufe zurück, ließ den Haarschopf des Toten los und breitete die unbewaffneten Hände aus. Eine Weile stand er so schutzlos vor den Speeren der Breidaleute. »Jetzt du!«, forderte er. Der Bauer stieß die Lanzenspitze neben seinem Pferd in den Boden. Selbst für einen ungeübten Bogenschützen bot er ein leichtes Ziel. Von beiden Seiten war der Beweis erbracht.

Einem inneren Antrieb gehorchend entschloss sich Erik zu mehr, fasste Odd unter den Achseln und legte ihn neben seinem Bruder ab. Mit ruhiger Geste schloss er beiden die Lider. »Die Söhne warten auf ihren Vater. Genügt dir das?«

Wortlos gab Thorgest seinen Leuten ein Zeichen. Sie wendeten die Gäule und ritten über den südlichen Sattel in Richtung Uferstraße davon.

»Schnell jetzt!« Erik befahl den drei noch lebenden Sklaven, zuerst die Hochsitzbalken, hiernach die Toten an Bord zu schaffen. Er selbst kniete sich zu Tyrkir. »Alles wird gut, Kleiner. Alles muss gut werden!« Damit hob er ihn auf und trug ihn den Pfad zum Strand hinunter. »Sorg für eine Unterlage!«, rief er Katla zu.

Als er durchs hüfttiefe Wasser das Schiff erreichte, hatten sich die Mägde ihrer Umhänge entledigt. Sie nahmen den Verletzten entgegen und betteten ihn behutsam. Trotz der Flammen in seinem Gesicht spürt Tyrkir die weichen Arme, sah in besorgte Augen, dann schwammen wieder Farben auf ihn zu.

Das Grau um die beiden Frauen wurde lichter, in vier gleiche Stücke brach der Nebelball auseinander und rückte von ihnen weg, auch die Fangarme erschlafften; und jedes Nebelviertel dehnte sich weit, wie blasse Tücher schwebten sie zu den vier Himmelsrichtungen auf und verloren sich im fernen Blau. Als wäre nichts geschehen, blendete der Schnee, wärmte die Sonne.

Thjodhild trocknete der Freundin den Schweiß von Stirn und Wangen. Nach einer Weile kam Hallweig wieder zu Kräften und ihr Atem ging ruhiger. »Ich habe geträumt«, flüsterte sie. »Aus dem Nebel kam ein Wagen auf mich zu. Katzen zogen ihn. Auf der Kutschbank saß Freya und hielt die Zügel. Ich habe meiner Göttin gewinkt, weil sie mich mitnehmen sollte. Doch sie hielt nicht an. Die Räder rollten über mein Herz.«

Kein Glück, Thjodhild ahnte es, der Gletscher hatte gegen sie entschieden. Nein, alles Lüge, sagte sie sich, kein Berg besitzt die Macht der Götter, nein, es darf nicht wahr sein!

»Vergiss den Traum!« Entschlossen half sie Hallweig auf. »Ich weiß auch nicht, was der Nebel zu bedeuten hat. Nur eins fühle ich, wir hätten nicht herkommen dürfen. Kehren wir um!« Sie wollte vorausgehen und die Freundin sollte sich dicht hinter ihr halten. »Wir schaffen es, ganz gleich, wie lange es dauert. Die Kinder warten auf uns.« Hallweig folgte ihren Spuren. Sie schwiegen und keine von ihnen wagte es, sich nach dem Schneefels umzublicken.

Unten im Tal lagen die Höfe wie hingestreut bis zum Meer. Rauch stand über den Dächern. So friedvoll war das Bild.

TYRKIR

»Es hat einen Kampf gegeben. Drüben auf der Nordseite.« Nach vier Tagen erreichte die Nachricht den Warmquellhang. Ein waghalsiger Händler war mit hoch beladenen Körben zu Pferd über die noch nicht ganz schneefreie Gebirgsstraße geritten und bot im Haus des Goden Thorbjörn Vifilsson als Erster in diesem Jahr seine Ware an. »Blut ist geflossen.«

Thjodhild achtete nicht auf die für jeden Hausrat so heiß begehrten und gut zu bearbeitenden Robbenzähne und Stücke vom Walknochen. »Wo? Wer hat gekämpft?«

Auch Hallweig vergaß die ausgebreiteten Schätze auf dem Tisch. »Weißt du mehr?«

»Nichts Genaues.« Der Händler zuckte die Achseln. »Ich bin von Thorsness gekommen und ehe ich ins Gebirge rauf bin, da hab ich's gehört. Muss weiter östlich am Fjord gewesen sein. In der Gegend von Spitzklipp.«

»Denk nach!«, fuhr ihn Thjodhild an.

»Was soll's. Irgendein Fremder … Ja, jetzt weiß ich's. Er hat die Leute vom Breidahof angegriffen. So war's. Versteh nur nicht, was es euch hier kümmert.«

Wortlos stand Thjodhild auf und eilte in die Schlafkammer.

Hallweig sah ihr nach. »Gab es Tote?«

»Nenn mir einen Kampf, bei dem kein Kopf abgeschlagen

wird.« Der Händler grinste sie an. »Hab mir schon oft überlegt, ob ich mein Angebot nicht auf Menschenknochen ausweiten soll.«

»Verschwinde!« Sofort nahm sich die Frau des Goden zurück. »Nein, bleib! Was kannst du schon wissen.« Sie wählte ein großes Knochenstück, weil während des Winters viele Nadeln, auch Kämme verloren gegangen oder zerbrochen waren und jetzt neue geschnitzt werden mussten.

Am Abend bedrängten beide Frauen den Hausherrn. Er solle Knechte zur Nordseite schicken. Gewissheit, ganz gleich, was sie brachte! Die schnelle Wahrheit wäre leichter zu ertragen als hier zu warten, zu hoffen und dann doch irgendwann enttäuscht zu werden.

Sie mussten Thorbjörn nicht überreden, er war selbst tief besorgt und handelte schnell. In der Frühe ließ er zwei seiner Männer aufsitzen, gab jedem ein Ersatzpferd mit und befahl ihnen, ohne Rast über den Pass zum Breidafjord zu reiten. »Fragt. Hört euch um. Aber seid geschickt! Ich will nicht, dass jemand misstrauisch wird, dass einer erfährt, wer euch beauftragt hat.«

Sobald die Knechte den Hof verlassen hatten, stellte ihn Hallweig zur Rede: »Warum die Vorsicht? Bekennst du dich nicht zu deinem Freund Erik?«

»Schweig! Das ist Männersache.« Damit wollte der Richter an den Frauen vorbei und zurück ins Haus, doch da fiel sein Blick auf Thjodhild, die ihn mit zusammengepressten Lippen anstarrte. Ohne eine Erklärung durfte er nicht gehen. Thorbjörn strich mit dem Finger über seinen Nasenrücken. »Wenn dort oben am Strand tatsächlich das Schlimmste geschehen ist, so muss ich Zeit haben, die Rache für Eriks Tod vorzubereiten. Und zwar ohne dass sich seine Mörder darauf einstellen können. Begreift ihr? Gerade weil ich mich zu meinem Freund bekenne, habe ich Vorsicht befohlen.«

Ein Zweifel blieb in den Mienen und verärgert ließ er die Frauen stehen.

Erst nach einer Weile nickte Hallweig. »Noch nie hat Thorbjörn sein Wort gebrochen.«

»Ich vertraue ihm.« Thjodhild zerrte am Knoten ihres Kopftuches. »Vielleicht bin ich nur ungerecht. Weil ...« Sie atmete schwer.

»Nein, wir dürfen nicht jetzt schon so reden, als wäre das Unglück wirklich eingetreten.«

Beim Mittagsmahl stürmte der kleine Sohn einer Sklavin in die Halle, jedes Verbot vergessend lief er bis zum Tisch der Herrschaft, selbst der strafende Blick Thorbjörns störte ihn nicht. Er strahlte und rang nach Luft. »Da ist ... ich hab's gesehen. Das Schiff. Am Ufer ...«

Mit hartem Griff packte der Richter ins Kittelhemd, riss den Jungen an sich und schüttelte ihn. »Wenn du nicht sofort vernünftig redest, Kerlchen, schneid ich dir die Zunge ab!«

Allein bei der Vorstellung weiteten sich die Augen und schloss sich der Mund.

»So, nun von vorn!« Thorbjörn setzte den Kleinen ab. »Was hast du beobachtet?«

Kein Strahlen mehr, zunächst brachte sich der Junge außer Reichweite des Arms in Sicherheit und dem Weinen nahe hauchte er: »Ich wollte doch nur sagen: Das Schiff ist angekommen. Vom Herrn Erik seins. Unten am Ufer. Ich hab's genau am Segel gesehen. Ganz rot ist es. Weil ich vorn am Felsen gespielt hab. Und bin gelaufen.«

In die Stille hinein zerkrachte das Fladenbrot zwischen Thjodhilds Händen. Die Stücke sprangen über den Tisch. Lass es wahr sein, flehte sie stumm. Ich ertrage keinen Scherz, jetzt nicht mehr. Was ist das für ein Tag? An dem Kälte und Hitze beinah gleichzeitig über mich ausgeschüttet werden.

Thorbjörn erhob sich. »Du bist ein guter Junge. Komm, wir

sehen nach, ob du dich nicht geirrt hast.« Kaum streckte er die Hand aus, schrie der Kleine erschreckt und flüchtete vor ihm aus der Halle.

Fahrig bemühte sich Thjodhild, die verstreuten Brotbrocken aufzulesen. Sie glitten ihr immer wieder aus den Fingern. Hallweig sah die Not. »Ich will hier nicht untätig warten. Lass uns auch nach draußen gehen!«

Die Schiffsbesatzung hatte den gewundenen Weg vom Ufer durch die Höhlenebene bereits zurückgelegt und befand sich im letzten Anstieg zum Warmquellhang. Thorbjörn und einige seiner Leute waren der kleinen Gruppe entgegengelaufen.

Die rote Haarmähne leuchtete. »Dein Mann lebt«, seufzte Hallweig. »Gepriesen sei Freya, ihm ist nichts zugestoßen! Aber die meisten eurer Sklaven fehlen.«

Thjodhild nickte, in ihre erste Erleichterung mischte sich gleich neue Angst. Wo ist Tyrkir? Ich ängstige mich um zwei Männer, auch wenn ich es nicht zugeben darf.

Ihr Blick heftete sich auf den Verwundeten in der Gruppe. Eine kleine schmächtige Gestalt. Tyrkir? Ja, er war es, auch er lebte, zumindest lebte er noch. Bis auf Stirn und Augen war sein Kopf mit Tüchern umwickelt. Rechts und links wurde er von Helfern gestützt; weil er kaum Kraft aufbrachte, selbst zu gehen, führten und trugen sie ihn den steilen Pfad herauf. Das Herz drängte Thjodhild, gleich loszurennen. Der Verstand befahl, bleib hier, wenn du dich nicht verraten willst! Zeige Anteilnahme, doch nicht übermäßige Sorge!

Kurz bevor die Gruppe über die Hauswiese den Hof erreichte, fasste Hallweig die Hand der Freundin. »Der arme Kerl mit dem Verband muss euer Verwalter sein. Schlimm sieht er aus.«

»Da Tyrkir noch auf den Beinen ist, wird die Verletzung nicht lebensgefährlich sein.« Thjodhild hörte sich sprechen und war selbst erstaunt über ihren sachlichen Ton. »Schmächtig ist er, aber zäh. Ich kenne ihn.«

Keinen Schritt gingen die Frauen den Ankommenden entgegen. Erik umfing seine Frau mit einem sehnsüchtigen Blick, weil es aber so Brauch war, trat er zunächst vor die Hausherrin und grüßte sie ungelenk: »Mit nur wenigen Leuten komme ich vom Breidafjord zurück. Das Glück hat uns nicht begleitet. Gewähr uns wieder Gastfreundschaft unter deinem Dach! Wenn's auch mehr Arbeit kostet, weil mein Freund ... Na, du siehst ja, er ist verwundet.«

»Willkommen, Erik.« Hallweig lächelte. »Ruh dich aus! Und sorge dich nicht um deinen Verwalter! An Pflege wird es ihm nicht fehlen.« Sie befahl den Helfern, Tyrkir sofort in die Schlafkammer zu bringen, und eilte schon voraus.

Fest schloss Erik seine Frau in die Arme. Thjodhild verbarg ihr Gesicht an der breiten Brust. »Deinem Sohn geht es gut«, sagte sie. »Gestern hat er gelacht und wenn er dich sieht, lacht er bestimmt wieder.«

»Wir werden kein Haus für Leif auf unserer Insel bauen.« Er strich ihr übers Haar. »Der Boden da ist nicht gut genug für uns.«

»Ach, Erik ... Jetzt will ich froh sein, dass du zurück bist.« Sanft befreite sie sich aus der Umarmung. »Was ist mit Tyrkir?«

»Nichts Ernstes. Aber sein Gesicht hat einen Schlag abbekommen. Weil er mir das Leben gerettet hat.«

»Ich muss nach ihm sehen.« Bis zur Tür bewahrte Thjodhild Haltung, allein in der Halle aber beschleunigte sie ihren Schritt und erreichte die Schlafkammer, als Hallweig dem Verletzten vorsichtig die äußeren, verdreckten Stofflappen abnahm.

Tyrkir hockte zusammengesunken auf dem Bett. Jetzt nahm er die schlanke Gestalt wahr und sein Blick wurde lebhaft. Im Dunkel seiner Augen flackerten Freude und Angst zugleich auf.

»Soll ich helfen?«

Die Freundin nickte. Tyrkir hingegen schüttelte kaum merklich den Kopf.

Was fürchtest du?, fragte sich Thjodhild, während sie mit einer Schere den Verband an seinen Schläfen durchtrennte. Ganz gleich, wie du zugerichtet sein magst, mich erschreckt es nicht. Doch als das letzte Stück Stoff, auch die Heilblätter abgenommen waren, stockte ihr für einen Augenblick der Atem, dann fühlte sie nur noch liebevolle Sorge und Mitleid: Seine linke Gesichtshälfte war dick aufgequollen, eine breite, schwärzlich verkrustete und an den Rändern vereiterte Wunde teilte sie vom Ohr bis in den Mundwinkel. Dem Ohr fehlte der obere Teil und der entzündete Fleischrest hatte den Gehörgang zugewuchert.

Tyrkir versuchte in Thjodhilds Blick zu lesen. Nein, sie ekelt sich nicht, dachte er dankbar und seine Angst vor dem Wiedersehen fiel von ihm ab. Mühsam bewegte er die Lippen, schließlich formte er kaum verständliche Worte: »Einen Spiegel brauche ich nicht mehr.«

Es dauerte, bis sie begriff, dann half sein Scherz ihr, die Rührung zu unterdrücken. Leicht strich sie über seine Hand. »Nicht gleich, aber bald wieder. Sorg dich nicht!«

»Was meint er?«, fragte Hallweig, derweil sie eine Paste aus Fett und gestoßenem Labkraut auf ein weiches Tuch strich.

»Er will keinen Spiegel mehr.«

»Nicht zu glauben, wie eitel die Männer sind. Da wird ihnen beinah der Schädel gespalten und sie sorgen sich als Erstes um ihre Schönheit.«

Die Frauen schmunzelten. Tyrkir wollte mitlachen, doch schon beim Versuch durchzuckte der Schmerz seine linke Gesichtshälfte.

Sorgsam wurde ihm das Salbentuch aufgelegt und ein neuer Verband gewickelt. Dieses Mal so geschickt, dass die unverletzte Seite, auch Augen, Mund und Nasenlöcher frei blieben.

»Mehr können wir heute nicht für dich tun.« Hallweig betrachtete ihn ernst. »Morgen schicke ich nach unserer Völva auf dem Adlerhof. Grima muss sich die Wunde ansehen. Keine Sorge, sie wird von deiner Schönheit erhalten, was noch zu retten ist!«

Erik schwieg und sah auf seine Stiefelspitzen, er wollte dem Richter Zeit lassen, sich ohne fordernden Blick frei zu entscheiden. Nichts hatte der Rote in seinem Bericht beschönigt oder ausgelassen, weder hatte er den Bauern vom Breidahof beschimpft noch sich selbst als Helden beschrieben. Keine Bitte hatte er ausgesprochen. Wenn Hallweigs Mann ihm beistehen würde, so musste er allein aus Überzeugung für eine gerechte Sache handeln, sonst bliebe immer ein schaler Beigeschmack zurück, ganz gleich, wer in dem Krieg siegte.

Mit einer geschmeidigen Bewegung verließ Thorbjörn den Hochsitz. Er zückte sein Schwert und stieß es vor Erik in den gestampften Boden. »Zu zweit sind wir stark.«

Schneller noch sprang dem Roten die Waffe in die Faust und Schwertgriff wippte neben Schwertgriff. »Wie soll ich dir danken?«

»Kein Wort davon. Ein Freund rechnet dem Freund nichts auf.« Die hohe Stirn gefurcht schritt der Gode neben der Feuerstelle auf und ab. Mehr zu sich selbst murmelte er: »Gegen eine Übermacht wird unser Mut allein nicht ausreichen.«

Namen fielen ihm ein, die meisten verwarf er gleich wieder, schließlich blieben fünf Gutsherren übrig, die er vielleicht für den Kampf gewinnen könnte. »Zwei wohnen hier auf der Südseite, die anderen haben ihre Höfe oben am Breidafjord. Zeit bleibt uns genug.« Er wollte Boten übers Gebirge den Knechten nachschicken, die heute Morgen losgeritten waren. »Die beiden hatten den Auftrag, sich heimlich nach deinem Wohlergehen zu erkundigen. Jetzt können sie stattdessen gleich Verbündete für unsere Streitmannschaft werben.«

Erik stieß immer wieder die Faust in seine linke Hand. »Drei Wochen hier untätig rumzusitzen, das gefällt mir nicht. Ich kann dir die Arbeit nicht allein überlassen.«

»Wer sagt das? Du wirst deine und meine Waffentruhen öffnen. Den Schmied beaufsichtigen, dass jede Klinge geschärft ist. Wir haben nicht nur zehn Sklaven auszurüsten, sondern sie auch körperlich vorzubereiten.« Die beiden Schiffe, das Reittier des Meeres und der Seevogel, mussten mit Zelten, Proviant und vom Speer bis zum Schild mit Kampfgerät bestückt werden. Thorbjörn spannte die Lippen. »Von alldem verstehst du mehr als ich. Schließlich habe ich seit fünf Jahren nicht mehr gekämpft.«

Erik starrte ihn erschreckt an. »Dann habe ich wirklich genug zu tun.«

Von einem Tag zum anderen veränderte sich das Leben auf Warmquellhang. Kein unbeschwertes Lachen drang mehr aus Küche oder Stall, Mägde und Knechte fürchteten sich vor dem nahen Krieg.

Hart ging Erik mit den ausgewählten Männern um. Jeden Morgen ließ er sie bis zur Atemlosigkeit laufen, hiernach unterwies er sie im Bogenschießen, im Umgang mit Speer und Axt und befahl ihnen, paarweise ohne Waffe gegeneinander zu kämpfen. Erst am Nachmittag konnten die Erschöpften ihre gewohnte Arbeit auf dem Hof erledigen.

Längst wusste Tyrkir, wann der Freund mit dem Richter aufbrechen wollte. »Sie segeln nicht ohne mich.« Diesen Satz vermochte er bald so deutlich auszusprechen, dass ihn nicht nur Thjodhild verstand. »Nur wenn wir es erlauben«, entgegneten seine Pflegerinnen einmütig. »Erst muss sich die Narbe ganz geschlossen haben. So lange bleibst du hier.«

»Sie segeln nicht ohne mich.« Sein Wille und die Kräutersalben der Zauberin vom Adlerhof beschleunigten die Heilung. Nach zwei Wochen gehorsamer Langeweile in der Schlafkammer befreiten ihn Thjodhild und Hallweig vom letzten Verband. Zufrieden begutachteten sie bei Lampenschein den Erfolg ihrer Fürsorge.

Tyrkir traute den Mienen nicht. »Gebt mir einen Spiegel!«

»Warte noch!«, bat Thjodhild viel zu hastig.

»Bin ich so sehr entstellt?« Er blickte von einer zur anderen.

Hallweig schob die Lippen vor und schüttelte leicht befangen den Kopf.

»Und du? Was meinst du, Herrin?«

»Nein, nicht schlimm.« Thjodhild fasste seine Hand. »Bitte, komm mit vors Haus. Ich beweise es dir. Und später gebe ich dir einen Spiegel.«

Nach der langen Zeit im Halbdunkel blendete draußen das Tageslicht. Gemeinsam mit Hallweig führte ihn Thjodhild zur Hauswiese. Die Kinder lagen nebeneinander auf einer heugestopften Matratze. »Beuge dich über sie, sage etwas. Oder spiel mit ihnen!«

Tyrkir kniete sich zu den Kleinen. Er lächelte und tippte Leif auf den kugeligen Bauch, strich behutsam Gudrids Wangen. »So lange ist es her. Vermisst habe ich euch.« Das Formen der Worte fiel ihm schwer, zu ungeübt waren seine Lippen.

Doch die beiden strampelten vergnügt, wedelten mit den Ärmchen und Augen strahlten ihn an.

»Siehst du, keines fürchtet sich vor dir.« Thjodhild zog einen Spiegel aus der Rocktasche. »Warum solltest du dich erschrecken?« Damit reichte sie ihm die handgroße Silberscheibe.

Tyrkir erkannte sich nicht. Mein Gesicht besteht aus zwei Hälften, stellte er entsetzt fest, die eine menschlich, die andere … Er fand so schnell keinen Vergleich. Eine zwei Finger breite, tiefrote Narbe; sie begann im linken Mundwinkel, zog seine Lippen, furchte durch die Sommersprossen, sie spannte über den Wangenknochen und endete in einem Wulst unter dem Ohrloch, dort, wo früher die Ohrmuschel gewesen war.

Eine Fratze, mein halbes Gesicht ähnelt dem Aussehen eines Untoten. »Kinder haben bessere Augen«, murmelte er, »deshalb schreien sie nicht bei meinem Anblick.«

»Dann habe ich auch bessere Augen!« Thjodhild griff nach dem Spiegel. »Was jammerst du?«, fuhr sie ihn an. »Ebenso gut könntest du jetzt bei den anderen Leichen in der Grube auf der Ochseninsel liegen. Sei also froh, dass du gesund hier bei uns bist!«

Ihr Zorn trieb ihm die Schamröte ins Gesicht. Du Narr, beschimpfte er sich, allein vor ihrem Urteil hast du dich in den vergangenen Wochen gefürchtet und sie kann über meine Narbe hinwegsehen, nur das zählt. »Verzeih! Ich muss lernen, mich an mein neues schönes Gesicht zu gewöhnen.« Das Lächeln gelang nicht ganz. Er verließ die Hauswiese und ging noch unsicheren Schritts zur Felskante über der Höhlenebene hinüber.

Kopfschüttelnd blickte ihm Hallweig nach. »So schmal, wie er jetzt ist, taugt dein Verwalter nicht für einen Krieg. Du solltest ihm befehlen, hier zu bleiben.«

»Wenn ich es nur könnte«, seufzte Thjodhild aus tiefstem Herzen. Als sie das Erstaunen der Freundin bemerkte, setzte sie schnell hinzu: »Er benötigt unsere Hilfe nicht mehr, das meine ich. Jetzt hat Erik wieder über ihn zu bestimmen. Verstehst du?«

Die ausgesandten Knechte waren auf den Hof am Warmquellhang zurückgekehrt. Von den fünf befragten Gutsherren hatten sich drei entschlossen, mit kleinem Gefolge für die Partei des Roten einzutreten. Nicht seinetwegen, aber dem Richter Thorbjörn Vifilsson wollten sie keine Bitte abschlagen.

»Ein schlechtes Vorzeichen«, brummte Erik. »Wer nicht überzeugt ist, kämpft schlecht.«

»Sei zufrieden!« Der Gode versuchte ihn zu überzeugen: »Ganz gleich, warum sie bereit sind. Damit verfügen wir insgesamt über fünfunddreißig Waffenknechte. Und ich bin nicht sicher, ob dein Feind ein annähernd großes Heer aufstellen kann.«

Am Abend vor der Abfahrt gab sich Erik wie verwandelt. Keine Zweifel und Sorgen mehr. Beim Essen, allein mit Thorbjörn, Tyrkir und den zehn Knechten, die er ausgebildet hatte, lachte er und sprach den Männern Mut zu. Er war jetzt der Anführer, der nur ein Ziel kannte. »Wir siegen. Weil die Götter und das Recht auf unserer Seite sind.« Fäuste trommelten auf die Tischplatten, durch Lärm versuchten seine Leute auch den letzten Rest ihrer Furcht zu vertreiben.

Als die Schüsseln geleert waren, erhob sich Erik. »Hört, was ich noch sagen muss. Hört und seid meine Zeugen!«

Sein feierlicher Ton ließ jedes Gespräch sofort verstummen. Mit beiden Händen strich er die Haarmähne zurück. »Ich will nicht mit einer Schuld in den Kampf ziehen. Nur wenn das Herz leicht ist, hat der Arm gute Kraft.«

Sonderbar, staunte Tyrkir, wie salbungsvoll mein Wikinger mit einem Mal reden kann. Bin neugierig … Weiter kam er nicht in seinen Überlegungen, denn Erik stand vor ihm. »Hier seht ihr meinen Verwalter, seht seine Narbe! Er hat den Schwertschlag abgefangen, der mich getötet hätte. Ich schulde ihm mein Leben.«

Er berichtete den Zuhörern, wann und wie Tyrkir an den väterlichen Hof in Norwegen gekommen war, und freimütig bekannte er sich zu der Freundschaft, die zwischen ihm, dem Herrn, und dem Sklaven gewachsen war. »Nach meinem festen Willen soll heute auch der Standesunterschied zwischen uns aufgehoben werden.«

Die anwesenden Knechte blickten sich verstohlen an. Freiheit, selbst ein Herr sein! Wer von ihnen hatte nicht schon davon geträumt?

Eriks ausgestreckter Finger schnellte auf den Deutschen zu. »Steh auf!«

Sofort gehorchte Tyrkir.

Ein Grinsen zuckte im rotbärtigen Gesicht. »Das war mein letzter Befehl an dich, Sklave.« Gleich wieder ernst, legte er dem Schmächtigen beide Hände auf die Schultern. »Ich, Erik Thorvaldsson, bitte den Vater meines Vaters und dessen Vater und auch den Vater meines Urgroßvaters, den großen Ochsenthorir, zu uns in diese Halle.« Er wartete einige Atemzüge lang, ehe er fortfuhr. »In Anwesenheit meiner Vorfahren, im Beisein des Goden Thorbjörn Vifilsson und dessen Sklaven entlasse ich dich, Tyrkir, den man den Deutschen nennt, in die Freiheit. Von heute an kannst du gehen, wohin du willst, darfst dir ein eigenes Haus bauen, selbst eine Frau suchen und Vieh und Sklaven halten. Nicht nur bei Verträgen und Geschäften gilt dein Wort, auch auf der Thingversammlung hat deine Stimme gleiches Gewicht wie die jedes freien Bauern.«

Das Blut pulste hinauf, überschwemmte das Gesicht und heftig schmerzte die Narbe. Mein Wikinger, dachte Tyrkir, mein Freund, du gibst mir ein Geschenk, nach dem ich mich noch nie gesehnt habe. Aber jetzt, da ich es besitze, erfüllt es mich mit Stolz.

Erik wartete den Beifall des Goden und der Knechte nicht ab, er gab auch dem frisch ernannten Herrn keine Gelegenheit, sich zu äußern. »Das reicht, ihr Leute!« Die Zeremonie hatte lange genug gedauert und die wohlgesetzte Rede war ihm schwer gefallen. »Also?« Fordernd blickte er den Freund an. »Entscheide dich, als freier Mann.«

»Wozu?« Tyrkir tastete nach der Narbe und bedeckte sie mit der Hand.

»Aber Schlaukopf, gewöhn dich dran! Ab jetzt muss ich dich fragen. Gehst du morgen mit aufs Schiff oder nicht?«

Trotz leisen Gelächters ringsum schluckte Tyrkir den Ärger hinunter. Jetzt war nicht die Gelegenheit, den Spott heimzuzahlen. Aber warte nur ab, du Wikinger, vielleicht bereust du in Zukunft hin und wieder sogar deine Großzügigkeit, denn ein gleichberechtigter Freund darf dir mehr sagen als ein Sklave, der dein Freund ist! »Ich begleite dich.«

Frisches Bier wurde ausgeschenkt. Während die Waffenknechte den Krug von Mund zu Mund reichten, Lobsprüche auf den neuen Herrn ausriefen, die Tüchtigkeit der Schiffe beschworen, den Feind verdammten und immer neue Gründe fanden, um weiterzutrinken, besprach Erik mit dem Goden und Tyrkir noch einmal den Plan für die nächsten Tage.

Morgen würden sie auslaufen. Die Kampfausrüstung war verstaut, nichts fehlte; um Proviant und Zelte hatte sich Katla mit drei Sklavinnen gekümmert. Thjodhild selbst hatte die lang gediente Magd als Begleitung ausgewählt, keine außer Katla besaß genügend Überblick und Erfahrung, um den Männern bei der gefahrvollen Unternehmung eine Stütze zu sein. Bei günstigem Wind hofften sie, gegen Mittag auf das Schiff des Nachbarn Styr zu treffen. Styr war der einzige Gutsherr auf der Südseite, der hatte gewonnen werden können. Treffpunkt war die Ochseninsel. Dort wollten sich auch die beiden Verbündeten vom Breidafjord mit Schiffen und Kämpfern einfinden.

Thorbjörn nickte. »Bis dahin bleiben wir sicher unbemerkt. Jetzt, so kurz vor dem Junithing in Thorsness, kreuzen viele Knorrs im Fjord, da werden unsere nicht auffallen.«

»Wie wir dann weiter vorgehen«, der Rote ballte langsam beide Hände zu Fäusten, »das entscheide ich, wenn wir mit dem Bauern vom Breidahof den Tag der Schlacht verabredet haben.«

Thjodhild lag noch wach, als Erik sich zu ihr legte. Sie streichelte seine Brust, küsste ihn und gemeinsam drängten sie zueinander; Abschied, wie viel schöner so und schwerer zugleich.

Später lagen sie ruhig da. Wieder griff Thjodhild nach seiner Hand. »Bitte, Liebster. Lass Tyrkir hier. Er ist noch zu schwach. Die Narbe kann schnell wieder aufbrechen. Befiehl ihm hierzubleiben!«

Leise lachte Erik. »Zu spät, er zieht mit in den Kampf. Einen

Befehl kann ich dem Schlaukopf nicht mehr geben, weil er Herr ist wie ich.«

Die Neuigkeit erschreckte sie. Mein Tyrkir gehört nicht mehr zum Besitz der Familie? Was wollte er tun? Bleiben oder selbst eine Sippe gründen? Thjodhild durfte nicht fragen, sosehr sie es auch danach drängte.

Zu welcher Partei hielten die Götter? Am festgesetzten Morgen der Schlacht fegte Sturm über die Ochseninsel, peitschte Regen gegen die Zeltplanen auf der Wiesenterrasse. Unten in der Bucht ächzten die Masten der Schiffe.

Seine Kappe tief in die Stirn gezogen beobachtete Tyrkir den Freund. Wut stand Erik im nassen Gesicht. Trotz ausreichender Opfer schien sein Gott ihn vergessen zu haben. Wie sonst konnte Thor ihnen heute solches Wetter schicken? Etwas Wind und ein wolkenverhangener Himmel, um mehr hatte er nicht gebeten! Und jetzt?

»Absagen!«, schrie Tyrkir gegen das Sturmheulen. »Du musst ... den Krieg verschieben ...« Weiter kam er nicht.

»Halt dein schiefes Maul!«, blaffte der Rote und hielt betroffen inne. »Das hab ich nicht gesagt, tut mir Leid.« Er schob den Schmächtigen vor sich her zurück ins Zelt. »Soll ich zum Gespött des Fjords werden? Bei Spitzklipp steht der Breidabauer mit seinen Leuten und wartet auf uns.«

Tyrkir trat dicht vor ihn hin. »So ist es nun mal. Keines unserer Schiffe bringen wir sicher durch die Riffe und Inseln.« Das Sprechen hielt mit den Gedanken nicht Schritt, dennoch war er bemüht, sich deutlich auszudrücken. »Und selbst wenn es gelingt, bei diesem Sturm können wir lediglich in einer einzigen Bucht anlanden. Das wird Thorgest sofort herausfinden und lässt seine Leute den Strand besetzen. Ehe wir von Bord sind, ehe wir durchs Wasser zu Fuß das Ufer erreichen, ist mehr als die Hälfte unserer Leute bereits Opfer der Pfeile.«

»Das weiß ich selbst!« Erik schlug die Fäuste gegeneinander. »Verflucht. Meine Ehre verblutet. Es muss einen anderen Weg geben. Und zwar heute, sonst war alle Mühe umsonst.«

Darauf antwortete Tyrkir nichts. Abgesehen von Richter Thorbjörn hatten sich die Verbündeten nur für diesen einen Tag verpflichtet, seinem Wikinger Beistand zu leisten. Heute galt ihr Wort, heute würden sie selbst das Unmögliche wagen. Ob sie sich aber morgen oder, falls das Wetter weiterhin so schlecht blieb, vielleicht erst in einer Woche noch zur Schlacht bereit fänden, daran zweifelte er.

Thorbjörn trat ins Zelt. Umständlich schlug er den Regen von seiner Kappe. »Unsern Plan müssen wir aufgeben.« Das Treffen war um die Mittagsstunde angesetzt, doch vorher schon sollten zwei Schiffe weitab von Spitzklipp rechts und links je einen Trupp unbemerkt an Land bringen. Während dann das dritte Schiff zur verabredeten Zeit direkt in die Bucht einlief und dort vom Gegner erwartet würde, hätten die abgesetzten Waffenknechte ihn von beiden Seiten überraschen können.

Thorbjörn zuckte die Achsel. »Ich habe nachgedacht. Eine Chance bleibt. Der Erfolg ist zweifelhaft und sie bringt uns in jedem Fall den Verlust vieler Sklaven.« Knapp unterbreitete er seinen Vorschlag: Verteilt auf Beiboote könnte das gesamte Heer trotz des Wellengangs zur Bucht vor Spitzklipp rudern. Die tüchtigsten der Waffenknechte müssten versuchen, das Ufer zu erreichen. »Selbst gute Bogenschützen treffen bei Sturm nur zufällig ihr Ziel.«

»Und weiter?«

»Wenn unsere Vorhut den Strand freigekämpft hat, landen wir Herren mit dem Haupttrupp.«

Schweigen. Der Wind drückte gegen die Zeltplane. Tyrkir zwang sich, nicht gleich empört zu widersprechen. Bei allem Zorn auf den Bauern des Breidahofes, ein Plan, der von vornherein den Tod der eigenen Leute einbezog, durfte nicht ausgeführt werden. Ein so erkauftes Glück hält nicht lange, warnte er stumm und starrte den Freund und den Richter an.

Erik kratzte sich im Bartgestrüpp, schließlich zog er die Streitaxt halb aus dem Gürtel. »Noch nie hab ich andere vorgeschickt. Das ist meine Rache, also muss ich auch als Erster mit an den Strand.«

»Die Antwort habe ich erwartet und befürchtet.« Thorbjörn seufzte, ehe er fortfuhr. »Womöglich trifft dich ein verirrter Pfeil, ehe du deinem Feind ins Auge gesehen hast. Ohne für die Reinwaschung der Ehre zu kämpfen, hättest du dann dein Leben sinnlos weggeworfen.« Er fasste den Arm des Roten. »Es bleibt nichts anderes …«

»Schon gut«, unterbrach ihn Erik. »Ich weiß, was ich zu tun hab. Heute gibt's keinen Krieg. Und das muss ich diesem hinterhältigen Betrüger noch vor dem Mittag sagen. Verdammt, ich höre schon sein Gelächter.«

Sofort versprach der Richter ihn auf dem Beiboot zu begleiten. Erst aber wollte er die drei verbündeten Gutsherren in ihren Zelten aufsuchen. »Wenigstens diesen Gang will ich dir ersparen.«

Wieder allein mit dem Freund schlug sich Erik an die Stirn. »Falsch, alles hab ich falsch gemacht. Jedes Kind weiß, wie schnell das Wetter hier sich ändert. Gestern schon hätte ich unsere Leute an Land bringen müssen. Erik der Rote, der große Anführer!«

»Hör auf, dich zu bedauern!«

Verblüfft blickte der Hüne auf seinen Verwalter hinunter. »Wie redest du mit mir? Wag es nicht …«

»Hüte dich, mir zu drohen!« Blutrot flammte die Narbe in Tyrkirs Gesicht.

»Ja, ja, ich weiß.« Trotz der bevorstehenden Schmach grinste Erik. »Herr Schlaukopf.«

»Gewöhne dich daran, Herr Erik!« Jetzt musste auch Tyrkir lachen.

Der Freund beschattete seine Augen. »Wenn du dich sehen könntest, würde dir das Lachen vergehen.«

Jäh ernüchtert sagte Tyrkir: »Ganz gleich. Ich … ich werde dich zum Breidabauern begleiten.« Er wandte die linke Gesichtshälfte ab. »Deinen Spott habe ich nicht verdient.«

»Auch das war falsch. Verzeih!« Erik legte ihm den Arm um die Schulter. »Bin froh, dass du bei mir bist. Weil, na ja, sonst wär's noch schwerer.«

DER SPRUCH DES THINGS

Wenige Schritte unterhalb des Gipfels platzte der Schultersack auf und der Glücksstein rollte den Berg hinunter. Tyrkir hetzte ihm nach, warf sich über ihn, doch er entglitt seinen Händen, rollte weiter, wieder gelang es, ihn einzuholen, doch das Glück riss seine Finger blutig, rollte schneller … nicht aufgeben … über einen Felsbrocken sprang Tyrkir hinter ihm her, schmerzhaft schlug er auf, mit zerschundenen Gliedern rutschte er bäuchlings weiter, die Kleidung zerfetzte, sein Leib scheuerte auf … nicht verlieren … da, dicht vor seinen Augen tauchte der Glücksstein weg … kein Halten mehr … schon war auch Tyrkir über die Steilwand hinaus und stürzte; Möwen kreisten, kreischten; tief unten sah er das dunkle Wasser spritzen, als sein Stein aufschlug.

Mit einem Ruck setzte sich Tyrkir auf. Die Narbenhaut brannte, wie Trost empfand er den Schmerz. Nein, ich falle nicht in den Abgrund. Vorsichtig wischte er den Schweiß aus seinem Gesicht. Neben sich vernahm er das gleichmäßige Schnarchen Eriks. Ich bin in unserm Zelt auf der Ochseninsel. Jetzt war er vollends wach. Dieser Traum. Zum dritten Mal hatte er ihn heimgesucht.

Vor mehr als einer Woche war er mit Erik, dem Goden und zehn Bewaffneten im Beiboot nach Spitzklipp gerudert. Aus sicherer Entfernung schwenkten sie ein weißes Tuch und wateten erst an Land, nachdem auch die Breidaleute mit einem weißen Lappen Antwort gaben.

Welch eine Prüfung für Erik. Kaum hatte er den Kampf abgesagt, verfluchte ihn der Bauer. Im Vertrauen auf seine Übermacht nannte er den Roten einen feigen Dieb, einen Mörder und spuckte vor ihm aus. Nur mit Mühe gelang es Thorbjörn Vifilsson, den Jähzorn des Geschmähten zu besänftigen, und er verlangte von Thorgest: »Der Krieg soll nur aufgeschoben sein. Nenne uns einen anderen Tag!«

Da brach der Herr vom Breidahof in Gelächter aus, bis ihm der Geifer in den Bart floss. »Diese Gelegenheit hat der Bastard verpasst. Jetzt soll das Gericht entscheiden. Auf dem Thorsnessthing werde ich Klage führen. Und bei allen Göttern, für meine Zeugen braucht er mehr als vier Hände, um sie abzuzählen.«

In der darauf folgenden Nacht hatte Tyrkir zum ersten Mal den Stein verloren und war hinter ihm hergerannt.

Der Traum überfiel ihn wieder, nachdem der Bote von Thorsness mit einem Schiff in die Bucht der Ochseninsel eingelaufen war und Erik in aller Form die Klage überbrachte hatte: »Du bist vor die Gerichtsversammlung befohlen.«

»Was nutzt es mir?«

»Wenn du nicht erscheinst, wirst du in Abwesenheit zur höchsten Strafe verurteilt. Also suche dir Fürsprecher und sieh zu, dass sie dir Gerechtigkeit verschaffen.«

Bis vorgestern waren alle drei Verbündeten treu bei ihnen geblieben, Thorbjörn hatte sie auf Grund seiner Erfahrung für den Prozess einschwören können. »Ganz gleich, ob ihr beim Brand der Scheune oder beim Kampf dabei wart. Ihr müsst unsern Freund loben, seine Tapferkeit, seinen Edelmut. Ihm ist Unrecht geschehen! Nur ihm!« Ihrer fehlenden Erinnerung wurde durch die Aussicht auf eine beachtliche Summe Hacksilber nachgeholfen.

Gestern allerdings hatte der Gutsherr aus dem Schwanenfjord seine Zelte abgebrochen. »Versuche dich in meine Lage zu versetzen! Ich lebe hier. Und meine Nachbarn sind auch die Nachbarn des Thorgest vom Breidahof. Bis jetzt weiß noch niemand, dass ich auf deiner Seite kämpfen wollte. Und dies hätte ich auch getan. Aber der Krieg ist abgesagt und ich habe mein Wort zurück. Damit soll's genug sein. Die Nachbarn werden es nicht verstehen, wenn ich auf dem Thing für einen Fremden die Stimme erhebe. Das begreifst du doch, ich meine, der Frieden zwischen Nachbarn ist wichtiger …«

Wortlos hatte sich Erik abgewandt und war die Felsenstufe am Ende des Zeltplatzes hinaufgestiegen. Dort stand er auf der Höhe, bis der Gutsherr mit seinen Sklaven davongesegelt war.

Die ersten beiden Male hatte Tyrkir den Traum nach dem Erwachen beiseite gewischt. Nicht daran denken, so wird er verdorren. Aber er war wiedergekommen, deutlicher, die Bilder größer, scharf und schmerzend. Ergründe ihn jetzt, befahl sich Tyrkir, sonst wird er übermächtig. Wenn wir morgen auf den Gerichtstag nach Thorsness segeln, darf der Traum meinen Verstand nicht lähmen.

Er zog die Beine an und legte das Kinn auf die Knie: Du trägst unseren Glücksstein den Berg hinauf und verlierst ihn. Du läufst ihm nach, doch er entgleitet dir immer wieder. Tyrkir lächelte bitter. Bis dahin bedurfte es keiner Weisheit, den Sinn zu deuten. Das Ende, nur darauf kam es an. Erinnere dich genau! Sobald unter dir der Stein im schwarzen Wasser versinkt, wachst du auf. Vielleicht ist das ein gutes Zeichen? Hoffnung für Erik, Thjodhild und mich? So muss es sein. Der Traum beweist, dass wir nicht für den Abgrund bestimmt sind! Selbst wenn es jetzt auch so aussehen mag.

Im ersten Moment wollte Tyrkir den Freund wecken, zog aber gleich den Arm zurück. Nein, Erik benötigte den Schlaf, um Kraft zu sammeln für die Thingversammlung. Später werde ich ihm von dem Traum erzählen, nahm er sich vor, später, wenn wir das Glück wirklich gefunden haben.

Wie ein zertretener Wolfsschädel wucherte das flache Gebiet aus der gebirgigen Schneefelshalbinsel in den Breidafjord hinein. Darüber dehnte sich der Himmel. Hoch im Blau reisten vereinzelte Wolkenballen nach Osten. Es gab keine Nacht mehr, nur noch diesen einen Tag, dessen Licht nicht mehr verlosch.

Thorsness, die Thingstätte auf der äußersten Landzunge, war Mitte Juni das Ziel aller freien Männer Westislands.

Vor dem abgesperrten Gerichtsbereich schoben sich die Besucher in den Gassen der Zeltstadt und zwischen den Ständen auf dem Warenmarkt. Gewaschene Gesichter, gekämmtes Haar, es roch streng nach den mit Seehundfett gebändigten Bärten, einige waren sogar zu speckigen Zöpfen geflochten; ob reich oder arm, jeder Mann trug sein bestes Festgewand zur Schau: weiche Pumphosen, verzierte Gürtel und Mäntel oder Umhänge aus farbigen Webstoffen, die prächtigsten von ihnen waren mit Kragen vom Silberfuchs besetzt. Neu ankommende Freunde wurden mit Bier und Begeisterung willkommen geheißen, den Feinden ging man möglichst aus dem Weg, weil die Friedenspflicht oberstes Gebot dieser Woche war.

Niemand beachtete die beiden ungepflegten Männer. Ihre Kappen tief in der Stirn schoben sich Erik und Tyrkir durch die Menge und suchten nach der Unterkunft Thorbjörns. Auf dem Markt zögerte der Hüne bei einem Schmuckstand. »Wenn's anders wär«, brummte er, »hier könnt ich meiner Thjodhild eine schöne Brosche kaufen.«

»Später vielleicht.« Tyrkir zog ihn weiter.

Nicht auffallen, lasst euch in kein Gespräch verwickeln, das war ihnen von Thorbjörn noch an Bord seines Seevogels eingeschärft worden. Der Gode hatte sich bereit erklärt, die Verteidigung des Freundes zu übernehmen. »Jeder in der Zeltstadt kennt inzwischen deinen Namen, Erik, weiß längst von den Ereignissen im Habichtstal und auch vom Kampf bei Spitzklipp, dafür hat der Breidabauer mit Sicherheit gesorgt. Aber die wenigsten kennen bisher den Mann, der zu dem Namen gehört. Thorgest wird nach dir suchen, um dich möglichst bald den Leuten zu zeigen. Bleibst du aber so lange, wie es irgend geht, unsichtbar, kann er vor Prozessbeginn die Stimmung nicht weiter gegen dich anheizen. Diesen Vorteil will ich nutzen.«

Erik war anzusehen, wie er mit sich kämpfte. »Was ... was ist das für eine Chance?«

»Vertraue mir, wir haben eine Chance, wenn du dich mir in allem fügst. Ganz gleich, welche Lügen und Bosheiten gegen dich vorgebracht werden, schweige und überlasse mir das Antworten. So hart es kommen mag, bezähme deinen Jähzorn!« Nach diesen Ratschlägen war Richter Thorbjörn gestern mit Styr, dem Großbauern aus seinem Südbezirk, und Ejolf, dem Gutsherrn vom nah gelegenen Schweinseiland, vorausgeeilt. Die dringlichste Aufgabe der beiden Verbündeten bestand darin, weitere ehrenhafte Männer anzuwerben, die Thorbjörn dann auf ihre Zuverlässigkeit prüfen wollte. Zeugen benötigte Erik, viele Zeugen.

Aufgeteilt nach den verschiedenen Gerichtsbereichen wohnte der jeweils zuständige Gode während der Thingtage in einer Steinhütte, umgeben von den Zelten seiner Gefolgsleute. Auch Thorbjörn Vifilsson hatte sich in einer mit Segeltuch notdürftig abgedeckten, doch geräumigen Unterkunft eingerichtet.

»Wartet!« Gleich nach ihrem Eintreten wies er Tyrkir und Erik einen Platz in der hintersten Ecke zu und wandte sich wieder an den Gast, der neben seinem Stuhl auf einem Hocker saß. »Also, ich kann mit deiner Stimme rechnen? Gut. Wenn es so weit ist, werde ich dich als Zeugen für die Sache meines Freundes aufrufen. Und nun geh!«

Der Mann erhob sich, nach einem verstohlenen Blick auf den

Roten fragte er: »Welche Gegenleistung? Darüber haben wir noch nicht gesprochen.«

»Schweig! Ein Eid vor Gericht darf durch nichts erkauft werden.« Thorbjörn lächelte dünn. »Nimm mein Wort. Deine Sorgen finden in Zukunft das offene Ohr deines Goden.«

Diese Zusage genügte und eilig entfernte sich der Gast. Thorbjörn sah ihm nach. »Ganz überzeugt hat er mich nicht. Aber wer sieht schon genau ins Herz?«

Die Falte auf seiner Stirn glättete sich, aufmunternd rief er den Freunden zu: »Willkommen in meiner Behausung! Ich biete euch Obdach.« Leider sei dies hier kein Vergleich mit dem Hof am Warmquellhang, auch gäbe es keine Hausfrauen, die kochten, und da Katla mit den Mägden auf der Ochseninsel zurückgeblieben wäre, müssten sie sich an den Fleisch- und Fischbuden satt essen.

»Das ist mir egal«, brummte Erik, eine Weile atmete er schwer, schließlich hieb er beide Hände flach auf seine Knie. »Verflucht, ich weiß gar nicht, was ich hier soll? Warum, verdammt, warum kann ich meine Fehde mit dem Breidabauern nicht selbst regeln?«

Erschreckt beobachtete Tyrkir den Richter. Zürne meinem Wikinger nicht, flehte er stumm, es ist keine Undankbarkeit, er fühlt sich nur so ohnmächtig.

Thorbjörn verschränkte die Arme. »Glaubst du, ich hätte mich zum Richter wählen lassen, wenn dieses Amt keinen Sinn hätte?« Kühl versicherte er, ihm ginge es nicht darum, Reichtum anzuhäufen, wie es manchen seiner Amtsbrüder unterstellt würde. »In jeder Sippe sorgt das Oberhaupt selbst für Recht und Gesetz. So ist es und richtig. Aber wir leben nicht jeder für sich, das weißt du genau.« Er zeigte in die Richtung der Thingstätte. »Seit gestern steht der Sprecher auf dem heiligen Felsen und verkündet die althergebrachten Gesetze. Sie zu befolgen, haben wir uns alle verpflichtet. Sonst gibt es keine Gemeinschaft, keinen Frieden zwischen den Familien.« Gewöhnlich sorgten die Richter in ihren Bezirken allein für die Einhaltung. Gab es aber schwere Verbrechen oder auch Streitigkeiten, die nicht beigelegt werden konnten, so wurde die Thingversammlung angerufen.

Erik hatte sich wieder gefasst. »Wenn's Zweck hätte ...« Nach einer Weile fuhr er bitter fort: »Hab noch nie gehört, dass ein Mann auf dem Thing Recht bekommt, weil er im Recht ist.«

»Willst du meine Godenwürde beleidigen?«, schnappte Thorbjörn scharf. »Unsere Gesetze sind gut. Sie regeln das Leben.«

»Ja, beim Thor, ich weiß. Ein abgeschlagenes Ohr kostet ein halbes Manngeld, ein ausgestochenes Auge nur ein Viertel, fehlt aber die Nase oder ein Fuß, hat der Täter gleich ein ganzes Manngeld zu bezahlen. Wer seine Kühe auf einer fremden Weide grasen lässt ...«

»Schweig!« Heller Zorn stand in den Augen des Goden. »Ich will dir beistehen und du spottest ...«

»Nicht!« Tyrkir trat zwischen die beiden und versuchte sie mit Gesten zu beschwichtigen. »Bringt euere Freundschaft nicht in Gefahr! Bitte, Thorbjörn, lass es mich für ihn erklären und habe Geduld, wenn das deutliche Sprechen mir immer noch schwer fällt.«

Mit der Hand schützte er die Narbe. »Schon lange möchte Erik dir sagen, wie dankbar er für deine Hilfe ist. Außerdem möchte er dir sagen, dass er den Ausgang des Prozesses fürchtet, weil er schon einmal auf dem Thing angeklagt wurde. Verstehst du, die alten Bilder tauchen in ihm wieder auf.« So schnell es seine Lippen erlaubten, schilderte Tyrkir das Gerichtsverfahren in Norwegen. Auch damals standen wenige Zeugen den vielen Eideshelfern auf der Klägerseite gegenüber. Trotz klarer Unschuldsbeweise wurden der Freund und sein Vater verurteilt. »Erik greift nicht die Gesetze an, auch nicht dein Amt. Denn der Richter verkündet nur das Strafmaß. Die ausgewählten Geschworenen fällen das Urteil, so wie es von der Gemeinschaft verlangt wird. Mein Freund ist mutlos, weil nur der Recht bekommt, zu dem die meisten halten.«

Sichtlich betroffen zog Thorbjörn den Deutschen neben Erik und fasste beide an der Schulter. »Ich gestehe freimütig ein: Wahre Gerechtigkeit lässt sich auf dem Thing nicht erstreiten. Der Weg dahin ist noch weit. Aber von Jahr zu Jahr verbessern wir gemeinsam die Ordnung auf Island. Und ich werde dazu beitragen. Deshalb kämpfe ich für Erik.«

»Danke.« Der Hüne sah ihn offen an. »Das wollte ich sowieso sagen.«

Ein Gutsherr in einem blauen Umhang, dessen Brustteile mit roten Adlern bestickt waren, betrat die Hütte. Beim Anblick der drei so vertraut beieinander stehenden Männer zögerte er. »Bin ich hier falsch? Ich suche den Goden, zuständig für die Südseite des Schneefelsgebietes.«

»Willkommen!« Thorbjörn löste sich und bat den Vornehmen galant zu seinem Hochstuhl. »Ich bin der Richter.«

»Im ersten Moment dachte ich ...« Kurz blickte der Gast über die Schulter zu den beiden unauffällig Gekleideten im Hintergrund. »Nein, ich hätte es mir auch denken können, wer hier der Herr ist. Also, Ejolf vom Schweinseiland sagte mir, dass du Zeugen suchst.«

Freundlich erkundigte sich Thorbjörn nach Namen und Herkunft, dann legte er den Fall dar, sprach geschickt, hinterfragte, ob der Mann ihm auch folgen konnte, und ließ keinen Zweifel an der Ehrenhaftigkeit seines Schützlings.

Eine Weile hörte Erik staunend zu, schließlich stieß er Tyrkir leicht mit dem Ellbogen an. »Reden kann er ja. Aber du vorhin, das war noch besser, wollt ich dir sagen, Schlaukopf.«

Jetzt staunte auch Tyrkir. Zweimal hatte sich der Freund in so kurzer Zeit bedankt. Und das bedeutete viel für den Stolz seines Wikingers.

Der Sprecher auf dem heiligen Felsen ließ die Arme sinken. Er schwieg. Möwen verloren ihre Neugierde und segelten hinter seinem Rücken übers Wasser davon. Kein Laut drang zu ihm hinauf. Die versammelten Männer außerhalb des geweihten Kreises sorgten verstohlen für einen sicheren Stand und warteten auf das nächste Zeichen des Weisen. Einigen war die Mühe anzusehen, mit der sie seinen Worten gefolgt waren. In wohltönender Sprache hatte er die Gesetze Islands vorgetragen, jedoch nur ein Drittel des Ganzen, wie es der Brauch vorschrieb. Durch seine Wahl war er für drei Jahre zum Obersten Richter und Sprecher des Thorsnessthing erkoren worden. Und damit die Gesetze sich auch in den schwerfälligsten Schädel einnisteten, würde er die weiteren Drittel erst im nächsten und dem darauf folgenden Junigericht zu Gehör bringen.

Der Weise stieg vom Felsen hinab und betrat den mit Haselstecken und Seilen abgesperrten Platz. Würdevoll schritt er durch die noch leeren Bankreihen zum Altarstein in der Mitte. »Wer von euch Sorgen hat, wer von euch Antwort auf Fragen sucht, der bringe dies nun in gesitteter Form vor die Versammlung!«

Einen Augenblick nur dauerte das tiefe Atemholen, dann schrie es aus allen Kehlen gleichzeitig. Ein Stimmenorkan brandete auf. Freie Rede für jeden freien Mann! Nur das eigene Anliegen war wichtig. Jeder versuchte, den Nachbarn zu übertönen. Einige zogen Rasseln aus der Tasche und merkten gar nicht, dass mit diesem Lärm auch die eigenen Worte untergingen. Wie ein Turm in der Brandung stand der Oberste Richter neben dem Opferstein, gleichmütig fast nahm er das Geschrei hin.

In den hinteren Reihen und weit voneinander getrennt gab es zwei Inseln des Schweigens. Kläger und Beklagter, jeweils umringt von ihren Gefolgsleuten. Eingezwängt von Erik und Thorbjörn beobachtete Tyrkir zwischen Schultern und Köpfen hindurch auf der anderen Seite des Platzes den Breidabauern.

Auch Thorgest hatte die gegnerische Partei ausgemacht und war bemüht, seinen Zeugen den Feind zu zeigen. Achselzucken, wieder Hinschauen, erneutes Achselzucken. Das ist dir nicht gelungen, dachte Tyrkir befriedigt, du hinterhältiger Schuft hast meinen Wikinger nicht vorher wie einen Opferstier zur Schau stellen können. Erik war erst gegen Ende der Gesetzesverkündung zur Thingstätte gekommen, auch jetzt noch trug er eine weite Kapuze, unter der sein Gesicht halb verborgen blieb.

Tyrkirs Blick heftete sich auf den Mann neben dem Breidabauern. Diese Pelzmütze, der scharf geschnittene Mund, das bartlose Kinn! Es war Ulf Einarsson, der Gode, zuständig für die Gebiete am Hvammsfjord. Großer Tyr, warum lässt du zu, dass unser Feind so übermächtig wird?

Schnell gab er dem Verteidiger ein Zeichen. Thorbjörn beugte sich zu ihm hinunter. »Dort drüben bei Thorgest steht der Richter, der uns letztes Jahr wegen Totschlags aus dem Habichtstal verbannt hat und ausgerechnet ihn hat sich der Kerl zum Prozessführer gewählt.«

»Bist du sicher?« Thorbjörn benötigte Zeit, ehe er weitersprach. »Dieser Fall ist abgeschlossen. Ich muss verhindern, dass er hier zur Sprache kommt.«

Als Tyrkir die ratlose Miene sah, nickte er seufzend.

Den meisten Schreiern vorn an der Absperrung ging der Atem aus, nur wer seine Stimmkraft eingeteilt hatte, der erreichte jetzt das Ohr des Weisen: Das Strandholz sollte gerechter verteilt werden. Wenn ein Bauer zu wenig Heu für den Winter einbringen konnte, sollte der Nachbar ihm aushelfen und dabei nicht den Preis in die Höhe treiben dürfen. Wem gehörte ein Bach? Durfte der nahe einer Quelle wohnende Bauer das Wasser umleiten und so die Wiesen des Hofes weiter unterhalb austrocknen?

Zunächst schlug der Oberste Richter eine gerechte Lösung vor, wenn die Mehrheit durch Zuruf oder Heben der Faust ihr zustimmte, dann erst entschied er. Das neue Gebot oder die Ergänzung eines alten würde er auf dem nächsten Thing in seinen Gesetzesvortrag mit aufnehmen.

Mit einer großen Geste legte der Weise die Hand auf den Opferstein. Damit war die allgemeine Fragestunde beendet. Hiernach berührte er neben der Blutschale den nicht zusammengeschlossenen Eisenring.

»Dies ist der Platz des hohen Gerichts. Wer einen Streitfall vortragen will, der möge nun seine Klage erheben.«

Ohne Befehl wich die Menge zurück. Nahe der Absperrung blieben nur die beiden ungleich großen Gruppen übrig. Um den Breidabauern hatten sich mehr als dreißig Männer geschart. Er trat ans Seil vor und höhnte in Richtung Erik: »He, Roter! Mit Recht versteckst du dein Gesicht, denn hier stehen ehrbare Isländer. Ja, die Schuld quält dich so sehr, dass du den Kopf nicht heben kannst!«

Ehe Thorbjörn und Tyrkir begriffen, war Erik an der Gerichtsschranke, schlug seine Kapuze in den Nacken und reckte das Kinn. Mähne und Bart verblassten gegen das Zornrot seines Gesichtes. Er öffnete den Mund, mit erhobener Faust stand er da, Gegner und Gaffer erwarteten seinen Ausbruch, jedoch der Hüne bezwang sich und sagte nichts.

Anerkennend nickte der Oberste Richter in seine Richtung, dann fuhr er den Bauern an: »Wenn deine Zunge zu lang ist, so beiße sie dir ab. Aber wage es nicht noch einmal, gegen die Thingordnung zu verstoßen!«

Mit hartem Griff zog der Prozessführer den vorlauten Kläger von der Absperrung weg, sprach mit drohend erhobenem Finger auf ihn ein, erst als er sicher war, dass Thorgest von jetzt ab schweigen würde, begab er sich auf den Weg zum Gesetzesfelsen.

Am Fuß der grob gehauenen Steintreppe sammelte er sich. Aller Augen ruhten jetzt auf ihm. Nicht nur seine Worte, auch jede Geste hatten Einfluss auf die Entscheidung der Gemeinschaft. Endlich, als wäre ein Ruf aus Walhall an ihn ergangen, warf der Gode das Haar zurück, straffte den Rücken und Stufe um Stufe stieg er hinauf. »Hört! Hört! Thorgest vom Breidahof hat viele Zeugen vor dieses Gericht geladen und mich zu seinem Fürsprecher ernannt. So mache ich kund wider Erik den Roten …«, mit ausgestrecktem Arm wies er in Richtung der kleinen Schar um den Hünen und wartete, bis alle Blicke ihm gefolgt waren, »… wider Erik den Roten eine strafbare Brandstiftung, darum, dass er die Scheune des Thorgest mit Feuerpfeilen angezündet hat. Außerdem mache ich kund wider Erik den Roten einen strafbaren Diebstahl, darum, dass er wertvolles Gut aus einer Lagerhalle des Breidabauern geraubt hat.« Weit vernehmbar schallte die Stimme über den Thingplatz.

Vorn an der Absperrung hörte Thorbjörn mit unbewegter Miene zu. Der Gegner kannte die vorgeschriebenen Redewendungen, auf einen Formfehler zu hoffen wäre Kraftvergeudung. »Überdies mache ich kund wider Erik den Roten einen strafbaren ersten Angriff, darum, dass er bei Spitzklipp auf Toke Thorgestsson lossprang und ihn verletzte, der Schlag wurde zur Todeswunde für Toke. Ich mache kund wider Erik den Roten erneut einen strafbaren ersten Angriff, darum, dass er bei Spitzklipp auch auf Odd Thorgestsson lossprang und ihn verletzte, dieser Stich wurde zur Todeswunde für Odd …«

Neben Tyrkir stieß der Freund zischend den Atem aus. »So war's und war's doch nicht.«

»Der Gode sagt nur das, was er von dem Betrüger gehört hat und was dem Betrüger nützt.«

»Ach, Schlaukopf, lass uns einfach weggehen!«

»Wehe dir. Denk an deine Frau, an deinen Sohn! Vielleicht geschieht ein Wunder, irgendein Zeichen …«

Das Wort Habichtstal ließ beide Freunde aufhorchen. »… Wegen heimtückischen Totschlages wurde er für drei Jahre aus dem Gerichtsbezirk verbannt, davon ist erst eines verstrichen.« Gemurmel erhob sich in der Menge. Ulf Einarsson ließ es zu, mehr noch, er schürte die Empörung: »Vier Morde! Da kommt ein Fremder nach Island und bringt vier Männern den Tod.«

»Gerechtigkeit!« Mit schnellen Schritten trat Thorbjörn vor. Mit erhobener Faust schrie er: »Ich verlange Gehör! Zu Unrecht bringt der geschätzte Ulf die Klage aus dem Habichtstal hier zur Sprache. Sie ist längst gesühnt, er selbst hat die Strafe verhängt ...«

»Schweig!«, unterbrach ihn der Oberste Richter. »Ich rufe dich, wenn deine Zeit gekommen ist.« Den Ankläger warnte er. »Die erste Verurteilung gehört nicht auf diesen Thing!«

Der Gode zeigte sich betroffen. »Dann bitte ich die Versammlung zu vergessen, was ich über die schändlichen Morde im Habichtstal gesagt habe.«

Blass vor Zorn kehrte Thorbjörn zu den Freunden zurück. »Dieser Fuchs«, flüsterte er vor sich hin. »Alle Geschworenen wissen es jetzt.«

Oben auf dem Felsen hob der Ankläger wieder die Stimme: »Ich verlange, dass Erik der Rote um dieser Klagesache wegen ein geächteter Friedloser werden muss, den niemand nähren, niemand bekleiden und dem niemand Schutz gewähren darf. Ich erkläre ihn seines Hab und Gutes für ledig. Sein Besitz soll zur Hälfte dem Thorgest zufallen und zur anderen Hälfte den Geschworenen, die nach dem Gesetz das Hab und Gut einzuziehen haben. Dies mache ich vor aller Ohren kund.«

Klatschen und Rufen der Zuhörer, Rasseln wurden geschlagen, schnell bestimmten sie den Rhythmus der Begeisterung: Die Klagerede war gut vorgetragen und vor allem für jedermann verständlich gewesen. Ein Fremder hatte es gewagt, den Frieden zu stören. Für einen überführten Mörder gab es keinen Platz in der Gemeinschaft. Verächtliche Blicke trafen Erik und die kleine Gruppe seiner Gefolgsleute.

Inzwischen hatte Ulf Einarsson seinen erhöhten Platz verlassen und stand jetzt neben dem Obersten Richter vor dem Opferstein. Auf dessen Wink hin näherte sich der Breidabauer. Er grinste hämisch und hustete, hütete sich aber, den zähen Schleim auszuspucken. Seine Zeugen wurden aufgerufen. Nacheinander betraten sie den heiligen Bereich. Jeder nannte Name und Herkunft, sodann musste er die Hand auf den Eisenring neben der Blutschale legen und die Richtigkeit der Anklage beeiden.

Im Rücken von Thorbjörn, den Freunden und den beiden Gutsherren stießen sich die neu angeworbenen sechs Männer verstohlen an. Ohne Worte wusste jeder, was der Nachbar sich fragte. War es klug, bei dieser Überzahl an Eideshelfern weiter zu dem Beklagten zu stehen? Welcher Schaden würde für sie selbst, würde für die eigene Familie erwachsen?

Der Großbauer im blauen Umhang nickte in die Runde. Noch hatten sie nicht öffentlich Partei ergriffen. Er schlug die gestickten Adler beiseite, hakte die Daumen in den Gürtel und trat zu Thorbjörn. »Die Lage ist so …« Er sprach von Zweifeln, der Vorfall bei Spitzklipp erschien jetzt doch in einem anderen Licht und mit ehrlichem Herzen könnte er nicht länger für die Unschuld des Roten eintreten. »Ich bitte dich, auch im Namen der Übrigen, entlasse uns als Zeugen.«

Ehe der Verteidiger antworten konnte, packte Erik in den Stoff des Umhangs, riss den fein Gekleideten näher und stieß ihn gleich wieder von sich weg. »Ein Hammel gehört zu seiner Herde. Verschwinde! Und ihr auch. Ich gebe euch euer Ehrenwort zurück, also habt keine Angst vor mir.«

»Ich bin nicht gegen dich, das musst du mir glauben. Nur, diesen Prozess wirst du …«

»Verschwinde!«, knurrte Erik. »Ehe ich wirklich einen Mord begehe.«

Rückwärts entfernten sich die sechs Männer von der Gerichtsschranke und waren erleichtert, als sie in den Reihen der Menge untertauchen konnten.

Schmerzhaft pochte das Blut, Tyrkir presste die Hand auf die Narbe. »Was jetzt?«

Dem hoch gewachsenen Richter rannen Schweißperlen von der Stirn. »Ich werde Einspruch gegen die Klage erheben. Dabei bleibt es.«

Erik lächelte bitter. »Kaum zu glauben. Dein Schädel ist fast noch härter als meiner. Wir wissen beide, wie das Spiel hier endet. Gut, gut, stehen wir es durch.« Er fasste ihn an der Schulter. »Aber unser Schlaukopf soll Vorkehrungen treffen. Für nachher.«

Sein Plan stieß weder bei Tyrkir noch den beiden verbliebenen Getreuen auf Widerspruch. Nach kurzem Überlegen willigte auch der Verteidiger ein. »Ich hoffe zwar immer noch, dass du hier auf dem Thing zu deinem Recht kommst. Dennoch scheint es mir nicht falsch, wenn wir für deine Sicherheit sorgen.«

Am Opferstein war die Vereidigung der Zeugen abgeschlossen. Der Oberste Richter hob die Stimme: »Wer in diesem Streitfall gegen die Klage Einspruch erheben will, der möge jetzt sprechen oder für immer schweigen.«

Thorbjörn ging aufrecht zum Gesetzesfelsen.

Wie die sechs Abtrünnigen noch vor wenigen Augenblicken zog sich auch Tyrkir Schritt für Schritt zurück. Mit beifälligem Gemurmel wurde er von den Zuschauern empfangen. »Klug bist du, kein ehrlicher Isländer darf zu diesem roten Fremden halten.«

Wie Fausthiebe empfand er das wohlmeinende Schulterklopfen, drängte sich durch den Geruch nach Seehundfett und atmete erst auf, als er die Versammlung verlassen hatte.

Gut eine Wegstunde auf der Landzunge zurück lag der Seevogel Thorbjörns halb aus dem Wasser gezogen und eingezwängt zwischen vierzehn anderen Schiffen im Hafen. Derweil ihre Herren für eine Woche das Thing besuchten, hatten sich die Besatzungen an Land bequem eingerichtet. Sie hockten in Gruppen um ein großes Feuer, tranken Bier, lachten, schwatzten und brieten Fleischstücke an langen, gespitzten Stöcken.

Um das Gelage nicht unnötig zu stören, wollte Tyrkir seine Leute durch Pfiffe auf sich aufmerksam machen, jedoch die Lippen versagten den Dienst. Auch das muss ich erst wieder üben, dachte er verärgert, und wer weiß, ob ich je wieder pfeifen kann.

Unauffällig schlenderte er in die Nähe des Feuers, fand einen Sklaven, der zum Seevogel gehörte, und tippte ihm auf die Schulter. »Befehl von Thorbjörn«, sagte er gedämpft. »Komm sofort zum Schiff! Die andern auch. Aber kein Aufsehen, die Zeit drängt.«

»Wieso?« Der Sklave würgte einen Bissen herunter. »Gibt es Streit? Ist denn das Friedensgebot …?«

»Frag nicht, Kerl!«, zischte Tyrkir und wandte ihm ruckartig seine Narbenseite zu. »Gehorche!«

Der Anblick so dicht vor seinen Augen erschreckte den Knecht. »Ich sag's weiter. Ja, und unauffällig. Ich hab verstanden.« Er raffte sich hoch, den Bratenrest noch am Stecken, schlurfte er durch die lagernden Gruppen.

Tyrkir beobachtete ihn eine Weile, sah, wie er einen Kameraden mit dem Fuß anstieß, sich hinunterbeugte und ihm etwas zuflüsterte. Beide feixten, den Umsitzenden musste es vorkommen, als tauschten sie Zoten aus.

Anerkennend nickte Tyrkir. Der Knecht ging weiter, fand den Nächsten. Nach und nach erhoben sich die Sklaven, einige griffen sich zwischen die Beine, gingen in Richtung Strand, um ihr Wasser abzuschlagen, zwei stützten sich gegenseitig, schwankten wie trunken zum Schiff; ohne Verdacht zu erregen hatten bald alle zehn Sklaven des Goden von der Südseite das Gelage verlassen.

»Die Sache meines Freundes steht nicht gut.« Der Deutsche sah scharf in die Runde. »Also sorgt, dass ihr den Rausch aus euren Schädeln bekommt. Vielleicht müsst ihr schon bald beweisen, wie viel schneller die Männer vom Warmquellhang sind als all die Säufer da drüben am Feuer.«

So einfach war es vor seiner Verwundung gewesen, klare Befehle zu geben, jetzt mühte er sich um jedes Wort, schließlich aber hatten die zehn Männer begriffen, worauf es ankam und was von ihnen erwartet wurde. »Euer Herr und mein Freund, auch ich, wir verlassen uns auf euch.«

Ungewissheit verlängert jeden Weg. Endlich gelangte Tyrkir außer Atem wieder zum Gerichtsplatz: Der Gesetzesfelsen war leer, demnach hatte Thorbjörn seine Verteidigung beendet; die Zuschauer waren erneut bis zur Absperrung vorgetreten und führten halblaute Gespräche mit den Nachbarn, also stand das Urteil noch aus.

Tyrkir zwängte sich durch die Menge. Nur widerwillig wurde ihm Platz gegeben. Ein muskelbepackter Gutsherr knurrte: »Langsam, Kleiner, sonst reiß ich dir den Kopf ab. Das Beste hast du eh verpasst.« Wie einen Querbalken streckte er den Arm aus. »Wer bist du überhaupt? He, dein Gesicht? Hab ich dich nicht vorhin bei dem Roten gesehen?«

Ohne Antwort tauchte Tyrkir unter der Muskelschranke her. Direkt vor dem Seil war die Reihe dicht geschlossen. Er suchte, bis er zwischen zwei Schultern freie Sicht auf den geheiligten Platz fand.

Die zwölf Geschworenen hatten ihre Bänke verlassen und berieten sich etwas abseits mit dem Obersten Richter. Rechts des Altars umstanden die Zeugen den Breidabauern und dessen Fürsprecher, feistes Grinsen in allen Gesichtern, verstohlenes Schulterklopfen.

Auf der anderen Seite wartete Erik mit Thorbjörn und den

beiden Gutsherren. Der Freund hatte die Fäuste in die Hüfte gestemmt, das bärtige Kinn gereckt starrte er reglos über die Gaffer hinweg. So stark bist du, mein Wikinger, dachte Tyrkir, doch was nützen hier Stolz und Ehrbarkeit gegen solche Übermacht. Nicht mal eine Hand voll Eideshelfer haben wir anwerben können.

Die Geschworenen kehrten auf ihre Bänke zurück und der Oberste Richter stellte sich vor den Opferstein. Mit geschlossenen Augen verharrte er dort, bis Stille über der Thingstätte lag. Langsam öffnete er die Lider. »Kraft meines Amtes und da es der Wille beider Parteien ist, werde ich nun den Spruch fällen. Klage und Verteidigung sind der Gemeinschaft von ehrenwerten Rednern zur Genüge vorgetragen worden. Nach unseren geheiligten Gesetzen erkenne ich Erik Thorvaldsson, der auch der Rote genannt wird, des feigen Totschlags an Toke und Odd, den Söhnen des Thorgest vom Breidahof, für schuldig.«

Kein beifälliges Gemurmel außerhalb der Gerichtsschranke, keine Regung in der Miene Eriks, auch auf der Seite des Klägers rührte sich niemand. Dieses Urteil war von allen erwartet worden. Nach einer Pause hob der Weise wieder die Stimme: »Zur Strafe und Sühne für seine Tat soll der Mörder eine zweifache Mannbuße an den Geschädigten leisten.«

Der Breidabauer legte dem Goden Ulf Einarsson die Hand auf die Schulter. Zwei Mannbußen, die Aussicht auf zweihundert Mark in Silber befriedigte ihn.

Für einen Augenblick verspürte Tyrkir leise Hoffnung aufsteigen. Sollte das allein die Strafe sein? Er beobachtete, wie Thorbjörn seinen Schützling anstieß. Erik rührte sich nicht.

»Da aber Bauholz und Hausrat des Schuldigen bis auf die Hochsitzbalken noch zu Unrecht in der Scheune des Breidabauern lagern, soll das zweifache Manngeld damit aufgerechnet und abgegolten sein.«

Ein Wutschrei entfuhr Thorgest, mit hartem Griff brachte ihn der Richter aus dem Habichtstal zum Schweigen.

O großer Tyr, beschenkst du meinen Wikinger mit Gnade? Die Hoffnung in Tyrkir wucherte. Neben dem Opferstein bewegte sich Erik zum ersten Mal wieder, nachdenklich kratzte er sich im Bartgeflecht der rechten Wange.

Der Oberste Richter blickte nacheinander die Parteien an, dann wandte er sich an die Versammlung. »Zwar sind die Morde im Habichtstal gesühnt, doch die neuen Totschläge haben den Ruf des heute Verurteilten weiter verdorben. Das Faulige muss herausgeschnitten werden, sonst vergiftet es das ganze Fleisch. Zum Schutz unserer Gemeinschaft und zum Trost des Vaters, der seine Söhne verlor, soll Erik der Rote auf drei Jahre recht- und ehrlos sein. Er kann außer Landes gehen oder muss hier auf Island wie ein Tier mit den Tieren in der Einöde leben. In drei Tagen, von dieser Stunde an gezählt, darf jedermann ihn verfolgen und ohne Strafe erschlagen. Wer ihn jedoch beherbergt, wer ihn nährt oder kleidet, den trifft selbst die Härte des Gesetzes. Nach Abbüßen der Strafe soll Erik Thorvaldsson wieder gereinigt sein und darf als ehrenwerter freier Mann in unsere Gemeinschaft zurückkehren.«

Der Oberste Richter wandte sich an den Roten. »Willst du dich dem Spruch fügen?«

Wie ein Baum, erfasst von einer Sturmböe, bog sich der Riese jäh zurück. Mit der Armbeuge schützte er seine Augen.

Die Zuschauer hielten den Atem an. Jeder Verurteilte musste der Strafe zustimmen und sie selbst vollziehen, denn mit Ausnahme des Klägers gab es niemanden, der auf die Einhaltung achtete. So lautete das Gesetz. Fügte sich der Verurteilte nicht, so konnte seine Tat als unsühnbar erklärt werden und dann wurde ihm gleich hier auf dem Opferstein das Rückgrat gebrochen, wie den Unwürdigen, die Frauen und Mädchen vergewaltigt oder wehrlose Krüppel erschlagen hatten.

»Ich wiederhole meine Frage!« Der Ton des Obersten Richters nahm an Härte zu. »Fügst du dich dem Spruch?«

Erik ließ den Arm sinken. Sein Gesicht war tränennass, doch Feuer loderte in den gelbbraunen Augen. »Weil ich es muss, will ich, Erik Thorvaldsson, mich dem Urteil des Thinggerichtes beugen. Für drei Jahre werde ich meine Rache in mir begraben. Doch vergessen …« Über die Schulter blickte er hinauf zum Gesetzesfelsen, mehr für sich selbst ergänzte er: »Das Unrecht ist mir, nicht meinem Gegner geschehen.«

Ehe der Weise darauf eingehen konnte, flüsterte Thorbjörn hastig: »Still! Der Spruch gilt. Sag kein Wort mehr, ehe wir nicht den heiligen Platz verlassen haben!«

Zustimmend nickte der Oberste Richter und ahndete die letzte Bemerkung des Verurteilten nicht. »Damit ist diese Sache abgeschlossen!«, rief er den freien Männern zu. »Wir haben längst nicht alles miteinander besprochen. Vorher aber esst euch satt, doch trinkt nicht zu viel!«

Der Gode vom Warmquellhang schritt hoch erhobenen Hauptes voraus, ihm folgte Erik, den Schluss bildeten die beiden Gutsherren. Obwohl der Breidabauer vor Zorn schnaubte und hustete, mit Handzeichen seine Leute formierte, noch durfte er sich nicht vom Opferstein wegbewegen.

Ungehindert tauchte die Gruppe unter dem Seil her und die Zuschauer gaben eine breite Gasse frei. Diese Gelegenheit nutzte Tyrkir, er löste sich aus der Menge und gesellte sich neben den Freund. Kurz sah Erik zur Seite. »Was ist?«

Nur ein Kopfnicken war die Antwort.

»Das ist gut.« Schneller gingen sie.

Wie es der Brauch vorschrieb, schwappte hinter ihnen das Gedränge wieder zusammen. Der Friedlose sollte genügend Vorsprung haben, um sich vor seinem Jäger zu verbergen. Eine Weile hörten die fünf noch das empörte Geschrei des Thorgest, bis es ganz im Gelächter und Lärmen der Leute unterging.

Nicht zurück in die Zeltstadt, keine Zeit für die wenigen mitgeführten Habseligkeiten, bestimmte Thorbjörn und schickte nur die beiden Gutsherren zu seiner Godenhütte. »Dort bleibt ihr! Morgen hole ich euch nach.«

Im Laufschritt hastete er mit Erik und Tyrkir weiter. Es konnte nicht mehr lange dauern, bis Thorgest ihnen folgte. Auch wenn die Schonfrist drei Tage währte, Jäger und Meute mussten das Opfer im Auge behalten, sonst kostete es unnötig Zeit und Mühe, seine Spur zu finden. Wer einen Friedlosen tötete, dem gehörte dessen ganzer Besitz; auch mögliche Helfer zu überführen, selbst dafür lohnte sich die Jagd.

Endlich kam der Hafen in Sicht. So spät wie irgend möglich durften die dort lagernden Bootsknechte begreifen, was vor sich ging. Die drei Männer verlangsamten das Tempo. Ehe sie vom Fahrweg hinunter zur Bucht abbogen, blickte sich Tyrkir noch einmal um. »Die Zeit wird knapp.«

Aus Richtung der Zeltstadt preschten Reiter im schnellen Tölt über die Landzunge, zogen Staubfahnen hinter sich her.

»Weiter. Kümmer dich nicht drum!«, knurrte Erik. Mit langen Schritten eilten sie mitten durch das Gelage, am Feuer vorbei und näherten sich der Anlegestelle.

Thorbjörn stieß einen unterdrückten Fluch aus. Sein Seevogel lag noch halb auf dem Strand inmitten der anderen Knorrs. »Bei allen Göttern. Mein Schiff müsste doch längst draußen im freien Wasser sein.«

Erik packte seinen Verwalter im Genick. »Was ist los? Nur das Beiboot sollte auf uns warten, hab ich gesagt. Und wo sind unsere Leute? Verdammt, jetzt wird's wirklich knapp.«

Mit einem Ruck nach vorn befreite sich Tyrkir aus dem Griff. »Ich hab mir etwas anderes einfallen lassen. Vertraut mir!« Er zog sich an der Bordwand hoch und blieb rittlings auf der Kante sitzen. Im Laderaum kauerten die Knechte. »Habt ihr alles vorbereitet?« Die grinsenden Gesichter genügten ihm. »Dann los jetzt!«

Zugleich erhoben sich die Sklaven, huschten zum Bug und sprangen rechts und links des Drachenkopfes an Land. Den beiden Herren rief Tyrkir zu: »Worauf wartet ihr? Oder wollt ihr mit dem Breidabauern noch einen Schwatz halten?« Kaum verständliche Worte, doch sein Blick zum Gelage unterstrich ihren Sinn: Die Verfolger hetzten bereits den Hang hinunter.

Hastig schwangen sich Thorbjörn und Erik an Deck, schon drückten die Knechte das Schiff vom Strand. Sobald es genügend Wasser unter dem Rumpf hatte, nutzten einige die Ruderpforten in der Wandung als Steigbügel und kaum an Bord, streckten sie den Kameraden hilfreich die Arme hin, bald war auch der Letzte über die Reling gehievt.

Der Knorr löste sich aus der Schiffsreihe, glitt ins freie Wasser, jetzt wurden die Flüchtigen entdeckt und das Geschrei rund ums Feuer wuchs. Befehle! Hin und her stolperten Knechte, Thorgest und dessen Freunde verteilten Fausthiebe, sammelten aus den Betrunkenen nach und nach eine Bootsmannschaft zusammen und trieben sie mit Fußtritten zum Hafen.

Im Heck des Seevogels drückte Thorbjörn die Steuerpinne nach vorn. Langsam drehte sich der Knorr. Die Sklaven hatten auf den Bänken ihre Plätze eingenommen und die langen Ruderstangen durch die Pforten nach draußen geschoben. Leichte Schläge der Blätter auf der linken Schiffsseite unterstützten das Wendemanöver.

Erik stand neben Tyrkir und beobachtete, wie jetzt auch der Knorr des Breidabauern ins Wasser geschoben wurde. »Rechtzeitig verschwinden, das hatte ich vor.« Er schloss und öffnete die Fäuste. »Keine Wettfahrt. Ach, Schlaukopf, du hast unsere Chance vertan!«

»Warte ab!« Tyrkir verzog die gesunde Mundhälfte zu einem Grinsen. »Wir sind jetzt schon in Sicherheit.«

»Was? Ich glaub, auch dein Verstand hat bei Spitzklipp was abbekommen.«

Gleichmäßig tauchten die Ruderblätter ein, zogen durch, schlitterten dicht über den kräuselnden Wellen wieder nach vorn, tauchten erneut ein und der Seevogel nahm Fahrt auf.

Die beiden Freunde gingen am Mastbaum vorbei nach achtern. Auf dem Steuerdeck empfing sie Thorbjörn wenig zuversichtlich. »Nur wenn wir den Inselgürtel mit einem kleinen Vorsprung erreichen, schaffen wir es vielleicht, dem Breidabauern zu entwischen. Irgendetwas muss uns doch an diesem elenden Tag gelingen.«

Erik starrte am Steven vorbei zum Hafen. »Versteh ich nicht.«

Das Schiff der Verfolger dümpelte immer noch rückwärts in der Bucht. Thorbjörn wandte den Kopf. »Warum ... aber sie müssten doch längst gewendet haben?«

Tyrkir verschränkte die Hände hinter dem Rücken. »Mit einem Steuerblatt wär's sicher ein Kinderspiel«, sagte er leichthin. »Und allein mit Riemen dauert es etwas länger. Doch wenigstens eins von beiden müsste schon vorhanden sein.« Er schwieg und genoss die verständnislosen Mienen.

»Schluss damit!«, blaffte Erik.

»Ganz einfach. Der Kahn schwimmt da vor sich hin, weil Steuerschwert und Ruderstangen am Ende der Anlegestelle fein säuberlich gestapelt hinter einem Steinhaufen liegen.« Tyrkir zuckte die Achseln. Weil er nicht wusste, welcher Knorr dem Breidabauern gehörte, hatte er von den Knechten gleich alle vierzehn Schiffe unbemerkt erleichtern lassen. »Ich sagte ja, wir sind längst in Sicherheit.«

»Schlaukopf!«, drohte ihm der Rote, er wischte sich die Stirn. »Ach, verdammt. Schlaukopf, du bist doch zu was nütze.«

Wohin? Weiter hinauf in den Nordwesten? Da warteten unwegsame, kahle Gebirge, sonst nichts, und nirgendwo auf Island war der Winter härter als dort.

Wohin? Tiefer in den Süden? Da siedelten zu viele Menschen;

und ein Friedloser konnte, wenn das Glück ihm half, nur in der Einöde überleben.

Ja, es gab eine Missetäter-Wüste: erstarrte Lavafelder, so weit das Auge reichte, verborgen in Spalten hier und da etwas Grün um einen Tümpel. Weil sich kein Mensch freiwillig dorthin wagte, hausten an den wenigen Oasen die Ausgestoßenen und bekämpften und zerrissen sich gegenseitig wegen eines verirrten Schafes oder ein paar Vogeleiern.

»Ich will nicht zum Raubtier werden.«

»Geduld, Erik! Für eine Weile findet ihr hier in der Zwillingsbucht ausreichend Schutz«, hatte Thorbjörn ihn und Tyrkir vor zwei Tagen beschwichtigt. »Also wartet auf mich und lasst uns in Ruhe überlegen!« Damit war er zurück aufs Schiff und hatte die beiden Gutsherren vom Thorsnessthing abgeholt. Auf neugierige Fragen in der Zeltstadt gab er nur einsilbig Antwort: »Der Verurteilte fügt sich dem Richterspruch. Wie es Freundespflicht ist, habe ich ihm einen Vorsprung verschafft, mehr nicht. Als letzten Dienst bringe ich sein Schiff zu seiner Familie.«

Gemeinsam mit Styr und Ejolf hatte er dann auf der Ochseninsel die Zelte abgebrochen und das Reittier des Meeres samt aller Habe und den Mägden verstohlen durch das Gewirr der unzähligen Inseln und Riffe weiter nach Norden hinauf in diese verschwiegene Bucht gebracht.

Jetzt saßen die Helfer schon seit Stunden mit Erik und Tyrkir am Strand und berieten. Gefahr, überrascht zu werden, bestand nicht. Etwas weiter draußen kreuzte der Seevogel Thorbjörns als Späher und quer in der engen Einfahrt zur Bucht ankerten die Schiffe der beiden Gutsherren. Ihre Besatzungen waren an Bord, Pfeil und Bogen lagen griffbereit; sollte doch ein Verfolger das Versteck durch Zufall entdecken, würde er gebührend empfangen werden.

Über dem Feuer siedete eine Suppe. Unentwegt rührte Katla im Tiegel, keinen Schritt bewegte sich die Magd von der Kochstelle weg; mit sorgenvollem Blick, die Lippen leicht geöffnet, hörte sie dem Planen der Herren zu.

»Das ist unter meiner Würde.« Nein, Erik lehnte ab. Selbst das Angebot, von Freunden gut versorgt, auf der Südseite im Bezirk des Goden irgendwo in einer entlegenen Viehhütte die drei Jahre zu fristen, verwarf er.

»Warum?« Der Richter rieb sich heftig den Nasenrücken. »Dort könnte deine Frau dich sogar hin und wieder heimlich besuchen.«

Tyrkir unterstützte den Vorschlag. »Da unten wär's auch für mich einfacher, nach dir zu sehen. Wenn ich zwischendurch für ein paar Wochen vom Warmquellhang verschwinde, fällt das keinem auf.«

»Ihr meint es gut.« Erik nahm einen flachen Stein und schleuderte ihn übers Wasser, nach einigen Hüpfern schlug er gegen die Bordwand seines Knorrs. »Soll ich denn meinen Stolz ganz verlieren? Vor Thjodhild, vor dir, Schlaukopf, und euch …?«

Er brach ab. Eine neue Idee verdrängte das Klagen. »Besser wär's, wenn ich Island verlasse. Das steht einem Geächteten frei. So verstoße ich nicht gegen den Thingspruch. Ich könnte zurück nach Norwegen, nein, da haben sie mich auch weggejagt, nein, besser noch tiefer runter zu diesem Handelsplatz. Wie hieß der noch, Schlaukopf? Na, sag schon. Wo mein Vater dich und deine Mutter gekauft hat?«

»Haithabu am Ufer der Schlei.« Nachdenklich nickte Tyrkir. »Kein schlechter Einfall.«

Hartes Scheppern ließ die Köpfe herumfahren. Katla schlug den Schöpfer gegen den Suppentiegel. »Ich fahr mit!«

»Misch du dich nicht ein!«, herrschte Erik sie an. »Sieh zu, dass wir was zu essen bekommen.«

Ein vorwurfsvoller Blick traf ihn. »Deshalb will ich ja mit.« Die Magd reckte ihre Brüste, mehr für sich selbst bekräftigte sie: »Deshalb lass ich dich nicht allein.«

Bisher hatte Ejolf vom Schweinseiland nur zugehört. Jetzt gab er zu bedenken: »So spät im Sommer willst du noch die lange Fahrt in den Südosten wagen? Der Wind ist dafür nicht mehr günstig.«

»Mir gleich.«

»Wenn überhaupt, würde ich nach Westen segeln.«

Leicht grinsend sah Erik den Gutsherren an. »So, nach Westen? Sehr gut. Nur ist da leider nichts mehr. Soll ich als Seegespenst die Wale erschrecken?«

»Spotte nur! Aber hier bei uns am Breidafjord wird gemunkelt, dass dort Land sein soll.«

»Von wem weißt du das? Wer hat da Land gesichtet?« Auch die anderen ließen Ejolf nicht mehr aus den Augen.

»Ich kann es nicht beschwören«, dämpfte er die Erwartung. »Aber mein Schwager hat es mir erzählt.« Von Gunnbjörn, dem Sohn des Ulf Krähe, war die Rede: Der junge Kaufmann kam eines Sommers zurück aus Norwegen und wurde vom heftigen Oststurm über Island hinaus weiter nach Westen verschlagen. Erst nach einigen Tagen legte sich der Wind. Regen setzte ein und schwere Wolken hingen dicht über dem Schiff. Endlich lichtete sich das Wetter. »Und da hat Gunnbjörn ein paar Seestunden entfernt im Dunst schroffe Felsinseln gesichtet. Dahinter aber ragte etwas auf, grau oder blau, in jedem Fall verdeckte es den ganzen Horizont, entweder war es ein Gebirge oder da lag ein Riese. Näher ran hat Gunnbjörn sich nicht gewagt und weil endlich Westwind aufkam, hat er den lieber ausgenutzt und ist zurück nach Island.«

»Wie lange hat er dafür gebraucht?«

»Weiß nicht genau. Aber weniger als eine Woche.«

Die Zuhörer schwiegen. Unentwegt kratzte sich Erik im Bart, schließlich brummte er: »Land, auf dem noch keiner war. Wenn ich es finde …«

Tyrkir erhob sich und sah über die Bucht nach Westen.

»... dann gehört es dir.« Stumm setzte er besorgt hinzu: Mein Wikinger, verliere dich nicht gleich an den Traum. Nur wenn es dort wirklich Land gibt, Land, das bewohnbar ist, dann hat es auch einen Wert.

»Was ist, Schlaukopf?« In Eriks Blick stand neuer Glanz. »Oder will mich der Herr allein fahren lassen?«

»Warum fragst du, wenn du die Antwort kennst?«

Mit der Kelle in der Faust baute sich Katla vor ihrem Herrn auf. »Wehe, du sagst Nein. Ich komme mit und die beiden anderen Mädchen auch. Schließlich muss für euch gesorgt werden.«

Der Riese wollte nach ihr greifen, besann sich rechtzeitig und mit Blick auf Tyrkir und die Übrigen meinte er: »Keine Sklavin hat das Recht, irgendetwas zu fordern! Du folgst mir, weil ich es befehle. Und jetzt gib uns endlich von der Suppe.«

Seit vier Tagen und drei Tagnächten war die Schonfrist abgelaufen. Den Helfern war es gleichgültig. Obwohl sie jetzt selbst mit Strafe zu rechnen hatten, sorgten sie sich unermüdlich um Ausrüstung und Zustand des Reittieres. Leinen wurden überprüft, das rote Segel wurde gesetzt und wieder gerefft, auch das Ersatztuch durfte keine Risse aufweisen; und unter großen Mühen wurde von den Mägden die Außenwandung mit Robbentran eingefettet.

Da lediglich Ejolf in der Nähe am Breidafjord lebte, war er nach Schweinseiland gesegelt und mit Proviant zurückgekehrt: Fässer gefüllt mit Pökelfleisch oder Trockenfisch und pralle Lederschläuche. »Dachte, hin und wieder ein Schluck Sauermilch bekommt euch besser als nur Wasser.« Beinah liebevoll tätschelte er die zwei kleineren Schläuche. »In diese hier habe ich Met gefüllt. Den trinkt, wenn ihr die Küste gefunden habt, und denkt an mich! Gibt es aber kein Land, dann könnt ihr euch wenigstens noch mal besaufen, ehe ihr ...« Er beendete diesen Satz nicht, stattdessen warnte er: »Ihr müsst von hier verschwinden. Und zwar bald.« Der Breidabauer hatte bewaffnete Horden zusammengestellt. Mit Booten suchten sie Insel für Insel nach dem Friedlosen ab und waren der Zwillingsbucht schon bedrohlich nah gekommen. »Nicht mehr lange und sie müssen uns finden.«

»Ich darf euch nicht jetzt noch unnötig in Gefahr bringen.« Sobald sich die Sonne wieder aus dem östlichen Horizont erhob, wollte Erik das Versteck verlassen. »Hab ich die Sonne gleich zu Anfang im Rücken, kann ich den richtigen Kurs nicht verfehlen. Außerdem sieht es gut für uns aus.« Der Wind kam von Ost, ein wolkenloser Himmel, das Wetter versprach beständig zu bleiben.

Erik pfiff und winkte die Mägde und seine kleine Mannschaft zu sich. »Brecht das Lager ab. Verstaut alles an Bord. Wehe, ich finde noch irgendwo einen Becher oder eine Kelle. Und dann schlaft!« Die zehn Sklaven, die er selbst für den Krieg ausgebildet hatte, waren ihm von Thorbjörn überlassen worden, nicht viel, aber genug, um das Schiff zu führen. Betont heiter wandte sich Erik wieder an den Richter und die Gutsherren: »Besser, ich präge mir den Geruch von frischem Gras und Erde genau ein. Wer weiß, wann wir wieder festen Boden betreten.«

Tyrkir streckte sich neben dem Freund aus, schlafen wollte er nicht, doch wenigstens ruhen und die letzten Stunden an Land genießen. Lange starrte er schweigend in den blassen Himmel. Seine Gedanken schweiften übers Gebirge zur Südseite des Schneefels'. Arme Thjodhild, nichts wusste sie vom abgesagten Krieg, kannte auch nicht den Urteilsspruch. Wie hart würde sie die Nachricht treffen! Er setzte sich auf und umschlang seine Knie. »Bist du wach?«

Erik brummte nur.

»Fällt es dir schwer wegzugehen, so ohne ihr Lebewohl zu sagen?«

»Sei still!« Der Freund drehte ihm den Rücken zu.

»Sag doch!«

Erst nach geraumer Zeit kam die Antwort. »Sie ist meine Frau …« Eriks Stimme wurde brüchig. »… und stark. Sie wird es verstehen müssen … Und wir kommen wieder, das will Thorbjörn ihr ausrichten. Und fehlen wird sie mir, und der Junge … Beim Thor, sei jetzt still!«

Tyrkir sah auf die zuckenden Schultern und schwieg. Ohne Thjodhild, wie leer wird mir das Herz sein? Doch das wirst du nie erfahren, mein Wikinger. Er starrte zum Schiff. Ganz gleich, wohin es uns verschlägt. Wir müssen zurückkommen.

Der Ruf einer Eiderente. Tyrkir horchte. Er kam nicht irgendwo aus dem Gras hinter ihm. Draußen vom Wasser schallte er herüber.

Wieder der Ruf, diesmal deutlich näher. Es war kein Entenschrei. Gefahr! Die Späher auf dem Seevogel meldeten Alarm und die Mannschaften der Knorrs an der Einfahrt zur Bucht gaben das verabredete Signal weiter.

Erik hatte es gleichfalls vernommen. »Ins Schiff!«, befahl er halblaut durch den Trichter der Hände. »Beeilt euch!«

Sofort waren auch Thorbjörn und die beiden Gutsherren auf den Beinen. Niemand fragte. Die Mägde rannten ins seichte Wasser, von den Knechten wurden sie an Bord gehoben, die Herren halfen sich selbst und Erik griff nach der Steuerpinne. »Los jetzt!«

Ruderblätter klatschten ins Wasser. Schnell entfernte sich das Reittier des Meeres vom Ufer. Ehe es die enge Pforte der Bucht erreichte, hatten die beiden Wachschiffe bereits das Schlupfloch verlassen und warteten draußen.

»Knorr aus südlicher Richtung!«, wurde Erik unterrichtet, als sein Schiff zwischen den Booten längsseits ging »Eine halbe Stunde entfernt.«

Ohne Zögern forderte er die treuen Helfer auf: »Besser, ihr steigt um und verschwindet. Ich schaffe es allein.«

Der Richter schüttelte den Kopf. »Wir begleiten dich, bis du die offene See erreicht hast.«

Für ein Hin und Her war keine Zeit. Jetzt hatte Thorbjörn die Befehlsgewalt übernommen, er schickte Ejolf und Styr von Bord, jeden auf das eigene Schiff. Sie sollten das Reittier in die Mitte nehmen. »Segel ab!« Dem Freund befahl er: »Setze getrost volles Tuch. Dein rotes Segel ist zwischen den anderen auf die Entfernung schwer auszumachen. Die beiden führen dich mit. Und sobald wir meinen Seevogel erreicht haben, wird er sich hinter uns setzen. So kann keiner mit Sicherheit herausfinden, welches Ei unsere Flotte da im Nest davonträgt.«

Zu zaghaft griff der Wind in die Segel. Und Bordwand neben Bordwand kämpfte der Verband im Auf und Nieder mit den Wogen. Inzwischen hatte der Verfolger die Schiffe gesichtet und seinen Kurs geändert, kein Zweifel mehr, er versuchte ihnen den Weg abzuschneiden.

»Dieser hirnlose Narr!«, fluchte Thorbjörn. »Sieht er nicht, dass wir in der Überzahl sind? Falls er uns zu nahe kommt, müssen wir aus ihm einen Geistersegler machen.« Entschlossen hob er den Arm. »Waffen bereithalten!« Sein Befehl richtete sich an die Mannschaften des Geleits. »Ihr auch!«, forderte er die zehn Sklaven des Reittiers auf.

Tyrkir war bleich geworden. »Unternimm etwas!«, raunte er Erik zu. »Ehe noch ein Unglück geschieht.«

»Recht hast du.« Hastig überließ ihm der Hüne die Ruderpinne und ging mittschiffs zum Goden hinüber. »So kampfsüchtig kenne ich dich gar nicht. Dachte immer, ich sei der Raufbold und du der Besonnene.«

»Was bleibt uns denn übrig? Nach meinem Versagen auf dem Thing will ich dich wenigstens sicher ins offene Meer bringen. Das habe ich mir geschworen.«

»Du bist ein wahrer Freund. Aber vielleicht können wir auf eine Seeschlacht verzichten.« Erik schlug vor, dass er sich, sobald der Verfolger auf Rufweite herangekommen war, im Laderaum zu dem Proviant legte. »Lass die Kerle doch nach mir fragen. Du bist hier der Schiffsführer und überführst gerade meinen Knorr zur Südseite, so wie du's in Thorsness angekündigt hast. Und ehe wir nicht am Gletscher vorbei sind, stimmt sogar die Richtung.«

Der Gode rieb sich mit dem Handrücken die Stirn. »Warum bin ich nicht selbst darauf gekommen?«

Erik schwieg. Unvermittelt nahm die Brise zu. Rechts und links blähten sich die Segel, auch das rote Tuch wurde zum prallen Windbauch, leicht veränderten die Männer an der Pinne den Kurs und der Verband glitt schneller und schneller über die Wellenkämme dahin. In ihrem Kielwasser flog der Seevogel.

Ein Auge zusammengekniffen schätzte der Rote über dem gestreckten Daumen die Entfernung des Verfolgers und verglich dessen Geschwindigkeit mit der eigenen. Nach einer Weile grinste er. »Schon wieder gibt's keinen Krieg. Auch keine Fragen. Aufhalten kann der uns nicht mehr.«

Die Anspannung wich und aus tiefstem Herzen seufzte der Richter. »Wäre auch das erste Mal gewesen, dass ich …« Er winkte ab. »Andere Dinge beherrsche ich wirklich besser.«

Nebeneinander am Mastbaum stehend sahen sie zu, wie der Verfolger schließlich die Jagd aufgab und wendete. Nur ein Schwarm hungriger Möwen hielt jetzt noch mühelos ihre Geschwindigkeit. »Wird ein guter Tag«, meinte Erik.

Auf der Höhe der äußersten Landspitze der Schneefels-Halbinsel refften die vier Schiffe ihre Segel. Abschied. Styr und Ejolf vom Schweinseiland kamen noch einmal an Bord des Reittieres.

»Wenn ich das Land gefunden hab, komme ich wieder.« Der Rote sah ernst von einem zum anderen. »Vergessen werd ich's nie. Ich mein, was ihr für mich getan habt. Und wenn einer von euch irgendwann Hilfe braucht, ich geb sie ihm, das schwöre ich.« Sie reichten sich die Hände, wortlos kehrten Ejolf und Styr in Begleitung Thorbjörns auf ihre Knorrs zurück.

Während die Mannschaft wieder das rote Segel setzte und sich das Reittier aus dem Verband löste, rief Erik dem Goden nach: »Und sag Thjodhild: Drei Jahre sind nicht lang. Sag ihr das!«

Tyrkir stand am Hecksteven, er winkte, dann ließ er es. Als die Schiffe der Freunde rasch kleiner wurden, flüsterte er: »Drei Jahre, das sind drei lange Winter und drei Sommer.« Er wandte sich um und ging nach vorn zum Drachenkopf. Der Fahrtwind biss in seine Narbe, schmeckte salzig auf der Zunge. Ihn fröstelte.

HALLWEIG

Thjodhild weinte nicht. Mit versteinerter Miene hatte sie dem Richter zugehört. Als er schwieg, nahm sie ihren Sohn von der Spieldecke und trug ihn durch die Halle nach draußen. Es regnete. Tief hingen die Wolken. Sie verließ den Hof am Warmquellhang ohne Hast und schritt aufrecht über den schmalen Pfad bis zur Steilklippe hinaus. Dort verbarg sie den Kopf des Kleinen an ihrer Brust. Der Blick nach Westen fand keinen Horizont, irgendwo wurde er mit den Regenschwaden vom Meer aufgesogen. »Beide. Beide haben uns allein gelassen, mein Kind.« Thjodhild presste die Lippen aufeinander, um das Zittern des Kinns zu unterdrücken. Ich wäre mitgefahren. Was uns auch erwartet hätte, ich gehöre doch an eure Seite. Und nicht Katla.

Der Gedanke an die Magd schreckte sie auf. Ihre Ratlosigkeit schlug um in hellen Zorn: Katla! Dieses Weibsstück bestand aus einem runden Hintern und wippenden Brüsten. Mehr nicht. Nein, sei nicht ungerecht, mäßigte sie sich. Als die Männer zum Krieg gegen den Kerl vom Breidahof aufbrachen, hast du selbst die Magd an Bord geschickt. Weil sie tüchtig ist. Und jetzt fährt sie statt deiner mit ihnen auf dem Reittier ins Ungewisse. Füge dich dem Schicksal!

Thjodhild lächelte bitter, welch ein verfluchter Spruch. Sobald es Erik danach gelüstet, wird Katla mit Freude gehorchen.

Nein, kein Verstoß gegen die Ehe. War eine Hausfrau krank, abwesend oder nur missgelaunt, bediente sich der Herr seiner Sklavinnen. »Auch dieser Unsitte muss ich mich beugen«, flüsterte Thjodhild, »aber gewöhnen, nein, gewöhnen werde ich mich niemals daran.«

Leif schlug mit den Ärmchen und beschwerte sich lauthals gegen Nässe und Kälte. »Du hast Recht, wir müssen zurück. Es reicht schon, wenn dein Vater und dein Ziehvater da draußen im Regen herumirren.«

Das Gerücht von Eriks Verbannung hatte sicher längst jeden Hof im Habichtstal erreicht! Thjodhild fürchtete die Lügen und sobald sich das Wetter wieder besserte, ließ sie Thorbjörn einen Knecht zu ihren Eltern schicken. Durch ihn sollten sie die Wahrheit erfahren: Erik war kein Mörder, auch wenn es jetzt den Anschein hatte.

Voller Sorge spürte Hallweig, dass die Freundin sich mehr und mehr in sich zurückzog. Ende August bat sie Thjodhild, mit ihr gemeinsam die lange schon angekündigten Frauenhosen zu nähen.

»Willst du uns verlassen?« Bei der Frage hatte sich Hallweig tiefer über den Stoff gebeugt.

»Wie kommst du darauf?«

»Ich weiß es nicht genau. Vielleicht weil du in den letzten Wochen häufiger von deiner Mutter erzählt hast.«

Fahrig strich Thjodhild eine lose Haarsträhne aus der Stirn. Es ist wahr, dachte sie, in meinen Träumen bin ich oft wieder daheim. Doch dorthin zurück will ich nicht. »Glaub mir, Leif und ich fühlen uns hier geborgen.« Jähe Übelkeit stieg in ihr auf. Heftig atmete sie dagegen an.

»Bist du krank?«

»Nein, nein. Es geht gleich wieder.« Thjodhild hatte sich fest vorgenommen, über ihre Vermutung zu schweigen, bis sie sich selbst ganz sicher war. Doch Hallweigs forschender Blick verlangte sofort nach Antwort. »Seit einiger Zeit geht etwas in mir vor«, begann sie umständlich. »Mein Körper verändert sich.«

Mehr zu sagen war nicht nötig. »Wirklich? Und ich glaubte schon … Kann es denn sein?«

»Möglich ist es. Erik war bei mir, in der Nacht, bevor er zum Breidafjord absegelte. Und seither ist das Blut ausgeblieben.«

»So ein Glück.« Hallweig umarmte die Freundin. »Nein, du darfst nicht fort, versprich es. Hier bei mir, bei uns auf dem Warmquellhang musst du dein Kind bekommen. Nirgendwo sonst.«

»Was ist mit seinem Vater?« Thjodhild sträubte sich noch gegen die Freude. »Nur von ihm kann es in die Familie aufgenommen werden. Wenigstens drei Jahre bleibt er fort.«

»Denke jetzt nicht daran! Beim Kinderkriegen stören die Männer ohnehin.« Platz gab es im Saunahaus genug; und Grima vom Adlerhof musste rechtzeitig gerufen werden. Hallweigs Wangen glühten, sie plante, als stünde die Geburt jeden Moment bevor. »Unsere Grima ist die beste Hebamme an der Südküste.«

»Langsam. Es kommt doch erst nach dem nächsten Schnee.«

»Das wollen wir auch hoffen. Schön ausgewachsene Finger und Zehen muss das Kleine haben.« Ein Gedanke trieb die Herrin vom Warmquellhang zum Tisch. »Unsere Hosen. An deiner erweitere ich gleich den Bund, sonst passt sie dir schon bald nicht mehr über den Bauch.« Heftig atmend nahm sie wieder Nadel und Stoff zur Hand. »Was wird es?«

Thjodhild hob die Achseln.

»Dann wird es ein Junge.« Als Hallweig den verblüfften Blick sah, setzte sie hinzu: »Bei mir wusste ich gleich, dass ich ein Mädchen trage. Deshalb bekommst du einen Sohn.«

»Diese Weisheit kenne ich gar nicht.« Thjodhild war bemüht, ernst zu bleiben. »Du bist wirklich eine kluge Frau.« Ihre Mundwinkel zuckten verräterisch und weil die Freundin das Schmunzeln erwiderte, lachten beide. Jede freute sich über das Lachen der anderen. Hallweig rang nach Luft, hustete und lachte weiter. Zum ersten Mal, seit Erik und Tyrkir fort waren, fühlte Thjodhild sich unbeschwert.

Die rundliche Frau des Richters stand auf, drehte sich im Kreis und hielt dabei die Hose so, dass Luft die Pluderbeine aufplusterte. »Na, was sagst du?«

»Selbst wenn ich gleich zwei Kinder trage, passe ich da noch rein.«

»Weich und bequem muss sie schon sein. Der Stoff schmiegt sich an. Komm, steig mal rein.«

Thjodhild löste aus beiden Brustfibeln die Träger ihres Schürzenkleides und streifte es über den Kopf.

»Das Untergewand auch. Sonst sehen wir ja nichts.«

Nackt setzte sich Thjodhild auf den Hocker, einen Fuß nach dem anderen steckte sie durch die Beinlöcher der zusammengeknautschten Hose, stand wieder auf und entrollte den Stoffwulst umständlich bis über die Hüften. »Das muss ich noch üben.«

»Die Kerle können's schneller, das ist wahr.« Hallweig fädelte einen Wollstrick durch die Schlaufen im Bund und knotete lose die Enden. »Passt.« Sie betrachtete die Gestalt. »Wie schön du bist.« Nach einer Weile sagte sie kurzatmig: »Kann schon verstehen, dass du den Männern gefällst.«

»Bis jetzt hat mich noch keiner in einer Hose gesehen.«

»Das wäre auch nicht gut. Nein, ich meine, dir gucken die Kerle mehr nach als mir.«

Hastig griff Thjodhild nach dem Untergewand. »Wer denn? Wem gefalle ich?«

»Erik, das weißt du selbst. Meinem Thorbjörn könnte ich es nicht verdenken. Ja, und ganz sicher gefällst du dem neu ernannten Herrn. Unserm schmächtigen Narbengesicht.«

Thjodhild zog das lange Leinenhemd über den Kopf. »Tyrkir? Der zählt nicht, auch wenn er jetzt freigelassen ist, er gehört eben zur Familie.« Sie drehte Hallweig den Rücken zu, während sie die Hosen abstreifte und sich wieder bekleidete. »Außerdem ist unser Verwalter Leifs Ziehvater.« Du musst von Tyrkir ablenken, befahl sie sich, sonst verrätst du dich noch. »Wieso glaubst du, dass die Männer dir nicht hinterhergucken?«

Keine Antwort kam. Thjodhild befestigte die Träger an den Brustfibeln. »Also ich finde dich begehrenswert.«

Unterdrücktes Wimmern, gleich gefolgt von einem Schrei, nicht schrill, und doch traf er Thjodhild ins Mark. Sie fuhr herum. Die Freundin reckte den Mund wie eine Ertrinkende, ihre Finger zerrten am Hals, als versuche sie von außen die Kehle zu weiten. Hallweig sank in sich zusammen und ehe Thjodhild bei ihr war, schlug sie zu Boden.

»Gleich geht es dir besser.« Wie schon so oft bei einem Anfall setzte sich Thjodhild neben die Freundin und bettete den Kopf in ihrem Schoß.

Das Gesicht war wächsern, die Lippen blau. »Hallweig?« Sie prüfte den Atem, tastete nach dem Herzschlag. Stille, nichts sonst.

Vor Thjodhilds Blick verschleierten sich die Lichter in der Halle. Mit einem Mal umgab sie Tosen und Rauschen. Ein rotes Segel tauchte aus Wellentälern auf. Das Schiff Eriks. Es wurde von einer Woge hochgeschleudert, verschwand und tauchte wieder aus der Gischt. Vom Sturm wurde das Reittier unerbittlich auf schroffe Felsen zugetrieben. Nein, dachte sie, keine Felsen, das sind Zähne im aufgerissenen Maul eines riesigen schwarzen Ungeheuers. Es will Erik und Tyrkir verschlingen. Tränen liefen ihr haltlos über die Wangen. Sie streichelte das Haar der Freundin.

»Du auch? Gehst auf die Reise und lässt mich auch allein. O Hallweig, ich fürchte mich.«

AUF DEM RUNENSTEIN DER ERINNERUNG ZU LESEN:

Mit einem Stichel müssen die Zeichen freigelegt werden.

... das Jahr 982: *Prinz ... Olaf Tryggvasson ... Sein Vater wurde in Norwegen von zwölf Männern heimtückisch ermordet. Seine Mutter floh hochschwanger vor den Feinden und brachte ihren Sohn auf einer kleinen Insel vor der Küste zur Welt. Doch die Verfolger fanden das Versteck. Olaf wurde als Sklave verkauft, verschleppt und befreit. Er wuchs in Russland am Königshof auf und wurde dort ein geachteter Heerführer. Eines Tages trifft er im Wendland den jungen Klosterschüler Dankbrand. Der Schild des Novizen ist mit einem Kreuz bemalt. Olaf fragt und Dankbrand berichtet vom Leiden Christi und der Wunderkraft, die dem Kreuz innewohnt ... Tief beeindruckt kauft Prinz Tryggvasson diesen Schild ... Oft denkt der neunzehnjährige Olaf an Norwegen, das Land seines Vaters.*

... das Jahr 983: *Jarl Hakon hat seinen Widersacher besiegt und Blut von dreihundertsechzig Männern versickert auf dem Schlachtfeld. Nun ist er der uneingeschränkte Herrscher in Norwegen. Sogar seinem Lehnsherrn, dem Dänenkönig Blauzahn, verweigert er die schuldigen Abgaben. Jarl Hakon genießt das Leben am Hofe zu Trondheim. Er heiratet, jedoch die Gemahlin genügt ihm nicht, getrie-*

ben von Gier und Lust sucht er schamlos nach Abenteuern mit anderen Frauen …

… das Jahr 984: *Auf Island ist Bischof Frederik mit seinem Begleiter tiefer Schmach und Anfeindungen ausgesetzt. Unerschütterlich aber lässt er durch Thorvald weiter den Verstockten die neue Lehre verkünden. Die beiden frommen Männer wagen sich im Juni sogar auf den Thing. Frederik befiehlt dem Freund vom Gesetzesfelsen aus, die Stimme für Gott den Allmächtigen zu erheben, während er selbst nur stumm dabeisteht. Ungeheuerlich! Beschimpfungen werden in der Versammlung laut. Schließlich lästern zwei Männer offen über den Bischof: In seinem Rock sehe er aus wie ein Weib und sicher habe er sich von Thorvald neun Kinder zeugen lassen! Das ist zu viel für den rechtschaffenen Freund und er tötet die Schandmäuler vor aller Augen. Die Missionare müssen sich verstecken. Zweihundert Männer ziehen aus, um den Bischof und Thorvald in ihrer Behausung auszuräuchern. Ehe sie ans Ziel gelangen, flattert ein Schwarm Vögel um die Köpfe der Pferde. Die Reiter werden abgeworfen, brechen sich Arme und Beine, verletzen sich an den eigenen Waffen und lassen vom Mordplan ab.*

… das Jahr 985: *Im Frühjahr geben Bischof Frederik und sein Freund auf, sie besteigen den ersten Fernsegler nach Osten. Der Versuch, das Christentum auf Island einzuführen, ist gescheitert …*

DER AUFBRUCH

Mit gezücktem Holzschwert hatte Leif den Ausguck erstürmt. Der höchste Platz auf den Basaltbrocken vor dem Wohnhaus des Habichtshofes gehörte ihm allein und die Mutter durfte es nicht wagen, dem kleineren Bruder so weit hinaufzuhelfen. Er ließ die Waffe über dem Kopf kreisen. »Ich bin groß!« Der Westwind zerrte an den rotgoldenen Locken. Triumph leuchtete im Blick der blauen Augen. »Mir gehört alles.« Leif beherrschte die tiefer gelegenen Hauswiesen des Großvaters und den Fahrweg, selbst den Fluss betrachtete er als seinen Besitz.

»Wo sind deine Sklaven, Herr?« Demütig blickte Thjodhild zu ihrem Ältesten hoch. Sie hockte auf dem Stein unter ihm und musste den zweijährigen Thorvald von hinten am Wollhemd festhalten, damit er nicht den letzten Anstieg wagte. »Ein Wikinger ohne Gesinde ist kein Herr.«

»Du bist meine Magd!«, strahlte Leif sie an, dann wies er mit der Schwertspitze auf seinen Bruder. »Und der da ist mein Knecht.«

»Willst du Thorvald nicht wenigstens zum Verwalter ernennen? Schließlich feiern wir deinen vierten Geburtstag. Und bei solch einem großen Fest verteilt ein Herr Geschenke.«

Leif krauste die Stirn, kraulte sich bedächtig unter dem Kinn, eine Geste, die er dem graubärtigen Großvater abgeguckt hatte, endlich war der Entschluss gereift. »Na gut. Aber ich schenke ihm nicht die Freiheit, wie Vater es mit Onkel Tyrkir gemacht hat. Er bleibt mein Sklave.«

»Sehr klug. Und nun lass deinen Verwalter zu dir!«

Leif nahm den Bruder in Empfang. Wie einem Hund befahl er ihm, sich neben seine Füße zu setzen und sich nicht zu rühren.

»Seid wachsam!«, bat Thjodhild. »Sobald jemand den Weg heraufkommt, meldet es mir.«

Sie lehnte sich zurück. Bis auf wenige weiße Flecken hatte die Maisonne den Schnee von den steil aufragenden Hängen jenseits der Niederung geschmolzen. Auch der Fluss war stiller geworden, mit Knirschen und Krachen hatte er sich in den letzten Wochen von seiner dick gefrorenen Winterdecke befreit, jetzt trieben nur noch vereinzelte Eisschollen auf dem Wasser.

Vor vier Jahren habe ich Leif geboren, dachte Thjodhild. Anfang Mai, daran konnte sie sich erinnern, das genügte ihr. Nicht aber Thorbjörg Schiffsbrust. »Morgen jährt sich der Tag«, hatte sie gestern verkündet. So mühselig sich die alte Mutter auch inzwischen mit ihrem Stock durch Haus und Stallung bewegte, nach ihr richtete sich nach wie vor das Leben auf dem Habichtshof. »Es war der zehnte Tag nach dem Mondwechsel. Ich weiß es. Schließlich habe ich dir das Kind geholt.«

Warum widersprechen? Auch bei Thorvalds Geburt im April vor zwei Jahren hatte die Mutter sie umsorgt. Das Saunahaus, der Geruch nach Moos und Ölen, ihre beruhigenden Hände, während die Abstände zwischen den Wehen immer kürzer wurden. »So behütet fühlte ich mich«, seufzte Thjodhild.

Und es war richtig, dass der Vater mich nach Hallweigs Tod vom Warmquellhang abgeholt und wieder nach Hause gebracht hat. »Bei einem Witwer darfst du nicht bleiben. Das gibt böses Gerede. Bei uns kannst du in Frieden auf die Rückkehr warten.«

Keine quälenden Fragen nach Thing, Verbannung oder wie das Leben der Tochter nun weitergehen sollte.

Anfangs sprachen die Eltern nur über Erik, wenn Thjodhild sie darum bat. Als dann Leif wach und neugierig wurde, nahm der Großvater ihr die schwere Aufgabe ab. Während der vergangenen Wintermonate durfte Leif, sooft es die Zeit erlaubte, zu ihm auf die Hochbank klettern.

»Dein Vater ist ein mutiger, starker Mann. Er unternimmt mit Onkel Tyrkir eine lange Reise auf dem Reittier des Meeres. Das ist sein Schiff. Und glaub mir, ich habe noch nie ein schöneres und schnelleres Schiff gesehen. Eines Tages landen sie auf einer seltsamen Insel ...« So begann Thorbjörn regelmäßig die Geschichte und erzählte dem Enkel von wilden Abenteuern.

Mit offenem Mund hörte Leif zu, fürchtete sich bei den Trollen, Seeschlangen oder Drachen und seine Augen leuchteten auf, sobald Erik und Tyrkir tapfer die Unholde besiegt hatten. »Ich auch.« Der Junge ballte die kleinen Hände. »Ich will auch übers Meer fahren.«

»Sobald dein Vater zurückkehrt, musst du ihn fragen.«

»Wann kommt er endlich?«

»Geduld. Es dauert nicht mehr lange.« Thorbjörn drehte den Finger in seinen Bart und murmelte geheimnisvoll: »Erst fahren sie noch zu der Insel, auf der die Schafe zwei Köpfe haben. Doch davon erzähle ich dir das nächste Mal.«

Wie viele Geschichten musste der Großvater noch für seinen Enkel erfinden? Mit einem Mal sprang Thjodhild unruhig auf und blickte an den Söhnen vorbei zum Bergvorsprung weiter unten im Tal.

Damals stand ich auch hier, das Herz drohte mir vor Angst zu zerspringen, weil Erik und Tyrkir nicht kamen, weil ich nicht wusste, wie nach dem Bergrutsch der Kampf gegen die Mörder ausgegangen war. Oh, ich hasse dieses Warten auf euch. »Keine Hausfrau eines Wikingers darf ihre Sorgen offen zeigen«, hatte die Mutter damals gemahnt. »Der Mann kommt zurück oder nicht. So ist das nun mal.«

Thjodhild presste die Fäuste gegen ihre Schläfen. Bis jetzt habe ich es geschafft. Warte weiter! Das dritte Jahr der Verbannung geht erst im Juni zu Ende. Bis dahin dürfen sie gar nicht zurückkehren und auch dann musst du schweigen und warten.

»Mutter?! Du weinst ja. Hast du Angst?«

Der besorgte Ton in Leifs Stimme brachte sie zurück. »Nein, nein. Die dummen Tränen kommen vom Wind.« Sie nahm Thorvald auf den Arm. »Ihr beiden seid doch meine Beschützer. Warum sollte ich mich fürchten?«

»Heute kommt überhaupt keiner den Weg rauf. Ich habe keine Lust mehr aufzupassen. Ich will jetzt dem Schmied helfen, wenn die Pferde Eisenschuhe kriegen. Ich darf heute alles, das hast du mir versprochen.«

»Gleich, mein Wikinger. Weil dein Geburtstag ist, darf ich mir auch etwas wünschen. Sag deinen Namen, bitte, schön langsam und deutlich!«

»Aber nur einmal, mehr nicht.« Der Vierjährige hockte sich vor der Mutter nieder. »Ich bin Leif, der Sohn von Erik. Und Erik ist der Sohn Thorvalds …« Bei jedem Namen schlug der Junge mit seinem Holzschwert auf den Stein. »… und der hatte Asvald zum Vater und Asvald war der Sohn des Ulf und der hatte den Ochsenthorir zum Vater.«

In der zweiten Maihälfte verblassten mehr und mehr Sterne, aus dem Nachtdunkel wurde Zwielicht und wie schwarze Riesenrücken buckelten die Bergkämme gegen den fahlen Himmel.

Ein Schatten. Er bewegte sich schnell im Hang oberhalb des Habichtshofes, war verschwunden, wenig später tauchte er ein gutes Stück tiefer wieder auf, dann stand mit einem Mal eine Gestalt auf dem Felsen direkt über den Dächern. Nicht groß, der Mantel hing um schmächtige Schultern, unter der Kappe schimmerte ein heller Fleck, mehr war vom Gesicht nicht zu erkennen.

Im Innenhof hoben beide Wachhunde ihre Schnauzen. Sie konnten nicht ausmachen, woher die Witterung kam, unruhig liefen sie herum, knurrten, schließlich schlugen sie an. Ihr Bellen lockte einen Knecht aus dem Gesindehaus. Sofort verstummten die Wächter.

Nur mit einem Hemd bekleidet schlurfte er verschlafen zum Stall, zum Wohngebäude, nichts Ungewöhnliches fiel ihm auf. »Haltet Ruh!«, befahl er den Hunden und wollte zurück ins Gesindehaus. Auf halbem Weg traf ihn ein kleiner Stein an der Schulter, gleichzeitig hörte er eine Stimme: »Warte noch!«

Der Knecht fuhr zusammen. »Wer ist da?« Furchtsam blickte er sich um.

»Ein Freund. Wenn du schreist, muss ich dich töten.«

»Nicht! Nein!« Mit beiden Armen versuchte der Sklave sich zu schützen. »Bei Odin, ich halt mein Maul. Wo bist du, verdammt?«

»Hier oben. Über dem Wohnhaus.«

Endlich hatte der Knecht den Fremden entdeckt. Zwar stand er dort wie ein Schütze, der einen Bogen schussbereit hielt, doch die Waffe selbst war im Halbdunkel nicht auszumachen.

»Warum kommst du in der Nacht?«

»Frag nicht! Geh und weck deinen Herrn. Niemand sonst. Sag ihm, ein guter Freund wartet hier. Sag ihm, es geht um das Bärenfell, das er vor Jahren für seine Tochter gekauft hat. Beeil dich!«

Ehe der Sklave gehorchte, rief er mit leisem Pfiff die Hunde zu sich und zeigte ihnen die Gestalt über dem Dach. »Passt gut auf!«

Der Fremde bewegte sich nicht, allein das Hecheln der Hunde unterbrach die Nachtstille. Endlich kehrte der Knecht in Begleitung des Gutsherrn zurück. Auf den Brustharnisch hatte der Alte verzichtet; beide im dünnen Nachtkittel, mit einem Speer bewaffnet und den Schild über dem Kopf, so traten sie langsam aus dem Hausschatten.

Thorbjörn spähte unter dem Schildrand nach oben. »Wer wagt es, unsern Frieden zu stören?«

»Schicke den Sklaven ins Bett!«

»Ich bin kein Narr. Sag, wer du bist!«

»Du kennst mich. Denke an das Bärenfell! Du hast es nicht gekauft. Mein Freund hat es deiner Tochter geschenkt.«

Thorbjörn trat einen Schritt zurück. »Entweder bist du ein Geist oder …?« Achtlos ließ er Schild und Speer zu Boden fallen und befahl seinem Sklaven: »Geh schlafen! Da oben steht niemand. Nichts hast du gesehen, nichts gehört!«

»Aber, Herr …?«

»Schweig! Nimm die Kläffer mit. Und kein Wort zu den andern, sonst ersäufe ich dich im Fluss. Lass mich allein!«

Erst nachdem Knecht und Wachhunde im Gesindehaus verschwunden waren, blickte Thorbjörn wieder zum Felsen hinauf. Der Platz war leer.

»Hier bin ich.«

Der Alte drehte sich um. »Komm näher!« Prüfend starrte er in das Gesicht. »Kann's kaum glauben.«

»Du darfst nur diese Hälfte ansehen, dann erkennst du mich besser.« Tyrkir wandte die Narbenseite ab.

»Lebt mein Schwiegersohn?«

»Würde ich sonst wie ein Dieb nachts zu dir kommen?« Keine Zeit für lange Erklärungen, im Augenblick sollte Thorbjörn nur das Nötigste erfahren: Die Freunde hatten im Westen ein Land entdeckt. Keine Verluste bei der Mannschaft. Erik war wohlauf. Doch weil seine Strafe erst nach dem Junithing endete, musste sich der Friedlose bis dahin vor Kopfjägern hüten. »Unser Schiff liegt gut getarnt in einer Bucht oberhalb des Lachstals. Drei Nächte sind wir über die Berge hierher gewandert.«

»Wir?« Thorbjörn starrte in den Hang über dem Wohnhaus. »Willst du damit sagen, mein Schwiegersohn hält sich irgendwo da oben versteckt?«

»Nein, aber er wartet nicht weit von hier auf mich.«

»Ihr leichtsinnigen Narren!« Voll Sorge fasste ihn der Alte an der Schulter. »Kaum ein Verurteilter überlebt drei Jahre in der Wildnis. Ihr habt es bis auf einen Monat geschafft. Warum bei allen Göttern bringt ihr euch jetzt noch in Gefahr?«

»Es musste sein.« Tyrkir griff nach dem Handgelenk und hielt es fest. »Nur eine Antwort wollen wir von dir: Hast du Neuigkeiten von Thjodhild und dem Kind?«

»Sie schlafen.«

»Mir ist nicht nach Scherzen zumute. Glaub mir!«

Der Gutsherr schüttelte den Kopf. »Ich bin ein alter Narr, verzeih, Junge! Wie könnt ihr wissen, was geschehen ist?« Er hatte die Aufregung bezwungen. »Es stimmt, was ich sagte, Thjodhild schläft. Und zwar hier auf dem Habichtshof, und in ihrer Kammer liegt nicht nur Leif, sondern auch der kleine Thorvald.«

Sie ist hier! Tyrkir atmete heftig, das unverhoffte Glück benötigte Zeit, sich Raum zu verschaffen. Nein, warte! So gefasst, wie es ihm möglich war, fragte er: »Ein zweites Kind? Von wem?«

»Wag es nicht weiterzusprechen!« Trotz Hast und Gefahr schmunzelte der Alte. »Thorvald ist das Abschiedsgeschenk deines Freundes gewesen. Und ich denke, der Vater wird ihn mit Stolz annehmen. Namensgebung und Heimkehr. Im Sommer richte ich ein prächtiges Fest aus.«

»Vergiss es!« Tyrkir ließ den Gutsherrn nicht zu Wort kommen. »Erik hat einen großen Plan. Mehr darf ich ohne seine Einwilligung nicht sagen.« Stockend setzte er hinzu: »Mir gefällt es auch nicht, aber die Wahrheit ist, erst im nächsten Sommer kann Erik seine Familie wieder sehen. Das musst du Thjodhild erklären!«

Thorbjörn wandte sich ab. Mit großen Schritten durchmaß er den Hof, starrte eine Weile zu den dunklen Bergkämmen jenseits des Flusstals hinauf, dann kehrte er entschlossen zurück. »Ihr verlangt zu viel von mir. Meine Tochter hat einen eigenen Kopf, wie du weißt. Dass sie noch ein Jahr länger warten soll, musst du Thjodhild selbst sagen. Und zwar jetzt sofort. Warte hier!« Damit ließ er den Deutschen stehen und verschwand im Haus.

O mein armer, stolzer Wikinger, dachte Tyrkir, noch ehe du begonnen hast, deinen Plan in die Tat umzusetzen, geht ein wichtiger Teil schon schief. Und gerade um ihn hatten die Freunde während der letzten Tage auf dem Meer heftig gestritten. »Nein, Schlaukopf. Erst wenn ich Erfolg habe, werde ich Thjodhild damit überraschen. Vorher darf ich sie nicht sehen.«

»Ist es nicht klüger, sie einzuweihen und auf ihren Rat zu hören?«

»Meinen Plan lass ich mir nicht zerreden.«

»Vermisst du sie denn nicht? Nach so langer Zeit. Oder hast du Angst vor ihr, weil ...«

»Halt's Maul!« Jäh riss der Hüne den Schmächtigen an sich und gab ihn gleich wieder frei. »Was geht es dich an?! Schließlich ist Thjodhild meine Frau.«

Sofort lenkte Tyrkir ein. Mit jedem weiteren Wort hätte er die eigene Sehnsucht verraten können. »Ich denke anders darüber, aber vielleicht hast du Recht.«

Um jede Möglichkeit eines Treffens auszuschließen, war Erik nicht zur Südseite des Schneefelsgletschers gesegelt, sondern hatte sein Reittier des Meeres in eine entlegene Bucht am Hvammsfjord gesteuert. Kaum war der Knorr mit Büschen und Strandholz getarnt und das Lager unter überkragenden Felsen aufgeschlagen, hatte er den Freund beiseite genommen: »Vergiss den Streit! Wir gehen heimlich zum Habichtshof. Vom alten Thorbjörn erfahren wir, wie's steht, und der kann einen Boten rüber zum Warmquellhang schicken.«

Tyrkir fuhr mit der Fingerkuppe vom rechten Mundwinkel die Narbenstraße entlang bis zum Ohrwulst. Diesmal halten die

Götter zu mir. Du hast zwar geplant, mein Wikinger, aber das Schicksal bestimmt, was geschieht.

Die Tür wurde aufgestoßen. Thjodhild schob sich am Vater vorbei, hastete einige Schritte auf Tyrkir zu, stockte noch zur rechten Zeit und blieb stehen. »Welch ein Glück«, flüsterte sie. Ihr Blick tastete durch sein Gesicht und einen Moment lang umarmten sich die Augen.

»Verzeih, dass ich deinen Schlaf störe!«

»Wehe dir, wenn du es nicht getan hättest!« Unvermittelt wischte Thjodhild die Rührung beiseite und raffte die Hälften des Schultertuchs vor ihrem Nachtgewand zusammen. »Ich hab Vater schon gefragt, aber der hat nur irgendwas in seinen Bart gemurmelt. Wo ist Erik?«

Wenn ich jetzt lüge, wird sie es mir nie verzeihen. »Weiter oben im Tal. Weil er bis Juli noch friedlos ist, muss er sich verstecken. Er wartet auf unserem alten Hofgelände.«

»Reiten wir!« Keine Gelegenheit für Erklärung oder Einwände blieb, Thjodhild ging bereits zurück ins Haus. Über die Schulter ordnete sie an: »Sattelt die Pferde! Tyrkir soll sie runter zur Straße führen. Ich komme gleich nach.«

Auf dem Weg zum Stall lachte der Gutsherr vergnügt vor sich hin. »Hattest du nicht einen anderen Auftrag? Ich dachte, mein Schwiegersohn will sie nicht sehen?« Darauf erhielt er keine Antwort.

Thorbjörn brachte drei Pferde nach draußen, als sie aufgezäumt waren, lächelte er immer noch. »Ich sagte ja, meine Tochter hat einen eigenen Kopf.«

Zum Abschied sah ihn Tyrkir offen an. »Darin sind wir beide uns einig.« Er wickelte die drei Zügelriemen um seine rechte Faust. »Nur hoffe ich, dass Erik es nicht vergessen hat.«

»Viel Glück!«, rief ihm der Alte leise nach. »Und bestell ihm Grüße. Sag ihm, das Fest im Sommer soll sechs Tage dauern.«

Sie ritten durch das Halbdunkel höher ins Habichtstal hinauf. Sosehr Thjodhild drängte, Tyrkir wollte nichts von der Fahrt berichten. »Wir sind wohlbehalten zurück. Von Erik wirst du mehr erfahren.«

Nach einer Weile versuchte sie es wieder: »Und ich habe geglaubt, dass du etwas für mich empfindest.«

Eine heiße Welle stieg in ihm auf. Trotz des Zwielichts wandte er rasch das Gesicht von ihr ab. Würdest du ahnen, wie viele Träume ich in den drei Jahren mit dir geträumt habe, erschrecken würdest du. Es darf nicht sein, ermahnte er sich, die Wahrheit zerstört jede Hoffnung, jede Aussicht auf Glück. »Du bist die Mutter meines Ziehsohns, die Frau meines Freundes. Wir gehören zusammen.«

»Sehr weise gesprochen«, spottete Thjodhild. »Aus dir wäre ein geschickter Richter geworden.« Kurz schnalzte sie ihrem Pferd und ritt von da an schweigend vor dem Deutschen her.

Geröll lag auf dem Weg von der Fahrstraße hinauf zum Hang. Nur Mauerreste erinnerten noch an das Wohnhaus. Jetzt im Zwielicht wirkten sie abweisend, beinah feindlich.

Vor dem Innenhof glitt Thjodhild aus dem Sattel. »Wo ist er?«

»Geduld!« Auch Tyrkir saß ab. Durch den Handtrichter ahmte er den seltsamen Flügelgesang einer Himmelsziege nach, Töne, die von hoch oben eine Leiter hinunterfielen. Sofort kam Antwort. Noch einmal ließ er den kleinen Vogel aus luftiger Höhe zu Boden stürzen.

Ein Sprung, Steine rollten, dann leise Schritte, aus den Trümmern löste sich der Hüne. »Ich hab euch kommen sehen.« Mit ausgestreckten Armen ging er auf Thjodhild zu, sie lief ihm entgegen und verbarg sich an seiner Brust. »Endlich ist mir gut«, seufzte sie. »Es war so kalt ohne dich.«

Er streichelte ihr Haar, sog den Duft in sich ein. Nur um etwas zu sagen, murmelte er schließlich: »Das Feuer in unserer alten Wohnhalle brennt nicht mehr.«

Fest drückte sie sich an seinen Körper. »Ach, Erik. Wir zünden neues an. Irgendwo.«

Als seine Hand ihren Rücken hinuntertastete, flüsterte sie: »Erinnerst du dich noch, wie du mir damals unsere Kammer gezeigt hast? Zeig sie mir wieder.«

»Du meinst, jetzt? Hat dir denn der Schlaukopf nichts gesagt?«

»Kein Wort. Nun komm! Erst will ich dich fühlen. Reden können wir später.«

Über ihre Schulter grinste Erik zu dem Freund hinüber. »Dabei kannst du mir nicht helfen. Aber nachher brauche ich dich.«

Sie ließen Tyrkir allein. Dort, wo früher das Bett gestanden hatte, breitete Erik seinen Mantel aus. Wie hart der Boden war, spürte Thjodhild erst nach dem Schmerz, dem Rot und dem viel zu kurzem Himmel. »Bleib noch!«, bat sie.

Doch er zog sich aus ihren Schenkeln und streifte die Hose wieder über.

»Geht jetzt nicht!«

Seine Stimme klang beinah barsch: »Bis zum Sonnenaufgang muss ich mit dem Schlaukopf hier verschwunden sein. Und wenn du schon da bist, kannst du auch erfahren, was ich vorhabe.«

Enttäuscht schloss sie die Augen, nur einen Moment, dann erhob sie sich vom Mantel. »Zumindest sollst du wissen, dass ich mich über eure Rückkehr freue.« Mit wenigen Griffen ordnete sie ihre Kleider und strich das Haar zurück. »Also, ich höre.«

»Nein, sei nicht böse!« Er legte den Arm um sie. »Mein Kopf ist so voll. Der zerplatzt mir bald. Lass uns rüber zu Tyrkir gehen. Freuen wirst du dich, glaub ich.«

Erik hatte keine Ruhe, kaum saßen die drei im Innenhof zusammen, sprang er wieder hoch. »Es ist so. Ich habe mein Land gefunden. Da kann ich leben.« Er beugte sich zu seiner Frau. »Verstehst du? Dieses Land gehört mir. Du wirst in ein schönes

Haus ziehen. Nicht nur den Platz hab ich abgesteckt. Nein, die Hochsitzbalken stehen schon, das Dach ist fertig.«

»Warte, Erik! Auch wenn uns kaum Zeit bleibt, es geht zu schnell. Nichts begreife ich.« Flehend wandte sie sich an Tyrkir. »Kläre mich auf! Bitte, der Reihe nach.«

»Es stimmt, was Erik sagte. Wir haben bewohnbares Land entdeckt. Dort gibt es Fjorde, grüne Weiden, dort lässt es sich leben.« Ruhig erwiderte Tyrkir ihren zweifelnden Blick. »Du darfst mir vertrauen.«

Der Rote ballte die Faust. »Verdammt, Schlaukopf. So, wie du von meinem Reich erzählst, überredest du keinen, dorthin zu fahren.« Er atmete tief ein und ließ vor seiner Frau die Bilder schwärmen: »Fettes Gras, mehr als genug. Weicher Ackerboden, den Erdgeruch hab ich noch in der Nase. Wärmer als hier ist es da. Fische, Vögel, sogar Walrösser und Eisbären hab ich gesehen. Wir können auf die Jagd gehen, ganze Herden von Rentieren gibt es da. Warte erst mal ab, wenn ich den Siedlern ihre Höfe zugeteilt habe!«

»Welche Siedler?« Thjodhild presste die Fäuste an die Schläfen. »Ich dachte, ihr habt ein neues Land entdeckt, ohne Menschen.«

»Das ist unser Glück.« Erik kniete sich vor sie hin. »Bis zum nächsten Sommer will ich hier Leute anwerben. Glaub mir, ich sag ihnen, wo das Leben sich wirklich lohnt. Und jeden Einzelnen suche ich mir aus. Verstehst du, das Gebiet ist groß genug. Die Familien können sich ausbreiten. Ihre Kinder und Kindeskinder werden bald ein neues Volk, mein Volk.« Die eigene Begeisterung riss ihn mit. »Kommt nach Grönland! Dort ruhen selbst die Götter sich auf den Wiesen aus!«

»Grönland?« Gegen ihren Willen musste sie lachen und fragte den Deutschen: »Hat er den Namen erfunden oder du?«

Auch Tyrkir konnte ein Grinsen nicht unterdrücken. »Es war allein seine Idee.«

»Grünes Land.« Thjodhild seufzte. »Wenn es nur stimmt, Erik. Gut, ich werde dir mit den Söhnen nach Grönland folgen.« Nichts anderes bleibt mir übrig, dachte sie, und ohne euch sein will ich nicht mehr.

Der Hüne war erstarrt: »Ich weiß nur von einem Sohn.«

Sanft tätschelte sie seine Hand. »Überrascht? Jetzt sind es zwei. Freu dich, Thorvald ist mein Beitrag zu dem neuen Volk. Wenn du ihn sehen möchtest, besuche uns!«

»Wir müssen los«, unterbrach Tyrkir schnell. »Von euren Kindern könnt ihr später reden.« Über den östlichen Bergen färbte sich schon der Himmel. Die Gefahr nahm jetzt von Stunde zu Stunde zu.

Erik drückte seine Frau fest an sich. »Vertrau mir! Ich sorg für unser Glück.«

»So sehr wünsche ich, dass wir es diesmal finden.«

Sie lösten sich voneinander. Auf dem Weg zu den Pferden raunte Erik dem Freund zu: »Sag du es ihr!«

»Feigling«, zischte Tyrkir und war doch froh, einen Augenblick mit Thjodhild allein zu sein. Er nahm ihre Hand in beide Hände. »Vorhin hast du mich gefragt, was ich für dich empfinde ...«

»Nicht weiter. Du bist Erik ein guter Freund. Und der Einzige, den ich außer ihm habe.«

»Wir werden nicht mehr ins Habichtstal kommen.« Er spürte, wie ihre Finger sich verkrampften. »Ich weiß, wie schwer es für dich ist.« Sobald Erik die Flotte der Aussiedler zusammengestellt hatte, würde er Nachricht schicken. »Wenn du mit den Kindern im Hafen eintriffst, von diesem Zeitpunkt an gibt es keine Trennung mehr.«

»Also noch ein ganzes Jahr.«

Tyrkir nickte.

»Es geht vorbei.« Thjodhild zog ihre Hand zurück. »Beeilt euch jetzt!«

Reglos stand sie da. Die Männer führten ihre Pferde am Zaumzeug den Hang hinauf und verloren sich bald zwischen den Felsen.

Trockenheit, es regnete nicht im Mai, nicht im Juni. Besorgt sahen sich die freien Bauern auf dem Thorsnessthing an. Das Gras konnte nicht wachsen. »Unsere Heuernte ist in Gefahr.« Mit Fragen bedrängten sie den Obersten Richter. »Ich weiß keinen Rat.« Tieropfer wurden dargebracht, vergeblich, auch im Juli fielen nur wenige Tropfen.

»Erik Thorvaldsson, der Rote, ist von seiner Fahrt heimgekehrt. Seine Strafe hat er verbüßt. Gereinigt und frei von jeder Schuld gehört er wieder zu unserer Gemeinschaft.« Die Neuigkeit eilte von Tal zu Tal, den meisten Bauern war sie gleichgültig, zu schwer lastete auf ihnen der Gedanke an den nächsten Winter. Ein Gerücht aber, das von den Händlern mit der Nachricht verbreitet wurde, ließ sie aufhorchen: »Der Rote hat ein neues Land gefunden. Dort gibt es saftige Wiesen, auf denen Odin seinen achtfüßigen Hengst Sleipnir und Thor seine Böcke grasen lässt.«

»Wo soll das sein?« Gleich erlosch der Funke wieder. »Reite weiter! Du hast dich verhört.«

»Wartet nur ab! Wenn er euch besucht, wird er euch selbst von seinem Grönland berichten.«

Hoch beladene Packpferde trotteten auf der Fahrstraße am Ufer des Breidafjords nach Westen. Zum Schutz ritten zwei Bewaffnete mit. In der Höhe von Spitzklipp hielt der Warenzug an. Der Führer befahl eine kurze Rast und trieb seinen Gaul den Weg durch die Hügel zum Breidahof hinauf. Es dauerte nicht lange und er kehrte in Begleitung des Thorgest zurück, die beiden Hunde hechelten neben ihnen her. Ohne Zögern saßen die Männer ab.

»Felle und Schmuck, sagst du?« Der gedrungene Bauer schob das Kinn vor. »Lass mich sehen!«

Ruhig öffnete der Führer einen Korbdeckel. »Die Nachbarn am Fjord haben mir versichert, bei dir könnte ich unsere Ware unbedenklich lagern. Du seist ein ehrlicher Mann.«

Mit kundigem Griff wühlte Thorgest in den Schätzen. »Das ist wahr, beim Loki.« Er entblößte die Zähne des Unterkiefers und lachte kehlig. »Wenn der Preis stimmt, ist deine Ware in meiner Scheune sicher.«

Von der Seite belauerte er den einfach gekleideten Mann. »Du reist mit Pelzen herum und trägst selbst nicht einmal einen Silberfuchs um den Hals. Sei ehrlich, gehört das alles dir?«

Wie ertappt wich der Führer einige Schritte zurück.

»Hast du's gestohlen?«, drängte der Breidabauer. »Mir kannst du es ruhig sagen.« Er tätschelte den prallen Geldbeutel an seinem Gürtel. »Vielleicht werden wir sogar gute Partner in diesem Geschäft.«

»Du hast dich verrechnet!«

Beim Klang der Stimme zuckte Thorgest herum. Auf der steinigen Wegböschung standen Erik der Rote und neben ihm Tyrkir der Deutsche, beide voll gerüstet, beide hielten eine Streitaxt in der rechten Faust. Einen Atemzug später tauchten rechts und links von ihnen bewaffnete Knechte auf. Sie zogen die Pfeilschäfte bis zum Ohr.

Kopflos versuchte der Breidabauer zu fliehen. Kein Vor und Zurück! Die Reiter des Begleitschutzes versperrten ihm mit gespannten Bogen den Weg. Jetzt erst erinnerte sich Thorgest an seine Hunde. Doch ehe er ihnen einen Befehl geben konnte, brachen sie von Pfeilen durchbohrt neben seinen Füßen zu Boden.

Entsetzen lähmte den Breidabauern. »Wir können reden«, stammelte er, »über alles.«

»Du hast meine Ehre beschmutzt.« Kalt war die Stimme des Roten. »Der Gott in mir verlangt nach Sühne.«

Erik federte mit einem gewaltigen Satz vor den Bauern hin. Schon setzte er ihm die Axtschneide quer an den Hals, nahm Maß und schwang sie waagerecht und weit zurück.

Kein Entrinnen mehr. In Todesangst würgte, hustete Thorgest. Seine Qual steigerte sich, denn die blitzende Klinge verharrte zum Hieb bereit in der Luft. Keuchend brabbelte er: »Meine Schuld. Ich hab ... hab dich betrogen. Ich zahle dir, was du willst.«

»Kämpfe!« Erik sah auf das Beil im Gürtel des Bauern. »Ich lass dir Zeit. Na, los!«

Mit dem letzten Mut der Verzweiflung griff Thorgest zur Hüfte, es gelang ihm, die kurze Axt herauszuziehen. Weiter kam er nicht. Aus dem Stand sprang der Hüne hoch, beide Stiefelspitzen trafen im Doppelschlag Arm und Handgelenk und die Waffe wirbelte in den Graben jenseits des Weges. Zerstört sank der Herr vom Breidahof zu Boden. »Töte mich!«, wimmerte er. »Mach ein Ende! So töte mich doch!«

»Aber, aber. Was verlangst du von mir?« Erik stellte den schweren Axtkopf vor ihm ab und stützte beide Hände auf den Stiel. »Du warst mir überlegen. Jeder meiner Knechte wird es bezeugen.«

Es dauerte, bis Thorgest den Kopf hob, seine Augen quollen fast aus den Höhlen. »Spiel nicht mit mir!«

»Nein, du Hundsfott, mir ist es ernst. Ich muss dir einen Vergleich anbieten.« Er winkte dem Deutschen. »Übernimm du den Rest. Ich kann seinen Anblick nicht länger ertragen.«

»Mein Freund verlangt als Entschädigung für den gestohlenen Hausrat alles Silber, was du bei dir trägst.« Tyrkir schnippte mit den Fingern.

Sofort nestelte der Bauer den Beutel heraus.

»Sehr schön. Und nun geh auf deinen Hof zurück. Berichte allen Nachbarn, dass es zu einem Kampf zwischen dir und Erik kam. Weil du ihn schwer bedrängt hast, musste er seine Rache endgültig begraben. Ihr habt Frieden geschlossen. Verstanden? Und nun halte uns nicht länger auf, Bauer!«

Thorgest rappelte sich hoch. »Frieden.« Er stolperte den Weg zum Breidahof hinauf. »Frieden. Ja, so ist es.«

Langsam ließ Erik die Axt hin- und herschwingen. »Na, Schlaukopf, was sagst du?«

»Nicht schlecht für den zukünftigen Goden von Grönland.«

»Ich glaub, deine Idee war gut.«

Wie stolz ich auf dich bin, dachte Tyrkir, das sag ich dir besser nicht. Er verzog den rechten Mundwinkel zu einem Grinsen, seine Narbenseite versteckte er unter der Hand.

Erst Anfang September kam der Regen, zu spät, viel zu spät. Kühe und Pferde hatten kein ausreichendes Gras gefunden, um sich genügend Fett anzufressen. Selbst die Schafe brachten magere Lämmer von den Hochweiden zurück und in den Scheunen lagerte kaum Heu.

Mehr und mehr verdüsterten Notschlachtungen die unendliche Nacht der Wintermonate auf den Höfen. »Grönland!« Wie ein lichter Zauber nistete sich das Wort in den Herzen der Verzweifelten ein. Die Geschichten am Langfeuer wucherten, ließen die Weiden dort noch grüner, die Ernten noch ertragreicher werden. »Grönland!« Ob tief im Südwesten, ob hoch im Norden, das Gerücht über dieses verheißene Land nährte sich von der drohenden Hungersnot. Und es gab nur einen Mann, der den Schlüssel besaß: Erik Thorvaldsson, der Rote.

Im April des neuen Jahres vertäute er das Reittier des Meeres in einer vor Sturm geschützten Bucht draußen am Kap der Schneefelshalbinsel und schlug seine Zelte auf. Ein zerklüftetes Lavagebiet dehnte sich über die Landspitze. Der Sammelplatz für die Auswanderer war gut gewählt. »Sollst sehen, Schlaukopf. Bald liegen in unserm Hafen mehr Schiffe als wir mitnehmen wollen.« Er strich die Haarmähne zurück. »Und hier um mein Lager werden sich die Leute drängen wie um eine Godenhütte auf dem Thing.«

»Passen dir deine Stiefel noch?«, fragte Tyrkir trocken.

»Wieso?« Der Hüne sah an sich hinunter.

»Ich mein, wem der Kopf schwillt, dem müssen auch die Füße nachwachsen.«

»Willst du mich beleidigen? Herr!«

»Nein.« Betont fügte auch der Schmächtige das »Herr« hinzu und wartete, bis Erik ihn angrinste, ehe er fortfuhr. »Ohne Frage, der Erfolg ist sicher dein Verdienst. Ich wusste zwar, wenn du mal ins Schwärmen gerätst, fehlen dir keine Worte. Aber dass du so geschickt wie ein Fischhändler auf dem Markt unser Grönland anpreisen kannst, hab ich nicht erwartet.«

»Kein Wort war gelogen.«

Tyrkir hob die Achseln. Ach, mein Wikinger, dachte er, nur hast du in deiner Begeisterung einiges von der Wahrheit für dich behalten. Doch damit werden wir uns erst in Grönland beschäftigen müssen. Zunächst sorge ich mich um deine Frau. »Wie willst du es Thjodhild beibringen?«

Erik blickte sich nach dem kleinen Zelt neben seiner geräumigen Behausung um. »Ganz einfach«, murmelte er. »Ausgemacht ist, dass sie erst kurz vor der Abfahrt von ihrem Vater hergebracht wird. Und sobald sie eintrifft, schicke ich sie rüber.«

»Fürchtest du dich?«

»Na ja, drei Jahre Entdeckungsfahrt kommen mir jetzt leichter vor.«

Wie ein Held wurde der Rote auf dem Junithing bestaunt und umworben. Er saß mit Tyrkir in der zeltgedeckten Steinhütte seines Freundes vom Warmquellhang und empfing täglich neue Bewerber. Die Parteigänger des Breidabauern beim Prozess vor vier Jahren schickte er ohne Bedauern fort, kamen Gutsherren, die wegen des Mangels an genügend Weideland oder der bedrückenden Hungersnot bereit waren, ihren Hof in Island aufzugeben, so wählte er sorgfältig und entschied sich für Männer mit harten Händen und ehrlichem Blick. Die Schiffe eitel gekleideter, groß daherredender Bauern unterzog er nicht einmal der Prüfung. »Du kommst zu spät. Zwanzig seetüchtige Knorrs liegen schon beladen draußen an der Spitze von Schneefels. Fünf hab ich noch ausgewählt. Das genügt.«

Kaum war er mit Tyrkir und dem Richter vom Warmquellhang allein, drängte er Thorbjörn wieder: »Komm mit uns! Dein Seevogel fährt neben mir an der Spitze. In Grönland können wir ein gutes Leben führen.«

»Die Vorstellung ist verlockend.« Thorbjörn strich sich nachdenklich über den Nasenrücken. »Aber ich will und muss Rücksicht nehmen.« Nach dem Tod Hallweigs hatte er seine Tochter Gudrid zu der Seherin vom Adlerhof in Pflege gegeben. »Die Kleine zählt erst fünf Winter. Sie hat Onkel und Tanten. Noch leben ihre Großeltern. Wenn die Mutter schon fehlt, möchte ich, dass Gudrid im Schutz meiner ganzen Sippe zur Frau heranwächst. Wer weiß, vielleicht folge ich euch später mit ihr nach.«

»Wann das auch sein mag, du wirst immer willkommen sein.«

Nur ein Abschied für jetzt. Um Lebewohl zu sagen, versprach Thorbjörn Vifilsson mit der Tochter rechtzeitig vor dem Auslaufen der Flotte ans Kap zu kommen.

Auf dem Ritt zurück ins Siedlerlager blickte Erik immer wieder zum Himmel. Schnell trieben die Wolken von Westen landeinwärts. Der Wind durfte noch nicht drehen, Regen war ihm jetzt willkommen, umschlagen sollte das Wetter erst im August, nur dann blieb der Ost bei klarem Himmel wenigstens für zwei Wochen beständig. Ich werde Opfer anordnen, nahm er sich vor. Jede Fahrtgemeinschaft musste ein Tier schlachten, um Ran, das grausame Weib des Meeresgottes, zu besänftigen. Er ballte die Faust. Ran, die ihr Netz nach allen Schiffen auswarf, die ihre neun Wellentöchter losschickte, um mit den Seefahrern den Todestanz zu tanzen, ehe sie selbst ihre Krallen nach den Unglücklichen ausstreckte. Allein diese Asin konnte noch seinen großen Plan, das erhoffte Glück zunichte machen.

Seit dem Morgen stapfte Tyrkir durchs Lavageröll von einem Zeltdorf zum nächsten, zählte und füllte sein lederbespanntes Schreibbrett mit Strichen. Wo er auch hinkam, begrüßte ihn erst Hundegekläff, dann roch es nach Fleischsuppe. Jedem betuchten Schiffseigner waren für die Reise noch zwei oder drei Familien zugeteilt worden; Fremde, die inzwischen eng zusammengerückt waren. Vor den notdürftigen Unterkünften spielten und zankten die Kinder. Ja, lauft nur, tobt, soviel ihr könnt, dachte er, wer weiß, wie lange ihr an Bord neben dem Vieh eingepfercht seid. Rinder glotzten ihn an. Pferde scharrten und schnaubten, angepflockte Schafe und Ziegen kauten an Heubüscheln und über allen Lärm hinweg gackerten Hühner aufgeregt in ihren Weidenkäfigen.

Um die gemeinsame Kochstelle verteilt arbeiteten Frauen und Mägde. Einige Sklavinnen fetteten die Haut der Regenumhänge, andere flickten Löcher in den Pelzsäcken, während ihre Herrinnen sich über Truhen beugten und unentbehrliche Haushaltsgeräte einpackten. Ernste, besorgte Mienen empfingen den Deutschen, seit dem Wetterumschwung war die Anspannung in den Zeltdörfern spürbar gewachsen, der Aufbruch musste unmittelbar bevorstehen. Doch wann? Er beantwortete Fragen und war bemüht, mit kleinen Scherzen die Angst vor dem Unbekannten zu mindern.

War seine Aufgabe bei Frauen und Kindern gerade noch lösbar, wurde sie im Hafen zum Glücksspiel. Wie Bienenstämme das Honignest umschwärmten die Besatzungen ihre Knorrs, Fässer und Kisten wurden an Bord geschafft, Befehle, Flüche; sie richteten den Mastbaum auf, rollten Taue oder teerten die Planken der Außenwände.

Sichtlich gerädert kehrte Tyrkir zum Hauptzelt zurück.

»Wie groß ist das Volk der Grönländer?«, empfing ihn Erik.

»Bei dem Durcheinander da draußen habe ich bestimmt den einen oder anderen doppelt gezählt.« Tyrkir überschlug die Strichreihen auf der Lederhaut. »Hiernach aber sind es die Familien von dreiundvierzig Gutsherren und einhundertzwanzig freien Bauern, hinzu kommen Hunderte von Sklaven. Rechne ich alles zusammen, dann werden wir mit ungefähr tausend Menschen in See stechen.«

»Und verteilt auf sechsundzwanzig Schiffe.« Der Rote wischte sich den Schweiß aus der Stirn. »Denk ich jetzt noch an Proviant, Waffen und Werkzeuge, vom Vieh ganz zu schweigen, dann liegen unsere Knorrs tiefer im Wasser, als mir lieb ist. Erinnere mich bei der Besprechung mit den Schiffsführern daran, dass Schöpfeimer auch an Frauen und Kinder verteilt werden müssen.«

Aus dem lebhaften Gewirr draußen drang eine Stimme herein. »Wo finde ich Erik Thorvaldsson?« Die Freunde stockten, dann stürzten beide zum Ausgang.

Sie war eingetroffen. Thjodhild stand lächelnd vor ihnen, an jeder Hand hielt sie einen Sohn.

Wie schön du bist, dachte Tyrkir, trotz deiner Reisehaube sehe ich dein Haar, trotz der groben Wollkleider sehe ich deine schlanke Gestalt. Er schmunzelte über sich selbst, vielleicht liegt es nur an deinen Augen, dass ich so viel mehr sehe.

Erik ging auf sie zu. »Willkommen.« Ehe er seine Frau umarmen konnte, trat Leif zwischen sie. »Mutter? Ist das unser Vater?«

»Ja, Junge«, lachte Thjodhild. »Dies ist der große Erik, auf den wir so lange warten mussten.«

Leif krauste die Nase, schließlich stemmte er seine Fäuste in die Seiten. »Ich bin fertig«, meldete er. »Unser Gepäck liegt am Schiff. Wir sollten sofort aufs Meer fahren.«

»Langsam, Bootsmann!« Vergnügt spielte der Hüne mit und knuffte ihn gegen die Brust. »Die Befehle gibt nur der Schiffsführer.«

»Ich auch, Vater!«, krähte der Kleine an der linken Hand der Mutter.

»Müssen wir den mitnehmen?« Leif verzog das Gesicht und warnte: »Beim ersten Ungeheuer scheißt der sich gleich in die Hose.«

»Ich auch! Ich auch!«

»Still jetzt!« Am Haarschopf drehte Thjodhild ihren Ältesten in Richtung Zelteingang. »Begrüße Onkel Tyrkir.«

Beinah ehrfurchtsvoll näherte sich der Junge. Das also war der zweite Held aus den Abenteuern, die der Großvater ihm erzählt hatte. Leif bewunderte den schiefen Mund und die Narbenseite. »Jeder Troll hatte fünf Schwerter, ich weiß. Aber du hast sie alle getötet.«

»Wenn du's schon weißt«, Tyrkir zog ihn an sich, »dann brauchen wir darüber nicht mehr zu reden.« Er sah forschend zu Erik hinüber. Der Freund hatte den dreijährigen Thorvald auf dem Arm. Thjodhild richtete ihm gerade Grüße von den Eltern aus. Weil er seine Frau nicht allein lassen wollte, war Thorbjörn nicht mitgekommen. Der erste Knecht vom Habichtshof hatte sie und die Kinder hergebracht. »Und ich glaube, daheim fiel es den Alten leichter, von mir Abschied zu nehmen, als hier dem Schiff nachzuwinken.«

»Schon recht«, murmelte der Hüne. »Was ich noch sagen wollte ...« Sein Blick floh Hilfe suchend zu Tyrkir, doch der nahm Leif an der Schulter: »Komm! Ich habe dir einen Stock geschnitzt. Jedes Zeichen schützt dich vor einem anderen bösen Geist.« Rasch verschwand er mit dem Jungen im Hauptzelt.

Thjodhild runzelte die Stirn: »Erik Thorvaldsson!? Warum sprichst du nicht weiter?«

»Überzeug dich selbst!« Kurz deutete er auf das kleine Zelt neben seiner Unterkunft und trug Thorvald zu den Schafen hinüber.

Wenig später trat sie wieder ins Freie. Ihr Gesicht war blass. »Komm zurück, Erik!«, bat sie leise und wartete, bis er vor ihr stand. »Dort liegt ein Kind. Ein Mädchen. Ich muss nicht fragen, wer der Vater ist. Wo befindet sich die Mutter?«

»Katla? Ja ist sie denn nicht …?«

»Mir gleich, wo sie ist. Wenn das Weib kommt, soll es sofort mit dem Balg verschwinden. Und jetzt gib meinen Sohn her!« Sie riss ihm Thorvald aus dem Arm.

»Das wird so nicht gehen.« Erik zögerte und setzte hinzu: »Ich hab das Mädchen als meine Tochter anerkannt. Freydis gehört zur Familie.«

»Sehr geschickt von Katla. Wenigstens habt ihr einen schönen Namen ausgesucht.« Der Zorn glühte in ihren Augen. »Also gut, du Zuchthengst. Jetzt haben deine Söhne eine Schwester. Aber diese Stute fährt nicht mit nach Grönland.«

»Ich hab's ihr versprochen.«

»Und ich will es nicht.« Thjodhild wusste, wie machtlos sie gegen seine Entscheidung war, ließ ihn stehen und ging mit Thorvald ins Hauptzelt. Ohne den Deutschen eines Blickes zu würdigen, zischte sie: »Feigling! Jetzt weiß ich endlich, warum du mir nichts über die Fahrt erzählen wolltest.«

Gegen Abend traf Thorbjörn Vifilsson mit Gudrid ein. »Spart euren Met und die Vorräte für Grönland!« Der Richter winkte seinen hoch bepackten Sklaven. »Ich lade zum Abschiedsfest ein.« Bier, Trockenfisch und zwei geschlachtete Hammel hatte er vom Warmquellhang mitgebracht.

Thjodhild unterdrückte ihren Kummer, herzlich begrüßte sie

den Freund. Sie küsste seine Tochter und stellte sie Leif vor. »Ihr zwei habt schon nackt auf der Decke miteinander gespielt.«

Verlegen beäugten sich der Junge und das Mädchen. »Glaub ich nicht«, sagte Leif. »Was soll ich mit der schon gespielt haben?«

Gudrid streckte ihm die Zunge raus. »Du bist mir viel zu blöde.«

»Vertragt euch!« Thjodhild seufzte, ihr ahnt ja nicht, welche Pläne ich mit Hallweig für euch geschmiedet habe. Aber daraus wird ohnehin nichts mehr. Es sei denn, das Schicksal führt euch irgendwann noch einmal zusammen.

Später schwamm die rote Nachtsonne im Meerhorizont. Das Mahl war beendet. Erik lagerte mit Tyrkir, dem Richter und einigen Schiffsführern um die schwelende Glut. Wieder und wieder besprachen sie den Kurs, hofften auf anhaltenden Ostwind, und vor allem klar sollte der Himmel bleiben.

Am Nachbarfeuer saßen die vornehmen Frauen beieinander. Sie bedrängten Thjodhild mit Fragen. »Wie weit wohnt eine Familie von der anderen entfernt?«, »Wächst Korn dort für unser Brot?«, »Wird jeder Hof genügend Wasser haben?«

»Ich kann es euch nicht sagen. Zwar bin ich die Frau des Roten, aber er hat mir bis jetzt noch weniger erzählt, als ihr schon wisst.«

Sie straffte den Rücken. Aus dem kleinen Zelt kam Katla mit dem Kind langsam aufs Feuer zu. Sofort schwiegen die Frauen. Jede wusste längst von der Auseinandersetzung zwischen dem obersten Führer der Siedler und dessen Hausherrin.

Die Magd hatte Thjodhild erreicht. »Willst du dir meine Freydis nicht mal ansehen?« Aus dem Blick sprachen Trotz und Stolz zugleich. »Zwei Jahre ist sie alt. Ich hab ein schönes Kind.«

»Deine Freydis?« Leicht hob Thjodhild die Brauen. »Einer Sklavin gehört nichts, hast du das vergessen? Kein Fetzen, den du am Leib trägst, dir gehört nicht einmal dein Leben.«

»Aber ich bin die Mutter.«

Und hast nichts Unrechtes getan, dachte Thjodhild bitter, gleichzeitig spürte sie ringsum angespannte Neugierde. Jäh schreckte sie auf. Wie konntest du nur vor fremden Ohren mit Erik streiten? Vergiss die Eifersucht! Jedes falsche Wort schadet deinem Ansehen und der Würde deiner Familie. »Katla, du bist Erik eine tüchtige Magd unterwegs gewesen. Du hast ihm das Essen zubereitet und hast ihm ein Kind ausgetragen und geboren.« Behutsam streichelte sie Freydis übers Haar. »In der Regel müsstest du die Kleine aufziehen, damit sie später bei uns dient. So vermehrt nun mal ein Herr gerne seinen Sklavenbesitz.«

Der Scherz ließ die Hausfrauen schmunzeln, zustimmend pflichteten sie Thjodhild bei. »Dein Kind aber wird als Tochter in meiner Familie leben. Sei also dankbar. Mehr Glück konntest du für Freydis nicht erreichen.«

Katla kniete sich vor ihrer Herrin nieder. »Immer will ich auf deinem Hof dienen.«

Könnte ich es nur verhindern, dachte Thjodhild und sagte: »Das hat Erik zu entscheiden.«

Lärm, Geschrei im Hafen! Sofort horchten die Frauen auf. Vergessen waren die Magd und ihr Kind. Am Nachbarfeuer ließen die Schiffsführer ihre Becher sinken. Jeder Streit unter den Mannschaften so kurz vor der Abreise konnte zum gefährlichen Gift auf hoher See werden. Schnell näherte sich das Gebrüll dem Lavahügel. Mit Flüchen und Schlägen trieben fünf Knechte einen Mann vor sich her, fiel er hin, so rissen sie ihn am Kragen hoch und stießen ihn weiter. Die hagere Gestalt kam Thjodhild bekannt vor, jedoch das blutüberströmte Gesicht bot keine Möglichkeit, sich genauer zu erinnern. »Nimm deine Tochter und leg dich schlafen!«, befahl sie Katla leise. »Morgen sehen wir weiter.«

Nur wenige Schritte vor dem Lagerplatz der Herren verließen den Geprügelten endgültig die Kräfte, und wie eine Puppe warfen ihn seine Peiniger vor die Feuerstelle.

»Den haben wir auf unserm Knorr gefunden, Herr.« Sie wandten sich nicht an Erik, sondern an Herjulf, den grauhaarigen Großkaufmann aus der Rauchbucht im Südwesten Islands. »Er hat sich zwischen den Waffensäcken versteckt.«

»Tüchtige Burschen seid ihr. Aber warum, bei den Göttern, warum müsst ihr seinetwegen solchen Lärm machen?« Keinen Blick verschwendete Herjulf auf den Stöhnenden zu seinen Füßen. »Schafft ihn tiefer ins Geröll. Füchse und Raben sollen den Rest übernehmen. Und dann haltet ihr Ruhe!«

»Da ist noch was.« Der Sprecher zuckte die Achseln. »Wir hätten ihn ja auch gleich ersäuft. Aber er sagt, dass er Christ war; und sein Gott würde jeden bestrafen, der einen anderen tötet. Und weil wir doch bald rausfahren, dachte ich, frag besser erst, nicht dass uns der Zorn von diesem Gott den Sturm schickt.«

»Christ!?« Erik war aufgesprungen, noch ehe er den Geprügelten erreicht hatte, beugten sich schon Tyrkir und der Richter vom Warmquellhang über die Gestalt und wälzten sie auf den Rücken. »Es ist Askel der Magere.«

»Verflucht!« Erik schlug sich an die Stirn. »Da haben wir nur gesunde Siedler und junges, gesundes Vieh ausgewählt und dann schleicht sich beinah noch ein Christ bei uns ein.«

»Mein Heiland ...«, stöhnte der Magere und öffnete die Lider. »Er bringt das Licht...«

»Halt's Maul! In Grönland ist es hell im Sommer und dunkel im Winter, genau wie hier. Deinen Gott brauchen wir da nicht.« Der Rote forderte von Herjulf: »Lass die Leute den Kerl wegschaffen!«

Der Großkaufmann zögerte. Auch in den Mienen der übrigen Herren stand Zweifel. »Was habt ihr? Ihr wollt doch nicht ...« Erik stieß Tyrkir an. »Sag du es mir!«

»Vielleicht wäre es wirklich nicht klug, den fremden Gott zu verärgern.«

»Schlaukopf!« Der Hüne schlug seine Fäuste gegeneinander.

»Nur Ran kann uns gefährlich werden. Und wir haben ihr Opfer dargebracht. Das genügt.«

»Verdammt! Du wolltest meinen Rat.«

»Wag es nicht! Ich allein gebe hier die Befehle!«

Rasch stellte sich Thorbjörn Vifilsson zwischen die Freunde. »He, keinen Streit! Lasst mich helfen.« An Herjulf gewandt fuhr er fort: »Bei dir hat sich der Magere eingeschlichen. Nach gültigem Gesetz verfügt der Schiffsführer über die höchste richterliche Gewalt an Bord, also entscheide du: Soll dieser Christ dem sicheren Tod ausgeliefert werden?«

»Ehe wir …? Nein, besser nicht.«

»Das Problem ist gelöst.« Entwaffnend lächelte der Gode. »Askel gehört zu meinem Gerichtsbezirk. Fahrt ihr nach Grönland und überlasst ihn mir!« Ohne abzuwarten ließ er den Mageren an Händen und Füßen fesseln und zu den Schweinen legen.

Welch eine Erleichterung bei den Frauen, auch die Mienen ihrer Männer entspannten sich. Lob und Anerkennung galten dem klugen Goden. Herjulf schickte seine Knechte hinunter zum Schiff und die Gutsherren setzten sich wieder ans Feuer. Frisches Bier wurde ausgeschenkt. Es dauerte noch eine Weile, bis Erik sich beruhigt hatte, dann aber legte er Tyrkir den Arm um die Schulter. »Was soll's, Schlaukopf«, murmelte er, »Hauptsache ist, der Christ kommt nicht mit in unser Land.«

Mit großen Schlucken leerte er seinen Becher. »Morgen brechen wir die Zelte ab!«, verkündete er der Runde. Erst nachdem auch das Viehzeug sicher in den Laderäumen untergebracht war, sollten die Siedler und Sklaven an Bord gehen. »Und nehmt keinen mit, den ihr nicht kennt!« Sein breites Grinsen bewies allen, dass für ihn der Vorfall abgetan war. Erik der Rote, ihr oberster Führer, gab ihnen letzte Order. »Von da an darf ohne eure Erlaubnis keiner mehr das Schiff verlassen; und ihr habt eine Nacht lang Zeit, mit Mannschaft und Fahrgästen noch im Hafen das Leben an Bord zu regeln. Dann, bei Sonnenaufgang, setzen wir Segel.«

Er wartete, bis die Mägde jeden Krug wieder gefüllt hatten. »Auf nach Grönland! Unser grünes Land!« Diese Losung blühte in den Herzen auf, bedeutete Hoffnung und Verheißung und war vor allem jetzt Grund genug, zu trinken und weiter zu trinken.

Tyrkir hielt nicht mit. Immer wieder blickte er verstohlen zu den Frauen hinüber. Feigling, nicht nur dieses Wort, mehr noch hatte ihn die Verachtung Thjodhilds getroffen. Erst war er fest entschlossen gewesen, ihr das Warum zu erklären und sie um Verständnis zu bitten, jetzt aber, da Askel der Magere dort bei den Schweinen lag, hatte er sich einen Plan überlegt. Nein, ich schäme mich nicht, beruhigte er sein Gewissen, es ist ja nur eine kleine List. Und gelingt sie, so hilft sie beiden und mir.

Endlich verabschiedeten sich die Frauen. Beim Saufgelage beachtete niemand den Deutschen, als er aufstand und leicht schwankend davonging. Jeder musste sich irgendwann vom Druck des vielen Bieres befreien. Vor dem Hauptzelt trat er Thjodhild in den Weg.

»Nicht jetzt. Ich bin müde.« Damit wollte sie an ihm vorbei.

»Bitte, hör zu!«, flüsterte er. »Es geht um unseren Frieden in Grönland.« Schnell sprach er weiter.

Thjodhild runzelte die Stirn, staunte, und als er geendet hatte, zuckte ein Lächeln in ihren Mundwinkeln. »Weißt du noch, was du bei unserer Hochzeit zu mir gesagt hast? Erst nach Erik habe ich einen Ehrenplatz in deinem Herzen. Sollte die Reihenfolge sich geändert haben?« Ohne abzuwarten schlüpfte sie ins Zelt.

»Quäle mich nicht!«, seufzte er.

In den frühen Morgenstunden legte sich Erik zu seiner Frau. Angeheitert vom Bier spürte er die Wärme ihrer Haut und schnell wuchs der Wunsch nach mehr. Sie duldete das Berühren ihrer Brüste, auch die bärtigen Küsse. Doch als er in sie eindringen wollte, schlüpfte Thjodhild unter ihm weg und setzte sich auf.

»Was hast du?«

»Ich kann nicht mit dir schlafen.«

Wieder griff er nach ihr, doch sie verschränkte die Arme um ihre Knie. »Nein, lass mich!«

Mühsam ordnete er seine Gedanken. »So ist das. Du bist böse, weil ich dir eine Tochter gebracht habe. Daran kann ich nichts mehr ändern.«

»Nein, du irrst. Freydis soll zu uns gehören.« Ihre Hand kreiste sanft um seinen Nabel, wohlig räkelte er sich und seine Stimme wurde dunkel. »Setz dich auf mich!«

»Vielleicht gleich. Vorher aber musst du mir einen Wunsch erfüllen.«

»Bei meiner Ehre, alles was du willst, ich schwöre es.«

»Nimm ihn mit!«

»Wen?«

Thjodhild beugte sich zu seinem Ohr. »Den armen Christen da draußen.«

Wie eine Feder schnellte der Oberkörper hoch. Vergessen war jede Lust, wie einen Geist starrte er sie an: »Ich soll … Nein, niemals.«

»Erik Thorvaldsson, ich habe dein Wort.«

Er vergrub das Gesicht in beide Hände, lange saß er stumm da.

»Warum?«, flüsterte er schließlich, ohne aufzusehen. »Was hab ich dir angetan? Gib mir mein Wort zurück, verlange alles dafür, nur dürfen der Magere und sein Gott nicht mein Grönland vergiften.«

Thjodhild ließ ihn warten. »Wer sagt mir denn, dass du diesen neuen Schwur nicht gleich wieder brichst.«

Die Frage kränkte ihn, doch er klammerte sich an den dünnen Halm, beschwor die Wikingerehre und die schuldige Achtung vor der Würde seiner Hausfrau. »Der Friede in unserer Familie ist mir heilig.«

»Ich vertraue dir, Erik.« Sie griff nach ihrem Nachtgewand und ließ es durch die Finger gleiten. »Einen einfachen Tausch biete ich: Askel der Magere soll nicht mit aufs Schiff. Dafür bleibt auch Katla hier.« Ohne ihren Sieg auszukosten, setzte sie leicht hinzu: »Den Christen nimmt Thorbjörn ohnehin mit zurück, schenke deinem Freund die Magd, als Witwer, denke ich, kann er eine so tüchtige Magd sicher gebrauchen.«

»Jetzt begreife ich erst.« Erik wühlte in seinem Bart. »Ja, einverstanden.« Halb bewundernd, halb misstrauisch betrachtete er sie. »Was hab ich nur für eine Frau? Beim Thor, du weißt schon, wie du zu deinem Willen kommst.«

Seufzend legte sich Thjodhild zurück. »Danke. Und nun.« Sie streichelte seinen breiten Rücken, bis er ihr auch den nächsten Wunsch erfüllte.

Hornruf vom Reittier des Meeres, weit und beinah klagend schwang er sich über die Hafenbucht und den Strand. Ein Schwarm Graugänse hob sich mit aufgeregtem Flügelschlag aus dem Lavageröll. Der zweite Hornruf erschreckte die Robbenfamilien draußen auf den schwarzen Schären, lautlos wälzten sich Groß und Klein ins Wasser. Kaum war das dritte Signal verhallt, antwortete von fünfundzwanzig Schiffen ein nicht enden wollender Jubelschrei. »Auf nach Grönland! Unser grünes Land!«

Halb wurden die Rahbäume am Mast hochgezogen, Befehle, und zugleich tauchten die Ruderblätter ein und furchten durchs kräuselnde Wasser.

Am Ufer lachten Verwandte und Freunde, tauschten mit den Auswanderern noch Ratschläge und Versprechungen aus, als wäre die Trennung nur von kurzer Dauer. Bald schon aber erreichten sich ihre Worte nicht mehr und übrig blieben ihnen nur Winken und da wie dort Tränen, die jeder für sich allein zum Abschied vergoss.

Thorbjörn Vifilsson sah mit Gudrid dem Auslaufen der

Schiffe nach. Katla war es von ihm verboten worden. Sie hatte ihre Tochter am Vortag zum letzten Mal ankleiden dürfen, kein Lebewohl, bloß ein Kuss; um zu spielen, war Freydis mit dem kleinen Thorvald gerne an Bord gegangen und dort gab es so viel Neues, dass Schwester und Bruder später in eine Decke gerollt eingeschlafen waren.

Als die Flotte das offene Meer erreicht hatte, drückte sich der Ost in die bunt gestreiften, eckigen Segel. Thjodhild stand am hoch geschwungenen Achtersteven und blickte zurück. Wurde die Landspitze auch rasch kleiner, der Schneefelsgletscher verlor noch nicht an Größe. Um die Schultern trug er Wolkenschleier, sein Haupt war goldbekränzt von der Morgensonne. Mit Hallweig hatte sie dem Unheimlichen einen Besuch abgestattet. Damals wollten wir Glück, doch du hast uns den Nebelball geschickt, der seine schwarzen Schlingarme nach uns ausstreckte. Und heute? Was gibst du uns mit auf die Fahrt? Nein! Jäh riss sie sich von seinem Anblick los. Ich will nichts mehr von dir. Der Gletscher besitzt keine Macht über Meer und Schiffe, beruhigte sie ihr Herz.

Neben ihr hielt Erik die Steuerpinne. Vorn am Bugdeck beschäftigte sich Tyrkir mit dem kleinen, runden Holzbrett und dieser senkrecht in der Mitte stehenden Nadel, von der eingekerbte Striche wie Strahlen nach außen gingen. Eine wichtige, beinah heilige Aufgabe, das wusste Thjodhild. Sobald die Sonne höher stieg, würde er am Schattenfall der Nadel den Kurs bestimmen können, zumindest behaupteten es die Männer und das genügte ihr. Meine beiden Männer! Ja, wir sind endlich, endlich wieder zusammen. Im tiefer gelegenen Laderaum entdeckte sie zwischen anderen Kindern die rötlichen Locken ihrer Söhne neben den blonden Zöpfen der kleinen Freydis; und weit vor dem Drachenkopf, noch jenseits des Horizonts, da wartete Grönland und vielleicht eine Zukunft, in der das Glück nicht abwesend war.

GRÖNLAND

Am zweiten Tag wurde die Sonne zur eisfahlen Scheibe, der Wind kam aus Nordost und frischte gegen Mittag jäh auf. Gern hätte Tyrkir dem Freund mehr Schlaf gegönnt, jetzt zögerte er nicht länger und weckte ihn. »Ich fürchte, Ran will das Netz nach uns auswerfen.«

Erik kroch unter dem Robbenfell vor, ein Dehnen des Rückens, ein kurzes, dafür aber heftiges Kratzen und Wühlen im roten Kopfgestrüpp, und sofort beobachtete er hellwach die wabernden, durchsichtigen Wolkenfetzen, seine Zunge schmeckte nach der Luft, dann löste er den Steuerknecht an der Pinne ab. »Wir bekommen harte See.«

Nur eine Feststellung; ebenso sachlich gab er seine Befehle aus: Die Kampfschilde sollten in der Außenleiste verankert werden. Mit ihnen wurde nicht allein die Bordwand erhöht, sondern wurden auch gleichzeitig die Ruderpforten abgedeckt. Die Wachen an den Leinen fürs Rahsegel mussten auf sechs Mann verstärkt werden und jeder hatte sich mit einem Strick zu sichern. »Du verständigst nur die Mannschaft. Ich will noch keine Unruhe im Frachtraum.« Ohne Hast verließ der Knecht den erhöhten Steuerplatz.

»Nun zu dir, Schlaukopf.« Er ließ von Tyrkir so lange eine gelbe Flagge schwenken, bis das Warnsignal auf dem nachfolgenden Knorr bemerkt und an die anderen weitergegeben wurde. Kein vorgeschriebener Kurs mehr, während des Sturms waren die Schiffsführer auf sich allein gestellt und konnten nur hoffen, die Hauptrichtung nicht ganz zu verlieren. »Jetzt bereite unsere Leute aufs Tanzfest mit den Wellentöchtern der Ran vor! Und verstau die Schattennadel gut, vorerst hilft sie uns nicht mehr.«

»Wie schlimm wird es?«

»Weiß nicht.« Erik rieb die Unterlippe an den Schneidezähnen. »Die Farbe des Wassers gefällt mir nicht. Kein Blau ...«

Zweifelnd hörten die Siedler dem Lotsen zu. Noch gab es Sonne, was konnte der Wind schon Schlechtes bringen? Jedoch niemand wagte sich seinen Anordnungen zu widersetzen.

Gemeinsam spannten sie eine Plane halb über den Laderaum bis zum Mastbaum. Darunter sammelten die Frauen ihre Kinder um sich; und, ohne gerufen zu werden, suchten Hunde mit eingeklemmter Rute einen sicheren Platz zwischen ihnen. Kein Fass, weder Kästen noch Hühnerkörbe durften sich losreißen können, auch die Fesseln der Tiere mussten sorgsam überprüft werden. Längs der Innenwandung postierte er zwei Schöpfketten mit der Aufgabe, gegen das eindringende Wasser zu kämpfen.

»Jetzt kann der Sturm getrost kommen!« Tyrkir gab sich unerschrocken. »Bleibt ruhig, ihr Leute, wir sind gut gerüstet!«, und dachte, wie kläglich unsere Vorkehrungen sind. Ein Schiff war kein Gutshof, der gegen einen anstürmenden Feind befestigt werden konnte. Zum Abschluss beugte er den Kopf unter die Plane und suchte nach Thjodhild. Sie hatte sich nahe der linken Wandung mit den Kindern eingerichtet und zog gerade Freydis und Thorvald enger an ihre Seiten. Für einen Moment begegneten sich die Blicke, ein Lächeln noch und er stieg wieder zum Halbdeck achtern hinauf.

Von Nordost fuhr ein grauer, bald schwarzer, riesiger Wolkenkeil heran, er zerstörte den Himmel, verschluckte die Helligkeit.

Erste Böen rissen den Wellen die Gischt vom Haupt und schleuderten sie dem Reittier nach.

»Bind mich fest!«, brüllte der Rote. Zweimal rutschte Tyrkir auf den Planken aus, endlich gelang es ihm, das Seil um den Freund zu schlingen. Wieder schlug er hin, kroch zum Holm und befestigte sein eigenes Sicherheitstau.

»Bleib sitzen! Ich schaffe …« Die Stimme des Roten brach ab. Hinter ihm hob sich eine Woge, sank nieder, und im erneuten Aufwallen zwang sie das Schiff, über ihren Rücken zu tanzen, gleich vor dem Bug erbrach sie ihren schäumenden Speichel. Schon rollte eine nächste Welle heran, gurgelte unter dem Heck, ließ die Spanten ächzen und knirschen. Kein Entkommen mehr, dachte Tyrkir, uns bleibt nur die Flucht von einer Gefahr in die nächste.

Den Töchtern der Meeresgöttin war das Spiel zu einfach, die Melodie noch viel zu sanft. Sie ließen den Sturm Atem holen. Diesen Moment nutzte Erik: »Halbes Tuch!« Sein Brüllen erreichte die Männer an den Segelleinen. Mit weißen Fäusten hielt er die Ruderpinne, und wenn auch sein Reittier schlingerte, in Täler stürzte, auf Kämme hochgeschleudert wurde, er verlor den Zügel nicht.

Voll Zorn heulte der Sturm von neuem los, wurde zum furchtbaren Dämon. Die Wellen kämpften gegeneinander, schlugen sich mit den Häuptern, tauchten zu zweit unter dem Kiel her, dabei rüttelten sie das Schiff und wollten es auseinander reißen.

Mit einem Mal ragte eine grau-schwarze Wand an der rechten Bordseite auf, wuchs höher, stand furchtbar da, dann brach sie mit Donnern und Dröhnen zusammen. Wasser schlug gegen das Segel, ergoss sich in den Frachtraum und spülte über Bug und Heck. Gleich wurde das Reittier von der nächsten Woge nach vorn in ein Tal gestürzt und wie eine Nussschale in die Höhe geschleudert. Regen peitschte; immer heftiger krachte der

Rahbalken gegen den Mast, unaufhörlich knallte und knatterte das Segel.

Jede Zeit hatte ihren Takt verloren. Irgendwann bemerkte Tyrkir, dass vor ihm ein Knecht reglos auf den Planken lag. Die Wachmannschaft an der Fallleine war geschwächt! Ohne Zögern befreite er den Verletzten vom Sicherheitsstrick, schob ihn den Siedlern im Frachtraum zu und nahm selbst seinen Platz ein. Nur der Schild an der Bordkante war jetzt noch zwischen ihm und den Töchtern der Ran. Sie schrien, lachten und spuckten Gischt über seinen Kopf, dabei hämmerten und traten sie unentwegt gegen die Spanten.

War da ein Streif am Horizont? Oder narrte ihn nur die Hoffnung? Tyrkir schloss und öffnete seine Lider. »Das Wetter klart!«, schrie er den Männern neben sich zu. Sie verstanden nicht, für sie gab es seit Stunden nur noch den Kampf, nichts sonst. »Da! Hinter uns!« Endlich begriffen die Knechte. »Wir schaffen es!« Der Ruf drang durch das Tosen, erreichte jeden Mann an Bord. »Ja, wir schaffen es!«, und beseelt von neuem Mut stemmten sie sich in die Taue.

Nach und nach flaute der Orkan ab und trieb mit seinem letzten Aufbäumen die Wolkenmassen vor sich her. Ganz gleich, welche Macht ihm die Befehle gibt, dachte Tyrkir erleichtert, er hat das Unheil angerichtet, nun muss er es selbst beiseite räumen. Bald spannte sich über dem Reittier wieder ein weiter Himmel, es ritt auf den Wogen wie durch eine Hügellandschaft.

»Schlaukopf.« Vor Ermattung wankte Erik an der Pinne. »Schick mir die Ablösung!« Der Freund sollte allein nach den Leuten im Frachtraum sehen. »Ich muss erst wieder Blut in die Arme bekommen.«

Kniehoch schwappte die salzige, kalte Brühe in den Gräben rechts und links des Kielbaums. Die eingeteilten Bauern und Sklaven schöpften noch unermüdlich, Eimer wanderten von

Hand zu Hand und wurden über der Reling entleert; zwar waren ihre Gesichter gezeichnet, doch nickten sie dem Lotsen zu, als wäre die Rettung allein sein Verdienst. Er rief einige Mägde zu sich: »Ihr sorgt zunächst für die Verletzten. Danach kümmert ihr euch ums Vieh!«

Halb gebückt schob er sich unter die Plane, dort schlug ihm säuerlicher Geruch entgegen, ein Gemisch aus Kot und Erbrochenem. Langsam gewöhnten sich seine Augen ans Dunkel. Frauen krochen umher, sammelten Decken und Fellsäcke ein, versuchten, so gut es ging, wieder Ordnung zu schaffen. Kinder weinten, je tröstender die Mütter auf sie einsprachen, umso lauter wurde das Schluchzen. Tyrkir befragte eine Familie nach der anderen und stellte schließlich dankbar fest, dass hier unten bis auf Beulen und Hautrisse niemand ernstlich Schaden genommen hatte.

Er fand Thjodhild noch an derselben Stelle, blass und erschöpft lehnte sie an der Wandung. »Kann ich euch helfen?« Die beiden Kleinen lagen Kopf an Kopf in ihrem Schoß. Leif kauerte neben ihr und umhalste einen Hund, trotz einer blutigen Schramme quer auf der Stirn lächelte er tapfer. »Wie viele Drachen waren es?«

»Ich hab sie nicht gezählt.«

»Den hier habe ich gerettet.« Der Fünfjährige kraulte das struppige Fell. »Ich allein.«

»Das war sehr kühn von dir.«

»Aber wir sind doch die Sieger, oder?«

»Sag's nicht so laut, mein Junge! Sonst rufst du die Unholde zurück.«

Thjodhild griff nach der Hand des Freundes und hielt sie fest. »Noch nie hatte ich solche Angst.«

»Für heute ist es vorbei.« Um sie aufzumuntern, setzte er hinzu: »Solange Erik das Schiff führt, kann uns kein Sturm etwas anhaben. Sei stolz auf deinen Wikinger!« Von draußen wurde nach ihm gerufen. »Jetzt solltest du versuchen, mit den Kindern etwas zu schlafen. Wer weiß, wie lange die See ruhig bleibt.«

Beinah beschwingt kehrte er aufs Achterdeck zurück, noch halb auf dem Weg verkündete er: »Frauen und Kinder sind wohlauf!«

Erik stand mit dem Rücken zu ihm breitbeinig am hoch geschwungenen Steven und starrte nach Osten übers Meer.

»Auch Mannschaft und Fahrgäste. Nur ein Verletzter. Denke, morgen ist er wieder auf den Beinen.«

Keine Antwort kam.

»He, freust du dich nicht? Das Glück begleitet uns, wir sollten dankbar sein.«

Weil der Hüne nicht einmal den Kopf wandte, trat er näher und blickte ihn von der Seite an. »Was ist los?«

»Glück? Dankbar?« Mit einer großen Armbewegung wies Erik zu den Segeln seiner weit auseinander gerissenen Flotte. »Du kannst doch zählen, Schlaukopf? Also sag mir, wie viele Knorrs da auf uns zuhalten.« Seine Stimme wurde brüchig. »Und dann sag mir, dass ich mich irre. Sag es!«

Viel zu schnell hatte Tyrkir die Aufgabe gelöst. »O ihr Götter«, flüsterte er und verbarg die breite Narbe unter seiner Hand, als müsse sie vor der Wahrheit geschützt werden.

Vierzehn Schiffe, so angestrengt er auch den Horizont absuchte, es wurden nicht mehr, vierzehn, und vor dem Sturm fuhren noch fünfundzwanzig im Kielwasser des Reittieres. Auch ohne zu fragen ahnte er, was Erik aufwühlte. Fast dreihundert Menschen hatte Ran mit ihrem Netz geraubt, dazu Vieh und Proviant. »Vielleicht sind nicht alle Schiffe untergegangen. Vielleicht haben einige den Sturm überstanden und sind nur so weit abgetrieben, dass wir sie nicht sehen können.«

»Wenn's nur so wär.« Der Rote presste die Fäuste gegen die Stirn. »Ich war's, der ihnen Grönland versprochen hat. Ein gutes Leben.«

»Verflucht, hör auf damit!«, fuhr ihn Tyrkir an. »Das Unglück ist geschehen und es war nicht deine Schuld. Denke an die Überlebenden, an nichts sonst! Sie vertrauen dir, ich weiß es. Wenn du jetzt zweifelst, nimmst du ihnen jeden Mut und den benötigen sie bitter, solange wir auf See sind. Und haben wir die Küste erreicht, so wirst du erst recht beweisen müssen, wie fest du an unser Glück glaubst.«

Scharf sog Erik den Atem ein. »Und du, Schlaukopf? Wie steht es mit dir?«

»Nun ja.« Tyrkir zuckte die Achseln und zwang sich zu einem Grinsen. »Ich weiß, was ich an dir habe.«

»Wehe, du sagst noch ein Wort mehr!« Kurz drohte ihm Erik mit der Faust, dann gab er Befehl, den Rahbaum hochzuziehen. Vorwärts! Das rote Segel blähte sich auf und trieb das Reittier weiter nach Westen.

Das Gestern war jetzt schon dreimal von einem neuen Heute abgelöst worden. »Wann kommt endlich Grönland?« Leif stemmte die Fäuste in die Hüften.

»Morgen. Aber warte, ich sehe genau nach.« Ihm zu Gefallen kniff Tyrkir das linke Auge zusammen und peilte über seine Daumenkuppe den Horizont an. »Stimmt. Vielleicht entdecken wir morgen Land.«

»Onkel! Das hast du gestern auch schon gesagt.« Gründlich zog der Junge die Nase hoch und spuckte, wie er es den Männern abgeguckt hatte, mit dem Wind über die Reling. Hier vorn auf dem Bugdeck verbrachte er die meiste Zeit. Vom Ziehvater hatte er sich ins Geheimnis der Schattennadel einweihen lassen. Vieles war noch zu schwer für ihn, doch Tyrkir staunte über die wache Neugierde und schnelle Auffassungsgabe. »Hilf mir jetzt!«

Sofort kniete sich Leif neben das Sonnenbrett. Der scharfe Schatten war im Strichkreis bis dicht zur Nordkerbe vorgerückt. Also musste …, er kraulte mit dem Finger in seinem nicht vorhandenen Bart, schließlich war er ganz sicher. »Beinah steht die Sonne im Süden. Bald haben wir Mittag.«

»Sehr gut. Ab mit dir zu deiner Mutter! Wenn du gegessen hast, bring mir etwas Dörrfleisch mit. Aber beeile dich!« Zähnefletschend näherte sich Tyrkir dem geschnitzten Bugsteven. »Sonst muss ich mir ein Stück von unserm Drachen abbeißen.«

»Ach, Onkel.« Leif winkte ab. »Das sagst du auch jedes Mal.«

»Stimmt. Wird wirklich Zeit, dass mir etwas anderes einfällt.« Schmunzelnd sah der Lotse dem Jungen nach, wie er vom Halbdeck mit einem mühelosen Satz in den Frachtraum hinuntersprang.

»Land!« Wer gerufen hatte, wusste niemand. Siedler und Mannschaft schreckten auf, Köpfe fuhren herum. »Land!« Einige Frauen griffen sich ans Herz, dann hoben sie ihre Kinder auf und drängten zum Bug. Schnell erlosch die aufgeflackerte Freude. »Land? Das soll unser Land sein?!«

»Nein, lasst euch nicht täuschen! Wir befinden uns noch weit von der Küste entfernt.« Mit heftigen Armbewegungen wehrte Tyrkir ab. »Zurück! Geht an eure Arbeit!« Er zeigte auf die hochragenden, blau-weißen Felsgebilde. »Eisberge. Begreift ihr!? Sie treiben im Meer. Das sind die gefährlichen Wächter unseres Grönlands. Also habt noch Geduld!«

Geduld? Zehn Tage und Tagnächte waren sie jetzt schon unterwegs; zusammengepfercht auf engstem Raum war der Gestank von Mensch und Vieh kaum noch zu ertragen, von Mahlzeit zu Mahlzeit wuchs der Ekel vor Pökelfleisch, aufgeweichtem Brot und Dörrfisch, längst gab es nur für die Kinder noch schmackhafte Sauermilch; zehn Tage in Angst und Gefahr hatten selbst die stärksten Gemüter ausgezehrt. Blicke wurden getauscht, aus dem Gemurmel hörte der Lotse immer wieder die bangen Fragen: Warum dauerte die Reise so lange? Hat uns der Sturm zu weit abgetrieben? Warum sonst gibt es hier Eisberge?

»Leute, habt Vertrauen! Wir sind auf dem richtigen Kurs.« Sein Ton wurde streng. »Und jetzt geht!« Zwar gehorchten ihm die Siedler ohne Murren, doch er wusste genau, die Zweifel waren erwacht und kein Befehl konnte sie zerstreuen.

Leif hatte schon vor zwei Tagen aufgegeben, nach dem Zeitpunkt ihrer Ankunft zu fragen. Mit gekrauster Nase starrte er jetzt zu den Eisbergen rechts und links des Knorrs hinüber, schließlich schüttelte er den Kopf: »Verstehe ich nicht. Die sind doch so weit weg und ganz still. Vor denen hab ich keine Angst.«

Tyrkir stand aufgerichtet neben dem Drachenkopf, ehe er antwortete, gab er mit Handzeichen eine Kursänderung nach achtern an den Freund weiter.

»Komm her zu mir! Was du dort drüben siehst, sind nur die Hüte der Riesen. Aber da unten im Wasser haben sie noch siebenmal so breite Schultern, die drehen sich und reiben sogar manchmal aneinander und wehe, ein Schiff gerät dazwischen. Außerdem ballen sie dicht unter der Oberfläche ihre Hände. Und glaub mir, jeder von ihnen besitzt nicht nur zwei Fäuste.«

In diesem Augenblick brach vom Eisberg rechter Hand eine Wand mit gewaltigem Donnern ab und stürzte in sich zusammen.

»Gefahr! Haltet euch fest! Gefahr!« Immer wieder schrie Tyrkir seine Warnung übers Schiff: »Legt euch! Gefahr! Haltet euch fest!« Schon hatte er den Jungen vom Steven weggerissen, auf die Planken gedrückt und sich über ihn geworfen.

Die Eiswand war ins Meer getaucht und nach dem brodelnden Sog stieg eine Flutwoge auf, rollte heran. Erik konnte das Reittier noch halb abdrehen, ehe es von der Wucht getroffen wurde. Die Spanten schrien, ächzten, Mast und Segel wankten. Einen Atemzug lang Todesangst! Dann richtete sich der Knorr wieder auf. Ohne den Jungen loszulassen, hob Tyrkir den Kopf. Sie waren dem Eisberg auf der anderen Seite bedrohlich nah gekommen. »Nach Steuerbord!« Sein Signal an Erik kam zu spät, längst hatte er den Kurs wieder geändert.

»Dem großen Tyr sei Dank«, keuchte der Deutsche.

»Ich hab mich nicht gefürchtet.« Leif zog die Nase hoch, vergaß aber zu spucken.

»Ist das wahr?«

Der Junge nickte. »Konnt ich ja auch nicht. Du hast ja auf mir gelegen und da konnte ich nichts sehen.«

Als gegen Mitternacht vor ihnen sich der Horizont in ein gewaltiges graues Gebirgsmassiv verwandelte, unterließ es Tyrkir, die Siedler mit dem Ruf »Land!« aus dem Schlaf zu reißen, auch verbot er den Segelwachen bei Strafe jedwelche Freudenschreie und winkte Erik zu sich vorn aufs Bugdeck.

»Da ist dein grünes Land. Ich denke, jetzt kommt der schwierigste Teil unserer Reise auf uns zu: Was willst du den Leuten sagen?«

»Kein Wort.«

»Aber du kannst es ihnen doch nicht länger verheimlichen.«

»Verdammt, Schlaukopf, weiß ich selbst. Wir sind noch nicht da, so lange müssen sie sich eben gedulden.« Der Rote fasste ihn hart an beiden Schultern. »Zeit, das ist es. Ab sofort geb ich den Leuten keine Gelegenheit mehr zum Nachdenken. Jedes kleinste Anzeichen von Aufruhr werde ich ersticken. Also erschrick nicht vor mir, schließlich bist du mein Freund.«

Noch vor Sonnenaufgang wusste es jede Siedlerfamilie an Bord: Land in Sicht. Schweigend starrten sie auf die weiße, endlose Mauer mit ihren unzählbaren, schneebedeckten Gipfeln. Auch als die Spitzen im Morgenlicht aufglühten, war kein Jubel zu hören.

Erik versammelte die Gutsherren und freien Bauern unter dem Mastbaum. »Eins sollt ihr wissen, wir sind der Ran und ihren Töchtern entkommen.«

Ohne jede Begeisterung blickten die Männer zum zerklüfteten, düsteren Küstenstreifen hinüber, je näher er kam, umso unwirtlicher zeigte er sich.

»Ja, diese Gegend gehört auch zu unserm Land, aber dort ist nicht mein Grönland. Das ist nur der Rücken, begreift ihr. Wir werden an ihm entlang nach Süden fahren und erst auf der anderen Seite seht ihr dann das schöne Gesicht. Dort gibt es die grünen Wiesen, die ich euch versprochen habe.«

Sein Werben fand kein Gehör bei den Enttäuschten. Jäh richtete sich Erik zur vollen Größe auf, im Bernstein seiner Augen stand kaltes Licht. »Bis dahin verlange ich Gehorsam. Keine Unruhe. Kein heimliches Gerede untereinander. Wenn einer von euch Fragen hat, dann geht er zum Lotsen oder kommt zu mir. Euer Wort darauf!« Einige hoben gleich ihre Hand, sie kannten das Gesetz an Bord, die Übrigen wurden erst durch den harten Blick des Schiffsführers wieder daran erinnert. »Und nun seid dankbar, dass ihr lebt.« Erik ließ sie stehen und kehrte schweren Schritts auf das Steuerdeck zurück.

Hatte er auch nicht zu den Frauen gesprochen, so war doch jedes seiner Worte bis zu ihnen gedrungen. Thjodhild riss Tyrkir am Arm. »Ihr wagt es«, fauchte sie unterdrückt. »Ihr habt mich schon einmal belogen. Aber jetzt ...«

»Nein, bitte. Ich kann dir erklären ... Nein, jetzt nicht, sprich erst mit Erik, bitte. Ich muss den neuen Kurs festlegen.« Überhastet stieg er aufs Bugdeck und beugte sich über das Sonnenbrett.

Die Fäuste in den Rockfalten versteckt forderte Thjodhild von Erik: »Ich muss mit dir reden. Allein!« Ihre Miene erlaubte keinen Widerspruch, sofort schickte er den Steuerknecht weg und übernahm selbst die Pinne. »Wohin bringst du mich?«

»In unsere neue Heimat?«

»Das Land da ...« Sie atmete heftig. »Erik, ich sehe nur Steine, Felsen und Riffe und darüber nichts als Eis und Schnee. Diese Küste sieht noch menschenfeindlicher aus als der steile

Strand, zu dem du mich nach unserer Heirat in den Norden gelockt hast. Mit falschen Versprechungen!«

»Diesmal ist es anders.«

»Erik Thorvaldsson, du hast wieder nicht die Wahrheit gesagt. Und nicht nur mir.« Voller Zorn wies sie zu den nachfolgenden Segeln. »Ja, dieses Mal ist es anders: Es ist noch viel schlimmer. All die Toten klagen dich an. Wie willst du vor den Siedlern bestehen?«

»Schweig!«

»Nein, Erik!« Sie schlug die Hand vor den Mund und presste mühsam beherrscht heraus: »Warum Grönland? Warum hast du diese eisige Wildnis so genannt?«

»Weil sonst ...« Er lächelte dünn. »Na ja, ich dachte, wenn die Leute einen schönen Namen hören, dann wollen auch viele mit.«

Fassungslos starrte sie ihn an, Tränen nässten ihr Gesicht. »Auch ohne diesen Betrug wäre ich dir und Tyrkir gefolgt, weil wir eine Familie sind. Und müssen wir dort zu Grunde gehen, wäre es nur das Ende der Sippe Erik Thorvaldssons gewesen. Jetzt aber ... ein ganzes Volk. Niemand darf solche Schuld auf sich laden.«

»Komm näher!«, bat Erik, seine Stimme wurde sanft. »Weil ich diesen Platz nicht verlassen darf.« So gut es ging, wischte er ihr die Tränen von der Wange. »Du wärst wirklich auch so mitgefahren?« Er seufzte tief. »Dann war keine Mühe umsonst.«

»Was redest du da?«

»Weil ich dir die Wahrheit gesagt habe, vielleicht nicht ganz, geb ich zu, aber in einer Woche zeige ich dir unsere grüne Hauswiese.«

»Du meinst ...« Sie hielt die Hand fest und suchte in seinem Blick. »Nein, so kannst du nicht lügen. Oder?«

Thjodhild ließ ihn allein, eine Zeit lang sah sie unschlüssig nach vorn zum Bug. Tyrkir erzählte seinem Ziehsohn gerade etwas, dabei rollte er die Augen, verknautschte das Gesicht und

Leif lachte hell und strahlte ihn an. Nicht jetzt, beschloss sie, später werde ich ihn fragen, falls das grüne Land zu lange auf sich warten lässt.

Der Nordweststurm hatte die Aussiedlerflotte vom Kurs abgetrieben, dies wurde den beiden Freunden bald klar, denn auf ihrer ersten Fahrt lauerten in Küstennähe weit mehr Eisberge.

»Wir sind viel tiefer im Süden, als ich vermutet habe«, sagte Tyrkir nach einem Tag, und am folgenden Mittag kam Erik zu ihm aufs Bugdeck. Er schirmte seine Augen gegen die Sonne, schließlich grinste er. »Ich wusste es, Schlaukopf. Das Glück erwartet uns.«

Vor ihnen war das Meer eisfrei. »Volles Segel!«

Ihre Fahrt wurde zum wilden rauschenden Fest. Bei steifem Wind ritt das Reittier um die Südspitze und zog den Verband hinter sich her, führte ihn sicher in die Mündung eines Fjords.

Mit den Rahbalken sanken die Segel und keine Gischt spritzte mehr an den Drachenköpfen hoch. Ehe aber das letzte Tuch eingeholt war, ertönte bereits das Hornsignal, und durch den Trichter der Hände gab Erik seine Anweisungen. Allen Schiffsführern war es untersagt, den Anker zu werfen. Kein Beiboot durfte ans steinige Ufer fahren. »Wir sind nicht am Ziel!«

Eine kurze Atempause, mehr wollte der Rote den Besatzungen nicht gönnen. Flüche und Drohungen nahm er mit starrem Gesicht hin. »Ich habe die Befehlsgewalt! Ohne mich werdet ihr das grüne Land nie sehen.«

Er ließ sein Schiff längsseits an den Knorr des Herjulf rudern. »Merke dir diese Einfahrt, Freund!« Nicht weit fjordeinwärts gab es einen geschützten Hafen, und an dessen Ufer hatte er für den Gutsherrn und erfahrenen Geschäftsmann einen Siedlungsplatz abgesteckt; wie schon auf Island mit ihm ausgemacht sollte Herjulf dort außer seinem Wohnhaus große Speicherhallen errichten. »Du wirst die wichtigste Handelsniederlassung in meinem Grönland führen. Und glaub mir, ich habe die Stelle gut gewählt!«

Ganz gleich, woher demnächst die Kauffahrer kamen, ob von England, den Hebriden, Dänemark oder Norwegen. Hier würden sie zuerst an Land gehen und hier sollten sie ihre Waren lagern können. Von diesem Angebot war Herjulf sofort begeistert gewesen. Sein einziger Sohn Bjarne befuhr längst an seiner statt als Großhändler die Meere und er selbst fühlte sich zu alt, um allein mit wenigem Vieh einen Neubeginn zu wagen, die Aussicht indes, hier in Grönland ein neues Geschäft aufbauen zu können, verlieh ihm frische jugendliche Kraft.

»Setzt die Segel!«

Auch der zukünftige Herr über die Handelsniederlassung schloss sich dem Verband wieder an, erst wenn er die ihm und seinem Knorr anvertrauten Familien im verheißenen grünen Land abgesetzt hatte, durfte er in seinen Herjulfsfjord zurückkehren.

Zwar trieb kein eisiger Wind mehr die Schiffe entlang der Westseite hinauf nach Norden, aber von Stunde zu Stunde mehr erfror die Hoffnung der Auswanderer. Sosehr sie auch die Küste absuchten, zwischen schroffen Felsen und Geröllstränden hatten sie bisher nicht einmal so viel nutzbares Land entdeckt, um wenigstens drei Siedlern neuen Lebensraum zu bieten.

Leif kletterte aufs Bugdeck. »Sollen wir den Kurs bestimmen?«

»Nicht mehr nötig«, antwortete sein Onkel, ohne sich nach ihm umzudrehen. »Das Ufer zeigt uns jetzt den Weg.«

»Hier unter uns ist das Wasser viel grüner als die Steine dahinten.«

»Still! Auch dem Sohn des obersten Führers ist es verboten, laut zu murren.« Tyrkir unterdrückte ein Schmunzeln und zog ihn näher an seine Seite. »Aber ich verspreche dir, bald ist es so weit. Und dann wirst du staunen.«

»Ach, Onkel, dem Thorvald und der Freydis, denen kannst du so was erzählen.« Nachsichtig tätschelte er die Hand des Ziehvaters. »Aber ich bin dir nicht böse, wenn du's auch nicht weißt.«

»Sehr freundlich, mein Junge.«

Das Steilufer wich in eine weite Bucht zurück, immer häufiger segelten sie an Fjordmündungen vorbei, doch keine Veränderung tat sich auf, es blieb bei den mit Flechten bewachsenen Riffen und Schären vor toten Felswänden. Seit langem hockten die Auswanderer schweigend und blickleer im Frachtraum beieinander, selbst ihre Hunde hoben nicht mehr die Schnauzen.

Thjodhild ertrug die stummen Anklagen der Mütter um sie herum nicht länger. Welches Unheil uns auch bevorsteht, dachte sie, ich muss Klarheit haben, und zwar jetzt sofort. Von Erik würde sie nur neue Ausreden hören, deshalb stieg sie zu Tyrkir hinauf.

»Gerade wünschte ich, dass du hier neben mir wärst«, empfing er sie. »Denn jetzt drehen wir bei.«

Thjodhild wartete, bis der Drachenkopf direkt auf die Mündung eines breiteren Fjords zuhielt und Tyrkir den nachfolgenden Knorr verständigt hatte, dann bat sie Leif: »Geh zu deinen Geschwistern und gib auf sie Acht!«

»Das darf ich nicht.« Ihr Ältester riss sich die Wollmütze vom Kopf. »Der Onkel braucht mich.«

Für einen Streit war sie zu müde. »Meinetwegen, aber hock dich hin und halt dir die Ohren zu. Ich will allein mit deinem Ziehvater reden.«

Als er mit dem Rücken zu ihnen auf den Planken saß und die Beine in den Frachtraum baumeln ließ, begann sie leise: »Welcher Dämon ist euch auf der ersten Fahrt begegnet und hat Besitz von euch genommen? Allein von Loki Besessene können es wagen, so viele Menschen ins Elend zu führen.«

Blutrot färbte sich die Narbe. »Hab Vertrauen, bitte! Nur noch eine kleine Weile.«

»Tyrkir!«

Er zeigte zu den flachen Ufern rechts und links der Einfahrt. »Da, sieh genau hin. Dort liegen angeschwemmte Baumstämme, bestes, hartes Treibholz, um Häuser zu bauen, allein da drüben gibt es mehr, als wir am gesamten Küstenstreifen vor dem Habichtstal in einem Sommer gefunden haben. Und glaub mir, jeder Fjord …«

»Nicht weiter!«, warnte sie und starrte bestürzt in seine Augen. »Nie habe ich mir vorstellen können, dass du mit solch ehrlichem Blick so lügen kannst.« Erst nach einer Pause setzte sie hinzu: »Und gerade du, mein bester Freund.«

»Sag bitte nichts mehr!« Seine Lippen zitterten. »Worte verletzen oft mehr als jedes Messer und diese Wunden heilen schlecht.« Rasch wandte er sich ab, stemmte die Hand auf den Hals des Drachen und blickte nach vorn.

Thjodhild setzte sich eng zu ihrem Sohn. Auch wenn es mich selbst schmerzt, ja, ich wollte dich treffen, dachte sie, weil ich hoffte, dich wachrütteln zu können. Und bin jetzt ratloser als vorher.

Noch mit dem Wind des offenen Meers im Rücken jagte der Knorr zwischen hochragenden Felswänden tiefer und tiefer ins Innere des Fjords. Kurz vor einer scharfen Biegung nach rechts gab Tyrkir nach achtern das Zeichen, nun die Fahrt zu verlangsamen, indes Erik winkte zornig ab, mehr noch, die Knechte an den Leinen erhielten Befehl, das volle Tuch zu hissen.

Schnell flog sein Schiff dem Verband davon, neigte sich tief über Backbord und mit schäumender Gischt vor dem Drachenmaul richtete es sich nach der Kehre wieder auf.

Jäh flaute der Wind ab. Thjodhild hatte Leif fest an sich gepresst, jetzt, da das so leichtsinnige Spiel vorüber schien, drohte sie ihrem Mann an der Steuerpinne, schon war sie auf den Knien und wandte sich wütend zu Tyrkir um.

Ihre hochgerissene Faust erstarrte, zugleich fühlte sie einen

Stich, der Schmerz in ihrer Brust wollte nicht aufhören. Tyrkir stand nicht mehr inmitten dunkler Felswände, jetzt umgab ihn Helligkeit, und vor dem Bugsteven öffnete sich eine Hügellandschaft, ein weites Bild mit grünen Weiden.

Woher die Kraft nehmen zu begreifen? Thjodhild ließ den Arm sinken. Sind dort am linken Ufer nicht Wälder? Birken, ja, es müssen Birken sein, ging es ihr durch den Kopf, nur waren sie höher als im Habichtstal. Ihr wurde heiß, langsam öffnete sie den fettglänzenden Regenumhang. Es ist nicht mein Blut, stellte sie fest, die Sonne wärmt mich.

»Mutter?« Leif rüttelte vorsichtig an ihrem Arm. »Warum stehst du nicht auf?«

»Weil ich …« Sie war wach, küsste den Jungen auf Stirn, Nase, Mund und Wangen. »Weil ich so besser an dich herankomme.« Empört riss er sich los. »Ich bin kein Kind mehr.«

»Schon gut, schon gut.« Sie suchte den Blick des Freundes. »Und weil ich so dumm war.« Bereitwillig ergriff sie seine Hand und ließ sich aufhelfen. »Glauben, ohne zu sehen, weißt du, wie schwer das ist? Ich vermochte die Ungewissheit einfach nicht mehr zu ertragen, verzeih!«

Ehe Tyrkir antworten konnte, drängte Leif sich zwischen die beiden und stemmte die Fäuste in die Seiten. »Onkel. Ich denke, wir können zufrieden sein. Unser Kurs war richtig.«

»Dem großen Tyr sei Dank und natürlich auch dir, ohne dich hätten wir uns bestimmt auf dem Meer verirrt.«

Inzwischen begannen auch die Siedler zu verstehen, einige rieben sich die Augen, andere tasteten nach dem Nachbarn und endlich: Aus dem stummen Staunen erblühte allmählich der Jubel, wurde übertönt von tiefen, lang getragenen Hornrufen. Wie ein Echo antworteten sie vom nächsten Knorr und wurden schnell vervielfacht von den nachfolgenden Schiffen. »Unser grünes Land! Unser Grönland!!« Mit Lachen und Weinen begrüßten die Auswanderer ihre neue Heimat, winkten im Vorbeigleiten zu den saftigen Wiesen, als hätten sich dort unsichtbare Verwandte zu ihrer Ankunft eingefunden.

Thjodhild stieg aufs Steuerdeck. »Ein freier Arm genügt mir nicht. Ruf den Bootsknecht, er soll dich ablösen.«

Wenig später verbarg sie sich an seiner Brust und Erik hielt sie fest. »Wenn's auch schwer war«, murmelte er, »jetzt hat es sich gelohnt.«

»Lass mich nicht los!«, flüsterte sie. »Bis ich aufgehört habe zu weinen.«

Der Wind flaute mehr und mehr ab. Zur Unterstützung wurden die Ruder durch die Pforten der Bordwand geschoben und wie von langen Raupenbeinen getrieben drangen die Drachenboote tiefer ins Herz der sommerlichen Landschaft. Inselgruppen tauchten auf, Nebenarme zweigten ab und Erik schenkte sie nacheinander den reichen Schiffsführern. »Ketil, dieser Fjord soll von heute an deinen Namen tragen. Gründe deinen Hof und lebe in Frieden mit deinen Nachbarn!« Er würde die Grenzen seiner Ländereien an den Steinmarkierungen erkennen, die der Rote mit Tyrkir auf ihrer ersten Fahrt bereits errichtet hatte.

Auch für jeden freien Bauern war von ihnen vorgesorgt worden. Kein großer Abschied; nach einer gemeinsamen Bitte an die Götter, den Neubeginn mit Wohlwollen zu begleiten und dem festen Versprechen, im nächsten Juni zur ersten Thingversammlung der Grönländer auf den Erikshof zu kommen, blieben die Siedler zurück.

Am nächsten Mittag folgte dem Reittier lediglich noch der Knorr des Ingolf Arnesson. Auch die letzten Kleinbauern waren mit Hausstand und Vieh unterwegs abgesetzt worden; vor Glück strahlende Menschen winkten am Ufer hinter den beiden Schiffen her. Und blaugrün wurde das Wasser, sanfter die Hügel, und weit im Osten glitzerte und gleißte der mächtige Rücken des unendlichen Eisriesen.

Erik hatte sich die Familie des schwarzbärtigen Ingolf zum direkten Nachbarn erwählt. Mit diesem offenen, herzlichen Mann hoffte er in Frieden und Freundschaft auszukommen. Seine Frau Solveig hatte einen Sohn und zwei zopfige Mädchen im Alter von Thjodhilds Kindern. Sicher würden sich auch die Frauen bald näher kommen.

»An alles habe ich gedacht. Und mein Reich geordnet«, befand Erik voller Stolz. Es hielt ihn nicht länger an der Pinne und er führte Thjodhild nach vorn zu Tyrkir. Gemeinsam standen sie eng beieinander, während der Knorr in die sonnenüberflutete weite Bucht am Ende des Fjords einlief. Mit einer großen Geste wies der Hüne zur linken Anhöhe hinauf. »Da oben! Fertig ist es nicht, aber bald.«

Sie sah ein lang gestrecktes Dach, bewachsen mit tiefgrünem Gras, und weil sie nicht sprechen konnte, lächelte sie nur.

Das Schiff ging am Ufer längsseits, der Anker fiel und Thjodhild ließ sich mit den beiden Kleinen auf dem Beiboot durchs seichte Wasser zum Ufer bringen. »Ich will allein unser Heim begrüßen«, bat sie, nahm Freydis auf den Arm und Thorvald stapfte an ihrer Hand über den ausgedehnten Kieselstrand.

Langsam war der Anstieg. Ich habe Zeit, von nun an läuft mir keine Zeit mehr davon. Das Wohnhaus wollte sie später mit ihren Männern besichtigen, sie entdeckte den Bach und setzte sich ins Gras. Die Kinder krochen kichernd herum und rupften Glockenblumen. Thjodhild nahm die blaue Bucht, den Himmel in sich auf, schloss die Augen und der Geruch nach Frische und Sommer malte das Bild in ihr weiter. Glück, seufzte sie, komm, setz dich zu mir und halte mich fest!

AUF DEM RUNENSTEIN DER ERINNERUNG ZU LESEN:

Wie überhastet eingemeißelt, stehen die Zeichen eng beieinander.

... das Jahr 986: *... Tod ... Dänemark. Prinz Sven Gabelbart will nicht auf das Erbe warten, sofort verlangt er von seinem Vater die Hälfte des Reiches und der Macht. König Harald Blauzahn lehnt die Forderung des ungeliebten Sohnes ab. Sven rüstet gegen den Achtzigjährigen. Eine qualvolle Schlacht entbrennt, immer mehr Volk läuft dem König zu und schließlich muss der Sohn sein Heil in der Flucht suchen. Ein Pfeil aber hat dem alten Herrscher die Brust durchschlagen. Harald stirbt ... Es lebe König Sven Gabelbart ...*

... das Jahr 994: *Hundert Langschiffe tauchen aus dem Morgennebel vor London auf. Sven Gabelbart und Olaf Tryggvasson befehligen die Flotte. Sie greifen nicht an, sondern lassen König und Volk zittern. Jeden Tag, jeden Augenblick muss mit einem Überfall der grausamen Horden gerechnet werden. Die Rechnung geht auf. Für die Verschonung Londons zahlt der englische König den Wikingern die unfassliche Summe von 10 000 Pfund Silber. Kein Blut ist geflossen und dennoch quellen die Schatztruhen über.*

… das Jahr 994: *Olaf Tryggvasson genießt den Erfolg. Er hört von einem Wahrsager und sucht ihn in dessen Klause auf. »Du wirst ein berühmter König … Du wirst vielen Männern den Christenglauben bringen …« Der Weise schließt die Augen. »Damit du nicht zweifelst, achte auf die Zeichen: Bei deiner Rückkehr zum Schiff lehnt sich ein Teil der Mannschaft gegen dich auf. Du erhältst eine schwere Wunde. Doch nach sieben Tagen kannst du das Lager gesund wieder verlassen und wirst dich dann taufen lassen.«*

Die Prophezeiung trifft ein. Im Kampf wird Olaf schwer getroffen und nach einer Woche ist die Wunde verheilt. Woher der Weissager seine Gabe hätte, fragt der Prinz.

»Gott selbst hat sie mir eingegeben …« Der Einsiedler erzählt ihm von der Allmacht des Herrn. Tief beeindruckt empfängt Olaf Tryggvasson noch am gleichen Tag mitsamt seinem Gefolge die Taufe.

… das Jahr 994: *Boten aus Norwegen kommen zu Olaf. Sie flehen ihn an, dem selbstherrlichen Jarl Hakon die Macht zu entreißen. »Du entstammst altem Fürstengeschlecht. Dir steht die Krone zu. Werde du unser König!«*

Nach einer Nacht im Gebet lässt Olaf die Segel setzen. Mit fünf Schiffen, hundertzwanzig Kriegern und einer stattlichen Anzahl von Priestern und gelehrten Männern landet er im Spätsommer an der Küste seines Heimatlandes.

… das Jahr 994: *Jarl Hakon ist auf der Flucht, nicht nur vor Olaf, sondern auch vor wutschnaubenden Bauern, denen er die Frauen weggenommen hat. Er verbirgt sich mit seinem Knecht in einer Grube unter dem Schweinestall. Von Angstträumen erschreckt stößt der Knecht seinem Herrn das Messer durch die Kehle. Jarl Hakon ist tot. Ohne Kampf wird Olaf Tryggvasson auf dem Thing zum König über Norwegen ausgerufen …*

… von den Siedlern auf Grönland: *Nach ersten harten Jahren blüht das Leben. Der warme Sommer entschädigt für den so harten Winter, wenn Eiswinde vom Gletscher hinunterfahren und die Fjorde erstarren lassen. Immer mehr Auswanderer aus Island und Norwegen suchen im grünen Land des Goden Erik Thorvaldsson eine neue Heimat. Doch vom fünften Jahr an muss der Rote sie abweisen: »Bei uns hier unten im Süden gibt es keinen Siedlungsplatz für euch mehr.« Er schickt die hoch beladenen Schiffe zwei Tagereisen weiter nach Norden. Dort hat er schon auf seiner ersten Fahrt mit Tyrkir ein zweites bewohnbares Fjordgebiet entdeckt. »Nehmt Land in meiner Westsiedlung und haltet Frieden mit euren Nachbarn!«*

… das Jahr 996: *Schon Anfang April kommen die heißen Föhnstürme, brechen die Eisdecke in der Eriksbucht und lassen den Schnee auf den Höhen schmelzen. Mitte Mai sprießt das Gras, grünen Birken und Weiden …*

FREYDIS

Die Raben waren verstummt und flatterten nicht mehr krächzend um ihre Gelege im Felsberg, sie hatten sich an die Männer tief unten zwischen den Sträuchern und Birken gewöhnt. Reglos kauerte Tyrkir hinter einem Busch, mit einem Mal wagte er kaum noch zu atmen.

Endlich. Das Warten hatte sich gelohnt: Wie von Leif vorausgesagt, schritt erhaben ein Renhirsch auf die Lichtung, seine Ohren spielten, mit zurückgelegtem Haupt prüfte er die Witterung, und nachdem er für sich selbst die saftigste Grasstelle erwählt hatte, durfte ihm seine Herde folgen.

Weder Jagen noch Fischen gehörten zu den Vorlieben Tyrkirs, und gern überließ er anderen diese Mühe, aber heute war er von seinem Ziehsohn dazu gedrängt worden: »Komm mit, Onkel, du bringst mir Glück!« Tyrkir rieb sich die Narbe. Nichts kann ich diesem jungen Kerl abschlagen, dachte er. Und seit ihm Erik nach vielem Ringen seinen Knorr für die erste Handelsfahrt versprochen hat, ist es mit meiner Ruhe vollends vorbei.

Leif kaufte seit zwei Jahren von den Fangtrupps, wenn sie mit ihrer Beute aus dem hohen Norden zurückkehrten, Eisbären- und Robbenfelle, die Stoßzähne der Walrösser; sogar drei dieser langen weißen und wundersam gedrehten Spieße des Narwals hatte er erwerben können, und stets musste der Ziehvater bei dem Geschäftsabschluss anwesend sein. »Du bringst mir Glück.«

Mehr noch, Leif bewunderte die Schnitzkunst seines Lehrmeisters. »Speckstein finden wir genug. Wie wär's, wenn du …?«

Und Tyrkir fertigte in seiner Werkstatt zunächst alleine Töpfe, Becher und Lampen. Weil ihm diese Arbeit bald zu langweilig wurde, hatte er sich geschickte Sklaven herangezogen, die unter seiner Anleitung lernten, mit dem weichen Stein umzugehen. Er selbst schnitzte aus Elfenbein oder Knochen kunstvoll verzierte Broschen und Figuren. Ein Gürtel aus Walrosszahn aber wurde zu seinem Prunkstück. »Onkel, wir werden am Königshof in Norwegen ein Vermögen verdienen.«

Tyrkir bewunderte das Bild vor ihm auf der Lichtung: In großer Ruheästen die Rentiere, und senkten und hoben sie die Häupter, glichen ihre verästelten Geweihe einem Wald im Winter; neben dem Hirsch konnte er vierzehn Kühe mit einigen Jungtieren ausmachen. Also sind es fünfzehn kräftige Rene, genau so viele Winter zählt jetzt auch mein Leif, stellte er fest, vielleicht ist diese Zahl für heute ein gutes Omen.

»Hej! Jaaa! Hej!« Der Ruf zerriss den Frieden. »Hej! Jaa! Hej!« Von drei Seiten zugleich brachen Knechte aus dem Buschwerk. Hunde bellten. Die Herde schreckte hoch, nur eine Richtung blieb, und sie floh talabwärts davon.

Tyrkir lief ohne Eile hinter Treibern und Meute her. Von Leif war die Jagdfalle vorbereitet worden, in gleichmäßigen Abständen hatte er Knechte rechts und links der abschüssigen Fluchtschneise aufgestellt, laut schreiend schwangen sie jetzt ihre Knüppel. Die Herde wagte nicht auszubrechen und gehetzt von den hochbeinigen Jagdhunden flüchtete sie aus dem Waldgebiet in eine steil fallende Weide hinein; von beiden Seiten wuchsen Steinreihen auf sie zu, schon gab es kaum noch Raum und die schweren Tiere schnaubten, stießen mit den Leibern aneinander, Geweihe brachen, jedes drängte nach vorn, wollte als Erstes die schmale Fluchtöffnung erreichen. Und ein Ren nach dem anderen verschwand! Keine Rettung: Die steinernen Schenkel mündeten an einer Felsklippe und alle Tiere waren in ihrer Angst über die Kante hinausgesprungen.

Als Tyrkir zum Beuteplatz unterhalb der Steinwand gelangte, lagen die Kadaver bereits ohne Gehörn und aufgebrochen nebeneinander und längst schon hockten Raben in der Nähe und warteten hungrig auf die blutigen Eingeweide.

»Onkel! Ich wusste schon, warum du mich begleiten solltest.« Leif strahlte. »So viele Felle an einem Tag. Ganz abgesehen vom Fleisch. Mutter wird staunen.«

»Solange du nicht planst, jetzt auch Renschinken auf die Warenliste für Norwegen zu setzen, freue ich mich über dein Jagdglück.«

Kurz kratzte Leif in seinem rötlichen Kinnflaum. »Der Gedanke wäre zu überlegen.«

»Beim großen Tyr, vergiss ihn sofort!«

»War nur Spaß«, winkte Leif ab und achtete darauf, dass Leber, Herz und Lungen in die Bäuche zurückgelegt wurden. »Ich bin so weit, Onkel. Lass uns zum Steilhang vorausreiten!« Von den Sklaven mussten die Beutestücke auf Holzgestellen zu Fuß nach Hause geschleppt werden und das benötigte sicher Zeit bis in den Nachmittag.

Nicht mehr Erikshof. Weil Wohnhaus und Wirtschaftsgebäude hoch über der Bucht auf einem weiten ebenen Gelände errichtet waren, hatte das Anwesen des Goden Erik Thorvaldsson den Namen Steilhang erhalten.

Während des Heimritts schwärmte Leif von der Norwegenfahrt Ende Mai und Tyrkir konnte sich auf das einfache Ja oder Nein beschränken, es genügte, um die Pläne des jungen Mannes weiter wachsen zu lassen. Darin bist du wie dein Vater, dachte Tyrkir bekümmert, und falls die Träume sich nicht erfüllen, wirst auch du mich sicher fragen, wie es nun weitergehen kann. Er sah Leif von der Seite an. Nein, du bist nicht allein der Sohn meines Wikingers. Die Kraft hast du von ihm, vielleicht noch das Haar, aber Augen, Wuchs und vor allem deine Bewegungen erinnern mich an Thjodhild. Außerdem bist du nicht von diesem unseligen Jähzorn und Ehrgefühl besessen, sondern wägst ab, ehe du handelst. Vielleicht, Tyrkir schmunzelte über sich selbst, ja vielleicht hast du diese Eigenschaft. Kurz nachdem sie in die Hausweiden geritten waren, verstummte Leif und zügelte sein Pferd. »Hörst du?«

Tyrkir runzelte die Stirn und nickte. Aus den nahen Wacholderbüschen drang sonderbares Klatschen, dann Aufheulen eines Kindes, gleich gefolgt von Gekicher, und wieder vernahmen sie das Klatschen.

»Die Stimmen kenne ich.« Schon saßen beide ab, schlichen zum ersten Busch und spähten durch die Zweige. Freydis stand vor ihrem kleineren Bruder. Sie hielt ihm die zusammengelegten Handflächen hin. »Jetzt du.«

»Ich will nicht mehr«, schimpfte Thorstein.

»Du musst, sonst verprügle ich dich.« Mit rot glühenden Wangen gehorchte der Junge, presste die Hände zusammen und führte sie tapfer bis an die Fingerspitzen der Schwester. Ein kurzes Schniefen, dann schlug er nach Freydis Hand, traf aber ins Leere.

»Du Trottel!« Sie kicherte vergnügt. »Ich zeig's dir noch mal.« Freydis gewann ihr Spiel. Nicht genug, ehe Thorstein ausweichen konnte, hieb sie ihm von rechts und links ins Gesicht, dass der Kopf hin- und herflog. Mehr aus Zorn, denn vor Schmerz heulte der Siebenjährige auf.

»Du bist dran!«, forderte die Schwester.

Auch der Tapferste sollte nicht sinnlos gegen eine Übermacht ankämpfen, schluchzend versteckte Thorstein seine Arme auf dem Rücken. »Das ist kein schönes Spiel!«

»Du Trottel! Ich zeig dir, wie fein das Spiel ist.« Freydis holte zum Schlag aus. Ihr Handgelenk wurde gepackt. »Wag es nicht!« Sie riss den Kopf herum. »Lass mich mitspielen, Halbschwesterchen!« Leif verstärkte den Griff, und ohne sein Lächeln zu verlieren, zwang er sie in die Knie. »Na komm, steh auf!«

»Verdammt! Du brichst mir den Arm.«

»Das tut mir Leid.« Halb zog er sie hoch und mit einem leichten Stoß gab er sie frei. Bäuchlings fiel die Schwester ins Gras. »Entschuldige.«

Sofort war Freydis wieder auf den Beinen. »Nein, es hat dir gefallen, weil ich schwächer bin. Und wag es nicht noch mal, mich Halbschwester zu nennen. Ich bin in unserer Familie genauso viel wert wie du und Thorvald und dieser kleine Scheißer da, merk dir das!« Zitternd vor Zorn strich sie die blonden Locken aus dem Gesicht. »Wer eine Frau schlägt, der ist ein Feigling. Ein räudiger Köter. Ein, ein ...« Ehe sie zum nächsten Schimpfwort kam, sagte Leif: »Schade.«

»Was?« Verblüfft hielt sie inne.

Der Bruder sah an ihr hinunter, seufzte und schüttelte leicht den Kopf.

»He, was meinst du damit?«

»Diese schlanken Beine. Bei deinen Brüsten sollte man nicht glauben, dass du erst zwölf Winter zählst. Ach ja, und diese braunen Augen. Nein wirklich, jetzt schon bist du eine schöne Frau.«

Seine Schmeichelei ließ ihr Gesicht weich werden und nach einem Seufzer fuhr er fort: »Nur, Schwesterchen, sobald du deinen hübschen Mund aufmachst, wird jeder Freier den Schwanz einziehen und davonrennen.«

Schnell wich er zur Seite und ihre Faustschläge trafen ins Leere. »Du! Du verdammter Hundsfott!« Freydis wandte sich ab, trampelte mit den Füßen auf der Stelle und weinte schließlich.

Gleich zu Beginn hatte Tyrkir ihren kleinen Bruder in seine Obhut genommen, jetzt strich er ihm über den Kopf. »Na, wie wär's? Willst du mit auf mein Pferd?« Der Junge nickte und beide gingen voraus.

»Friede?« Leif räusperte sich vernehmlich. »Mein Gaul trägt auch zwei. Wär ja schade, wenn du die Ankunft der Knechte verpasst. Ich meine, wir haben heute großes Jagdglück gehabt.«

Ohne sich nach ihm umzudrehen rannte Freydis los, Leif beeilte sich, doch sie war noch vor Tyrkir und dem kleinen Bruder bei den Pferden, raffte ihr Kittelkleid und schwang sich in den Sattel. Sofort ritt sie los, Leif fluchte hinter ihr her, sie lachte und kehrte erst nach einem weiten Bogen durch die Wiese zurück. »Was ist, Brüderchen. Soll ich dich mitnehmen?«

»Weibsstück.«

Er stieg hinter ihr auf und nahm den Zügel, nach einer Weile lehnte sie sich an seine Brust. »Und ich werde doch einen Mann finden. Bei meiner Mitgift sogar einen, der reich ist, warte nur ab, wenn du von deiner Fahrt zurückkommst, hab ich vielleicht schon einen.«

»Wie viele Jahre muss ich denn unterwegs sein, damit …« Als sie den Rücken versteifte und gleichzeitig die Messerspitze auf seinen Schenkel drückte, zog er es vor, nicht weiterzusprechen.

Wie ein Lauffeuer verbreitete sich die Nachricht in den Ställen, Scheunen und Werkstätten. »Leif hat eine ganze Herde erlegt!« Und als die Treiber schweißüberströmt die hoch beladenen Gestelle an Schulterstricken auf den Hof schleppten, lief das Gesinde zusammen, selbst Thjodhild kam mit Thorstein und den Küchenmägden aus dem Wohnhaus. Zwar waren die Wangen des Kleinen immer noch von den Ohrfeigen gerötet, doch um seinen Mund klebte Rahm, mit dieser Köstlichkeit hatte ihm die Mutter den Kummer versüßt.

»Ich bin stolz auf dich.« Sie berührte den Arm ihres Ältesten und er streichelte leicht die Hand. Diese kleine Berührung bedeutete mehr als nur Freude, war stummer Beweis, wie innig sich Sohn und Mutter verstanden. Leif blickte sich suchend um. »Wo ist Vater?«

»Wo kann er schon sein?« Mit dem Daumen wies sie über ihre Schulter zu den Höhen weit hinter dem Hofgelände. »Er baut an seinem Damm.«

»Schade, ich hätte Vater gerne meine Beute gezeigt. Aber so lange dürfen wir nicht warten.«

Freundlich, aber bestimmt schickte Leif das Gesinde wieder an die Arbeit, befahl seinen Treibern, die Beute vors Schlachthaus zu schaffen und folgte ihnen. Thjodhild blieb mit Tyrkir zurück. »Er ist ein starker Mann geworden«, sagte sie nachdenklich. »Dennoch ist er so jung. Nur gut, dass du ihn auf der Fahrt begleitest.«

»Sorg dich nicht! Als wir uns kennen lernten, war ich nur zwei Winter älter als er.«

»Ja, weißt du noch? Auf dem Markt am Hvammsfjord? Ich sehe dich noch genau vor mir. Schmächtig, rasierter Kopf und die vielen Sommersprossen. Zuerst war ich empört, weil mich ein Sklave einfach von der Seite ansah. Dieser Blick ...«

»Schmächtig? Selbst im Vergleich zu Erik würde ich mich nicht so bezeichnen, auch damals nicht. Eher schlank.« Tyrkir schmunzelte. »Heute, nach so vielen Jahren, hab ich etwas Bauch angesetzt, dafür aber die Hälfte meines Gesichtes eingebüßt.«

»Kaum zu glauben, du bist immer noch eitel.« Sie griff zur Stirn und zog eine Strähne unter der Haube vor. »Was soll ich denn sagen. Hier, siehst du. Da sind erste graue Haare dazwischen.«

»Silber«, verbesserte er, »silbrige Streifen. Damit bist du noch wertvoller geworden.«

Für einen Moment sahen sie sich an, bis Thjodhild die Nähe

mit einem Lachen überspielte: »Wir schwatzen, als gäbe es nichts zu tun. Heute Abend muss es Leif zu Ehren ein kleines Festmahl geben. Ich schicke Thorvald rüber zu Ingolf. Er soll ihn und seine Familie dazu einladen. Wie wär's? Du könntest etwas von deinem Gebräu auf den Tisch stellen.«

Sofort verschränkte Tyrkir die Arme vor der Brust. »Das ist Wein. Ich gebe zu, dass er nicht so schmeckt wie der aus Trauben. Aber besser als gar keiner.«

»Sei nicht gekränkt!« Den leichten Spott in ihrer Stimme konnte sie nicht unterdrücken. »Was seid ihr nur für empfindliche Männer. Erik versucht, unsern Bach zu stauen, damit wir angeblich auch bei Trockenheit genügend Wasser für die Hausweiden haben. Aber nach jedem Winter schwemmt ihm die Schneeschmelze seinen Damm wieder weg und jeden Sommer beginnt er von neuem. Wehe dem, der es wagt, auch nur ein Wort gegen seinen Plan zu sagen. Und du? Sonst stets der kluge und nachsichtige Tyrkir, aber sobald es um deinen Wein geht, erträgst du keine Kritik.«

»Von dir schon.«

»Na ja, ich weiß nicht«, neckte sie ihn und wurde ernst: »Aber vielleicht bin ich ungerecht. Ich hab hier Thorstein, meinen kleinen Grönländer, geboren und wir leben in Frieden mit unsern Nachbarn. Denke ich zurück an all die furchtbaren Kämpfe und Ängste auf Island, dann sollte ich wirklich dankbar sein, dass ein Damm gebaut und Wein hergestellt wird.«

Er sah ihr nach, wie sie leichten Schritts zum Haus hinüberging. Es ist wahr, dachte er, das Glück wohnt mit uns. So lange schon. »Und außerdem ist mein Wein gut«, murmelte er auf dem Weg zum eigens für ihn ausgeschachteten Vorratskeller. »Zumindest gibt es keinen besseren auf Grönland.«

Wie hatte sich Tyrkir in den zurückliegenden Jahren bemüht, ein berauschendes Getränk herzustellen. Anfangs war es nur des Stolzes wegen, weil Erik ihm ständig in den Ohren lag: »Schlaukopf, du musst dein Wort einlösen. Sauermilch und Wasser trocknen mir die Kehle aus. Du hast vor meinem Vater behauptet, dass du da unten am Rhein schon als Kind was vom Keltern gelernt hast. Nur deshalb hat dich der Alte nicht vom Hof gejagt. Also beweise es jetzt endlich!«

Für Bier fehlte die Gerste, es sei denn, sie konnte von den Kauffahrern teuer erstanden werden. Genügend Honig, um Met zu gären, gab es hier nicht. Also versuchte sich Tyrkir zunächst an Wurzeln und dem Saft der Birken. Ein bitter-süßes Gesöff, welches kaum zur Trunkenheit führte, aber den Kopf noch tagelang im Nebel hielt. Der Misserfolg weckte seine Leidenschaft. Schwarze Krähenbeeren! Sie waren die Rettung, denn davon gab es auf den Bergwiesen genug und mit nur etwas Wohlwollen schmeckte sein Beerenwein sogar.

Vor dem Schlachthaus roch es nach Blut und rohem Fleisch. Die Innereien dampften in den Bottichen. Um das Wild zu zerlegen, hatte Leif nur erfahrene Knechte eingeteilt. Sie arbeiteten Hand in Hand, zwei trennten die Köpfe ab, die nächsten banden nacheinander jeden Rumpf mit den Hinterläufen zuoberst ans Holzreck. Schnelle, sichere Schnitte, und bei den Hufen angefangen wurde erst das wertvolle Fell langsam nach unten abgezogen, dann der Leib geteilt und die Hälften den Knechten an der langen Fleischbank überlassen. Kein lautes Wort fiel, so groß die Freude über das Jagdglück auch war, ein Tier dann zu schlachten verlangte den Männern stille Ehrfurcht ab.

Freydis verfolgte ihren Bruder, ob er im Räucherhaus nach Haken suchte, die Salztöpfe bereitstellte oder den Knechten Anweisungen gab, sie blieb dicht hinter ihm. Schließlich zog sie Leif beiseite. »Lass mich auch. Einmal nur, ich allein. Bitte!«

Verblüfft sah er in das gerötete Gesicht. »Was denn?«

Ihre Stimme zitterte. »Nur eins von den Jungtieren.«

»Nun sag endlich genau, was du willst!«

Seltsames Licht flackerte in den Augen auf, Freydis benetzte mit der Zungenspitze ihre Lippen und zückte den kleinen Dolch: »Einen Kopf abschneiden.«

»Du bist ...« Leif setzte neu an: »Warum, beim Loki? Unsere Leute schaffen die Arbeit allein und besser.«

»Woher willst du das wissen, wenn ich es nicht versuchen darf?« Sie reckte ihre Brüste und schmeichelte. »Du kannst ja zusehen, und falls ich einen Fehler mache, hilfst du mir. Schließlich hat mein großer Bruder mir schon einiges gezeigt. Weißt du noch? Als wir früher oben in der Scheune ...«

»Das waren Kinderspiele, nicht mehr.«

»Na ja. Heute sehe ich das anders, aber sei beruhigt, es hat mir gefallen, Brüderchen.«

»Sei still!« Einen Moment verlegen, kratzte er sich den Kinnflaum, dann fand er seine Sicherheit zurück. »Also meinetwegen. Aber nicht mit diesem Spielzeug. Dazu benötigst du einen Dolch mit langer Klinge.«

»Du bist der liebste Bruder, den ich habe.« Freydis lief schon voraus, wählte das kleinste der Rene aus, und nachdem ihr Leif das scharfe Werkzeug überlassen hatte, hockte sie sich rittlings über das Tier und nahm den Leib fest zwischen die nackten Schenkel. Sie streichelte mit der freien Hand den Hals hinauf, vergessen war der Bruder, seine Ratschläge erreichten sie nicht, unter dem Ohr stach sie ein. Während des Schnitts flog ihr Atem, die Klinge traf auf Widerstand, mehrmals musste sie ansetzen, bis der Kopf endlich abgetrennt war. Freydis blieb über den Rumpf gebeugt, mit einem Mal entspannten sich ihre Schultern. Sie stand auf, das seltsame Licht in den dunklen Augen war erloschen, mit weichem Lächeln sah sie den Bruder an. »Danke. Na, hab ich es richtig gemacht?«

»Fürs erste Mal nicht schlecht.« Er nahm ihr vorsichtig das

Messer aus der Hand. »Bring jetzt einen Eimer mit Leber in die Küche! Sicher wartet Mutter schon darauf.«

»Mach ich gern.«

Leif starrte ihr nach. Sie ließ vergnügt den Bottich am Tragriemen hin- und herschwingen. »Aus dir werd ich nicht schlau«, flüsterte er. »So ein schönes Mädchen, aber vorhin? Wer dich mal heiratet, den beneide ich nicht, der sollte besser ständig auf der Hut sein.«

Gegrillte Leber! Auf dem Rost über der Kochgrube zubereitet. Ehe die seltene Köstlichkeit hereingebracht wurde, kitzelte sie in der Nase, ließ das Wasser im Munde zusammenlaufen. Wie eine Vorspeise hatten Gäste und Gastgeber den Geruch zu sich genommen, und als die dampfenden Stücke vor ihnen lagen, war eine Zeit lang allein das Klappern der Messer und genüsslichés Schmatzen zu hören, bis nur noch der Duft nach gegrillter Leber übrig blieb.

Erik rülpste ausgiebig, leckte sich die triefenden Finger und hob das Trinkhorn. »Wohl dem Herrn, der solch eine Hausfrau hat!« Bis auf Thjodhild stimmten die Erwachsenen mit ein. Noch setzte er das Gefäß nicht an, sondern sah streng zur Tischbank der jungen Leute hinüber.

Dort schwatzten Freydis und Thorvald unbekümmert mit den blonden Nachbarstöchtern, lange hatten sie sich nicht getroffen und die Neuigkeiten sprudelten über. Ingva zählte vierzehn Winter und Sigrid hatte gerade ihren dreizehnten Geburtstag gefeiert, zwei lebhafte, sommersprossige Jungfrauen, die gerne und viel zu oft ihre Kichergrübchen zeigten.

»Maul halten!«

Erschreckt fuhren die Köpfe herum.

»Thor sei Dank!« Erik nickte erleichtert. »Wenigstens weiß ich jetzt, dass ihr nicht ganz taub seid. Also von vorn, damit ihr's lernt.« Nun erhob er sich sogar von seinem Sitz, rot-grau der Bart und das Haar; seine Gestalt hatte an Fülle zugenommen und verlieh dem Hünen auch ohne Worte den nötigen Respekt.

Gehorsam sprangen die jungen Leute auf. Die Eltern der Mädchen tauschten mit der Gastgeberin einen anerkennenden Blick und folgten seinem Beispiel. Leif blinzelte dem gleichaltrigen Egil zu, das genügte, beide standen neben Tyrkir und waren bemüht, den Hausherrn nicht durch ihr Feixen erneut zu unterbrechen.

»Den Göttern sei Dank, dass sie unser Land lieben und wir genug Nahrung haben für Mensch und Tier.« Er nannte Thor, Odin und Baidur, pries ausführlich ihre Vorzüge und Tyrkir dachte, wie hast du dich doch verändert, mein Wikinger, je älter du wirst, umso länger werden deine Lobreden. »Doch mein Dank gilt nicht nur den Asen in Walhall, sondern auch der Köchin, die dieses schmackhafte Mahl für uns bereitet hat.« Endlich hob er wieder das Trinkhorn. »Wohl dem Herrn, der solch eine Hausfrau an seiner Seite hat. Ein Hoch auf meine geliebte Thjodhild.«

Jung und Alt stimmten mit ein, gemeinsam leerten sie ihre Trinkhörner und Becher. Erik sah zum Nachbartisch, die Halbwüchsigen hatten sich schnell gesetzt und tuschelten wieder miteinander. »Etwas Zucht muss euch schon beigebracht werden«, brummte er, schmeckte mit der Zunge nach und verzog das Gesicht. »Ein Hoch, bei dem Sauermilch getrunken wird, wirkt nicht. Was ist, Schlaukopf? Ich denke, wir sollten das mit Wein noch mal versuchen.«

»Aber nur, wenn du nicht wieder bei den Göttern anfängst.«

»Wag es nicht …«

»Friede«, unterbrach ihn Tyrkir scharf, »sonst gibt es keinen Tropfen von meinem Beerenwein, Herr!«

»Sei froh, dass wir Gäste haben, Herr!«

Ingolf und Solveig hielten den Atem an, erst als die beiden

Freunde grinsten und Thjodhild mit hochgezogenen Brauen schmunzelnd über sie den Kopf schüttelte, waren die Nachbarn erleichtert. Kein Streit, es war nur bissiger Spott unter Freunden.

Nach dem zweiten Schluck brachte Erik das Gespräch auf seinen Dammbau und den Traum, bald die Wiesen zu jeder Zeit im Sommer bewässern zu können. Ingolf Arnesson hörte ihm mit großem Interesse zu. »Wenn es bei dir tatsächlich gelingt, dann werde ich auch versuchen, meinen Bach zu stauen. Nur versteh ich nicht, wie ...«

»Geduld! Auf dem nächsten Thing werde ich alle Gutsherren auffordern, sich meinen ersten Damm anzusehen.«

Tyrkir hob die Brauen. »So schnell. Willst du bis dahin wirklich die Mauer geschlossen haben?«

»Fahr du mit dem Jungen nach Norwegen, und wenn ihr zurückkommt, werdet ihr staunen!« Erik wandte sich an Ingolf. »Das ist so.« Er tunkte den Finger ins Trinkhorn und malte für ihn Bachlauf und Damm auf die Holzplatte. »Von oben kommt das Wasser und hier zwischen den Felsen ...«

Unbemerkt entfernte sich Thjodhild mit der Nachbarin. Erik hatte ein williges Opfer gefunden und seine Erläuterungen würden wie stets den Abend ausfüllen. Auch die beiden jungen Männer rückten langsam die Hocker vom Tisch weg und kehrten den Alten ihren Rücken zu.

»Hast du schon gehört?«, flüsterte Egil. »Weiter im Westen, da soll es auch noch Land geben.«

»Von wem weißt du das?«

»Ein Händler hat es erzählt und der weiß es von Bjarne, dem Sohn vom alten Herjulf unten in der Handelsniederlassung. Der Bjarne hat das Land gesehen.«

»Nur gesehen?« Enger steckten sie ihre Köpfe zueinander.

»Das ist es ja. Er hat es nicht betreten.« Egil rieb sich die Hände. »Weit kann es nicht sein, vielleicht drei Tage. Na, wie wär's, willst du es nicht suchen? Du hast doch jetzt den Knorr von deinem Vater.«

»Für eine Fahrt, mehr nicht. Und die geht mit meinem Onkel nach Norwegen.« Ehe Leif weitersprach, blickte er sich verstohlen nach den Männern um. »Neugierig bin ich schon. Stell dir vor, ich würde ein neues Land entdecken wie mein Vater. Nicht auszudenken. Vielleicht könnte ich ja ...« Er fasste Egils Handgelenk. »Also, nehmen wir mal an, meine Geschäfte am Königshof sind erfolgreich und Vater ist zufrieden mit mir, warum soll er mir sein Schiff nicht für eine zweite Fahrt überlassen? Und was kann ich dafür, wenn der Wind mich dann nach Westen abtreibt. Verstehst du?«

»Aber du musst mich mitnehmen.«

»Mein Wort drauf. Und bis dahin erzählst du keinem mehr von diesem Land. Nicht dass irgendeiner mir zuvorkommt. Versprochen?«

Egil umschloss jetzt auch das Handgelenk des Eriksohns und mit einem festen Druck besiegelten sie den Schwur.

Niemand am Tisch sprach mehr mit Freydis und ihr Gesichtsausdruck verriet, was sie dachte: Der geile Thorvald redet auf Sigrid ein, als wolle er ihr Honig verkaufen und ihn danach auch mit ihr essen. Und Ingva hat seit einiger Zeit diesen Kuhblick. Freydis folgte der Richtung und ihre Mundwinkel zuckten, der Kuhblick galt Leif.

»Was glotzt du so?« Sie ruckte am Zopf des Mädchens. »He, dir fallen gleich die Augen raus.«

»Entschuldige. Ich ... ich habe nachgedacht.«

»Ach, so nennst du das.« Geschmeidig schob sich Freydis näher heran. »Soll ich dir ein Geheimnis verraten? In zwei Wochen fährt mein Bruder übers Meer zum König. Weißt du, was das bedeutet? Da lernt er das feine Leben kennen. Da gibt es vornehme Weiber mit solchen Titten, da setzen sich die Männer drunter, wenn's regnet. Wir beide können da nicht mithalten. Und wer weiß, ob er überhaupt wieder zurückwill. Also, schlag ihn dir besser aus dem Kopf!«

»Warum sagst du so was?« Ingva stützte bekümmert den Kopf auf. »Keinem hab ich bis jetzt etwas erzählt.«

»Ich bin eben schlau.«

Erst nach einer Weile hatte sich Ingva wieder gefasst. »Nein, das glaub ich nicht. Leif kommt zurück.«

»Und noch was: Der schlägt Frauen. Ja, ganz bestimmt, selbst mich, seine kleine Schwester. Sei froh, wenn mein Vater erst gar nicht mit deinem Vater über eine Heirat redet.«

»Hör auf, bitte!«

Ehe Ingva zu weinen begann, schenkte ihr Freydis großzügig von der Sauermilch nach. »Na komm, trink! Ich meine es ja nur gut mit dir, weil du meine Freundin bist.«

Spät in der Nacht legte sich Erik berauscht vom süßen Beerenwein zu Thjodhild. Er streichelte ihren Rücken. »Schön bist du. So eine weiche Haut. Du bist meine schöne Frau.«

»Nicht jetzt«, bat sie. »Ich bin müde.« Und dachte, für Kinderreichtum müssen wir nicht mehr sorgen. Mein Leben wäre jetzt schöner, wenn du endlich warten könntest, bis auch ich Lust nach dir habe.

Als er seine Hand zurückzog, drehte sie sich zu ihm um: »Heute war ein langer, guter Tag, findest du nicht? Lass mich in deinem Arm einschlafen! So fühle ich mich wohl.«

Er bedrängte sie nicht weiter. Eine Weile starrte er in die dunkle Stille der Kammer, dann murmelte er: »Ja, du hast Recht, wir haben eine gute Zeit.«

Anfang Juni war das Reittier des Meeres beladen. Je sechs Bootsknechte standen an den Bordseiten, wie Wächter hielten sie die langen Ruderstangen aufrecht in der Faust. Nebelschleier waberten noch über der Bucht. Am Strand hatte Erik Thorvaldsson in Anwesenheit seiner ganzen Familie und der Familie des Nachbarn ein lebendes Huhn geköpft und der Göttin Ran dargebracht. Noch tropfte das Blut aus dem Federrumpf.

Leif trat hinzu und fing mit seinem silbernen Thorshammer einige Tropfen auf, feierlich sank er aufs Knie und hob das Amulett an der Halskette. »Mein guter göttlicher Freund! Steh uns mit deiner Kraft zur Seite.« Stumm verharrte er in Anbetung, dass seine Bitte ungestört bis in den goldenen Saal hinaufsteigen konnte.

Sehr zum Stolz des Vaters hatte er sich nicht den einarmigen Gott des Onkels, sondern Thor als seinen Beschützer und lieben Freund erwählt. Die Zeremonie war beendet.

Leif küsste Thorstein, reichte Thorvald die Hand, als er auf Freydis zutrat, fiel sie ihm um den Hals, drückte ihre Brüste an seine Brust und flüsterte ihm etwas ins Ohr. Verblüfft schob er sie von sich weg. »Ich denke gar nicht daran.« Fordernd streckte er ihr die Hand hin. »Wünsch mir gute Fahrt!«

»Mach ich gern.« Sie grinste und küsste ihm die Finger. »Komm heil wieder, Brüderchen!«

Das Lebewohl von den Nachbarn war herzlich. Egil flüsterte noch: »Vergiss unsern Plan nicht.« Und Ingva nickte ihm zu, schüttelte den Kopf und außer einem tiefen Seufzer brachte sie keinen Ton heraus.

Von der Mutter hatte der Sohn noch im Haus innig Abschied genommen, jetzt umarmte er sie und ließ sich übers Haar streicheln. »Mein Junge. Ich bin stolz auf dich und werde glücklich sein, wenn ihr unversehrt zurückkehrt.«

Mit stillem Kummer sah sie Tyrkir an. »Mein Freund. Erst war es Erik, mit dem ich dich ziehen lassen musste. So oft, dass ich es nicht zählen kann. Jetzt begleitest du meinen Leif, gib auf ihn Acht!«

»Sorg dich nicht.« Er bemühte sich um Leichtigkeit. »Deinen

Sohn werde ich schützen, so gut ich nur vermag. Und nicht allein seinetwegen wird unser Schiff den Weg zurückfinden.«

Erik ließ es sich nicht nehmen, mit an Bord zu gehen. Auf dem Achterdeck stellte er sich an die Ruderpinne. »Komm her zu mir, Sohn, und löse mich ab!«

Er nahm erst die Fäuste vom runden Holz, als Leif es umschlossen hatte. »Halte Kurs, Schiffsführer!«

»Danke, Vater.«

In den Augenwinkeln des alten Hünen glänzten Tränen. Kaum stand er wieder am Ufer, drohte er dem Freund: »Und wehe dir, wenn mein Knorr auch nur einen Kratzer hat.«

»Und wehe dir«, gab Tyrkir lachend zurück, »dein Damm hält immer noch nicht, wenn wir heimkommen.«

Die Ruderstangen fuhren durch die Pforten, pflügten das Wasser. Freydis rannte am Ufer ein Stück mit und schrie: »Brüderchen! Überlege es dir noch mal.«

Leif antwortete nicht.

»Was meint deine Schwester?«, fragte Tyrkir, während er vom Hecksteven den Zurückbleibenden winkte.

»Dieses Biest«, schimpfte Leif. »Jedes normale Mädchen hätte sich einen teuren Stoff oder eine Goldkette gewünscht. Aber meine Schwester. Sie will, dass ich ihr eine Streitaxt aus Norwegen mitbringe.«

Tyrkir ließ die Arme sinken. »Freydis hat ein sonderbares Gemüt, das ist wahr.«

»Du kennst doch ihre Mutter, Onkel. Meinst du, sie ...?«

»Katla? Nein, diese Frau war ganz anders. Nur im Aussehen ähnelt die Tochter ihr.«

Hoch im Osten, über dem Rücken des Eisriesen, färbten sich die Wolkenstreifen und versprachen einen sonnigen Tag.

Leif steuerte die Mitte des Fjords an. »Von Katla wurde daheim nie gesprochen. Aber jetzt sind wir unter uns, Onkel. Erzähl mir was von Freydis' Mutter.«

»Nicht jetzt. Ich muss an den Bug. Unsere lange Fahrt beginnt erst und wir haben Zeit genug. Ich werde dir über Katla berichten und, wenn du magst, auch von deinem Vater. Wie es uns erging, als wir in Island ankamen, wie er deine Mutter kennen lernte …«

Tyrkir brach ab und ging nach vorn zum Drachenkopf.

THORGUNNA

Hatte der Nebel wirklich Schuld? Das Drehen des Windes? Tyrkir war sich mit einem Mal nicht mehr sicher, warum ihr Schiff statt in Norwegen hier im Hafen von Drimore auf den äußeren Hebriden vor Anker lag.

Bei der Ankunft vor zehn Tagen hatte er noch zu Leif gesagt: »Lass uns den Göttern dankbar sein, dass wir diesen Handelsplatz gefunden haben und nicht ins Nirgendwo abgetrieben sind.«

Bald nachdem sie das Südkap von Grönland umsegelt hatten, waren Wolken aufgezogen. Tyrkir gelang es noch einige Stunden, durch den doppelbrechenden Kristall die Herkunft des Sonnenlichtes im wabernden Grau auszumachen und so ungefähr den Kurs zu bestimmen. Jedoch in der Nacht gab es nicht einen glücklichen Augenblick, der ihm den Polarstern schenkte, und am Morgen blieb ihnen nur eine Richtung: »Halte dich vor dem Wind!«, rief er vom Bugsteven nach achtern hinüber. Kein Sturm, keine aufgewühlte See bedrängte das Reittier, wie von einer kräftigen Hand geschoben glitt es mit geblähtem Tuch über die Wogen. Hin und wieder fand Tyrkir sogar Muße, seinem Ziehsohn von Island zu erzählen.

Bei den blutigen Kämpfen schwieg Leif, doch als der Prozess auf dem Thorsnessthing zur Sprache kam, unterbrach er den Onkel oft, wollte den Hergang aufs Neue hören und sagte schließlich: »Wenn möglichst viele und dazu auch noch gekaufte Zeugen einer Partei das Urteil bestimmen können, so dient unser heiliges Gesetz nicht der Gerechtigkeit. Also ist es schlecht.«

»Nein, Junge, das wäre zu einfach. Unser Gesetz hilft, die Ordnung zu erhalten. Man sollte es verbessern.« Nachdenklich betrachtete ihn Tyrkir. »Vielleicht wäre das eine Aufgabe für dich. Ja, ich könnte mir gut vorstellen, dass du eines Tages ein großer Sprecher auf dem Thing wirst.«

Leif winkte ab: »Dazu muss mir der Bart erst auf dem Bauch hängen. Jetzt bin ich jung und habe noch etwas ganz anderes vor. Weißt du eigentlich, Onkel, dass im Westen ...« Ertappt hielt er inne und sagte nur: »Diesen Plan will ich erst verwirklichen.«

Nebel kam auf, so dicht, dass Tyrkir die Mastspitze nicht mehr sah. Sie segelten mit halbem Tuch und der Hornbläser musste in regelmäßigen Abständen Warnsignal geben, doch keine Antwort kam von einem anderen Schiff. Dann, in der Frühe des fünften Morgens, gab der Nebel sie frei und vor ihnen lagen Inselgruppen im Sonnenlicht, ausgebreitet wie grüne, hügelige Geschenke.

Die Mannschaft jubelte. Leif umarmte den Onkel, als sie beim Näherkommen eine kleine Siedlung entdeckten. Dort fragten sie: »Wo sind wir hier?«, und gleich danach: »Wo finden wir den größten Handelsplatz der Hebriden?«, und waren weitergeschickt worden und hatten schließlich hier in der Hafenbucht von Drimore angelegt.

Ein herzlicher Empfang. Von den vornehmsten Familien des Ortes wurde ihnen Herberge angeboten. Um niemanden zu kränken, und vor allem der teuren Waren wegen, zogen es die beiden Kauffahrer vor, im Bordzelt bei der Mannschaft zu wohnen. Schnell war über dem längs gelegten Rahbaum die Plane gespannt und dankbar hatten sie den Großhändlern und Vornehmen versprochen, beim Gastmahl in deren Häusern über das ferne Grönland zu erzählen.

Das war vor zehn Tagen gewesen. Jetzt saß Tyrkir allein auf dem Achterdeck und wartete. Ein verhangener Morgen. Drüben am Strand schlenderten die ersten Neugierigen an den Buden der Händler vorbei. Nur beiläufig beachtete er das Treiben, seine Fingerkuppe fuhr unablässig vom Mundwinkel die Narbenstraße hinüber zum Ohrwulst und wieder zurück.

Ich muss handeln. Aber wie? Darf ich es dem Jungen einfach verbieten? Sofort verwarf er den Gedanken. Kein Junge mehr, er ist alt genug und ein Mann. Und doch trage ich Verantwortung für ihn.

Leif war letzte Nacht wieder nicht ins Bordzelt zurückgekehrt, hatte zum vierten Male im Hause der Witwe Thorgunna übernachtet. So schön und weltgewandt sie auch sein mag, dachte er, und wenn sie auch die Tochter des reichsten Gutsherrn der Gegend ist, von dieser Frau geht eine Gefahr aus, das spüre ich. Vielleicht hat uns wirklich eine böse Macht auf die Hebriden verschlagen?

Leif! Den goldblonden Haarschopf entdeckte Tyrkir sofort im Hafengedränge; leicht schwankend kam der Fünfzehnjährige näher und mühte sich über die Bordwand. Ohne den Onkel wahrzunehmen, tappte er als Erstes zum Wasserbottich, führte zweimal mit zittrigen Händen die Schöpfkelle an den Mund und trank, dann wollte er in den überdachten Frachtraum steigen.

»Gab es Hammelbraten?«, fragte Tyrkir betont laut, nur um ihn aufzuhalten.

»Ich bin müde.«

»Kaum zu glauben, so frisch, wie du aussiehst.«

Leif schlurfte zu ihm, gähnte und streckte sich neben dem Schemel aus. »Ach, Onkel. Heute Nacht war mir so leicht wie noch nie und auf dem Rückweg bin ich fußhoch über dem Boden gegangen. Glaub mir, ich hab die Erde nicht mit den Stiefeln berührt. Auch jetzt ist mir noch so. Mein Rücken liegt ganz weich, verstehst du, so etwas erhöht über den Planken.«

»Wirklich erstaunlich«, bemerkte Tyrkir trocken. »War denn der Met sehr süß?«

»Alles, was Thorgunna mir anbietet, schmeckt und duftet. Das Honigbrot. Die Finger, die Haut, sogar ihre Stimme.«

»Bisher dachte ich, eine Stimme klingt, aber dass sie auch duften oder schmecken kann, wusste ich gar nicht.«

Leif setzte sich mit großer Anstrengung auf und umarmte seine Knie. »Ja, Onkel, das ist es ja. Bei ihr verwandelt sich alles.«

»Du weckst meine Neugierde. Zu gern würde ich ihren Met versuchen. Vielleicht weiß sie sogar ein neues Rezept, um meinen Wein aufzubessern.«

»Bestimmt. Wir können ja im Herbst gemeinsam Beeren suchen und dann soll sie dir helfen.«

Herbst? Obwohl ihn die Aussicht erschreckte, tastete sich Tyrkir behutsam weiter vor: »Im Winter wird es an Bord zu kalt für uns und die Mannschaft.«

»Hab ich das nicht gesagt?« Leif sah ihn mit glasigem Blick an. »Der Hof ist groß genug. Sorg dich nicht! Thorgunna gibt dir eine eigene Kammer und unsere Leute haben Platz beim Gesinde.« Die Lider fielen zu.

Sanft rüttelte ihn Tyrkir an der Schulter. »So lange kann ich nicht warten, Junge.«

Leif öffnete wieder die Augen. »Worauf?«

»Ich muss das Rezept für den Beerenwein so schnell wie möglich wissen. Meinst du, Thorgunna würde mich einladen?«

»Aber sicher.« Er wiegte sich vor und zurück. »Heute Nacht sage ich ihr, dass du uns morgen Abend besuchen willst. Kleine Katzenfelle hat sie, Onkel, und die wickelt sie mir … ach, staunen wirst du …« Der Kopf sank nach vorn und hing über den Knien, Leif war eingeschlafen.

Behutsam kippte Tyrkir den ermatteten Körper zur Seite und deckte ihn mit einem Robbenfell zu. Eine Weile betrachtete er das Gesicht seines Schützlings: schwarz geränderte Augenhöhlen, bleiche, eingefallene Wangen, die halb geöffneten Lippen waren zerbissen und in den Mundwinkeln klebte Blut. So gern ich dir auch dein erstes Liebesabenteuer gönne, dachte er und fühlte Zorn aufsteigen, nur, diesem Weib scheinst du nicht gewachsen zu sein.

Spät am nächsten Vormittag, Leif ruhte sich seit Stunden im Bordzelt von der erneuten nächtlichen Strapaze aus, kam ein Sklave und fragte nach Tyrkir. »Meine Herrin lässt dir ausrichten, dass es für sie eine Ehre ... Nein, sie wäre überglücklich, wenn du ...« Der Knecht hatte den ihm aufgetragenen Text vergessen und sah zum Himmel. »Also, meine Herrin Thorgunna freut sich, wenn du heute Abend auf unsern Hof kommst. Und bei der Heiligen Jungfrau Maria, es gibt verdammt gutes Essen.«

Tyrkir warf ihm ein Silberstück zu. »Sag deiner Herrin meinen Dank. Gerne werde ich mit Leif, dem Sohn des Goden Erik Thorvaldsson, der Einladung Folge leisten.«

»Versteh ich nicht.«

»Wir kommen heute Abend«, übersetzte Tyrkir, dann runzelte er die Stirn. »Was hast du gerade gesagt? Heilige Jungfrau Maria?«

Ängstlich streckte ihm der Knecht das Silberstück wieder hin. »Hier. Ich geb's zurück. Aber verratet mich nicht, dass ich bei ihrem Namen geflucht habe. Meine Herrin hat es streng verboten, weil es der Priester auch verboten hat.«

»Schon gut. Behalte das Geld!«

Tyrkir blickte ihm nach, wie er hastig das Pferd bestieg. »Auch das noch.« Zwar war er schon vor einigen Tagen dem Bimmeln der Glocke nachgegangen, hatte von weitem die kleine Kirche außerhalb des Ortes gesehen und wusste längst, dass die meisten Familien in Drimore den neuen Gott der prächtigen Götterschar in Walhall vorgezogen hatten, doch diese Tatsache war ihm bisher gleichgültig gewesen. Jetzt aber? Thorgunna eine Christin! Hatte sie vielleicht deshalb Leif so schnell in ihren Bann ziehen können, dass er jede Pflicht vergaß, nicht mehr nach Norwegen segeln, geschweige denn das Schiff seinem Vater zurückbringen wollte, sondern bei ihr bleiben? Verlieh der neue Glaube Thorgunna diese Macht über den Jungen?

Tyrkir schloss die Augen und kehrte zurück in sein Dorf am Rhein. Die geduckte Steinkirche. Über den flackernden Kerzen hing das Bild. Wie zärtlich hielt Maria ihren Sohn im Arm. Nein, dachte er, soweit ich mich erinnern kann, gehen keine bösen Kräfte von der Mutter und dem Gottsohn aus. Aber wer weiß, schließlich war ich selbst noch klein und habe bis auf das Bild alles vergessen. Oder dieser Jesus hat sich inzwischen geändert? Auch gut möglich, denn nicht immer gerät ein Sohn nach seinen Eltern.

Glut knisterte in der Feuerstelle. Ringsum flackerten Öllampen, ihr Schein huschte unruhig über die beiden Wandteppiche und erweckte die eingewebten vielköpfigen Schlangenwesen zum Leben, gleich bei Betreten des halbdunklen Raums hatte Tyrkir den Eindruck, als bewegten sich unmerklich ihre verschlungenen Leiber. Ein süßer Geruch erschwerte ihm das Atmen. Zwischen den Wandbehängen entdeckte er ein Holzkreuz, flüchtig nur, denn jetzt nahm Thorgunna seinen Blick gefangen.

Ihr Lächeln zauberte sie aus blutvollen Lippen und Zähnen, die an eine geschnitzte Elfenbeinkette erinnerten. »Gott zum Gruße! Wie glücklich schätze ich mich, endlich den Ziehvater meines Liebsten als Gast in meinem bescheidenen Hause begrüßen zu dürfen.«

Keine Trinkhörner, den Willkommensschluck reichte eine Magd in tönernen Bechern. Er schmeckte süß auf der Zunge und brannte die Kehle hinunter. Ringe blitzten, während Thorgunna ihre Finger kreisen ließ. »Nach dem Tod meines Gatten habe ich unsere Wohnhalle zweigeteilt. Die Enge behagt mir mehr. Hier, nahe der Küche, bewirte ich meine Gäste und hinter dem Vorhang pflege ich zu ruhen. Zwei Feuer, und der Rauch zieht doch durch ein und dasselbe Auge ab. Sehr einfallsreich, nicht wahr?«

Ehe Tyrkir sich fassen konnte, führte sie ihre Gäste an den Tisch, auf dessen Mitte kleine und größere Näpfchen zu einer kreisrunden duftenden Scheibe angeordnet waren. Sanft kniff sie Leif in die Wange. »Du, mein Stern, sollst neben mir sitzen. Dein Ziehvater nimmt uns gegenüber auf dem Lehnstuhl Platz, so kann er sich stets überzeugen, wie glücklich wir sind.«

Thorgunna wandte sich zur Küche, klatschte in die Hände und sofort erschien eine Magd.

Während ihr flüsternd Befehle gegeben wurden, atmete Tyrkir aus und nutzte den Moment, die Gastgeberin mit Ruhe zu betrachten. Selbst ihre Rückseite beeindruckte. Der braune Haarzopf war dreifach geschlungen und wurde von zwei Silberkämmen gehalten. Wie lang mag das Haar sein, wenn sie es offen fallen lässt? Sie trägt kein hochgeschlossenes Untergewand, nur mit Perlenkette und Goldreif hat sie Hals und Arme geschmückt. Warum auch nicht? Schließlich ist es warm genug in ihrem Haus. Die dunkelgrünen Träger betonen noch das Weiß ihrer Schultern und wie die Hüften das enge samtene Schürzenkleid wölben …

»Ist sie nicht schön?« Leif griff über den Tisch nach der Hand des Onkels.

Wie ertappt entzog ihm Tyrkir seine Finger. »Sei still!«

Mit leicht wiegendem Gang kehrte Thorgunna zur Tafel zurück. »Zunächst gibt es eine Suppe aus …« Sie bemerkte die Blicke der Männer und drohte ihnen spielerisch mit dem Finger. »Dabei fällt mir ein, was ich auf unsern Handelsfahrten gelernt habe. Wisst ihr, wie an vornehmen christlichen Höfen die Damen ihre Gäste begrüßen?« Sie setzte einen Fuß nach hinten und beugte das Knie, dabei neigte sie sich weit vor, dass Tyrkir tiefen Einblick auf den üppigen Busen nehmen durfte.

»Du bist weit gereist«, bemerkte er und spürte, wie ihm die Zunge am Gaumen klebte.

»Mein Gatte war Großkaufmann und weil er mir keine Bitte abschlagen konnte, durfte ich ihn auf einigen Handelsfahrten begleiten.« Sie sah zum Holzkreuz zwischen den Schlangenwesen auf und verharrte einen Augenblick, führte ruhig die Hand zur Stirn, unter ihre Brüste und zu beiden Schultern. Beinah entschuldigend erklärte sie: »Ich habe meinen Herrn Jesus eingeladen, unser Mahl zu segnen.«

Sie setzte sich neben Leif, nahm ein kandiertes Wurzelstück aus einem der Töpfchen und schob es ihm mit einem Lächeln in den Mund. »Das wird dir gut tun.« Für den Onkel wählte sie ein anderes. »Nimm! Diese Spezerei gefällt jedem erfahrenen Mann.«

Während Tyrkir kaute und sich mit einem Mal der Mund mit Speichel füllte, plauderte sie von ihren Reisen. »Schon als kleines Mädchen lernte ich die vornehmen Sitten fremder Völker kennen.«

»Deshalb redet sie auch so schön, Onkel«, sagte Leif mit verklärtem Blick.

Sofort nahm sie wieder ein süßes Stück, steckte es ihm aber nicht in den Mund. »Warte, mein Liebster!« Sie tunkte den Finger in einen anderen Napf und fettete seine rissigen Lippen. »Nelken- und Muskatöl. Damit schmeckt es dir sicher besser.«

Von der Magd wurde die Suppe hereingebracht. Thorgunna schöpfte selbst aus und gab jeder dampfenden Schale ein unterschiedliches Gewürz bei. »Das Kochen und Braten der Speisen überlasse ich den Mägden in der Küche. Meine Leidenschaft ist es, für jeden einzelnen Gast den richtigen Geschmack zu finden.«

Leif schlürfte mit sichtlichem Genuss, während Tyrkir erst vorsichtig kostete. Doch als sich wundersame wohlige Wärme in seinem Magen ausbreitete, setzte er die Suppe immer wieder an.

Über den Rand ihrer Schale zwinkerte ihm Thorgunna zu, nippte und lachte dunkel. »Von weit her stammen diese Früchte, Wurzeln und Kräuter, einige sogar aus dem fernen Orient.« Sie hob die nackten Schultern. »Ich weiß nicht einmal, wo das liegt. In York, auf dem Markt, habe ich die Zutaten erstanden. Aus ihnen stelle ich Pulver, honigverzuckerte Stücke und Sud her. Meine Kunst aber ist es, sie miteinander zu vermischen. Erst so erhalten sie ihre geheimnisvolle Wirkung.«

Nach unserm Glauben wärst du eine Zauberin, überlegte Tyrkir, unterließ es aber nachzufragen, weil die Christen ihre kundigen Frauen womöglich anders nannten. Im Übrigen hatte er Durst, großen Durst, und gern ließ er sich den Becher voll schenken.

Zum Hauptgang wurde gekochter Fisch aufgetragen. Auch ihn bestreute Thorgunna mit ihren Zutaten, gab Leif aus anderen Töpfchen als dem Ziehvater und ohne Pause unterhielt sie ihre Gäste. »Ich liebe feine englische Stoffe, schlafe nur auf seidenen Kissen, die mit dem Flaum der Eiderenten gestopft sind.«

»Du solltest das Bett sehen«, gluckste Leif und wollte sich ausschütten vor Lachen.

»Nicht, Liebster!«, ermahnte sie streng. »Warum sollte dein Onkel sich für mein Schlafgemach interessieren.« Gleich ruhten ihre grünen Augen wieder auf Tyrkir. »Wie ich hörte, bist du neugierig auf das Rezept, mit dem ich meinen Met zubereite.«

»Wein«, verbesserte Tyrkir, mit einem Mal lag seine Zunge schwer im Mund und doch fühlte er keine Trunkenheit. »Wein, deshalb bin ich hier. Weil mein Beerenwein …«

»Nimm eine Messerspitze von diesem Pulver. Ob Bier, Met

oder Wein, ganz gleich, welchem Getränk du es zufügst«, dabei rührte sie mit einem Stab in seinem Becher, »dieses Mittel verursacht einen wunderbaren Rausch. Doch ehe ich dir das Geheimnis verrate, solltest du es selbst kosten. Hier, nimm!«

Kein Befehl und doch gehorchte er ohne Zögern. Die bittere Süße rann nicht den Schlund hinunter, sie blieb und dehnte den Kopf. Ich sitze in einem weiten Saal, dachte er, und weil es bequemer war, lehnte er sich zurück. Ihre Finger spielten seinen Oberschenkel hinauf. »Möchtest du noch einen Schluck?«

Vergeblich versuchte Tyrkir den Mund zu öffnen, wollte nicken, doch es gelang nicht, wollte ihr den Becher reichen, doch die Hand gehorchte nicht mehr.

»Dein Ziehvater muss sich ausruhen, Liebster.«

»So früh? Begreife ich nicht.« Leif schlug mit der Faust auf den Tisch. »Ich bin ein Mann.«

»Aber noch nicht groß genug.«

Laut, dann leise und gleich wieder laut, so vernahm Tyrkir ihre Stimmen, auch der Raum veränderte sich, war klein und wurde zur Halle und schrumpfte wieder. Kraftlos sah er zu, wie sie Leif ein gelbliches Pulver in den Met gab und den Becher an seine Lippen führte. »Vorbereitet für unser Fest bist du schon, mein Hengst. Trink, der Eichelschwamm wird nun auch die letzte Fessel sprengen. Und dann darfst du mir beweisen, welche Kraft in dir steckt.«

Mit einem Zug goss er das Gebräu in sich hinein, erstarrte, dann ging ein Beben durch den Leib. Jäh sprang er auf, warf seinen Umhang ab und zerrte sich das Hemd über den Kopf. »Schneller, mein Liebster, schneller.« Er schnaubte durch die Nüstern, streifte Pluderhose, Strümpfe und Lederstiefel in einem ab. Langsam bog er den Oberkörper nach hinten und schob gleichzeitig Bauch und Lenden nach vorn.

Thorgunna sah wohlgefällig an ihm hinunter und tippte mit dem Finger die Pfeilkuppe an. »Bleib so«, gurrte sie, »bis ich nach dir rufe!« Mit tänzelndem Schritt entschwand sie durch den Vorhang in ihr Schlafgemach.

Als die Halle wieder schrumpfte, sah Tyrkir entsetzt, dass die Schlangen sich aufringelten und ihre glutäugigen Köpfe aus den Wandteppichen schoben, die Zungen züngelten nach seinem nackten Schützling. Ich muss den Jungen warnen, vergeblich, das Gurgeln und Lallen erreichte Leif nicht.

Beide Hälften des Vorhangs wichen zur Seite. Tyrkir schloss die Lider und öffnete sie nur einen Spaltbreit. Keine Gefahr, dachte er befreit, mein Rausch verwirrt mich so. Dort steht Thorgunna. Oder ist es nur weiße Haut mit einem goldenen Schimmer? Nein, sie lächelt mir zu. Wie ein Tuch breitet sich das Haar über die Schultern. Ihre Brüste sind starke aufmerksame Wächter mit dunklen Augen, sie schützen Nabel und Hüften, auch das Vlies zwischen den Schenkeln. Jetzt streckt die Schöne ihre Hand nach mir aus.

»Komm, mein starker Hengst!«

Verwundert stellte Tyrkir fest, dass nicht er den Juchzer ausstieß, sondern Leif, dass nicht er dieser nackte junge Mann war, den Thorgunna in die Arme schloss und ihn an seiner statt küsste und ins Schlafgemach zog. Die Augen weiteten sich, Tyrkir schwebte hinauf in seinen Kopf, so leicht wurde ihm. Es gibt keinen Leif, keine Thorgunna. Alles, was hier geschieht, ist nicht wahr. Der süße Met gaukelt dir nur Bilder vor, warum solltest du dich nicht an ihnen erfreuen. Ein hohes Bett mit einem blauen Himmel, seidige Tücher bauschten sich an den Pfosten. Das Weib stieg hinein, lockte mit schönem weißem Hintern, kroch auf Knien und Armen bis in die Mitte und ließ sich dort vom Manne einholen. Gekicher, Lachen, sogar Wiehern vermeinte Tyrkir im wachsenden Lärm auszumachen, dann stiegen Schreie auf, wieder und wieder, bis sie jäh verstummten.

In weiter Ferne erschien das Weib und verwandelte sich in

Thorgunna, als es vor ihm stand. »Du bist ja immer noch wach, Ziehvater. Gefällt es dir so sehr, dass mein Pulver nicht gleich wirken kann?« Sie setzte die Fingerkuppe an seinen Ohrwulst und fuhr der Narbe nach bis zum Mund. »Du sollst schlafen, hörst du, und vergessen!«

Für lange Augenblicke glitten ihre Brüste wie Segel vor seinem Gesicht hin und her. Ein glühender Duft stieg in seine Nase und er dachte, das Wetter klart auf und ich kann endlich mit der Schattennadel wieder unsern Kurs bestimmen ... Nur weiß ich nicht, wo Leif sie ... und dachte noch ... ich muss fragen ...

Sein Arm wurde lang und länger gezogen und schließlich gelang es Tyrkir, ihm mit dem Körper zu folgen. »Sei vorsichtig, Onkel!«

Die Knie drohten einzuknicken, noch halb im Schlaf stützte er sich auf den Ziehsohn. »Warte, Junge!«, keuchte er und hustete. Sein Mund war ausgedörrt, wie nach einem langen Kampf schmerzten ihn die Glieder. Tyrkir öffnete die Augen und erschrak vor Leifs zerkratztem Gesicht, den aufgeplatzten Lippen. »Was ist mit dir geschehen?«

»Ich bin so glücklich, Onkel. Nur etwas müde.« Der selig glasige Ausdruck in den Augen weckte Tyrkir vollends auf. Wir befinden uns im Hause der Thorgunna, stellte er fest. Sonderbar, die Tischplatte ist leer und blank gescheuert, in den Wandteppichen zwischen dem Kreuz bewegt sich keines der Schlangenwesen. Vorsichtig blickte er zum geschlossenen Vorhang. Was war dahinter? Er versuchte sich zu erinnern. Wir haben gegessen, Suppe gab es, danach Fisch und wir haben getrunken. Richtig. Thorgunna sagte, dass sie hinter dem Vorhang ihr Schlafgemach eingerichtet hat und dass es mich nicht interessiert. Richtig.

»Wo ist unsere Gastgeberin?«

»Das weiß ich nicht.« Er hob leicht die Achseln. »Als ich aufwachte, lag ich allein in dem Himmelbett. Sie ist nie morgens da, wenn ich gehe.«

»Himmelbett?«

»Ja, so nennt sie es. Du ahnst ja nicht, wie schön es ist, in ihren Kissen zu liegen und in die blaue Seidenwolke zu schauen. Ach, Onkel.«

»Was redest du da!? Komm, lass uns gehen.«

Einen Fuß vor den anderen, so tappten sie aus dem Raum. An der Tür wurden sie von einer Magd aufgehalten. »Meine Herrin lässt Grüße ausrichten und sich entschuldigen. Das soll ich bestellen und sie freut sich, wenn der junge Herr heute Abend ihr wieder seine Aufwartung … Ach, ich kann das nicht so sagen. Also besuchen sollst du sie.«

»Ich bin pünktlich, sag ihr das.« Leif grinste vor sich hin. »Ich besuche sie jetzt immer.«

»Da reden wir noch drüber«, murmelte Tyrkir und schob ihn vor sich her.

Draußen klatschte ihnen der Regen ins Gesicht, bei jedem Schritt versanken sie knöcheltief im aufgeweichten Boden. »Na, schwebst du heute auch?«

»Ja, schau her.« Leif vollführte einen kleinen Hüpfer und schlug in den Matsch. Es kümmerte ihn nicht, als er sich aufgerafft hatte, hüpfte er wieder. »Siehst du, wie leicht ich tanze.«

»Selbst der dümmste Hammel kann das besser.«

Von da an schwieg Tyrkir. Jeder klare Gedanke verlor sich sofort irgendwo in seinem Kopf, später, dachte er, später werde ich mir etwas einfallen lassen.

Wie nasse, geprügelte Hunde erreichten sie das Schiff. Den Spott der Mannschaft nahmen beide kaum wahr, wurden an Bord gehoben und fielen vor den Bottichen auf die Knie.

Wasser, der Becher saß zu fest in der Lederschlaufe, die Schöpfkelle glitt Leif aus der Hand, und weil der Eimer zu schwer war, tranken sie wie durstige Pferde daraus. Im Bordzelt streckten sie sich ermattet nebeneinander lang. »Ach, Onkel«, murmelte Leif. »Diese Frau. Nie werde ich mich von ihr trennen.«

»Still, Junge. Sei still!« Tyrkir legte schützend die Hand über seine Narbe.

Noch vor dem Ende des Traums wachte er auf und sah, wie Schlangenköpfe sich auf fleischigen Kugeln drehten, kleiner wurden und hinter einem blauen Seidentuch entschwanden. Er bemühte sich, das Bild zu ergründen, und obgleich sein Verstand ihm wieder gehorchte, fand er keine Deutung, außer dass der Traum irgendwie mit dem gestrigen Abend zusammenhängen musste.

Sofort tastete er nach seinem Schützling. Verflucht, der Schlafsack aus Robbenfell war leer. Auch an Deck fand er ihn nicht, nur die eingeteilten Wachen hockten beieinander und würfelten. »Wo ist Leif Eriksson?«

Feixend wies der erste Bootsmann über den Hafenplatz zu den vornehmen Häusern der Kauffahrer hinauf. »Na, wo ihr beide heute Morgen hergekommen seid.«

»Sklave!« Schon war Tyrkir über ihm. »Wage es nicht, in diesem Ton mit mir zu sprechen. Sonst verkaufe ich dich an irgendeinen Christen. Und ich schwöre dir, der Preis ist mir gleich. Einen neuen Steuerknecht finde ich in Drimore an jeder Ecke. Hast du mich verstanden?!«

»Aber Herr.« Der Mann erbleichte und erhob sich. Leise entfernten sich seine Kameraden. Niemand an Bord hatte den besonnenen Lotsen je so außer sich gesehen. »Ich hab gedacht …«

»Schweig! Du hast nur zu denken, wenn ich es dir erlaube!«

»Verzeih, Herr! Wusst ich ja nicht.«

»Du sollst dein Maul halten!« Tyrkir schlug sich mit der flachen Hand gegen die Stirn. »Verflucht, warum hat mich keiner von euch Trotteln geweckt?« Er stampfte zur Reling, atmete, schüttelte den Kopf und kehrte gefasster zurück. »Also noch mal von vorn. Rede!«

»Ich weiß nicht, was du hören willst, Herr?«

»Reize mich nicht …« Sofort unterbrach sich Tyrkir. »Nein, dir ist kein Vorwurf zu machen. Wann ist der Schiffsführer von Bord gegangen?«

»Na ja, der Regen hatte aufgehört. Und die Sonne war noch ziemlich hoch über dem Westen.«

»So früh schon? Und wie ging es ihm? Ich meine, wie sah er aus?«

Der Bootsmann zögerte, als Tyrkir warnend den Finger hob, gestand er: »Nicht so gut, Herr. Zwei mussten ihm den Dreck vom Hemd und von der Hose abputzen. Und sein Gesicht, also ich weiß nicht, wo er reingefallen ist. Aber keine Sorge, Herr. Er war vergnügt und hat immer so vor sich hin gemurmelt. Die Frau muss wohl gut für ihn kochen. Ach ja, und dann hat er noch was von einem Hengst erzählt.«

»Ein Hengst?«

»Muss wohl eine besondere Rasse sein. Vielleicht will er ihn der Frau abkaufen.«

»Unmöglich. Unser Frachtraum ist voll, das weiß er doch.«

Entschlossen zog Tyrkir den Mantel fester um die Schultern und stieg die Außenleiter hinunter.

Der Bootsmann beugte sich über die Bordwand. »Verzeih, Herr! Noch etwas.« Ein Händler war während des Tages zum Knorr gekommen, hatte nach Rentierfellen gefragt und wollte am Abend wieder vorbeischauen. »Was sag ich ihm?«

»Heute habe ich für Geschäfte keine Zeit. Vertröste ihn auf morgen oder übermorgen.«

Erst zögerte der Knecht, dann wagte er es doch: »Verzeih, Herr, aber es ist nur wegen der Wache, bleibst du auch wieder die Nacht weg?«

»Setzt euch zum Würfeln und wartet auf mich. Ich suche eine Frau. Und wenn ich Glück habe, bin ich sogar bald wieder da.«

Tyrkir ging schnellen Schritts zum Hafenplatz hinüber. Etwas abseits fand er einfache Fischer, die an ihren Netzen flickten. Er grüßte freundlich, plauderte über das Wetter und sprach davon, wie dringend er den Vorrat an Fisch erneuern müsste. Ganz beiläufig erkundigte er sich: »Gibt es in Drimore eine Zauberin? Eine kluge Völva?«

»Wir sind Christen.« Sofort beugten sich alle Köpfe tiefer über die Maschen.

War auch der erste Versuch gescheitert, Tyrkir durfte nicht aufgeben, er wartete eine Weile und verbesserte dann: »Eine, die sich in der Heilkunde auskennt. Wir kommen aus Grönland und jetzt ist mein Freund erkrankt. Es muss doch eine weise Frau bei euch leben?«

Schweigen. Schließlich brummte einer. »Geh zur Thorgunna!« Sein Nachbar spuckte aus. »Die hilft unsereinem nicht, wenn er kein Geld hat.«

Wieder nur Schweigen. Irgendwann ließ ein vom Alter verwitterter Fischer die Nadel sinken. »Trude. Auch wenn es der Priester nicht gerne sieht. Unsere Trude kennt sich aus.«

»Wo finde ich sie?«

Tyrkir wurde zum anderen Ende der Siedlung geschickt. Er folgte dem Pfad durch hügelige Weiden und während er sich gegen die steife Brise aus Nord anstemmte, bat er Gott Tyr um Hilfe. Zweifaches Glück benötige ich: Der Junge muss zur Besinnung kommen und außerdem sorge möglichst bald für beständigen Südwest, damit wir diesen unseligen Fleck in Richtung Norwegen verlassen können.

Er gelangte auf eine Kuppe und mit einem Mal roch es deutlich nach Herdbrand. Nirgends war im Zwielicht eine Behausung auszumachen, doch weit konnte sie nicht mehr sein.

Da bemerkte er nur ein Stück den Wiesenhang abwärts zwei

Schafe und rings um die grasenden Tiere hockten Raben wie ein schwarzer Zaun. Seltsam, dachte er und stieg hinab.

Sofort lösten die Raben flatternd den Kreis auf, bildeten eine doppelte Frontreihe gegen ihn und krächzten, während die Schafe in ihrem Rücken nicht einmal den Kopf hoben. Je näher er kam, umso drohender wurde das Geschrei. »Gebt Ruhe!« Tyrkir wich etwas vom Pfad ab und wedelte mit den Armen. »Schon gut. Ich will nichts von euch!«

Als er fast schon an ihnen vorbei war, sah er das Steinhaus. Es lag geduckt im Hang und war von oben nicht zu erkennen gewesen, weil die Wiese wie ein Teppich sein Dach bildete. Und genau dort grasten die Schafe, krächzten die Kundschafter der Urraben Hugin und Munin.

»Hier bin ich richtig«, schmunzelte er.

Das Gemäuer war halb verfallen, die Tür bestand aus schlecht zusammengebundenen Stöcken und Treibholz. Mit Vorsicht zog er sie auf.

Dicker Rauch schlug ihm entgegen, biss in die Augen, er hustete, und ehe er sich an das schwache Licht gewöhnt hatte, strich etwas durch sein Gesicht. Erschreckt sah er auf. Katzenfelle mit Köpfen und Pfoten, sie baumelten an Schnüren von der Decke. »Trude?«

Keine Antwort kam. Langsam tastete sich Tyrkir zwischen Körben und Krügen zur Feuerstelle. Im Kessel siedete ein übel riechendes Gebräu. »Trude?«

Nichts.

Er wischte sich die Augen und entdeckte durch den Qualm am Boden vor der hinteren Wand eine Schlafstatt. Keine Decken, nur ein Haufen aus Lumpen, mehr nicht. Sicher ist die Völva für kurze Zeit hinausgegangen, überlegte er, ich werde warten, und setzte sich auf den Hocker neben der Glut. Jede Mauernische war genutzt, um Knochen und Knöchelchen, Wurzeln und Töpfe aufzubewahren, sogar Schädel von Ziegen fand er. An der langen Schnur quer durch den Raum hingen neben den Katzenfellen getrocknete Kräuterbüschel und ein Sieb aus Menschenrippen.

Tyrkir nickte nachdenklich. Auch wenn hier jetzt alles verschmutzt und ärmlich wirkte, sicher hatte die Völva schon bessere Zeiten erlebt, denn ihre Heil- und Zaubermittel erinnerten ihn an die vornehme Stube der Seherin vom Adlerhof auf Island.

»Wer kommt Trude besuchen?«

Er fuhr herum. Niemand hatte den Raum betreten.

»Wer nicht antworten will, der soll verschwinden und mir meine Ruhe lassen.« Die Stimme war leicht gedämpft und doch sprach sie aus nächster Nähe.

»Tyrkir. Ich komme aus Grönland zu dir. Man nennt mich auch den Deutschen.«

»Bist du Christ?«

»Der große Tyr wohnt als Beschützer in mir.«

»Sonderbar. Weil meine schwarzen Schafhirten so laut krächzten, fürchtete ich schon, Pater Rufius wollte mich wieder zu seinem Glauben bekehren. Sie spüren jeden Christen, musst du wissen, aber bei diesem Priester werden sie besonders wütend. Na gut, ich will dir glauben. Was kann ich für dich tun?«

Inzwischen war sich Tyrkir sicher, dass die Völva aus der hinteren Wand zu ihm sprach. »Mein Freund ist krank. Kannst du ihn retten?«

Kichern, erst nach einer Weile kam die Antwort. »Aus der Ferne? Das kostet dich mehr Silber und ich kann mich für den Erfolg nicht verbürgen. Hat er sich etwas gebrochen oder Schmerzen im Leib?«

»Das nicht, eher im Kopf.« Tyrkir sah ratlos zur hinteren Mauer und hob die Achseln.

»Entweder erklärst du mir genau, was ihm fehlt, oder verschwinde!«

»Nein, schick mich nicht weg! Eine Frau hat Leif mit ihrem Zauber eingefangen.«

»Ach, ach«, spottete Trude, »quälen ihn Liebesschmerzen?«

»Eher leide ich darunter und er schwebt über dem Boden.«

»Bei den drei Nornen! Vergeude nicht meine Zeit. Oder bist du doch von diesem Rufius geschickt worden?«

»Nein, ich kenne ihn gar nicht.« So kurz wie möglich schilderte Tyrkir die Lage, in der sich sein Ziehsohn befand. Als er vom gestrigen gemeinsamen Mahl und den geheimnisvollen Zutaten berichtete, unterbrach ihn die Völva scharf: »Wie heißt diese Frau?«

»Thorgunna.«

Erschreckt sah er, wie sich die Lumpen auf der Lagerstatt bewegten, aus dem Haufen wuchsen Finger, Arme und gleich tauchte ein Gesicht auf, umrahmt von strähnig fahlgelben Zotteln. Aus hellen, wachen Augen starrte ihn Trude an.

»Dieses Luder hat mir mein Geschäft versaut. Früher gingen die Kranken zu meiner Mutter. Thorgunna und ich haben die Kunst von ihr gelernt. Nach ihrem Tod waren wir beide die Völvas von Drimore. Doch zu mir kamen fast alle, selbst die reichsten Kauffahrer, weil ich eben die Bessere von uns beiden bin. Aber dieses Biest ist dann einfach Christin geworden und steckt jetzt mit dem Priester unter einer Decke. Erst wird mit dem Kreuz herumgefuchtelt, dann gibt es Mittelchen von Thorgunna und danach wird kräftig zur Mutter von diesem Jesus gebetet.« Trude streckte die Zunge lang heraus. »Bloß eine neue Masche, nichts sonst, die Heilkräuter sind die alten geblieben. Aber mir bleibt die Kundschaft weg.« Sie lachte auf. »Gut, dass du mich besucht hast. Endlich kann ich dieser Giftmischerin beweisen, wie schnell ich ihre Rauschmittel in Luft auflöse.«

Tyrkir wollte keinen Kampf zwischen den weisen Frauen von Drimore anstiften. Leicht könnte Leif dabei endgültig zum Opfer werden. »Mir kommt es nur darauf an, dass der Junge wieder einen klaren Kopf hat.«

»Bei Odin und seinen drei Nornen. Das schwöre ich dir.«

Trude schälte sich ganz aus dem Lumpenberg und sprang auf. Eine kleine drahtige Frau, nicht alt, auch nicht mehr jung, genauer vermochte er sie nicht einzuschätzen. Das lange Gewand war sicher vor Monaten zum letzten Male gewaschen worden und hing fransig um ihre dicken Wollstrümpfe. »Bleib da sitzen und wehe, du gibst einen Laut von dir!«

Mit einer Silberschale bewaffnet wieselte sie vor den Mauernischen hin und her, nahm da ein Kraut, dort ein Knöchelchen, gab bräunliche kleine Brocken hinzu, und während sie das Gemisch mit einem Stößel zerstampfte, hörte Tyrkir ihr Summen.

»Das wäre die Grundlage«, wisperte sie befriedigt und setzte die Schale auf einem Holzklotz ab. »Nun drei Augen vom Lachs.« Jetzt sprach sie während der Zubereitung ihre Rezeptur halblaut vor sich hin. »Etwas Urin vom Hasen.« Aus einem Säckchen gab sie kichernd ein dunkles Pulver dazu. »Eine Prise von getrocknetem Monatsblut, dass es erschreckt den liebestollen Bub.«

Nachdem sie lange gerührt hatte, goss sie aus einem Krug ölige Flüssigkeit in die Schale. »Ranziger Seehundtran mit Möwenkot und aufgebessert mit Bibernelle und etwas Schierling.« Trude tunkte den Löffel ein, roch, streckte die Zunge heraus und Tyrkir staunte: Ohne den Schleim zu berühren, schmeckte sie ihn ab. Etwas schien noch zu fehlen, denn sie nahm den Deckel von einem Topf und entnahm zwei Kügelchen, die sie auf einem Brett zerquetschte, »In Pfefferöl eingelegte Katerhoden, damit wird's scharf«, und schabte den Schmier ins Gebräu.

Trude ging zur Feuerstelle und ließ die Schale auf der brodelnden Suppe schwimmen. Dreimal fuhren ihre Hände in gegenläufigen Kreisen über den Tiegel, dann streckte sie die Arme zur Decke. »Odin, hörst du mich?«

In dieser Stellung verharrte sie, bewegte nur noch ihre Lippen. Nach einer Weile nahm sie das Rippensieb, fischte damit die Silberschale und setzte sie auf dem Holzklotz ab.

»Mein Teil ist geschafft.« Sie lächelte Tyrkir aufmunternd zu. »Sobald der Sud erkaltet ist, werde ich ihn dir mitgeben.« Sie hob den Finger. »Der Erfolg hängt jetzt ganz von dir ab. Nur wenn du genau nach meinen Anweisungen vorgehst, wird dein Freund rasch vom Zauber dieses Luders befreit sein.«

Tyrkir hörte zu, hin und wieder strich er bestürzt über die Narbe und fühlte sich schließlich vorbereitet für Leifs Heilung.

Wie schon seit Tagen kehrte Leif auch am folgenden Morgen übernächtigt zurück; nur mit Mühe schaffte er es, die Außenleiter hinaufzusteigen, und Tyrkir half ihm über die Reling.

»Ach, Onkel.« Grinsend und mit glasigem Blick stand er vor seinem Ziehvater. »Ich fühle mich so leicht, wie eine Möwe.«

Betroffen stellte Tyrkir fest, wie sehr der Zustand sich seit gestern verschlimmert hatte, und er fürchtete, dass von dem strahlenden Erikssohn, dem Stolz der Thjodhild, bald nur noch ein Schatten übrig sein würde. Jetzt musste gehandelt werden, ganz gleich, welchen Kampf es auch erforderte.

»Eine Möwe? Wie schön, mein Junge. Thorgunna vollbringt in der Tat wahre Wunder an dir.«

»Du verstehst mich. Himmlische Freuden, so nennt Thorgunna das, und die will sie mit mir genießen.« Er fasste mit dem Finger nach seiner geschwollenen Zunge, »Durst«, und schlurfte zum Bottich. »Der Met macht mich so durstig.«

Zweimal griff er ins Leere, ehe er den Stiel des Schöpfers gepackt hatte.

Tyrkir trat hinzu, wie unbeabsichtigt stieß er gegen den Arm und die Kelle fiel aufs Deck. »Ich helfe dir.«

Er zog den Becher aus der Lederschlaufe am Bottich und füllte ihn halb voll mit Wasser. Nach kurzem Schütteln reichte er ihm das Gefäß. »Still deinen Durst, mein Junge!«

Leif führte den Becher mit beiden Händen an die Lippen und trank gierig, leerte ihn bis auf den letzten Tropfen. »Onkel …« Sein Gesicht wurde grau, der Becher rutschte ihm aus den Fingern, er wankte vor und zurück. »Onkel, dieses Wasser …«

Ein Schütteln ging durch seinen Körper, Leif krümmte sich, rang nach Luft, jäh richtete er sich wieder auf, tappte suchend im Kreis herum und schrie wie ein todwundes Tier. Endlich fand er den Ziehvater, mit angstvollem Blick streckte er die Finger nach ihm aus, erreichte ihn aber nicht. Wellen rollten durch seinen Leib, begleitet von stoßweisem Rülpsen; als das Flattern der Lippen einsetzte, umfasste Tyrkir die Schultern seines Schützlings und presste ihm die Hand auf den Mund. »Nicht ausspucken. Atme, Junge, atme!«

Leif schlug um sich, war zu schwach, sich loszureißen, und sog die Luft durch die geblähten Nasenflügel ein.

Erleichtert stellte Tyrkir fest, dass der Anfall schwächer wurde, so wie es die Völva vorausgesagt hatte. »Aber warte nicht!«, war er von ihr gewarnt worden. »Nutze den Augenblick!«

Nur ein leiser Ruf und sofort erschien der Steuerknecht an Deck. Ohne Leif loszulassen, befahl er: »Klares Wasser!«

Alle Männer an Bord waren noch in der Nacht von ihm unterrichtet worden und sechs der geeignetsten hatte er sich für die Heilkur ausgewählt. Vorsichtig gab Tyrkir den Mund frei und setzte die Schöpfkelle an. »Nimm!« Trotz des anklagenden Blicks versicherte er: »Es wird dir helfen.«

Leif kostete, dann trank er in großen Schlucken. »Onkel …«, keuchte er, »mir ist so elend … was war vorhin im Becher?« Die Beine knickten ein, schnell sprang der Bootsmann zu Hilfe und vereint hielten sie ihn aufrecht.

»Wasser aus unserm Bottich, Junge. Reines gutes Wasser.«

»Aber warum …?«

»Dir wird sicher der Met und das üppige Essen nicht bekommen sein. Aber sorge dich nicht! Du bist in guten Händen.«

»Thorgunna. Ich will mich ausruhen … weil ich … weil ich heute Abend zu meiner Liebsten muss.«

Tyrkir fühlte, wie das Zittern erneut den Körper befiel; was nun folgte, durfte nicht an Deck vor den Augen der Hafenbesucher geschehen. Gemeinsam mit dem Bootsmann brachte er seinen Ziehsohn hinunter in den überdachten Frachtraum. Tranlampen erhellten das Lager. Zwei Knechte hielten Eimer und Tücher bereit, die übrigen drei griffen nach Mantel, Hemd und Pluderhose, doch zu langsam, ehe auch Stiefel und Strümpfe abgestreift waren, erbrach Leif den Mageninhalt, würgte weiter und gleichzeitig leerte sich der Darm. Nur weniges konnte mit Eimern und Tüchern aufgefangen werden. Nahm auch der Gestank den Atem, die Helfer wuschen ihren Herrn sauber und deckten ihn später mit einem Robbenfell zu.

»Onkel, mir ist kalt.« Eine zweite Decke wurde gebracht. »Onkel«, flüsterte Leif erschöpft. »Wecke mich rechtzeitig. Weil doch Thorgunna …« Er schnarchte mit offenem Mund.

Tyrkir winkte die Männer zu sich. »Bis unser Schiffsführer wieder gesund ist, hört ihr nur auf meinen Befehl. Habt ihr mich verstanden?« Er wartete, bis alle nickten, und gab dann leise seine Anweisungen. Keinen Augenblick durfte der Schiffsführer ohne Aufsicht sein, deshalb sollten jeweils zwei Knechte abwechselnd die Wache übernehmen. »Er darf das Lager nicht verlassen, wenn nötig fesselt ihn. Und habt keine Angst vor Strafe, ihr steht unter meinem Schutz.« Tyrkir hob den Finger: »Und merkt euch: Leif darf nichts trinken! Ganz gleich, wie er auch flucht oder darum bettelt, ihr gebt ihm nicht einen Schluck. Wasser erhält er nur von mir.«

Als hätte ihn eine Stimme gerufen, erwachte Leif pünktlich

zur selben Stunde wie an den Nachmittagen zuvor und versuchte aufzustehen, sah nicht den Onkel, nur die Knechte, ehe er kraftlos zurückfiel. »Bringt mir meinen Mantel ...« Nach einer Weile murmelte er: »Auch die Hosen«, und war wieder eingeschlafen.

Mitten in der Nacht fuhr er hoch. »Ja, Liebste, dein Hengst kommt zu dir!« Schwer legten sich Hände auf seine Schultern. Verwundert blickte Leif nach rechts und links. »He, was soll das? Lasst mich sofort los!« Doch die Sklaven lockerten den Griff nicht. »Ich kann über eure Späße nicht lachen, Freunde. Gebt mir Wasser und helft mir in die Kleider! He, habt ihr nicht verstanden? Das ist ein Befehl. Also beeilt euch!« Er versuchte die Hände abzuschütteln, doch sofort verstärkten seine Bootsmänner den Druck. »Verflucht, was ist in euch gefahren?«

»Sie dürfen dich nicht loslassen, Junge.« Beim Klang der Stimme hob Leif den Kopf und rieb sich die Augen. »Onkel?«

Tyrkir rückte den Hocker näher ans Fußende des Lagers. »Du bist krank, sehr krank und musst an Bord bleiben.«

»Aber Thorgunna wartet. Sie kann mir Kräuter geben.«

»Das hat sie schon zur Genüge getan, nur waren es keine Heilkräuter.«

Mit einem Mal glitzerten die Augen in den schwarzen Höhlen, einsichtig nickte Leif: »Wenn du es meinst, dann will ich gehorchen.«

Tyrkir gab den Wächtern einen Wink und sie ließen den Schiffsführer los. Sofort sprang Leif auf, flüchtete nackt zum Zeltausgang. Doch ehe er das Steuerdeck erreichte, hatten ihn die Männer eingeholt, nach einem kurzen Gerangel war seine Kraft verbraucht und sie zwangen ihn wieder aufs Lager zurück. »Das dürft ihr nicht«, keuchte er. »Ich habe die Befehlsgewalt über das Schiff.«

Ohne den ruhigen Ton zu verlieren, erklärte Tyrkir: »Zurzeit nicht, mein Junge. Du bist eine Gefahr für dich selbst. Deshalb musste ich das Kommando übernehmen.« Er schnippte mit dem Finger und wies zwei andere Knechte an, den Kranken zu fesseln.

Leif verwünschte den Onkel, brüllte, bis ihm der Atem fehlte, und als er begriff, dass ihm wirklich Hände und Füße gebunden waren, sickerten Tränen aus den Augenwinkeln. »Onkel, warum tust du mir das an?«

»Weil Thorgunna deinen Verstand geraubt hat. Ich muss dich vor ihr retten.«

»Liebe. Es ist Liebe, so unendlich. Zerstöre nicht mein Glück und lass mich zu ihr!«

Dazu sagte Tyrkir nichts, betrachtete ihn nur bekümmert, schließlich stand er auf und stieg an Deck.

Kalt war es, über ihm glitzerte und funkelte der Nachthimmel. Mir blieb keine Wahl, dachte er, und jetzt gibt es auch kein Zurück mehr. Er sah zum Polarstern hinauf. Wie einfach ist es doch, mit seiner Hilfe den Kurs für ein Schiff zu bestimmen, wie schwer hingegen, meinen Leif auf den richtigen Weg zurückzuholen.

»Herr.« Der Steuerknecht näherte sich mit einem Öllicht. »Er verlangt nach Wasser. Er sagt, sonst verdurstet er.«

Seufzend nahm Tyrkir die kleine Flasche aus der Gürteltasche, tropfte etwas von dem schleimigen Inhalt ins Trinkgefäß und gab klares Wasser hinzu. »Komm, mein Freund! Wir dürfen unsern Schiffsführer nicht warten lassen.«

Drei Tage und Nächte dauerte der Kampf im Bordzelt, begleitet von Schreien und Erbrechen, von haltlosem Weinen und furchtbaren Drohungen. Oft genug musste Tyrkir sich selbst zwingen, um diese unerbittliche Strenge gegen den Kranken durchzuhalten. Heute, am vierten Morgen, lag Leif in tiefem Schlaf und sein eingefallenes Gesicht schien endlich Frieden gefunden zu haben.

»Bindet ihm die Hände los«, bestimmte er, konnte sich aber noch nicht entschließen, auch die Fußfessel lösen zu lassen. Vom Zelteingang winkte ihm der erste Bootsmann. »Was gibt es?«

»Besser, du kommst an Deck«, murmelte er.

Thorgunna hatte ihren Sklaven geschickt. »Meine Herrin lässt durch mich Grüße ausrichten und fragen, ob Leif Eriksson ihr die Freude bereiten will und heute Abend … Ach verflucht, ich behalte das einfach nicht. Also, weil er ja wieder gesund ist, deshalb soll er zu uns zum Essen kommen. Meine Herrin freut sich drauf.«

»Richte ihr das Bedauern des Schiffsführers aus. Leider muss sie auf seine Gesellschaft verzichten.«

»Ja, was denn nun?«

»Er kommt nicht«, übersetzte Tyrkir freundlich. »Und bestell ihr gleich dazu, dass Leif zu beschäftigt ist. Er wird das Haus deiner Herrin nicht mehr betreten.«

»Verdammt.« Der Knecht kratzte den geschorenen Kopf. »Bei der heiligen Jungfrau Maria, für diese Botschaft gibt sie mir die Peitsche.«

»Ich dachte, du darfst nicht bei ihrem Namen fluchen?«

Den Kopf eingezogen kehrte der Sklave um und bestieg sein Pferd.

Tyrkir stützte beide Arme auf die Reling. Niemand von unsern Leuten ist heute Morgen von Bord gegangen. Vor vier Tagen war der Knecht zum letzten Mal hier und ich habe ihn mit der Nachricht weggeschickt, dass Leif erkrankt sei. Und ausgerechnet heute taucht er wieder auf? Woher weiß Thorgunna, dass es dem Jungen besser geht?

Seine Narbe schmerzte. Das Wetter schlägt um, dachte er beiläufig und sah zum Himmel. Er hielt den Atem an. Nein, kein Zweifel, die Wolkenballen trieben von Süden her über die Insel. Unser Wind! Wenn er noch etwas dreht, dann wird er zu unserm Glückswind nach Norwegen. In die erste Freude mischte sich gleich wieder der Gedanke an Thorgunna. Deshalb also hat sie den Sklaven geschickt! Ihr Liebster ist wieder bei Kräften und unsere Abreise steht bevor. Das hat sie gespürt, ehe ich es selbst wusste. »Wären wir nur schon wieder auf hoher See«, murmelte er.

Der wieder offene, wache Blick und die besonnenen Anweisungen des Eriksohnes entschädigten die Mannschaft für alle Mühsal und Zweifel im zurückliegenden Tal der Irrwege, sie hatten mit ihrem Schiffsführer gelitten und ihn gerettet. Das Lachen war endlich wieder an Bord zurückgekehrt und die letzten Vorbereitungen gingen leichter von der Hand.

Nach einer Woche befahl Leif, die Zeltplane vom Rahbaum abzunehmen, dann stieg er langsam aufs Bugdeck. »Onkel. Heute Nachmittag lasse ich noch das Segel überprüfen, dann sind wir so weit.« Er senkte den Kopf, schabte mit der Fußspitze über die Planken. »Morgen in aller Frühe laufen wir aus. Wenn du einverstanden bist.«

»Du hast zu entscheiden, Junge.« Tyrkir legte schmunzelnd die Peilscheibe aus der Hand. »Schiffsführer! Dein Lotse meldet: Wir haben beständigen Südwest. Nichts hält uns mehr hier in Drimore.« Als ihm Leif sofort den Rücken zuwandte, erschrak er und sagte leise: »Es ist besser so, glaub es mir!«

»Vielleicht hast du Recht. Ich muss den Proviant überprüfen.«

Tyrkir sah ihm schuldbewusst nach. In stummer Übereinkunft hatten beide bisher vermieden, über die vergangenen Wochen zu sprechen. Keine Vorwürfe, keine Erklärungen. Wie konntest du nur jetzt so ungeschickt sein, klagte er sich an. Eine offene Wunde verträgt keinen Scherz, gerade du solltest das wissen.

Morgen würden sie Segel setzen und diesem Ort den Rücken kehren. Nur noch wenige Stunden und dann durften sie Thorgunna endlich vergessen. Tyrkir stockte. Rasch warf er sich den Mantel um die Schultern, schon an der Außenleiter rief er dem Steuerknecht zu: »Ich muss noch eine Besorgung machen. Richte Leif aus, dass ich bald wieder zurück bin.«

War ihm beim ersten Mal das Herz auch sorgenschwer, so folgte er jetzt beschwingt dem Pfad durch die hügeligen Wiesen. Auch das wütende Gekrächz der Raben störte ihn nicht.

Trude kauerte auf ihrem Grasdach und melkte eins der Schafe. Ohne die Arbeit zu unterbrechen, fragte sie: »Bist du nicht doch ein Christ?«

»Ist das so wichtig? Dein Heiltrunk hat gewirkt.«

»Und warum störst du mich noch?« Aus vorgeschobener Unterlippe blies sie eine lästige Strähne zur Seite. »Mir hat's Spaß gemacht, diesem Luder zu zeigen, wer von uns beiden immer noch die Bessere ist.«

»Ich wollte dir danken.«

Trude fuhr zusammen, hätte beinah die Milchschale umgestoßen und pfiff ihren Raben. »Ruhe jetzt!« Misstrauisch sah sie ihn an. »Das hab ich lange nicht mehr gehört. Sag's noch mal!«

»Du hast meinen Ziehsohn gerettet.« Tyrkir zog ein großes Stück Hacksilber aus der Tasche. »Und dafür wollte ich dir danken.«

»Klingt schön.« Sie strich wieder an den Zitzen. »Bezahlt hast du mich schon. Also behalt dein Geld!«

»Wir verlassen morgen Drimore in Richtung Norwegen und du verlierst mich als Kunden. Bitte, nimm das Silber!«

»Also gut. Leg's einfach ins Gras, einer meiner schwarzen Schafhirten bringt es mir schon und dann kannst du verschwinden.«

Tyrkir war schon halb den Hügel wieder hinaufgestiegen, da hörte er die Völva rufen: »He, Deutscher! Viel Glück. Ich werde bei der Göttin Ran ein gutes Wort für dich einlegen. Also keine Sorge, euer Schiff kommt heil nach Norwegen.«

Nur kurz blickte er zurück, ging weiter und winkte, bis er die Kuppe überschritten hatte.

Auf dem Hafenvorplatz zögerte Tyrkir bei der Bude eines Schmuckhändlers. Zwei zierliche, fein gestochene Silberbroschen verlockten ihn zum Kauf. Ich sollte sie Thjodhild mitbringen.

»Beste englische Arbeit«, pries der Mann seine Ware an. »Ich habe die beiden Stücke auf dem Markt in York vom Künstler selbst erworben.«

York? Sofort lag Tyrkir wieder dieser Geschmack nach süßlichen Gewürzen auf der Zunge. Nein, selbst an York will ich nicht erinnert werden. Ohne ein Wort gab er dem Verkäufer die Broschen zurück und eilte zum Strand hinunter.

Das Glück stolperte. O großer Tyr! Schon von weitem entdeckte er sie.

Thorgunna. In Reisehaube und Mantel stand sie vor Leif und redete auf ihn ein. Schlimmer noch, zwei ihrer Sklaven warteten in der Nähe bei den Pferden und ein Gaul war bepackt mit Körben und einer Holztruhe. Mein göttlicher Freund, flehte Tyrkir, lass uns jetzt nicht im Stich!

Mit einem kurzen, bösen Seitenblick wurde er von Thorgunna bedacht und gleich richtete sie die Augen wieder auf den zitternden Eriksohn. »Warum, du Stern meines Herzens?«, gurrte sie dunkel. »Warum willst du deine Liebste nicht mitnehmen? Sag mir irgendeinen triftigen Grund, den ich glauben kann.«

Die Gedanken schwirrten Tyrkir durch den Kopf. Ich darf nicht eingreifen. Um seiner Würde willen muss der Junge diese Prüfung selbst bestehen. Wie aber kann ich helfen? Langsam trat er zwei Schritte zurück. So konnte er unbemerkt von Thorgunna mit dem Ziehsohn wenigstens in Blickkontakt bleiben.

Das Blut war Leif aus dem Gesicht gewichen. Immer wieder feuchtete er seine Lippen an. »Weil ich nicht … Du gehörst zu der reichsten Familie hier. Dein Vater und die Verwandten würden mich hassen, wenn ich dich ohne ihre Erlaubnis mitnehme.«

»Was kümmert eine Frau noch Sitte und Gepflogenheit, sobald ihr Herz entflammt ist? Mit Freuden zerreiße ich alle Familienbande und will dir folgen.« Sie bot ihm die Hände dar. »Hab Mut, mein starker Held. Entführe mich!«

Leif schwankte, sein Blick floh zum Onkel und wurde doch gleich wieder von Thorgunna eingefangen. »Ich bin das Glück«, drängte sie, »hör auf die einzige Stimme in deinem Innern!«

»Das ist es ja. Nicht eine, es sind zwei Stimmen in mir. Und sie kämpfen miteinander und quälen mich.« Jäh straffte Leif den Rücken. »Nein!«

Wie nach einem Schlag hielt sich Thorgunna die Wange. »Was sagst du?«

»Nein.« Sein Ton wurde fester. »Bei einer Heirat muss der Verstand das Jawort geben und das Herz darf höchstens zustimmen, mehr ist ihm nicht erlaubt. Da mein Verstand es mir verbietet, bleibe ich dabei: Nein!«

Thorgunna öffnete halb die Lippen und summte vor sich hin, mit einer zärtlichen Geste legte sie die Hände unter den Busen und ließ ihren Körper sanft hin und her schwingen.

Verwundert sah Leif ihr eine Weile zu. »Was ist mit dir?«

»Ich wiege und tröste unser Kind. Weil sein Vater uns im Stich lässt.«

»Nein«, stöhnte er, hob die Arme, wusste nicht, wohin mit ihnen, und ließ sie sinken.

Er schafft es nicht allein! Tyrkir musste eingreifen. »Das ist eine List, Junge. Gib nicht nach!«

Ohne ihr Wiegen zu unterbrechen, lächelte Thorgunna. »War dein alter Ziehvater in meinem Bett? Nur du, Liebster, weißt, was dort geschah. Erinnere dich! Auch an die Schwüre.«

»Nie habe ich dir mein Wort gegeben. Nichts weiß ich mehr. Sobald ich dein Haus betrat, stieg ich in eine andere Welt. Verstehst du, ich erlebte alles wie durch Schleier.«

»Wie schön du unser Glück beschreibst.« Sie schlug die Wimpern zu ihm auf. »Ich schwöre bei der Jungfrau Maria und allen Engeln: Es ist ein Sohn, den ich unter meinem Herzen trage.«

Leif riss sich los, mit dem Rücken zu ihr starrte er an seinem Schiff vorbei übers Wasser. »Nein!«, schrie er zum weit entfernten Horizont, schrie es noch zwei Mal und wandte sich gestärkt wieder um. »Ich werde Drimore verlassen, ohne dich. Leb wohl!«

Ein Seufzer voller Trauer, beim nächsten Atemzug schon hatte sich ihre Miene geändert, in den dunklen Augen zog ein neuer Glanz auf. »Eine Frau weiß, wann sie verloren hat. So fahre ohne mich! Den letzten Wunsch aber solltest du mir nicht abschlagen: Gib mir etwas, das dir gehört, und lass uns beim Schein einer Kerze zusammensitzen und Abschied nehmen!«

»Bei Thor, keinen Fuß setzt du auf mein Schiff!«, entfuhr es ihm, gleich lenkte er ein: »Verzeih! Ich meine, Abschied ja, doch nicht an Bord, sondern hier auf dem Strand. Für Licht und Sitzgelegenheit lasse ich sorgen.«

Nach einigem Zögern gab sie sich auch damit zufrieden.

Sichtlich befreit erklomm Leif die Außenleiter, und kaum war er unter Deck verschwunden, richtete sie den Blick auf Tyrkir. »Du Ausgeburt der Hölle«, zischte sie und ihr Ton verlor jeden vornehmen Schnörkel. »Ich hab dich unterschätzt, Narbengesicht. Du warst es. Mit welchem Gift hast du mir den Geliebten entfremdet. Oder hat dir einer dabei geholfen, raus damit!«

»Niemand, schöne Frau. Und im Übrigen verstehe ich gar nicht, was du meinst?« Tyrkir wollte unbedingt den Frieden erhalten und setzte nur milde hinzu: »Mein Ziehsohn ist wieder gesund. Dafür bin ich den Göttern dankbar.«

»Dass ein Heide mir ins Handwerk pfuscht …« Thorgunna brach ab, denn Leif kehrte mit Geschenken und seinem ersten Bootsmann zurück. »Wo möchtest du sitzen?«

Sie wählte eine sandige Stelle dicht am Wasser. Nach ihrer Weisung wurden die beiden Schemel so angeordnet, dass zwischen ihnen der dritte Hocker mit dem Kerzenkrug wie ein kleiner Tisch Platz fand. »Lass uns allein voneinander Abschied nehmen, Liebster.«

Ehe Leif den Onkel bitten musste, entfernte sich Tyrkir, blieb aber voll Unruhe in der Nähe. Neue Gefahr drohte, das spürte er, erkannte sie aber nicht. Scharf beobachtete er jede Geste der beiden. Zunächst überreichte Leif die Geschenke. Thorgunna bewunderte den scharlachfarbenen Mantel aus feinstem grönländischen Wollstoff, legte ihn um die Schultern und drehte sich. »Wie steht er mir?«

»Du bist noch schöner«, gestand Leif.

Mit schier ungläubigem Staunen nahm sie den Gürtel aus Walrosszahn entgegen. »Ich wusste gar nicht, dass bei euch im Norden so große Künstler leben.«

»Es gibt nur einen, der so was schnitzen kann. Mein Onkel.«

Tyrkir nagte an der Unterlippe. Er war verärgert, weil sie ausgerechnet seine beste Arbeit als Geschenk erhielt, auf der anderen Seite fühlte er sich von ihrem Lob geehrt.

»Der Ziehvater? Ich sagte dir ja immer schon, er ist ein wertvoller Mensch.«

Wie glatt ihr die Lüge von den Lippen geht, staunte Tyrkir. Diese Frau weiß das Segel wahrlich vor dem Wind zu halten.

»Ein Ring!«, jubelte sie. »Ach, Liebster, bitte stecke ihn mir selbst auf. Sicher gehörte er deiner Mutter.«

»Ja, gewiss. Gutes Gold.« Während Leif ihre Hand nahm und den passenden Finger wählte, konnte sein Ziehvater ein Schmunzeln nicht unterdrücken. Auch du verstehst das Lügen, Junge, noch etwas unbeholfen zwar, aber es erfüllt den Zweck. Der Ring entstammte der Schmuck- und Silberkiste an Bord, aus der die Einkäufe während der Fahrt bestritten wurden.

»Darf ich dich zum Dank küssen?«

Sofort beugte sich Tyrkir vor. Nur kurz drückte sie ihre Lippen auf den Mund seines Schützlings. Nein, nichts Auffälliges, dachte er, und dass Leif nach dem Kuss ein wenig schwankt, wen wundert es, bei all der Leidenschaft, die er mit ihr erlebt hat. Nein, ich habe mich getäuscht, es gibt keinen Grund für meine Unruhe. Im Gegenteil, ich sollte froh sein, dass der Abschied so glimpflich und in Frieden vonstatten geht.

»Nun komm, mein Stern, lass uns noch einen letzten vertrauten Moment genießen.« Sie bat Leif, sich auf den Hocker direkt am Wasser zu setzen, und rückte ihren Schemel so, dass sie mit dem Mantel die Brise abschirmte und das Windlicht zwischen ihnen ruhiger brennen konnte.

»Wenn du mir auch unendlichen Schmerz bereitest, so werde ich dir nicht zürnen.« Sie legte ihr Kopftuch ab, prüfte flüchtig den Sitz der Kämme und Nadeln im hochgesteckten Haar und hob die Kerze aus dem Krug. »Schau mich an, mein Liebster, ich möchte, dass dieses Bild von mir in deiner Erinnerung bleibt.«

»Ich werde dich nie vergessen«, murmelte er hingezogen.

»Das hoffe ich.« Mit der rechten Hand führte sie die Kerze näher an sein Gesicht. »Bewege dich nicht! Gib mir Zeit, zum letzten Mal den Stern im Blau deiner Augen leuchten zu sehen.« Langsam hob sie auch ihre linke Hand zur Kerze.

Eine Nadel! Tyrkir bemerkte das Aufblitzen, und ehe er begriff, stieß Thorgunna die Spitze in die Flamme. »Ich stech das Licht, ich stech ins Herz, das ich liebe.« Reglos saß Leif da, sein Gesicht war zu einer Maske erstarrt. »Es gibt keine andere Frau mehr für dich. Und wirst du mir jemals untreu, so soll es dein Tod sein.«

Tyrkir sprang hinzu. »Weibsstück …«

»Komm nicht näher«, warnte ihn Thorgunna. Zwischen Daumen und Zeigefinger schwebte die Nadel vor der Flamme. »Zwinge mich nicht, das Licht ganz zu durchstechen, denn damit wäre auch jedes andere Glück für deinen Ziehsohn auf ewig zerstört. Leif hört nur meine Stimme, also schweige, bis ich den Bann löse!«

Sie führte die silbrige Spitze wieder in die Flamme. »Liebster, ich werde unsern Sohn aufziehen und ihn dir, sobald er laufen kann, nach Grönland senden. Und wisse, Liebster, du wirst an dem Jungen ebenso viel Freude haben wie dich das Scheiden von mir erfreut. Und ich selbst werde, ehe alles zu Ende ist, mich auch auf den Weg zu dir begeben.« Wie zu einem Kuss beugte sie sich über die Kerze und blies sie aus.

Im selben Moment erschlaffte Leif, sank vom Schemel, und ehe er hinschlug, fing ihn sein Onkel auf.

Ruhig erhob sich Thorgunna. Erst schnippte sie die Nadel ins Wasser, dann blickte sie Tyrkir voller Verachtung an: »Hast du wirklich geglaubt, du könntest dich mit mir messen? Ich gebe nie auf, merke dir das gut, Narbengesicht, und zum Schluss gewinne ich immer.« Ohne Hast, mit wiegenden Hüften verließ Thorgunna den Strand. Die Sklaven halfen ihr in den Sattel und zogen das Packpferd hinter sich her.

»Du bist keine Völva«, flüsterte Tyrkir und wusste nicht, wie Christen solch eine Frau nannten, es war ihm auch gleich. »Zumindest jetzt habe ich dir den Jungen entrissen. Das ist mein Sieg.«

Nachdem sie den Vorplatz des Hafens überquert hatte und längst zwischen den Häusern entschwunden war, erwachte Leif aus der Benommenheit. »Wo ist Thorgunna?«

»Fort, Junge. Sie wollte nicht länger bleiben.«

»Onkel …« Vorsichtig betastete er seine Lippen. »Als sie mich küsste, wurde mir heiß. Das Blut rauschte so laut. Dann fuhr mir ein Blitz durch die Augen in meine Brust. Das Lied …? Ich habe den Vers nicht ganz verstanden. Sie hat von unserm Kind gesungen … und dass es nach Grönland kommt, und sie will auch …«

»Still. Lass nur!« Tyrkir schüttelte ihn an den Schultern. »Wie fühlst du dich?«

»Mein Schädel brummt wie nach schlechtem Met«, grinste er leicht. »Aber sonst bin ich in Ordnung.«

»Dann lass uns aufbrechen!«

»Du meinst, jetzt gleich?«

»Ja, sofort.« Hastig zerstreute der Ziehvater seine Bedenken. Klarer Himmel, der Wind kam aus Südwest, die Sicht blieb noch einige Stunden erhalten und in der Nacht würde er mithilfe des Polarsterns den Kurs halten können. »Wir sollten keine Stunde länger hier im Hafen bleiben.«

»He, Onkel, willst du fliehen?«

»Mehr als das, Junge. Wer weiß, was uns hier noch zustoßen kann?« Tyrkir legte die Hand auf seine linke Gesichtshälfte. »Ich fürchte mich sogar.«

»Dann los!«, lachte Leif. »Der Königshof in Norwegen wartet.«

Befehle schreckten die Mannschaft auf. Das Ankertau wurde eingeholt. Vier Knechte schoben den Knorr vom Strand tiefer ins Wasser und wurden an Bord gezogen. »An die Ruder!«

Langsam glitt das Reittier des Meeres durch den Hafen, niemand winkte zum Abschied, und kaum war die offene See erreicht, ließ Leif das rote Segel setzen.

Vorn am Bug stand Tyrkir aufgerichtet neben dem Drachenkopf. Der Fahrtwind biss in seine Narbe, und nie zuvor hatte er diesen Schmerz so wohltuend empfunden.

AUF DEM RUNENSTEIN DER ERINNERUNG ZU LESEN:

Kein Thorshammer, kein Weltenbaum zieren mehr den Anfang der Zeilen. Das Kreuz steht den Inschriften voran.

... das Jahr 996: *Ohne Gnade ... Norwegen ... Olaf Tryggvasson lässt den neuen Glauben verkünden: Christ ist Kaiser! Olaf ist König! Das Volk muss gehorchen, wer sich weigert, die Taufe anzunehmen, wird gefoltert, ermordet. Widerspenstige Gutsherren werden samt ihren Familien verbrannt. Das Kreuz des Erlösers wird zum Marterkreuz der Zweifelnden ...*

... das Jahr 997: *König Olaf will nun auch alle Inseln des Nordmeeres bekehren. Er sendet seinen Hofkaplan Dankbrand nach Island. Aus dem Klosternovizen Dankbrand ist ein stolzer Priester geworden. Oft wird er von den Heiden beleidigt und zahlt es ihnen mit dem Schwert zurück. Allein in den ersten Monaten erschlägt der Priester zwei Spötter.*

... das Jahr 999: *Ein Berserker fordert Dankbrand zum Zweikampf heraus. Vorher aber will er den Priester durch einige Kraftstücke einschüchtern. »Ich gehe mit bloßen Füßen durchs Feuer. Mit nacktem Oberkörper lasse ich mich auf eine Schwertspitze fallen. Und bleibe unverletzt.«*

»Gott wird darüber entscheiden.« Dankbrand segnet Feuer und Schwert. Der Berserker verbrennt sich die Sohlen und die Schwertspitze dringt durch seine Brust. Wegen dieses Wunders lassen sich einige Isländer taufen. Dankbrand aber gibt den Versuch auf, den Heiden das Christentum zu bringen, und setzt Segel Richtung Norwegen. In den zurückliegenden drei Jahren hat er elf Männer erschlagen …

… das Jahr 1000: *Über den Misserfolg seines Priesters gerät Olaf Tryggvasson in Wut. Er nimmt isländische Großhändler als Geiseln und schickt zwei von ihnen als seine Botschafter übers Meer zum Allthing der Heiden. Krieg oder Taufe! Die Drohung beschäftigt die freien Männer und bald schon spaltet ein tiefer Riss den Thing. Der Gesetzessprecher Thorgeir legt sich in seiner Bude nieder und zieht die Decke über den Kopf. Nach zwei Tagen erhebt er sich wieder. Vom Gesetzesfelsen aus warnt er die Versammlung: »Wehe unserem Island, wenn wir nicht mehr einem Glauben und einem Gesetz folgen. Zerreißen wir das Gesetz, so zerreißen wir den Frieden. Lasst mich vermitteln!«*

Beide Parteien wollen sich seinem Urteil fügen. Und Thorgeir verkündet: Alle Menschen auf Island sollen sich taufen lassen und an den neuen Gott glauben. Nach altem Gesetz aber können weiterhin Kinder ausgesetzt und Pferdefleisch gegessen werden. Wer will, darf auch künftig den Göttern Opfer darbringen, nur muss er die Zeremonie heimlich vollziehen. Unmut entsteht, die Männer aus dem Norden und dem Süden des Landes weigern sich, in kaltes Wasser zu steigen. Kurz entschlossen reitet der Priester mit ihnen zu einer heißen Quelle und tauft sie dort.

… von den Siedlern auf Grönland: *Zwei Monate nach Leifs Abreise ist der Damm oberhalb des Wasserfalls geschlossen. Mit sich selbst zufrieden schreitet Erik über seinen Hof. Doch die ersten Winterstürme bringen mehr Regen als Schnee und das Bauwerk hält dem Druck des überschäumenden Baches nicht stand. Im nächsten Sommer* *beginnt die Arbeit von vorn. Vergeblich, was gestern oben zwischen dem Felseinschnitt hielt, ist am nächsten Morgen wieder weggespült. »Ich werde siegen«, knurrt der Hüne. Ist sein Haar auch fast ergraut, den Kampfeswillen hat er nicht verloren. Da entdecken seine Knechte nicht weit von Steilhang, am Ufer des Fjords, eine verfallene Hütte, auch eine Steinaxt und ein morsches Fellboot. »Wir sind nicht allein.« Dem Zustand nach muss diese Behausung zwar schon lange vor Ankunft der isländischen Siedler verlassen worden sein, doch Erik schert es nicht. »Mögen die Kerle auch gestorben sein, dann sind es vielleicht ihre Geister, die meine Mauer einreißen.« Fortan lässt er die Ruine bewachen. Scheinbar mit Erfolg …*

… das Jahr 1000: *Der neu errichtete Damm widersteht den Frühjahrsfluten und in dem schmalen Hochtal oberhalb des Wasserfalls staut sich der Bach …*

PATER ERNESTUS

Das erste Wochenende im August! Sein großer Tag war gekommen. Erik hatte Thjodhild gebeten, Freydis musste mit ihren beiden Brüdern gehorchen und er hatte es sich nicht ausreden lassen, auch Nachbar Ingolf Arnesson samt Familie zu dem Ausflug einzuladen. Nach einem Ritt vorbei an den halb abgemähten Hauswiesen, dann mitten durch hoch stehendes Gras bis zum Ende der Weiden von Steilhang waren die Pferde schließlich schnaubend den schmalen Pfad hinaufgetrottet.

Um die heilige Zeremonie zu vollziehen, erstieg der Bauherr neben dem Damm einen Felsbrocken, dort verschränkte er seine Arme und nahm zunächst sichtlich gerührt Glückwünsche und Lob entgegen. Selbst das Wetter feierte mit ihm, denn vom wolkenlosen Himmel strahlte die Sonne auf seinen kleinen Stausee herab. »Lasst uns den Göttern danken!« Er hob den Blick und begann mit mächtiger Stimme die Gemeinschaft in Walhall zu grüßen.

Verstohlen drehte sich Freydis um und schnitt Grimassen, bis beide Töchter des Nachbarn loskicherten. Sofort wurden Ingva und Sigrid von der Mutter mit kurzen, harten Püffen gemaßregelt, während die eigentlich Schuldige längst wieder voller Hingabe der Zeremonie lauschte.

Thjodhild hatte das Spiel von Freydis beobachtet. Was bist

du nur für ein Wesen, dachte sie. Vor vier Jahren, bald schon, nachdem Leif und Tyrkir abgesegelt waren, hatte die Tochter begonnen, sich bei dem Vater einzuschmeicheln. Sie striegelte heimlich seinen braunweiß gescheckten Hengst, brachte unaufgefordert den Becher; selbst am Saunatag gelang es ihr regelmäßig, wie durch Zufall den Weg Eriks zu kreuzen und dann auch noch das Badetuch zu verlieren. Sie nahm es nicht gleich auf und verschwand im Frauenhaus, nein, erst wurden die Haare mit unschuldigem Blick geordnet, dann eine Drehung und schließlich beim Bücken der Hintern gereckt.

Thjodhild schüttelte den Kopf. Nie hatte Erik die Tochter darin bestärkt, aber dieses junge Weib versuchte tatsächlich, den Vater zu umgarnen. Auch saß sie ihm zu Füßen, wenn er vom Dammbau sprach, und hatte noch nach Einzelheiten gefragt, wenn ihm längst keiner mehr zuhören mochte. Und heute? Ausgerechnet an seinem Ehrentag störte sie die Feierstunde.

»… und möge von nun an die starke Hand Thors den Damm schützen. Auf dass unsere Wiesen stets genügend Wasser erhalten und wir im Herbst reiche Heuernte in die Scheunen bringen können!« Kaum hatte Erik geendet, als er erneut zum Himmel wies. »Ein Zeichen. Da seht ihr!« Hoch im Blau zog ein weißer Falke seine Kreise über dem See. »Göttin Freya selbst ist zu unserm Fest erschienen. Welch großes Glück.«

Thorstein beteiligte sich nicht am ehrfürchtigen Staunen der Erwachsenen, er hatte sich einen Stein gesucht und forderte seine Schwester durch Gesten heraus.

»Na gut«, flüsterte sie. »Aber du zuerst. Zeig, was du kannst!« Der Elfjährige bog den Arm zurück und schleuderte das Geschoss weit über den See. Fast am anderen Ufer platschte der Stein ins Wasser.

Das Geräusch zerstörte die Andacht. Ehe Thorstein fliehen konnte, sprang sein Vater vom Felsblock herunter und versetzte ihm eine schallende Ohrfeige. »Wie kannst du es wagen!«, schnaubte er. Nur kurz flackerte die Wut in seinem Blick und gleich wieder freundlich lud der Baumeister seine Gäste ein, mit ihm nun die Mauer von nahem zu begutachten.

»Ich muss euch erklären, wo das Wasser bei Trockenheit abgelassen wird, ohne den Damm mitzureißen.«

Während des Fußmarsches schob sich Freydis hinter den kleineren Bruder: »Du Trottel, lässt dich von mir reinlegen. Bist eben immer noch der blöde Scheißer von früher.«

An der rechten Seite der Staumauer führte ein schmaler Stichkanal zur Holzsperre.

»Also, nehmen wir an, es hätte lange nicht geregnet.« Breitbeinig stand Erik da und zeigte auf das Geheimnis des Wasserspenders. »Dann können vier Knechte je nach Bedarf mithilfe einer Seilwinde die einzelnen Balken anheben.«

Hornrufe unterbrachen ihn. Weit entfernte Hornrufe, dunkel und lang gezogen, dann wieder abgehackt und wieder lang gezogen. Sie wehten vom Fjord über die Ebene herauf.

Beide Familien horchten stumm. Endlich brach Thjodhild das Schweigen. »Leif«, und konnte es kaum fassen. »Es sind Leif und Tyrkir.«

Erik strich sich den Bart. »Ausgerechnet heute«, er wischte mit dem Ärmel die Stirn. »Wahrhaftig. Die Götter lieben uns.«

Kein Halten mehr. Vergessen war der Damm. Ein Wettlauf zu den Pferden entbrannte zwischen den jungen Leuten. Egil, der älteste Sohn des Nachbarn, gewann vor Thorvald und Thorstein, und die jungen Männer führten ihre Gäule als Erste den Pfad hinunter, sehr zum Ärger von Freydis, die mit Ingva und Sigrid oben warten musste. »Ihr lahmen Krüppel«, schrie sie ihnen nach. »Ich hole euch doch ein!«

Bedächtiger war der Abstieg für die Erwachsenen und beim Anblick des schnellen Tölts, mit dem die Halbwüchsigen über die Wiesen davonjagten, wünschte sich Thjodhild, dabei zu sein.

Nein, an der Spitze, dachte sie und spürte das Herz klopfen, ich möchte vor allen anderen meinen Jungen begrüßen und Tyrkir. Wie mag es dem Freund gehen? O geliebte Frigg, du höchste aller Göttinnen, gib mir beide gesund zurück!

Am Strand unterhalb von Steilhang herrschte aufgeregtes Durcheinander. Während die Knechte bereits Körbe und Ledersäcke ausluden, umringten die jungen Leute den Schiffsführer und seinen Lotsen. Fragen, Lachen, sich in den Armen liegen und wieder Fragen, weder Leif noch Tyrkir gelang es, bis auf »Ja« und »Erfolgreich« auch nur eine klare Antwort zu geben.

Dass etwas entfernt vom Reittier des Meeres noch ein zweites Schiff vor Anker lag, hatte im Freudentaumel bisher niemand wahrgenommen.

»Der Vater!«, warnte Thorvald. Sofort legte sich das Geschrei. Ordnung kehrte ein, wie sie der Brauch verlangte. Mann neben Mann nahm die Schiffsbesatzung Haltung an; die zu Hause gebliebenen Söhne und Töchter ließen von den Heimkehrern ab und bildeten in gebührendem Abstand einen Halbkreis. Feierlich langsam ritt der Herr von Steilhang mit seiner Hausfrau über den Kiesplatz, gefolgt von Ingolf Arnesson und dessen Frau Solveig.

Erst nachdem sich Erik im Sattel aufgerichtet hatte, beugte sein Ältester das Knie. »Die Fahrt war vom Glück begleitet. Kaum Verluste. Nur drei unserer Knechte haben wir bei einem Sturm vor Norwegen verloren. Ich bringe dir dein Schiff wohlbehalten zurück.«

»Willkommen, Sohn, im Namen Thors, unseres lieben Freundes. Willkommen unter dem Dach deines Vaters!« Obwohl Erik den zweiten Knorr im Blickfeld hatte, erwähnte er ihn mit keinem Wort. »Du darfst jetzt deine Mutter begrüßen.«

Mit schnellen Schritten war Leif bei ihr und hob sie aus dem Sattel. Thjodhild umarmte ihn, wollte ihn küssen, ließ es aber, dafür strich sie leicht über sein Haar. »Mein Junge. Ich bin so froh.«

Erik sah auf Tyrkir hinab und seine Mundwinkel zuckten. »Willkommen, Schlaukopf. Warum so spät? Hast du zwischendurch den Kurs verloren?«

»Ist das die Begrüßung für einen Herrn? Ehe du nicht absteigst, sage ich gar nichts.«

»Den Ton habe ich vermisst.« Lachend schwang sich der Hüne vom Pferd und legte dem Freund beide Hände auf die Schultern. »Bis auf die viele Arbeit war es beinah langweilig ohne dich und so trocken, weil der Vorrat von deinem Gebräu ausgetrunken ist.«

»Wer meinen Beerenwein verachtet, der ist es auch nicht wert, vom besten Met zu kosten. Zehn Schläuche habe ich aus Norwegen mitgebracht und ich denke gar nicht daran, diesen guten Tropfen mit dir zu teilen.«

»Das wagst du nicht, Schlaukopf!«

»Schluss, ihr beiden!«, mischte sich Thjodhild ein. »Ehe ihr wieder da beginnt, wo ihr aufgehört habt, verlange ich mein Recht.« Sie streckte Tyrkir die Hand hin. »Mein Haus war leer ohne dich.«

Er spürte das Zittern, nahm die Wärme in ihrem Blick auf und sagte: »Ich bringe dir deinen Sohn zurück.« Nach kurzem Vergewissern, dass Erik nicht hinhörte, setzte er schnell, fast beschwörend hinzu: »Was auch gleich geschieht. Du musst wissen, dass ich dich nie enttäuschen möchte.«

Sie sah ihn betroffen an, doch es blieb keine Zeit nachzufragen. Leif trat in Begleitung der Nachbarn hinzu. Sein Vater hatte derweil unverwandt auf das zweite Schiff gestarrt. »Kein schlechter Knorr. Wem gehört er, Sohn? Dir oder unserm Schlaukopf?«

»Ich bin der Besitzer. Meine Geschäfte in Norwegen verliefen noch besser, als ich erhofft hatte.« Leifs Stimme wurde mit einem Mal hastig. »Das ist so, Vater. Bei unserer Rückkehr haben wir uns unten am Südkap in der Handelsniederlassung zwei Nächte ausgeruht. Und da habe ich mit einem Teil des Silbers diesen Knorr gekauft. Vom Sohn des alten Herjulf. Falke hab ich das Schiff getauft. Ein schöner Name. Gefällt er dir?«

Nur noch mit halbem Ohr hatte Erik seinem Sohn zugehört. »Sonderbar«, murmelte er vor sich hin und war schon auf dem Weg. Leif blieb dicht an seiner Seite. »Lass uns das Schiff morgen in aller Ruhe begutachten! Morgen, nicht jetzt.«

Doch der Vater ließ sich nicht aufhalten. Langsam folgte ihnen Tyrkir mit Thjodhild und den Nachbarn.

»Wer ist das?«, fragte Erik. Seine Hand wies zum Achterdeck hinauf. Eine kleine Gestalt. Mit dem Rücken zu ihm stand sie dort. Der Kopf war von einer Kapuze verhüllt, aus gleichem braunen Stoff war das schlichte Kleid, als Gürtel war ein Strick über den Hüften gebunden. »Wer ist das?«

»Ein Freund.«

»Warum bittet er mich nicht um Herberge?«

»Weil er mein Gast ist. Und weil ich nicht weiß …«

»Ich frage dich nicht noch einmal.«

Da wandte sich der Fremde um. Erik erbleichte und trat einen Schritt zurück. Mit leisem Aufstöhnen fasste Thjodhild nach Tyrkirs Arm. Nicht das Gesicht erschreckte sie, es war das Silberkreuz vor der Brust des Mannes. »Seid gegrüßt im Namen des einzig wahren Gottes.« Er neigte den Kopf. »Ich bin Pater Ernestus.«

Jäh hob Erik die Faust, stieß unverständliche Drohungen aus, dann hielt er inne und seine Miene glättete sich etwas. »Ach, jetzt begreife ich.« Er gab dem Sohn einen freundschaftlichen Stoß. »Der Kerl ist dein Gefangener.« Um es sich selbst zu bestätigen, bezog er seine Frau und die Gäste mit ein. »Versteht ihr. Da hat sich unterwegs ein Christ an Bord geschlichen und weil mein Sohn ein weiches Herz hat, wusste er nicht, wohin mit ihm.« Wieder knuffte er Leif. »Warum sagst du das nicht frei heraus? Keine Sorge, Junge, das wird schnell und sauber erledigt. Ich lass ihn oben am Gletscherrand zum Schlafen legen, mit einem schönen Stück Speck zwischen den Zähnen. Die wilden Tiere werden sich freuen.«

»Nein, Vater. Priester Ernestus ist mein Freund und er genießt Schutz und heiliges Gastrecht auf meinem Schiff.« Der spärliche Kinnbart bebte. »Und niemand darf ohne meine Erlaubnis an Bord, auch du nicht.«

Bis ins Mark getroffen keuchte Erik und blickte über die Bucht, als müsse sich jeden Moment das Wasser erheben, doch es blieb still, er sah zum Himmel, doch keine Wolken zogen auf. Er drehte sich um, ging schlurfend über den Kies und kehrte zurück. »Also, meinetwegen. Der Christ gehört dir. Ich rühre ihn nicht an.«

»Ist das wahr?«

»Du hast mein Wort.« Gequält lächelte Erik. »Ich verlasse mich auf dich, weil deine Eltern und dein Ziehvater dir alles beigebracht haben, was ein ehrenhafter Mann braucht. Ja, du darfst selbst entscheiden. Trotzdem, höre auf meinen Rat und hüte dich vor dem Geschwätz des Christen!«

Mit fahrigen Fingern griff Leif zum Hals und nestelte seine Amulettkette unter dem Hemd vor. Kein Thorshammer, ein Kreuz erschien, langsam presste er es an die Brust.

Erik wankte, der Bernstein in den Augen wurde stumpf und sein Blick suchte den Freund. Wortlos zog Tyrkir ein gleiches Kreuz heraus.

»Du also auch.« Nur eine Feststellung, dann wies der Herr von Steilhang auf das Spalier der Bootsleute und gab selbst die Antwort. »O ja, ich weiß, die Mannschaft widersetzt sich keinem Befehl des Schiffsführers.«

Tyrkir trat auf ihn zu, doch er hob die Hand. »Schweig, Schlaukopf!«, und ging zu seinem Pferd, mit der Hand strich er über die Mähne. »Verrat. Mein bester Freund hat mich verraten«, und stieg müde in den Sattel.

Niemand sprach, bis Erik den Kiesstrand verlassen hatte. Als er den Pfad zum Hof hinaufritt, flüsterte Thjodhild: »Armer, trauriger Mann. Und heute sollte dein großer Tag sein.« Sie wandte sich an Tyrkir. »Wir haben heute Morgen den Damm eingeweiht. Ja, die Mauer scheint dieses Mal wirklich zu halten. Er war so stolz auf sein Werk.«

»Es tut mir Leid. Wenn ich von der Feier gewusst hätte, wären wir morgen erst in die Bucht eingefahren.«

»Ich bin so froh, dass ihr da seid.« Sie starrte zum Priester hinüber. »Doch ich muss zugeben, so bescheiden er auch dort steht, Pater Ernestus macht mich etwas ratlos. Seid ihr wirklich zum neuen Glauben übergetreten?«

»Leif ist in Norwegen getauft worden. Was mich betrifft …«

»Nein, keine langen Erklärungen jetzt«, unterbrach sie ihn. »Dazu werdet ihr vor Erik noch viel Zeit aufbringen müssen. Sag mir nur eins: War euer Entschluss richtig?«

»Ja.« Offen blickte er sie an. »Mit Herz und Verstand, ja.«

»Also gut. Dann werde ich mit dir gemeinsam für den Frieden auf Steilhang ringen. Ich verspreche es dir.«

»Danke. Ja, gemeinsam schaffen wir es.« Damit ging er gestärkt zu Leif hinüber.

Zwar weiß ich nicht, wie, dachte Thjodhild bekümmert, doch versuchen müssen wir es. Ach, mein Freund, wie habe ich dich vermisst, so verklebt und grau dein Gesicht noch von der Fahrt ist, deine Augen genügen mir schon.

Ingolf Arnesson nahm ihr die erste Last von den Schultern. »Ich und meine Solveig denken, dass du mit deiner Familie heute sicher allein bleiben willst. Wir danken für die Einladung und reiten jetzt nach Hause.«

»Verständnisvolle Nachbarn sind ein Glück. Danke! Unser Festmahl soll aber nur aufgeschoben sein. Entschuldigt mich!«

Zu Fuß entfernte sich Thjodhild in Richtung Steilhang und hoffte, bis sie den Hof erreichte, das Neue irgendwie zu begreifen.

Die Eltern saßen auf und befahlen ihren Kindern durch einen Wink, sofort mitzukommen. Kein Murren, auch die jungen Leute hatten längst eingesehen, dass an Freude und Spaß heute nicht mehr zu denken war. Indes allein Sigrid verabschiedete sich schnell von Thorvald und ließ sich in den Sattel helfen. Ihre Schwester zögerte, mit einem Mal aber entschlossen lief sie zu Leif. »Ich wollte nur sagen, dass ich keinen Mann ...« Das Blut stieg ihr in die Wangen. »Ich habe nur auf dich gewartet.«

»Lass dich ansehen, Ingva. Du bist eine prächtige ...« Seine Stimme erstickte jäh, als schnüre ihm eine unsichtbare Macht die Kehle zu, er hustete und endlich gelang es ihm weiterzusprechen. »Besser nicht. Ich meine, es geht mir heute nicht so gut. Ja, sehr freundlich von dir.«

»Bis bald«, hauchte sie noch und rannte davon.

Egil führte sein Pferd am Halfter. Kurz blieb er bei Leif stehen. »He, ein gutes Schiff, dein Falke!«, und raunte ihm zu: »Was ist, stehst du noch zu unserm Plan? Ich hab keinem was erzählt. Bis jetzt wartet das Land im Westen nur auf uns.«

»Lass mich in Ruh!«, murmelte Leif. »Du siehst doch, was hier los ist. Warte ab! Erst muss ich mit meinem Vater ins Reine kommen. Wir fahren. Ich gebe dir Bescheid.«

»Mehr wollt ich ja nicht wissen.« Mit einem federnden Sprung schwang sich Egil auf den Pferderücken. »Schön, dass du wieder da bist«, und in schnellem Tölt ritt er seiner Familie nach.

»Schön? Ich könnte heulen vor Freude.« Mit bitterem Lächeln ging Leif zum Falken hinüber.

Inzwischen waren nach Tyrkirs Anweisung der Rahbaum längs gelegt und darüber das Bordzelt errichtet. Proviant und Wasser wurden an Deck getragen. Pater Ernestus wollte mit zupacken, doch ungewöhnlich streng hinderte ihn Tyrkir daran. »Hüte dich, frommer Mann! Wir sind nicht mehr auf See. Wenn du hier Ansehen und Respekt erwerben möchtest, so überlasse den Knechten die niedrige Arbeit.«

»Als Diener Gottes ist mir Demut befohlen. In meinem Kloster war es die Regel, jede Arbeit zu verrichten. Auch Jesus Christus war sich nicht zu schade ...«

»Verflucht, hier ist nicht Sachsen. Du befindest dich auf Grönland!« Tyrkir rang die Hände und mäßigte den Ton. »Begreife doch, Pater! Wir haben während der Fahrt immer wieder darüber gesprochen: Den Menschen hier fehlt Christus nicht, sie haben Götter genug und sind mit ihnen zufrieden. Was du vorhast, bringt Unruhe, und auf Grönland kann dich König Olaf nicht beschützen. Ja, mein Ziehsohn und ich werden dir nach Kräften helfen. Nur, bitte füge dich zunächst in die äußere Ordnung ein! Sei also nicht Knecht, sondern Herr, der die Botschaft eines noch größeren Herrn verkündet.«

Ernestus streifte die Kapuze zurück und strich nachdenklich die ausrasierte Stelle auf seinem Hinterkopf. »Wenn ich dich so höre, dann solltest eher du an meiner statt das Predigen übernehmen.«

»Dafür weiß ich noch zu wenig, was die Bibel meint.« Tyrkir schmunzelte einen Augenblick. »Aber wer weiß, ich lerne schnell.«

»Mein Onkel hat Recht«, unterbrach Leif. »Wir müssen geschickt vorgehen.« Er sah zum Wohnhaus oben auf dem Hang. »Sonst springt Thor vom Wagen und zermalmt Jesus mit seinem Hammer, ehe er überhaupt Gelegenheit hat, den Mund aufzumachen.«

Ernestus nahm das Kreuz in beide Hände. »Die Wege des Herrn mögen verschlungen sein, aber sie führen zum Ziel.«

»Amen«, setzte Tyrkir trocken hinzu. »Wir müssen los. Und dieser Weg ist nicht verschlungen, dafür aber steil.«

Zum Schutz des Priesters schickte Leif noch zwei Wachposten an Bord. Sie erhielten Befehl, jeden Besucher, wenn nötig mit Waffengewalt, daran zu hindern, das Schiff zu betreten.

»Mein Gebet begleitet euch«, rief ihnen der Pater nach.

»Das wird uns heute nicht viel nützen«, murmelte Tyrkir. Von da an schwiegen beide.

Kaum hatten sie den Innenhof erreicht, als Freydis ihnen entgegenlief. »He, Brüderchen! Mich hast du noch gar nicht richtig begrüßt.« Sie drehte sich auf den Zehenspitzen im Kreis. »Gefalle ich dir nicht mehr?«

»Doch, doch.«

Tyrkir sah die Not des Ziehsohns. »Ich werde mich erst einmal baden. Komm mit! Etwas heißes Wasser könnte dir auch nicht schaden.«

»Schon gut, Onkel. Wir treffen uns später, aber lass uns gemeinsam in die Halle gehen.«

Achselzuckend entschwand der Ziehvater hinter dem Wohnhaus.

»Na, endlich ist der alte Mann weg.« Freydis schob sich dicht an den Bruder heran. »Na, du Christ? Wo bleibt mein Geschenk?«

»Morgen kannst du dir einen Stoff aussuchen.«

Sie verzog den Mund und jäh fiel Leif wieder ein, was er ihr hatte mitbringen sollen. »Bist du immer noch so verrückt?«

»Du Idiot. Wage es nicht, eine Frau zu beleidigen!«

»Wollt ich ja nicht.«

Gleich versöhnt strich sie über seine verdreckte Hemdbrust und spielte mit dem Kreuz. »Ich könnte dir beim Waschen helfen.«

»Bitte, lass mich in Ruhe! Mir platzt sonst der Kopf.« Damit stürmte er hinter dem Onkel her.

Freydis ließ ihren Zeigefinger auf der Unterlippe tanzen. »Bin ja gespannt, Brüderchen, wie lang du deinen Kopf noch hast. Vater braucht keine Axt, der reißt ihn dir einfach so ab.«

Während des Essens blieb Erik einsilbig, sein Blick streifte hin und wieder den Freund und Leif nahm er gar nicht zur Kenntnis. Schwer fiel es dem jungen Schiffsführer, auf die Neugierde der Brüder zu antworten, und so blieben Fahrtwind und Abenteuer, auch der Königshof ohne Farbe und Leben.

»Muss das langweilig gewesen sein«, beschwerte sich Thorstein. »Hast du wenigstens einen Wal gesehen?«

»Ja, vielleicht.«

Um die Stimmung nicht noch durch Proteste der Geschwister weiter sinken zu lassen, griff Thjodhild lächelnd ein. »Sobald Leif sich ausgeruht hat, wird er gerne von seiner Reise erzählen. Jetzt hinaus mit euch!« Sie pochte mit dem Löffel auf die Tischplatte. »Freydis, das gilt auch für dich. Die Männer wollen sich alleine besprechen.«

Empört warf sie die Zöpfe zurück. »Immer wenn's spannend wird, jagst du mich weg.«

Erik hob nur kurz die Hand, das genügte und Freydis schlenderte betont langsam durch die Halle, beim Waffengestell neben dem Ausgang spielten ihre Finger über einige Speer- und Axtschäfte, zupften an den Federn im Pfeilköcher und mit einem Mal rannte sie hinaus.

Schweigen blieb zurück. Irgendwann bot Tyrkir an, einen Krug norwegischen Met von den Mägden bringen zu lassen. »Sicher wird ein Begrüßungstrunk uns allen gut tun.«

»Mir ist der Durst vergangen.« Entschlossen stand Erik auf, der Hocker kippte, es kümmerte ihn nicht, mit jedem Schritt versteifte sich der Rücken, und als er sich auf seiner Hochbank niedergelassen hatte, umgab kalte Würde den Herrn von Steilhang. »Ich warte.«

Noch ein Blick zwischen Onkel und Ziehsohn, dann gingen

sie nebeneinander auch zur Mitte der Wohnhalle. Thjodhild stützte die Stirn in ihre Hand, vom Tisch aus wollte sie dem Gespräch folgen.

Nein, die beiden durften nicht Platz nehmen. »Wer gegen das heilige Gesetz der Familie verstoßen hat, der soll vor dem Oberhaupt stehen, bis das Strafmaß verkündet ist.«

»Warum urteilst du, ehe du uns angehört hast, Vater?« Leif ballte die Fäuste hinter dem Rücken. »Oder befinden wir uns hier vor den Schranken eines Gerichts.«

»Hast du etwas anderes erwartet, Sohn? Dies ist ein Hausthing. Meine Stellung und das heilige Gesetz erlauben es mir, dich und den Deutschen zu verurteilen.«

»Du versteckst dich hinter dem Gesetz, ausgerechnet du, Erik der Rote? Ich kann das nicht glauben. War denn alles falsch, was der Onkel mir erzählt hat? Dieser Prozess gegen dich auf Island? Damals riss dieses heilige Gesetz unsere Familie auseinander.« Der Angriff zeigte Wirkung und Leif schlug nach: »Bist du schon so alt, dass du diese Ungerechtigkeit vergessen hast? Nein, ich will es nicht glauben, weil ich dich achte, Vater.«

Erik sah lange zum Windauge hinauf, als er wieder zurückkehrte, hatte seine Stimme an Kälte verloren. »Es war eine schwere Zeit, Junge. Und ich glaubte, sie endgültig hinter mir gelassen zu haben. Bis du und Tyrkir mir das Kreuz gezeigt habt …« Er fuhr sich durchs Haar. »Nein, ich will nicht urteilen, ehe ich zugehört habe. Wie konnte es zu diesem Unglück kommen?«

Am Tisch seufzte Thjodhild erleichtert. Ein erster kleiner Schritt aufeinander zu war gelungen. Vielleicht fand sich doch ein Ausweg.

»Zunächst wurden wir auf die Hebriden verschlagen. Erst nach einigen Wochen hatten wir Südwest und konnten weitersegeln.« Mehr gab Leif von dem Aufenthalt dort nicht preis. Und da der Onkel keine Miene verzog, fuhr er fort: »So gelangten wir erst Ende August nach Norwegen und ankerten im Hafen von Trondheim. Bald schon ließ uns König Olaf Tryggvasson zu sich rufen. Vater, es kam uns vor, als hätten wir eine andere Welt betreten …«

»Spar dir das auf für später, Sohn! Jetzt will ich nur wissen, wie dich dieser Gott eingefangen hat.«

»Aber der Königshof hat damit zu tun. Olaf Tryggvasson ist zum christlichen Glauben übergetreten.«

Der Sohn gab dem Vater keine Gelegenheit, sich von der Neuigkeit zu erholen, schnell sprach er weiter und Erik krallte die Hand in den Bart, als müsse er sich festhalten. In der Nähe des Königs gab es keinen mehr, der nicht getauft war. Olaf missionierte selbst und hatte sich zum Ziel gesetzt, den alten Götterglauben auszumerzen. Mit seiner Leibgarde reiste er von einem Bezirk zum nächsten, wer sich widersetzte, der wurde von den Berserkern mit Feuer und Schwert zur Taufe gezwungen oder verlor sein Leben auf grausame Art. »Vater, wir mussten mit ansehen, wie ein Mann, der nicht gehorchte, gefoltert wurde. Vergeblich, er ließ von Odin und Thor nicht ab. Da wurde ihm ein Sperrholz zwischen die Zähne gesteckt, damit eine Schlange in seinen Mund kriechen konnte. Auch die Otter weigerte sich. Auf Befehl des Königs band der Henker dem Tier ein glühendes Eisen an den Schwanz. Und die Schlange kroch in die Mundhöhle, den Schlund hinunter und fraß die Weichteile des Mannes.«

Thjodhild fror mit einem Mal. Was mag das für ein Gott sein? Wenn er mit solcher Grausamkeit die Menschen zwingt, an ihn zu glauben.

Ruhig lehnte sich Erik zurück. »Angst. Jetzt begreife ich langsam.« Er betrachtete seinen Sohn und den Freund. »Aus Angst seid ihr Christen geworden, weil Olaf euch sonst getötet hätte. Sehr schlau. Keine Sorge, hier seid ihr vor ihm in Sicherheit und könnt also dieses Kreuz wieder ablegen.«

Tyrkir zog sich einen Hocker heran, auch ohne Erlaubnis nahm er vor Erik Platz. »Nein, nein. So einfach ist die Sache nicht. Der Arm des Königs reicht weit.«

»Was schert mich Norwegen. Hier bestimme ich.«

»Darüber lass uns später reden. Bisher kennst du nur einen Grund, warum es ratsam ist, zum Christenglauben überzuwechseln. Meinetwegen nenne ihn Angst. Dazu aber kommt jetzt Vernunft.« Tyrkir rieb sich den Ohrwulst. »Ich denke da an unsere Geschäfte. Weißt du, dass wir nicht ein Fell in Trondheim losgeworden wären, wenn sich Leif nicht hätte taufen lassen oder wenigstens das Kreuz angenommen hätte? Die Christen handeln nicht gern mit Heiden.«

»Heiden?«

»Ja, so werden alle genannt, die noch die Götter in Walhall verehren. Wir müssen umdenken, mein Freund, und zwar rasch, sonst kauft uns bald niemand mehr die Waren ab. Wir verlieren unsere Geschäftsbeziehungen und damit auch den Wohlstand.«

»Das glaub ich nicht. Unsere Webstoffe, die Pelze und unser Elfenbein werden wir überall los.«

»Vater.« Leif ging näher zu ihm. Beschwörend hob er die Hände. »Längst ist eine neue Zeit angebrochen, nur wir haben es auf Grönland noch nicht bemerkt.«

Erik fuhr sich durchs Haar und zerriss das bedrohliche Netz. »Verflucht, mit mir nicht. Seit ich denken kann, lebe ich mit meinem Thor zusammen, ich werde ihn nie aufgeben. Jeden Schwur habe ich in seinem Namen geleistet und mein Wort gehalten.« Er beugte sich zu Tyrkir. »Und was ist mit dir? Hast du deinen inneren Freund mit der Taufe auf den Abfall geworfen? Einfach so?«

»Nein.« Tyrkir zögerte, vor dieser Antwort hatte er sich seit Wochen gefürchtet. »Ich bin in Norwegen nicht getauft worden.«

»Du willst mir sagen …?« Heftig rieb der Hüne die Fingerknöchel aneinander. »Da, da stürzt sich mein Sohn mit der Mannschaft ins Unglück und unser Herr Schlaukopf hält sich raus.«

Thjodhild hielt es nicht länger am Tisch; sie kam zum Langfeuer und setzte sich neben Erik. »Auch ich habe gedacht, dass du mit Leif gemeinsam zu dem neuen Glauben übergetreten bist.« In ihrem Tonfall schwang bitterer Vorwurf mit.

»Nicht aus Feigheit«, versicherte Tyrkir. »Ich musste das weiße Hemd nicht anziehen, weil ich gleich nach meiner Geburt schon getauft wurde.« Ernst sah er sie an. »So ist es. Ich war immer Christ.«

Eriks Hand fuhr zum Gürtel, schon hatte er das Messer herausgerissen: »Betrüger!«

Thjodhild fiel ihm in den Arm: »Wage es nicht! Das ist mein Haus!«

»Lass los, Weib!« Erik stieß sie beiseite und anstatt gegen den Freund schleuderte er den Dolch übers Feuer, hart schlug die Klinge drüben in der Ehrenbank ein.

Thjodhild betastete ihre schmerzende Schulter. Über sich selbst erschreckt, hielt Erik inne. »Schon gut, Frau. Verzeih!« Er blickte zu Leif. »Ich wollte nicht … Nie würde ich deine Mutter schlagen.« In die Enge getrieben klagte er Tyrkir an. »Du hast Schuld, verdammt! Warum sagst du so was? Wir sind zusammen aufgewachsen, haben das Leben miteinander geteilt. Durch dich habe ich die Geschichten unserer Götter erst richtig kennen gelernt. Und jetzt behauptet mein bester Freund, dass er mich belogen hat. All die Jahre.«

»Nein, das ist nicht wahr. Lass mich ausreden, dann wirst du verstehen.« Behutsam versuchte Tyrkir den Knoten zu lösen. »Leif kann bezeugen, dass ich bereit war, mich in Norwegen taufen zu lassen.« Doch vorher hatte der Bischof des Königs mit ihm ein Gespräch geführt. Er stammte selbst aus den deutschen Landen. Kaum hörte er von dem Dorf am Rhein, sagte er, die Menschen in dieser Gegend wären alle Christen, auch damals schon. Tyrkir sei als Neugeborener über das Taufbecken gehalten worden und ein zweites Mal wäre gegen Gottes Willen. »Ich bin also Christ, nur hatte ich es vergessen. Auch meinen christlichen Namen Thomas. Hin und wieder erinnerte ich mich an die Kirche in unserm Dorf, an ein Bild. Mehr nicht.« Nachdenklich betrachtete Tyrkir seine Hände. »Um mir das Sklavenleben bei den Wikingern zu erleichtern, hat meine Mutter mich nach Gott Tyr benannt und mir das feste Vertrauen auf die Asen in Walhall mitgegeben. So gut ich auch später mit den Göttern auskam, losgelassen hat mich der wahre Glaube nie. Das weiß ich jetzt.« Er hob den Kopf. »Selbst in diesem Haus gibt es einen Beweis dafür.«

»Diese Kreuze an eurem Hals«, knurrte Erik.

»Du wirst dich wundern«, ein Lächeln spielte in den Mundwinkeln. Er bat Thjodhild, die Specksteinlampe zu holen, die Erik ihr damals aus Freude über die erste Schwangerschaft geschenkt hatte, und zeigte beiden das eingeschnittene Bild. »Diese Frau stillt ihr Kind. Ich dachte bei der Arbeit nicht daran, aber es ist Maria, die Jesus im Arm hält. Zu der Mutter Gottes beten die Christen, wenn sie in Not sind.«

Vorsichtig fuhr Thjodhild den Linien nach. Das also ist die Mutter des Gottsohnes, dachte sie. Wie oft habe ich die beiden mit Liebe betrachtet.

»Zeig her!« Erik schnappte nach der Lampe und knurrte: »Ausgerechnet ich habe so was in meinem Haus«, und warf sie in die Glut.

»Vater!« Sofort sprang Leif hinzu, griff mit der bloßen Hand danach und brachte der Mutter das Geschenk unversehrt zurück.

»Danke, Junge.« Thjodhild verließ den Hochsitz. »Genug für heute«, bestimmte sie. »Wunden heilen nicht an einem Tag.« Sie bat die Heimkehrer, sich schlafen zu legen. Wortlos verließ Tyrkir mit Leif die Halle.

Erst nach einer Weile folgte ihr Erik in die Kammer. Wie ein Kind suchte er Schutz. Ihr Streicheln befreite ihn aus der Enge und weckte bald schon seine Begierde. »Du willst wirklich?«, vergewisserte er sich.

»Ja, Liebster, trotz allem ist heute dein Festtag und den möchte ich mit dir feiern.«

Sie ließ ihn gewähren, ohne zu zeigen, wie wenig Lust er ihr bereitete. Vielleicht muss das meine Aufgabe sein, dachte sie später und hörte auf das ruhige Schnarchen neben sich. Vielleicht kann ich so den Frieden auf Steilhang erhalten.

DIE TAUFE

Ein Toter!« Nach vier Tagen schreckte der Schrei morgens das Gesindehaus auf, wenig später lief eine Kuhmagd in die Wohnhalle und störte das Frühstück der Familie. »Herr, da liegt ein Knecht hinter der Hauptscheune«, stammelte sie. »Ich kam vom Melken und da lag er einfach da auf dem Bauch.«

»Beruhige dich und geh wieder an die Arbeit!« Ohne Hast leerte Erik den Becher mit Sauermilch. »Sicher schläft der Kerl nur.«

Freydis beugte sich kichernd über den Tiegel und rührte mit der Kelle im Fleischbrei. »Nachsehen solltest du schon, Vater!«

Leise wurde sie von Thjodhild ermahnt. »Das ist Männersache.«

Erik stand auf. »Kommst du mit?«, fragte er seinen Ältesten. »Jetzt, nachdem die Schiffe ausgeladen sind, solltest du dich möglichst bald wieder an deine Pflichten als Jungbauer gewöhnen. Und was ist mit dir, Schlaukopf?«

Bereitwillig folgten ihm beide nach draußen. Auf dem Weg berichtete Erik, wie viele Fohlen und Kälber seit ihrer Abfahrt geboren waren. »Wir können zufrieden sein.«

Den Abend nach der Rückkehr hatte er mit keinem Wort mehr erwähnt, auch nicht den Priester, der immer noch unten auf dem Schiff wohnte, und Tyrkir war ihm dankbar dafür. Erst soll der Alltag seinen normalen Gang nehmen, dachte er, nur so wird mein Wikinger sich nach und nach davon überzeugen lassen, dass der neue Glaube sein Grönland nicht vergiftet.

Nahe dem hohen, lang gestreckten Heuspeicher warteten einige Sklaven. »Was steht ihr hier noch rum!«, scheuchte Erik die Ratlosen weg. »Glaubt ihr, das Gras mäht sich von selbst? Ab mit euch!«

Sie fanden den Knecht hinter der Scheune zwischen herumliegenden Sensen, Rechen und Heugabeln; das Gestell, an dem die Gerätschaften gewöhnlich hingen, war umgekippt. Leicht stieß Erik mit der Fußspitze dem Mann in die Seite. »He, wach auf!« Doch ohne Erfolg; reglos lag er da, die Arme verdreht, sein Nachtkittel war ihm bis über die Kniekehlen hochgerutscht.

Leif kauerte sich hin. »Zwecklos, Vater. Er liegt auf einem Heurechen.« Behutsam wälzte er den Körper herum. Quer im Hals steckten noch die spitzen Holzzähne.

Ohne hinzusehen, brummte Erik: »Drück erst die Augen zu!« Dann betrachtete er das vom Schreck verzerrte Gesicht und wandte sich an den Freund. »Der war doch mit euch auf Fahrt. Oder irre ich mich?«

»Er gehörte zur Mannschaft.«

»Warum hat er sich hier an der Scheune rumgetrieben? Was meinst du, Schlaukopf?«

Tyrkir zuckte die Schultern und zeigte zur Speicherluke hinauf. »Vielleicht hat er sich da oben auf den Heubündeln zum Schlafen gelegt, ist runtergefallen und stürzte zu seinem Unglück auf das Gestell.«

»So wird's gewesen sein. Armer Kerl, er wird uns fehlen.« Mehr Bedauern zeigte Erik nicht. Der Tod eines Sklaven bedeutete für ihn den Verlust einer Arbeitskraft und die hätte er dringend bei der Heuernte benötigt. »Na gut. Die Vorsehung hat es so gewollt. Wenn die Leute aus den Wiesen zurück sind, lasse ich ihn unten am Fjord ins Sklavengrab legen.« Damit war für

Erik die Angelegenheit erledigt. »Jetzt kommt, wir sehen nach den Pferden.«

»Nein, Vater.«

»Was?«

Gefasst ging Leif auf ihn zu. »Ein Christ hat das Recht, in geweihter Erde zu liegen. Und dieser Mann ist getauft worden.«

Die Zornader sprang dem Hünen auf die Stirn, doch er bezwang sich. »Gut, gut, Sohn. Ich habe deiner Mutter geschworen, nichts gegen den Priester zu unternehmen. Auch hat sie verlangt, dass ich die Christen gewähren lasse, und ich muss mein Wort halten. Gut also. Geweihte Erde? Wo soll die sein?«

Von der Frage überrascht schwieg Leif, und ehe er eine Antwort fand, erkannte Tyrkir jäh, welche Chance sich jetzt auftat. »Das ist ein Acker des ewigen Friedens. So etwas wie ein geheiligter Hof, auf dem Tote und Lebende Schutz finden. Wenn er dem allmächtigen Gott nicht zur Verfügung gestellt wird, schleudert er seinen Fluch über unsere Weiden und Häuser. Und glaub mir, mein Freund, der Herrgott hat mehr Gewalt als die Asen in Walhall zusammen. Deshalb benötigen wir dringend ein Stück Land.« Tyrkir rieb heftig die Narbe. »Warum habe ich nicht sofort daran gedacht? Pater Ernestus muss dieses Feld mit Gebeten und Weihwasser heiligen, ehe es zu spät ist.«

»Du kennst dich schon gut aus, Schlaukopf. Und besonders freundlich scheint mir euer Gott ja nicht zu sein.« Der Scherz gelang dem Hünen nicht. »Meinetwegen, wählt für ihn einen geeigneten Platz aus. Aber weit genug weg von meinem Wohnhaus. Da fühle ich mich sicherer.«

Leif senkte den Kopf. »Danke, Vater!«

»Sag das deiner Mutter, nicht mir. Ich …« Mit einer fahrigen Geste deutete Erik über die Wiesen. »Ich muss rauf zu meinem Damm, muss die Mauer überprüfen«, und war schon auf dem Weg. Über die Schulter rief er zurück: »Die Christenleiche ist euer Problem. Schafft sie weg!«

Eine Weile blickten ihm die beiden nach. »Meinst du, Onkel, er wird sich bekehren lassen?«

»Besser wäre es für uns alle. Doch ich kenne diesen Dickschädel. Wir müssen abwarten.« Tyrkir wies auf den Toten. »So schrecklich unser Bootsknecht auch gestorben ist. Wir sollten ihm dankbar sein.«

Leif begriff nicht und der Onkel lächelte leicht: »Ohne großen Kampf haben wir von deinem Vater etwas Land bekommen. Das erste Stück eigenen Boden für die Christen auf Grönland! Unantastbar! Verstehst du jetzt? Und nicht nur für die Verstorbenen, warum soll neben dem Friedhof nicht auch Platz für Lebende sein.«

»Pater Ernestus.« Leif schlug sich an die Stirn. »Du bist wirklich ein Schlaukopf, Onkel. Wir bauen dem frommen Mann eine Bleibe und er kann vom Schiff dorthin ziehen. Nein, ich hab noch eine bessere Idee, wir könnten ihm gleich die Kirche daneben stellen.«

»Der Hafen ist noch weit, Junge«, dämpfte Tyrkir den Übereifer. »Ein kleines Haus mit Herdstelle und wettersicherem Dach genügt fürs Erste. Diese kleine List möge Gott mir verzeihen. Dein Vater ist und bleibt mein bester Freund. Ich möchte ihn so wenig wie möglich reizen, sonst wird er nie zum Glauben finden.« Sein Blick streifte noch einmal kurz über den Toten. »Doch jetzt sollten wir uns beeilen.« Tyrkir stutzte und betrachtete das Kittelhemd genauer. Nicht der blutverklebte Brustbereich interessierte ihn, er deutete auf einen handtellergroßen Fleck tiefer unten. »Die Verletzung am Hals hat ihn getötet. Woher aber stammt dieses Blut da?«

Leif befreite die Leiche vom Heurechen und zerrte den Kittel nach oben. Über dem Schamhaar steckte ein abgebrochener Pfeil im Unterleib. »Verflucht«, flüsterte er. »Und was jetzt, Onkel?«

»Ich weiß es noch nicht, Junge.«

Bedrohten Feinde den Erikshof? Der Gedanke erschreckte zuerst, dann stellten sich Zweifel ein. Es gab keine Fehde mit irgendeinem Nachbarn. Aber die Schusswunde war nicht zu leugnen. Also doch Feinde? Wie aber war der Bootsmann ihnen zum Opfer gefallen? Angenommen, er hätte oben im Heu geschlafen. Kein noch so guter Bogenschütze hätte ihm in die Eingeweide schießen können. Demnach musste der Knecht direkt an der Speicheröffnung gestanden haben, ein leichtes Ziel, und getroffen war er in den Heurechen gestürzt. »Nein, unmöglich.« Tyrkir glättete das Kittelhemd. »Es gibt kein Einschussloch. Das Blut hat von innen den Stoff getränkt.«

»Folglich war er nackt.« Trotz der ernsten Lage grinste Leif. »Er streckte da oben seinen Schwanz aus der Luke, weil er pinkeln wollte. Das ist die Lösung, Onkel.«

Sein Ziehvater suchte den Boden um die Leiche ab. »Dann müsste der Federschaft hier liegen. Nein, Junge. Der Bootsmann hat einen Stich erhalten und noch ehe er hinunterstürzte, ist der Pfeil abgebrochen worden. Ohne Zweifel kannte er die Person, sonst hätte er nicht vor ihr den Unterleib entblößt. Es gibt keinen Feind, dafür aber einen Mörder!«

»Du meinst eine Magd? Er hat sich mit ihr im Heu getroffen? Dann ein Streit?«

»Nicht weiter«, unterbrach Tyrkir den Ziehsohn scharf. »Wir müssen uns entscheiden. Und zwar sofort.« Wenn sie auf Eriks Rückkehr warteten, gäbe es eine langwierige Befragung. Vielleicht würde sogar eine Magd überführt. Ein verbotenes Treffen mit einem Christen! »Sie wird aus Not zum Pfeil gegriffen haben und kommt sicher ohne Strafe davon. Deinem Vater aber bietet der Vorfall nur einen Grund mehr, die Christen in schlechtem Licht zu sehen.« Tyrkir nickte grimmig. »Der Knecht ist in den Heurechen gefallen. Dabei sollte es bleiben. Wir müssen jetzt unsere Chance nutzen und das Stück Land abstecken, ehe Erik es sich anders überlegen kann.«

Leif war einverstanden, nahm sich aber vor, die Augen nach der Mörderin offen zu halten. Sie teilten sich die Aufgaben. Während der Ziehsohn den Priester mit Weihrauch und heiligem Wasser vom Schiff abholte, wollte Tyrkir ins Wohnhaus gehen und Thjodhild bitten, mit ihnen gemeinsam das Feld für Friedhof und Bleibe des frommen Mannes auszuwählen. Die Zeit drängte.

»... et requiem capiat sempiternam. Per dominum nostrum.« Nur zwei Steinwurf westlich von Steilhang, nahe dem Bach, stand Pater Ernestus am Nachmittag und streute Erde ins Grab.

»Amen«, murmelten Leif und Tyrkir. Auf ein Zeichen hin griffen zwei der christlichen Bootsleute zur Schaufel.

Thjodhild hatte in Hörweite die Beisetzung mit angesehen. Strahlend kam der Priester auf sie zu. Wie verändert er jetzt aussieht, ging es ihr durch den Kopf. So klein und unscheinbar wirkte er auf dem Schiff in seiner braunen Kutte, doch das weiße, wehende Gewand und dieses Schultertuch verwandelten ihn.

»Wenn auch der Anlass zur Trauer gemahnt. Ich bin glücklich, nun endlich der Hausfrau des Goden Erik Thorvaldsson zu begegnen.« Er reichte ihr den rechten Handrücken. Thjodhild wusste nichts mit dieser Geste anzufangen und weil ein Händedruck nicht möglich war, fasste sie nur kurz nach den Fingerspitzen.

»Willkommen auf Steilhang, Pater Ernestus!«

»Willkommen. Dieses Wort beschenkt mich. Der Herr sei gepriesen, dass er mich nach rauer Fahrt an diesen Ort des Friedens und der Andacht geführt hat. Wie herrlich ist doch der Blick von hier aus über die Wasser des Fjords und hinauf zu den schneebedeckten Bergen.« Ernestus breitete die Arme aus. »Ja, dem Herrn sei Lob und Dank!«

»Ich muss gestehen, so ganz aus freien Stücken hat sich mein Mann nicht dazu bereit gefunden.« Thjodhild lächelte. »Du solltest ihm besser aus dem Weg gehen!«

Ein Schatten streifte das glatte, weiche Gesicht. »Leif hat mir vom Streit berichtet und er bekümmert mich.« Gleich setzte das Schwärmen wieder ein. »Doch seinen Vater meinte ich nicht, sondern Ihn, den Herrn über Himmel und Erde. Mein erster Dank gilt dem Lenker aller Geschicke.« Er kehrte zurück. Mit dem Blick eines Brautwerbers umfing er sie. »Mein zweiter Dank gebührt dir. Und ich hoffe, dich bald in unserer Gemeinschaft begrüßen zu dürfen.«

Obwohl Tyrkir in der Nähe stand und sofort eingreifen wollte, hatte er den letzten Satz nicht verhindern können, verärgert zog er den Priester von Thjodhild weg. »Warum die Eile?« Er zeigte zum schlichten Grabkreuz. »Da steht das erste Zeichen der Christen auf Grönland. Genügt das nicht für heute?«

Pater Ernestus nickte schuldbewusst. »Es hat mich einfach getrieben. Sie ist eine wahrhaft beeindruckende Frau.«

»Darin stimme ich dir zu«, bemerkte Tyrkir. Tief unter ihm begann das Wasser zu blinken und zu glitzern. Nur im späten Nachmittag bahnte die Sonne vom Westen her eine Silberstraße quer über die Bucht. »Wenn wir das Erreichte nicht gefährden wollen, solltest du möglichst rasch hier verschwinden.« Er half dem Priester, die heiligen Gerätschaften einzusammeln, und überließ ihn seinem Ziehsohn. »Ich denke, bis wir eine feste Bleibe für unsern Gast haben, ist er im Bordzelt sicherer.«

Auf dem Rückweg zum Wohnhaus schlenderte Thjodhild neben dem Freund her. Sie fühlte sich leicht und beschwingt. Vielleicht ist es deine Nähe, dachte sie. »Weißt du, warum ich gerade diese Wiese am Bach für den heiligen Hain ausgesucht habe? Nach unserer Ankunft im grünen Land ruhte ich mich dort zum ersten Mal aus.«

»Ein gutes Omen. Und ich bin dir dankbar dafür.«

Eine Weile betrachtete sie ihn von der Seite. »Hast du dich verändert?«

Tyrkir blieb stehen. Ehe er antworten konnte, setzte sie

hinzu: »Ich meine nicht du als Mann. Ich frage nur, ob dieser andere Glaube in dir etwas verändert hat?«

»Nein, zu spüren ist nichts.« Nachdenklich strich er über seine Narbe. »Vor ein paar Monaten noch flehte ich meinen geliebten Tyr oder die anderen Asen um Hilfe an und heute sind es eben Jesus und seine Mutter Maria oder auch der große Gott selbst.« Er hob die Achseln und schmunzelte. »Bis jetzt habe ich nur die Namen ausgetauscht, mehr nicht. Zugegeben, einfacher mag der Christenglaube schon sein, weil statt der vielen jetzt ein einziger die ganze Verantwortung übernommen hat.«

»Und was ist mit Thomas, deinem Taufnamen? Nimmst du den jetzt wieder an?«

»Nein, so weit soll das Austauschen nicht gehen. Das wäre Verrat an mir selbst. Alles was ich bin, verbindet mich mit Tyrkir, und daran halte ich fest.«

Thjodhild schwenkte ihren Umhang. »So festlich sah der Priester aus. Und seinem Gesang während der Zeremonie, dem habe ich gerne zugehört.«

»Ich wünsche nur«, Tyrkir blickte zu den Hofgebäuden hinüber, »dass unser Wikinger diesen Gesang auch bald ertragen wird.«

Jäh fiel die Leichtigkeit von ihr ab. »Ich bemühe mich um unser Glück.« Und verschwieg dem Freund, wie lang für sie des Nachts die kurze Zeit dauerte, ehe Erik neben ihr eingeschlafen war.

Der Herr auf Steilhang sagte nichts zu dem Kreuz. Als die christlichen Knechte nach ihrer Tagesarbeit Abend für Abend zum heiligen Hain hinüberzogen, schwieg er immer noch. Doch dann war eines Morgens nicht mehr zu übersehen, dass dort ein Haus entstand.

»Verflucht! Bei Loki!« Aller angestaute Zorn brach aus ihm heraus. »Verflucht, bei der Midgardschlange! Fressen soll sie das Christenpack!« Erik brüllte in der Halle, draußen auf dem Hofplatz, einen Knecht, der nicht schnell genug auswich, streckte er mit einem Fausthieb nieder, schrie weiter und suchte seinen Sohn, fand ihn schließlich am Schmelzofen vor der Schmiede. »Wie kannst du es wagen? Noch bin ich das Oberhaupt unserer Familie und ich sage dir, nie werde ich den Priester in meiner Nähe dulden.«

»Ernestus benötigt eine Bleibe.« Ohne aufzusehen, zertrümmerte Leif ein Stück Schlacke und warf nur die kleinen Eisenbrocken zurück in die Schmelze. »Er genießt mein Gastrecht.«

Der Mut seines Erstgeborenen verschlug Erik den Atem, gefährlich leise warnte er: »Jede Ordnung zerbricht, wenn der Sohn es wagt, sich gegen den eigenen Vater aufzulehnen!«

Leif fuhr zusammen; er ließ von der Arbeit ab und mit erhobenem Kinn wandte er sich um. »Ich bekämpfe dich nicht, Vater.« Zum Zeichen warf er den Hammer beiseite. »Ich liebe und achte dich.«

»So liefere mir den Beweis. Schick diesen Heuchler zurück!«

»Nein. Die Christen auf unserm Hof benötigen einen Priester. Morgen wird das Dach fertig sein. Und von da an wohnt Ernestus beim Friedhof.«

»Mein Land …«

»Es gehört dir nicht mehr«, unterbrach ihn Leif. »Die Mutter hat das Wiesenstück mir geschenkt und ich stelle es dem wahren Glauben zur Verfügung.«

»Oh, wie tapfer«, höhnte Erik. »Mein Sohn verschanzt sich hinter dem Rock seiner Mutter. Aber das nutzt dir nichts. Ihr Wort ist nichts wert.«

»Vater! Sie ist deine Frau!« Die Lippen bebten, nur mit Mühe zwang sich Leif wieder zur Mäßigung. »Mutter hat ebenso viele Rechte an Steilhang wie du.«

»Red nicht daher wie dieser Schlaukopf!« Doch der Hüne wusste, gegen die Entscheidung Thjodhilds war er hilflos, und Ohnmacht trieb ihm den Schweiß auf die Stirn.

»Also gut«, seine Stimme versank in Flüstern. »Seit zehn Tagen habe ich es mit Frieden versucht. Aber mein Großmut wird von euch allen nur ausgenutzt.« Der Ton wurde lauter und nahm an Kälte zu. »Ab sofort, Sohn, zeige ich dir meine harte Seite.« Von heute an durften die Christenknechte nicht mehr während der Mahlzeit mit den anderen vorn am Ausgang der Halle sitzen, sondern mussten sich nach hinten in den Stallflur zurückziehen. »Ihr Geschwätz verdirbt mir sonst nur die anständigen Sklaven. Und du, du wirst dich zu ihnen setzen. An meinem Tisch will ich dich nicht mehr sehen.«

Leif erbleichte, fahrig griff er sich ins Haar, wischte sich den Mund und wusste nichts zu antworten. Unfassbar, der Jungbauer auf Steilhang, der Erbe sollte mit einfachem Gesinde die Suppe teilen! Das bedeutete Erniedrigung, den Verlust von Ehre und Ansehen. »Lass uns darüber reden!«, keuchte er. »Bitte, Vater!«

»Zu spät. Es gibt keine Rücksicht mehr. Und hoffe nicht auf deine Mutter. Du hast dem Befehl zu gehorchen, das weißt du.« Ein Sieg, doch kein Triumph leuchtete in den Augen des Vaters, als er seinen Sohn verließ und mit schweren Schritten davonstapfte.

Leif nahm die Schmelzpfanne von der Glut, das Eisen konnte warten, und er hastete zur Werkstatt des Ziehvaters. »Der Friede ist gebrochen«, begann er und nach dem kurzen Bericht blieb die drängende Frage: »Darf er mir diese Schmach antun?«

Tyrkir nickte. Zwar bestimmte die Frau im Haus und über ihre Mägde, auch gehörte ihr die Hälfte des Besitzes. Jedoch in der Erziehung der Kinder hatten die Eltern gleiches Recht. »Deine Mutter darf sich nicht über den Befehl hinwegsetzen. Sie könnte bestenfalls auf Erik einwirken, dass er ihn wieder zurücknimmt.«

»Wenn du den Alten erlebt hättest. Nein, zwecklos, er hat sich zum Kampf entschlossen.« Leif warf sich auf einen Schemel. »Nur um Gewalt und Folter von Grönland fern zu halten, habe ich König Tryggvasson den feierlichen Schwur geleistet, selbst das Christentum hier bei uns einzuführen. Und was habe ich erreicht? Mein Vater führt Krieg gegen mich.«

»Ruhig, Junge!«

»Du hast gut reden! Heute Abend sitze ich bei den Knechten.«

»Verdammt, hör auf zu jammern!« Tyrkir sah ihn scharf an. »Diese Männer haben in deinen schlimmsten Stunden auf den Hebriden zu dir gehalten. Es wird dich jetzt nicht umbringen, wenn du mit ihnen das Essen teilst.«

Beide Fäuste presste Leif an die Schläfen. »Ja, ja. Aber wie soll es weitergehen, Onkel?«

»Der erste brauchbare Gedanke. Niemals zurückweichen, sondern weiter voran! Das ist ein Leitsatz deines Vaters, Junge, und wahrlich nicht der meine. Aber vielleicht hilft er uns jetzt.« Tyrkir starrte durch die Türöffnung nach draußen. Ein Weg. Er sah ihn vor sich und Furcht stieg in ihm auf. O Gott, flehte er stumm, du kannst nicht zulassen, dass diese Familie deinetwegen zerrissen wird.

Gefasst wandte er sich wieder an den Ziehsohn. »Ich habe einen Plan, Junge. Nein, frage nicht, dich soll keine Schuld treffen, wenn er scheitert. Ich erwarte nur von dir, dass du ohne Murren dem Befehl deines Vaters gehorchst.«

Leif sprang auf, in seinem Gesicht kämpfte noch Stolz mit Vernunft und endlich sagte er: »Ich vertraue dir, Onkel.«

Den Knechten war es gleichgültig, wo die dampfenden Schüsseln standen. Gleich nach ihrer Rückkehr aus den Wiesen hatten sie von der Anweisung erfahren und so war das Durcheinander in der Wohnhalle ausgeblieben. Wer nicht zu den Christen gehörte, saß vorn in der Halle und die Getauften im Durchgang zum Stall. Als der Jungbauer zwischen seinen Bootsleuten Platz nahm, gab es zwar verwunderte Blicke, doch da der junge Herr stumm seine Schale füllte, wagte keiner, ihn nach dem Grund zu fragen; und bald schon verließ das Gesinde wie stets gesättigt die Halle. Erst kurz bevor die Familie hereinkam, zog sich auch Leif zurück.

Am Tisch der Herrschaft wurde kein Wort gesprochen. Die beiden jüngeren Söhne löffelten mit eingezogenen Köpfen ihren Fischeintopf, selbst Freydis wagte nicht aufzuschauen. Es war, als schwebe ein Felsblock über ihnen, der jeden Moment herunterzustürzen drohte. Tyrkir kaute lange an jedem Bissen und Thjodhild war der Hunger ganz vergangen. Allein der Herr auf Steilhang aß mit grimmigem Genuss, das Fett troff in den grauroten Bart, zum Abschluss leerte er zwei Kellen Sauermilch hintereinander und rülpste vernehmlich, ehe er sich auf die Hochbank vor dem Langfeuer zurückzog.

Tyrkir begleitete Thjodhild zur Küche. »Lass uns reden«, murmelte er und verließ das Gebäude durch die Hintertür.

Wenig später folgte sie ihm nach draußen, doch sie blieb nicht stehen, sondern stürmte an ihm vorbei in die Weide hinaus. Erst mitten im frisch gemähten Gras drehte sie sich nach ihm um. »Was hast du mir angetan?« In ihren Augen standen Tränen. »Mein Sohn wird verstoßen. Unsere Sklaven sitzen getrennt. Was nutzt der neue Glaube, wenn er den Frieden zerstört?« Sie ballte die Fäuste. »Ich, ich habe mich bemüht. Doch jetzt ist es zu spät. Auch von mir wird sich Erik nicht länger besänftigen lassen. Der Priester muss gehen und das Christentum mitnehmen.« Mit der Schuhspitze häufelte sie Gras zusammen, es fiel ihr schwer weiterzusprechen: »Wenn du auf das Kreuz verzichtest, legen es Leif und die Mannschaft auch ab. Ich kenne mich nicht mehr aus, mein Freund. Hilf mir. Rette unser Glück!«

Ihre Trauer schmerzte Tyrkir und es drängte ihn, die geliebte Frau zu umarmen oder wenigstens tröstend ihre Schultern streicheln zu dürfen. Wie viel leichter würde sie seinen Vorschlag annehmen. »Es gibt kein Zurück«, begann er leise. »Wer die Taufe erfahren hat, der bleibt auf ewig in der Hand des einzigen Gottes. Ob er will oder nicht.«

»Ich verbiete es!« In ratloser Not stampfte sie den Grashaufen in zwei Hälften. »Soll das unsere Zukunft sein? Die Menschen geteilt. Wie lange wird es dauern, bis sie übereinander herfallen?«

»Um das zu verhindern, wollte ich mit dir reden.« Tyrkir zeigte zum Hof hinüber. »Ja, ich habe einen großen Fehler begangen, weil ich hoffte, Erik langsam überzeugen zu können. Und gerade ich hätte es besser wissen müssen. Jetzt überrollt uns die Wirklichkeit wie eine Flutwelle. Thjodhild, wir müssen nach allem greifen, um nicht zu ertrinken.« Er kniete sich vor die beiden Grasberge. »Du hast Recht, zwei anders denkende Gruppen können nicht lange friedvoll unter einem Dach leben.« Bis auf einen kleinen Rest schob er den linken Haufen wieder zum rechten Haufen. »Begreifst du? Wir müssen Tatsachen schaffen, und zwar schnell. Nur du kannst verhindern, dass sich die Fronten endgültig verhärten.«

»Hab ich nicht schon genug … Nein, sprich weiter! Ich bin zu allem bereit, wenn es nur dem Frieden auf Steilhang nützt.«

Tyrkir erhob sich, in seinem blassen zweigeteilten Gesicht traten Sommersprossen und Narbe deutlich hervor. »Es wird dir erneut Mut und viel Kraft abverlangen. Jedoch Erfolg? Den wage ich nicht zu versprechen.«

Sie gingen über das gemähte Gras weiter in die Dämmerung. Vom Gletscher fuhr eisig der Wind herunter. Thjodhild zog den Umhang fester um die Schultern. Sie fröstelte und wusste erst nicht, ob es die Nachtkühle war oder der Plan, den der Freund ihr unterbreitete. Es blieb kein anderer Weg, das wurde ihr bald klar, und sie musste ihn gehen, und je länger er sprach, umso mehr wollte es auch ihr Herz. »Ist es Verrat an Erik?«

Tyrkir schüttelte den Kopf. »Gott helfe nur, dass ich den Freund zurückgewinnen kann!«

Beim ersten Morgengrauen schlurften nach und nach die Knechte aus dem niedrigen Schlafschuppen, reckten die schmerzenden Rücken und gähnten. Ein neuer Tag, sie sahen zum Himmel, ein guter Tag fürs Heu. Jedoch gleich am Eingang des Wohnhauses rieben sie sich die Augen. Kein gedeckter Tisch, kein morgendliches Kichern und Schwatzen drang aus der Küche. Die Halle war verlassen, selbst über der Glut des Langfeuers lag noch die Asche des Vortages. Nur schwerfällig begriffen die Männer: kein Frühstück.

Zum ersten Mal sollte es auf Steilhang keine warme Mahlzeit vor der Arbeit geben. Erst nach langem Suchen fanden sich in der Nähe des Kuhstalls einige Eimer mit frisch gemolkener Milch und daneben ein Weidenkorb voller Dörrfisch. Auch gut, wenigstens der Hunger konnte gestillt werden. Das Warum und Wieso stand den Sklaven nicht zu und so zogen sie mit Rechen und Gabeln hinaus zum Graswenden.

Als Erik aus der Kammer trat, hockten lediglich Thorvald und Thorstein am blank gescheuerten Tisch. »Wo bleibt Freydis?«, brummte er. Seinen Ältesten vermisste er nicht. »Was ist mit dem Deutschen? Schläft er noch seinen Rausch aus?«

Die Söhne schwiegen, sie zogen es vor, den Vater nicht anzublicken.

Erik nahm seinen Platz an der Stirnseite ein und rief zur Küche: »Ihr könnt jetzt die Suppe bringen! Und mir noch ein Stück vom Seehundspeck. Ich hab Hunger.«

Niemand gehorchte dem Befehl, kein Klappern, nichts rührte sich.

Fragend sah er auf die Söhne. »Eure Mutter hat doch schon lange vor mir das Bett verlassen? Wieso schickt sie die Magd nicht her?« Er hieb mit der flachen Hand auf die Tischplatte. »Antwortet!«

Vorsorglich rutschte der jüngste Eriksohn seinen Schemel etwas nach hinten. »Niemand ist da«, flüsterte er. »Alle Frauen sind weg, auch Mutter«, und sprang auf. Er hatte Glück, der väterliche Arm erreichte ihn nicht, dafür aber traf der Schlag den Bruder in die Seite. »Was heißt das?«

»Der Kleine hat Recht, Vater«, gestand Thorvald. »Die Küche ist leer, ich hab auch in den Ställen nachgesehen. Nichts. Keine Magd zu finden.« Er zog es ebenfalls vor aufzustehen.

»Sie können doch nicht verschwunden sein? Raus mit der Sprache!«

Mit einer stummen Geste bat Thorvald den Bruder zu antworten. Der Elfjährige nahm allen Mut zusammen. »Drüben am Bach, da wo das Kreuz steht und das Haus von dem Priester. Da sind sie jetzt. Mehr weiß ich auch nicht.«

Der erwartete Wutanfall blieb aus, die Schultern des Vaters sanken: »Schon gut, ihr zwei. Verhungern werden wir nicht gleich. Überprüft den Zaun ... Ach, egal. Ihr seid alt genug, sucht euch selbst irgendeine Arbeit.« Er stemmte sich am Tisch hoch und verließ die Halle.

Wie ein Wachposten, der die Gefahr vor Augen hatte, ging Erik nahe dem Schafstall neben einem Felsbrocken in Stellung. Weiter westlich sah er das grasbedeckte Haus des Pfaffen und keine Bewegung des Gegners entging ihm. Die Frauen hatten sich am Bachufer versammelt. Etwas abseits entdeckte er auch die Verräter, Leif und den Deutschen. Pater Ernestus stand erhöht vor der Gruppe und manchmal wehte sein Gesang herüber. Später legten die Frauen ihre Kittel ab, streiften dafür weiße Gewänder über. Feierlich stieg der Priester ins Wasser. Mit einladender Geste rief er die Erste der Wartenden zur Taufe.

Erik sank auf den Stein. »Thjodhild.« Der Angriff hatte begonnen und er besaß keine Waffe, ihn abzuwehren. »Mein Leben lang habe ich nur für dich gekämpft, für ein Zuhause ohne Feinde.« Gleich stieg wieder der Zorn, die Fäuste im Bart verkrallt starrte er zum Himmel. »Großer Thor! Nie hast du mich im Stich gelassen. Warum jetzt? Dieser Christengott ist auch eine Bedrohung für euch alle da oben, merkt ihr das nicht? Verflucht, warum schlägst du nicht mit dem Hammer dazwischen? Oder hast du Angst vor ihm?« Keine Antwort, keine Hilfe kam aus Walhall.

Gegen Mittag setzte sich das weiß gekleidete Heer vom Bach aus in Bewegung, beschwingt näherten sich die Mägde, angeführt von ihrer hoch aufgerichteten Herrin, deren Blick jeden Widerstand vereitelte. Nur knapp nickte die Siegerin im Vorbeigehen dem Wächter zu und der Hof war eingenommen. »An die Arbeit, Mädchen! Sputet euch. Wir müssen nachholen, was versäumt wurde.«

Erik schüttelte die Benommenheit ab. »Das ist wahr!«, knurrte er. »Ordnung muss her. Und zwar sofort.«

Auf dem Vorplatz begegnete ihm Freydis. Kaum sah sie den Vater, drehte sie sich im Kreis. »Wie gefalle ich dir in meinem weißen Kleid?«

»Du also auch?« Böse starrte er die Tochter an. »Zieh das aus!«

»Verboten, Vater.« Sie wackelte mit dem Zeigefinger vor ihrer Nase. »Der Priester hat befohlen, dass wir unser Taufhemd erst nach einer Woche ablegen dürfen. Sonst ärgert sich unser Gott.«

»Du Luder!« Bereits im Weitergehen drohte er mit der Faust. »Es wird Zeit, dass ich dir endlich einen Mann suche.«

Aus der Schlafkammer kamen ihm Mägde entgegen; hoch bepackt mit Kissen und Decken huschten sie wortlos an dem Herrn vorbei. Als er die Schwelle erreichte, zeigte seine Frau gerade auf eine Wäschekiste. »Die bringt ihr auch hinüber.«

»He, Frau?«

Thjodhild wandte sich um. »Gleich bin ich soweit.« Rasch legte sie noch einen Umhang und ein Trägerkleid über die Truhe und schickte die beiden Mädchen damit hinaus.

»Verlässt du mich?«

Sie griff ans Kopftuch und spürte, wie ihre Finger zitterten. Bleibe ruhig, flehte sie und prüfte den Sitz des hochgesteckten Zopfes. »Nein, Erik. Ich verlasse dich nicht.« Viel zu schnell war das Haar geordnet. »Ich ziehe hinüber ins Frauenhaus.«

»Wage es nicht, Weib! Dein Platz ist in meinem Bett.«

»Du irrst.« Seine Drohung gab ihr Kraft. »Ich bin keine Kuh, die du im Stall anbinden kannst.« Sie stemmte die Hände in die Hüften. »Nein, Erik Thorvaldsson. Du wirst so lange nicht mehr bei mir liegen, bis auch du den Glauben angenommen hast. Lass dich taufen und ich kehre sofort wieder ins eheliche Bett zurück.« Es war ausgesprochen! Einen Augenblick lang erschrak Thjodhild vor ihrer Härte. Nein, du darfst jetzt nicht einlenken, warnte sie sich, nicht abschwächen. »Der Christenglaube ist nicht mehr zu verhindern, also wäre es für alle besser, wenn wir uns ihm fügen. Sieh das ein, Erik, und bitte, entscheide dich für den Frieden!«

Damit wollte sie an ihm vorbei, doch er stemmte die Hand gegen den Türpfosten. »Meinst du, ich finde keinen Ersatz für dich?«

»Du begreifst gar nichts! Mir geht es um etwas ganz anderes.« Jäh loderte Wut in ihren Augen. »Na bitte, dann tu es doch!«, schrie sie. »Nimm dir eine Magd, du Zuchtbulle! Aber vergiss nicht, jeder Hintern, jeder Schenkel hier auf Steilhang gehört einer Christin.« Thjodhild stieß seinen Arm beiseite und lief hinaus.

»Warte, Weib!« Er rannte hinter ihr her über den Innenhof. »Ich befehle es dir!« Verschreckt vergaßen die Mägde, den Mund zu schließen, noch nie war von der Herrschaft so offen ein Streit ausgetragen worden. »Bleib stehen!«

Ehe er das Frauenhaus erreicht hatte, schlug die Tür zu und mit hartem Geräusch fiel innen der Sperrbalken herunter. »Verfluchtes Weib!« Erik hatte schon den Fuß zurückgerissen, trat aber nicht gegen das Holz, sondern fuhr herum. Jetzt erst nahm er die weiß gekleideten Zeuginnen seines Ausbruchs wahr. »Glotzt nicht, ihr Gänse! Sonst rupfe ich euch die Federn aus.« Damit stürmte er weiter zur Schmiede.

Leif fand nicht einmal Zeit zu grüßen. »Du bist schuld!« Die Ader auf der Stirn des Vaters schwoll bedrohlich an. »Du sollst nicht nur aus einer Schüssel mit den Knechten essen. Nein, Sohn, du schläfst ab heute auch bei ihnen im Schuppen.«

»Das wagst du nicht, Vater!«

»Bist du taub?! Solange deine Mutter nicht zurückkommt, gibt es für dich kein Bett mehr im Haus.«

Jeder feste Vorsatz zerbrach. Im Nu war Leif aufgesprungen, schleuderte Hammer und Zange von sich. »Ich habe auch Stolz wie du! Meine Ehre ist genauso viel wert wie die deine! Ich gehe.« Er stieß den Finger in Richtung des Vaters. »Und solltest du deinen Sohn je wieder benötigen, so musst du ihn darum bitten!« Leif stürzte davon. »Satt hab ich es! So verflucht satt!« Erst auf dem Pfad hinunter zum Hafen flossen ihm Tränen übers Gesicht.

Der Tauftag verstrich, ohne dass Leif zurückkehrte. Bitteres Schweigen lastete in den folgenden Tagen über dem prächtigen Gut oben auf Steilhang; zwar zwangen Pflichten und Rechte die Familie wieder zu einem höflichen Nebeneinander, mehr aber nicht. Leif lebte an Bord seines Schiffes und die Mutter ließ ihm das Essen insgeheim durch eine Sklavin hinunterbringen.

»Was hat mein Sohn vor?«, fragte sie die Magd eines Morgens.

»Ich weiß es nicht genau, Herrin.« Egil, der Sohn des Nachbarn, sei bei ihm. Und jeden Abend kämen auch christliche Bootsknechte dazu. Und die würden an dem Knorr arbeiten. »Es sieht so aus, als wolle der junge Herr auf Fahrt gehen.« Als die Magd das betroffene Gesicht sah, setzte sie schnell hinzu: »Aber genau weiß ich es nicht.«

Thjodhild nahm ihr Schultertuch. Schon allein den Freund nicht wie erwartet in der Schnitzwerkstatt vorzufinden verstärkte ihre Unruhe, und als sie ihn nahe dem Weinkeller beim Auspressen der Schwarzbeeren antraf, erschreckten sie seine blutroten Hände. Bleib ruhig!, befahl sie ihrem Herzen, sonst ertrinkt auch noch der letzte Rest meines Verstandes. »Der Plan ist gescheitert.« In den Mundwinkeln vertieften sich die Falten. »Ich habe gerade erfahren, dass Leif seine Abreise zum Königshof vorbereitet.«

Tyrkir trocknete seine Hände, doch die rote Farbe blieb an den Fingern haften. »Nach Norwegen? Jetzt, so spät im August? Dafür gibt es keinen Wind.«

»Was schert mich der Wind? Ich will nicht, dass er uns verlässt, hörst du!« Flehend trat sie auf den Freund zu. »Und selbst wenn er geht. Nicht im Zorn. Bitte! Sonst kehrt er nie wieder.«

So nah waren ihre Augen, so ratlos.

»Ich frage ihn. Jetzt gleich.« Wie gern hätte er ihr mehr versprochen, sei unbesorgt oder vertraue mir, und konnte doch nur sagen: »Vielleicht kann ich ihn umstimmen.«

Leif sprang von Deck, lief dem Ziehvater entgegen und fasste das Pferd an der Trense. »Steig ab, Onkel!« Kaum war Tyrkir aus dem Sattel, schlug Leif begeistert die Hände zusammen. »Gott sei Dank, ich hatte schon Furcht, du würdest gar nicht herkommen. Aber jetzt kann nichts mehr schief gehen.« Er rannte wieder vor zum Wasser. »He, Egil. Was sagst du nun? Hier bringe ich dir den besten Lotsen auf ganz Grönland.«

Vor Freude stieß der Erbsohn des Nachbarhofes einen Juchzer aus.

Tyrkir fasste es nicht. Auf Steilhang erstickte beinah das Leben und diese jungen Kerle hier schäumten fast über. »Wieso Lotse?« Damit zog er Leif beiseite. »Mag sein, dass mir mein Alter einen Streich spielt. Deshalb kläre mich auf, Junge.«

»Hat sich denn da oben in der dunklen Wohnhöhle die Neuigkeit noch nicht rumgesprochen?« Das Achselzucken des Ziehvaters verunsicherte ihn. »Und ich dachte, du kommst her, um nachzusehen, wie weit wir mit den Vorbereitungen sind?«

»Wo soll die Fahrt denn hingehen?«

»Nach Westen!« Je länger Leif von dem unbekannten Land berichtete, umso mehr geriet er wieder in Begeisterung, kauerte sich nieder und furchte im Sand mit einem Kiesel den Verlauf des Eriksfjords bis zum offenen Meer. »Von da aus soll es nur wenige Tage weiter westlich liegen. Und wenn wir die Küste nicht finden, mich schert es nicht. Übermorgen segeln wir ab.« Er federte hoch. »Verstehst du, Onkel. Ich muss raus hier. Frischer Fahrtwind. An Bord herrscht Ordnung, da gibt es feste Regeln für alle. Und vielleicht komme ich so wieder zu klarem Verstand.«

Tyrkir fuhr mit der Fingerkuppe über die Narbe. »Keine schlechte Idee.«

»Du bist also dabei? Sag einfach ja!«

Die Verlockung war zu groß. »Du hast mein Wort.« Kaum gegeben, reute es ihn wieder. Nein, er durfte nicht fliehen und Thjodhild mit den Sorgen im Stich lassen! Es sei denn ... Jäh, beinah schmerzhaft drängte sich der Gedanke auf. Wieder nur ein Versuch, der doch zum Scheitern verurteilt war? Nein, dieses Mal konnte er die ersehnte Lösung bringen und Thjodhild fände zur Ruhe, dürfte für einige Zeit freier atmen. »Unter einer Bedingung.«

Erst wehrte Leif heftig ab und Tyrkir ließ ihn fluchen, herumrennen wie ein ungebärdiges Pferd. Satz für Satz zog er die Leine näher an sich heran und schließlich stand der Ziehsohn ruhig und gefasst wieder vor ihm. »Ich gebe zu, Onkel, wir haben die Unruhe gebracht. Jetzt einfach weglaufen wäre feige. Das hat Mutter nicht verdient, auch der Vater nicht.« Weit schleuderte er den Kiesel übers Wasser. »Aber du bist mein Lotse. Aus dem gegebenen Wort entlasse ich dich nicht.«

»Ich stehe dazu, Junge.« Tyrkir saß auf und forderte den Bericht des Schiffsführers. Proviant für einige Wochen. Waffen. Die Mannschaft wurde gebildet aus zwanzig eigenen Bootsknechten und zehn steuerte Egil vom Nachbarhof bei. »Sehr gut, Junge! Übermorgen wird dein Lotse an Bord kommen und einen Gast mitbringen.«

Thjodhild erwartete den Freund am Rand der Hauswiese. Er winkte ihr zu, wollte mit der Geste schon trösten, ehe er den steilen Pfad ganz hinaufgelangt war. Indes erst seine Worte gaben ihr Gewissheit.

»Also will Leif nur Abstand gewinnen. Der geliebten Frigg sei Dank!« Sie lächelte leise und strich über ihr weißes Taufhemd. »Nein. Dank sei der Heiligen Jungfrau Maria! Auch ich muss mich erst an die Namen gewöhnen.« Selbst das Vorhaben, ein neues Land zu suchen, besorgte sie nur wenig. Ihr geliebter Sohn brach nicht mit der Familie. Nur das war wichtig, ein erster Grund zur Freude in diesen elenden Wochen. »Danke auch dir!« Mit leichtem Schritt eilte sie zurück.

Tyrkir sah ihr nach. Ich darf sie nicht gleich wieder in Unruhe versetzen, dachte er, falls mein Versuch scheitert, bleibt ihr zwar kaum noch Zeit zu überlegen, aber vielleicht unterstützt gerade die Eile … Er schüttelte den Kopf. Hör auf zu zweifeln!

Wenn der allmächtige Gott wirklich seine Hand über Steilhang hielt, musste der neue Plan gelingen.

Wie jeden Tag seit dem Taufgeschehen ritt Erik, gerüstet mit Pfeil und Bogen, Speer und Streitaxt, auch am nächsten Morgen hinauf zu seinem Staudamm.

Tyrkir ließ noch eine Stunde verstreichen, dann folgte er dem Hünen. Bis auf seinen Jagddolch hatte er bewusst auf jede Waffe verzichtet und stattdessen einen Lederschlauch Met in die Satteltasche gesteckt.

Ein durchsichtiger Tag! Er ließ das Pferd traben und sog den kühlen Duft in sich ein. Hoch beladene Heukarren begegneten ihm. Vom Bock aus winkten die Knechte und ließen ihre Peitschen über die Rücken der Zugochsen knallen.

In Gedanken kehrte Tyrkir zurück und sah wieder den ersten ärmlichen Hof auf Spitzklipp. Welch eine Mühe! Das wenige Gras mussten wir in verschlissenem Segeltuch auf den Köpfen zur Scheune schleppen. Und hier? Wie bequem wird die Ernte eingebracht. Wir haben Futter genug fürs Vieh, ganz gleich, wie lange der nächste Winter andauert. »Das Glück ist nicht abwesend«, murmelte er. »Nur wir sind blind geworden.«

Während des Aufritts bewunderte er zum ersten Mal die Staumauer. Tatsächlich, sie hielt dem Druck stand und allein an ihrer linken Seite stürzte ein schmaler Wasserfall herab. Kaum hatte Tyrkir das Hochtal erreicht, stieß er einen Seufzer aus: »Ja, mein alter Wikinger. Ja, ich kann gut nachfühlen, dass du dich hierhin zurückziehst.«

Wie ein tiefblaues Auge lag der See vor ihm, eingebettet ins Grün der Wiesenhänge. Sein Blick schweifte übers Wasser und er entdeckte den Hünen etwas oberhalb des Bachzulaufes. Erik sprang vor und zurück, schwang den Arm, warf sich ins Gras und federte gleich wieder auf. Im ersten Moment fürchtete Tyrkir, der Freund wäre von einem bösen Geist besessen, doch schon auf halbem Weg bemerkte er die Waffen in Eriks Fäusten. »He! Darf ich näher kommen!?«

Nur kurz sah sich der Hüne um und kämpfte weiter. Diese Einladung genügte Tyrkir. In leichtem Tölt trieb er sein Pferd hinüber und ließ es neben Eriks geschecktem Hengst grasen.

Eine Weile sah er schweigend zu. Der Freund hatte den Kurzbogen in der Faust. Den linken Fuß vorgesetzt, ließ er Pfeil um Pfeil von der Sehne schnellen. Als sein Köcher halb geleert war, blühte am Hang gegenüber ein weißgrauer Federstrauß.

Tyrkir klatschte vorsichtig Beifall. »Du hast nichts verlernt.«

»Willst du auch mal?« Schweiß rann Erik von der Stirn, seine Augen glitzerten spöttisch. »Ein wenig Übung könnte dir nicht schaden.«

Tyrkir nahm den Bogen, senkte ihn ins Ziel und nur wenig neben dem Strauß schlug der Pfeil ein.

»Nicht schlecht«, brummte Erik. »Aber für mich langt es nicht.«

»Glaubst du etwa, ich würde wagen, mich mit dir zu messen?«

»Ist auch besser so, Schlaukopf.« Schon hatte er die Streitaxt gepackt, schwang sie einige Male hin und her und begleitet von einem wilden Schrei ließ er sie durch die Luft wirbeln. Zwischen Pfeil und Strauß grub sich die Schneide in den Boden. »Auch wenn ich alt bin, ich nehme es immer noch mit jedem Feind auf.«

»Wo soll der herkommen?« Tyrkir zeigte ihm die offenen Handflächen. »Ich bin nicht dein Feind. Und dein Sohn erst recht nicht. Gegen wen willst du kämpfen? Etwa gegen den kleinen Priester?« Atemlos hielt er inne, und da Erik nicht schnaubte, ging er gleich einen Schritt weiter: »Kein Mann kämpft gegen Frauen, selbst dann nicht, wenn sie weiße Taufkleider tragen.«

»Sie hat mein Bett verlassen.«

»Na und? Sie wird schon wieder hineinsteigen.«

»Was weißt du denn schon? Erst soll ich mich auch im Bach von dem Heuchler baden lassen.«

»Na und? Wasser schadet nicht.« Sofort wusste Tyrkir, dass er zu vorschnell einen Scherz gewagt hatte.

»Hau ab, Schlaukopf!«

»Es tut mir Leid.« Tyrkir ging einige Schritte und kehrte gleich wieder zurück. »Wo sind wir hingekommen?« Seine Stimme wurde bitter. »Freunde, die nichts trennen konnte?«

Erik ließ die Schultern sinken. »Ich, ich weiß es auch nicht«, und er wischte sich stöhnend mit dem Ärmel durchs Gesicht. »Verflucht, ich weiß es nicht.«

»Lass uns einen neuen Anfang suchen, bitte! Wir sollten in Ruhe miteinander reden.«

»Ich kann nicht, solange da unten der Heuchler lauert.«

»Nein, kein Wort über ihn. Du hast mein Wort.« Tyrkir berührte die schwielige Hand und er zog sie nicht weg. »Ich bin gekommen, weil ich dir etwas vorschlagen möchte. Also kurz gesagt: Wir sollten für eine Weile verschwinden!«

»Was?«

»Ja, wir beide und Leif.«

Ehe das Misstrauen wuchs, erzählte Tyrkir hastig von der geplanten Fahrt nach Westen, dass Leif und Egil den Falken zum Auslaufen vorbereitet hätten. »Auf deinen Sohn ist Verlass, deshalb brauchen wir uns vorher um nichts mehr zu kümmern. Wir müssen nur morgen früh pünktlich an Bord gehen.«

»Morgen also.« Das Ziel war fast erreicht, doch mit einem Mal verdüsterte sich wieder der Blick. »Hat Leif gefragt? Ich meine, hat er dich geschickt, weil du mich fragen sollst?«

Tyrkir erkannte die Not, und nie zuvor fiel ihm eine Lüge so leicht. »Wär ich sonst hier? Er braucht uns alte Männer. Unsere Erfahrung. Du am Ruder und ich vorne an der Peilscheibe. Ohne uns ist ihm die Suche nach einem neuen Land scheinbar doch zu gewagt. Ja, mein Freund, dein Sohn bittet dich.«

Langsam hob Erik den Speer auf und stieß die geschliffene Spitze tief in den Boden. »Dann ist nicht alles verloren.« Fast scheu legte er Tyrkir den Arm um die Schulter, dann verstärkte er den Druck. »Endlich, Schlaukopf. Bin froh, dass du bei mir bist.«

»Nicht allein.« Tyrkir sah ihn von der Seite an. »Komm mit!«

Gemeinsam gingen sie zu den grasenden Pferden und Tyrkir zog den Metschlauch aus der Satteltasche. »Ich habe noch einen guten Freund mitgebracht.«

Später auf dem Heimritt lachten sie viel und lachten noch, als sie in die Wohnhalle stolperten. »Hunger!«, grölte Erik.

»Wo bleibt das Essen?« Tyrkir klatschte in die Hände.

Sofort scheuchte Thjodhild die Söhne und Freydis hinaus. Von einer Magd ließ sie Schüsseln hereintragen. Es dauerte, bis sie begriff, dass ihre beiden Männer nicht stritten. Aus dem Wortgewirr hörte sie nur: »… und wer weiß, ob da überhaupt was ist.« »Egal, wir finden die Küste.« »Auch wenn das Land gar nicht da ist.«

»Du hast Recht, Schlaukopf, wie immer. Und jetzt bin ich müde.« Erik schwankte auf die Kammer zu, mit einem Mal stockte sein Fuß. »Nein, ich will nicht allein schlafen.« Er drehte sich um, entdeckte seine Frau am Durchgang zur Küche und zog scharf den Atem ein. Erst nach einer Weile wurde sein Blick weich. »Schon gut, also kein Abschied. Aber, aber meine Liebe vergess ich nicht«, drohte er ihr. »Darauf brauchst du gar nicht zu warten«, und schlurfte gähnend in die Stube hinüber.

Sofort war Thjodhild bei Tyrkir. Hart zerrte sie an seinem Arm. »Sag etwas. Bitte, klär mich auf!«

»Wie schön du bist.«

Sofort trat sie einen Schritt zurück. »Und du bist betrunken.« Kurz entschlossen griff sie neben dem Langfeuer nach einem Löscheimer und schüttete ihm das Wasser über den Kopf. »So, und jetzt will ich Klarheit!«

Der Schreck brachte für einen Augenblick die Nüchternheit zurück. »Wir fahren. Erik, Leif und ich. Wir zusammen. Morgen früh. Verstehst du, Erik ist einverstanden.« Er fuhr sich ins nasse Haar, »Und glaub nicht, wir waren betrunken. Es stimmt, schöne Frau. Und hier wird alles ruhig für dich. Gott sei Dank, mehr wollte ich nicht.«

Als er nach hinten umzukippen drohte, hielt ihn Thjodhild fest. »Es geht alles so schnell.«

»Muss es ja auch, weil wir das Schiff morgen nicht verpassen dürfen.«

Aus eigener Kraft gelang es ihm, auf die Beine zu kommen. Er hob die Hand zum Schwur. »Und ich bringe dir deinen Sohn wieder, weil ich, weil ich immer zu dir wiederkomme.« Mehr für sich selbst bekräftigte er: »So ist es nun mal«, und ging mit steifen Schritten durch die Halle, den Ausgang verfehlte er beinah.

Thjodhild sank auf einen Hocker. »Du lieber, guter Freund«, flüsterte sie und spürte, wie neue Hoffnung in ihr aufstieg. »Ja, fahrt nur, ihr Männer! Ich werde auf euch warten, auf euch drei.«

Wo blieb Erik? Ratlos stand Tyrkir neben den gesattelten Pferden. Beim ersten Morgengrauen hatten die Sklaven bereits das Gepäck hinunter zur Anlegestelle geschafft. Inzwischen war auch Thjodhild mit den Kindern vorausgeritten. Sie wollte Zeit haben für den Abschied von ihrem Ältesten.

Als der Freund nicht zum Frühmahl erschien, hatte Tyrkir ihn wecken wollen, doch sein Bett war leer gewesen. Sollte er es sich doch anders überlegt haben? Vom Falken drang ein Hornsignal herauf. »Ja, verflucht! Ihr wartet gefälligst!«

Gerade wollte er einen Knecht auf die Suche schicken, da näherte sich Erik mit großen Schritten aus Richtung der Scheunen. »Es kann losgehen, Schlaukopf!«, rief er und hatte sichtlich Mühe, in den Sattel zu steigen.

»Wo warst du nur?«

»Ehe das Oberhaupt einer Familie seinen Gutshof verlässt, gibt es noch wichtige Dinge zu besorgen.«

Sie ritten über die Hauswiese und erreichten den steilen Pfad.

»Wenn mir auch der Schädel platzt, der norwegische Met schmeckt doch besser als dein Gebräu.«

»Zu schade.« Tyrkir schüttelte den Kopf. »Eben noch wollte ich zugeben, dass dir da oben mit dem Damm wirklich ein

Kunstwerk gelungen ist. Aber jetzt frage ich mich, ob du ihn auch alleine entworfen hast.«

»Verdammt, was redest du da?«

»Na ja, bei so wenig Verstand muss der Zweifel schon erlaubt sein.«

»Musst du immer das letzte Wort haben?«

Sie blickten sich von der Seite an und feixten. Wie ein Geschenk genossen beide die wieder gefundene Freundschaft.

Und auf dem Schiff haben wir Zeit, dachte Tyrkir, und ich werde dich nicht mit dem Christentum quälen. Wer weiß, vielleicht fragst du sogar irgendwann selbst danach?

Inzwischen waren sie unterhalb des Steilhangs angelangt und ritten hintereinander durch eine Mulde zum Kiesstrand hinüber. Jäh flatterte eine Wildgans vor Erik hoch! Sein Hengst stieg auf die Hinterhand, wieherte, bockte mit wirbelnden Hufen. Erik hatte die Zügel zu locker in der Faust; er stürzte und schlug mit dem Rücken hart auf einen Felsbrocken.

Im ersten Schreck schrie Tyrkir: »Kannst du nicht aufpassen!« Dann hörte er das Stöhnen, sprang ab und war bei dem Freund. »Steh auf! Nein, beweg dich nicht! Verflucht, wir haben keine Zeit für Späße. Sag etwas!«

Trotz seiner Schmerzen gelang dem Hünen ein Grinsen. »Es hat ziemlich gekracht in mir, Schlaukopf.« Er hustete und erbrach sich stoßweise. »Mit unserm Ausflug wird es nun doch nichts. Und ich hatte mich gefreut, glaub mir!«

»Bleib liegen.« Tyrkir schrie zum Schiff hinüber, winkte, bis seine Hilferufe gehört wurden. »Wo hast du Schmerzen?«

Sein rechter Arm hing schlaff herunter. »In der Schulter. Und irgendwas sticht beim Luftholen.«

»Du wirst wieder gesund. Dafür sorge ich.«

»Nein, du fährst mit dem Jungen. Einer von uns Alten muss dabei sein. Lass nur, ich weiß, warum ich vom Pferd gefallen bin, und dafür muss ich büßen.«

Als Erster erreichte Leif die Unglücksstelle. »Vater!«, und warf sich auf die Knie.

Erik tastete ihm mit der linken Hand über die Wange. »Danke, mein Sohn. Das wollte ich dir sagen. Und jetzt setz das Segel. Viel Glück, Junge!«

Bleich kauerte sich Thjodhild neben ihn und wischte das Erbrochene von seinen Lippen.

»Du wirst mich einfach nicht los, Frau.« Beschämt sah er ihr in die Augen. »Ich hab unser Silber vergraben. Hinter der Hauptscheune. Das hab ich jetzt davon.«

»Schon gut. Wir holen erst dich und dann die Geldkiste wieder ins Haus.« Sie lächelte ihm zu. »Und mit meiner Pflege wirst du gesund, es wäre ja nicht das erste Mal.«

Erik verlangte von Leif und Tyrkir, ihm hochzuhelfen. »Ich will wissen, was noch zu Bruch gegangen ist.« Füße und Beine gehorchten und endlich stand er halb gebückt vor ihnen. »Ein Land habe ich entdeckt, das ist genug für einen Mann. Verschwindet jetzt! Der Wind wartet nicht auf euch.«

Unschlüssig sah Tyrkir zu Thjodhild.

»Geh nur, mein Freund!« Ihre Stimme wurde fester. »Es ist gut so.«

Auf dem Weg zum Schiff blickte er sich immer wieder um, doch sie war mit Erik beschäftigt und winkte nicht.

VINLAND

An den Ufern blieben die grünen Hügel zurück, von rechts und links rückten Felswände näher; zwei Tage hatte der Gletscherwind den Falken durch den Eriksfjord getrieben, und jetzt ragte vor ihm das düstere Tor zum Meer auf.

Trotz guter Fahrt verlangte Tyrkir, das Segel einzuholen.

Leif gehorchte nur widerwillig und kam mit Egil zum Bugsteven. »Warum, Onkel? Es ist erst Mittag.«

»Wenn wir da draußen sind, kann es zu spät sein.« Streng wies Tyrkir auf seine Skizze, die er in ein Brett geritzt hatte. »Also, von vorn: Welche Route hat der Sohn des alten Herjulf damals genommen? Zeigt sie mir!«

Die jungen Männer tauschten verstohlene Blicke aus. Zum fünften Male befragte sie nun schon der Lotse, und beinahe nachsichtig gab ihm Leif wieder Auskunft. Er fuhr mit dem Finger vom Südkap Grönlands südwestlich über das Meer bis zum untersten der drei eingezeichneten Kreise.

»Nach seiner Irrfahrt im Nebel hat Bjarne ungefähr hier die flache Küste mit den Hügeln und Wäldern gesichtet. Dann segelt er bei klarem Wetter nordwärts. Zwei Tage. Und hier sieht er abermals Land, auch das war flach und es gab viel Wald. Vor gutem Südwest fährt er gleich weiter.« Leif tippte auf den obersten Kreis. »Nach drei Tagen nähert er sich dieser Insel. Da soll es Gebirge und Gletscher geben, mehr nicht. Bjarne dreht ab und schafft es von da oben in vier Tagen quer rüber bis hinunter zur Südspitze Grönlands und er erreicht die Handelsniederlassung.« Ein jungenhaftes Lächeln für den Onkel. »Wir nehmen dieselbe Route. Zufrieden?«

»Nein. Bjarne ist nie an Land gegangen. Richtig?«

»Weil er noch vor dem Winter zu seinem Vater wollte.«

Tyrkir starrte unverwandt auf das Brett. Seit sie Steilhang verlassen hatten und er sich ernsthaft mit dem gewagten Vorhaben beschäftigte, quälte ihn Unruhe. »Vielleicht waren diese Küsten nur Trugbilder?«

»Ach, Onkel.«

Dieses Mal bemerkte Tyrkir den Blick zwischen Schiffsführer und erstem Bootsmann. »Mir gleich, was ihr denkt«, fauchte er. »Auf dem Meer gibt es keine Spazierfahrt. Niemals. Ich bin der Lotse und trage für den Kurs die Verantwortung. Wenn euch das nicht passt, dann bringt mich mit dem Beiboot an Land und fahrt allein weiter.«

Egil wurde blass. »Bitte nicht, Herr!« Auch Leif lenkte sofort ein. »Verzeih, Onkel. Keiner von uns will dir hineinreden.«

Befriedigt nickte Tyrkir. Sein scharfer Ton hatte den Zweck erfüllt. Jeder Leichtsinn musste diesen jungen Burschen von vornherein ausgetrieben werden.

»Also hört genau zu!« Da Bjarne nur durch Zufall den untersten Kreis erreicht hatte, aber von der dritten Küste hoch im Norden durch eigene Berechnung nach Grönland segelte, bot sich nur eine Möglichkeit. »Wir folgen seiner Route, jedoch auf umgekehrtem Weg. Wir segeln zuerst zu dem Land, das er zuletzt gesehen hat.«

Ohne Zögern war Leif einverstanden und gab Egil den Befehl, das Segel wieder aufzuziehen. Als sich der Wind ins rotgelb gestreifte Tuch drückte, rief er vom Steuerdeck der Mannschaft zu: »Das neue Land wartet! Ran, du Grausame, verschone uns!« Schnell verbesserte er: »Gott der Allmächtige, möge uns beschützen!«

Nicht wie erwartet hatte der Lotse direkten Kurs nach Nordwesten eingeschlagen, sondern das Schiff vorbei an den Fjorden der Westsiedlung weiter hinauf entlang der grönländischen Küste geführt.

Am Abend des zweiten Tages ankerte der Falke in einer Bucht. Bald flackerte auf dem Strand ein Feuer und lustlos kauten die Knechte ihr Dörrfleisch. Niemand sprach den Vorwurf aus, doch die Mienen zeigten deutlich, was jeder dachte: Dies also sollte die Fahrt zu neuen Ufern sein?

Etwas abseits des Lagers stand Tyrkir auf einem Felsen, sein Blick war starr übers Wasser gerichtet. Schließlich hielt es Leif nicht länger aus, er stapfte hinüber und fragte von unten: »Warum zögerst du immer noch? Die Stimmung unserer Leute sinkt von Stunde zu Stunde.«

»Morgen.« Tyrkir nickte vor sich hin. »Morgen wagen wir es.« Langsam stieg er herab.

»Was bedrückt dich, Onkel?«

»Die Grenze, Junge.« Und nach einer Weile setzte er leise hinzu: »Himmel und Erde schweben im leeren Raum, das habe ich dir schon als Kind erklärt. Auch, dass die Welt von Wasser umgeben ist. Wer sich zu weit übers Meer wagt, der kommt entweder zum Reich der Riesen oder stürzt irgendwann gleich über den Rand in gähnende Leere.«

Leif sah ihn betroffen an. »Aber, Onkel, ich dachte, seit wir Christen sind, gäbe es keine Weltschlange und Riesen mehr. Gott hat sie doch alle vertrieben?«

»Aus Midgard schon. Wir wollen nur hoffen, dass er sich auch jenseits des Wassers um sie gekümmert hat.«

»Ich vertraue ihm, Onkel.«

»Viel mehr bleibt uns auch nicht übrig. Du hast gefragt und

jetzt weißt du, weshalb ich so vorsichtig bin.« Tyrkir zwang sich zu einem Schmunzeln. »Und morgen setzen wir Segel und lassen uns überraschen, was sich an der Grenze befindet.«

Weder die Töchter Rans noch Windflaute hielten den Falken auf. Er jagte vor beständiger Nordostbrise über die Wellenkämme und nach drei Tagen und Nächten rief Tyrkir vom Bug: »Land! Land voraus!«

Erst beim Näherkommen fiel auch die letzte Sorge von ihm ab. Eine flache Steinwüste, und landeinwärts ragten hohe Gletscher in den bewölkten Himmel.

Sie ankerten vor der Küste und Leif befahl der Mannschaft, an Bord zu bleiben. Er ließ sich nur mit dem Ziehvater und Egil an den Strand rudern.

Noch saßen sie im Beiboot. Unschlüssig kratzte Leif seinen Kinnbart. »Was jetzt, Onkel?«

»Dein Vater hat damals nicht so dumm gefragt.« Tyrkir wedelte mit der Hand. »Na, los! Schließlich wolltest du neue Ufer entdecken, also setze auch als Erster deinen Fuß darauf!«

Ein Jubelschrei, und Leif sprang mit beiden Beinen zugleich aus dem Boot. Nachdem er ein Stück weit über die platten Steinquader gerannt war, winkte er: »Genügt das?«

Seine Freude steckte an und Egil lief zu ihm, sie schlugen sich auf die Schultern und tollten herum wie junge Pferde, die den Winterstall verlassen hatten. Tyrkir folgte ihnen langsam.

Mit einem Mal blieben beide stehen. Der Ziehsohn schlug sich an die Stirn. »Warum lachen wir eigentlich?« Er wies über die Strandöde. »Kein einziger Grashalm. Jedes Schaf würde hier in wenigen Tagen verhungern. Diese Gegend ist es nicht einmal wert, von ihr zu erzählen. Kommt, wir fahren weiter! Ich will ein Land finden, auf das ich stolz bin!«

Schon war er auf dem Weg zurück, doch jetzt griff Tyrkir ein. »So nicht, du großer Entdecker. Ganz gleich, wie es hier auch aussieht. Denke an die Seefahrer, die vielleicht nach uns hierher finden. Du musst der Insel einen Namen geben.«

»Also gut.« Kurz bückte sich Leif und schlug mit der Hand auf den harten Boden. »Weil du so überaus einladend öde bist, sollst du den Namen Flachsteinland erhalten.«

Während das Beiboot wieder zum Schiff gerudert wurde, berührte er den Arm des Ziehvaters. »Wie war das damals? Ich meine, hat Vater auch gleich Namen verteilt?«

»Erik?« Leise lachte Tyrkir in sich hinein. »Er war nicht so einfallsreich wie du. Ganz gleich, wo wir ankerten oder unser Zelt aufschlugen, jeden Fleck taufte er nach seinem Namen. Nur Grönland, auf diese Idee ist er erst kurz vor unserer Rückfahrt gekommen.«

Hatte sich auch das erste Ziel enttäuschend dargeboten, der Erfolg hob die Stimmung. Mit leuchtenden Augen stand Leif an der Pinne, bei vollem Tuch ließ er in Richtung Süden segeln und oft schickte er Egil ungeduldig nach vorn zum Drachenkopf, um sich zu vergewissern. Endlich, nach weiteren zwei Tagen, meldete Tyrkir wieder: »Land!«

Zwar betraten sie einen weißen Sandstrand, sahen in der Ferne unendliche Wälder, indes auch hier lud den Entdecker nichts ein. »Dieses Land soll Waldland heißen, einen besseren Namen hat es nicht verdient.«

Die Eile, mit der Leif erneut in See stach und den Leinenwachen weder nachts noch bei Tag ausreichend Ruhe gönnte, erschreckte Tyrkir. Manchmal erinnerte ihn der Ausdruck im Gesicht des Ziehsohns an dessen beseligten Zustand, mit dem er auf den Hebriden morgens an Bord gewankt kam. Nein, keine Gefahr, beruhigte er sich, hier gibt es weder lüsterne Zauberinnen noch Riesen.

Von einer Stunde zur nächsten fühlte Tyrkir sonderbare Hitze aufsteigen. Verstohlen blickte er sich um, auch die Mannschaft zerrte an den Kragen ihrer Seehundmäntel. Dann wurde ihm bewusst, keine Krankheit hatte das Schiff jäh befallen, nein, die Luft war wärmer geworden. Und beim nächsten Sonnenaufgang erstrahlte über Steuerbord weit in der Ferne eine Küste.

Während der Knorr darauf zuhielt, entledigten sich die Männer nach und nach der dicken Wetterkleidung. Gischt sprühte am Bugsteven hoch, nicht nur ihretwegen wischte sich Tyrkir immer wieder die Augen. Vor ihm malte sich die Gegend selbst. Eine Landzunge. Grüne Wiesen und Hügel. Und dann sah der Lotse, dass eine Insel der Küstenspitze vorgelagert war. Er schickte Egil zum Achterdeck mit der Bitte, zunächst dort vor Anker zu gehen. Leif übergab seinem Ruderknecht die Pinne und kam selbst nach vorn. »Wir haben unser Land gefunden, Onkel.«

»Dennoch meine ich, wir sollten uns ihm vorsichtig nähern. Wer weiß, ob wir nicht erwartet werden?«

Leif stimmte zu. »Falls wir uns in Sicherheit bringen müssen, benötigen wir einen Stützpunkt. Einverstanden, erst erkunden wir die Insel.«

Mit dem Beiboot gelangten sie auf den Strand. Im ersten Moment wagten sie kaum zu atmen. Beinah andächtig schritten sie durch hohes, unberührtes Gras, sahen Blumen und kannten ihre Namen nicht. Leif strich über die noch taunassen Halme. Er leckte seine Finger ab. »Onkel!« Wieder nahm er vom Tau. »Onkel!«

Tyrkir benetzte die Hand und führte sie zum Mund. Ein süßer Geschmack. Er kostete erneut. Kein Zweifel. »Ich weiß nicht, wie es sein kann, aber der Tau schmeckt nach Honig.«

Von der höchsten Erhebung aus stellten sie rasch fest: Die Insel war unberührt und so wagten sie, zwischen ihr und der Landspitze hindurchzusegeln. Eine weite Bucht lud ein: weiße, lang gestreckte Sandbänke; das Wasser wurde rasch flacher; in ihrem Staunen hatten weder Lotse noch Schiffsführer mit der einsetzenden Ebbe gerechnet, und bald schon steckte der Kiel des Falken im Grund fest.

Keine Vorsicht mehr! »So kurz vor dem Ziel warte ich nicht auf die Flut!« Leif gab Befehl, dass zehn bewaffnete Männer folgen sollten, und sprang mit Egil gleichzeitig von Bord. Er mochte auch nicht auf den Ziehvater warten, wollte losstürmen, indes seine Füße versanken im Schlick und so watete, hüpfte er vor Egil her zum grünen Strand hinüber.

»Willkommen auf meinem Land«, begrüßte Leif wenig später den Onkel, er lachte und breitete voller Stolz die Arme aus. »Hier werden wir …« Mit einem Mal griff er sich an die Kehle, als würge ihn eine unsichtbare Macht. Seine Augen wurden weit. »Onkel. Ich sehe … Da ist ein Kind …« Er torkelte, dann schlug er zu Boden.

In der Wohnhalle auf Steilhang bückte sich Thjodhild und half dem kleinen Jungen wieder auf die Füße. »Hast du dir wehgetan?«

Er sah sie aus verwunderten Augen an, obwohl sein Mund lächelte, rollten ihm Tränen über die Wangen. »Ich … bin … Thorgils«, sagte er deutlich, dabei schnappte er zwischen jedem Wort nach Luft.

»Schon gut, Kleiner. Das weiß ich jetzt.« Sie führte ihn zum Tisch. »Möchtest du Milch?« Zweimal musste er zugreifen, dann hielt er den Becher mit beiden Händen fest.

Wie lange, dünne Finger er hat, dachte Thjodhild und ließ sich auf einen Hocker fallen. »O Heilige Jungfrau Maria!« Beide Beine streckte sie weit von sich, schlug die Fersen in den gestampften Torfboden. »Womit hab ich das verdient?« Genügte es nicht, dass Erik ausfiel und die Verantwortung für Leute und Hof allein auf ihren Schultern lastete? Sie lächelte bekümmert vor sich hin. »Erst muss ich durchatmen, ehe ich bereit bin, wieder einen klaren Gedanken zu fassen.«

Dabei war am Morgen endlich der Nebel verschwunden gewesen und das Wetter versprach wieder gut zu werden. Gegen Mittag hatte sogar das längst erwartete Frachtschiff unten im Hafen Anker geworfen; es brachte Getreide und Waren aus der Handelsniederlassung, die letzte Sendung vor dem Winter. Welch eine Freude! Das Ausladen hatte Thorvald überwacht; der zweitälteste Sohn half ihr bei der Führung des Hofes und sie konnte sich auf ihn verlassen. Der Schiffsführer war heraufgekommen, um die Bezahlung zu regeln. Bis zu diesem Zeitpunkt hatte der Tag nur Gutes gebracht.

Dann aber: Kaum war sie mit dem wortkargen, nach Schweiß und Tran riechenden Mann handelseinig, brummte er: »Da ist noch eine Fracht für deine Familie«, und pfiff zum Ausgang hinüber. »Bezahlt ist sie schon.«

Sein Sklave kam herein mit Felldecken auf dem Arm. Zunächst glaubte Thjodhild an ein Geschenk des alten Herjulf. Doch der Knecht legte das Bündel nicht ab, sondern stellte es behutsam vor sie hin und begann von oben den Pelz abzustreifen. Ein rundes, wächsernes Gesicht, blaue Augäpfel mit weißem Rand, und der lächelnde Mund verkündete bedächtig: »Ich … bin … Thorgils.«

Wenig später stand das Kind vor ihr. Über dem langen dünnen Körperchen schwankte ein viel zu großer Kopf.

Erst nach einer Weile fand sie die Sprache wieder: »Wer ist das?«

»Den Jungen hab ich unten in der Niederlassung übernommen. Herjulf sagt, er kam mit einem Fernsegler von den Hebriden rüber.« Ihre Miene zwang den Schiffsführer, die für ihn schon überlange Rede noch auszudehnen. »Bis nach Grönland hat ihn eine Magd betreut. Muss wohl der Sohn von deinem Leif sein. Zumindest hat die Mutter ihn geschickt. Für

Fahrt und Sorge hat sie im Voraus gut bezahlt. Gut drei Winter ist er alt. Tja, mehr weiß ich auch nicht.« Sichtlich angestrengt hatte der Schiffsführer zum Abschied genickt und war gegangen.

Thjodhild rieb sich die Stirn. Ganz gleich, in welches Abenteuer sich Leif auch auf den Hebriden verstrickt hat, dachte sie, er hätte mich einweihen sollen, zumindest hätte Tyrkir mich vorwarnen können. Aber wartet nur, wenn ihr zurück seid, dann werde ich … Sie hielt inne. Thorgils stand reglos vor ihr, der Kopf war ihm auf die Brust gesunken, und immer noch hielt er den Milchbecher in seinen Händen.

»Na, komm zu mir.« Thjodhild half ihm. Nachdem er getrunken hatte, ließ er sich ohne Scheu auf den Schoß heben. Gleich lehnte er den Kopf an ihre Brust. »Vater … ist … Leif«, sagte er deutlich und atmete zwischen jedem Wort.

»Ich hab's gehört. Auch wenn ich es nicht glauben will.« Beim Gedanken an die Mutter stieg Zorn in ihr auf. Als Nachweis der Herkunft hatte sie ihrem Sohn zwei Sätze beigebracht und ihn dann wie Frachtgut dem Vater geschickt. Einfach so! Ein Kleinkind! Hätte sie nicht wenigstens warten können, bis es herangewachsen war? Oder wollte sie …? Thjodhild dachte erschreckt an das sonderbare Aussehen des Jungen. Missgestaltete Kinder wurden den wilden Tieren überlassen. Erwartete die Mutter das von dem Vater? »Ach, Leif, du Stern meines Herzens, welch herzloser Frau bist du nur in die Fänge geraten.«

Thorgils war eingeschlafen. Sein Mund hatte das Lächeln nicht verloren. »Du bist nun mal da«, flüsterte Thjodhild und strich ihm über die dunklen Krauslocken. »Also sorge ich für dich. Bei uns wirst du nicht verhungern.«

Entschlossen trug sie den Jungen in Leifs Schlafstube und murmelte, während sie ihn zudeckte: »Wenn dein Vater zurückkommt, soll er über dich entscheiden. Vorher aber wird er mich fragen müssen. Das verspreche ich dir.« An der Tür überfiel sie die jähe Erkenntnis und sie wäre beinahe gestolpert. »Ich bin Großmutter. Auch das noch.«

Jedes Auflehnen gegen die Vorsehung …, gleich verbesserte sich Thjodhild, gegen den Willen Gottes kostete nur unnötig Kraft. Nach vorn schauen, nur so konnte das Glück irgendwann vielleicht wieder eingeholt werden. Sie wählte zwei ältere, erfahrene Mägde. »Nachwuchs ist angekommen. Ihr beide werdet das Kind umsorgen.«

Nein, keine Fragen! Der Sack mit den Kinderkleidern musste aus dem Lagerschuppen herbeigeschafft werden sowie Badezuber, weiche Trocken- und Wickeltücher. »Und sucht nach der Spielzeugkiste!«

Die dringlichsten Aufgaben waren verteilt. Sie steckte eine Strähne zurück unter die Kopfhaube und sah einen Moment unschlüssig zum Ausgang der Halle. Noch nicht, entschied sie, erst die Pflichten, den Priester suche ich morgen auf.

Thjodhild öffnete die Tür zur Krankenstube. »Bist du wach?«

Ein rasselndes Stöhnen drang vom Lager her. Sie entzündete eine zweite Öllampe und prüfte zunächst die Wärme des Bettsteins unter der Decke, ehe sie ihrem Mann etwas Fett auf seine rissigen Lippen strich. »Du wirst wieder gesund. Nur musst du Geduld haben.«

Erik nahm die Nachricht vom neuen Mitglied seiner Familie teilnahmslos hin. Seit dem Unfall war er halb sitzend ans Bett gefesselt. Der rechte Arm war dick geschwollen und blau bis zu den Fingern und ließ sich nicht mehr bewegen. Jeder tiefe Atemzug fuhr wie ein Messerstich in Schulter und Rücken und Schweiß rann ihm übers Gesicht, sobald er auch nur versuchte, den Körper in eine andere Lage zu bringen. »Zeig mir den Jungen später!« Er hüstelte und schloss vor Schmerzen die Augen.

Beim Abendessen klärte Thjodhild ihre Kinder auf. »Nehmt also Rücksicht. Ich verlasse mich auf euch.«

Wenig später führte sie den frisch gebadeten und mit einem Kittelchen von Leif bekeideten Jungen in die Halle. Er tapste auf knochigen Beinchen neben ihr her.

Bei seinem Anblick sank den hoch gewachsenen Sprösslingen Eriks des Roten das Kinn.

»Siehst du, mein Kleiner. Das ist deine Tante Freydis und das sind die Onkel Thorvald und Thorstein. Sag deinen Namen!«

Der kugelige Kopf wackelte bedenklich. »Ich … bin … Thorgils. Vater … ist … Leif.«

Kaum hatte er ausgesprochen, drehte sich Thorvald schnell weg. »Wo hast du den her, Mutter?« Und Thorstein prustete los: »Der sieht, der sieht ja aus wie ein Troll.«

»Schämt euch!«

Ihre Ermahnung nutzte nicht viel, beide flohen zum Langfeuer und lachten dort lauthals weiter.

Freydis hockte sich vor ihren Neffen. »Du hast ja einen schönen Kopf«, säuselte sie. »Wie eine Käsekugel. Musst schön Acht geben, dass er dir nicht wegrollt. Und was sehe ich da für feine Zehen und Fingerchen? Welcher Spinne hast du die denn ausgerissen.« Vom weichen Singsang angelockt streichelte Thorgils ihre Nase. Sie ließ es geschehen. »Das gefällt dir wohl, du kleiner, hässlicher Bastard.«

»Genug jetzt!« Ärgerlich zog Thjodhild sie am Blusenkragen hoch. »Ich freue mich, wenn du dich mit ihm anfreunden willst. Nur bitte, unterlasse diese Worte! Wer weiß, ob er den Sinn nicht doch schon begreift.«

Thorgils drückte sich an Freydis' Rockschoß und schlang die Arme um ihre Hüften. »Siehst du, Mutter, er versteht nichts, dafür ahnt er aber schon, wo es einem Mann gut gefällt.«

»Ach, Mädchen.« Thjodhild schüttelte unmerklich den Kopf, in einem stimme ich deinem Vater zu, dachte sie, wir müssen dich möglichst bald verheiraten, und sagte bittend: »Dies ist der

Sohn Leifs. Du würdest ihm und mir helfen, wenn du hin und wieder auf ihn Acht gibst.«

In den braunen Augen flackerte das seltsame Licht, nur einen Augenblick, dann verlosch es wieder. »Gerne. Sorg dich nicht!« Sie berührte kurz die Hand der Mutter. »Und danke. Ich meine, weil du mir vertraust. Kommt ja nicht so oft vor.«

Thjodhild nickte und ging zu den Söhnen hinüber. In ihrem Rücken hörte sie die Tochter zu dem Neffen sagen: »Das Grinsen vergeht dir wohl nie. Oh, oh. Was muss mein stolzer Bruder für einen Weibergeschmack haben, dass so ein Prachtstück dabei rausgekommen ist. Aber was soll's, wir werden dich noch eine Weile anfuttern, sonst frisst dich später keiner.«

Am nächsten Vormittag trug Freydis den Neffen hinter der Mutter her zum Friedhof hinüber. Der Priester hatte die Kuttenärmel hochgekrempelt und dichtete mit Grassoden die Nordmauer seines neuen Hauses ab. »Seid willkommen im Namen des Herrn!«, rief er den Frauen entgegen.

»Danke, Pater.«

Ernestus reichte Thjodhild, dann Freydis die Hand, zögerte kurz und strich dem Jungen über die Locken. »Wen bringt ihr mir, meine Töchter?«

Tochter oder Töchter! Zunächst hatte diese Anrede ihren Stolz gekränkt, inzwischen aber nahm Thjodhild sie als Eigenart des Priesters hin. »Das ist mein Enkel.«

»Nicht von mir«, wehrte Freydis gleich ab. »Den hat mein Bruder gezaubert.«

»Dieser Knabe soll in die Christengemeinde aufgenommen werden«, strahlte Ernestus. »Das gefällt Gott dem Herrn.«

Thjodhild trat auf ihn zu. »Thorgils ist getauft. Er trägt ein Kreuzkettchen um den Hals. Pater, ich wollte fragen, wie Gott es mit solchen Kindern hält? Die, die …, ach, du siehst ja selbst, ein vollwertiger Mann kann aus dem Wurm nicht werden.«

Sofort ernüchtert, wischte der Priester seine erdbeschmierten Hände an der Kutte ab. »Ich verstehe.« Er geleitete Thjodhild ins Haus. Freydis war nicht neugierig, sie wollte derweil mit Thorgils am Grab spielen.

»Setz dich«, bat der Priester. »Bitte warte einen Moment!«, und kniete vor dem Holzkreuz an der Wand nieder.

Thjodhild sah sich um. Ein Lager mit heugestopften Säcken. Tisch und Hocker. Die Feuerstelle. Bisher hatte sie den ärmlichen Raum ein einziges Mal betreten. Und das auch nur, weil am letzten der drei vergangenen Sonntage die Messe wegen schlechten Wetters hier drinnen gefeiert worden war. Sosehr sich die Gemeinde auch zusammendrängte, weder die Christinnen von Steilhang allein noch die Neugetauften vom Nachbarhof hatten hier Platz gefunden. Dem kleinen Priester war nichts anderes übrig geblieben, als die Messe viermal zu wiederholen.

Ernestus kehrte aus seinem stillen Gebet zurück, legte sich eine Stola um und da kein zweiter Hocker vorhanden war, blieb er an der Wand stehen. »Ich will nicht verhehlen, wie tief mich dein Besuch bewegt. Bisher habe ich getauft, habe die Messe gefeiert und bedenkt man, wie kurz ich erst hier bin, war dies schon eine Gnade. Heute aber kommst du und stellst eine erste Frage an den Glauben und damit darf ich den Dienst im Namen des Herrn wahrhaftig antreten. Denn er antwortet dir aus meinem Mund.«

Beeindruckt durch die Feierlichkeit in seiner Stimme fragte Thjodhild leise: »Und was sagt Gott zu solchen verkrüppelten Wesen?«

»Selig sind die geistig Kranken, denn ihnen ist das Himmelreich gewiss. Begreifst du, auch Thorgils ist ein Geschöpf unseres Gottes. Er liebt ihn.«

Thjodhild musste es genau wissen. »Also darf selbst eine Missgeburt nicht in der Wildnis ausgesetzt werden.«

»Gott verbietet es.«

»Das ist gut so.« Immer schon hatte sie diesen Brauch verabscheut, nun stimmte ihr der neue Glaube zu. Sie fühlte sich bestärkt und wollte dafür danken. »Wenn ich an unsern langen Winter denke …«, begann sie. »Und diese Enge hier betrachte. Würde nicht eine eigene Wohnhalle unserm Gott und seiner Familie besser gefallen?«

»Du meinst eine Kirche?« Ernestus verschlug es den Atem. »Meine Tochter!«

Thjodhild stand auf. »Abgemacht. Du hast mein Wort. Sie wird an dein Haus gebaut, mit einer Tür dazwischen, damit du den Gottesraum vor der Messe anwärmen kannst. Wer friert, kann dir nicht lange zuhören.«

»Meine Tochter.«

»Ich bin nicht …« Sie besann sich und schmunzelte. »Schon gut. Heute Abend schicke ich einige Knechte zu dir. Sie sollen gleich die Umrisse abstecken. Wir müssen uns beeilen, bevor der erste Schnee fällt.«

Ein jäher Zweifel befiel den Glücklichen. »Und du meinst, dein Mann hätte nichts einzuwenden?«

Da hob sie das Kinn. »Ich bin die Herrin. Bis Erik wieder gesund ist, führe ich den Gutshof. Ich allein.«

Hoch aufgerichtet verließ Thjodhild die Behausung. Draußen tollte ihre Tochter mit dem Jungen, wälzte ihn im Gras hin und her und er blökte vergnügt wie ein Lamm.

»Stell dir vor, Onkel, wir hätten nur vier Mutterschafe und einen starken Bock auf unsere Fahrt mitgenommen!« Leif wies über die grünen Hügel der Landzunge und die Flussmündung in der Bucht. »Ich bin sicher, in drei Jahren blökte hier schon eine stattliche Herde.«

Tyrkir hatte Mühe, seinen ausholenden Schritten zu folgen. »Du bist wie dein Vater«, spottete er. »Kaum hatten wir damals auf Grönland das erste Haus errichtet, da rannte er herum und obwohl nichts außer Wildnis da war, sah er Schafe und Ziegen grasen, die Pferde springen und hörte im Stall bereits die Milchkühe brüllen. Nein, Junge, lass uns dankbar sein, dass wir dieses gesegnete Land gefunden haben und uns schon über ein festes Dach über dem Kopf freuen dürfen.« Aus den Augenwinkeln beobachtete er den Ziehsohn und dachte, vor allem bin ich erleichtert, dich so voll Tatendrang und übermütig neben mir zu sehen.

Der plötzliche Starrkrampf, die Atemnot gleich nach ihrer Ankunft hatte noch den Rest des Tages und auch während der folgenden Nacht angedauert. Erst am nächsten Morgen war Leif davon befreit gewesen. Wie nach einem Saufgelage hatte er sich mit schwerem Kopf aus seinem Fellsack gequält. Tyrkir ahnte, welche Macht nach Leif gegriffen hatte, und war sicher, dass auch der Ziehsohn es wusste. Beide aber wagten nicht, Thorgunna zu erwähnen, aus Furcht, sie könnte allein durch das Aussprechen ihres Namens herbeibeschworen werden. »Wir sollten wirklich zufrieden sein«, murmelte er. »Der Winter kann jetzt getrost kommen.«

»Ich glaube nicht, dass es kalt wird.« Mit den Fingern kämmte Leif durch seine leuchtend rote Mähne. »Ist dir schon aufgefallen, wie lang die Tage hier noch sind, wie viel Kraft die Sonne hat? Und das Mitte September! Bestimmt fällt im Winter kaum Schnee und Frost gibt's gar keinen.« Er dehnte wohlig den Rücken und ließ die Armmuskeln spielen. »Das Leben dauert in meinem Land eben länger, Onkel!«

»So wundersam ist es nun auch nicht«, bemerkte Tyrkir.

Auf dem Weg zurück begegneten ihnen einige Bootsleute, sie hatten weiter oben am Fluss Lachse gefangen. Voller Stolz zeigten sie ihre Beute. »Das glaubt uns zu Hause keiner, Herr!« Und mit Recht, selbst der kleinste Fisch war größer als die dicksten Lachse in der Fjordbucht unterhalb von Steilhang.

Tyrkir deutete ehrfürchtig auf einen besonders silbrig und blaugrün schillernden Schuppenleib. »In solch einen Lachs muss sich Loki, der Hinterlistige, bei seiner Flucht vor den Göttern verwandelt haben.«

»Und du behauptest, in meinem Land gäbe es keine Wunder«, feixte der Ziehsohn. »Ja, guck nur genau hin. Da hast du schon wieder eins. Und warte ab, jeder Tag, an dem wir uns weiter umsehen, der bringt uns ein neues!«

Die Gegend musste gründlich erforscht werden, dazu teilte Leif seine Mannschaft in zwei Hälften, leitete die eine Gruppe selbst und setzte Tyrkir mit Egil als Führer der anderen ein. Im täglichen Wechsel zog eine Schar los. Der unbedingte Befehl galt für alle: »Bleibt stets in Rufweite beieinander. Entfernt euch niemals so weit, dass ihr nicht vor Anbruch der Dämmerung wieder zurück seid!«

Doch gegen Abend des dritten Tages erreichte Egil mit seiner Gruppe erschöpft und atemlos das Wohnhaus auf dem Hügel. Tyrkir fehlte!

In wildem Zorn schrie Leif den Freund an: »Wo ist mein Onkel?!«

»Ich weiß es nicht. Ich versteh es auch nicht.«

»Du Idiot!« Leif stieß ihn vor die Brust. »Du verdammter Idiot!« Außer sich schleuderte er ihn hin und her, bis Egil zu Boden fiel, und riss ihn gleich wieder hoch. »Warum hast du nicht aufgepasst!?«, brüllte er. »Niemand ist mir so viel wert wie der Onkel.« Er starrte in die entsetzten Gesichter der Leute. »Ich kann auf euch alle verzichten!«

Beim nächsten Atemzug hielt er inne und fasste sich wieder. »Nein, verzeiht, Männer, ich meinte es nicht so. Bin nur in Sorge um den Lotsen.« Schuldbewusst streckte er Egil die Hand hin. »Nimm es mir nicht übel, Freund!«

»Schon vergessen.«

»Weißt du noch ungefähr, wo ihr den Deutschen zuletzt gesehen habt?«

Sie waren tiefer nach Süden vorgedrungen, hatten einen Laubwald durchquert und waren zu einer lang gezogenen, mit Büschen und Sträuchern bewachsenen Talsenke gelangt. »Die Luft stand und war so stickig, dass wir kaum atmen konnten. Und weil alle schwitzten, hat sich jeder einen Schatten gesucht.« Egil schüttelte den Kopf. »Als wir nach der Ruhepause wieder loswollten, war der Lotse weg.« Sie hatten gerufen, gewartet, geschrien, waren ausgeschwärmt, vergeblich. »Ich kann's einfach nicht begreifen.«

Leif sah zum Himmel. Die Sonne neigte sich bereits in den Westen. »Ein paar Stunden bleibt es noch hell.« Entschlossen wählte er aus der eigenen Gruppe zwölf Männer und befahl Egil: »Du führst uns. Und jetzt los!«

Im Laufschritt erreichten sie schon bald den Waldrand. Hier zog sich der Suchtrupp zu einer Kette auseinander. Indes Rufen und Lärmen schreckte lediglich die Vögel aus den Laubkronen. Fast waren sie bis zur Waldmitte vorgedrungen, als Egil überrascht stehen blieb. »Hörst du das?«

Leif nickte. Irgendwo in der Nähe ertönte ein seltsamer Singsang. Stumm verständigten sich die beiden, zogen die Äxte aus dem Gürtel und schlichen geduckt weiter, achteten stets darauf, dass einer von ihnen in der Deckung blieb, während der andere zum nächsten Baumstamm huschte, so arbeiteten sich die Männer bis zum Rand einer kleinen moosbewachsenen Lichtung vor. Der Singsang war jetzt laut zu vernehmen, auch das Knacken von dürren Ästen. Bereit zum Angriff, packten sie die Axtschäfte fester. Da wurden jenseits der Lichtung Zweige beiseite gewischt und aus dem Gebüsch schritt der Lotse leicht schlingernd ins Blickfeld. »Vorbei ist alle Not, kein Durst mehr bis zum Morgenrot.« Mit großen Armschlenkern unterstützte er den Rhythmus. »Vorbei ist alle Not, kein Durst ...«

»Onkel!«

Tyrkir unterbrach den Singsang, kein Erschrecken, als der Ziehsohn ihm entgegeneilte, er grinste und fuhr mit dem Ärmel schwungvoll durch sein verschwitztes Gesicht. »Du bist, du bist wirklich schlau. Ja, ich sag das nicht einfach so daher.« Obwohl er sich bemühte, die Pausen zwischen den Worten gelangen ihm nicht und eins wischte ins nächste über. »Jeder Tag bringt ein Wunder. So ist es. Und ich habe das größte Wunder gefunden.«

»Wo, verflucht, bist du gewesen?« Leif schwankte zwischen Verblüffung und Ärger. »Warum hast du dich von den Männern getrennt?«

»Weil ich zu viel von dem Wunder gegessen habe. Aber jetzt ist mein Kopf wieder klar.« Bedächtig öffnete er den Leinenbeutel an seinem Gürtel und brachte eine Hand voll gelb-roter Beeren zum Vorschein. Einige waren aufgeplatzt oder verrunzelt, die meisten aber rund und prall. Liebevoll strich sein Finger über die glänzende Haut. »Jetzt hat sich unsere Fahrt gelohnt. Koste, mein Junge, koste!«

Leif zerkaute eine Beere. »Nicht schlecht.« Gleich nahm er noch eine zweite. »Süß und leicht kribbelt der Geschmack auf der Zunge, als wären sie vergoren ...«

»Nicht schlecht?!«, unterbrach der Onkel gekränkt und gab Egil eine Kostprobe. Auch dessen Begeisterung genügte ihm nicht. »Ihr Hohlköpfe. In jeder Beere ist ein kleiner Schluck Wein, versteht ihr? Na gut, sie wachsen nicht an Ranken, sondern an Sträuchern. Aber das sind Weinbeeren. Ich muss sie nur auspressen und schon hab ich fertigen Wein. So ist das!«

Leif klatschte in die Hände. »Jetzt weiß ich, wie mein Land heißen soll. Weil Thorgunna mich lähmte, kam ich nicht dazu. Dir und deinem Wein zu Ehren, Onkel, taufe ich es Vinland!«

»Wirklich?« Gerührt stopfte Tyrkir den Rest der Köstlichkeiten in den Mund. »Du bist ein guter Junge.«

»Und glücklich, weil ich dich wiederhabe.« Leif umarmte ihn. »Wir werden Sträucher ausgraben, damit du zu Hause Wein züchten kannst. Ach, Onkel, du ahnst ja nicht …« Das Lachen erstarb, Leif griff sich an die Kehle, rang nach Atem. »Der blaue Seidenhimmel«, keuchte er und zeigte zum Rand der Lichtung. »Da. Dort steht ihr Himmelbett …« Eine Weile noch konnte ihn der Onkel halten, dann stürzten beide ins Moos.

Der Sommer auf Island war nass gewesen. Trotz aller Gebete zu dem neuen Gott kam die ersehnte Trockenzeit sehr spät. Und die Gutsherren am Ufer des Breidafjords konnten erst jetzt im September mit der Heuernte beginnen. Jede Hilfe wurde benötigt.

Die kleine rundliche Hausfrau des Bauern zu Frodisach hatte seit drei Nächten nicht mehr geschlafen und nicht das zu nasse Gras, sondern Schmuck, Kleider und Schuhe raubten ihr den Schlaf. Die Kostbarkeiten gehörten der vornehmen Dame Thorgunna. Als Fahrgast war sie mit einem irischen Handelssegler von den Hebriden herübergekommen und wartete seit Tagen im Hafen ungeduldig auf die Weiterfahrt nach Grönland.

Ein einziges Mal hatte Thurid einen flüchtigen Blick auf die Schätze werfen dürfen. Sie hatte mit sich gerungen, doch vergeblich: Neugierde und Glitzersucht waren stärker und heute stieg sie entschlossen an Bord. »Vor dem nächsten Frühjahr gibt es keinen günstigen Wind«, begann sie vorsichtig. »Glaub mir, ich kenne mich aus.« Und die große eisenbeschlagene Truhe fest im Blick, bot sie der geheimnisvollen Schönen an: »Wohne doch den langen Winter über bei uns auf Frodisach. Sei mein Gast!«

»Zwar pflege ich nicht bei Bauersleuten zu nächtigen.«

Thorgunna schritt mit wiegenden Hüften vor der Hausfrau eine Weile hin und her. »Dennoch sollte ich der Not gehorchen. Wie ärmlich deine Behausung auch sein mag, gewiss bietet sie mehr Bequemlichkeit als diese schmutzige Enge hier im Bordzelt.«

»Soll das heißen, du willigst ein?«

»Ich habe mich soeben entschieden.«

Von den Knechten war das Gepäck abgeholt worden und gleich nach Thorgunnas Ankunft auf Frodisach hatte die Hausfrau sie zur Kammer geführt. Jetzt stand Thurid mit halb geöffnetem Mund an der Schwelle, ihr Herz klopfte. Endlich, die Schlösser fielen und Thorgunna klappte langsam den hölzernen Deckel auf. Zunächst entnahm sie der Truhe ein weißes, an den Rändern besticktes Tuch und breitete es über die heugestopfte Matratze.

»Darf ich fühlen, bitte!« Andächtig ließ Thurid die Hände über das Laken streichen. »So wunderbar.«

»Das ist bestes englisches Linnen, meine Liebe.«

Seidenkissen kamen zum Vorschein und entlockten der Bäuerin verzückte Schreie.

»Ich benötige vier Stricke, überdies vier lange Stöcke.« Kaum ausgesprochen, da war das Gewünschte zur Stelle. »Befestige je eins der Seile an den Ecken der Kammerdecke.« Der geheimnisvolle Ton in der Stimme schürte die Spannung. Feierlich zog Thorgunna ein blaues Seidenwunder aus der Schatztruhe. Erst begriff Thurid nicht, sie hob und senkte den Busen, während sie nach Anweisung der Dame die losen Strickenden durch Ösen fädeln musste. Als schließlich der ausgespannte Stoff, gestützt von Stöcken, über dem Lager schwebte, wagte Thurid kaum noch zu atmen. »Was ist das?«

»Sei nicht so ungeduldig!«

Thorgunna reckte die Arme, griff an die wulstigen Ränder,

und wie von Zauberhand gelöst fielen wolkenleichte Vorhänge herab.

»Noch nie«, hauchte die Bäuerin, »noch nie habe ich so etwas Kostbares gesehen.«

»Ich wäre auch erstaunt, meine Liebe. Das ist ein Betthimmel, unter ihm pflege ich zu ruhen.«

»Pflege ich zu ruhen … Ach, wie schöne Worte du hast. Ich beneide dich …« Thurid schluckte heftig. »Um deine Sprache.« Doch sie musste dem stärkeren Drang gehorchen. »Weil du diesen Betthimmel, diese Kissen und das Tuch besitzt.« Immer wieder leckte sie ihre Lippen. »Was kostet es? Ich mein, verkauf mir alles. Ich muss das ganze Bett haben.«

Thorgunnas Augen verdunkelten sich und Lachen gluckste in ihrem Hals. »Wo hast du den Verstand, du kleine, eitle Bäuerin? Es gibt einen Unterschied zwischen uns. Ich werde dir doch nicht den Himmel überlassen und schlafe selbst auf hartem Streu.«

»Wie? Ich, ich weiß nicht, was du meinst. Sag mir den Preis, wir könnten ihn mit den Kosten für deine Herberge verrechnen.«

Kalt starrte Thorgunna sie an. »Du hast mir deine Gastfreundschaft aufgedrängt. Also bezahle ich die Unterkunft nach meinem Gutdünken.« Der Goldring an ihrem Finger blitzte. »Meinen Himmel schlag dir aus dem Kopf!«

Nur einen Augenblick, dann hatte Thurid die Kränkung hinuntergeschluckt. »Gut, gut. Aber vielleicht verkaufst du mir etwas von deinem Schmuck?«

Die Finger strichen über den Busen hinauf, spielten mit den Goldfibeln des Trägerkleides, berührten die Perlenkette am Hals und prüften schließlich die Silberkämme im hochgesteckten Haarzopf. »Ich denke, du solltest den Schmuck besser nur betrachten, meine Liebe. Denn lediglich an einem wohlgestalteten Körper kommt er wirklich zur Geltung.«

»Bitte, sag nicht solche Worte. Ich bin eine geachtete, angesehene Frau. Wir haben vierzig Knechte und mir unterstehen mehr als zwanzig Mägde.«

»Ach, verzeih!« Thorgunna schenkte ihr ein strahlendes Lächeln. »Wie konnte ich nur so unhöflich sein.«

Gleich wieder versöhnt, zeigte Thurid auf den scharlachfarbenen Mantelumhang. »Doch dieses wunderbare Stück leihst du mir sicher für den Kirchgang am Sonntag.«

»Ich bin untröstlich.« Thorgunna drückte die vollen Lippen in den Wollstoff. »Ein Geschenk des Herrn meines Herzens. Ich darf es nicht entweihen.«

Der Hausfrau stiegen die Tränen in die Augen. »Aber irgendetwas wirst du mir doch abgeben wollen?«

»Sei nicht ungeduldig, meine Liebe!«

Kaum war der Bauer mit den Knechten am Abend aus den Wiesen zurück, als ihm seine Frau entgegenlief. »Wasch dich, Thorrod, zieh dir ein frisches Hemd an, auch das Sonntagswams! Wir haben einen vornehmen Gast. Eine Dame. Sie wird den Herbst und auch über den Winter bei uns wohnen.«

»Wie viel zahlt die Frau für Kost und Unterkunft?«

»Ich weiß es nicht, aber sicher genug. Thorgunna will den Preis selbst bestimmen.«

Der Herr zu Frodisach verengte die Augen. »Das riecht faul.«

Seine Frau hob drohend den Finger. »Wehe dir, wenn du unfreundlich zu ihr bist. Und jetzt wasch dich!«

Vor dem Abendessen begrüßte Thorrod einsilbig den Gast: »Willkommen in meinem Haus.« Damit wollte er sich abwenden, doch Thorgunna gab seine Hand nicht frei. »Erst war ich im Zweifel.« Wohlgefällig glitt ihr Blick vom scharf geschnittenen, hellbärtigen Gesicht zu den breiten Schultern, streifte kurz über den sehnigen Körper hinunter und kehrte zurück. Ihre

Stimme gurrte. »Aber jetzt bin ich froh, im Schutze eines so starken Mannes den Winter verbringen zu dürfen.«

»Was?« Beinah erschreckt brachte der Bauer seine Hand in Sicherheit. »Ja, ich freu mich auch«, murmelte er und bot Thorgunna nicht den Ehrenplatz neben sich an, sondern wies ihr den Hocker auf der anderen Tischseite zu.

Am Geplauder der Frauen über die englische Mode nahm Thorrod nicht teil. Erst nachdem nur noch Kopf und Gräten vom Fisch übrig waren, räusperte er sich. »Wir sollten uns gleich einig werden. Das Essen und Trinken ist …«

»Wie Recht du hast«, unterbrach ihn Thorgunna und lächelte unter den Wimpern zu ihm hinüber. »Ich verstehe viel von Gewürzen. Wenn deine Frau es erlaubt, werde ich dir demnächst gerne eine Kostprobe bieten. Insbesondere mein Rezept für Met oder Bier wird von allen Herren sehr geschätzt.«

Thorrod zerrte an seinem Hemdkragen. »Das mein ich nicht.«

Nach einem strafenden Blick auf ihn griff Thurid ein. »Danke, mein Mann freut sich.«

Jetzt reckte der Bauer das Kinn. »Unser Jahr war schlecht. Deshalb geradeheraus: Wie viel zahlst du uns für die Herberge?«

»Wenn ich ehrlich sein darf: Ich muss mit meiner Reisekasse sehr sparsam umgehen.« Und ehe die Bauersleute sich fassten, setzte sie hinzu: »Das Kostgeld wollte ich durch Arbeit verdienen.« Wie kleine Schlangen ließ sie ihre Finger spielen. »Diese Hände können Wunder bewirken, glaub es. Nur wenn du nicht ganz zufrieden mit mir sein solltest, werde ich dich aus meinem Vermögen entschädigen.«

Dass überhaupt etwas Hacksilber vorhanden war, beruhigte den Bauern. Mit der Antwort nahm er sich Zeit, schließlich zuckte Spott in seinen Mundwinkeln: »Einverstanden. Wir versuchen es ein paar Tage. Du kannst mit der Frau und den Mägden auf die Wiesen. Das Gras muss gewendet werden.«

»Ins Heu? Ich? Willst du mich kränken?« Gleich fasste sich Thorgunna wieder. »Ach, ich verstehe, du möchtest mich stets im Auge behalten. Na gut. Ich beweise dir, wo auch immer, dass ich mehr leiste, als du erwartest.«

Am dritten Morgen spannte sich ein klarer, tiefblauer Himmel über dem Breidafjord. Die Morgensonne ließ das Haupt des Schneefelsgletschers erglühen, kein Nebelmantel, nicht einmal ein dunstiger Schleier lag auf den Schultern des Unberechenbaren. Wie ein Wächter schien er hinunter ins Tal von Frodisach zu starren.

Früh brachen die Bauersleute auf. Thorrod traf seine Anweisungen. Den Knechten befahl er, das schon getrocknete Heu einzufahren. Die Frauen hingegen sollten das noch feuchte Gras wenden. Er führte Thorgunna zur großen Wiese nahe dem Hof und teilte die Fläche in drei Streifen. »Du übernimmst das Mittelstück. Bin ja gespannt, wie lange deine Hände den Rechen halten können.«

Gleich den anderen Frauen trug sie ein loses, graues Kittelhemd, ihr Haarzopf war unter einem Tuch verborgen. Böse funkelte sie ihn an. »Spotte nur. Jetzt bin ich deine Magd. Aber es wird dir nichts helfen, zum Schluss gewinne ich immer. Noch ehe das Frühjahr kommt, liegst du vor mir auf den Knien.«

»Sei nicht so sicher.« Er ballte die Faust. »Glaubst du, ich wüsste nicht, was du vorhast? Aber mich kannst du nicht in Unruhe bringen. Bei Gott dem Allmächtigen, ich hab ein Weib und das genügt mir.« Schnell bekreuzigte er sich und befahl: »Arbeite gut, dann bekommst du auch satt zu essen!« Mit weit ausholenden Schritten ging er zu den anderen Frauen.

»Der Teufel soll dich holen«, zischte Thorgunna und schlug den Rechen ins Gras, wirbelte es hoch und schlug wieder den Rechen ins Gras.

Gegen Mittag verzichtete sie auf die Pause, arbeitete weiter, sogar Wasser gegen den Durst lehnte sie ab. Kopfschüttelnd sah ihr Thurid mit den Mägden vom Rand der Wiese zu. »Sie schafft wie drei.«

Am späten Nachmittag stand unvermittelt eine tiefschwarze Wolke über dem Fjord, langsam zog sie näher. Über Frodisach ballte sie sich zu einer riesigen Faust.

»Wir bekommen Regen!«, schrie Thorrod den Frauen zu. »Schichtet das Gras. Damit wenigstens etwas trocken bleibt. Dann lauft ins Haus!«

Überhastet rafften sie Heuhaufen zusammen. Die Wolke sank tiefer und tiefer. Dunkelheit fiel über Frodisach. Kaum noch war der Rand der Wiese auszumachen.

»Hört auf! Sorgt dafür, dass ihr nicht nass werdet!«

Mägde und Knechte ließen Karren und Geräte zurück, rannten und suchten Schutz unter dem Vordach der Scheune.

»Wo ist Thorgunna?«, keuchte die Hausfrau.

Thorrod zeigte zur Wiese hinüber. »Dieses verfluchte Weib!«

Trotz des drohenden Unwetters war sie draußen geblieben, hatte kein Heu aufgeschichtet, sondern schwang den Rechen unermüdlich weiter. »Mit Absicht gehorcht das Weib nicht.«

Finsternis breitete sich aus. Nur noch ein grau umrissener Schemen war von der einsamen Gestalt draußen auf der Wiese zu erkennen.

Die Wolke öffnete sich. Aus dem Schwarz stürzte ein Schwall, lautlos und doch so urgewaltig, dass sich die Hofleute blind vor Angst zusammendrängten. Jäh riss das Unwetter ab, die Wolke wurde wieder zur Faust, stieg an und fuhr in Richtung des Schneefelsgletschers davon. Heller wurde es. Der Bauer trat ins Freie und starrte der Wolke nach, sie nahm an Größe ab und als sie das Haupt des Unheimlichen fast erreicht hatte, löste sie sich auf. Gleißend strahlte die Sonne wieder über Frodisach.

»Thorrod! Da! Ein Wunder«, stammelte die Hausfrau und wies entsetzt zur Wiese. »O heilige Maria, schütze uns!«

Blut, ein tiefrotes Laken hatte sich ausgebreitet. Und inmitten der Lache arbeitete Thorgunna, blutbesudelt vom Kopftuch bis zu den Füßen. Sie schlug den Rechen, warf das verklebte Heu und schlug den Rechen.

»Kümmer dich nicht um sie«, raunte Thorrod. »Geh mit den Mägden zurück und reißt die Haufen auseinander, damit unser Heu nicht verdirbt!«

Nach einer Stunde zerfiel das Blut auf dem rechten und linken Streifen und Duft nach Ernte breitete sich aus. Jedoch der mittlere Teil der Wiese trocknete nicht. Thorgunna watete knöcheltief im Blutheu, hob und senkte den Rechen und roter Schweiß lief ihr durchs schwärzliche Gesicht.

Vorsichtig wagte sich Thurid zu ihr hin. »Weißt du …? Ich, ich weiß es nicht … Das Wunder? Was bedeutet es?«

Ohne innezuhalten sagte Thorgunna gleichmütig: »Der Blutregen gilt einem von uns. Der Tod ist nah, meine Liebe.«

Gegen Abend schritt sie zum Hof, wusch sich am Brunnen, streifte Kopftuch und Kittel ab und legte sich unter den blauseidenen Betthimmel. Bald ging ein Schütteln durch ihren Körper, sie rang nach Atem, griff zum Hals, als würgte sie eine unsichtbare Macht. Der Kampf dauerte an und erst gegen Morgen lag Thorgunna ermattet in den Kissen.

Der Herr zu Frodisach betrat die Kammer. Hart stellte er den immer noch blutfeuchten Rechen an die Wand. »Magd, es wird Zeit. Das Heu wartet!«

Sie schüttelte unmerklich den Kopf.

»Willst du dich etwa vor der Arbeit drücken? Erst diese Krankheit, dann die nächste und so geht es weiter?«

»Sei beruhigt, außer dieser werde ich keine andere Krankheit mehr haben.« Thorgunna versuchte zu lächeln. »Eine Frau weiß, wann sie verloren hat. Höre, Thorrod, du mit dem keuschen Herzen. Weil du so unbestechlich bist, will ich dich mit meinem letzten Willen beauftragen, ehe mir die Kraft schwindet. Bist du bereit, nach meinem Wunsch über das Vermögen und über mich selbst zu verfügen?«

»Wenn's wirklich so weit kommt?« Thorrod wischte das Misstrauen beiseite und versicherte: »Abgemacht. Und ich stehe zu meinem Wort.«

»Sobald ich den letzten Atemzug getan habe, bringst du mich nach Kirchhöh. Lass den Priester eine Totenmesse über meiner Leiche singen und dort will ich in geweihter Erde liegen. Denn ich weiß, dass an diesem Ort dereinst sich viele Christen zum Gebet einfinden. Nun zu meinem Besitz.«

Thorrod trat näher ans Himmelbett. Sie griff wieder zum Hals, wehrte sich und erst nach einer Weile gelang es ihr wieder zu sprechen: »Den Scharlachumhang gib deiner Frau, sie soll sich damit begnügen, hörst du. Sie darf nichts anderes haben, nur den Mantel. Du nimmst dir so viel vom Silber, dass Kostgeld und meine Beerdigung bezahlt sind.«

Sie küsste den Goldring an ihrem Finger. »Dieses Andenken soll mich auf den Kirchhof begleiten. Den Rest aber musst du verbrennen.«

»Bist du sicher?« Der Bauer fasste die Anweisung nicht. »Mit deinem Reichtum kannst du viel Gutes tun. Hier auf Frodisach. Oder hinterlasse ihn meinetwegen auch der Kirche.«

Sie hob den Ring, betrachtete ihn und ihre Augen begannen zu flackern. »Du kennst mich nicht, stolzer Thorrod. Mein Geld, den Schmuck, den Gürtel aus Elfenbein, meine Kleider und vor allem dieses Bett mit Vorhängen und auch den Himmel. Ins Feuer damit.« Die Stimme wurde kräftiger. »Niemals wird meine Habe einem Menschen Glück bereiten, hörst du! Sollte auch nur ein Stück nicht verbrannt werden, so werden Schrecken und Leid über deinen Hof kommen.«

Das Blut war Thorrod aus dem Gesicht gewichen. »Nein, nur das nicht. Ich schwöre: Ich werde alles nach deinem Wunsch regeln. Alles.«

Thorgunna starrte in den blauseidenen Himmel. »Noch etwas«, hauchte sie und bewegte tonlos die Lippen.

»Ich kann dich nicht verstehen.«

Hilflos winkte sie ihn mit dem Finger näher. Er kniete sich neben ihr Bett. »Was willst du mir noch sagen?«

Da drehte sie den Kopf zu ihm und in ihrem Gesicht lag Triumph. »Du kleiner Bauer«, sagte sie klar und kalt. »Hab ich es dir nicht versprochen? Ehe das Frühjahr kommt, wirst du vor mir auf den Knien liegen. Jetzt hab ich dich so weit. Denn zum Schluss gewinnt Thorgunna immer.« Ein kurzes Auflachen noch und das Glitzern in den Augen erlosch.

Die Gischt schäumte vor dem Bug, sprühte schillernd über den Steven; Tyrkir stand breitbeinig da und schmeckte das Salz auf Lippen und Zunge. Hinter ihm stemmten sich die Männer in die Leinen und boten dem Südwest das volle Segel. Seit einer Stunde hatte er es gehofft, doch jetzt war kein Zweifel mehr. »Land! Land!« Der Lotse winkte zum Steuerdeck und zeigte wieder nach vorn. Am Horizont lag ein dunkler Küstenstreifen und darüber hob sich majestätisch der gewaltige Eisrücken mit seinen unzähligen schneebedeckten Gipfeln. »Grönland!«

Der Ruf weckte jedes Herz, bald schrie die Mannschaft wie aus einer Kehle: »Grönland! Zu Hause!«

Sofort ließ sich Leif durch Egil an der Pinne ablösen und sprang vom Achterdeck, tauchte unter dem Rahbaum her, lief über die Holzfracht und schwang sich mit einem Satz auf die Planken vor dem Drachenkopf. »Onkel! Wir haben es geschafft.« Er packte Tyrkir um die Hüften, wirbelte ihn herum und setzte ihn wieder auf die Füße. »Nur wer auch zurückkommt, kann sagen, dass er ein neues Land entdeckt hat.«

»Sehr schlau, Junge«, lachte Tyrkir und ließ sich vom Übermut mitreißen. »Aber mehr noch, du hast den Rand der Welt ein Stück weiter nach Westen ausgedehnt.«

»Ja, und dort gibt es keine Riesen, sondern riesige Bäume. Onkel, allein die Stämme, die wir mitbringen, reichen aus, um drei Schiffe zu bauen. Ach was, selbst mit dem Rest können wir noch einträgliche Geschäfte machen.« Er hielt inne. »Ja, das wäre doch gescheit, wenn wir …«

»Wehe du sprichst weiter!«, drohte ihm Tyrkir. »Mir reicht es. Erst nach Norwegen. Vier Jahre! Dann gleich nach Vinland. Wieder fast ein Jahr! Schlag dir den Gedanken gleich aus dem Kopf. Mit mir nicht. Ich will endlich wieder in meinem Bett schlafen.«

»Und deine Sträucher pflanzen, ich weiß.« Leif spielte den Betrunkenen. »In jeder Beere ist ein Schluck Wein«, und feixte. »Ich sehe dich noch genau vor mir, wie du singend aus dem Gebüsch auf die Lichtung hinausgetorkelt kamst. Ach, Onkel. Und ich hatte Recht: Es gab kaum Frost. Wir konnten den ganzen Winter hindurch bis zum Frühjahr Holz schlagen.« Er ging hoch zum Drachenkopf, blickte zur Felsküste hinüber, nach einer Weile seufzte er. »Ja, wir hatten eine gute Zeit in meinem Land. Und jetzt? Was erwartet uns zu Hause?«

Tyrkir schwieg und fuhr nachdenklich mit der Fingerkuppe vom Mundwinkel auf der Narbenstraße bis zum Ohrwulst und zurück. Seit dem Anfall im letzten September hatte die unsichtbare Macht nie wieder nach dem Ziehsohn gegriffen. Von Ingva, der Schwester Egils, war hin und wieder des Abends am Feuer die Rede gewesen und Leif hatte freimütig eingestanden, dass die junge Frau ihm gefiel. Ja, sie hatten sogar beide versehentlich den Namen Thorgunna ausgesprochen. Ohne Folgen. Hatte die Zauberin von ihm abgelassen? Ich hoffe es so sehr, dachte Tyrkir, doch ein letzter Beweis fehlt. Ob ihr Fluch wirklich gebrochen ist, werden wir vielleicht schon bald erfahren. Bis dahin …

»He, Onkel!?« Leif schirmte die Augen. »Täusche ich mich?«

Er wies über Backbord. »Da auf der Schäre. Liegt da nicht ein Knorr?«

Sofort war der Lotse neben ihm. »Ich sehe nur das Riff«, murmelte er. Angestrengt starrten beide über die Wellenkämme. Erst als der Falke aus einem Tal nach oben getragen wurde, erkannten sie nicht allein ein Schiff, dort auf der Schäre winkten Menschen zu ihnen hinüber.

»Die Leute sind in Not!« Ohne Zögern rannte Leif zum Steuerdeck, übernahm wieder die Pinne und gab Befehl, gegen den Wind zu kreuzen. Nahe dem Felsen ließ er Anker werfen.

Der fremde Knorr klemmte mit gebrochenem Mast und aufgerissener Seite zwischen hohen, kantigen Felsbrocken. Fünfzehn Schiffbrüchige streckten flehend die Hände aus, lachten und weinten ihren Rettern zu.

»Wer ist euer Führer?«, brüllte Tyrkir durch den Trichter der Hände.

Aus der Schar löste sich ein stämmiger Mann. »Ich, Thorir, der Gesandte vom norwegischen Königshof! Wer befehligt dein Schiff?«

»Leif, der Sohn Erik Thorvaldssons! Haltet euch bereit! Wir holen euch an Bord.«

Das Beiboot wurde zu Wasser gelassen. Die Brandung vor dem gefährlichen Riff forderte Kampf und Wagemut, jedoch bald schon zogen starke Arme auch den Letzten der Erschöpften über die Reling des Falken.

»Gott ist groß«, seufzte der Gesandte und reichte dem jungen Schiffsführer die Hand. »Mein Auftrag lautet, dem Goden von Grönland einen Besuch abzustatten. Und nun rettet mich sein Sohn aus der See.« Er fiel auf die Knie. »Gott ist groß«, damit sank er zur Seite und streckte sich aus.

Ein furchtsamer Blick zum Onkel, dann fragte Leif: »Was will der König von meinen Vater?«

Ermattet winkte Thorir ab. »Ich muss herausfinden, wie es

auf Grönland mit dem Christentum bestellt ist. Aber das ist jetzt nicht wichtig.«

»Du hast Glück«, nickte der Eriksohn und setzte hinzu: »Ich meine, dass du zuerst auf mich getroffen bist.«

Der Gesandte verstand den Sinn nicht, er schlief schon beinahe. »Ja, Glück. Du bist mein Retter«, murmelte er. »Du bist Leif der Glückliche.« Und die Lider fielen ihm zu.

»Hast du das gehört, Onkel? Er kommt, um Nachprüfungen anzustellen. Wenn er feststellt, dass Vater den neuen Glauben ablehnt, was dann? Wie ich König Olaf kenne, wird er uns seine Berserkerhorden schicken.«

»Warte ab! In einem aber pflichte ich ihm bei, Junge.« Tyrkir lächelte. »Wer ein Land entdeckt, wer Menschen in Not aus dem Wasser fischt, der hat diesen Namen verdient. Ja, Leif der Glückliche kehrt nach Grönland zurück. Und Gott schenke uns Gnade, dass wir das Glück auch nach Steilhang mitbringen können.«

Der Gesandte erwachte erst, als der Falke längst durch die Enge der hochragenden Küstenfelsen ins Innere des Fjords geflogen war. Sanfte Hügel und Birkenwälder luden den Blick ein. Während Egil für die anderen Schiffbrüchigen sorgte, brachte Leif selbst dem Gesandten Trockenfisch und Wasser.

»Danke!« Thorir aß, trank und konnte sich nicht an der Landschaft satt sehen. »Nie hätte ich draußen auf unserer Schäre erwartet, hinter der menschenfeindlichen Steinkruste diese blühende Pracht vorzufinden.«

»Du warst noch nicht in Vinland.« Mit gezwungenem Lächeln setzte sich Leif zu ihm, ließ Bilder von weiten Laubwäldern und lachsreichen Silberflüssen entstehen. »Dort gibt es Weizenäcker, die kein Mensch gesät hat. Von den Grashalmen tropft Honigtau. Und noch im Herbst verbrennt die Sonne die Haut.« Das Beste hatte er bis zum Schluss aufgespart. »Wir fanden Beeren und in jeder einzelnen war ein Schluck Wein.«

Thorir seufzte: »Du schwärmst, als hättest du das Paradies entdeckt.«

»Auch ein treffender Name für mein Vinland.« Unvermittelt straffte der Eriksohn den Rücken. »Zu deiner Aufgabe. Im letzten Frühjahr gab ich König Olaf mein Versprechen, hier das Christentum zu verbreiten. Ist es nicht zu früh, jetzt schon nach dem Fortschritt ...«

»Olaf Tryggvasson ist tot«, unterbrach ihn der Gesandte. Ehe Leif sich fasste, setzte er hinzu: »Nun herrschen Erik Jarl und Sven Jarl über Norwegen. Zwei Könige. Sie scheinen mir noch unduldsamer zu sein als es Olaf je war. Gleich nach ihrer Krönung schickten sie mich her. Ich soll mich auf dem Junithing überzeugen.« Der Blick wurde forschend. »Du hast doch deinen Schwur gehalten?«

»Gewiss. Ja.« Leif dehnte die Pause. »Sicher, es gab einige Widerstände, wie zu erwarten war. Aber der Erfolg zeigte sich bereits deutlich, ehe ich zu meiner Fahrt aufbrach.«

»Das beruhigt mich. Ja, der neue Glaube ist nicht mehr aufzuhalten. Ich freue mich, so bald schon dem berühmten Erik Thorvaldsson begegnen zu dürfen.«

»Nein! Nur das nicht«, entfuhr es Leif und gleich suchte er nach einer Erklärung: »Mein Vater hat ... also, er ist ... Um die Wahrheit zu sagen, kurz vor meiner Abreise stürzte er und verletzte sich schwer.«

»Das höre ich mit tiefem Bedauern.«

»Ja, und mich erfüllt es mit Sorge.« Leifs Stimme wurde sicherer. »Da ich nicht weiß, wie weit er wieder genesen ist, muss ich zunächst allein auf Steilhang nach dem Rechten sehen. Ich schlage deshalb vor, du wohnst für einige Zeit auf dem Nachbarhof. Er gehört dem Vater meines Freundes Egil.«

Verständnisvoll nickte der Gesandte. »Bis zum Thing wird sicher ein Weg gefunden sein. Länger darf ich nicht warten.«

»Ganz bestimmt«, pflichtete ihm Leif bei. »Und jetzt muss ich den Freund an der Pinne ablösen und du solltest nach aller ausgestandenen Angst nun die Weiterreise genießen.«

Hastig stieg er zum Achterdeck, sprach auf Egil ein, erklärte, und als der Erbsohn des Nachbarn nickte, umarmte er ihn.

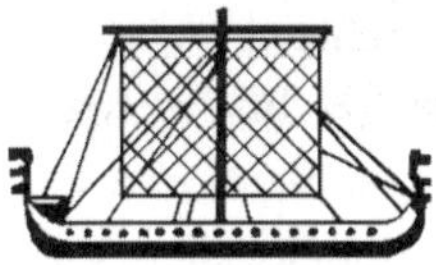

ERIK

Ein leichter Ost blies vom Gletscher herunter in den Fjord. Das Segel musste eingeholt werden, die Knechte schoben die langen Ruderblätter durch die Pforten in der Wandung und ließen im Gleichschlag den Knorr über das Wasser gleiten. Immer wieder aufs Neue standen Leute am Ufer, winkten und kaum hörten sie vom entdeckten Land, jubelten sie Leif zu. Eine halbe Fahrtstunde vor der Heimatbucht ankerte der Falke unterhalb des Nachbarhofes.

Stolz begrüßte Ingolf Arnesson seinen Ältesten, und Mutter Solveig weinte. Er reichte dem Schiffsführer und dem Lotsen beide Hände, ein langer, fester Druck. »Einen Jungen gab ich euch mit und ihr bringt mir einen Mann zurück.«

»Und dazu einen reichen Mann«, strahlte Leif. »Ein Drittel unserer Ladung gehört ihm.« Geschickt verband er die Großzügigkeit mit der Bitte, dem Gesandten und seiner Schar für eine Weile Kost und Unterkunft zu gewähren.

»Sie sind mir willkommen.« Eine steile Falte wuchs auf der Stirn des Nachbarn. »Auch ich halte es für angebracht, wenn du zunächst ohne Gäste nach Hause zurückkehrst.«

»Wie geht es Vater?«

Nur ein Kopfschütteln, schließlich seufzte Ingolf. »Vielleicht lebt er wieder auf, wenn er dich und seinen alten Freund sieht.«

»Er muss gesund werden.« Leif ballte die Faust. »Und er wird gesund.« In die Freiheit der vergangenen Monate mischte sich wieder ein bitterer Geschmack.

Das Teilen und Ausladen der Fracht sollte warten, schlug Tyrkir vor. »Lass uns gleich weiterfahren!«

Nur flüchtig war ihm aufgefallen, dass Ingva bei der Begrüßung gefehlt hatte. Auch Leif hatte nicht nach ihr gefragt. Umso mehr überraschte beide jetzt, die junge Frau am Strand warten zu sehen. Sie stand da, im tiefgrünen Trägerrock, nestelte noch an den Silberfibeln und richtete hastig ihren Stirnkamm.

Tyrkir schmunzelte. Wie verliebt das Kind ist, es hat sich schnell in den Sonntagsstaat geworfen. Doch gleich fühlte er Furcht vor Thorgunnas Macht aufsteigen. Was geschah jetzt mit Leif? Sollte er nicht besser das Treffen verhindern?

Zu spät. Mit hochrotem Gesicht ging Ingva dem Eriksohn einige Schritte entgegen, blieb wieder stehen und er strahlte sie an. »Ich habe manchmal an dich gedacht.«

»Ich sehr oft.«

»Du bist noch schöner geworden.«

»Meinst du wirklich?«

»Aber ja, ich habe einen sicheren Blick für Frauen. Du bist schön, glaub es mir, Ingva!«

Dunkler wurde die Röte. »Mein Vater meint, ich müsste bald aus dem Haus. Das wollte ich dir sagen.«

Leif griff sich an die Kehle, gleich stockte Tyrkir der Atem, doch sein Ziehsohn kratzte nur ausgiebig im Kinnbart. »Gut, dass ich es weiß. Bis bald, Ingva.«

Da seufzte sie und lief zu ihrer Familie hinüber.

Der Zauberbann schien gebrochen. Vor Erleichterung gelang es Tyrkir nicht, aus eigener Kraft über die Bordwand zu steigen, und Leif zog ihn mit Schwung an Deck. »Fehlt dir etwas, Onkel?«, spottete er.

»Nein, nichts.« Er sah ihn prüfend an. »Lass dein Grinsen,

Junge! Sei dankbar, denn erst jetzt bist du wirklich Leif, der Glückliche!«

Hornrufe, dunkel und lang gezogen, dann wieder abgehackt und wieder lang gezogen. Sie schallten über die Bucht und drangen hinauf zum Gutshof. Der Alltag geriet aus dem Trott. Auf halbem Weg nach oben stürmten dem Schiffsführer und seinem Lotsen die jüngeren Eriksöhne entgegen. »Habt ihr das Land gefunden?!«, »Wie sieht es aus?«, »Gibt es genug Gras?«, »Was ist mit Wasser?«

Am Rand der Hauswiese strich Thjodhild dem Sohn über die Stirn. »Ich habe um dich gebetet.« Und er legte jungenhaft den Arm um die schlanken Schultern. »Dein Gebet hat genutzt, Mutter.«

Sie löste sich und trat auf Tyrkir zu. Ihr Blick suchte seine Wärme. »Mir ist, als hätte ich dieses Mal Jahre auf dich warten müssen. Dabei waren es doch nur Monate, lange Monate.«

»Dein Sohn ist zurück«, sagte er und dachte, wie sich die Sorge in das Gesicht eingeschnitten hat. »Verzeih, dass ich nicht früher zurückgekommen bin!«

»Es war mein Wille.« Sie hob das Kinn. »Und zum Grübeln fand die Herrin auf Steilhang kaum Zeit. Kommt. Ihr müsst Erik in der Halle begrüßen.«

Erst auf dem Vorplatz schlenderte Freydis den Heimkehrern entgegen. Dem Deutschen schenkte sie nur ein knappes Willkommen.

Dann strahlte sie Leif an. »Endlich. Unser Frauenheld ist wieder da. O Brüderchen, o Brüderchen.« Damit warf sie sich an seine Brust. »Wie hast du mir gefehlt. Und ich bin so gespannt, was du für Augen machen wirst.«

Völlig überrumpelt umarmte Leif die Schwester. »Ist ein Wunder mit dir geschehen?«

»Ja, richtig. Ich hab es für dich angefuttert …«

»Schweig!«, unterbrach Thjodhild ihre Tochter scharf. »Kein Wort mehr! Geh zu deinen Brüdern.«

Gleich am Eingang der Halle blieb sie mit den dreien stehen und wies zur Mitte. »Er weiß, dass ihr zurück seid.«

Die Flammen prasselten im Langfeuer, der Schein zuckte an den holzvertäfelten Wänden, es roch nach frisch aufgelegten Birkenscheiten. Festen Schritts näherten sich die Heimkehrer der Hochbank. Dort kauerte Erik vornübergebeugt; die linke Hand umklammerte einen langen Stab.

»Vater.«

Erik hob nur den Kopf. Freude hellte das Bernstein seiner Augen und ein Lächeln begrüßte Sohn und Freund. Langsam setzte er einen Fuß auf die Trittbank, schob sich vor, tastete mit dem anderen Fuß nach dem gestampften Boden, keuchte, und mit großer Kraftanstrengung verließ er den Sitz. Endlich stand der Hüne halb aufgerichtet vor den beiden: ein vom Sturm in der Mitte gebrochener Baum, dessen mächtige Krone am Stock gestützt wurde, dessen rechter Ast schlaff hinunterhing, als gehöre er nicht mehr zu ihm.

Da Erik nichts sagte, stieß Tyrkir dem jungen Schiffsführer unmerklich in die Seite.

Leif nahm Haltung an und meldete, wie es der Brauch verlangte: »Unsere Fahrt war vom Glück begleitet. Wir haben keine Verluste an Männern zu beklagen. Dein Sohn kommt vom Rand der Welt zurück und bringt dir ein neues, fruchtbares Land. Es wird unserer Familie zu Ehre und Ruhm gereichen.«

»Sei willkommen, Sohn, im Namen …« Er hüstelte und fuhr zögernd fort: »Ja, im Namen des großen Gottes Thor. Willkommen unter dem Dach deines Vaters.« Der Husten wurde stärker, Schmerz kämpfte im grauen, bartverwilderten Gesicht und endlich gewann wieder das Lächeln. »Ich bin stolz auf dich, weil du wie dein Vater eine neue Küste entdeckt hast. Sag den Namen!«

»Drei fremde Strände haben wir betreten, doch nur einer von

ihnen lohnt erwähnt zu werden. Ich taufte die Gegend: Vinland.«

»Sehr einfallsreich.« Erik sah spöttisch auf den Freund. »Sicher hast du bei der Idee nachgeholfen, Schlaukopf.«

»Dein Sohn war nicht so eitel wie du«, zahlte Tyrkir gleich zurück. »Dort auf der anderen Seite des Meeres gib es nicht einen Leifhügel, keinen Leiffjord.« Wenigstens können wir noch zanken, dachte er bekümmert und stellte fest, dass er zum ersten Mal nicht nach oben schauen musste, wenn sie miteinander sprachen. »Außerdem wirst du bald schmecken, warum das Land diesen Namen zu Recht verdient.«

»Jetzt weiß ich, dass du wieder da bist.« Erik schloss die Lider, als er sie wieder öffnete, war sein Blick müde und verloren. »Ich habe gewartet, Schlaukopf«, murmelte er. »Nur auf dich gewartet.«

Sofort nahm der Ton an Festigkeit zu. »Leif, eure rechtzeitige Rückkehr befreit mich von einer großen Sorge. Nach dem Sturz bin ich ein Krüppel geblieben. Kein Gode kann in diesem Zustand vor einer Versammlung der freien Männer sprechen. Deshalb sollst du für mich im Juni den Thing meines Grönlands leiten.«

»Vater, du wirst …«

»Nein, sag nichts, ich hatte lange Zeit genug, darüber nachzudenken. Es ist mein fester Wille.« Erneut schüttelte ihn Husten. »Und jetzt muss ich mich ausruhen.« Damit wandte er sich um und ging bedächtig Schritt für Schritt, den mächtigen Oberkörper am Stab gestützt, zur Schlafkammer hinüber.

Leif standen Tränen in den Augenwinkeln. Heftig wischte Tyrkir sich mit dem Handrücken übers Gesicht. »Mein stolzer, starker Freund«, flüsterte er.

Leise war Thjodhild zu ihnen getreten. »Auch wenn euch der Anblick erschreckt, ihr dürft Erik nicht offen bedauern. Jedes Mitleid lehnt er ab. Und der Zustand seines Körpers ist längst nicht mehr so schlimm, wie er war. Gegen die Schmerzen gebe ich ihm täglich in Kräutertee aufgelöstes Pulver der Weidenrinde.«

»Aber, Mutter, ich sehe doch, wie er leidet!«

Sie berührte den Arm ihres Ältesten. »Ich bin nicht blind. Erst wenn dein Vater sich abgefunden hat, wird sein Gemüt wieder gesund. Glaub mir, nichts sehne ich mehr herbei, auch für alle, die hier mit ihm leben müssen. Doch um ihn aus dem inneren Gefängnis zu befreien, gibt es keinen Heilsaft. Diese Kraft muss er selbst aufbringen. Er hat so viel Großes geleistet in seinem Leben. Jetzt könnte er zufrieden vor dem Haus sitzen und mit dem Kleinen spielen …« Sofort brach sie ab und lachte. »Ach, was rede ich.« Ein schneller Blick zur Tochter. Freydis kicherte in sich hinein und hörte erst auf, als die Mutter ihr heimlich bittende Zeichen gab.

»Euch zu Ehren wird es am Abend ein Festessen geben«, wandte sich Thjodhild erneut an die Männer. »Bis dahin habt ihr Zeit, euch von dem strengen Reisegeruch zu befreien, auch würde ich mich freuen, wenn aus Haar und Bart keine Dreckklumpen oder Ungeziefer in die Schüssel fallen. Von heute an werden die Speisen wieder in meiner Küche gewürzt.«

Grinsend verzogen sich die Heimkehrer nach draußen. Schon war Freydis hinter ihnen her, indes die Mutter hielt sie zurück. »Du bleibst an meiner Seite. Ich bestimme den Zeitpunkt, bitte richte dich danach!«

Der Schein von zahlreichen Öllampen tauchte die Halle in ein warmes, gelbes Licht. Erik hatte sich nicht von seiner Frau bewegen lassen, an der Feier teilzunehmen, er wollte durch seinen Anblick nicht die Freude stören und war im Bett geblieben. So wies sie ihrem Ältesten den Platz vor Kopf an und bat Tyrkir, sich neben ihn zu setzen.

Leif hob seinen Becher, wollte gerade das Mahl eröffnen, da

schlug Thjodhild mit dem Löffel auf die Tischkante. »Geduld.« Sie legte ihre Hände zusammen, auch Freydis und die Brüder, jetzt endlich begriffen die Männer und folgten dem Beispiel. Mit leiser Stimme dankte sie Gott, dem Herrn, lud ihn als Gast zu Tisch und das Amen sprachen alle gemeinsam. Thjodhild zwinkerte dem Freund zu. »Mir scheint, während der Fahrt habt ihr euch wenig an die Bräuche des Christenglaubens gehalten.«

»Doch, schon«, versicherte er lahm und konnte ein Schmunzeln nicht unterdrücken.

»Auf unsere Heimkehr!« Obwohl es nur Sauermilch war, leerte Leif den Becher in einem Zug.

Zur Hühnerbrühe gab es die Überfahrt und Entdeckung des Flachsteinlandes. Zum duftenden Seehundbraten reichte Leif der Mutter und den Geschwistern die weiße Sandöde des Waldlandes. Bei frischem Salat aus Blättern und Stängeln der Engelwurz näherten sich Leif und Tyrkir abwechselnd den Ufern des Weinlandes, und kaum hatten sie es betreten, da sprachen sie meist gleichzeitig. Nur durch Fragen und Zwischenrufe gelang es der Familie, sich ein Bild von dem entdeckten Paradies zu machen. Während der Nachspeise steckte Thorvald mit einem Mal seinen Löffel in den beerengesüßten Weichkäse des großen Bruders. »Ich auch!«

Verblüfft unterbrach Leif den Bericht.

»Ich will auch nach Vinland fahren.« Die Begeisterung leuchtete in den Augen. »Du könntest mir deinen Knorr leihen.«

»Das fehlte noch. Wie weit willst du kommen?«, spottete der Entdecker. »Ehe du den Fjord verlassen hast, liegt mein Falke mit gebrochenem Mast auf Grund.«

»Glaubst du, ich könnte kein Schiff führen? Bis runter zur Handelsniederlassung hab ich schon an der Pinne gestanden.« Thorvald schnappte nach seinem Löffel und drohte. »Wenn du mir deinen Knorr nicht gibst, dann frage ich eben Vater.«

»Und ich darf dich dann aus dem Wasser fischen wie den Gesandten vom Königshof.«

»Schluss jetzt!«, griff Thjodhild ein. »Was soll der Streit? Wir reden später darüber. Heute ...« Sie hielt inne und sah stirnrunzelnd zum Langfeuer.

Tyrkir, auch Leif wandten sich um.

Dort stand Freydis huldvoll wie ein Engel. An der Hand hielt sie das Kind. Der große Kopf wackelte über den Schultern. Es trug ein weißes Kittelchen und sein Mund lachte.

»Na komm, du Prachtkerl!«

»Tante.« Eifrig setzten sich die Spinnenfüße in Bewegung.

»So ist's brav«, lobte Freydis und führte ihn zum Tisch. Als die beiden sich Leif näherten, rückte er mit dem Hocker ein Stück nach hinten. »Wen bringst du da?«

Kurz zupfte Freydis an den Krauslocken. »Na los!«

Der lächelnde Mund öffnete sich und zwischen jedem Wort schnappte er nach Luft. »Ich ... bin ... Thorgils.«

Wieder ruckte sie an den Haaren. »Los, weiter, du Prachtkerl!«

»Vater ... ist ... Leif.«

Der Eriksohn griff sich an die Kehle, erbarmungslos säuselte seine Schwester. »Sieht der Süße nicht aus wie ein Wunder, Brüderchen?«, und zischte: »Da hast du uns ja was Feines ins Nest gesetzt. Ja, diese Missgeburt gehört dir.«

Leif rang nach Atem, sprang auf und wich rückwärts bis zur Wand zurück, drehte sich um und presste die Stirn gegen die Holzverkleidung.

Zunächst war Tyrkir ihm gefolgt, doch als er feststellte, dass nicht wieder die unsichtbare Macht, sondern nur Schreck seinen Schützling überfallen hatte, blieb er stehen und sah ratlos auf Thjodhild.

Sie kam zu ihm. »Zwar hatte ich mir eine schonendere Begegnung erhofft, aber du kennst ja dieses Mädchen. Sei es drum.

Ich muss die Wahrheit erfahren. Bitte keine Einzelheiten, nur klare Antworten: Hat Leif auf den Hebriden eine Frau kennen gelernt?«

»Ich konnte es nicht verhindern.«

»Hat er sie geschwängert?«

Bei der nüchternen Frage fühlte Tyrkir, wie Röte sein Gesicht überzog. »Gegen diese Thorgunna ...« Er bemerkte den strengen Blick und sagte: »Ja. So ist es. Auch hat diese Frau angekündigt, das Kind nach Grönland zu schicken.«

»Also ist mein Sohn der Vater.« Halblaut setzte sie zornig hinzu: »Warum hast du geschwiegen? Ich wäre gerne vorbereitet zur Großmutter geworden.«

Er wollte antworten, doch sie schüttelte den Kopf. »Später. Jetzt bitte ich dich um Hilfe, nein, ich erwarte sie von dir. Leif muss dieses Kind annehmen, allein schon aus Christenpflicht.«

Sofort willigte Tyrkir ein und beide gingen zu ihm hinüber. Nur kurz dauerte das Gespräch, es bedurfte nicht einmal großer Überzeugungskunst und Thjodhilds Miene glättete sich. »Dass du ein Land entdeckt hast, freut mich. Dass du diesem armen Wurm aber deinen Schutz geben willst, das erfüllt mich mit Stolz.«

Und Tyrkir dachte, vielleicht hat er doch etwas von mir.

Leif kehrte zum Tisch zurück, beide Hände streckte er Thorgils hin. »Komm!«

Vertrauensvoll tappte der Junge in seine Arme. »Vater ... ist ... Leif.«

»Ja, du hast ihn gefunden.« Feierlich hob er das Körperchen an und hielt es hoch über seinen Kopf. »Durch die Taufe gehörst du schon zur Gemeinschaft der Christen. Heute aber sollst du auch nach Sitte unserer Väter angenommen werden: Thorgils, ich erkenne dich als mein Fleisch und Blut. Großer Gott, vor dir schwöre ich, dass dieser Sohn von nun an ein vollwertiges Mitglied unserer Familie sein wird.«

Thorgils wedelte mit den dünnen Ärmchen, das Spiel gefiel ihm und er lachte wie ein blökendes Lamm.

Kaum hatte ihn der Vater abgesetzt, als Freydis den Bruder herumriss. »Du elender Weichling!« Ihre Lippen bebten. »Was hast du getan? Genügt es nicht, dass diese Missgeburt uns monatelang die Luft verpestet hat? Glaubst du, ich hätte ihn angefüttert, damit er für immer zu uns gehört?«

Thjodhild wollte dazwischenfahren, doch Tyrkir hielt sie zurück.

Ruhig blickte Leif in das aufgelöste Gesicht. »Gewöhne dich daran, Schwesterchen. Diesem Kind wird es bei uns wohl ergehen.«

In ihren Augen flackerte das seltsame Licht auf, schnell erlosch es und sie lächelte mit einem Male wieder sanft. »Wie du befiehlst, großer Bruder.« Ohne ein weiteres Wort drehte sie sich um und tänzelte am Langfeuer vorbei, ließ neben dem Ausgang ihre Hand über die Axtschäfte streichen, spielte mit dem Federbüschel der Pfeile und huschte hinaus.

»Sie wird sich beruhigen«, seufzte Thjodhild und bat eine Magd, den kleinen Thorgils wieder zurück ins Frauenhaus zu bringen.

Die gute Stimmung war verdorben. Weil der Bruder sich abfällig über seine Künste als Schiffsführer geäußert hatte, zog sich Thorvald gekränkt zurück und Thorstein folgte ihm.

»Du solltest ihm eine Chance geben«, ermahnte die Mutter. »Auch er hat längst das Mannesalter erreicht. Und solch ein geheimnisvolles Land weckt nun Mal die Lust nach Abenteuer.«

»Thorvald hat sich zu gedulden.« Leif nahm wieder den Platz des Vaters ein. »Zunächst müssen wir mit dem Falken die Ladung des verunglückten Knorrs draußen auf der Schäre bergen. Das bin ich dem Gesandten schuldig.«

Mit Bewunderung für ihren Ältesten vernahm sie von der Rettung der Schiffbrüchigen. »Leif der Glückliche«, wiederholte sie leise. »Dieser Name soll dich kleiden wie ein Festgewand, mein Junge.«

Indes ihre Sorge wuchs, als sie von der Aufgabe des Gesandten hörte. »Pater Ernestus hat großen Zulauf. Fast alle Familien am Fjord haben sich inzwischen taufen lassen. Unsere Kirche fasst sonntags die Gläubigen kaum. Der Königsbote könnte mit guten Nachrichten wieder abfahren. Wenn nicht ausgerechnet der oberste Gode Grönlands sich dem Christentum verweigern würde.« Sie blickte den Freund an. »Dieser Starrkopf. Mag auch der Rücken krumm sein; zu den Göttern in Walhall steht er unerschütterlich wie eine Basaltsäule im reißenden Strom.«

»Und ich kann es ihm beinahe nicht verübeln.« Nachdenklich rieb Tyrkir die Narbe. »Um ihn herum hat sich die Welt verändert. Dann brach der Sturz nicht nur den Körper, sondern auch seine Seele. Vielleicht gibt ihm das Beharren auf den alten Werten noch etwas Kraft. Dürfen wir Erik diesen Halt nehmen? Ich kann es nicht.« Er lächelte dünn. »Was aber den Spion der norwegischen Könige betrifft: Ich glaube, wir haben nichts zu befürchten. Ohne es zu wissen, hat Erik selbst die Lösung gefunden. Denn Leif wird den Thing der freien Männer eröffnen. Und der Gesandte darf sich getrost vom Fortschritt des Christenglaubens überzeugen.« Langsam zog er ein Öllicht näher und schirmte es mit der Hand. »Weil wir derweil unseren geliebten Heiden vor ihm verbergen.«

Wie jeden Morgen galt Thjodhilds erste Sorge dem Enkelkind. Doch sein Bett im Schlafraum war leer. Sie fragte eine der beiden alten Sklavinnen, die sie für die Pflege des Kleinen ausgesucht hatte.

»Deine Tochter hat ihn bei Sonnenaufgang selbst geweckt«, antwortete die Magd. Das Wetter sei schön, hätte Freydis gesagt und sie wolle mit Thorgils ins Grüne reiten.

»Reiten?«

»Ja, so hab ich's verstanden. Freydis hat den Bub gefüttert und ihm von bunten Blumen erzählt. Er hat sie an der Nase gestreichelt, das macht er ja immer, wenn er sich freut. Ja, und dann sind beide zum Stall rüber. Hab ich was falsch gemacht, Herrin?«

»Nein, nein. Schon gut.« Langsam verließ Thjodhild das Frauenhaus. Schon oft hatte die Tochter den Enkel mitgenommen, um auf der Hauswiese zu spielen. Aus welchem Grund aber hatte sie nicht bis nach dem gemeinsamen Frühstück gewartet? Und warum war sie nicht in der Nähe geblieben? Thjodhild beschleunigte den Schritt. Vor dem Pferdestall erkundigte sie sich bei einem Knecht.

»Stimmt. Ich musste einen Braunen für die junge Herrin satteln.«

»Was noch? Erinnere dich genau!«

Er kratzte sich auf dem kahl geschorenen Kopf. »Sie hat den Kleinen vor sich gesetzt. Ach ja, dann hat sie noch gefragt, wo genau der Weidenhang liegt, auf dem wir die Mauern für die Rentierfalle gebaut haben. Ich hab's ihr beschrieben und sie ist mit dem Jungen los. So lustig war die junge Herrin. So hab ich sie noch nie gesehen. Und der Kleine hatte auch seinen Spaß.«

Thjodhilds Herz verkrampfte sich. »Wie lange ist das her?«

»Gut eine Stunde«, hörte sie den Knecht noch in ihrem Rücken sagen und hastete zum Wohnhaus. Leif lag tief vergraben unter der Felldecke. Sie rüttelte ihn wach. »Steh auf. Bitte, beeil dich!«

Schlaftrunken taumelte der Sohn hoch.

»Deine Schwester hat Thorgils mit hinausgenommen.«

Er verstand nicht. »Ja und? Nach gestern Abend will sie ihren guten Willen beweisen.«

»Doch ich bin voller Unruhe. Gewöhnlich nimmt Freydis kein Pferd, sondern spielt mit Thorgils auf der Hauswiese. Ausgerechnet heute aber reitet sie mit ihm zu deiner Rentierfalle.

Mag sein, dass ich mich irre, aber du musst nach den beiden sehen. Bitte!«

Leif starrte die Mutter an. »Dieser steile Hang ist bei Gott kein Spielplatz.« Und war wach. Nur die Stiefel, keine Zeit für Hose und Gürtel, während er hinausstürmte, streifte er sich ein Kittelhemd über, raffte es bis über die Knie und sprang auf ein ungesatteltes Pferd. Im wilden Tölt preschte er durch die blühenden Wiesen, bald schon hatte er die Wacholdersträucher erreicht und hetzte hinauf in die östlichen Hügel.

Die Sonne stand hoch im Mittag. Oberhalb des Hangs hockte Freydis am Rand des Birkenwaldes neben dem Kind. »Nun heb deine Ärmchen, du hässlicher Zwerg!«, säuselte sie und schob Thorgils das weiche Wollwams bis zum Hals hoch, weil der Kopf so riesig war, rollte sie den Wulst behutsam übers Gesicht. »Deine Käsekugel ist ja noch dicker geworden.«

Er fingerte nach ihrer Nase. »Tante … ist … lieb.«

»Das hast du sehr brav gelernt.« Freydis löste die Wickeltücher am Bauch und zog sie ihm durch die Beine. Für einen Moment zögerte sie, lächelte dann gönnerhaft. »Die Sandalen darfst zu anbehalten, sonst pikt dich noch was in deine Spinnenfüße. Und wehtun will die liebe Tante dir nicht.«

Geheimnisvoll griff sie in die Faltentasche ihres Kleides und brachte einen Pfeil zum Vorschein. »Na, da staunst du. Ein schönes Spielzeug hab ich uns mitgebracht.« Mit dem Federschaft strich sie ihm über den lachenden Mund und hielt den Pfeil hoch über seiner Stirn.

Thorgils verfolgte ihn, bog seinen Kopf zum Nacken und das Gewicht ließ ihn rückwärts ins Gras fallen. Vor Schreck füllten sich die großen Augen.

Gleich kitzelte ihn Freydis mit den Federn am Hals, bis er wieder vergnügt strampelte. In Kreisen strich sie über die eingefallene Brust.

Einige Male ließ sie den Schaft auf seinem runden Bauch wippen. »Ja, wir haben dich fein angemästet. Gar nicht auszudenken, wie fett du noch werden kannst, du Missgeburt. Und wer weiß, vielleicht lebst du ewig? Wenn dein schlaffer Vater dir was vom Erbe gibt, dann kriegst du auch noch eine Frau. O ja, Reichtum macht schön. Aber vermehren darfst du dich nicht. Vier Winter bist du alt und ich finde, das reicht. Was meinst du?«

Thorgils rollte sich hin und her. »Tante … ist … lieb.«

»Na also, wir sind uns einig.«

Freydis nahm den nackten Jungen auf den Arm und trug ihn summend die abschüssige Weide hinunter. Als von rechts und links die Mauern der Falle näher rückten und das Dreieck sich zuspitzte, setzte sie Thorgils ab. Sie zeigte nach vorn zur Mündung der beiden Steinreihen. »Dahinten wartet der Himmel auf dich.«

In ihren Augen erwachte das seltsame Licht und verlosch nicht mehr. Sie kitzelte seinen Rücken und Thorgils stakte eifrig auf seinen Spinnenfüßen vor ihr her, lachte wie ein blökendes Lamm und ruderte mit den Armen. Langsam, doch stetig näherten sie sich der engen Öffnung. Wenn er hinfiel, hob ihn Freydis wieder auf, lobte, wie schön er ging, und kitzelte den Jungen weiter zur Todeskante hin.

Da erschien Leif auf der rechten Steinmauer, entdeckte die beiden etwas unterhalb und war mit einem Satz in der Fallenschere, jagte hinunter. »Freydis!«

Ihr Kopf flog herum, gleich stieß sie den Jungen vorwärts. Thorgils fiel hin, kugelte über seinen Kopf, rollte, von ihr gestoßen, weiter.

»Freydis! Nein, nicht!«

»Verschwinde!«

Der Bruder schlug sie beiseite und warf sich dicht vor der Klippe über das nackte, wirbelnde Bündel, sofort raffte er es in seine Arme und stürmte mit ihm den Hang wieder hinauf.

Freydis verfolgte ihren Bruder. »Du Arsch!«, schrie sie außer sich. »Du elender Hundsfott! Gib mir das Balg zurück!«

Erst oben am Waldrand legte Leif seinen wimmernden Sohn ins Gras. Mit geballten Fäusten erwartete er die Schwester. Ihr Atem flog, das Gesicht war verzerrt, und kaum hatte sie ihn erreicht, da trat sie ihm zwischen die Beine, ihr Stiefel wurde vom Kittelstoff abgefangen.

Leif packte die Ferse, riss sie höher, und Freydis schlug mit dem Rücken ins Gras. Sofort war sie wieder auf den Füßen, fauchte und fasste den Pfeilschaft wie einen Dolch.

»Schwester.« Er streckte abwehrend die Hände aus. Zu mehr kam er nicht.

Mit einem wilden Fluch stürzte sie vor und stach nach seinem Unterleib. Im letzten Moment gelang es ihm, die scharfe Spitze zu packen, den Stoß abzulenken und ihr die Waffe zu entreißen.

Sie gab nicht auf, griff wieder an, da versetzte Leif ihr einen harten Fausthieb in den Magen.

Freydis krümmte sich, fiel auf die Knie, stöhnte, rang nach Luft und erbrach sich.

Fassungslos starrte der Bruder auf sie hinab.

»Du, du schlägst also doch Frauen«, stammelte sie zwischen Würgen und Husten. Erst nach einer Weile hob Freydis den Kopf. Keine Spur mehr von Wut oder Hass, in den braunen Augen stand Vorwurf und das Kinn zitterte. »So darfst du eine Frau nicht behandeln, das weißt du doch.«

Leif kauerte sich zu ihr.

»Nicht noch mal schlagen«, flehte sie.

»Nein, sei ganz ruhig.« Wachsam strich er ihr vorsichtig die Strähnen aus der Stirn. »Du bist krank.«

»Ach was.« Mit dem Ärmel säuberte sie das verklebte Kinn. »So hart hast du mich nicht getroffen.«

»Das meine ich nicht. Warum wolltest du Thorgils töten?«

»Ach, Brüderchen.« Träge legte sie sich auf die Seite und stützte den Kopf auf ihre Hand. »Weil ich helfen muss. Nein, nicht nur dir, unserer Familie. Bis gestern hatte ich geglaubt, dass du diesen Troll sofort beseitigst. Den ganzen Winter über war ich der Mutter zuliebe freundlich mit ihm. Er kann ja nichts dafür, dass er nichts wert ist. Und lustig war es auch mit ihm. Aber nur für die Tiere hab ich ihn angefüttert.«

Thorgils kam auf sie zugekrochen. »Tante.«

»Ja, ja, du Käfer.« Mit dem Finger kraulte Freydis in seinen Locken und seufzte: »Sieh dir das Balg doch richtig an. Ich weiß, die Mutter hält es mit dem Priester und der hat ihr eingeredet, dass Gott es verbietet. Aber was weiß der schon von unseren Bräuchen.« Freydis setzte sich auf und umschlang ihre Knie. »So ein Krüppel ist eine Schande für uns. Und da Vater nichts mehr sagt und du jetzt auch kneifst, bleibe allein ich übrig. In unserer Sippe darf es nur starke, gesunde Menschen geben. Wenn wir nicht aufpassen, haben wir sonst bald eine ganze Horde mit solchen Käsekugeln.«

Tief bestürzt schüttelte Leif den Kopf. »Nur ein Mann hat darüber zu entscheiden, ob ein Kind ausgesetzt wird. So befiehlt es der Brauch. Und ich habe mich entschieden.« Er drohte ihr mit dem Pfeil. »Dieser Junge wird als mein Sohn bei uns leben. Er mag schwach sein, aber nicht du, sondern Gott allein bestimmt seinen Tod. Hast du mich verstanden?«

Freydis hob die Brauen und grinste.

Zornig zerbrach Leif den Pfeil über seinem Knie. Er stutzte. Bisher war es ihm nicht aufgefallen, aber er hatte sich vorhin bei der Abwehr an der scharfen Spitze die Hand verletzt. Jetzt betrachtete er das Blut und nach einer Weile sah er die Schwester verblüfft an. »Als wir im letzten Jahr aus Norwegen kamen, da lag am nächsten Morgen ein Knecht hinter der Scheune. Er war mit dem Hals in einen Heurechen gefallen. Doch im Unterleib hatte er eine abgebrochene Pfeilspitze. Weiß du etwas darüber?«

»Dieser geile Bock.« Bei der Erinnerung glitt ihre Zungenspitze schnell über die Unterlippe. »Das war ganz einfach. Im Hemd kam er aus dem Schlafschuppen, um zu pinkeln. Ich musste nur zwinkern und schon stieg er mir in die Scheune nach. Oben hab ich ihm dann meine Titten gezeigt und schon wollte er es mir beweisen. Für diese Frechheit hab ich ihn abgestochen. Geschrien hat er gar nicht, bloß dumm geguckt. Nur mit zwei Fingern hab ich gegen seine Stirn gestoßen und draußen war er.« Freydis kicherte.

»Warum, verflucht? Sag es mir!«

»Weil ich Vater einen Gefallen tun wollte.« Entwaffnend schlug sie die Wimpern auf. »Ihr kommt da mit dem Priester an und er war so traurig. Da hab ich ihm einen Christen geschenkt.«

Leif zerrte mit beiden Händen an seinen Haaren. »Du hast einen Menschen getötet.«

»Wieso? Das war doch nur ein Sklave.«

Er sprang auf, stampfte mit großen Schritten zum Waldrand, immer wieder trat er gegen einen Busch, dass Blätter und Zweige abrissen. Hinter ihm brachte Freydis mit lockender Stimme den Jungen zum Lachen.

Schließlich kehrte Leif zu ihr zurück. Nicht mehr Bruder, seine Miene zeigte, dass er der Erbsohn des Geschlechtes Erik Thorvaldsson war. »Höre genau zu! Wenn eine Frau aus gemeiner Absicht einen Mann tötet, so trifft auch sie die Härte des Gesetzes. Sie wird enthauptet oder gesteinigt. Dieses Urteil kann vom Thinggericht gefällt werden.«

Sein kalter, gefasster Ton sog Freydis das Blut aus den Wangen.

»Du bist eine gemeine Mörderin und ich, ich werde an Vaters statt im Juni der oberste Richter auf dem Thing sein.«

»Das wagst du nicht. Ich bin deine Schwester.«

»Verlasse dich nicht darauf, Halbschwester. Du bist nur die

Tochter einer Sklavin. Der Umstand, dass du von meinem Vater gezeugt und angenommen wurdest, könnte mich gnädig stimmen, deine Tat nicht auf der Versammlung zur Sprache zu bringen. Dann aber muss ich ein Hausthing beantragen. Vielleicht wirst du aus unserer Familie ausgestoßen, zumindest aber verlierst du den Anspruch auf eine große Mitgift.« Er lächelte. »Und ich sehe die stolze Freydis schon, wie sie mit einem ärmlichen Höfler davonzieht und ihre Kinder in einer qualmstinkenden Hütte zur Welt bringt.«

»Nein, nein!«, schrie sie auf und schlug entsetzt die Hand vor den Mund. Ihre Augen füllten sich mit Tränen. »Bitte!« Auf Knien rutschte sie vor den Bruder hin. »Das, das darfst du mir nicht antun. Bitte, Brüderchen!«

»Es sei denn ...« Er dehnte die Pause.

Gleich griff sie nach dem Strohhalm. »Sag, sag schon. Verlange, was du willst. Ich werde es tun!«

Entschlossen nahm Leif seinen nackten Sohn und drückte ihn der Schwester in den Arm. »Von nun an trägst du die Verantwortung für Thorgils. So lange, bis ein Mann dich heiratet. Hüte den Jungen wie dein eigenes Leben, denn stößt ihm etwas zu oder stirbt er durch ein Unglück, so wirst du kein Brautgut erhalten. Das schwöre ich.«

Freydis vermochte nur zu nicken. Sie drückte den Jungen an sich, herzte ihn und küsste den lachenden Mund. »Komm, wir ziehen uns an!« Behutsam streifte sie ihm das Wollwams über.

»Tante ... ist ... lieb.«

Unterwürfig wie eine Dienerin fragte sie den Bruder: »Soll ich Thorgils zu deinem Pferd bringen?«

»Warum?« Die jähe Wandlung der Schwester überraschte Leif aufs Neue und trotz allen Ernstes zuckte es in seinen Mundwinkeln. »Spring nicht gleich über dein Herz, Schwesterchen! Das hältst du ohnehin nicht lange durch. Aber wir sind im festen Wort miteinander.«

Sie wagte einen Augenaufschlag. »Und du sagst kein Wort zur Mutter oder deinem Onkel, auch nicht dem Vater?«

»Solange es Thorgils bei seiner Tante gut geht. Nein.« Weit schleuderte er Pfeilspitze und Federschaft von sich. »Ich reite voraus. Du solltest noch ein paar Blumen pflücken, ehe du nachkommst. Sonst glaubt dir niemand, dass du mit deinem Liebling auf einem Ausflug warst.«

Ein Trinkhorn gefüllt mit bestem norwegischen Met, auch zwei. Am Abend hatte Erik danach verlangt und Tyrkir war in seinen Vorratsschacht gestiegen. Die ganze Nacht hatte er neben dem Bett des Kranken gesessen. Lange, vertraute Gespräche, denen der Met nur ein Begleiter bis zum ersten Taggrauen war.

»Und du hilfst mir?« Der Bernstein in den Augen schimmerte.

»Ich lasse dich nicht allein.«

»Worauf warten wir noch?«, schmunzelte Erik, schlug die Decke beiseite und setzte langsam seine Füße auf den Boden. Er streckte Tyrkir den linken Arm hin. »Jetzt beweise, dass du die Kraft nicht nur im Kopf hast, und zieh mich hoch!«

Erst nach einigen vergeblichen Versuchen konnte der Schmächtige dem gebeugten Hünen zu einem sicheren Stand verhelfen. »Besser, du schonst dich noch etwas!«, spottete Erik und hüstelte, nachdem er wieder bei Atem war, setzte er hinzu: »Ruf zwei Knechte, die sollen mich ankleiden!«

Als Erik im pelzbesetzten Umhang, gegürtet mit seinem Schwert die Wohnhalle betrat und nach einem kräftigen Frühstück verlangte, blickte Thjodhild überrascht auf Tyrkir. »Ist euch der Met nicht bekommen?«

»Jeder Schluck war es wert«, versicherte er mit leiser Stimme.

Der Herr auf Steilhang aß wortkarg und voller Genuss. Die Speckstücke musste ihm seine Frau mundgerecht zerkleinern. Immer wieder bat er um einen neu gefüllten Becher Sauermilch.

Die sonderbare Heiterkeit zwischen den Freunden besorgte Thjodhild. »Was habt ihr vor?«

»Lange war ich nicht mehr oben.« Mit der linken Hand schob Erik das Schneidbrett in die Mitte der hell gescheuerten Tischplatte. »Es ist höchste Zeit für mich. Ich muss endlich an meinem Damm nach dem Rechten sehen.«

»Nein! Ich verbiete es«, sagte sie schnell, doch sein vorwurfsvoller Blick ließ sie einlenken. »Verzeih, du bestimmst. Aber wie willst du in deinem Zustand hinaufkommen?«

»Der Schlaukopf wird das Pferd führen.« Erik runzelte die Stirn. »Wecke den Sohn! Er muss uns begleiten.«

»Selbst für zwei Männer wird es immer noch schwer sein. Vor allem auf dem Rückweg.«

»Das sehen wir dann, Frau.«

Draußen vor der Wohnhalle standen die gesattelten Pferde. Die Sonne war im Osten über den Gletscher gestiegen und ihre Strahlen legten unten in der Bucht ein blutgoldenes Band. Auf den Stock gestützt betrachtete Erik eine Weile das Bild, dann trat er dicht vor sie hin und sein Gesicht war nah an ihrem. »Lange hab ich es nicht mehr gesagt. Danke! Ich mein, du hast mich gepflegt. Und auch so, du warst mir immer eine gute Frau. Ja, immer, auch in der letzten Zeit. Das wollte ich dir sagen, Frau.«

»Mein stolzer Erik.« Sie lächelte gerührt. »Ich will mich nicht beklagen. Jetzt nicht mehr.«

»Das ist gut.«

Mithilfe der Trittbank und geschoben von Leif und Tyrkir gelangte er in den Sattel. Trotz der Schmerzen rief er keuchend: »Heute wird's ein guter Tag!« Damit schlug er leicht die Flanken seines gescheckten Hengstes und ritt, tief gebeugt über die Mähne, voraus. Der Sohn blieb dicht an der Seite des Vaters.

Als Tyrkir aufsaß, fasste Thjodhild ins Halfter seines Pferdes. »Verschweigst du mir etwas?«

Unmerklich schüttelte er den Kopf. »Erik will sein Glück finden.«

»Also Abschied?«

Es gab keinen Trost. Langsam trabte er an.

»Warte noch. Komm zurück!«

Jedoch ohne sich umzuwenden, ließ er das Pferd in leichten Trab fallen, bis er die beiden eingeholt hatte.

»Was meinst du, Schlaukopf?« Erik verlangte nach keiner Antwort, er sprach mit dem Sohn über das frische sprießende Gras, dachte laut nach, wie nass oder trocken der Sommer werden könnte. Und immer wieder sagte er dazwischen: »Was meinst du, Schlaukopf?« Als wollte er diesen Satz auskosten.

Erst gegen Mittag hatten sie die ausgedehnten Weiden durchquert. Vor ihnen ragten die Hügel und hoch oben zwischen den Felsen stand die Staumauer, an ihrem linken Rand sprühte der Wasserfall zu Tal. »Mein Werk ist geschafft!« Erik lachte hüstelnd. »In jedem Fall, Schlaukopf, bin ich eher damit fertig geworden, als du ein trinkbares Gesöff hergestellt hast.«

»Wein wird nun mal nicht aus Steinen gepresst«, gab Tyrkir zurück. »Aber die Beeren aus dem neuen Land ...«

»Ach, lass nur. Wir wollen nicht wieder davon anfangen.« Unvermittelt wandte sich Erik an den Sohn: »Ehe ich es vergesse, Junge. Du sollst mein Nachfolger sein. Unsere Familie führen.«

»Das hat doch noch Zeit.«

»Willst du wohl dem alten Vater nicht ins Wort fallen«, scherzte er und wieder ernst fuhr er fort. »Ich habe deinem Ziehvater heute Nacht genaue Anweisungen gegeben. Frag ihn, wenn du nicht weiterkommst! Was allerdings den Hof betrifft, so wirst du dich mit deiner Mutter absprechen müssen. Und wir kennen ihren starken Willen. Also stell dich gut mit ihr, denn sie bestimmt, wann du das Erbe antreten darfst. Hast du mich verstanden?«

»Nein, Vater!« Hastig lenkte Leif sein Pferd näher. Er beugte sich tief über die Mähne und versuchte ins bärtige Gesicht zu blicken. »Bitte sieh mich an. Bitte!«

Mit großer Ruhe drehte ihm Erik den Kopf zu. »Über das Erbe gibt es nichts mehr zu besprechen. Auch sonst bleibt uns nicht mehr viel Zeit, deshalb lass uns vergnügt sein, Sohn!«

Leif bebten die Lippen. Er suchte Hilfe bei seinem Lehrmeister. »Onkel, wohin reiten wir?«

»Hinauf zum Damm.« Ehe Tyrkir weitersprechen konnte, bekräftigte der Vater:

»So ist es, mein Sohn. Und wenn wir oben sind, dann werde ich bald ganz hinaufsteigen und mich im Saal der Götter mit süßem Met und Fleisch vom gesottenen Eber verwöhnen lassen.«

»Nein, Vater! Nein!« Voller Verzweiflung gab Leif seinem Pferd die Fersen und sprengte davon.

Erik seufzte. »Welch ein Glück hab ich heute. Die Frau verzeiht mir. Mein Sohn liebt mich. Ich kann zufrieden sein. Was meinst du, Schlaukopf?«

Tyrkir gab ihm keine Antwort.

Unterhalb der Hügel wartete Leif. Die Wangen noch nass, doch er weinte nicht mehr. »Musst du es tun?«

»Ja, solange ich noch selbst die Kraft dazu habe, nur wenn ich mannhaft sterbe, brauche ich nicht runter ins Totenreich der Hel. Und jetzt frag nicht länger!«

Sie schnürten seinen schweren Körper fest auf den Rücken des Hengstes, zogen und zerrten das Tier den steilen Pfad hoch und endlich hatten sie die Höhe erreicht.

Stöhnend hob der Hüne das Gesicht aus der Mähne. »Weg mit den Fesseln!« Mit dem linken Arm deutete er unter sich auf den schmalen Stichkanal zur Balkensperre. »Jedes Frühjahr muss das Geröll herausgeholt werden, sonst verstopfen in den Weiden die Wassergräben. Sorgt dafür!« Sein Blick glitt über den tiefblauen See und blieb jenseits am Bachzulauf und den steinigen Wiesenhängen haften. »Schlaukopf, du weißt, wohin ich möchte.«

Während Tyrkir das Pferd führte, blieb Leif an der abschüssigen Seite neben dem Vater. Immer wieder bemühte sich Erik, den Himmel zu beobachten.

»Was suchst du?«

»Den weißen Falken. Ich hatte gehofft, Göttin Freya würde mich abholen. Schade. Aber das macht nichts, ich treffe sie ja bald.«

Auf dem Platz oberhalb des Sees erreichten sie das Ziel. Hier hatte Erik sich zum letzten Male in seinen Waffen geübt, hatte sich für den übermächtigen Feind stählen wollen, der seine alte Welt mit dem Kreuz bedrohte.

Der Sohn kauerte sich auf Knie und Arme, behutsam half Tyrkir dem Freund, das eine Bein nach hinten über die Kruppe des Hengstes zu schieben und über den Rücken Leifs gelangte Erik schließlich aus dem Sattel. »Wie gut, dass ich nicht wieder raufmuss«, scherzte er.

»Bleib auf den Knien, Sohn! Dein Vater ist nicht mehr so groß wie früher.« Ohne Stock kam er zu ihm. Seine linke Hand tastete übers Haar und berührte die Stirn. »Auch wenn du mir den Heuchler ins Land gebracht hast, Junge. Du bist mein geliebter Erstgeborener, mein Leif der Glückliche. Mögen meine Götter und auch dein Gott dich beschützen. Nein, schau mich nicht mehr an. Setz dich ans Seeufer! Dort siehst du im Spiegel unsern Himmel.«

Zum letzten Mal gehorchte der Sohn dem Vater. Als er hinunterging, hoben sich träge zwei Raben und hüpften auf den nächsten Felsbrocken.

Tyrkir versuchte heiter zu bleiben. »Wenn Freya schon nicht kommt, so hat dir Odin wenigstens seine Kundschafter Hugin und Munin geschickt. Also beklage dich nicht!« Damit reichte er Erik den Stab.

»Eins noch, Schlaukopf. Bitte, lass mir wenigstens heute das letzte Wort!«

Das Scherzen erstarb. Stumm zog Tyrkir dem Hünen das Schwert aus der Gürtelschlaufe, bohrte es mit dem Griff in den Boden und sicherte den Stand der Klinge mit drei Steinen.

Abschied hatten sie schon in der Nacht genommen. Am Stock gestützt ging Erik näher, bis unter der gebeugten Brust die scharfe Spitze blinkte. »Ich bin froh, mein Freund, dass du an meiner Seite warst. Jetzt achte nur auf unsere Thjodhild! So ist es gut.«

Für einen Moment ruhten ihre Blicke fest ineinander, dann wandte Tyrkir sich ab. Ihm war, als stockte der Wind und setzte erst nach einem tiefen Seufzer wieder ein. Als die beiden Raben aufflatterten, dachte er, ja, bringt nur die Nachricht hinauf und kündigt Odin den tapfersten Kämpfer an.

Den Oberkörper tief nach vorn gesunken stand Erik da, gehalten von der Klinge, eine andere Stütze benötigte er nicht mehr. Er hatte die Lider geschlossen.

Tyrkir holte den Sohn vom Ufer ab. »Es ist gut so«, murmelte er. »Das lässt dein Vater dir noch sagen.«

Sie betteten ihn auf der Erde, das Schwert legten sie auf seine Brust. Tyrkir riss Grasbüschel aus, um die Körperöffnungen nach altem Brauch zu versiegeln, und unterließ es nachdenklich. »Vielleicht findet seine Seele doch in den anderen Himmel.«

Gemeinsam schichteten sie aus Steinbrocken den Grabhügel, gaben ihm die Form eines Schiffes. Ihre Tränen waren erst versiegt, als der Bug auf das tiefblaue Auge des Sees gerichtet war. Morgen wollte Tyrkir zum Andenken einen Runenstein anfertigen.

Lange Zeit starrte Leif vor sich hin. Irgendwann fragte er: »Was jetzt? Ich bin der Herr auf Steilhang. Aber was jetzt, Onkel?«

Ruhig sah ihn Tyrkir an. »Heiraten.«

»Was?«

Er schmunzelte leicht. »Ich sagte: Du musst heiraten, Junge! Damit es weitergeht.«

»Ingva«, murmelte Leif, »ihr Vater will sie aus dem Haus haben.« Ein Lächeln stahl sich ein. »Ja, Ingva ist keine schlechte Frau.«

Auf dem Weg zurück durch die Weiden blickte Tyrkir unverwandt auf den reiterlosen Hengst vor sich. Nie habe ich dem Freund von meinem Traum erzählt, dachte er mit einem Mal bekümmert, vom Glücksstein, der ins schwarze Meer gefallen war. Gleich wischte er die Erinnerung weg. Wie oft waren sie ihm über die Felskante nachgestürzt und doch nicht mit ihm versunken. Vielleicht bedeutete das Nichtertrinken schon Glück? Vielleicht.

Sie erreichten die Gutsgebäude am späten Nachmittag. Tyrkir stieg aus dem Sattel. »Bring du die Pferde zum Stall, Junge!«, bat er und die Stimme gehorchte ihm kaum. »Lass mich allein zu deiner Mutter gehen!«

Thjodhild saß vor dem Wohnhaus. Unter ihr bahnte die Sonne von Westen her eine silbrige Straße über die Bucht. Nur kurz hob sie den Blick. »Seit dem Morgen habe ich gewartet.«

Stumm setzte er sich zu ihr und legte seine Hand auf ihre Hand. Nach einer Weile flüsterte Thjodhild: »Ja, halt mich fest! Ganz lange.«

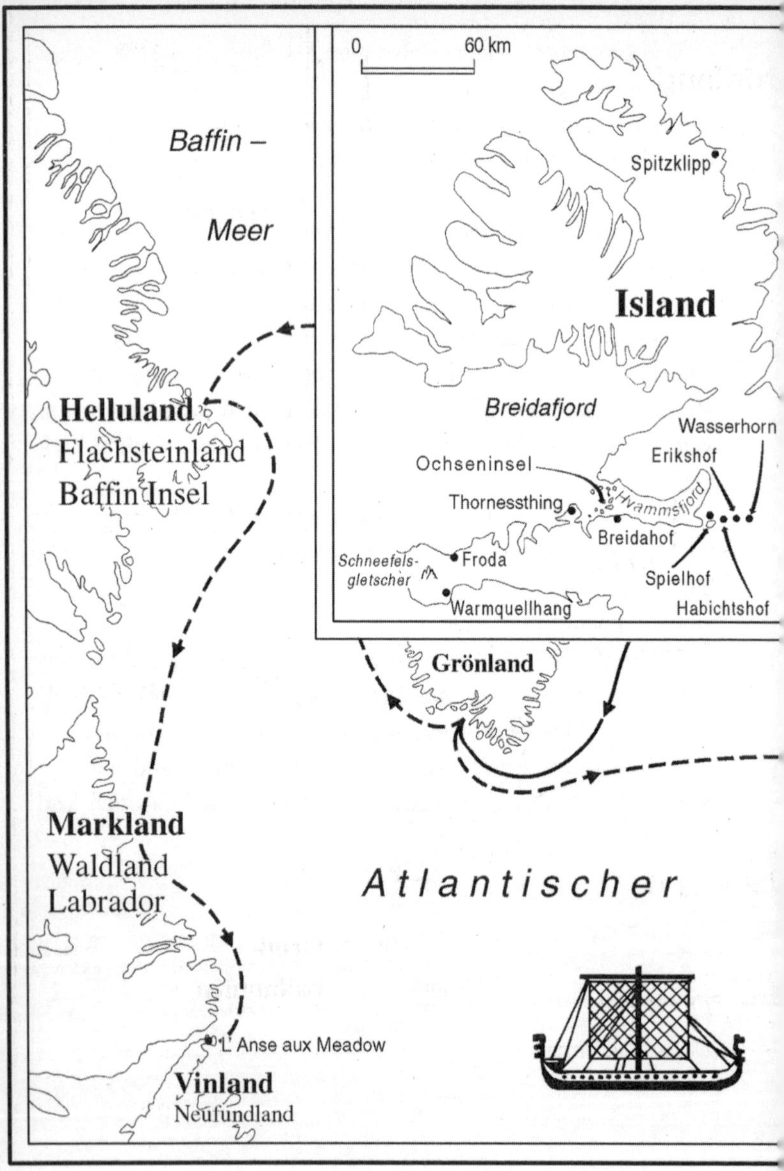
Baffin –
Meer
0
60 km
Spitzklipp
Island
Breidafjord
Wasserhorn
Erikshof
Ochseninsel
Hvammsfjord
Thornessthing
Breidahof
Schneefels-
gletscher
Froda
Spielhof
Warmquellhang
Habichtshof
Helluland
Flachsteinland
Baffin Insel
Grönland
Markland
Waldland
Labrador
Atlantischer
L'Anse aux Meadow
Vinland
Neufundland

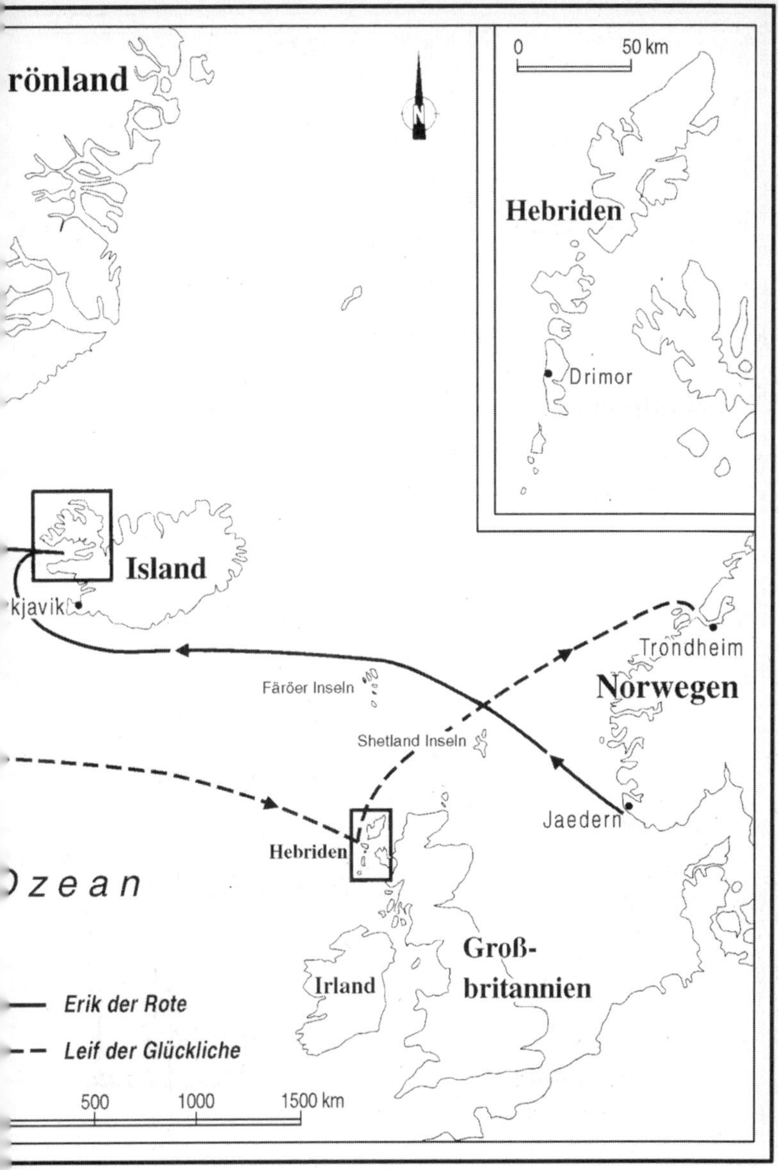

rönland
Hebriden
0
50 km
Drimor
Island
kjavik
Trondheim
Norwegen
Färöer Inseln
Shetland Inseln
Jaedern
Hebriden
Ozean
Groß-
britannien
Irland
Erik der Rote
Leif der Glückliche
500
1000
1500 km

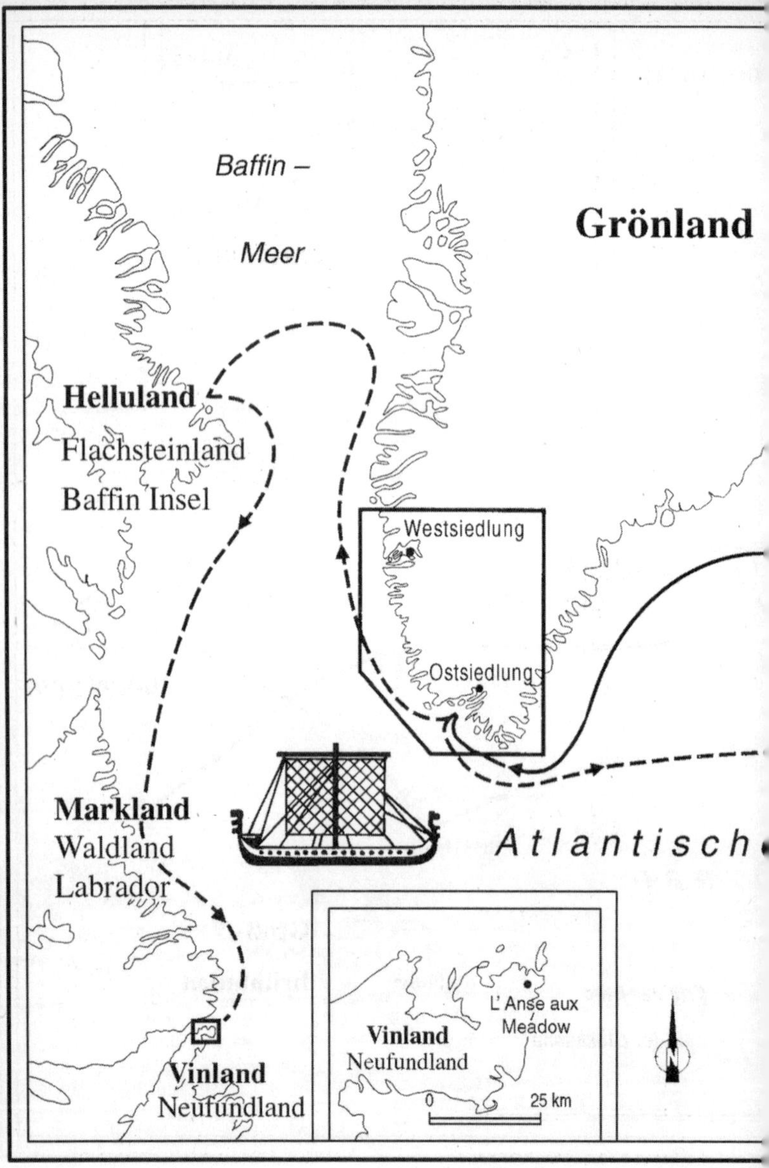
Baffin –
Meer
Grönland
Helluland
Flachsteinland
Baffin Insel
Westsiedlung
Ostsiedlung
Markland
Waldland
Labrador
Atlantisch
Vinland
Neufundland
Vinland
Neufundland
L' Anse aux
Meadow
0
25 km
N

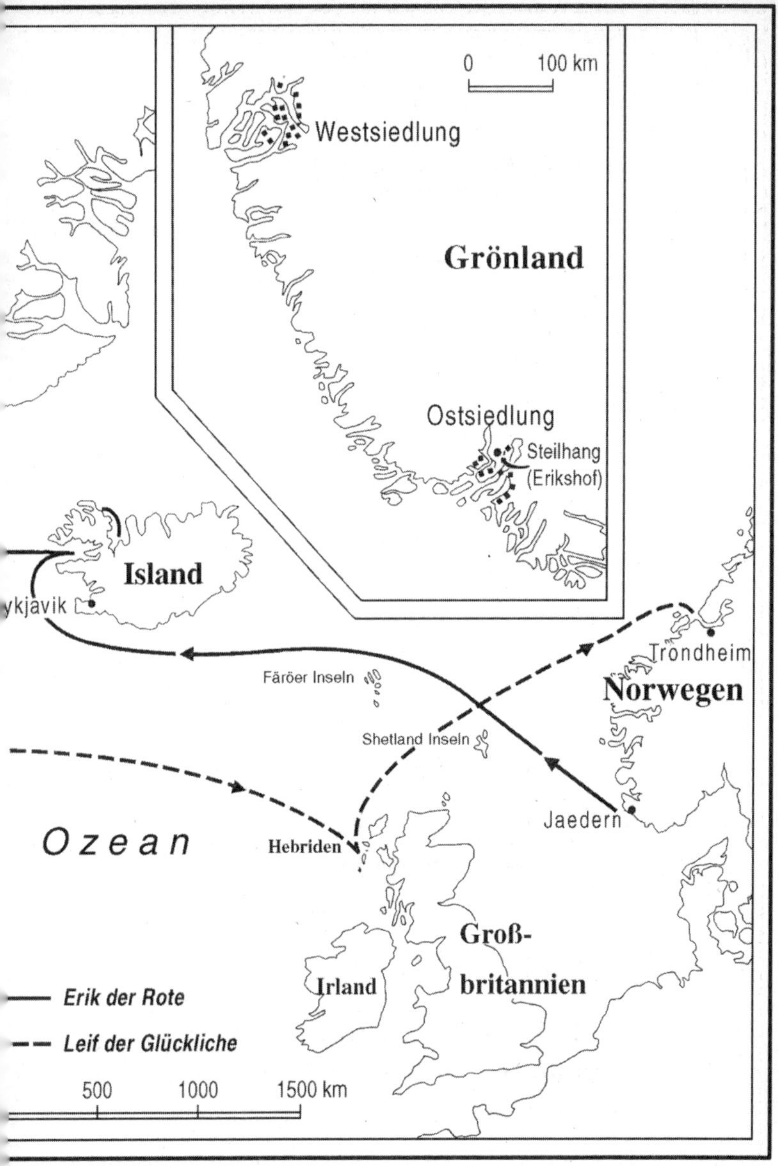
0
100 km
Westsiedlung
Grönland
Ostsiedlung
Steilhang
(Erikshof)
Island
ykjavik
Trondheim
Färöer Inseln
Norwegen
Shetland Inseln
Jaedern
Ozean
Hebriden
Groß-
britannien
Irland
Erik der Rote
Leif der Glückliche
500
1000
1500 km

NAMENVERZEICHNIS

ASKEL
genannt: Askel der Magere. Kleinbauer auf der Südseite der Schneefelshalbinsel. Er ist Christ

EGIL
Sohn von Ingolf und Solveig

EINAR SIGMUNDSSON
Reicher Gutsherr auf der Südseite der Schneefelshalbinsel
Onkel der Thjodhild und Vater der Hallweig

EJOLF
genannt: Ejolf Dreck. Bruder des Valtjof
Er freit um Thjodhild, wird abgewiesen
Eriks Feind

EJOLF VOM SCHWEINSEILAND
Gutsherr am Breidafjord. Verbündeter Eriks

ERIK THORVALDSSON
genannt: Erik der Rote. Der Wikinger,
der nach dem Glück sucht

ERNESTUS

Pater aus Sachsen. Erster Priester auf Grönland

FREYDIS ERIKSTOCHTER

Tochter von Erik und der Magd Katla. Sie wird in die Familie als erbberechtigte Tochter aufgenommen

GUDRID

Tochter von Thorbjörn Vifilsson und Hallweig

HALLWEIG

Frau des Goden Thorbjörn Vifilsson und Freundin der Thjodhild

HERJULF

Großkaufmann aus der Rauchbucht.
Er fährt mit ins neue Land

HRAVN ARISSON

genannt: Holmgang. Freund des Ejolf. Ein großer Zweikämpfer

INGOLF ARNESSON

Nachbar von Erik auf Grönland

INGVA

Tochter von Ingolf und Solveig

KATLA

Sklavin Eriks und Mutter der Freydis

KETIL

Sklave Eriks

LEIF ERIKSSON

später genannt: Leif der Glückliche.
Ältester Sohn von Erik und Thjodhild

ODD THORGESTSSON
Sohn des Thorgest vom Breidahof

SIGRID
Tochter von Ingolf und Solveig

SOLVEIG
Frau des Ingolf Arnesson

STYR
Gutsherr auf der Südseite der Schneefelshalbinsel.
Verbündeter Eriks

THJODHILD
Eriks Frau

THORBJÖRG
Thjodhilds Mutter, genannt: Schiffsbrust

THORBJÖRN
Thjodhilds Stiefvater

THORBJÖRN VIFILSSON
Gode (Richter) von der Südseite der Schneefelshalbinsel.
Gutsherr vom Warmquellhang

THORGEST
Gutsherr des Breidahofes am Breidafjord

THORGILS
Sohn Leifs mit der Zauberin Thorgunna

THORGUNNA
Zauberin (Völva) in Drimore auf den Hebriden. Sie ist Christin

THORROD
Bauer zu Frodisach am Breidafjord

THORSTEIN ERIKSSON
dritter Sohn von Erik und Thjodhild

THORVALD ERIKSSON
zweiter Sohn von Erik und Thjodhild

THURID
Frau des Thorrod zu Frodisach

TOKE THORGESTSSON
Sohn des Thorgest vom Breidahof

TRUDE
Zauberin (Völva) in Drimore auf den Hebriden.
Sie ist Heidin und Gegnerin Thorgunnas

TYRKIR
genannt: Schlaukopf. Deutscher Sklave Eriks und dessen
bester Freund. Mit christlichem Namen heißt er Thomas

ULF EINARSSON
Gode (Richter) der Täler am westlichen Hvammsfjord

VALTJOF
Gutsherr des Valtjofshofes im Habichtstal

Wer den Kopf verlieren soll, ersäuft nicht. Eine wahre Räubergeschichte

Tilman Röhrig
DIE BALLADE
VOM FETZER
Historischer Roman
256 Seiten
ISBN 3-404-15326-X

Seine Zeitgenossen nannten ihn den »Fetzer«. Mit bürgerlichem Namen Mathias Weber, wurde er 1778 in Grefrath geboren und 1803 auf dem Alter Markt in Köln mit einer Guillotine hingerichtet. Es war die letzte öffentliche Hinrichtung in Köln. Er war nicht nur Zeitgenosse des Schinderhannes, sondern gewissermaßen auch Kollege und weit erfolgreicher. Doch während der eitle Räuber aus dem Hunsrück zum Volkshelden wurde, hat man den Fetzer bald vergessen. Tilman Röhrig zeichnet in seinem faktenreichen Roman nicht nur ein buntes Panorama der Franzosenzeit am Rhein, sondern auch das Porträt eines Menschen, der nicht zum Rebellen taugte und darum zum Räuber wurde.

Bastei Lübbe Taschenbuch

Die Legende lebt: Robin Hood, Feind der Reichen und Beschützer der Armen

Tilman Röhrig
SOLANG ES
UNRECHT GIBT
Historischer Roman
564 Seiten
ISBN 3-404-15415-0

Robin Hood, Anführer der Geächteten im Sherwood Forest, treuer Vasall von König Richard Löwenherz, Feind der Reichen und Beschützer der Armen – solang es Unrecht gibt. Mit seinem Buch über Robin Hood legt Tilman Röhrig erstmals einen geschlossenen Roman über den sagenhaften Helden vor. Es ist die Geschichte der Freundschaft mit Little John, der Fürsorge für dessen Schützling Marian, die Geschichte des Kampfes gegen Unterdrückung und Willkür im mittelalterlichen England. Dabei verzichtet Tilman Röhrig auf jede Art von Heldenverehrung. So ist zum ersten Mal ein wirklich glaubwürdiger Robin Hood entstanden – mit einer am Ende überraschenden und überzeugenden Lösung für das Weiterleben des Mythos.

Bastei Lübbe Taschenbuch

Der Fürst, der Ketzer und die Frauen – ein prachtvolles Sittengemälde der Renaissance

»Wir sind das Salz von Florenz«, sagt Lorenzo de' Medici zu seinem Bruder Giuliano, als beide auf der Höhe ihrer Jugend und Macht über den Domplatz gehen und die Huldigung des Volkes entgegennehmen. Aber Girolamo Savonarola, der finstere Prediger von San Marco, ist überzeugt, dass das Heil der Welt in der Abkehr von allem liegt, was Freude bringt. Nur die junge Laodomia Strozzi lässt sich von ihm nicht täuschen. Trotz Willkür und Glaubenswahn sucht sie mit ihren Freundinnen, der Magd Petruschka und der lebenshungrigen Fioretta, unbeirrt ihren eigenen Weg. Der prächtige Fürst, der fanatische Mönch und die schöne Patrizierin – durch ihre Augen öffnet sich der Blick auf die dramatische Zeit der Renaissance.

ISBN 3-404-15200-X

BASTEI
LÜBBE